A REVOLTA DE ATLAS

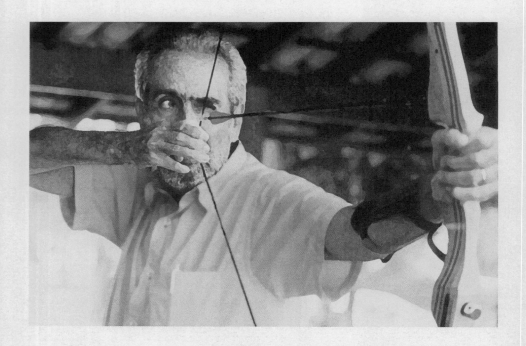

O ARQUEIRO

GERALDO JORDÃO PEREIRA (1938-2008) começou sua carreira aos 17 anos, quando foi trabalhar com seu pai, o célebre editor José Olympio, publicando obras marcantes como O menino do dedo verde, de Maurice Druon, e Minha vida, de Charles Chaplin.

Em 1976, fundou a Editora Salamandra com o propósito de formar uma nova geração de leitores e acabou criando um dos catálogos infantis mais premiados do Brasil. Em 1992, fugindo de sua linha editorial, lançou Muitas vidas, muitos mestres, de Brian Weiss, livro que deu origem à Editora Sextante.

Fã de histórias de suspense, Geraldo descobriu O Código Da Vinci antes mesmo de ele ser lançado nos Estados Unidos. A aposta em ficção, que não era o foco da Sextante, foi certeira: o título se transformou em um dos maiores fenômenos editoriais de todos os tempos.

Mas não foi só aos livros que se dedicou. Com seu desejo de ajudar o próximo, Geraldo desenvolveu diversos projetos sociais que se tornaram sua grande paixão.

Com a missão de publicar histórias empolgantes, tornar os livros cada vez mais acessíveis e despertar o amor pela leitura, a Editora Arqueiro é uma homenagem a esta figura extraordinária, capaz de enxergar mais além, mirar nas coisas verdadeiramente importantes e não perder o idealismo e a esperança diante dos desafios e contratempos da vida.

A REVOLTA DE ATLAS
AYN RAND

2

Título original: *Atlas Shrugged*

Copyright © 1957 por Ayn Rand
Copyright renovado © 1985 por Eugene Winick, Paul Gitlin e Leonard Peikoff
Copyright da tradução © 2010 por Editora Arqueiro Ltda.

Todos os direitos reservados. Nenhuma parte deste livro pode ser utilizada ou reproduzida sob quaisquer meios existentes sem autorização por escrito dos editores.

tradução: Paulo Henriques Britto
preparo de originais: Cristiane Pacanowski
revisão: Isabella Leal, Jean Marcel Montassier e Luis Américo Costa
diagramação: Valéria Teixeira
capa: Natali Nabekura
imagem de capa: © 2018 por Anna e Elena Balbusso, da edição da The Folio Society para *A revolta de Atlas*, de Ayn Rand
impressão e acabamento: Santa Marta

CIP-BRASIL. CATALOGAÇÃO NA PUBLICAÇÃO
SINDICATO NACIONAL DOS EDITORES DE LIVROS, RJ

R152r
v. 2

Rand, Ayn, 1905-1982
  A revolta de Atlas / Ayn Rand ; [tradução Paulo Henriques Britto]. - 1. ed. - São Paulo : Arqueiro, 2021.
  464 p. ; 23 cm.

  Tradução de: Atlas shrugged
  ISBN 978-65-5565-156-0

  1. Ficção americana. I. Britto, Paulo Henriques. II. Título.

21-70259
CDD: 891.73
CDU: 82-3(470+571)

Leandra Felix da Cruz Candido - Bibliotecária - CRB-7/6135

Todos os direitos reservados, no Brasil, por
Editora Arqueiro Ltda.
Rua Funchal, 538 – conjuntos 52 e 54 – Vila Olímpia
04551-060 – São Paulo – SP
Tel.: (11) 3868-4492 – Fax: (11) 3862-5818
E-mail: atendimento@editoraarqueiro.com.br
www.editoraarqueiro.com.br

SUMÁRIO

PARTE I NÃO CONTRADIÇÃO

CAPÍTULO 1	O TEMA
CAPÍTULO 2	A CORRENTE
CAPÍTULO 3	O CUME E O ABISMO
CAPÍTULO 4	OS MOTORES IMÓVEIS
CAPÍTULO 5	O APOGEU DOS D'ANCONIA
CAPÍTULO 6	OS NÃO COMERCIAIS
CAPÍTULO 7	EXPLORADORES E EXPLORADOS
CAPÍTULO 8	A LINHA JOHN GALT
CAPÍTULO 9	O SAGRADO E O PROFANO
CAPÍTULO 10	A TOCHA DE WYATT

PARTE II ISSO OU AQUILO

CAPÍTULO 1	O HOMEM CUJO LUGAR ERA A TERRA, 9
CAPÍTULO 2	A ARISTOCRACIA DO PISTOLÃO, 60
CAPÍTULO 3	CHANTAGEM BRANCA, 116
CAPÍTULO 4	A SANÇÃO DA VÍTIMA, 165
CAPÍTULO 5	CONTA A DESCOBERTO, 210
CAPÍTULO 6	O METAL MILAGROSO, 256
CAPÍTULO 7	A MORATÓRIA DOS CÉREBROS, 300
CAPÍTULO 8	POR NOSSO AMOR, 351
CAPÍTULO 9	O ROSTO SEM DOR, SEM MEDO E SEM CULPA, 382
CAPÍTULO 10	O CIFRÃO, 408

PARTE III A = A

CAPÍTULO 1   ATLÂNTIDA
CAPÍTULO 2   A UTOPIA DA GANÂNCIA
CAPÍTULO 3   A ANTIGANÂNCIA
CAPÍTULO 4   ANTIVIDA
CAPÍTULO 5   AMOR FRATERNAL
CAPÍTULO 6   O CONCERTO DA LIBERTAÇÃO
CAPÍTULO 7   "QUEM ESTÁ FALANDO É JOHN GALT"
CAPÍTULO 8   O EGOÍSTA
CAPÍTULO 9   O GERADOR
CAPÍTULO 10 EM NOME DO QUE HÁ DE MELHOR EM NÓS

PARTE II

ISSO OU AQUILO

CAPÍTULO 1

O HOMEM CUJO LUGAR ERA A TERRA

O Dr. Robert Stadler caminhava de um lado para outro em seu escritório, desejando que não estivesse tão frio.

A primavera demorara naquele ano. Pela janela, o cinzento sem vida da serra parecia uma transição gradual do branco sujo do céu para o negro breu do rio. De vez em quando, ao longe, na serra, uma faixa amarela, quase verde, brilhava e depois desaparecia. De vez em quando as nuvens abriam uma nesga, deixando escapar um raio de sol, e em seguida se fechavam. *Não está frio no escritório*, pensou o Dr. Stadler, *é aquela vista que esfria tanto o ambiente*.

Não estava fazendo frio naquele dia. Eram seus ossos que estavam frios, era o acúmulo de meses frios de inverno, quando seu trabalho fora interrompido por constantes preocupações com a calefação insuficiente. Havia até quem falasse em racionar combustível. *É um absurdo*, pensou ele, *essa intrusão cada vez maior dos acidentes naturais na vida dos homens*. Antigamente, não era problema nenhum se fazia mais frio num inverno do que de costume; se uma inundação danificava uma estrada de ferro, nem por isso as pessoas eram obrigadas a passar duas semanas comendo legumes enlatados; se um raio atingia uma central elétrica, uma organização como o Instituto Científico Nacional não ficava cinco dias sem luz. *Cinco dias parados neste inverno*, pensou o doutor, *os grandes motores dos laboratórios ociosos, horas de trabalho irremediavelmente perdidas, quando minha equipe está estudando questões que dizem respeito ao âmago do universo.* Irritado, saiu da janela, mas parou e se virou para ela outra vez. Não queria ver o livro que estava sobre a mesa.

O Dr. Ferris estava demorando muito. Olhou para o relógio: sim, o Dr. Ferris estava atrasado – coisa inimaginável –, atrasado para um compromisso com *ele* – o Dr. Floyd Ferris, criado da ciência, que antes sempre o encarava como se lhe pedisse desculpas por ter apenas um chapéu para tirar em sua presença.

Já estamos em maio, não era para fazer um tempo desses, pensou o Dr. Stadler olhando para o rio. Certamente era o tempo que o fazia sentir-se daquele jeito – o tempo, não o livro. Ele o havia colocado sobre a mesa, bem à vista, quando percebeu que sua relutância em olhá-lo era mais do que uma simples repulsa, que continha um sentimento que lhe era impossível admitir. O Dr. Stadler disse a si próprio que se levantara de sua mesa não porque o livro estava sobre ela, mas simplesmente porque estava com frio e queria se mexer um pouco. Andou de um lado para outro, encurralado entre a escrivaninha e a janela. Ia jogar aquele livro na lata de lixo, que era o lugar dele, assim que falasse com o Dr. Ferris.

Ficou a contemplar a mancha verde de sol na encosta distante, a promessa de primavera num mundo que dava a impressão de que jamais veria grama e botões de flores outra vez. Sorriu, animado – e, quando a mancha luminosa desapareceu, sentiu uma pontada de humilhação, por causa da animação que sentira, do desespero que o fizera se agarrar a ela. Lembrou-se daquela entrevista com um grande romancista no inverno passado. Este viera da Europa para escrever um artigo sobre o Dr. Stadler – e o cientista, que antes desprezava as entrevistas, falara entusiasmado, longamente, até demais, vendo uma promessa de inteligência no rosto do romancista, sentindo uma necessidade injustificada, desesperada, de ser compreendido. O artigo que foi publicado depois era um amontoado de frases que o elogiavam exageradamente e distorciam todas as ideias que ele havia expressado. Ao fechar a revista, tivera a sensação que tinha agora ao ver um raio de sol desaparecer.

Está bem, pensou, saindo da janela, *é necessário reconhecer que de vez em quando venho sofrendo crises de solidão, mas é uma solidão a que eu faço jus: fome de encontrar alguma mente humana inteligente com que possa me comunicar. Estou cansado demais de toda essa gente*, pensou com desprezo. Ele trabalhava com raios cósmicos, ao passo que aquela gente não sabia o que fazer com um relâmpago.

Sentiu uma súbita contração na boca, como um tabefe, que o proibia de continuar nessa linha de raciocínio. Estava olhando para o livro em sua mesa. A sobrecapa era nova, berrante, e ele tinha sido publicado havia duas semanas. *Mas eu não tive nada a ver com isso!*, gritou o Dr. Stadler interiormente. Naquele silêncio impiedoso, o grito parecia um desperdício, não encontrava resposta, nenhum eco de perdão. O título do livro era *Por que você pensa o que pensa?*.

Não se ouvia nenhum ruído naquele silêncio de tribunal dentro dele, nenhuma piedade, nenhuma voz que o defendesse – nada além dos parágrafos que sua memória prodigiosa havia imprimido no cérebro:

"O pensamento é uma superstição primitiva. A razão é uma ideia irracional. A ideia infantil de que o homem é capaz de pensar foi o erro mais desastroso da história da humanidade."

"O que você pensa é uma ilusão criada pelas suas glândulas, suas emoções e, em última análise, pelo conteúdo de seu estômago."

"Aquela massa cinzenta de que você se orgulha tanto é como um desses espelhos de parque de diversões que reflete imagens distorcidas de uma realidade que estará sempre fora de seu alcance."

"Quanto mais convicto você está de suas conclusões racionais, mais certo é que você está errado. Como seu cérebro é um instrumento de distorção, quanto mais ativo ele for, maior a distorção."

"Os grandes gênios que você tanto admira ensinavam no passado que a Terra era chata e que o átomo era a menor partícula de matéria. Toda a história da ciência é uma sucessão de falácias abandonadas, não de realizações."

"Quanto mais sabemos, mais verificamos que não sabemos nada."

"Só os ignorantes mais crassos ainda acreditam na ideia antiquada de que ver é crer. O que você vê é a primeira coisa a ser questionada."

"O cientista sabe que uma pedra não é uma pedra. Na verdade, é a mesma coisa que um travesseiro. Ambos não passam de nuvens formadas pelas mesmas partículas invisíveis a girar. Mas, você argumenta, não se pode usar uma pedra como travesseiro, não é? Pois bem, isso só prova como você é impotente perante a realidade."

"As mais recentes descobertas científicas – como as extraordinárias realizações do Dr. Robert Stadler – demonstraram de forma conclusiva que a razão é incapaz de compreender a natureza do universo. Essas descobertas levaram os cientistas a conclusões que são impossíveis, segundo a mente humana, mas que nem por isso deixam de ser reais. Caso ainda não saiba, caro amigo desinformado, agora está demonstrado que a racionalidade é loucura."

"Não espere encontrar coerências. Tudo é uma contradição de tudo o mais. Só existem contradições."

"Não procure 'bom senso'. A exigência do 'bom senso' é a marca característica da insensatez. A natureza não tem bom senso nem faz sentido.

Nada faz sentido. Os únicos defensores do 'bom senso' são tipos como adolescentes solteiras que não conseguem arranjar namorado e como o dono de armazém antiquado que acha que o universo é tão simples quanto seu livro-caixa e sua querida máquina registradora."

"Vamos quebrar as cadeias desse preconceito chamado lógica ou vamos deixar que um silogismo nos impeça de ir para a frente?"

"Então você tem certeza das suas opiniões? Não se pode ter certeza de nada. Você vai querer ameaçar a harmonia da sua comunidade, sua comunhão com o próximo, sua situação, sua reputação, seu bom nome e sua segurança financeira em nome de uma ilusão? Em nome da ideia enganosa de pensar o que pensa? Você vai querer se arriscar e se expor ao perigo – e numa época difícil como esta em que vivemos – opondo-se à ordem social vigente em nome daquelas suas ideias imaginárias a que dá o nome de convicções? Você diz que está certo de que está certo? Ninguém está certo, nem pode estar certo, jamais. Você acha que o mundo ao seu redor está errado? Você não tem meios de saber disso. Tudo está errado tal como o homem o vê – assim, para que criar caso? Não discuta. Aceite. Ajuste-se. Obedeça."

Esse livro era de autoria do Dr. Floyd Ferris e havia sido publicado pelo Instituto Científico Nacional.

– Não tenho nada a ver com isso! – disse o Dr. Robert Stadler. Estava parado ao lado de sua mesa, com a sensação desagradável de haver perdido algum instante, de não saber quanto tempo tinha durado o momento precedente. Pronunciara aquela frase em voz alta, num tom de sarcasmo rancoroso dirigido a quem quer que o houvesse compelido a dizer aquilo.

Deu de ombros. Com base na ideia de que encarar a si próprio com ironia é uma virtude, aquele dar de ombros equivalia à seguinte frase: "Você é Robert Stadler, não aja como um adolescente neurótico." Sentou-se à sua mesa e empurrou o livro para o lado com as costas da mão.

O Dr. Floyd Ferris chegou meia hora atrasado.

– Desculpe, mas é que meu carro teve um problema de novo no caminho de Washington para cá, e foi uma dificuldade encontrar alguém para consertá-lo. Há cada vez menos carros na estrada, por isso metade dos postos de gasolina está fechada.

Havia em sua voz um tom mais de irritação que de quem pede desculpas. Ele sentou-se sem que o outro o convidasse.

O Dr. Floyd Ferris não seria considerado bonito se sua profissão fosse outra qualquer, mas, tendo ele escolhido a carreira que escolhera, era sempre mencionado como "aquele cientista bonitão". Tinha 1,80 metro de altura e 45 anos, porém parecia mais alto e mais moço. Tinha um ar de quem está sempre muito bem-arrumado e se movia como se atravessasse um salão de baile, mas suas roupas eram austeras, normalmente ternos pretos ou azul-escuros. Usava um bigode bem aparado, e os cabelos negros e lisos faziam com que os contínuos comentassem que ele usava a mesma cera tanto nos sapatos como nos cabelos. Gostava de dizer que um produtor de cinema certa vez lhe dissera que lhe daria o papel de nobre europeu transformado em gigolô. Começara sua carreira como biólogo, mas disso ninguém se lembrava mais havia muito tempo, e ficou famoso como coordenador-chefe do Instituto Científico Nacional.

O Dr. Stadler o olhou surpreso – ele nunca antes pedira desculpas por se atrasar – e comentou, secamente:

– Pelo visto, o senhor anda passando muito tempo em Washington.

– Mas não foi o senhor mesmo, Dr. Stadler, que uma vez me elogiou, dizendo que eu era o cão de guarda deste Instituto? – perguntou o Dr. Ferris, sorridente. – Não é essa a minha tarefa principal?

– Pois eu acho que algumas de suas tarefas aqui no Instituto não têm sido cumpridas. Antes que eu me esqueça, que bagunça é essa que estão fazendo com a escassez de óleo?

Ele não entendeu por que o Dr. Ferris assumira um ar de ofendido.

– O senhor me desculpe, mas seu comentário é inesperado e injustificado – disse o Dr. Ferris, num tom formal que visava ocultar a dor e revelar a condição de mártir. – Nenhuma das autoridades fez qualquer crítica. Nós mandamos um relatório detalhado a respeito do nosso trabalho até agora para o Departamento de Planejamento Econômico e Recursos Nacionais, e o Sr. Wesley Mouch disse que estava satisfeito. Fizemos o melhor que pudemos nesse projeto. Ainda não ouvi ninguém mais se referir a ele como "bagunça". Considerando-se as dificuldades do terreno, o perigo do fogo e o fato de que faz apenas seis meses que...

– Sobre o que o senhor está falando? – perguntou o Dr. Stadler.

– O projeto de recuperação da Wyatt. Não foi a isso que o senhor se referiu?

– Não – respondeu o Dr. Stadler. – Não, eu... Um momento. Uma coisa de cada vez. Realmente, ouvi falar que o Instituto estava se encarregando de um projeto de recuperação, mas de que mesmo?

– Petróleo – disse o Dr. Ferris. – Os campos petrolíferos da Wyatt.

– Onde houve um incêndio, não foi? No Colorado? Foi... espere um momento... foi o caso do sujeito que tocou fogo nos próprios poços de petróleo.

– Sou da opinião de que isso é um boato criado pela histeria pública – retrucou o Dr. Ferris secamente. – Um boato com implicações indesejáveis e impatrióticas. Não acredito nessas reportagens de jornal. Para mim, foi um acidente, e Ellis Wyatt morreu no incêndio.

– Bem, de quem são os poços agora?

– No momento, de ninguém. Visto que não havia testamento nem herdeiros, o governo assumiu a operação dos poços, como medida de necessidade pública, durante sete anos. Se Ellis Wyatt não aparecer dentro desse prazo, será considerado oficialmente morto.

– Bem, por que procuraram o senhor... nosso Instituto para uma coisa tão esdrúxula como extração de petróleo?

– Porque é um problema de grande dificuldade tecnológica, que requer o talento dos melhores cientistas do país. Será necessário reconstituir o método especial de extração de petróleo utilizado por Wyatt. O equipamento dele continua lá, ainda que em péssimo estado. Alguns dos processos que ele usava são conhecidos, mas, por algum motivo, não há um registro completo das operações nem do princípio fundamental em que eles se baseavam. É isso que temos que redescobrir.

– E como estão indo os trabalhos?

– Estamos tendo muito progresso. Acabamos de receber mais verba, maior do que a anterior. O Sr. Wesley Mouch está satisfeito conosco, como também estão o Sr. Balch, da Comissão de Emergência; o Sr. Anderson, do Departamento de Abastecimento de Produtos Essenciais; e o Sr. Pettibone, da Agência de Proteção ao Consumidor. Não há o que criticar em nosso trabalho. Sucesso absoluto.

– Já produziram alguma quantidade de petróleo?

– Não, mas já conseguimos extrair um pouco de um dos poços. Trinta litros e meio. É claro que isso só tem importância experimental, mas é preciso considerar que levamos três meses só para apagar o fogo, que agora já está completamente... quase completamente apagado. Nosso problema é muito mais difícil do que o que Wyatt teve de enfrentar, porque ele começou do zero, ao passo que nós temos que trabalhar com equipamentos destroçados num ato de sabotagem antissocial que... quero dizer, é um problema difícil, mas não tenho dúvida de que vamos conseguir resolvê-lo.

– Sei, mas eu estava me referindo à falta de óleo aqui no Instituto. O nível de temperatura em que o prédio foi mantido durante todo o inverno foi absurdo. Disseram que tinham que economizar óleo. Não acredito que não fosse possível manter o Instituto mais bem abastecido de recursos como esse.

– Ah, era disso que o senhor estava falando, Dr. Stadler? Ah, desculpe! – disse o Dr. Ferris, sorrindo de alívio e reassumindo seus modos solícitos. – O senhor está dizendo que a temperatura aqui ficou baixa a ponto de incomodá-lo?

– Estou dizendo que quase morri de frio.

– Mas isso é imperdoável! Por que não me disseram nada? Queira aceitar minhas desculpas, Dr. Stadler, e pode ter certeza de que isso não vai se repetir. A única desculpa que posso dar em nome de nosso departamento de manutenção é que a escassez de combustível não se deveu à negligência deles e sim... Ah, eu sei que o senhor não está sabendo, porque essas coisas não podem tomar seu tempo precioso, mas... o senhor sabe, a falta de petróleo no inverno passado foi uma crise de âmbito nacional.

– Por quê? Pelo amor de Deus, não vá me dizer que aqueles campos da Wyatt eram a única fonte de petróleo do país!

– Não, não, mas o súbito desaparecimento de um produtor importante levou todo o mercado ao caos. Por isso o governo teve que assumir o controle e impor racionamento de petróleo em todo o país, a fim de proteger as empresas essenciais. Eu até que consegui uma cota particularmente grande para o Instituto, e assim mesmo só por obra e graça de algumas pessoas muito influentes. Mas me sinto muito culpado ao ser informado de que não foi o suficiente. Pode ter certeza de que isso não vai se repetir. É apenas uma emergência temporária. No próximo inverno, os campos da Wyatt já vão estar produzindo de novo, e as condições vão se normalizar. Além disso, no que compete ao nosso Instituto, já tomei as providências necessárias para converter nossas caldeiras para carvão, e tudo ia ser feito no mês que vem, só que a Fundição Stockton, do Colorado, fechou de repente, sem aviso prévio – e era lá que as novas caldeiras estavam sendo fabricadas –, quando Andrew Stockton se aposentou inesperadamente. Agora temos que esperar até que o sobrinho dele reabra a companhia.

– Sei. Bem, espero que o senhor cuide disso, entre tantas outras atribuições. – O Dr. Stadler deu de ombros, irritado. – Está começando a ficar ridícula a quantidade de empreendimentos tecnológicos que uma instituição científica tem que assumir para o governo.

– Mas, Dr. Stadler...

– Eu sei, eu sei, não há outro jeito. Por falar nisso, o que é esse tal de Projeto X?

Os olhos do Dr. Ferris se voltaram de maneira inesperada para o outro, com um brilho estranhamente intenso, que parecia denotar surpresa, mas não medo.

– Onde foi que o senhor ouviu falar do Projeto X, Dr. Stadler?

– Ah, ouvi uns rapazes comentando sobre ele com um ar de mistério, como se fossem detetives amadores. Disseram que era altamente confidencial.

– E é mesmo, Dr. Stadler. É um projeto de pesquisa extremamente secreto que o governo nos confiou. E é da maior importância que os jornais não tenham nenhuma informação a respeito dele.

– Por que o X?

– X de Xilofone. Projeto Xilofone. É um codinome, é claro. Tem a ver com sons. Mas estou certo de que o senhor não se interessaria. É um projeto puramente tecnológico.

– Perfeito, não me venha com empreendimentos tecnológicos. Não tenho tempo para essas coisas.

– Permita-me que eu lhe peça para não mencionar o Projeto X na presença de ninguém, Dr. Stadler. Está bem?

– Ah, claro, claro. Na verdade, não gosto de conversas desse tipo.

– É claro! E eu não me perdoaria se perdesse seu tempo com esse tipo de preocupação. Pode ficar tranquilo e deixar o caso em minhas mãos. – Fez menção de se levantar. – Bem, se era esse o motivo pelo qual o senhor queria me ver, creio que...

– Não. Não foi esse o motivo pelo qual eu o chamei – disse o Dr. Stadler lentamente.

O Dr. Ferris não perguntou nada nem se mostrou disposto a colaborar, apenas permaneceu sentado, esperando.

O Dr. Stadler pegou o livro no canto da mesa e o empurrou para o meio com um gesto de desprezo.

– O senhor poderia me dizer o que significa esta imoralidade?

O Dr. Ferris não olhou para o livro, porém, inexplicavelmente, manteve os olhos fixos nos de Stadler durante um momento. Depois se recostou na cadeira e disse, com um sorriso estranho:

– É uma honra para mim o senhor abrir uma exceção e ler um livro como esse, destinado ao público geral. Foram vendidos 20 mil exemplares em duas semanas.

– Eu li o livro.

– E então?

– Exijo uma explicação.

– O senhor achou o texto confuso?

O Dr. Stadler olhou para ele, espantado.

– Será que o senhor não se dá conta do tema que abordou e da maneira como o fez? E nesse estilo, esse estilo de sarjeta, em se tratando de um assunto dessa natureza!

– Quer dizer que o senhor acha que o conteúdo merecia uma forma mais elevada? – A voz do Dr. Ferris parecia tão inocente que o Dr. Stadler não sabia se ele estava sendo sarcástico ou não.

– O senhor se dá conta do que está afirmando nesse livro?

– Como o senhor parece não aprová-lo, Dr. Stadler, prefiro que o senhor pense que o escrevi na inocência.

Era isso, pensou o Dr. Stadler, *era esse o elemento que ele não entendia nos modos de Ferris: antes, imaginava que bastaria indicar sua desaprovação; agora, porém, Ferris parecia não ligar para ela.*

– Se um vagabundo bêbado conseguisse se exprimir por escrito – disse o Dr. Stadler –, exprimir sua essência, a essência do eterno selvagem, que odeia o poder da mente, é esse o tipo de livro que ele escreveria. Mas o senhor, um cientista, sob a égide deste Instituto!

– Mas, Dr. Stadler, o livro não foi escrito para ser lido por cientistas, e sim por esse vagabundo bêbado que o senhor mencionou.

– Como assim?

– Refiro-me ao público em geral.

– Mas até o maior imbecil pode ver as contradições gritantes que existem em cada afirmativa sua.

– Encare a coisa assim, Dr. Stadler: quem não vê isso merece acreditar em tudo o que eu digo.

– Mas o senhor deu a essas imbecilidades o prestígio da ciência! Não havia problema quando um medíocre desprezível como Simon Pritchett vomitava essas coisas em termos de um misticismo vago. Ninguém lhe dava atenção. Mas o senhor deu a impressão de que isso é ciência. *Ciência!* O senhor usou as realizações da mente para destruir a mente. Com que direito usou o *meu* trabalho para abalizar uma digressão injustificável e absurda em outro campo, fazer uma metáfora inaplicável e extrair uma generalização monstruosa de algo que não passa de um problema matemático? Com que direito o senhor deu a impressão de que eu... *eu!*... sancionei esse livro?

O Dr. Ferris se limitou a olhar para o Dr. Stadler com calma, mas essa calma lhe emprestava uma aparência quase de condescendência.

– Ora, Dr. Stadler, o senhor fala como se esse livro se dirigisse a uma plateia inteligente. Se fosse o caso, então teria sentido se preocupar com questões de precisão, validade, lógica e prestígio da ciência. Mas não é o caso. O livro é destinado ao público geral. E o senhor sempre foi o primeiro a afirmar que o público não pensa. – Fez uma pausa, mas o Dr. Stadler não disse nada. – O livro pode não ter qualquer valor filosófico, mas tem muito valor psicológico.

– O que o senhor quer dizer com isso?

– Sabe, Dr. Stadler, as pessoas não gostam de pensar. E quanto mais problemas elas têm, menos querem pensar. Mas, por uma espécie de instinto, elas acham que deviam pensar e por isso sentem-se culpadas. Por esse motivo elas adoram e seguem qualquer um que lhes der uma justificativa para não pensar, qualquer um que lhes diga que é uma virtude, uma virtude altamente intelectual, aquilo que elas sabem que é um pecado, uma fraqueza, algo que desperta sentimentos de culpa.

– E é isso que o senhor quer?

– É assim que se consegue popularidade.

– E por que o senhor a quer?

O olhar do Dr. Ferris se fixou no do Dr. Stadler, como se por acaso.

– Isto é uma instituição pública – disse ele –, sustentada por verbas públicas.

– E por isso o senhor diz às pessoas que a ciência é uma futilidade, uma fraude que deve ser abolida!

– É uma conclusão que logicamente pode ser tirada do meu livro. Mas não é a essa conclusão que o público vai chegar.

– E a vergonha que isso representa para a imagem do Instituto perante os homens inteligentes, se é que ainda existe algum?

– Por que se preocupar com eles?

O Dr. Stadler poderia até ter achado essa pergunta cabível, se tivesse sido pronunciada com ódio, inveja ou malícia, mas a ausência de qualquer emoção desse tipo, o tom de naturalidade da voz, semelhante a uma risada irônica, o atingiu como uma visão momentânea de uma esfera que não poderia ser aceita como parte da realidade – a sensação que se espalhava até o fundo de seu estômago era de terror.

– O senhor viu a recepção que meu livro teve, Dr. Stadler? Recebeu muitos elogios.

– É, e é *isso* que eu acho inacreditável. – Ele tinha que falar, falar como se aquela fosse uma conversa civilizada. Não podia se permitir tempo para saber o que era que havia sentido por um momento. – Não posso entender a atenção que você recebeu em todos os periódicos acadêmicos de boa reputação, como eles conseguiram levar seu livro a sério. Se Hugh Akston estivesse em atividade, nenhuma publicação acadêmica ousaria tratar esse livro como uma obra filosófica admissível.

– Ele não está em atividade.

O Dr. Stadler sentia que havia certas palavras que ele deveria usar agora e tinha vontade de acabar a conversa antes que descobrisse que palavras eram essas.

– Por outro lado – disse o Dr. Ferris –, os anúncios do meu livro... bem, sei que o senhor não vai dar atenção a anúncios, mas eles citam uma carta altamente elogiosa que recebi do Sr. Wesley Mouch.

– E quem é esse tal de Sr. Wesley Mouch?

O Dr. Ferris sorriu.

– Daqui a um ano o senhor não precisará mais fazer essa pergunta, Dr. Stadler. Digamos que o Sr. Mouch seja o homem que está racionando o petróleo... por enquanto.

– Então sugiro que o senhor se dedique a suas tarefas. Lide com o Sr. Mouch e deixe as caldeiras de óleo a cargo dele, mas deixe o campo das ideias a meu cargo.

– Seria curioso tentar formular a linha de demarcação – disse o Dr. Ferris, como quem faz um comentário erudito só por fazer. – Mas, se estamos falando sobre o meu livro, então estamos falando em relações públicas. – Virou-se para apontar respeitosamente as fórmulas matemáticas escritas no quadro-negro. – Dr. Stadler, seria desastroso se o senhor, por causa de problemas de relações públicas, se deixasse distrair do trabalho importante que só o senhor no mundo é capaz de fazer.

O Dr. Ferris falou num tom de deferência extrema, e o Dr. Stadler não soube por que ele percebera por trás daquela afirmação a frase: "Cuide do seu quadro-negro e mais nada!" Sentiu uma irritação profunda e a virou contra si próprio, pensando com raiva que tinha que se livrar dessas suspeitas.

– Relações públicas? – perguntou, com desprezo. – Não encontro no seu livro nenhum objetivo prático. Não vejo o que ele pretende realizar.

– Não vê? – O olhar do Dr. Ferris pousou por um instante no do Dr. Stadler, que não teve tempo de identificar com certeza o toque de insolência que havia nele.

– Não posso me permitir aceitar que certas coisas sejam possíveis numa sociedade civilizada – disse o Dr. Stadler, sério.

– Precisamente – disse o Dr. Ferris, sorridente. – O senhor não pode se permitir. – E se levantou, sendo assim o primeiro a indicar que a entrevista estava encerrada. – Por favor, comunique-se comigo se acontecer qualquer coisa neste Instituto que lhe cause desconforto, Dr. Stadler. É meu privilégio estar sempre a seu serviço.

Sabendo que tinha de afirmar sua autoridade e sufocando a vergonha que sentia ao se dar conta do tipo de substituto que encontrara, o Dr. Stadler disse de modo autoritário, com um tom de sarcasmo indelicado:

– Da próxima vez que eu o chamar, dê um jeito nesse seu carro.

– Perfeito, Dr. Stadler. Pode ter certeza de que me esforçarei para não me atrasar outra vez, e lhe peço desculpas – disse Ferris, como um ator que diz a fala esperada, como se estivesse satisfeito de constatar que Stadler finalmente aprendera o método moderno de comunicação. – Meu carro tem me dado muitos aborrecimentos, está caindo aos pedaços. Eu até havia encomendado um carro novo, uns tempos atrás, o melhor que há, um Hammond conversível, mas Lawrence Hammond fechou a fábrica semana passada, sem explicação nem aviso prévio, por isso agora não tem jeito. Esses cachorros agora deram para desaparecer de repente. É preciso dar um jeito nisso.

Depois que o Dr. Ferris saiu, o Dr. Stadler permaneceu sentado, os ombros cada vez mais encolhidos, sentindo apenas uma vontade desesperada de que ninguém o visse. Na névoa daquela dor que não conseguia definir, havia também a sensação desesperada de que ninguém, ninguém a quem ele considerava, jamais iria querer vê-lo outra vez.

Ele sabia quais eram as palavras que não dissera. Não dissera que ia denunciar o livro em público e repudiá-lo em nome do Instituto. Não o dissera por medo de constatar que a ameaça não perturbaria Ferris, que este estava se sentindo seguro, que a palavra do Dr. Stadler não tinha mais qualquer poder. E, embora dissesse a si mesmo que depois pensaria em fazer um protesto público, ele sabia que jamais o faria.

Pegou o livro e o jogou na lata de lixo.

Veio-lhe à mente um rosto, de repente, com clareza, como se ele estivesse vendo a pureza de todos os seus traços, um rosto jovem que havia anos ele não se permitia lembrar. Pensou: *Não, ele não leu esse livro, ele não o verá, está morto, deve ter morrido há muito tempo...* A dor intensa que o atingiu foi a dor de descobrir que era obrigado a torcer para que estivesse morto o homem que ele mais queria ver no mundo.

Não entendeu por que, quando o telefone tocou e sua secretária lhe disse que era a Srta. Dagny Taggart, agarrou o fone com avidez e percebeu que sua mão tremia. O Dr. Stadler pensava há mais de um ano que ela nunca mais ia querer vê-lo. Ele ouviu sua voz clara e impessoal solicitando um horário para se encontrar com ele.

– Perfeito, Srta. Taggart, claro, claro... Segunda de manhã? Está bem... Escute, Srta. Taggart, tenho um compromisso em Nova York hoje, eu podia passar no seu escritório à tarde, se a senhorita quiser... Não, não, não, absolutamente, será um prazer... Hoje à tarde, então, Srta. Taggart, por volta das duas... quer dizer, por volta das quatro.

Ele não tinha nenhum compromisso em Nova York. Não se deu tempo de pensar por que dissera aquilo. Sorria, animado, contemplando uma faixa ensolarada num morro distante.

◢◢◢

Dagny riscou com um traço negro o trem número 93 da tabela de horários e sentiu uma satisfação desolada e momentânea ao perceber que fizera aquilo com calma. Era um gesto que vinha repetindo com frequência nos últimos seis meses. De início, fora difícil. Agora estava se tornando mais fácil. *Chegará o dia*, pensou ela, *em que poderei dar o golpe mortal sem o menor esforço.* O trem número 93 levava cargas para Hammondsville, Colorado.

Dagny sabia qual seria o próximo passo: primeiro, acabar com os cargueiros especiais; depois, diminuir o número de vagões de carga fechados com destino a Hammondsville, atrelados, como parentes pobres, à traseira de composições que iam para outras cidades; a seguir, gradualmente, diminuir as paradas dos trens de passageiros nessa cidade; e, por fim, chegaria o dia de riscar Hammondsville do mapa. Fora o que ocorrera antes com Wyatt Junction e a cidade chamada Stockton.

Ela sabia que, uma vez que se espalhasse a notícia de que Lawrence Hammond havia se aposentado, seria inútil esperar, ter esperanças de que seu primo, seu advogado ou uma comissão de cidadãos de Hammondsville reabrissem a fábrica. Era hora de começar a reduzir as paradas.

Tudo durou menos de seis meses depois do desaparecimento de Ellis Wyatt, no período que foi descrito por um colunista entusiástico como "a hora e a vez dos pequenos". Os donos de dois ou três poços de petróleo, que viviam se queixando de que Ellis Wyatt não lhes dava uma chance, correram para preencher a lacuna deixada por ele. Formaram ligas, cooperativas, associações. Reuniram seus capitais, criaram logotipos. "Finalmente os pequenos têm o seu lugar ao sol", disse o colunista. O sol, no caso, eram as chamas que devoravam as torres da Petróleo Wyatt. À luz desse sol, fizeram fortunas do tipo que sempre sonharam, das que não exigem competência nem esforço. Então seus principais clientes, como as companhias de energia elétrica, que consumiam óleo em quantidades imensas e não podiam ser compreensivos com as fraquezas humanas, começaram a converter suas instalações para o consumo de carvão – e os clientes menores, mais tolerantes, começaram a abrir falência. As autoridades em Washington impuseram o racionamento de petróleo e um imposto sobre os empregadores para sustentar os trabalhadores de petróleo desempregados. Então algumas grandes empresas de petróleo fecharam, e os pequenos, em seu lugar ao sol, constataram que uma broca que antes custava 100 dólares agora custava 500, pois não havia mais mercado para equipamentos de exploração petrolífera, e os fabricantes tinham de ganhar numa broca o que antes ganhavam em cinco, senão iriam à falência. E assim os oleodutos começaram a fechar, pois não havia ninguém que pudesse financiar sua manutenção. As ferrovias, portanto, receberam permissão de aumentar as tarifas de transporte de carga, pois havia pouco petróleo para transportar e o custo de manter vagões-tanques em circulação levara duas pequenas ferrovias a fechar. E, quando o sol se pôs, viram que os custos de operação, que antes lhes permitiam sobreviver com base em pequenos campos, só podiam ser mantidos com os campos imensos da Wyatt, que haviam se esvaído em fumaça. Foi só quando suas fortunas se evaporaram que os pequenos perceberam que nenhuma empresa no país podia agora pagar o preço que eles tinham que cobrar para cobrir os custos da extração do petróleo. Então as autoridades em Washington concederam subsídios aos donos de companhias de petróleo, mas nem todos eles tinham amigos em Washington, e se criou assim uma situação que ninguém fazia questão de examinar nem discutir detalhadamente.

Andrew Stockton se encontrava no tipo de situação que a maioria dos empresários pede a Deus. A corrida para converter equipamentos, a fim de que funcionassem à base de carvão, lhe caíra sobre os ombros como um manto de ouro: sua companhia passou a trabalhar 24 horas por dia, correndo contra o relógio para ser mais rápida que as nevascas do inverno seguinte, fabricando peças para fornos e caldeiras a carvão. Não restavam mais muitas fundições confiáveis em funcionamento. Stockton era agora um dos pilares que sustentavam os porões e as cozinhas do país. O pilar caiu sem aviso prévio. Stockton anunciou que ia se aposentar, fechou a fundição e desapareceu. Não deixou nenhuma instrução a respeito do que ele queria que se fizesse com a companhia, nem informou se seus parentes tinham o direito de reabri-la.

Ainda havia carros nas estradas do país, mas eles se moviam como viajantes no deserto, que cruzam de vez em quando com esqueletos de cavalos ressecados ao sol: passavam por carcaças de carros que haviam pifado de repente e que foram abandonados nos acostamentos. Ninguém mais comprava carros, e as fábricas de automóveis estavam fechando. Mas ainda havia pessoas que conseguiam adquirir petróleo, por meio de amizades que ninguém se interessava em questionar. Esses homens compravam carros e pagavam qualquer preço. As montanhas do Colorado eram iluminadas pelas grandes janelas da fábrica de Lawrence Hammond, na qual as linhas de produção aprontavam caminhões e carros, que depois eram embarcados na linha da Taggart Transcontinental. A notícia de que Lawrence Hammond havia se aposentado chegou quando era menos esperada, súbita como o ecoar de um sino no silêncio. Uma comissão de cidadãos de Hammondsville agora fazia um apelo no rádio, pedindo a Lawrence Hammond, onde ele estivesse, que lhes desse permissão para reabrir a fábrica. Não tiveram resposta.

Dagny gritou quando Ellis Wyatt desapareceu. Suspirou quando Andrew Stockton se aposentou. Quando soube que Lawrence Hammond havia fechado a firma, perguntou, impassível:

– Quem será o próximo?

– Não, Srta. Taggart, não posso explicar – lhe dissera a irmã de Andrew

Stockton, em sua última viagem ao Colorado, dois meses atrás. – Ele não me disse nada, e eu nem sei se ele está vivo ou morto. Foi como Ellis Wyatt. Não, não aconteceu nada de especial no dia antes de ele fechar a fábrica. Só lembro que um homem veio vê-lo aquela noite, a última noite. Um estranho que eu nunca vi antes. Ficaram conversando até tarde, e, quando fui dormir, a luz do escritório de Andrew ainda estava acesa.

Nas cidades do Colorado, as pessoas estavam silenciosas. Dagny vira a maneira como elas andavam nas ruas, passando pelas pequenas farmácias, lojas de ferragens e pelos armazéns: como se esperassem que seus afazeres cotidianos as desobrigassem de pensar no futuro. Ela também caminhara por aquelas ruas, tentando não levantar a cabeça, não ver as pedras enegrecidas, os pedaços de ferro contorcido do que antes haviam sido os campos da Wyatt, que podiam ser vistos de muitas das cidades. Ao olhar em frente, ela os vira ao longe.

Um dos poços, no alto do morro, ainda estava queimando. Ninguém conseguira apagá-lo. Ela o vira da rua: uma língua de fogo se contorcendo convulsivamente contra o céu, como se tentasse se desprender da terra. Ela a vira de noite, a uma distância de mais de 100 quilômetros de ar limpo, da janela de um vagão de trem: uma chama pequena e violenta, tremulando ao vento. As pessoas a chamavam de Tocha de Wyatt.

A maior composição da Linha John Galt tinha 40 vagões e a mais rápida corria a 90 quilômetros por hora. As locomotivas tinham que ser poupadas: eram a carvão e já deviam ter sido aposentadas havia muito tempo. Jim conseguia o petróleo para as locomotivas a diesel do Cometa Taggart e alguns trens cargueiros transcontinentais. A única fonte segura de combustível que Dagny tinha era Ken Danagger, da Carvão Danagger, na Pensilvânia.

Trens vazios atravessavam os quatro estados que estavam amarrados à garganta do Colorado, por serem vizinhos. Levavam alguns vagões com milho, alguns melões e um ou outro fazendeiro, com sua família toda emperiquitada, que tinha amigos em Washington. Nessa cidade, Jim havia conseguido um subsídio para cada trem, não para ganhar dinheiro, mas para prestar um serviço de "igualdade pública".

Dagny consumia toda a sua energia para manter trens servindo áreas em que eles ainda eram necessários, áreas onde ainda se produzia alguma coisa. Mas nos balanços da Taggart Transcontinental os subsídios dos trens vazios de Jim envolviam quantias maiores do que o lucro do trem que servia a área industrial mais ativa.

Jim se gabava de que esse semestre fora o mais próspero da história da Taggart. Entrava como lucro, nas páginas coloridas do relatório que ele enviava aos acionistas, o dinheiro que não ganhara com seu trabalho – os subsídios dos trens vazios –, bem como o dinheiro que não era dele – as quantias que deviam ser usadas para pagar os juros e saldar as debêntures da Taggart, a dívida que, graças a Wesley Mouch, ele não seria obrigado a pagar. Gabava-se do maior volume de carregamentos transportados pela Taggart no Arizona, onde Dan Conway havia fechado a última linha da Phoenix-Durango, e em Minnesota, onde Paul Larkin estava transportando minério de ferro de trem, pois a empresa de navios de transporte dos Grandes Lagos falira.

– Você sempre achou que ganhar dinheiro era uma grande virtude – disse Jim a Dagny com um meio sorriso estranho. – Pois, pelo visto, nisso eu sou melhor do que você.

Ninguém tinha pretensão de entender a questão do congelamento dos pagamentos das debêntures da Taggart, talvez porque todos entendessem até bem demais. De início, houve sinais de pânico entre os debenturistas e uma perigosa indignação do público. Então Wesley Mouch emitiu outro decreto, segundo o qual as pessoas podiam "descongelar" suas debêntures sob a alegação de "necessidade essencial": o governo as compraria se achasse que havia mesmo prova de necessidade. Havia três perguntas a que ninguém respondia e que ninguém perguntava: "O que constituía prova?"; "O que constituía necessidade?"; "Essencial para quem?".

Então se tornou uma indelicadeza perguntar por que um homem recebera permissão de descongelar seu dinheiro e outro não. As pessoas desviavam o olhar, com os lábios apertados, se alguém perguntava: "Por quê?" Era o caso de descrever e catalogar os fatos, não julgá-los: o Sr. Fulano fora descongelado, o Sr. Beltrano não fora, e pronto. E, quando o Sr. Beltrano se suicidava, as pessoas diziam: "É, não sei, não, mas, se ele realmente precisasse do dinheiro, o governo teria dado. Tem gente que é muito gananciosa."

Não se falava sobre os homens que, não obtendo permissão de descongelar seu dinheiro, vendiam suas debêntures por um terço do valor para homens que possuíam necessidades que tinham o dom miraculoso de transformar 33 centavos congelados em um dólar descongelado. Nem sobre uma nova profissão praticada por jovens inteligentes recém-formados que se autodenominavam "descongeladores", que ofereciam seus serviços para "ajudar a redigir o pedido nos termos modernos adequados". Esses rapazes tinham amigos em Washington.

Quando olhava para os trilhos da Taggart da plataforma de alguma estação do interior, Dagny sentia não aquele orgulho intenso de antes, e sim uma vergonha vaga e culposa, como se algum tipo de ferrugem asquerosa houvesse corroído o metal. Pior ainda: como se essa ferrugem tivesse cor de sangue. Mas quando, no terminal, via a estátua de Nat Taggart, pensava: *Esta ferrovia era sua. Você a fez, você lutou por ela, não foi derrotado pelo medo nem pelo asco; não vou me render aos homens do sangue e da ferrugem – e eu sou a única que resta para protegê-la.*

Dagny não abandonara sua busca do homem que inventara o motor. Era a única parte de seu trabalho que a tornava capaz de suportar o restante. Era o único objetivo que dava sentido à sua luta. Às vezes ela se perguntava por que queria reconstruir aquele motor. Para quê?, uma voz parecia lhe perguntar. *Porque ainda estou viva*, respondia ela. Mas sua busca não dava em nada. Seus dois engenheiros não haviam encontrado nada em Wisconsin. Dagny os enviara com ordens de procurar em todo o país os homens que haviam trabalhado para a Século XX e descobrir o nome do inventor. Mas eles não descobriram nada. Dagny os mandara examinar os arquivos do Escritório de Registro de Patentes, mas o motor jamais chegara a ser patenteado.

A única coisa que lhe restava de sua busca era a ponta de cigarro com o cifrão. Ela a esquecera, até que, algumas noites atrás, a encontrara numa gaveta de sua escrivaninha. Então a deu a seu amigo da banca do terminal. O velho ficou muito espantado. Examinou a ponta, segurando-a com cuidado. Nunca ouvira falar daquela marca e não sabia como lhe era possível não conhecê-la.

– Era de boa qualidade, Srta. Taggart?

– O melhor que já fumei.

O velho sacudiu a cabeça, intrigado. Prometeu-lhe descobrir onde eram fabricados aqueles cigarros e lhe obter um pacote.

Dagny tentara encontrar um cientista que fosse capaz de reconstruir o motor. Entrevistou os homens que lhe foram recomendados como os melhores nessa área. O primeiro, ao examinar o que restava do motor e do texto datilografado, declarou, com a voz categórica de um sargento, que aquilo não podia funcionar, jamais havia funcionado e ele provaria que era impossível tal motor funcionar. O segundo respondeu, com uma voz entediada, que não sabia se era possível e não estava interessado em descobrir.

O terceiro disse, com uma voz agressivamente insolente, que tentaria fazê-lo mediante um contrato de 10 anos, ao preço de 25 mil dólares por ano: "Afinal de contas, Srta. Taggart, se é sua intenção faturar lucros enormes com esse motor, é a senhorita que vai ter que pagar pelo tempo que eu vou dedicar a ele." O quarto, que era o mais jovem de todos, a encarou silenciosamente por um momento, e suas feições, antes neutras, assumiram uma sutil expressão de desprezo. "Sabe, Srta. Taggart, acho que um motor como esse jamais deveria ser feito, mesmo se alguém descobrisse como fazê-lo. Seria tão superior a tudo o que já existe que seria uma injustiça para os outros cientistas, que não teriam campo para suas realizações e suas capacidades. Acho que os fortes não têm o direito de ferir o amor-próprio dos fracos." Ela mandou que ele saísse de seu escritório e ficou sentada, tremendo de horror, por ter ouvido a afirmação mais horrenda de sua vida proferida num tom de indignação moral.

A decisão de falar com o Dr. Robert Stadler fora sua última tentativa.

Ela havia se obrigado a telefonar para ele, apesar da resistência de algum ponto imóvel dentro dela que era como um freio pisado até o fundo. Argumentara consigo mesma: se posso lidar com homens como Jim e Orren Boyle, e a culpa de Stadler é menor do que a deles, por que não poderia falar com ele? Não encontrara resposta a essa pergunta, só uma relutância teimosa, só a sensação de que, de todos os homens do mundo, o Dr. Robert Stadler era o único a quem ela não podia recorrer.

Sentada à sua mesa, debruçada sobre os horários da Linha John Galt, esperando pelo Dr. Stadler, Dagny se perguntava por que havia anos não surgiam talentos de primeira no campo da ciência. Ela não conseguia encontrar uma resposta. Estava olhando para o risco negro que era o cadáver do trem número 93 no horário à sua frente.

Um trem tem dois atributos vitais, pensou ela: *o movimento e o objetivo*. Ele já fora uma entidade viva, mas agora não passava de um certo número de vagões e locomotivas mortas. *Não se dê tempo para ter sentimentos*, pensou. *Desmembre o cadáver o mais depressa possível, todo o sistema está precisando de locomotivas. Ken Danagger, na Pensilvânia, precisa de trens, mais trens. Ah, se...*

– O Dr. Robert Stadler – disse a voz no interfone sobre sua mesa.

Ele entrou, sorridente. O sorriso parecia reforçar suas palavras:

– Srta. Taggart, a senhorita acreditaria se eu lhe dissesse que estou extraordinariamente feliz de vê-la outra vez?

Ela não sorriu. Dirigiu-lhe um olhar sério e cortês e respondeu:

– É muita bondade do senhor vir aqui. – Curvou-se, mantendo o corpo esguio tenso e reto, exceto pelo movimento lento e formal da cabeça.

– E se eu lhe confessasse que só precisava de uma desculpa plausível para vir? Isso a surpreenderia?

– Eu tentaria não me aproveitar de sua cortesia. – Dagny não sorriu. – Queira sentar-se, Dr. Stadler.

Ele olhou ao seu redor, satisfeito:

– Nunca tinha visto antes o escritório de um executivo de uma rede ferroviária. Não sabia que era um lugar tão... tão solene. É por causa da natureza do trabalho?

– O assunto em relação ao qual *eu* gostaria de pedir seu conselho é muito afastado de seu campo de interesse, Dr. Stadler. Talvez o senhor ache estranho eu tê-lo chamado. Por favor, me permita expor meus motivos.

– O seu desejo de falar comigo já é motivo suficiente. Se eu puder ajudá-la de algum modo, seja lá como for, é o que mais me daria prazer no momento. – Seu sorriso tinha algo de atraente, o sorriso de um homem que o usava não para ocultar suas palavras, mas para ressaltar sua audácia de expressar uma emoção sincera.

– Meu problema é de natureza tecnológica – disse ela, no tom claro e neutro de um jovem mecânico que fala a respeito de um serviço complicado. – Estou plenamente consciente de que o senhor encara esse ramo da ciência com desprezo. Não imagino que o senhor vá resolver meu problema. Não é o tipo de trabalho que o senhor faz, nem que o interessa. Gostaria de lhe apresentar o problema e depois lhe fazer apenas duas perguntas. Tive de chamá-lo porque é uma questão que envolve grande inteligência, e... – Dagny falava num tom impessoal, como quem apenas constata um fato – ... e o senhor é a única grande inteligência que ainda resta nessa área.

Dagny não entendeu por que sua afirmativa o atingiu daquele jeito. Viu seu rosto ficar imóvel, um olhar de seriedade aparecer subitamente em seus olhos, uma seriedade estranha, que parecia quase implorar, e depois ouviu sua voz, muito séria, como se distorcida por uma emoção que a fazia parecer simples e humilde:

– Qual é o seu problema, Srta. Taggart?

Ela lhe falou a respeito do motor e do lugar em que o encontrara.

Disse-lhe que fora impossível descobrir o nome do inventor, mas não entrou nos detalhes de sua busca. Entregou-lhe fotografias do motor e o que restava do texto datilografado.

Ficou a observá-lo enquanto ele lia. Percebeu a segurança profissional dos movimentos rápidos dos olhos, no início, depois a pausa, e em seguida a atenção concentrada, e então um movimento de lábios que, em outro homem, seria um assobio ou uma interjeição de espanto. Viu-o parar por longos minutos e olhar para a distância, como se sua mente estivesse percorrendo incontáveis caminhos diferentes, tentando seguir todos eles – viu-o voltar atrás na leitura, depois parar e se obrigar a continuar lendo, como se estivesse dividido entre o desejo de continuar a leitura e o de apreender todas as possibilidades que se descortinavam perante seus olhos. Viu seu entusiasmo silencioso. Viu que ele esquecera a sala ao seu redor, a existência de Dagny, tudo o que não fosse aquela realização – e, por ser ele capaz de ter uma reação dessas, Dagny lamentou não lhe ser mais possível gostar do Dr. Robert Stadler.

Havia mais de uma hora que não trocavam palavra, quando o Dr. Stadler terminou a leitura e olhou para Dagny.

– Mas isto é extraordinário! – disse, com um tom de felicidade e surpresa, como se estivesse dizendo algo que ela não esperava.

Dagny teve vontade de poder sorrir e participar de sua felicidade, mas se limitou a concordar com a cabeça e dizer friamente:

– É.

– Mas, Srta. Taggart, isto é fabuloso!

– É.

– A senhorita diz que é uma questão tecnológica? É mais, muito, muito mais do que isso. No trecho em que ele fala do conversor... dá para entender quais são as premissas de que ele parte. Ele chegou a um novo conceito de energia. Abandonou todos os nossos pressupostos estabelecidos, segundo os quais seu motor seria considerado impossível. Formulou uma nova premissa e resolveu o problema de converter energia estática em cinética. A senhorita sabe o que isso significa? Tem consciência da proeza de ciência pura, abstrata, que ele teve de realizar antes de fazer seu motor?

– Ele quem? – perguntou Dagny, em voz baixa.

– Não ouvi.

– Essa é a primeira das duas perguntas que eu queria lhe fazer, Dr. Stadler.

Será que o senhor sabe de algum cientista jovem que talvez tenha conhecido há uns 10 anos e que *seria capaz de* fazer isso?

O Dr. Stadler ficou silencioso por um instante, surpreso. Não tivera tempo de se fazer essa pergunta.

– Não – disse lentamente e franzindo a testa. – Não, não me ocorre ninguém... E é estranho... porque um talento como esse não poderia passar despercebido em lugar nenhum... alguém o teria mencionado a mim... estão sempre me mandando cientistas jovens e promissores. A senhorita disse que encontrou isto no laboratório de pesquisas de uma simples fábrica de motores?

– Foi.

– É estranho. O que ele estaria fazendo num lugar desses?

– Projetando um motor.

– É isso que acho estranho. Um homem de gênio, um grande cientista, que resolve ser inventor comercial? Acho isso um absurdo. Ele queria um motor e discretamente fez uma verdadeira revolução na ciência da energia, apenas como um meio para chegar a um fim, e não se deu ao trabalho de publicar sua descoberta, porém simplesmente continuou a fazer seu motor. Por que desperdiçar sua inteligência em aplicações práticas?

– Talvez porque ele gostasse de viver neste mundo – disse ela, sem querer.

– Como?

– Não, eu... desculpe, Dr. Stadler. Não quero entrar em nenhuma... discussão irrelevante.

O Dr. Stadler estava com o olhar perdido, pensando.

– Por que ele não me procurou? Por que não estava trabalhando numa grande instituição científica? Se tinha a inteligência necessária para fazer isto, certamente tinha inteligência bastante para avaliar a importância de seu feito. Por que não publicou um artigo sobre sua definição de energia? Dá para eu ver o raciocínio geral que ele seguiu, mas, que diabo!, as páginas mais importantes estão faltando, a fórmula não está aqui! Não é possível que não houvesse uma só pessoa trabalhando com ele que resolvesse anunciar a descoberta ao mundo científico. Por que não fizeram isso? Como puderam abandonar, simplesmente abandonar, uma coisa como esta?

– São essas as perguntas às quais não consegui responder.

– Além disso, de um ponto de vista puramente prático, por que aquele motor foi abandonado no meio de trastes inúteis? Era de esperar que algum industrial ganancioso o pegasse para faturar com ele. Não é preciso ser inteligente para ver seu valor comercial.

Dagny sorriu pela primeira vez – um sorriso distorcido e amargo. Não disse nada.

– A senhorita não conseguiu descobrir o inventor?
– Por enquanto, não consegui absolutamente nada.
– Acha que ele ainda está vivo?
– Tenho motivos para supor que sim. Mas não posso ter certeza.
– E se eu tentasse encontrá-lo com anúncios?
– Não. Não faça isso.
– Mas eu podia colocar anúncios nas publicações científicas e mandar o Dr. Ferris... – Parou de repente e viu o olhar de Dagny se fixar rapidamente no seu quando olhou para ela. Dagny não disse nada, mas continuou a olhar para ele. O Dr. Stadler desviou a vista e terminou a frase num tom frio e firme: – ... e mandar o Dr. Ferris anunciar no rádio que eu gostaria de falar com ele. Será que ele se recusaria a vir?
– Sim, Dr. Stadler. Acho que ele se recusaria.

Ele não estava olhando para Dagny. Ela viu os músculos do rosto dele se retesarem de leve e, ao mesmo tempo, alguns traços de seu rosto relaxarem. Ela não sabia que tipo de luz estava morrendo dentro dele, nem por que estava pensando na morte de uma luz.

O Dr. Stadler jogou o texto na mesa com um gesto de desprezo.
– Esses homens que não se incomodam de ser práticos quando se trata de vender sua inteligência por dinheiro deviam saber alguma coisa sobre a realidade prática.

Olhou para ela com um ar de desafio, como se esperasse uma réplica irritada. Mas a reação de Dagny foi pior do que a raiva: seu rosto permaneceu sem expressão, como se a verdade ou a falsidade do que ele dizia não lhe interessasse mais.

– A segunda pergunta que eu gostaria de lhe fazer – disse ela, educadamente – é a seguinte: o senhor teria a bondade de me indicar um físico que, a seu ver, seria capaz de reconstruir esse motor?

O Dr. Stadler olhou para ela e riu um pouco. Havia dor naquele riso.
– A senhorita também sofre com isso? Com a impossibilidade de encontrar gente inteligente em qualquer área?
– Entrevistei alguns físicos que me foram muito bem recomendados e achei todos inaproveitáveis.

O Dr. Stadler se debruçou sobre a mesa, tenso.

– Srta. Taggart – perguntou –, a senhorita me procurou porque confiava na integridade de minha palavra em questões científicas?

Aquilo era uma súplica confessa.

– Sim – respondeu ela, calma. – Eu confiava na sua integridade em questões científicas.

Ele se recostou na cadeira. Parecia que algum sorriso oculto estava relaxando a tensão de seu rosto.

– Quem dera eu pudesse ajudá-la – disse ele, num tom de camaradagem. – Pelos motivos mais egoístas, quem dera eu pudesse ajudá-la, porque esse tem sido meu maior problema: encontrar homens talentosos para trabalhar comigo. Talento? Ora, eu ficaria satisfeito com uma simples promessa de talento, mas os homens que me mandam não possuem potencial nem para virem a se tornar bons mecânicos de oficina. Não sei se estou ficando velho e mais exigente, ou se a espécie humana está degenerando, mas quando eu era mais moço o mundo não parecia tão pobre em inteligência. Se a senhorita visse os homens que tenho que entrevistar hoje em dia...

Ele parou de repente, como se tivesse lembrado algo. Permaneceu calado – parecia pensar em algo que sabia mas não queria dizer a ela. Dagny ficou convencida de que era isso mesmo que estava acontecendo quando ele concluiu abruptamente, com o tom de ressentimento de quem dá uma evasiva:

– Não, não sei de ninguém que eu possa lhe recomendar.

– Era só isso que eu queria lhe perguntar, Dr. Stadler – disse ela. – Obrigada pela atenção que me foi concedida.

O Dr. Stadler continuou sentado por um momento, como se não conseguisse se convencer a sair.

– Srta. Taggart – pediu ele –, podia me mostrar o motor?

Ela olhou para ele, espantada:

– Ora, claro que posso... se o senhor está interessado. Mas está num depósito subterrâneo, nos túneis do terminal.

– Não faz mal, se a senhorita não se importa em me levar até lá. Não tenho nenhum motivo em particular para ir lá. É só por curiosidade. Gostaria de ver, só isso.

Quando estavam contemplando aquele objeto de metal quebrado dentro de uma campânula de vidro, o Dr. Stadler tirou o chapéu com um gesto lento e distraído – e Dagny não sabia se ele o fizera simplesmente por estar num recinto fechado com uma mulher ou se aquilo era o gesto de descobrir a cabeça ao lado de um caixão.

Ficaram em silêncio, à luz de uma única lâmpada, que se refletia no vidro. Ao longe ouviam-se rodas de trens sobre trilhos, e às vezes parecia que uma vibração mais forte e repentina fosse arrancar algum tipo de reação do cadáver dentro da campânula de vidro.

– Que maravilha – disse o Dr. Stadler, em voz baixa – ver uma grande ideia nova que não seja minha!

Dagny olhou para ele, desejando poder acreditar que o havia entendido. Ele falava com sinceridade apaixonada, pouco ligando para as convenções, sem querer saber se era apropriado deixar que ela ouvisse a confissão de sua dor, só vendo que havia a seu lado o rosto de uma mulher que era capaz de compreender o que ele dizia:

– Srta. Taggart, sabe o que caracteriza o medíocre? É o ressentimento dirigido às realizações dos outros. Essas mediocridades sensíveis que vivem tremendo de medo de que o trabalho de alguém se revele mais importante que o delas não imaginam a solidão que se sente quando se atinge o cume. A solidão por não se conhecer um igual, uma inteligência que se possa respeitar, uma realização que se possa admirar. Os medíocres, escondidos em suas tocas, rangem os dentes para a senhorita, crentes de que a senhorita sente prazer em ofuscá-los com o seu brilho, e, no entanto, a senhorita daria um ano de sua vida para ver um simples lampejo de talento entre eles. Eles invejam a capacidade, e seu sonho de grandeza é um mundo em que todos os homens sejam reconhecidamente inferiores a eles. Não sabem que esse sonho é a prova cabal de sua mediocridade, porque esse mundo seria insuportável para o homem capaz. Eles não sabem o que o homem capaz sente quando está cercado de seres inferiores. Ódio? Não, não é ódio, mas tédio... um tédio terrível, sem esperanças, paralisante. De que adianta receber elogios e adulações de homens por quem não se sente respeito? Já sentiu vontade de ter alguém para admirar? Algo que a obrigasse a levantar a vista?

– A minha vida inteira senti isso – disse Dagny. Não pôde lhe negar aquela resposta.

– Eu sei – disse ele, e havia algo de belo na suavidade impessoal de sua voz. – Percebi isso na primeira vez que falei com a senhorita. Foi por isso que vim aqui hoje... – Fez uma pausa muito breve, porém Dagny não respondeu a seu apelo, e ele concluiu sua fala com o mesmo tom de voz suave: – Pois foi por isso que eu quis ver o motor.

– Entendo – disse ela, em voz baixa. Aquele tom de voz era o único tipo de reconhecimento que ela podia lhe conceder.

– Srta. Taggart – disse o Dr. Stadler, olhando para baixo, para o motor. – Conheço um homem que poderia tentar reconstruir esse motor. Ele não quis trabalhar para mim, portanto talvez seja o tipo de homem que a senhorita quer.

Mas quando ele levantou a cabeça, e antes que visse o olhar de admiração nos olhos de Dagny, aquele olhar desarmado pelo qual ele implorara, o olhar de perdão, o Dr. Stadler destruiu aquele momento de expiação ao acrescentar, com uma voz cheia de sarcasmo:

– Pelo visto, esse rapaz não tem o menor interesse em trabalhar para o bem da sociedade ou por amor à ciência. Ele me disse que se recusava a trabalhar para o governo. Concluí que ele queria ganhar um salário maior trabalhando para uma empresa privada.

Ele desviou a vista, para não ver o olhar que morria no rosto de Dagny, para não entender o que ele significava.

– É – disse ela, com uma voz dura –, deve ser o tipo de homem que quero.

– É um jovem físico do Instituto de Tecnologia de Utah – disse ele, secamente. – Chama-se Quentin Daniels. Um amigo meu o mandou falar comigo alguns meses atrás. Ele veio me ver, mas não aceitou o emprego que lhe ofereci. Eu queria que ele trabalhasse na minha equipe. Ele tem um cérebro de cientista. Não sei se vai conseguir reconstruir o motor, mas pelo menos tem capacidade para isso. Creio que a senhorita ainda pode encontrá-lo no Instituto de Tecnologia de Utah. Não sei o que ele está fazendo por lá agora: fecharam o Instituto há um ano.

– Obrigada, Dr. Stadler. Vou entrar em contato com ele.

– Se... se a senhorita quiser, terei prazer em ajudá-lo na parte teórica. Estou interessado em fazer algumas pesquisas com base nas ideias desse texto datilografado. Gostaria de encontrar o segredo básico daquela energia que o autor descobriu. É o princípio básico que temos que descobrir. Se conseguirmos, o Sr. Daniels pode terminar o serviço sozinho.

– Agradeço qualquer ajuda que o senhor queira me dar, Dr. Stadler.

Caminharam sem dizer palavra pelos túneis mortos do terminal, passando por trilhos enferrujados sob uma fileira de luzes azuis. Ao longe, via-se a iluminação das plataformas.

À entrada do túnel, viram um homem ajoelhado sobre os trilhos, golpeando com um martelo uma chave, em movimentos arrítmicos, com o desespero de quem não sabe o que está fazendo. Um outro homem o observava com impaciência.

– Afinal, o que deu nessa porcaria?
– Sei lá.
– Você já está aí há uma hora!
– É.
– Quanto tempo ainda vai demorar?
– Quem é John Galt?

O Dr. Stadler fez uma careta. Depois que passaram pelos homens, ele disse:

– Não gosto dessa expressão.
– Nem eu – disse ela.
– De onde ela surgiu?
– Ninguém sabe.

Calaram-se. Depois o Dr. Stadler disse:

– Eu conheci um homem chamado John Galt. Só que ele já morreu há muito tempo.

– Quem era ele?
– Antes eu achava que ele ainda estava vivo. Mas agora tenho certeza de que deve ter morrido. Era tão inteligente que, se estivesse vivo, o mundo inteiro estaria falando dele agora.

– Mas o mundo inteiro está mesmo falando dele.

O Dr. Stadler parou de repente.

– É – disse devagar, com o olhar de quem está pensando numa ideia que jamais lhe ocorrera antes. – E... por quê? – Havia um toque de terror naquela pergunta.

– Quem era ele, Dr. Stadler?
– Por que estão falando nele?
– Quem era ele?

O Dr. Stadler sacudiu a cabeça negativamente e disse, ríspido:

– É só uma coincidência. Não é um nome tão raro assim. É uma coincidência que não quer dizer nada. Não tem nada a ver com o homem que eu conheci. Ele morreu. – E acrescentou, sem se permitir entender inteiramente o significado do que dizia: – Ele tem que estar morto.

O documento que estava sobre a mesa ostentava os dizeres: "Confidencial... Emergência... Prioridade máxima... Necessidade essencial certificada pelo coordenador-chefe... com relação ao Projeto X." Era uma ordem para que ele vendesse 10 mil toneladas de metal Rearden para o Instituto Científico Nacional.

Rearden leu o documento e olhou para o superintendente de suas usinas, que estava parado à sua frente. O superintendente entrara e colocara o documento sobre a mesa sem dizer uma palavra.

– Achei que o senhor gostaria de saber – disse ele, em resposta ao olhar de Rearden.

Rearden apertou um botão, chamando a Srta. Ives. Entregou-lhe o documento e disse:

– Devolva isto a quem mandou. Diga que não vou vender metal Rearden nenhum ao Instituto Científico Nacional.

Gwen Ives e o superintendente olharam para ele, depois se entreolharam e, por fim, voltaram os olhos para Rearden outra vez. Ele percebeu que havia admiração em seus olhares.

– Sim, senhor – disse Gwen Ives, formal, pegando o documento como se fosse um papel qualquer. Fez uma mesura e saiu. O superintendente saiu em seguida.

Rearden sorriu de leve, em reconhecimento ao que os dois haviam sentido. Ele não sentia nada em relação àquele documento e às possíveis consequências do que ele fizera.

Numa espécie de convulsão interior, como se tivesse desligado da tomada o fio de suas emoções, seis meses antes Rearden decidira agir primeiro, manter as siderúrgicas funcionando e sentir depois. Desse modo, com indiferença, lhe fora possível encarar a Lei da Distribuição Justa e suas consequências.

Ninguém sabia como a lei seria observada. Primeiro, lhe disseram que ele não poderia produzir metal Rearden numa quantidade maior do que a da melhor liga que não fosse de aço, produzida por Orren Boyle. Mas a melhor liga de Boyle era uma porcaria que ninguém queria comprar. Então lhe disseram que ele poderia produzir metal Rearden na quantidade em que Orren Boyle seria capaz de produzi-lo, se soubesse como. Ninguém sabia como determinar essa quantidade. Alguém em Washington deu um número de toneladas por ano, sem explicar como chegara a ele. E a coisa ficou por isso mesmo.

Rearden não sabia como dar a todos os consumidores interessados uma quantidade igual. A lista de pedidos não poderia ser atendida nem em três anos, mesmo que ele tivesse permissão para trabalhar com a capacidade total das siderúrgicas. A cada dia chegavam novos pedidos. Não eram mais pedidos como os de antigamente – eram ordens. A lei dizia que ele podia ser processado por qualquer consumidor que não recebesse a cota de metal Rearden a que tinha direito.

Ninguém sabia como determinar o que seria uma cota justa. Então um rapaz brilhante, recém-formado, lhe fora enviado de Washington para ser seu vice-diretor de distribuição. Após muitos telefonemas para a capital, o rapaz anunciou que cada cliente receberia 500 toneladas de metal Rearden, segundo a ordem de chegada dos pedidos. Ninguém contestou esse número. Não havia como discutir. Poderia ter sido 1 quilo ou 1 milhão de toneladas que teria a mesma validade. O rapaz tinha sua sala na siderúrgica de Rearden, na qual quatro moças recebiam pedidos de metal Rearden. No atual ritmo de produção, os pedidos só seriam atendidos no século seguinte.

Quinhentas toneladas de metal Rearden não davam para cinco quilômetros de ferrovia da Taggart Transcontinental nem atendiam às necessidades de uma das minas de carvão de Ken Danagger. As maiores indústrias, que eram os melhores fregueses de Rearden, não podiam usar seu metal. Mas de repente começaram a surgir no mercado tacos de golfe de metal Rearden, bem como cafeteiras, ferramentas de jardinagem e torneiras. Danagger, que desde o início reconhecera o valor da liga e ousara fazer um pedido apesar da fúria da opinião pública, não tinha direito de adquiri-la – seu pedido não fora atendido, por força das novas leis. O Sr. Mowen, que havia traído a Taggart Transcontinental no momento em que ela mais precisava dele, agora estava fabricando chaves de metal Rearden e vendendo-as à Sul-Atlântica. Rearden via tudo aquilo, mas suas emoções estavam desligadas.

Ele desviava a vista e não dizia nada quando alguém comentava o que todos sabiam: que havia gente enriquecendo rapidamente com o metal Rearden. "Bem", diziam as pessoas nas festas, "não se trata de um mercado negro, porque ninguém está vendendo o *metal* ilegalmente. Estão só vendendo suas *cotas*. Ou melhor, compartilhando-as". Rearden não queria saber os detalhes sórdidos dessas transações. Não queria saber como um fabricante da Virgínia produzira, em dois meses, 5 mil peças de metal

Rearden, nem quem era o sócio secreto desse fabricante em Washington. Só sabia que eles lucravam cinco vezes mais que ele em cada tonelada de metal Rearden. Ele não dizia nada. Todo mundo tinha direitos sobre o metal Rearden, menos ele.

O rapaz de Washington, que recebera dos metalúrgicos o apelido de Ama de Leite, vivia grudado em Rearden, manifestando uma curiosidade primitiva e boquiaberta que era, por incrível que parecesse, uma forma de admiração. Rearden o contemplava sentindo repulsa e achando graça ao mesmo tempo. O rapaz não tinha o menor escrúpulo moral. Sua formação universitária tivera esse efeito, tornando-o uma pessoa curiosamente sincera, ingênua e cínica ao mesmo tempo – era a inocência de um selvagem.

– O senhor me despreza, Sr. Rearden – disse ele certa vez, sem nenhum ressentimento. – Não é uma atitude prática.

– Por quê? – perguntou Rearden.

O rapaz ficou confuso e não soube responder. Nunca sabia responder a um "por quê?". Só falava por afirmativas categóricas. Dizia sobre as pessoas: "Ele é antiquado."; "Ele é retrógrado."; "Ele é desajustado.". Fazia tais afirmações sem vacilar, sem justificá-las. Embora formado em metalurgia, dizia coisas como: "Creio que a fusão do ferro requer uma temperatura elevada." Em relação ao mundo físico, só emitia opiniões incertas. Sobre os homens, só fazia afirmativas categóricas.

– Sr. Rearden – disse ele certa vez –, se o senhor quiser vender mais metal para amigos seus, quer dizer, em quantidades maiores, a gente dá um jeito. A gente podia pedir uma permissão especial por necessidade essencial. Tenho amigos em Washington. Os seus amigos são pessoas muito importantes, grandes empresários, de modo que não seria difícil conseguir a permissão. E claro que haveria algumas despesas para essas coisas em Washington. O senhor sabe, essas coisas sempre custam dinheiro.

– Que coisas?

– O senhor sabe o que estou dizendo.

– Não – respondeu Rearden –, não sei, não. Por que não me explica?

O rapaz o olhou, inseguro, pensou bem e disse:

– Não é psicologicamente bom.

– O quê?

– O senhor sabe, não é necessário usar palavras assim.

– Assim como?

– As palavras são relativas. Não passam de símbolos. Se não usamos símbolos feios, não há nada feio. Por que o senhor quer que eu diga as coisas de um jeito se eu já disse tudo de outro?

– E de que jeito eu quero que você fale?

– Por que o senhor quer isso?

– Pelo mesmo motivo que você não quer.

O rapaz não disse nada por um momento. Depois falou:

– Sabe, Sr. Rearden, não existem padrões absolutos. Não se podem seguir princípios rígidos. É preciso ser flexível, se ajustar à realidade atual e agir com base nas contingências do momento.

– Ora, menino, vá tentar fundir uma tonelada de aço sem princípios rígidos, com base nas contingências do momento.

Por algum motivo estranho, quase por uma sensibilidade estilística, Rearden não sentia ressentimento em relação ao rapaz, embora o desprezasse. O rapaz parecia estar afinado com o espírito de sua época. Era como se estivessem viajando no tempo, para muitos séculos atrás, para uma época da qual o rapaz fazia parte, mas não ele, Rearden. *Em vez de construir novos altos-fornos*, pensou Rearden, *agora estou tentando, sem sucesso, manter os antigos em funcionamento. Em vez de investir em novos empreendimentos, novas pesquisas, novos experimentos em aplicações do metal Rearden, gasto toda a minha energia procurando minério de ferro, como se estivesse nos primórdios da Idade do Ferro*, refletiu, mas com menos esperanças.

Tentava evitar tais pensamentos. Era necessário se proteger de seus próprios sentimentos, como se uma parte de si próprio se houvesse transformado em um estranho que era necessário manter entorpecido e sua força de vontade fosse o anestésico. Aquela parte sua era algo desconhecido, algo cuja raiz jamais podia ser vista, algo que ele jamais poderia permitir que se manifestasse. Ele vivera um instante de perigo que não poderia se repetir jamais.

Foi o momento em que, sozinho em seu escritório, numa tarde de inverno, contemplando atônito um jornal cuja primeira página trazia uma longa lista de decretos, ouviu no rádio que os campos de petróleo de Ellis Wyatt estavam em chamas. Sua primeira reação – antes de pensar no futuro, antes de se dar conta do desastre que ocorrera, antes de sentir espanto, terror ou indignação – fora uma gargalhada. Uma gargalhada de triunfo, de alívio, de contentamento sadio, e as palavras que ele não pronunciara, mas pensara, foram estas: *Deus o abençoe, Ellis, seja lá o que esteja fazendo!*

Quando compreendeu as implicações daquela gargalhada, Rearden se deu conta de que agora estava condenado a uma vigilância constante, para se proteger de si próprio. Como o sobrevivente de um ataque cardíaco, ele sabia que o que ocorrera fora uma advertência, que havia dentro de si um perigo que podia atacá-lo a qualquer momento.

Desde então ele conseguira se conter. Controlava com cuidado, com severidade, a própria vida interior, passo a passo. Mas numa outra ocasião o perigo estivera perto. Quando viu a ordem do Instituto Científico Nacional sobre sua mesa, teve a impressão de que a luz que bruxuleava sobre o papel não vinha dos altos-fornos, mas de um campo de petróleo incendiado.

– Sr. Rearden – disse o Ama de Leite ao saber que ele havia devolvido a ordem ao Instituto –, o senhor não devia ter feito isso.

– Por que não?

– Isso vai dar problema.

– Que tipo de problema?

– É uma ordem do governo. Não se pode rejeitar uma ordem do governo.

– Por que não?

– É um projeto de necessidade essencial, e secreto ainda por cima. É muito importante.

– Que espécie de projeto?

– Não sei. É secreto.

– Então como sabe que é secreto?

– Porque dizia que era.

– Quem dizia que era?

– Não pode questionar essas coisas, Sr. Rearden.

– Por que não?

– Não pode.

– Se não pode porque não pode, então é uma coisa absoluta, e você diz que nada é absoluto.

– Isso é diferente.

– Diferente como?

– É do governo.

– Você quer dizer que nada é absoluto, a não ser o governo?

– Estou dizendo que, se eles dizem que é importante, então é.

– Por quê?

– Eu não quero que o senhor tenha problemas, e não tenha dúvida de que vai ter. O senhor pergunta "por quê" demais. Por quê?

Rearden olhou para ele e deu uma risada. O garoto se deu conta do que ele próprio tinha dito e sorriu, sem graça. Mas não estava alegre.

Uma semana depois veio procurar Rearden um homem jovem e magro, mas nem tão jovem nem tão magro quanto tentava parecer. Usava trajes civis e perneiras de couro, dessas que usam os guardas de trânsito. Rearden não sabia se ele era do Instituto Científico Nacional ou de Washington.

– Fui informado de que o senhor se recusou a vender metal ao Instituto Científico Nacional, Sr. Rearden – disse ele, num tom de voz suave e confidencial.

– É verdade – disse Rearden.

– Mas isso não seria desobedecer à lei intencionalmente?

– Isso é interpretação sua.

– Posso lhe perguntar qual o motivo?

– Não é coisa que lhe interesse.

– Mas é claro que me interessa! Não somos seus inimigos, Sr. Rearden. Queremos ser justos com o senhor. O senhor não tem o que temer por ser um grande industrial. Não vamos usar esse fato contra o senhor. Queremos ser tão justos com o senhor como se o senhor fosse o mais humilde trabalhador braçal. Gostaríamos de saber o motivo de sua recusa.

– Publique nos jornais que eu me recusei, e qualquer leitor lhe dirá o motivo. Deu tudo no jornal há pouco mais de um ano.

– Não, não! Jornal, não! Não dá para resolver isso de modo amistoso, em particular?

– Isso é com o senhor.

– Não queremos que isso saia nos jornais.

– Não?

– Não. Não queremos prejudicá-lo.

Rearden olhou para ele e perguntou:

– Por que o Instituto Científico Nacional precisa de 10 mil toneladas de metal? O que é esse Projeto X?

– Ah, é um projeto de pesquisa científica muito importante, de grande valor social, que pode vir a ser de valor inestimável para o público, mas infelizmente não tenho permissão de lhe explicar o que é em mais detalhes.

– Olhe – disse Rearden –, eu poderia lhe dizer que o meu motivo é o seguinte: não quero vender meu metal para pessoas que não dizem para que querem usá-lo. Fui eu que criei esse metal. É minha responsabilidade moral saber para que fim ele será usado antes de permitir que o usem.

– Ah, mas não precisa se preocupar com isso, Sr. Rearden! Nós assumimos essa responsabilidade.

– E se eu não quiser que vocês assumam a responsabilidade?

– Mas... isso é uma atitude antiquada e... e puramente teórica.

– Eu falei que podia dizer que era esse o meu motivo. Mas não vou, porque tenho outro, mais abrangente. Não vendo metal Rearden ao Instituto Científico Nacional para nenhum objetivo, seja bom ou mau, secreto ou público.

– Mas por quê?

– Escute – disse Rearden, falando devagar –, talvez houvesse alguma justificativa para as sociedades selvagens, em que o homem esperava a qualquer momento que seus inimigos o assassinassem e por isso tinha que se defender como pudesse. Mas não há justificativa para uma sociedade em que se quer que um homem fabrique as armas que serão usadas para assassiná-lo.

– Não acho aconselhável usar essas palavras, Sr. Rearden. Não acho prático pensar nesses termos. Afinal, o governo não pode, quando está seguindo políticas de âmbito nacional, levar em conta sua má vontade particular contra determinada instituição.

– Então não levem em conta.

– Como assim?

– Não me venham perguntar o motivo.

– Mas, Sr. Rearden, não podemos deixar que passe despercebida uma atitude de recusa ao cumprimento de uma lei. O que o senhor espera de nós?

– Façam o que vocês quiserem.

– Mas isso é uma atitude sem qualquer precedente. Ninguém jamais se recusou a vender um produto essencial ao governo. Aliás, a lei não permite que o senhor se recuse a vender seu metal a *nenhum* cliente, quanto mais ao governo.

– Bem, então por que o senhor não me prende?

– Sr. Rearden, esta é uma discussão amistosa. Por que o senhor fala em prender?

– Não é esse o seu argumento mais forte contra mim?

– Por que mencioná-lo?

– Ele não está implícito em tudo o que o senhor diz?

– Por que torná-lo explícito?

– Por que não? – Não houve resposta. – O senhor está tentando esconder de mim o fato de que, se o senhor não tivesse esse trunfo, eu não lhe permitiria que entrasse no meu escritório?

– Mas eu não estou falando em prender.

– Pois eu estou.

– Eu não o entendo, Sr. Rearden.

– Não vou ajudá-lo a fazer de conta que estamos tendo uma discussão amistosa. Não é nada disso. Agora faça o que o senhor bem entender.

Havia um olhar estranho no rosto do homem: um misto de espanto, como se ele não fizesse ideia do que estava acontecendo, e de medo, como se ele sempre tivesse sabido do que se tratava e vivesse com medo de que a verdade viesse à tona.

Rearden sentia uma excitação estranha, como se estivesse prestes a se conscientizar de algo que nunca havia entendido antes, como se estivesse a caminho de fazer uma descoberta ainda distante demais para saber o que era, mas já fosse possível ver que era a coisa mais importante de que ele jamais tivera conhecimento.

– Sr. Rearden – disse o homem –, o governo precisa de seu metal. O senhor tem que vendê-lo a nós, porque certamente o senhor há de entender que os planos do governo não podem ser atrapalhados só porque o senhor não concorda.

– Para que haja uma venda – disse Rearden devagar –, é necessário que o vendedor dê seu consentimento. – Levantou-se e andou até a janela. – Vou lhe dizer o que o senhor pode fazer. – Apontou para o desvio da ferrovia onde vagões estavam sendo carregados com lingotes de metal Rearden. – Ali há bastante metal. Vá lá com seus caminhões, como um assaltante qualquer, só que sem correr o risco que corre um assaltante, porque não vou atirar no senhor, como o senhor sabe, porque não posso, e pegue tanto metal quanto quiser. E vá embora. Não tente me mandar pagamento. Não vou aceitar. Não me mande um cheque. Não será descontado. Se quer aquele metal, o senhor tem as armas necessárias para pegá-lo. Pode ir.

– Meu Deus, Sr. Rearden, o que o público iria pensar?

Foi um grito instintivo, involuntário. Os músculos faciais de Rearden se mexeram um pouco, numa gargalhada silenciosa. Os dois homens haviam compreendido as implicações daquela frase. Rearden disse então devagar, com o tom sério e calmo de quem dá sua palavra definitiva:

— O senhor precisa de minha cooperação para fazer com que isso pareça uma venda, como uma transação normal, moralmente aceitável, justa. Pois não vou cooperar.

O homem não falou nada. Levantou-se para ir embora e disse apenas o seguinte:

— O senhor vai se arrepender disso, Sr. Rearden.

— Não acho — disse Rearden.

Ele sabia que as coisas não iam ficar por isso mesmo. Sabia também que não era só porque o Projeto X era secreto que eles tinham medo de que a coisa viesse a público. Ele sabia também que sentia uma confiança estranha, exultante, que o fazia sentir-se leve. Sabia que estava seguindo na direção certa, pelo caminho que havia entrevisto.

▲▲▲

Dagny estava largada sobre uma poltrona em sua sala, de olhos fechados. Fora um dia difícil, mas sabia que essa noite estaria com Hank Rearden. Esse pensamento era como uma alavanca que levantava de seus ombros o peso daquelas horas terríveis que passara.

Ficou imóvel, decidida a ficar sem fazer nada, só esperando o ruído da chave na fechadura. Rearden não lhe telefonara, mas ela ouvira dizer que ele estava em Nova York, para participar de uma reunião de produtores de cobre, e ele nunca viajava antes da manhã seguinte, nem jamais passava a noite sem ser com ela na cidade. Dagny gostava de esperar por ele. Precisava de um pouco de tempo para separar o dia que ela passara da noite que passaria com ele.

As horas que se seguirão, como todas as noites passadas com ele, pensou Dagny, *serão acrescentadas àquela caderneta de poupança da vida da gente em que depositamos os momentos que nos orgulhamos de ter vivido. O único orgulho que sinto por meu dia de trabalho não é de tê-lo vivido, mas o de ter sobrevivido. É errado,* pensou ela, *terrivelmente errado que alguém seja forçado a dizer isso sobre qualquer instante de sua própria vida.* Mas agora não podia pensar nisso. Estava pensando nele, na luta que ela havia presenciado nos meses passados, a luta de Rearden pela sobrevivência. Dagny sabia que podia ajudá-lo a vencer, mas que só não podia ajudá-lo com palavras.

Pensou na noite no inverno passado em que ele entrou, tirou um pequeno embrulho do bolso e o estendeu a ela, dizendo: "É para você." Ela o abrira e vira, estupefata, um pingente constituído por um rubi em forma de pera, cujo vermelho contrastava vivamente com o cetim branco da caixa. Era uma pedra famosa, que somente uns 12 homens no mundo tinham condições de comprar. Rearden não era um deles.

– Hank... por quê?
– Nenhum motivo especial. É só que eu queria vê-la com isso.
– Ah, não, uma coisa dessas, não! É um desperdício. É tão raro eu ir a algum lugar onde seja necessário ir enfeitada. Quando é que ia poder usar isso?

Rearden a olhou. Seu olhar lhe percorreu o corpo lentamente, das pernas até o rosto.

– Vou lhe dizer quando – disse ele.

Levou-a até o quarto e a despiu, sem uma palavra, numa atitude de proprietário que não precisa pedir permissão para fazer o que faz. Prendeu o colar ao redor do pescoço de Dagny. Ela estava nua, com a pedra entre os seios, como uma gota de sangue reluzente.

– Você acha que é preciso que um homem tenha outro motivo para dar uma joia a sua amante que não seu próprio prazer? – perguntou ele. – É assim que eu quero que você use esta pedra. Só para mim. Gosto de olhar para ela. É linda.

Dagny riu, um riso suave, ofegante. Não conseguia falar nem se mexer. Limitou-se a balançar a cabeça, aceitando, obedecendo. Repetiu o gesto mais de uma vez, ora balançando discretamente os cabelos, ora mantendo baixa a cabeça perante ele.

Ela se jogou sobre a cama, preguiçosamente, a cabeça para trás, os braços ao longo do corpo, as palmas das mãos sentindo a textura da colcha, uma das pernas dobrada, a outra estendida sobre o azul-escuro da colcha de linho. A pedra brilhava na penumbra como uma ferida, iluminando com raios avermelhados a sua pele.

Seus olhos, quase fechados, revelavam uma expressão irônica de triunfo, a expressão de quem sabe que está sendo admirada. Sua boca, entreaberta, demonstrava uma expectativa impotente e ávida. De pé, do outro lado do quarto, ele a contemplava, olhava para seu ventre liso e contraído, pois ela prendera a respiração. Olhava para um corpo sensível de uma consciência sensível. Com a voz baixa, absorta, estranhamente tranquila, disse:

– Dagny, se algum artista a pintasse agora, os homens viriam ver seu retrato para experimentar um momento que jamais viveriam em suas vidas. Diriam que era uma grande obra de arte. Não saberiam determinar o que estariam sentindo, porém o quadro lhes diria tudo, até mesmo que você não é nenhuma Vênus clássica, e sim a vice-presidente de uma ferrovia, porque isso faz parte do todo, até mesmo o que eu sou, porque também faço parte. Dagny, eles sentiriam isso e iriam dormir com a primeira garçonete que encontrassem... e nunca tentariam apreender o que sentiram. Eu é que não ia querer, em se tratando de um quadro. Eu só ia querer na vida real. Não sentiria orgulho por nenhum desejo inalcançável. Não alimentaria uma aspiração impossível. Para mim, tem que ser real, vivo, realizado. Você entende?

– Ah, entendo, sim, Hank, *eu* entendo! – exclamou ela. E pensou: *Mas você entende mesmo, querido? Entende completamente, mesmo?*, mas não disse nada.

Numa noite de nevasca, Dagny chegou em casa e encontrou uma profusão de flores tropicais na sala, junto às janelas escuras, que os flocos de neve atingiam. Havia gengibres havaianos de 1 metro de altura, com flores grandes e cônicas com a textura sensual de couro e pétalas cor de sangue.

– Vi essas flores na vitrine de um florista – disse ele, quando chegou à casa dela aquela noite. – Gostei de vê-las no meio da nevasca. Mas não há nada mais desperdiçado do que uma coisa exposta ao público numa vitrine.

Dagny começou a encontrar flores em seu apartamento nos momentos mais imprevisíveis, flores sem cartão, mas com a assinatura de quem as enviara expressa em suas formas fantásticas, suas cores violentas, seus preços extravagantes. Rearden lhe deu um colar de ouro feito de quadradinhos articulados que formavam uma camada compacta, cobrindo-lhe o pescoço e os ombros, como uma armadura de cavaleiro.

– É para usar com vestido preto – ordenou-lhe ele.

Deu-lhe um jogo de copos, blocos finos e alongados de cristal lapidado feitos por um joalheiro famoso. Dagny observava o modo como ele segurava um desses copos quando ela lhe servia um drinque – como se o contato físico com a textura do cristal, o sabor da bebida e a visão do rosto de Dagny fizessem parte de um único momento indivisível de prazer.

– Antigamente eu via coisas de que gostava – disse ele –, mas nunca comprava nada. Achava que não teria sentido. Agora tem.

Rearden telefonou para seu escritório numa manhã de inverno e disse não como quem faz um convite, mas como um executivo que dá uma ordem:

– Vamos jantar fora esta noite. Quero que se enfeite hoje. Você tem algum vestido longo azul? Vá com ele.

O vestido que ela escolheu era uma túnica fina de um azul turvo que lhe emprestava um ar de simplicidade indefesa, como se ela fosse uma estátua nas sombras azuladas de um jardim num dia ensolarado de verão. O que ele lhe trouxe e colocou sobre seus ombros foi um manto de raposa azul que a cobriu desde o queixo até a ponta das sandálias.

– Hank, isto é um absurdo – disse ela, rindo. – Não é o tipo de coisa que eu uso!

– Não é? – perguntou ele, levando-a para a frente de um espelho.

A grande capa de pele lhe dava um ar de criança agasalhada num dia de nevasca. A textura luxuosa da capa transformava a inocência do agasalho na elegância de um contraste intencional: uma aparência de sensualidade ressaltada. A pele era de um castanho-claro, atenuado por um toque de azul que não se podia ver, porém apenas sentir, como uma névoa, como um laivo de cor que se apreende não com a vista, mas com as mãos, como se fosse possível sentir, sem o contato físico, a sensação de mergulhar as mãos no pelo macio. O manto escondia todo o corpo de Dagny, salvo o castanho dos cabelos, o azul-acinzentado dos olhos, a forma da boca.

Ela se virou para ele, com um sorriso surpreso e indefeso.

– Eu... eu não sabia que ia ficar assim.

– Eu sabia.

O carro descia pelas ruas escuras da cidade. Dagny estava ao lado de Rearden. De vez em quando, ao passarem pelos postes de luz nas esquinas, viam de repente uma rede de flocos de neve no ar. Dagny não perguntou para onde iam. Estava recostada no banco, olhando para os flocos que caíam. O manto de pele a envolvia, apertado. Dentro dele, o vestido longo parecia tão leve quanto uma camisola, e o manto lhe dava a sensação de um abraço.

Dagny olhou para as fileiras de luzes que se elevavam, enviesadas, por trás da cortina de neve, e – olhando para Rearden, para suas mãos enluvadas sobre o volante, para a elegância austera e impecável de seu sobretudo negro e de seu cachecol branco – pensou que o lugar dele era mesmo numa grande cidade com calçadas lisas e estátuas de pedra.

O carro entrou num túnel, atravessou aquele tubo ladrilhado cheio de ecos que passava por baixo do rio e subiu um viaduto sob o céu negro. Agora as luzes estavam lá embaixo, espalhando-se por uma ampla área repleta de janelas azuladas, chaminés, guindastes, labaredas vermelhas e raios longos e fracos que esboçavam a silhueta contorcida de um bairro industrial. Dagny se lembrou de ter visto Rearden uma vez na usina, com a testa suja de fuligem, usando um macacão gasto, que ele envergava com tanta elegância quanto ostentava seus trajes formais. *Lá também era seu lugar*, pensou ela, olhando para os prédios de apartamentos de Nova Jersey, lá, no meio dos guindastes, das labaredas e do ruído metálico das engrenagens.

Enquanto o carro corria por uma estrada escura que atravessava o campo vazio, e os flocos de neve brilhavam nos fachos de luz dos faróis, ela se lembrou de Rearden no verão em que tiraram férias. Viu-o deitado no chão de um barranco lindo, sobre a grama, os braços nus expostos ao sol. *Lá, no campo, também era seu lugar*, pensou ela, *todo lugar é seu lugar – seu lugar é a Terra –*, então lhe ocorreram palavras mais exatas: *a Terra é dele, ele está em casa na Terra, ele a controla.* Por que, então, pensou ela, Rearden é obrigado a arcar com o ônus de uma tragédia que ele aceita, sofrendo em silêncio, tão completamente que mal percebe seu peso? Ela sabia parte da resposta, sentia-se como se o restante estivesse a seu alcance, como se fosse apreendê-la em algum dia próximo. Mas não queria pensar naquilo agora, porque dentro do espaço do carro em movimento os dois sentiam a tranquilidade da felicidade integral. Com um gesto imperceptível, Dagny inclinou um pouco a cabeça para encostá-la no ombro de Rearden por um instante.

O carro saiu da estrada e se aproximou dos quadrados iluminados das janelas distantes que se entreviam em meio à neve, por trás de um emaranhado de galhos nus. Então, sob uma luz suave, sentaram-se a uma mesa que dava para a escuridão e as árvores lá fora. A pousada ficava sobre uma pequena colina no meio do mato. Era luxuosa, cara e oferecia privacidade. Tinha um ar de bom gosto que indicava que não era procurada por gente que está interessada em gastar muito e aparecer. Dagny mal percebia como era a sala ao seu redor: ela se apagava em meio a uma sensação geral de conforto absoluto, e o único ornamento que atraiu sua atenção foi o brilho dos galhos cobertos de gelo por trás da vidraça da janela.

Ela permaneceu imóvel, olhando para fora. A capa ia escorregando para trás, revelando os braços e ombros nus. Rearden a contemplava com os olhos semicerrados, com a satisfação de um homem que contempla algo que ele próprio fez.

– Gosto de dar coisas a você – disse ele – porque não precisa delas.

– Não?

– Não é que me dê prazer o ato em si de dar. Gosto é de saber que você recebe esses presentes *por mim*.

– É nesse sentido que eu preciso delas, Hank. Por você.

– Você entende que não passa de um prazer egoísta meu? Não faço isso pelo seu prazer, mas pelo meu.

– Hank! – O grito foi involuntário. Exprimia humor, desespero, indignação e pena. – Se você me desse essas coisas só pelo *meu* prazer, não pelo seu, eu as jogaria na sua cara.

– É... é sim. Está coberta de razão.

– Você diz que isso é um prazer egoísta?

– É o que eles dizem.

– É. É o que eles dizem! E o que *você* diz, Hank?

– Não sei – respondeu ele, com indiferença. E prosseguiu, decidido: – Só sei que, se isso é egoísta e mau, então que eu me dane, mas isso é o que mais quero fazer neste mundo.

Ela não respondeu. Ficou encarando-o com um leve sorriso, como se lhe pedisse que prestasse atenção no significado do que ele próprio estava dizendo.

– Sempre quis desfrutar da minha riqueza – disse ele. – Eu não sabia como fazer isso. Não tinha nem tempo de perceber quanto queria fazê-lo. Mas sabia que todo o aço que fundia voltava para mim sob a forma de ouro líquido e que esse ouro podia endurecer na forma que eu quisesse, e era eu que devia desfrutar dele. Mas não conseguia. Não conseguia achar nenhum objetivo para ele. Fui eu que produzi essa riqueza e sou eu quem vai usá-la para me proporcionar todo tipo de prazer que quiser, incluindo o prazer de constatar quanto dinheiro posso gastar e também o prazer absurdo de transformar *você* num artigo de luxo.

– Mas eu sou um artigo de luxo pelo qual você já pagou há muito tempo – disse ela, sem sorrir.

– Como?

– Por meio dos mesmos valores com os quais você pagou pelas suas siderúrgicas.

Dagny não sabia se ele havia entendido com aquela compreensão absoluta e luminosa de um pensamento expresso em palavras, mas sabia que o que Rearden sentia naquele momento era compreensão. Viu em seus olhos um sorriso invisível de relaxamento da tensão.

– Nunca desprezei o luxo – disse ele –, mas sempre desprezei aqueles que desfrutam dele. Eu olhava para o que chamavam de prazeres, e aquilo me parecia extremamente sem sentido, em comparação com o que eu sentia na usina. Eu queria ver aço sendo fundido, toneladas de aço líquido escorrendo para onde eu queria, do jeito que queria. E quando eu ia a um banquete e via aquela gente tremendo de admiração ao contemplar seus próprios pratos de ouro e toalhas de mesa de renda – como se sua sala de visitas fosse o senhor e eles fossem apenas os objetos que o serviam, objetos criados pelas suas abotoaduras de brilhantes e colares de pérolas –, então eu corria para o monte de escória mais próximo, e eles diziam que eu não sabia gozar a vida, que só gostava de trabalhar.

Rearden contemplou a beleza discreta e esculpida da sala e as pessoas sentadas às mesas. Tinham um ar de ostentação, como se suas roupas caríssimas e seus cuidados excessivos com a aparência não produzissem o efeito de esplendor desejado. Em seus rostos havia uma expressão de ansiedade rancorosa.

– Dagny, olhe para essa gente. São os playboys da vida, que vivem correndo atrás do prazer, que amam o luxo. Ficam parados, esperando que esse lugar lhes dê um significado, ao invés de eles próprios darem significado ao lugar. Mas eles são sempre apontados a nós como os apaixonados pelos prazeres materiais e depois nos dizem que desfrutar dos prazeres materiais é errado. Mas essa gente está desfrutando de alguma coisa? Estão tendo algum prazer? Não haverá algo de distorcido no que nos ensinam, algum erro terrível e muito importante?

– É, Hank. Terrível, mesmo, e importantíssimo.

– Eles são os playboys, ao passo que nós não passamos de comerciantes, eu e você. Você não vê que temos muito mais capacidade de desfrutar deste lugar que eles?

– É.

Rearden falou devagar, como se fizesse uma citação:

– Por que deixamos tudo para os tolos? Devia ser nosso. – Ela olhou para ele, surpresa. Rearden sorriu: – Lembro-me de cada palavra que você disse naquela festa. Não respondi naquela hora, porque a única resposta que eu tinha, a única coisa que suas palavras queriam dizer para mim, era uma resposta que a faria me odiar, segundo eu pensava: a resposta era que eu queria você. – Olhou para ela. – Dagny, você não tinha consciência disso, mas o que estava dizendo era que queria dormir comigo, não era?

– Era, Hank. Claro.

Rearden prendeu o olhar de Dagny, depois desviou a vista. Ficaram calados por muito tempo. Ele olhou para a penumbra ao seu redor e depois para as duas taças de vinho na mesa, que brilhavam.

– Dagny, quando eu era moço, no tempo em que trabalhava nas minas em Minnesota, eu achava que queria chegar a uma noite como esta. Não, não era para isso que eu trabalhava, e não pensava muito nisso. Mas de vez em quando, numa noite de inverno, quando havia estrelas e fazia muito frio, quando eu estava cansado porque havia trabalhado dois turnos seguidos e tudo o que queria na vida era me deitar ali mesmo, dentro da mina, e dormir, eu pensava que algum dia estaria num lugar como este, onde uma taça de vinho custaria mais do que o que eu ganhava por um dia de trabalho, e eu teria merecido tudo isto, cada gota do vinho, cada flor sobre a mesa, e ficaria sentado aqui só para meu próprio prazer.

Ela perguntou, sorrindo:

– Com a sua amante?

Dagny viu a pontada de dor em seus olhos e se arrependeu amargamente de ter feito aquele comentário.

– Com... uma mulher – respondeu Rearden. Ela sabia qual era a palavra que ele não havia pronunciado. Rearden prosseguiu, com uma voz suave e firme: – Quando enriqueci e vi o que os ricos faziam para se divertir, achei que o lugar que havia imaginado não existia. Eu nem o havia imaginado com muita clareza. Não sabia exatamente como seria, só sabia como eu ia me sentir. Havia anos que tinha desistido de algum dia ter essa experiência. Mas hoje aconteceu.

Levantou a taça, olhando para ela.

– Hank, eu... abriria mão de tudo o que já tive na minha vida, menos a... condição de objeto de luxo para seu prazer.

Rearden viu que a mão de Dagny segurando a taça estava trêmula. Disse, com voz firme:

– Eu sei, amor.

Ela ficou estupefata, imóvel: ele jamais usara aquela palavra antes.

Rearden jogou a cabeça para trás e deu o sorriso mais alegre que ela já vira em seu rosto.

– Seu primeiro momento de fraqueza, Dagny – disse ele.

Ela riu e balançou a cabeça negativamente. Rearden estendeu o braço e lhe agarrou o ombro nu, como se a apoiasse por um instante. Rindo baixinho, e como se por acidente, Dagny roçou os lábios de leve contra seus dedos. Desse modo, seu rosto ficou abaixado no único instante em que ele poderia ter visto que o brilho em seus olhos se devia às lágrimas que havia neles.

Quando ela levantou a vista, seu sorriso era como o dele – e o restante da noite foi uma comemoração: de todo o tempo que ele vivera desde aquelas noites na mina, de todo o tempo que ela vivera desde a noite de seu primeiro baile, quando, sentindo uma ânsia desolada por uma visão inalcançável da felicidade, ela pensou sobre as pessoas que achavam que as luzes e as flores as tornariam brilhantes.

"Não haverá... no que nos ensinam... algum erro terrível e muito importante?" Dagny lembrou as palavras de Rearden, deitada numa poltrona em sua sala de visitas, numa noite fria de primavera, esperando por ele. *Só mais um pouco, querido*, pensou, *avance só mais um pouco e você se livrará daquele erro e de toda a dor desnecessária que você nunca deveria ter sofrido.* Mas Dagny sentia que também ela não havia ido longe o bastante e não sabia o que ainda teria de descobrir...

▲▲▲

Andando pelas ruas escuras a caminho do apartamento de Dagny, Rearden mantinha as mãos nos bolsos e os braços apertados contra o corpo, porque não queria tocar em nada ou ninguém. Nunca antes havia sentido essa sensação de repulsa, que não era provocada por nenhum objeto em particular, mas parecia envolver tudo ao seu redor, fazendo a cidade parecer uma coisa úmida. Ele entendia o que era sentir nojo de uma coisa qualquer em particular e podia lutar contra isso com a indignação saudável de quem sabe que ela não merece existir, mas para ele era uma novidade essa sensação de que o mundo era um lugar repulsivo, de que ele não queria que o mundo fosse o seu lugar.

Estava vindo de uma reunião de produtores de cobre, que tinham acabado de ser surpreendidos por uma série de decretos que os levaria todos à falência dentro de um ano. Rearden não tinha nenhum conselho para lhes dar, nenhuma solução para lhes oferecer. Sua engenhosidade, que o tornara famoso como o homem que sempre conseguia dar um jeito de continuar a produzir, não fora capaz de descobrir uma maneira de salvá-los. Mas todos eles sabiam que não havia saída. A engenhosidade era uma virtude da mente – e naquela questão específica a mente fora descartada como algo irrelevante havia muito tempo.

– É uma negociata entre o pessoal de Washington e os importadores de cobre – dissera um dos homens –, basicamente a Cobre D'Anconia.

Foi apenas mais uma pontada de dor, pensou, *uma sensação de desapontamento ao ver o fracasso de uma expectativa que jamais deveria ter alimentado. Devia ter previsto que isso era justamente o tipo de coisa que alguém como Francisco d'Anconia seria capaz de fazer* – e Rearden não sabia por que tinha a sensação de que uma chama intensa e breve se apagara em algum lugar, num mundo de trevas.

Ele não sabia se era a impossibilidade de agir que lhe inspirava essa sensação de asco ou se era o asco que lhe roubava o desejo de agir. *São as duas coisas*, pensou ele: *o desejo pressupõe a possibilidade de agir para satisfazê-lo; a ação pressupõe um objetivo que valha a pena atingir.* Se o único objetivo possível era arrancar um breve instante de trégua de homens armados, então não podia mais haver ação nem desejo.

E vida, poderia haver?, se perguntou, com indiferença. *A vida*, pensou, *já fora definida como movimento.* A vida do homem era movimento orientado para um propósito. Qual seria o estado de um ser a quem eram negados um propósito e o movimento, um ser acorrentado, porém capaz de respirar e de ver todas as magníficas possibilidades que ele teria capacidade de atingir, reduzido a gritar "Por quê?" e receber, como única resposta, o cano de uma arma? Ele deu de ombros e seguiu em frente. Só estava interessado em encontrar uma resposta.

Observou, indiferente, a devastação causada por sua própria indiferença. Por mais difíceis que fossem as batalhas que havia travado no passado, nunca antes chegara à baixeza última de abandonar a vontade de agir. Em momentos de dor, nunca antes deixara que a dor tivesse sua única vitória permanente: jamais lhe permitira fazê-lo perder o desejo de ser feliz. Jamais questionara a natureza do mundo ou a grandeza do homem como sua razão de ser, seu núcleo. Há anos se surpreendera tomado de incredulidade e desprezo ao ler a respeito de seitas fanáticas que surgiam nos cantos escuros da história, seitas que acreditavam que o homem estava preso num universo malévolo governado pelo mal, com o único objetivo de ser torturado. Hoje ele sabia o que era ter essa visão do mundo. Se o que ele agora via ao seu redor era o mundo em que vivia, então não queria nada naquele mundo, não queria combatê-lo. Era um marginal que nada tinha a perder ali, nenhuma razão para continuar vivendo por muito tempo.

Só lhe restava Dagny, a vontade de vê-la. Essa vontade permanecia. Porém, subitamente chocado, percebeu que não sentia desejo de dormir com ela naquela noite. Aquele desejo – que não lhe dava um momento de descanso, que crescia, alimentando-se com sua própria satisfação – havia desaparecido. Era uma estranha impotência, que não era nem da mente nem do corpo. Rearden sentia, com uma paixão tão forte quanto era capaz de sentir, que ela era a mulher mais desejável da Terra, mas isso só lhe inspirava o desejo de vê-la, um desejo de sentir, não um sentimento. A sensação de entorpecimento parecia impessoal, como se sua causa não estivesse nele nem nela, como se o próprio ato sexual agora pertencesse a um mundo de que ele tinha saído.

– Não se levante... fique aí. Está tão evidente que você estava esperando por mim que eu quero apreciar a cena mais um pouco.

Rearden disse essas palavras da porta do apartamento de Dagny, ao vê-la largada sobre uma poltrona, sentindo a avidez que a fizera levantar os ombros, prestes a se pôr de pé. Rearden sorria.

Ele observou – como se uma parte de si próprio estivesse observando suas próprias reações com uma curiosidade objetiva – que seu sorriso, a felicidade que sentia eram coisas reais. Apreendeu uma sensação que sempre experimentava, mas que jamais pudera identificar, porque sempre fora absoluta e imediata: uma sensação que o proibia de encará-la quando ele estava sofrendo. Era muito mais do que o orgulho de não querer que ela testemunhasse seu sofrimento: era a sensação de que ele não devia reconhecer a existência do sofrimento em sua presença, de que o vínculo que existia entre eles jamais poderia ser motivado pela dor e orientado para a piedade. Não era piedade que ele trazia aqui nem pretendia encontrar aqui.

– Você ainda precisa de provas de que eu estou sempre esperando por você? – perguntou ela, reclinando-se na poltrona, lhe obedecendo. Sua voz não exprimia ternura nem súplica. Era alegre e zombeteira.

– Dagny, por que é que a maioria das mulheres não admitiria isso, mas você admite?

– Porque elas nunca têm certeza de que é bom ser querida. Eu tenho.

– Eu admiro a autoconfiança.

– A autoconfiança é apenas uma parte daquilo a que me referi, Hank.

– E o que é o todo?

– Confiança em relação ao meu valor... e ao seu. – Rearden olhou para ela como se houvesse captado um pensamento súbito, e ela acrescentou, rindo: – Eu jamais teria certeza de possuir um homem como Orren Boyle, por exemplo. Ele não ia me querer. Mas você me quer.

– Está dizendo – perguntou ele, lentamente – que subi no seu conceito quando você descobriu que eu a queria?

– É claro.

– Não é essa a reação da maioria das pessoas quando descobrem que são desejadas.

– Não é.

– A maioria das pessoas sobe em seu próprio conceito quando veem que são queridas.

– Pois eu acho que os outros se valorizam quando me querem. E é isso que você acha a respeito de si mesmo também, Hank, mesmo que não admita que é.

Não foi isso que eu lhe disse naquela primeira manhã, pensou Rearden, olhando para ela. Estava deitada preguiçosamente, o rosto sem expressão, mas seus olhos brilhavam de humor. Ele sabia que ela estava pensando naquilo e que ela sabia que ele também estava. Rearden sorriu, porém não disse mais nada.

Estendido no sofá, olhando para Dagny do outro lado da sala, Rearden sentia-se em paz – como se um muro o separasse temporariamente das coisas que ele havia sentido ao caminhar até o apartamento. Falou-lhe sobre sua entrevista com o homem do Instituto Científico Nacional, porque – muito embora ele soubesse que havia perigo naquilo – uma curiosa e radiante sensação de satisfação ainda restava daquele encontro.

Rearden riu da expressão indignada que viu no rosto dela.

– Não se dê ao trabalho de ficar com raiva deles – disse ele. – Não é pior do que o que eles fazem todo dia.

– Hank, quer que eu fale com o Dr. Stadler?

– Claro que não!

– Ele tem que parar com isso. É o mínimo que pode fazer.

– Prefiro ir para a cadeia. Dr. Stadler? Não vá me dizer que você anda às voltas com ele!

– Falei com ele há uns dias.
– Por quê?
– A respeito do motor.
– O motor...? – perguntou Rearden, devagar, de modo estranho, como se a ideia do motor o trouxesse de volta a um mundo que havia esquecido. – Dagny... o homem que inventou aquele motor... ele existiu, não é?
– Ora... claro que sim. O que quer dizer?
– Quero dizer que... que é um pensamento agradável, não é? Mesmo que agora esteja morto, houve um tempo em que ele vivia... tanto assim que ele fez aquele motor...
– O que você tem, Hank?
– Nada, me fale do motor.

Dagny lhe falou sobre sua entrevista com o Dr. Stadler. Enquanto falava, se levantou e começou a andar de um lado para outro. Não conseguia ficar parada, sempre sentia uma esperança, uma vontade de agir, quando pensava no motor.

A primeira coisa que Rearden percebeu foram as luzes da cidade através da janela: era como se estivessem sendo ligadas, uma por uma, formando aquela imagem que ele amava. Era o que sentia, embora soubesse que as luzes já estavam acesas antes. Então percebeu que o que estava se reacendendo era algo dentro de si: seu amor pela cidade, que voltava gota a gota. Notou que esse amor voltava porque ele estava vendo a cidade por trás da figura rija e esbelta de uma mulher que levantava a cabeça, ansiosa para enxergar ao longe, que andava inquieta de um lado para outro porque não podia voar. Rearden a olhava como se fosse uma estranha, mal pensando que era uma mulher, mas o que ele via se transformava num sentimento que, traduzido em palavras, era: *isto* é o mundo, o núcleo do mundo. Isto é o que construiu a cidade. Combinam umas com as outras as formas angulosas dos edifícios e as feições angulosas de um rosto que só possui determinação. Combinam também os andares daquelas estruturas de aço e o andar de um ser que caminha rumo a um objetivo – era assim que haviam sido todos os homens que inventaram as luzes, o aço, as fornalhas, os motores: *eles* eram o mundo, *eles*, não os homens que se acocoravam em cantos escuros, meio mendigando, meio ameaçando, ostentando orgulhosos suas feridas, sua única razão de ser e única virtude. Se ele soubesse que havia um homem com a coragem de ter uma ideia nova, como é que poderia abandonar o mundo àqueles outros? Enquanto pudesse ver uma única coisa que lhe inspirasse uma sensação de admiração, que lhe restaurava a vontade de viver, como podia acreditar que o mundo era das feridas, dos gemidos e das armas? Os homens que inventavam motores existiam, Rearden jamais duvidaria de sua realidade, era a sua visão deles que tornara o contraste insuportável, de modo que até o asco era uma homenagem que ele lhes prestava, e ao mundo que era deles e dele.

– Querida... – disse ele – querida... – como quem acorda de repente, ao perceber que ela havia parado de falar.

– O que é, Hank? – perguntou ela, em voz baixa.

– Nada... Só que você não devia ter falado com Stadler. – Seu rosto estava cheio de confiança, sua voz exprimia humor, proteção, carinho. Ela não percebia mais nada. Ele estava como sempre, era só o toque de carinho que parecia algo de estranho e novo.

– Eu tinha essa sensação de que não deveria falar com ele – disse ela –, mas não entendia por quê.

– Pois eu lhe digo por quê. – Hank se inclinou para a frente. – O que ele queria de você era que reconhecesse que ele ainda era o Dr. Robert Stadler que devia ser, mas não é e sabe que não é. Ele queria que você lhe devotasse respeito, apesar do que ele faz. Queria que você falseasse a realidade para ele, de modo que a grandeza dele permanecesse, mas o Instituto Científico Nacional desaparecesse, como se nunca tivesse existido... e você é a única pessoa que poderia fazer isso para ele.

– Por que eu?

– Porque você é a vítima.

Ela o olhou, surpresa. Rearden falava com paixão e sentiu um súbito insight, como se um ímpeto de energia invadisse a atividade de enxergar, fundindo o meio visto e o meio entendido em uma forma e uma direção únicas.

– Dagny, eles estão fazendo uma coisa que jamais compreendemos. Eles sabem alguma coisa que não sabemos, mas devíamos descobrir. Ainda não consigo vê-la direito, mas já estou começando a ver uma parte. Aquele saqueador do Instituto Científico Nacional ficou assustado quando me recusei a ajudá-lo a fingir que ele era apenas um comprador honesto do meu metal. Ele ficou muito assustado. Medo de quê? Não sei. Ele falou em opinião pública, mas não é só isso. Por que ele sentiu medo? Ele tem as armas, as prisões, as leis – ele podia ter apreendido todas as minhas usinas, se quisesse, e ninguém teria me defendido, e ele sabia disso –, então por que se incomodou com o que eu pensava? Mas ele ficou com medo. Era eu quem devia lhe dizer que ele não era um saqueador, e sim meu freguês, meu amigo. Era isso que ele precisava que eu fizesse. E era isso que o Dr. Stadler precisava que você fizesse... era você que tinha que agir como se ele fosse um grande homem que nunca tentou destruir a sua rede ferroviária e o meu metal. Não sei o que eles acham que estão fazendo, mas querem que a gente finja que vemos o mundo como eles fingem que veem. Eles precisam de alguma forma de aprovação nossa. Não sei qual é a natureza dessa aprovação, mas... Dagny, sei que, se damos valor às nossas vidas, temos que lhes negar essa aprovação. Mesmo que torturem você, que destruam sua rede ferroviária e minhas usinas, vamos continuar negando. Porque uma coisa eu sei: essa é nossa única chance.

Ela estava parada à sua frente, olhando com atenção para a forma indistinta de algo que também ela havia tentado compreender.

– É... – disse ela – é, eu sei o que você viu neles... Eu também já senti isso, mas é como uma coisa que passa por mim e desaparece antes que eu possa vê-la, como uma lufada de ar frio, e só resta a sensação de que eu devia tê-la segurado... Sei que você tem razão. Não consigo entender o jogo deles, mas de uma coisa eu sei: não podemos ver o mundo tal como eles querem. É uma fraude, muito antiga e muito grande, e o jeito de desmascará-la é contestar todas as premissas que nos ensinam, questionar todos os preceitos, todos...

Dagny se virou para ele de repente quando lhe ocorreu uma ideia súbita, porém interrompeu o movimento e a fala ao mesmo tempo: as palavras que estava prestes a dizer eram justamente aquelas que ela não queria lhe dizer. Ficou olhando para Rearden com um leve sorriso de curiosidade.

Em algum lugar dentro de si ele sabia o que ela não queria mencionar, mas sabia apenas naquela forma indistinta que só encontra expressão em palavras no futuro. Não parou para entendê-la agora – porque, na luminosidade do que ele sentia, um outro pensamento, que era predecessor daquele, se tornara claro para ele, e Rearden o vinha contemplando havia alguns minutos. Ele se levantou, se aproximou de Dagny e a abraçou.

Apertou o corpo dela contra o seu, como se seus corpos fossem duas correntes se elevando juntas, convergindo no mesmo ponto, trazendo em si todo o peso de suas consciências e fazendo-o se concentrar no encontro de seus lábios.

O que ela sentiu naquele momento continha, ainda que não pudesse exprimir em palavras, sua consciência da beleza da posição em que se encontrava o corpo dele ao segurar o dela, em pé no meio de uma sala, muito acima das luzes da cidade.

O que ele sabia, o que ele descobrira naquela noite, era que o renascimento de seu amor à vida não fora ocasionado pelo renascimento de seu desejo por ela, e sim que o desejo fora restituído pela reconquista de seu mundo, do amor, do valor que ele atribuía àquele mundo – e que o desejo não era uma reação ao corpo dela, e sim uma comemoração de si próprio, de sua vontade de viver.

Ele não sabia, não pensava nisso, não precisava mais de palavras, mas, no momento em que sentiu o corpo dela responder ao seu, sentiu também a consciência – ainda que sem reconhecer – de que aquilo que ele denominara "depravação" era a maior virtude que ela possuía: essa capacidade de sentir a alegria de ser que ela sentia.

CAPÍTULO 2

A ARISTOCRACIA DO PISTOLÃO

O calendário no céu que ela via da janela de seu escritório informava: 2 de setembro. Dagny se debruçou sobre sua mesa, cansada. A primeira luz que se acendia quando o crepúsculo se aproximava era sempre a que iluminava o calendário; quando a página branca aparecia acima dos telhados, a cidade se tornava indistinta, acelerando a escuridão.

Durante os últimos meses, ela contemplara aquela página distante todas as tardes. Era como se lhe dissesse: seus dias estão contados. Como se assinalasse uma progressão rumo a alguma coisa que a página soubesse, mas Dagny desconhecesse. Houve época em que a página lhe cronometrara a corrida para construir a Linha John Galt. Agora lhe cronometrava uma corrida contra um destruidor não identificado.

Um por um, os homens que haviam construído as novas cidades do Colorado partiram para algum lugar desconhecido, de onde ninguém, nenhuma vez, jamais havia voltado. As cidades que eles construíram estavam morrendo. Algumas das fábricas que fizeram agora não tinham mais dono e permaneciam trancadas, outras haviam sido tomadas pelas autoridades locais. Em todas, as máquinas permaneciam paradas.

Dagny sentia-se como se olhasse para um mapa escuro do Colorado, aberto à sua frente como um painel de controle de tráfego, com algumas luzes espalhadas pelas montanhas. Uma por uma, as luzes desapareciam. Um por um, os homens sumiam. Havia certa lógica naquilo, ela sentia, mas lhe era impossível defini-la. Ela já sabia prever, quase com certeza, quem seria o próximo a sumir, e quando, mas não sabia o porquê.

Dos homens que a haviam recebido quando ela saltara da locomotiva em Wyatt Junction, só restava Ted Nielsen, ainda administrando sua fábrica de motores.

– Ted, você não vai ser o próximo a desaparecer, não é? – Dagny lhe perguntara quando ele estivera em Nova York recentemente. Ela tentara sorrir ao falar. Ele respondera, muito sério:

– Espero que não.

– Como assim? Então você não tem certeza?

– Dagny – respondera ele, lenta e pesadamente –, sempre achei que seria preferível morrer a parar de trabalhar. Mas os homens que desapareceram também pensavam assim. Parece-me impossível eu algum dia resolver parar. Porém, um ano antes, também parecia impossível que eles fizessem isso. Aqueles homens eram meus amigos. Sabiam qual seria o efeito de seu gesto para nós, os sobreviventes. Eles não teriam sumido assim, sem dizer nada, nos deixando ainda por cima o terror do inexplicável, se não tivessem um motivo da maior importância. Um mês atrás, Roger Marsh, da Marsh Elétrica, me disse que ia se acorrentar à sua mesa, não fugir, por maior que fosse a tentação. Estava furioso com os homens que tinham desaparecido. Jurou que jamais faria isso. "E se for uma coisa irresistível", disse ele, "juro que não vou perder a cabeça a ponto de não deixar nenhuma carta dando uma pista do que está acontecendo, para que vocês não fiquem sentindo o terror que nós dois sentimos agora." Foi isso que ele disse. E há duas semanas ele desapareceu. Não deixou nenhuma carta para mim... Dagny, não sei o que vou fazer quando eu vir o que eles viram, seja lá o que for.

Ela tinha a impressão de que um destruidor caminhava silenciosamente pelo país, e onde ele tocava uma luz se apagava – *alguém*, pensou, *que havia invertido o princípio do motor da fábrica Século XX e transformava energia cinética em estática.*

É esse o inimigo, pensou, sentada à sua mesa ao cair do crepúsculo, *contra quem eu luto agora.* O relatório mensal de Quentin Daniels estava sobre a mesa. Dagny ainda não tinha certeza de que ele resolveria o segredo do motor, *mas o destruidor*, pensava ela, *caminha sem parar, ele anda cada vez mais depressa.* O que Dagny não sabia era se, quando ela conseguisse reconstruir o motor, ainda restaria um mundo que pudesse usá-lo.

Dagny gostara de Daniels desde o momento em que ele entrara em sua sala, em sua primeira entrevista. Era um homem magro, de 30 e poucos anos, com um rosto meio feio e anguloso e um sorriso simpático. Em seu rosto havia sempre vestígios daquele sorriso, principalmente quando ele estava escutando alguém que falava. Era uma expressão de humor benevolente, como se ele estivesse rápida e pacientemente pondo de lado o que havia de irrelevante no que ouvia, concentrando-se na questão em pauta.

– Por que o senhor se recusou a trabalhar para o Dr. Stadler? – perguntou ela.

O esboço de sorriso endureceu e se reforçou. Era o mais perto que ele chegava da manifestação de uma emoção – nesse caso, a emoção era raiva. Mas respondeu com voz tranquila:

– O Dr. Stadler disse uma vez que a palavra "livre" na expressão "pesquisa científica livre" era redundante. Ele parece ter esquecido isso. Pois eu digo que a expressão "pesquisa científica governamental" é uma contradição.

Dagny lhe perguntou o que ele fazia no Instituto de Tecnologia de Utah.

– Sou vigia noturno – respondeu ele.

– O quê?! – exclamou ela.

– Vigia noturno – repetiu ele, educadamente, como se ela não houvesse ouvido direito, como se não houvesse motivo para espanto.

Respondendo às perguntas de Dagny, Daniels explicou que não gostava de nenhuma das fundações científicas existentes, que ele queria trabalhar num laboratório de pesquisa de uma grande empresa industrial.

– Mas qual delas hoje em dia pode pagar uma pesquisa a longo prazo? E por que se interessariam por isso?

Assim, quando o Instituto de Tecnologia de Utah foi fechado por falta de verbas, ele continuou lá como vigia noturno e único morador do prédio. O salário era suficiente para ele – e o laboratório do Instituto era todo seu.

– Quer dizer que o senhor está fazendo pesquisa por conta própria?

– Estou.

– Para quê?

– Para meu prazer.

– O que pretende fazer se descobrir alguma coisa de interesse científico ou valor comercial? Pretende usá-la para algum fim público?

– Não sei. Acho que não.

– Não sente nenhuma vontade de ser útil à humanidade?

– Não falo essa língua, Srta. Taggart. E acho que a senhorita também não fala.

Ela riu.

– Acho que nós dois vamos nos entender.

– Vamos, sim.

Quando Dagny lhe contou a história do motor e lhe mostrou o texto datilografado, Daniels, após examiná-lo, não fez nenhum comentário, dizendo apenas que aceitava o trabalho nos termos que ela propusesse.

Dagny sugeriu que ele próprio escolhesse os termos e protestou, surpresa, quando ele propôs um salário muito baixo.

– Srta. Taggart – disse ele –, se tem uma coisa que não aceito é receber dinheiro em troca de nada. Não sei por quanto tempo a senhorita vai ter que me pagar, nem se vou conseguir alguma coisa. Estou apostando na minha inteligência. Não quero que ninguém mais aposte nela. Não cobro por intenções, mas realmente é minha intenção cobrar se eu fizer o serviço. Se eu conseguir, eu vou lhe cobrar os olhos da cara, porque então vou querer uma porcentagem, que vai ser alta. Mas vai valer a pena.

Quando ele especificou a porcentagem que queria, ela riu.

– Realmente, o senhor está me cobrando os olhos da cara, e vai mesmo valer a pena. Combinado.

Concordaram que seria um projeto pessoal de Dagny e que ele seria empregado dela. Nenhum dos dois queria qualquer relação com o departamento de pesquisas da Taggart. Ele pediu para ficar em Utah, trabalhando como vigia, porque lá dispunha de todos os equipamentos e toda a privacidade de que necessitava. O projeto permaneceria confidencial, só entre eles, até que tivessem sucesso – se tivessem sucesso.

– Srta. Taggart – disse ele, concluindo –, não sei quantos anos vou levar para conseguir isso, nem sei se vou conseguir. Mas sei que, se eu passar o restante da minha vida trabalhando nisso e conseguir, vou morrer satisfeito. – E acrescentou: – Tem uma coisa que eu ainda tenho mais vontade de fazer do que resolver o problema: é conhecer o homem que já o resolveu.

Uma vez por mês, desde que ele voltara a Utah, ela lhe enviava um cheque e ele lhe enviava um relatório sobre seu trabalho. Ainda era muito cedo para ter esperanças, mas aqueles relatórios eram a única coisa que inspirava esperança a Dagny na rotina estéril do escritório.

O calendário ao longe informava: 2 de setembro. Lá embaixo, as luzes da cidade se acendiam. Dagny levantara a cabeça ao terminar de ler o relatório. Pensou em Rearden. Queria que ele estivesse em Nova York, queria vê-lo à noite.

Então, se dando conta da data, se lembrou de repente que tinha de correr até em casa para se vestir: era o casamento de Jim. Havia mais de um ano que não o via fora do escritório. Não conhecia sua noiva, mas já lera sobre ela o suficiente nos jornais. Levantou-se com uma resignação contrariada: daria menos trabalho ir ao casamento do que explicar sua ausência depois.

Estava atravessando apressadamente o terminal quando ouviu uma voz chamá-la:

– Srta. Taggart!

Havia naquela voz um toque estranho, de urgência e de relutância ao mesmo tempo. Ela parou imediatamente e levou um instante para se dar conta de que era o velho da banca que a chamava.

– Estou querendo falar com a senhorita há dias. Preciso muito lhe falar. – Havia uma expressão estranha em seu rosto, como se ele se esforçasse para não demonstrar medo.

– Desculpe – disse ela, sorrindo. – Tenho entrado e saído do edifício na maior afobação a semana toda, nem tenho tido tempo de parar.

O velho não estava sorrindo.

– Srta. Taggart, aquele cigarro com o cifrão que a senhorita me deu uns meses atrás... onde foi que o arranjou?

Dagny ficou imóvel por um instante.

– É uma história longa e complicada – respondeu.

– A senhorita tem como entrar em contato com a pessoa que lhe deu o cigarro?

– Acho que sim... se bem que não tenho certeza. Por quê?

– Ele estaria disposto a lhe dizer onde arranjou o cigarro?

– Não sei. Por que o senhor desconfia que não?

O velho hesitou e depois perguntou:

– Srta. Taggart, o que a gente faz quando tem que dizer uma coisa que sabe que é impossível?

Ela riu.

– O homem que me deu o cigarro disse que, nesse caso, a gente tem que verificar as premissas de que a gente parte.

– Disse mesmo? Em relação ao cigarro?

– Não, não exatamente. Mas por quê? O que é que o senhor tem a me dizer?

– Srta. Taggart, perguntei para todo mundo. Verifiquei todas as fontes de informação a respeito da indústria do tabaco. Mandei fazer uma análise química daquela ponta de cigarro. Não existe fábrica nenhuma que produza aquele papel. Os componentes usados no fumo para dar sabor nunca foram usados em cigarro nenhum. O cigarro foi feito numa máquina, mas não foi em nenhuma fábrica que eu conheça, e eu conheço todas. Srta. Taggart, posso lhe afirmar que aquele cigarro não foi feito em nenhum lugar na Terra.

▲▲▲

Rearden estava parado, distraído, enquanto o garçom tirava, em seu quarto de hotel, a mesa de jantar. Ken Danagger havia saído. O recinto estava na penumbra. De comum acordo, haviam mantido a luz bem fraca durante o jantar, para que os garçons não prestassem atenção no rosto de Danagger e não pudessem vir a reconhecê-lo.

Haviam se encontrado às escondidas, como criminosos que não podem ser vistos juntos. Não podiam se encontrar em seus escritórios nem em suas casas, só no meio da multidão anônima de uma cidade ou em uma suíte no Hotel Wayne-Falkland. Haveria uma multa de 10 mil dólares e 10 anos de cadeia para os dois se soubessem que Rearden se comprometera a entregar a Danagger 4 mil toneladas de metal Rearden.

Não falaram sobre aquela lei durante o jantar, nem sobre os motivos que os levavam a agir, nem sobre os riscos que corriam. Só falaram de negócios. Expressando-se claramente e sem rodeios, como sempre fazia em qualquer reunião, Danagger explicara que metade do pedido seria suficiente para evitar que desabassem os túneis das minas da Companhia de Carvão Confederada, que havia falido e que ele comprara havia três semanas.

– É uma excelente propriedade, mas está em péssimo estado. Houve um acidente grave lá no mês passado, um desabamento com explosão, morreram 40 homens. – Acrescentou, como quem lê um relatório estatístico impessoal: – Os jornais vivem dizendo que agora o carvão é o produto mais crucial do país. Também dizem que os donos das companhias de carvão estão aproveitando a crise do petróleo para faturar. Tem um pessoal em Washington dizendo que minha empresa está crescendo demais e que deviam fazer alguma coisa, porque estou monopolizando o carvão. Outros estão dizendo que não estou crescendo o bastante e que deviam fazer alguma coisa, que o governo devia encampar minhas minas, porque só penso em lucrar e não estou disposto a dar ao público o carvão de que ele necessita. No ritmo atual, a Confederada vai me devolver, daqui a 47 anos, o dinheiro que investi nela. Não tenho filhos. Só comprei as minas porque tenho um cliente que não vou deixar de abastecer de modo algum: a Taggart Transcontinental. Não gosto nem de pensar no que vai acontecer se as ferrovias forem à falência. – Fez uma pausa e prosseguiu: – Não sei por que ainda me preocupo com essas coisas, mas é a verdade. Esse pessoal de Washington não tem ideia do que aconteceria. Eu tenho.

Rearden respondera:

– Vou lhe entregar o metal. Quando você precisar da outra metade do pedido, me avise que eu a entrego também.

No fim do jantar, Danagger disse, com o mesmo tom de voz preciso e impassível de quem sabe exatamente o que está dizendo:

– Se algum funcionário seu ou meu descobrir o que estamos fazendo e tentar me chantagear, eu pago, desde que seja uma quantia razoável. Mas, se ele tiver amigos em Washington, não pago. Se algum desses sujeitos aparecer, vou preso.

– Então vamos presos juntos – disse Rearden.

Sozinho, na penumbra de seu quarto, Rearden percebeu que a possibilidade de ir para a cadeia não o afetava. Lembrou-se da vez em que, aos 14 anos, fraco de tanta fome, se recusara a roubar uma fruta de um vendedor na calçada. Agora, a possibilidade de ir preso – se o que ele acabara de fazer era crime – não representava para ele mais do que a possibilidade de ser atropelado por um caminhão: um acidente desagradável sem qualquer significado moral.

Pensou que seria obrigado a esconder, como um segredo culposo, a única transação comercial que lhe dera prazer nos últimos 12 meses – e que também estava escondendo, como um segredo culposo, as noites que passava com Dagny, as únicas horas que o mantinham vivo. Pressentia que havia alguma relação entre os dois segredos, alguma conexão essencial que ele teria de descobrir. Não conseguia apreendê-la, não conseguia encontrar as palavras que a descrevessem, mas sentia que no dia em que as encontrasse responderia a todas as perguntas de sua vida.

Estava encostado à parede, a cabeça jogada para trás, os olhos fechados, pensando em Dagny, quando lhe ocorreu que as perguntas todas não tinham mais nenhuma importância para ele. Pensou que estaria com ela naquela noite, quase detestando essa ideia, porque a manhã seguinte estava tão próxima, e pela manhã ele teria de se afastar dela. Rearden se perguntava se poderia ficar na cidade até o dia seguinte, ou se devia ir embora agora, sem vê-la, para poder esperar, para poder ter sempre à sua frente a possibilidade futura de segurá-la nos ombros e olhá-la nos olhos. *Você está enlouquecendo*, pensou, mas sabia que, se ela estivesse a seu lado todas as horas do dia, ainda assim seria a mesma coisa, nunca seria o bastante para satisfazê-lo, ele teria que inventar alguma forma insensata de tortura para suportar – sabia que veria Dagny à noite, e a ideia de ir embora sem vê-la tornava o prazer maior, uma tortura momentânea que ressaltava a certeza das horas que tinha pela frente. Deixaria acesa a luz da sala do apartamento e seguraria seu corpo do outro lado da cama, vendo aquela faixa de luz a percorrê-la da cintura até o tornozelo, uma única linha compreendendo todo aquele corpo longo e esbelto na escuridão. Depois colocaria sua cabeça na luz e veria seu rosto, entregue a ele, sem resistência, seus cabelos caindo sobre o braço dele, os olhos fechados, o rosto contraído, como se exprimisse dor, a boca aberta para ele.

Rearden continuava em pé, encostado à parede, deixando que todos os acontecimentos do dia fossem desaparecendo, sentindo-se livre, certo de que o tempo que se seguia era todo seu.

Quando a porta do quarto se abriu de repente, sem aviso prévio, de início ele não ouviu nem entendeu direito o que acontecia. Viu a silhueta de uma mulher, em seguida a de um mensageiro, que colocou uma valise no chão e depois foi embora. A voz que ele ouviu era a de Lillian:

– Ora, Henry! Sozinho no escuro?

Ela acendeu a luz. Estava muito bem-vestida, com um conjunto bege. Sorridente, retirando as luvas como se estivesse chegando a casa, parecia que tinha viajado dentro de uma campânula de vidro.

– Você vai ficar no quarto à noite, meu bem? – perguntou ela. – Ou estava pretendendo sair?

Ele não sabia quanto tempo havia passado antes de responder:

– O que você está fazendo aqui?

– Ora, será que você não se lembra de que Jim Taggart nos convidou para o casamento dele? É hoje.

– Eu não pretendia ir ao casamento.

– Ah, mas eu vou!

– Por que você não me disse isso hoje de manhã, antes de eu sair?

– Para lhe fazer uma surpresa, querido. – Ela riu, alegre. – É praticamente impossível levar você a qualquer festa, mas achei que talvez gostasse de ir assim, de resolver de repente, de sair e se divertir, como os casais costumam fazer. Eu achei que você ia gostar... Você tem passado tantas noites em Nova York!

Rearden percebeu o olhar que ela lhe dirigiu por debaixo da aba do chapéu, inclinada sobre um dos olhos, como ditava a moda. Não disse nada.

– É claro que eu me arrisquei – disse ela. – Você poderia estar pretendendo jantar com alguém. – Rearden não disse nada. – Ou quem sabe você estava pensando em voltar para casa hoje à noite?

– Não.

– Você tinha um compromisso para hoje à noite?

– Não.

– Ótimo. – Lillian apontou para sua valise. – Trouxe um vestido longo. Vamos apostar um ramalhete de orquídeas como me visto mais rápido que você?

Lembrou-se de que Dagny estaria no casamento do irmão. Agora aquela noite não importava mais para ele.

– Vamos sair, se você quiser – disse ele –, mas não vamos a esse casamento.

– Ah, mas é lá que quero ir! Vai ser o acontecimento mais absurdo da temporada. Todo mundo está esperando por ele há semanas, todos os meus amigos. Eu não perco esse casamento de jeito nenhum. É o melhor espetáculo da cidade, e o mais anunciado também. É um casamento totalmente ridículo, mas é o que era de se esperar de Jim Taggart.

Lillian andava pelo quarto, olhando ao redor, como se estivesse se familiarizando com o lugar.

– Há anos que não venho a Nova York – disse ela. – Quer dizer, com você, numa ocasião formal.

Rearden percebeu que o olhar dela parou por uns instantes num cinzeiro sujo e depois seguiu em frente. Ele sentiu uma pontada de repulsa.

Ela percebeu e riu alegremente.

– Ah, mas não pense que estou aliviada, querido! Estou decepcionada. Estava esperando encontrar algumas pontas de cigarro sujas de batom.

Rearden teve de reconhecer que pelo menos ela admitira que o estava espionando, ainda que por meio de uma brincadeira. Mas havia algo na franqueza enfática do jeito de falar da mulher que fez com que ele desconfiasse se ela estava mesmo brincando. Durante uma fração de segundo

Rearden sentiu que ela tinha dito a verdade. Porém pôs de lado essa impressão, pois não podia conceber que fosse verdadeira.

– Pelo visto, você nunca vai ser humano – disse ela. – Por isso tenho certeza de que não tenho rival. E se tenho, o que duvido, meu bem, acho que não vou me preocupar com isso, porque, se é uma pessoa que está sempre à sua disposição, sem precisar combinar antes... bem, todo mundo sabe que tipo de pessoa é assim.

Rearden se conteve, precisava ser cuidadoso. Por um triz não lhe dera uma bofetada.

– Lillian, acho que você sabe que não suporto esse tipo de brincadeira.

– Ah, mas você é tão sério! – disse ela, rindo. – Eu sempre esqueço. Você leva tudo tão a sério... principalmente a si mesmo.

Então ela se virou para ele de repente. Não estava mais sorrindo. Havia em seu rosto aquele estranho olhar de súplica que ele já vira nela algumas vezes, um olhar que parecia exprimir sinceridade e coragem.

– Você prefere falar sério, Henry? Então está bem. Por quanto tempo vai querer que eu continue existindo no porão da sua vida? Por quanto tempo tenho que viver sozinha? Nunca pedi nada a você. Deixo-o levar a vida que quer. Será que não pode me conceder uma noite? Ah, eu sei que você detesta festas e vai ficar entediado. Mas para mim é muito importante. Pode me chamar de vaidosa, de fútil, mas eu quero aparecer, pelo menos uma vez, com meu marido. Imagino que nunca veja a coisa por esse ângulo, mas você é um homem importante, invejado, detestado, respeitado e temido, é um homem que qualquer mulher se orgulharia de ostentar como seu marido. Você pode dizer que é uma forma mesquinha de ostentação feminina, mas é assim que todas as mulheres se sentem felizes. Você não vive dentro desses padrões, mas eu vivo. Será que não pode me dar isso, pagando o preço de algumas horas de tédio? Será que não é forte o bastante para cumprir com seu dever de marido? Ir lá não por você, mas por mim; não porque *você* quer ir, mas só porque *eu* quero?

Dagny, pensava ele desesperadamente, *Dagny, que nunca diz uma palavra sobre a vida que eu levo em casa, que nunca pede nada, não se queixa nem faz nenhuma pergunta.* Ele não poderia aparecer diante dela com sua esposa, que o ostentaria com orgulho. Tinha vontade de morrer naquele instante, antes que cometesse tal ato – porque sabia que ia cometê-lo.

Porque ele havia aceitado seu segredo como culpa e havia prometido a si próprio arcar com as consequências – porque havia reconhecido que era Lillian quem tinha razão, e ele poderia suportar qualquer castigo, mas não era capaz de lhe negar o que pedia quando era ela que tinha razão; porque ele sabia que a razão pela qual não queria ir era exatamente o motivo que não lhe dava o direito de recusar; porque ele ouvia a súplica em sua cabeça – "Ah, Lillian, pelo amor de Deus, tudo menos esse casamento!" – e não se permitia o direito de pedir piedade.

Disse com a voz firme e sem vida:

– Está bem, Lillian. Eu vou.

▲▲▲

O véu de noiva bordado com rosas se prendeu numa farpa do chão daquele quarto de casa de cômodos. Cherryl Brooks o levantou cuidadosamente e foi se olhar no espelho torto pendurado na parede. Ela fora fotografada naquele quarto o dia inteiro, como ocorrera diversas vezes nos últimos dois meses. Ainda sorria com um misto de gratidão e incredulidade quando algum repórter de jornal queria tirar sua foto, mas preferiria que isso não acontecesse com tanta frequência.

Uma velha jornalista, que assinava uma coluna de conselhos sentimentais num jornal e tinha um coração amargo de policial, tinha se tornado protetora de Cherryl havia algumas semanas, quando os repórteres se atiraram sobre ela como feras sobre uma presa. Naquele dia, a jornalista havia expulsado todos os repórteres. Depois gritara para os vizinhos: "Está bem, mas agora chega, rua!", batera a porta na cara deles e fora ajudar Cherryl a se vestir. Era ela que ia levar a noiva de carro: descobrira que ninguém havia combinado vir pegá-la.

O véu, o vestido de cetim branco, as sapatilhas delicadas, a gargantilha de pérolas haviam custado quinhentas vezes o valor de tudo o que havia no quarto de Cherryl. A maior parte do espaço era ocupada por uma cama, e no que restava havia uma cômoda, uma cadeira e os poucos vestidos que ela possuía pendurados atrás de uma cortina desbotada. A enorme saia-balão do vestido de noiva esbarrava nas paredes quando ela se mexia. Seu corpo esbelto, enfiado num corpete sóbrio e apertado de mangas compridas, contrastava com o volume da saia. O vestido fora feito pelo melhor costureiro de Nova York.

– Sabe, quando arranjei o emprego naquela loja, eu podia ter me mudado para um quarto melhor – disse ela à jornalista, como que se desculpando –, mas acho que onde a gente dorme não faz muita diferença, por isso resolvi economizar dinheiro, porque precisaria dele para alguma coisa importante no futuro... – Ela parou e sorriu, sacudindo a cabeça, confusa. – Eu *achava* que ia precisar.

– Você está ótima – disse a jornalista. – Não dá para você ver direito nesse arremedo de espelho, mas você está bem.

– Do jeito como isso tudo aconteceu, eu... eu nem tive tempo direito de fazer nada. Mas o Jim é maravilhoso. Ele não se incomoda que eu seja só uma balconista, morando num lugar desses. Ele nem liga.

– É – disse a jornalista. Seu rosto estava sombrio.

Cherryl pensava, maravilhada, na primeira vez que Jim Taggart viera a seu quarto. Foi uma noite, sem avisar, um mês depois que se conheceram, quando ela já não tinha mais esperanças de vê-lo outra vez. Ela ficou envergonhadíssima, como se estivesse tentando encerrar um nascer do sol dentro de uma poça de lama, mas Jim sorriu, sentado na única cadeira do quarto, olhando para o rosto enrubescido de Cherryl e para o quarto ao seu redor. Então lhe disse que pegasse o casaco e a levou para jantar no restaurante mais caro da cidade. Ele sorria ao ver a insegurança de Cherryl, sua falta de jeito, seu pavor de pegar o garfo errado, seu ar de deslumbramento. Ela não sabia em que Jim estava pensando. Mas ele sabia que ela estava deslumbrada, não com o lugar em si, mas com o fato de que ele a levara lá. Ela mal provara a comida cara, recebera o jantar não como uma boca-livre custeada por um otário rico – como todas as garotas que ele conhecia teriam feito –, mas como um prêmio esplêndido que jamais imaginara merecer.

Jim voltara para vê-la duas semanas depois, e a partir daí começaram a se ver cada vez com mais frequência. Ele passava pela loja na hora de fechar, e Cherryl via suas colegas boquiabertas, olhando para ela, a limusine de Jim, o chofer uniformizado que abria a porta para ela. Ele a levava às melhores boates e, quando a apresentava a seus amigos, dizia: "A Srta. Brooks trabalha numa loja na Madison Square." Ela via as expressões de espanto em seus rostos e o toque de malícia no olhar de Jim. *Ele quer me poupar de fingimentos e constrangimentos*, pensava ela, cheia de gratidão. *Ele é forte o bastante para ser honesto e não ligar para os outros*, pensava, com admiração. Mas sentiu uma dor estranha, que nunca sentira antes, na noite em que ouviu uma mulher que trabalhava numa revista muito conceituada, de política, dizer a seu acompanhante, na mesa ao lado: "Como Jim é generoso!"

Se ele quisesse, ela lhe teria dado a única forma de pagamento que podia oferecer em troca. Ele não a pedia, e isso fazia com que ela sentisse mais gratidão ainda. Mas Cherryl tinha a impressão de que aquele relacionamento era para ela uma dívida imensa, que só podia pagar com sua adoração silenciosa. *Jim não precisa dessa adoração*, pensava ela.

Havia noites em que ele vinha para levá-la a algum lugar, mas acabava ficando no quarto com ela, falando, enquanto ela o ouvia em silêncio. Sempre acontecia de modo inesperado, como se ele não tivesse intenção de fazê-lo, mas algo mais forte que ele o obrigasse a falar. Então Jim ficava sentado na cama, desligado do quarto ao redor, da própria presença de Cherryl, mas de vez em quando seus olhos se voltavam para ela, como se ele quisesse se certificar de que havia um ser humano o ouvindo.

– ... não foi por mim, não foi por mim em absoluto... por que será que eles não acreditam em mim? Tive que ceder às pressões dos sindicatos e reduzir os trens, e a moratória das debêntures era a única solução, foi por isso que Wesley deixou, foi pelos trabalhadores, não por mim. Todos os jornais disseram que eu era um bom exemplo a ser imitado por todos os empresários... um empresário com responsabilidade social. Foi isso que eles disseram. É verdade, não é?... Não é?... O que havia de errado naquela moratória? Está certo que houve uns pequenos deslizes técnicos, mas e daí? Foi por um fim justo. Todo mundo concorda que tudo o que você faz é bom desde que não seja por você mesmo... Mas ela não se importa que tenha sido por um fim justo. Ela acha que ninguém é bom, só ela mesma. Minha irmã é uma mulher cruel e convencida, que só vai pela cabeça dela mesma... Por que eles me olham desse jeito, ela e o Rearden e essas pessoas todas? Por que têm tanta certeza de que têm razão?... Se eu aceito a superioridade deles no nível material, por que *eles* não aceitam a minha no plano espiritual? Eles têm cabeça, mas eu tenho coração. Eles têm a capacidade de gerar riquezas, mas eu tenho a de amar. A minha capacidade não é a mais importante? Não é o que sempre se disse durante toda a história da humanidade? Por que eles não aceitam isso?... Por que têm tanta certeza de que são os maiorais?... E se eles realmente são os maiorais, e eu não sou, não é justamente por isso que deviam se curvar perante mim? Não seria isso um ato verdadeiramente humano? Não é vantagem nenhuma respeitar um homem que merece respeito... é apenas pagar o que lhe é devido. Conceder respeito imerecido é o gesto supremo de caridade... Mas eles são incapazes de um gesto de caridade. Não são humanos. Não sentem nada pelas necessidades dos outros... nem pelas fraquezas dos outros. Não sentem a menor preocupação... nem piedade...

Cherryl não entendia muito bem o que ele dizia, mas entendia que ele se sentia infeliz e que alguém o havia magoado. Jim via a dor da ternura no rosto dela, a dor de uma indignação dirigida a seus inimigos e um olhar que se destinava a um herói – vindo de uma pessoa que era capaz de experimentar a emoção que aquele olhar exprimia.

Ela não sabia por que se sentia convencida de que era a única pessoa para quem ele podia se abrir. Aceitava isso como uma honra especial, mais uma dádiva dele.

A única maneira de merecê-lo, pensava ela, *é jamais lhe pedir nada*. Uma vez ele lhe ofereceu dinheiro, e ela recusou a oferta, com um olhar tão intenso e doloroso de raiva que ele jamais o fez outra vez. A raiva era dirigida a si própria: ela ficou achando que talvez houvesse feito alguma coisa que o levasse a pensar que ela era esse tipo de pessoa. Mas não queria ser ingrata, nem envergonhá-lo com sua pobreza. Queria lhe mostrar como estava disposta a subir, a justificar a sua escolha. Assim, disse a Jim que, se ele quisesse ajudá-la, que a ajudasse a arranjar um emprego melhor. Ele não respondeu. Nas semanas seguintes, ela esperou, mas ele nunca mais tocou no assunto. Cherryl achou que era culpa sua: ele interpretara seu pedido como uma tentativa de usá-lo e se ofendera.

Quando Jim lhe deu uma pulseira de esmeraldas, Cherryl ficou tão chocada que não conseguiu entender. Tentando desesperadamente não magoá-lo, insistiu que não podia aceitar o presente.

– Por que não? – perguntou ele. – Afinal, você não é nenhuma cortesã que está pagando o preço normal pelo presente. Você tem medo de que eu comece a fazer exigências? Não confia em mim? – Jim riu de suas tentativas envergonhadas de responder. Passou toda aquela noite com um sorriso estranho nos lábios, numa boate. Cherryl trajava seu surrado vestido preto e ostentava a pulseira.

Jim a fez usar a pulseira outra vez na noite em que a levou a uma festa, uma recepção magnífica oferecida pela Sra. Cornelius Pope. *Se ele me considera digna de visitar seus amigos*, pensou Cherryl – seus amigos ilustres, cujos nomes ela já vira nas inacessíveis colunas sociais dos jornais

–, *não posso envergonhá-lo com este vestido velho.* Gastou o dinheiro que vinha economizando havia um ano num vestido longo de chiffon verde, decotado, com um cinto de rosas amarelas e um diamante de imitação na fivela. Quando entrou na mansão, com luzes frias e brilhantes e um terraço acima dos tetos dos arranha-céus, se convenceu de que seu vestido não era apropriado para a ocasião, embora não soubesse por quê. Mas manteve sua postura empertigada e orgulhosa e sorria com a confiança corajosa de um gatinho que vê uma mão estendida à sua frente: *Essas pessoas estão aqui para se divertir, não para magoar ninguém*, pensou ela.

Uma hora depois, sua tentativa de sorrir já havia se transformado numa súplica impotente. Depois o sorriso foi desaparecendo à medida que ela olhava para as pessoas ao seu redor. Viu que aquelas moças elegantes e cheias de si se dirigiam a Jim com uma insolência antipática, como se não tivessem o menor respeito por ele. Uma delas em particular, uma tal de Betty Pope, filha da anfitriã, a toda hora fazia comentários dirigidos a Jim que Cherryl não conseguia entender, porque não acreditava que significassem aquilo mesmo que ela pensava.

De início, ninguém lhe deu atenção, apenas dirigiram alguns olhares atônitos a seu vestido. Depois de algum tempo, Cherryl viu que olhavam para ela. Ouviu uma senhora idosa perguntar para Jim, num tom de voz ansioso, como se se referisse a uma família distinta que por algum motivo ela não conhecesse:

– Você disse que a Srta. Brooks é da Madison Square?

Ela viu um sorriso estranho no rosto de Jim quando ele respondeu, com uma voz particularmente audível:

– É, ela trabalha no balcão de cosméticos da Releigh's Five and Ten.

Então Cherryl percebeu que algumas pessoas passaram a tratá-la com uma polidez excessiva, ao passo que outras se afastavam dela ostensivamente e a maioria simplesmente sentia-se sem jeito por não saber o que fazer, enquanto Jim observava a cena com aquele sorriso estranho no rosto.

Cherryl tentou passar despercebida. Quando atravessava um canto do salão, ouviu um homem dizer, dando de ombros, num tom que não denotava respeito:

– Bem, Jim Taggart é um dos homens mais poderosos em Washington no momento.

No terraço, onde estava mais escuro, ouviu dois homens conversando, e por algum motivo convenceu-se de que estavam falando sobre ela. Um deles disse:

– Se Taggart quiser fazer isso, ele tem dinheiro para fazer.

O outro fez um comentário a respeito do cavalo de um imperador romano chamado Calígula.

Cherryl olhou para a torre solitária do Edifício Taggart ao longe – e de repente sentiu que compreendia: aquelas pessoas odiavam Jim porque o invejavam. *Fossem elas quem fossem*, pensou ela, *por mais distintas que fossem suas famílias, por mais ricas que fossem, nenhuma delas realizara algo comparável ao que Jim fizera, nenhuma delas desafiara o país inteiro e construíra uma ferrovia que todos consideravam impossível.* Pela primeira vez, Cherryl viu que havia algo a oferecer a Jim: aquelas pessoas eram mesquinhas e pequenas como aquelas lá de Buffalo das quais ela fugira. Ele sentia-se tão solitário quanto ela sempre se sentira, e a sinceridade dos sentimentos dela era o único reconhecimento que Jim havia encontrado.

Então Cherryl voltou ao salão, seguindo em linha reta por entre as pessoas, e das lágrimas que ela tentara conter na escuridão do terraço só restava o brilho feroz em seus olhos. Se Jim queria colocar-se ao lado dela abertamente, embora ela fosse apenas uma balconista, se ele queria ostentá-la, se a levara ali para enfrentar a indignação de seus amigos, era porque ele era um homem corajoso, que desafiava as opiniões dos outros, e ela estava disposta a fazer jus àquela coragem e ser o espantalho da festa.

Porém ficou aliviada quando a festa terminou e se sentou ao lado dele no carro e foram para casa na escuridão. Sentiu um alívio amargo. Sua atitude de desafio se transformara numa estranha sensação de desolação. Cherryl tentou não se entregar a essa sensação. Jim falava pouco, olhando pela janela do carro, emburrado. Ela temia havê-lo decepcionado de algum modo.

À entrada da pensão, ela disse, triste:

– Desculpe qualquer coisa...

Por um momento, Jim não respondeu. Depois perguntou:

– O que você diria se eu a pedisse em casamento? – Cherryl olhou para ele, depois olhou ao redor: havia um colchão imundo pendurado numa janela, uma loja de penhores do outro lado da rua, uma lata de lixo ali mesmo no alpendre em que estavam. Ali não era o lugar para se fazer uma pergunta dessas, ela não entendia o que aquilo queria dizer e respondeu:

– Acho que... não tenho senso de humor.

— É um pedido de casamento, minha querida.

E foi assim que deram o primeiro beijo – as lágrimas que escorriam pelo rosto de Cherryl eram aquelas que ela havia contido na festa, lágrimas de espanto, de felicidade. Ela chorava por pensar que era isso a felicidade, e uma vozinha desconsolada dentro de si lhe dizia que não era assim que ela sempre quis que acontecesse.

Cherryl não havia pensado nos jornais, até o dia em que Jim a chamou para vir a seu apartamento, onde ela encontrou um monte de gente armada com blocos, câmeras fotográficas e flashes. Quando viu sua foto no jornal pela primeira vez – os dois juntos, Jim a abraçando –, Cherryl riu de satisfação, e pensou, orgulhosa, que a cidade toda tinha visto aquela foto. Depois de algum tempo, a satisfação desapareceu.

Os fotógrafos a surpreendiam na loja em que ela trabalhava, no metrô, no alpendre à entrada da casa de cômodos, em seu quarto miserável. Agora ela teria aceito dinheiro de Jim para se esconder em algum hotel obscuro até o fim do noivado – mas ele não ofereceu. Ele parecia querer que ela ficasse onde estava. Publicavam fotos de Jim à sua mesa de trabalho, no Terminal Taggart, entrando em seu vagão particular, num banquete em Washington. As grandes manchetes dos jornais, os artigos nas revistas, os locutores de rádio, os noticiários televisivos – todos só falavam na "Cinderela" e no "empresário democrata".

Quando se sentia insegura, Cherryl dizia a si mesma para não ser desconfiada; quando se sentia magoada, dizia a si mesma que não devia ser ingrata. Esses sentimentos lhe vinham esporadicamente, quando acordava no meio da noite e ficava deitada no silêncio do quarto, sem conseguir dormir. Sabia que levaria anos para poder se recuperar, acreditar, compreender. Vivia aqueles dias como se estivesse sofrendo de insolação, sem enxergar nada, vendo apenas a figura de Jim Taggart, tal como o vira pela primeira vez, na noite de seu grande triunfo.

— Escute, menina – disse a jornalista, quando Cherryl estava em seu quarto pela última vez, o véu de noiva brotando de seus cabelos como uma espuma de cristal jorrando nas tábuas manchadas do assoalho –, você deve pensar que as pessoas se dão mal pelo que fazem de errado, o que, de modo geral, é verdade. Mas tem gente que vai tentar machucá-la porque vê algo de bom em você, sabendo que é bom, castigando você por causa disso. Não vá ficar arrasada quando descobrir isso.

— Acho que não tenho medo – disse ela, olhando bem para a frente, com uma seriedade que era traída pelo sorriso radiante em seus lábios. – Não tenho direito de ter medo de nada. Estou feliz demais. Sabe, sempre achei que não tinha sentido essa história de que a gente está neste mundo para sofrer. Nunca quis aceitar isso e entregar os pontos. Sempre achei que podiam acontecer coisas lindas, incríveis. Não esperava que acontecesse comigo tão cedo uma coisa tão boa. Mas vou tentar merecê-la.

▲▲▲

"O dinheiro é a fonte de todo o mal", disse Jim Taggart. "O dinheiro não traz a felicidade. O amor vence qualquer barreira, qualquer distância social. Pode ser um lugar-comum, pessoal, mas é isso que eu penso."

Iluminado pelas luzes do salão do Hotel Wayne-Falkland, Jim estava cercado de repórteres, que correram para cima dele assim que a cerimônia de casamento terminou. Além daquele círculo de repórteres, a multidão de convidados ia e vinha, como a maré. Cherryl estava a seu lado, a mão enluvada pousada na manga de seu paletó. Ela ainda estava tentando ouvir as palavras da cerimônia, sem conseguir acreditar que realmente as tinha ouvido.

– Como se sente, *Sra. Taggart*?

A pergunta partira do círculo de repórteres, trazendo-a de volta à realidade subitamente: aquelas duas últimas palavras de repente faziam com que tudo se tornasse realidade. Cherryl sorriu e sussurrou, a voz embargada:

– Eu... estou muito feliz...

Em extremidades opostas do salão, Orren Boyle, que parecia gordo demais para seu traje a rigor, e Bertram Scudder, que parecia magro demais para o seu, contemplavam a multidão de convidados com a mesma ideia na cabeça, embora nem um nem outro admitissem que era nisso que estavam pensando. Boyle dizia a si próprio que estava procurando rostos conhecidos, enquanto Scudder pensava que estava recolhendo material para um artigo. Mas os dois, sem que um soubesse do outro, estavam classificando todos os rostos que viam sob duas rubricas: "protetores" e "medrosos". Havia ali homens cujas presenças significavam uma proteção especial concedida a James Taggart, e homens que estavam ali claramente confessando seu desejo de evitar a hostilidade de Jim – os que representavam mãos abaixadas para levantá-lo, e os que representavam costas oferecidas para ele montar. Àquela altura, havia uma lei não escrita segundo a qual ninguém recebia nem aceitava um convite de um homem importante senão por um desses dois motivos. Os do primeiro grupo eram, em sua maioria, mais jovens e haviam vindo de Washington. Os do segundo eram mais velhos e empresários.

Boyle e Scudder eram homens que usavam as palavras como um instrumento público e as evitavam em sua mente. As palavras comprometiam, tinham implicações que eles não queriam enfrentar. Para fazer aquela classificação, não precisavam delas, bastavam movimentos físicos: um respeitoso movimento de sobrancelhas, que equivalia à interjeição "Hum!", indicava o primeiro grupo, e um movimento sarcástico de lábios, equivalente às palavras "Ora, ora!", indicava o segundo. Um rosto perturbou, por um momento, a regularidade de seus mecanismos classificatórios: foi quando viram os frios olhos azuis e os cabelos louros de Hank Rearden. Seus músculos se esgarçaram no movimento relativo ao segundo grupo, o que equivalia a "Essa não!". O somatório da classificação era uma estimativa do poder de James Taggart. O resultado era bem respeitável.

Quando viram James andando por entre os convidados, perceberam que ele estava consciente de seu poder. Andava com passos rápidos, num código Morse de avanços curtos e paradas breves, com um ar de irritação leve, como se tivesse noção da quantidade de pessoas que poderiam ficar preocupadas com qualquer manifestação de contrariedade sua. O esboço de sorriso em seu rosto tinha algo de empáfia – como se ele soubesse que o ato de vir homenageá-lo representava uma desonra para aqueles que o cometiam; como se soubesse ou gostasse disso.

James caminhava acompanhado de um séquito constante, cuja função parecia ser a de dar a ele o prazer de ignorá-los. O Sr. Mowen passou rapidamente por essa calda, bem como o Dr. Pritchett e Balph Eubank. O mais persistente de todos era Paul Larkin. Ele descrevia círculos ao redor de Taggart, como se quisesse se bronzear com os raios ocasionais daquele sol, fazendo tentativas melancólicas de sorrir para ser notado.

Os olhos de Taggart percorriam a multidão de vez em quando, rápida e furtivamente, como a lanterna de um gatuno. Isso, tal como o decodificava Boyle, significava que Taggart estava procurando alguém, mas não queria que ninguém percebesse o fato. A busca terminou quando Eugene Lawson veio lhe apertar a mão e dizer, o lábio inferior úmido se retorcendo como uma esponja para atenuar o golpe:

– O Sr. Mouch não pôde vir, Jim. Ele pede mil desculpas, tinha até fretado um avião, mas na última hora teve um problema, questões de interesse nacional, você sabe.

Taggart ficou parado. Não disse nada e franziu o cenho.

Boyle caiu na gargalhada. Taggart se virou para ele tão de repente que os outros desapareceram antes mesmo de receber ordem de circular.

– O que você está fazendo? – perguntou Taggart, agressivo.

– Estou me divertindo, Jimmy, só isso – respondeu Boyle. – O Wesley era capacho seu, não *era*?

– Conheço um sujeito que é meu capacho, e é bom ele não esquecer isso.

– Quem? Larkin? Não, acho que você não está falando sobre Larkin. E, se não é dele que você está falando, é bom pensar duas vezes antes de falar mais.

– Você é tão esperto que um dia desses vai se atrapalhar.

– Nesse caso, aproveite, Jim. *Se* isso acontecer.

– O problema com essas pessoas que não se enxergam é que elas não têm boa memória. É bom você não esquecer quem foi que estrangulou o mercado do metal Rearden para você.

– Bem, eu lembro quem prometeu que ia fazer isso. Foi o mesmo que depois fez o que pôde para impedir que o decreto realmente entrasse em vigor, porque achava que talvez viesse a precisar de trilhos de metal Rearden no futuro.

– Porque *você* gastou 10 mil dólares enchendo de uísque as pessoas que esperava que impedissem a decretação da moratória!

– É verdade. Foi o que eu fiz. Eu tinha amigos que possuíam debêntures da ferrovia. E, além disso, eu também tenho amigos em Washington, Jimmy. Bem, os seus amigos derrotaram os meus em relação àquela moratória, mas os meus derrotaram os seus na questão do metal Rearden, e disso eu não vou me esquecer. Mas tudo bem, comigo não tem problema, é assim mesmo, ganha-se aqui, perde-se ali. Agora, não tente me passar para trás, não, Jimmy. Não sou otário.

– Se você não acredita que sempre fiz o que pude para ajudar você...

– Sei, sei. O melhor que seria possível dentro das circunstâncias. E vai continuar fazendo, enquanto eu tiver gente de quem você precisa. Só por isso. Assim, eu faço questão de lembrar a você que eu também tenho amigos em Washington. Amigos que não há dinheiro neste mundo que possa comprar, como acontece com os seus, Jimmy.

– Aonde é que você quer chegar?

– Aí mesmo. Os amigos que você compra não valem nada, porque sempre pode acontecer de alguém oferecer mais. Quer dizer, o mercado é de todos, é uma questão de concorrência. Agora, quando você sabe da culpa que um homem tem no cartório, aí ele é seu, você pode contar com a amizade dele, não há dinheiro que altere a situação. Bem, você tem os seus amigos, eu tenho os meus. Você tem amigos que eu posso usar e vice-versa. Para mim, está tudo bem. Afinal, a gente tem que realizar trocas, não é? Como dinheiro é coisa do passado, o negócio agora é trocar gente.

– O que você está querendo dizer?

– Ora, estou só lembrando umas coisas que você não deve esquecer. Vejamos Mouch, por exemplo. Você lhe prometeu o cargo de assistente no Departamento de Planejamento Econômico e Recursos Nacionais em troca de ele sacanear Rearden naquela história da Lei da Igualdade de Oportunidades. Você tinha os contatos necessários, e foi o que eu lhe pedi que fizesse em troca da Resolução Anticompetição Desenfreada, em relação à qual era eu que tinha os contatos necessários. Então Mouch fez a parte dele, e você pôs tudo no papel... ah, é claro que sei que você tem provas escritas do tipo de negociata que ele fez para aprovar aquela lei, ao mesmo tempo que recebia dinheiro de Rearden para combater a lei e mantinha Rearden na inocência. Foi um negócio muito sujo. Seria muito desagradável para o Sr. Mouch se a coisa viesse a público. Mas você cumpriu sua promessa e arranjou o cargo para ele, porque achava que o tinha na mão. E tinha mesmo. Mouch fez o que você queria, não foi? Mas só por algum tempo. Depois de algum tempo, o Sr. Wesley Mouch pode ficar tão poderoso, e o escândalo tão velho, que ninguém vai querer saber como foi que ele subiu ao poder e quem ele sacaneou para conseguir isso. Nada é eterno. Mouch começou como capacho de Rearden, depois passou a ser seu e pode vir a ser de outro amanhã.

– Isso é uma indireta?

– Não, não. É só um conselho de amigo. Somos velhos amigos, Jimmy, e quero que continuemos assim. Acho que podemos ser muito úteis um ao outro, se você não começar a alimentar umas ideias estranhas a respeito do que é a amizade. Para mim, é um equilíbrio de poderes.

– Foi *você* que impediu Mouch de vir aqui hoje?

– Bem, pode ser que sim, pode ser que não. Vou deixar você ruminar isso. Se fui eu, é bom para mim. E, se não fui eu, melhor ainda.

O olhar de Cherryl acompanhava James Taggart por entre a multidão. Os rostos que surgiam e desapareciam ao seu redor eram tão simpáticos, as vozes eram tão amigas, que ela estava certa de que não havia malícia alguma naquele salão. Não entendia por que algumas pessoas vinham lhe falar sobre Washington, com frases incompletas, esperançosas, num tom confidencial, como se pedissem ajuda em relação a algum segredo de que ela estava a par. Ela não sabia o que dizer, mas sorria e respondia o que lhe dava na veneta. Não podia mostrar medo e desonrar a figura da "Sra. Taggart".

Então viu a inimiga, agora sua cunhada. Era uma figura alta e esbelta, de vestido longo cinzento.

A lembrança da dor na voz de Jim era o que a fazia sentir raiva. Sentia que era necessário cumprir um dever. Seus olhos voltavam a toda hora à inimiga e a examinavam atentamente. As fotos de Dagny Taggart nos jornais mostravam uma mulher de calças compridas, com um chapéu na cabeça e o colarinho do casaco levantado. Agora ela trajava um vestido longo cinzento que parecia indecente, porque era de uma modéstia tão austera que desaparecia da consciência do observador, ressaltando a presença do corpo esbelto que era sua função ocultar. Havia um toque de azul na fazenda cinzenta do vestido que combinava com o cinzento metálico de seus olhos. Ela não usava joias, apenas uma pulseira, uma corrente pesada feita de um metal azul-esverdeado.

Cherryl esperou até que viu Dagny sozinha, então partiu em direção a ela, atravessando a sala decidida. Olhou de perto aqueles olhos metálicos que pareciam frios e penetrantes ao mesmo tempo, os olhos que a fitavam com uma curiosidade discreta e impessoal.

– Quero que você saiba uma coisa – disse Cherryl, com uma voz tensa e áspera –, para que não haja fingimento nenhum. Não vou bancar a cunhadinha simpática. Sei o que você fez com Jim, sei como você tem causado sofrimentos a ele toda a vida. Eu vou protegê-lo de você. Vou colocá-la no seu lugar. Eu *sou* a Sra. Taggart. Agora a mulher da família sou eu.

– Está bem – disse Dagny. – O homem sou eu.

Cherryl a viu se afastar e pensou que Jim tinha razão: sua irmã era uma criatura fria e má, que não reagira ao que ela dissera com nenhum reconhecimento, nenhuma emoção além de algo que parecia uma mistura de espanto, indiferença e humor.

Rearden andava ao lado de Lillian para onde ela ia. Ela queria ser vista com o marido, estava satisfazendo seu desejo. Não sabia se estavam olhando para ele ou não. Não tinha consciência da presença de nenhuma daquelas pessoas ao seu redor, exceto da única pessoa que ele não se permitiria ver.

A imagem que ainda ocupava sua consciência era a cena da entrada no salão, quando ele, ao lado de Lillian, viu Dagny, que os olhava. Rearden a olhou de frente, preparado para aceitar qualquer golpe que o olhar dela desferisse. Quaisquer que fossem as consequências de seu ato para Lillian, ele preferia confessar seu adultério publicamente a cometer o ato inominável de evitar o olhar de Dagny, de assumir uma expressão covarde de indiferença, de fingir para ela que ele não tinha consciência da natureza de seu ato.

Mas não houvera golpe nenhum. Ele conhecia todas as nuances de sentimentos expressas pelo rosto de Dagny. Percebeu que ela não sentiu nenhum choque: só viu no rosto dela uma serenidade intacta. Seus olhos procuraram os dele, como se reconhecessem o significado desse encontro, mas olhando-o tal qual o olhavam em qualquer lugar, como o olhavam no escritório dele, no quarto dela. Rearden teve a impressão de que, à distância de alguns passos, ela se revelava a ele com a mesma simplicidade e franqueza com que seu vestido cinzento revelava seu corpo.

Dagny fizera uma mesura, um movimento cortês de cabeça que incluíra tanto Rearden quanto Lillian. Ele retribuiu o cumprimento, viu Lillian mover de leve a cabeça e depois se afastar dele. Só então percebeu que tinha ficado muito tempo de cabeça baixa.

Não sabia o que os amigos de Lillian estavam lhe dizendo, nem o que ele próprio estava respondendo. Como quem anda passo a passo, tentando não pensar no longo caminho que tem pela frente, Rearden ia vivendo momento a momento, não guardando nenhuma impressão em sua mente. De vez em quando ouvia o riso de Lillian, o tom de satisfação de sua voz.

Depois de algum tempo, olhou para as mulheres ao seu redor: todas elas se pareciam com Lillian, com o mesmo olhar de perfeição estática, as sobrancelhas feitas formando o mesmo ângulo estático, os olhos fixos na mesma expressão estática de contentamento. Percebeu que estavam tentando flertar com ele e que Lillian assistia à cena como se achasse graça naquelas tentativas fadadas ao fracasso. *Então é essa*, pensou ele, *a felicidade da vaidade feminina que Lillian me pediu, são esses os padrões que nada têm a ver com a minha vida, mas que eu tenho de levar em conta*. Para fugir, Rearden se juntou a um grupo de homens.

Ele não conseguiu ouvir uma única afirmação direta na conversa dos homens. Fosse qual fosse o assunto que aparentemente estivesse em pauta, nunca era o assunto verdadeiro. Rearden escutava como um estrangeiro que reconhece algumas palavras mas não consegue juntá-las em frases. Um jovem com uma expressão de insolência alcoólica no rosto passou se arrastando pelo grupo e disse, com uma risadinha:

– Aprendeu a lição, Rearden?

Rearden não entendeu a que o calhorda se referira, mas todos os outros pareciam ter entendido. Pareciam chocados e secretamente satisfeitos.

Lillian se afastou dele, como se lhe desse a entender que não fazia questão de que ele estivesse realmente presente. Rearden acabou num canto da sala onde ninguém o via nem percebia a direção de seu olhar. Então se permitiu olhar para Dagny.

Ficou a ver o vestido cinzento, feito de tecido macio que ondeava quando ela andava, as pausas momentâneas esculpidas pelo pano, as sombras e a luz. Viu-o como uma fumaça acinzentada que por momentos assumisse a forma de uma longa curva que cobria o corpo de Dagny, na frente, até o joelho, e atrás, até as sandálias. Sabia todas as formas que se apresentariam à luz se a fumaça fosse arrancada.

Sentia uma dor turva, serpenteante: era ciúme de todos os homens que falavam com ela. Nunca sentira aquilo antes, mas sentia agora, pois todos tinham o direito de se aproximar dela, menos ele.

Então, como se um golpe súbito em seu cérebro lhe provocasse uma mudança momentânea de percepção, sentiu um espanto enorme em relação ao que estava fazendo ali, ao motivo por que estava ali. Naquele momento, desapareceram todos os dias e dogmas de seu passado. Seus conceitos, seus problemas, sua dor foram eliminados. Sabia apenas – de uma longa distância, com clareza – que o homem existe para realizar seus desejos e não sabia por que estava ali, não sabia quem tinha o direito de exigir que ele desperdiçasse uma única hora insubstituível de sua vida, quando seu único desejo era agarrar aquela figura esbelta e cinzenta e apertá-la contra seu corpo durante todo o restante de sua existência.

No momento seguinte, estremeceu ao recuperar sua consciência. Sentiu o movimento tenso, cheio de desprezo, de seus lábios apertados formando as palavras que ele gritava para si próprio: "Você fez um contrato uma vez, agora cumpra-o." E então lhe ocorreu de repente que, nas transações comerciais, as cortes de justiça não reconhecem um contrato quando uma das partes não levou em consideração os interesses da outra. Não sabia por que pensara naquilo. A ideia parecia irrelevante, então parou de pensar no assunto.

James Taggart viu Lillian Rearden se aproximar como que por acaso num momento em que ele estava sozinho num canto pouco iluminado, entre uma palmeira num vaso e uma janela. Ele esperou por ela. Não imaginava o que ela queria, mas isso, segundo o código que ele conhecia, significava que era bom ouvir o que ela tinha a dizer.

– Gostou do meu presente de casamento, Jim? – perguntou Lillian e riu quando Jim pareceu envergonhado. – Não, não tente se lembrar dos presentes todos lá na sua casa e descobrir qual deles é o meu. Ele não está lá. Está aqui mesmo, é um presente imaterial, querido.

Ele viu o meio sorriso no rosto dela, aquele olhar que, entre seus amigos, era um convite para compartilhar uma vitória secreta. Era um olhar que indicava não que se havia derrotado alguém pela inteligência, mas passado alguém para trás pela astúcia. Ele o retribuiu com um sorriso cuidadoso e agradável.

– A sua presença é o melhor presente que você poderia me dar.

– A *minha* presença, Jim?

Por um momento ele pareceu chocado. Entendeu o que ela queria dizer, mas não esperava por aquilo.

Ela sorriu abertamente.

– Nós dois sabemos qual é a presença mais importante para você hoje... e mais inesperada. Você realmente não pensava que o mérito era meu? Estou surpresa com você. Pensei que tivesse o talento de reconhecer amigos em potencial.

Ele não queria se comprometer, por isso manteve o tom de voz cuidadosamente neutro:

– Então, eu nunca reconheci a sua amizade, Lillian?

– Ora, ora, querido, você sabe do que estou falando. Você não esperava que *ele* viesse, não é? Você realmente não pensa que *ele* tem medo de você. Mas que os outros pensem que ele tem... isso é uma grande vantagem, não é?

– Estou... surpreso, Lillian.

– Não era o caso de dizer "admirado"? Os seus convidados estão muito admirados. Dá quase para ouvir o que estão pensando. A maioria deles está pensando: "Se *ele* tem que fazer média com Jim Taggart, então é bom nós andarmos na linha." E uns estão pensando: "Se *ele* está com medo, o que será de nós?" É o que você quer, naturalmente, e longe de mim querer roubar a sua vitória, mas eu e você somos os únicos aqui que sabemos que você não conquistou esta vitória sozinho.

Jim não sorriu. Com um rosto sem expressão e voz melíflua, mas com um toque cuidadosamente medido de aspereza, perguntou:

– Aonde você quer chegar?

Ela riu.

– Basicamente, à mesma coisa que você, Jim. Mas, em termos práticos, a nada. É só um favor que eu lhe fiz e não peço nada em troca. Não se preocupe, não estou querendo puxar a brasa para sardinha nenhuma. Não estou querendo arrancar nenhum decreto específico do Sr. Mouch, ou mesmo uma tiara de brilhantes de você. A menos, é claro, que seja uma tiara imaterial, como a sua admiração.

Ele a encarou pela primeira vez, os olhos apertados, os músculos relaxados do rosto formando o mesmo meio sorriso que o dela, dando lugar a uma expressão que, para ambos, indicava que um se sentia à vontade com o outro: uma expressão de desprezo.

– Você sabe que eu sempre a admirei, Lillian, e sempre a considerei uma mulher realmente superior.

– Eu sei. – Havia um leve toque de deboche, como uma fina camada de verniz espalhada sobre a superfície tranquila da voz dela.

Jim a examinava com insolência.

– Perdoe-me por achar que, entre amigos, se permite um pouco de curiosidade – disse ele, mas num tom de voz em que não havia nenhum pedido de desculpas. – Eu gostaria de saber de que ângulo você encara a possibilidade de certos ônus, ou mesmo perdas financeiras, que afetem seus interesses particulares.

Lillian deu de ombros.

– Do ângulo de uma amazona, querido. Se você tivesse o cavalo mais fogoso do mundo, o obrigaria a andar no passo em que estaria garantido seu conforto, embora assim você jamais visse até onde ele pode correr e sua capacidade fosse desperdiçada. Porque, se você deixasse o cavalo correr tudo o que ele podia, logo você estaria no chão... Mas os aspectos financeiros não são meu interesse principal, Jim... nem o seu.

– Realmente, eu subestimava você – disse ele, devagar.

– Não faz mal. É um erro que estou disposta a ajudá-lo a reparar. Sei o tipo de problema que *ele* representa para você. Sei por que você tem medo dele, aliás com toda a razão. Mas... ora, você é um empresário e um político. Assim, vou tentar usar a sua linguagem. O empresário diz que entrega o serviço pronto; o cabo eleitoral diz que entrega de bandeja os votos de um distrito, não é? Pois o que quero lhe dizer é que *ele* é o que posso lhe entregar, quando eu quiser. Assim, faça o que você tem que fazer.

No código dos amigos de Jim, revelar qualquer coisa particular era dar uma arma ao inimigo – mas ele assinou a confissão de Lillian e a retribuiu, dizendo:

– Quem me dera que eu pudesse dizer o mesmo sobre a minha irmã.

Lillian o olhou sem espanto. Não achou aquelas palavras irrelevantes.

– É, *essa* não é fácil – disse ela. – Nenhum ponto vulnerável? Nenhuma fraqueza?

– Não.

– Nenhum envolvimento amoroso?

– Nem pensar!

Lillian deu de ombros, indicando uma mudança de assunto: não gostava de pensar em Dagny Taggart.

– Acho que vou deixá-lo em paz, para você poder conversar um pouquinho com Balph Eubank – disse ela. – Ele parece preocupado porque você não olhou para ele a noite toda e está com medo de que a literatura não tenha nenhum protetor na corte.

– Lillian, você é maravilhosa! – disse ele espontaneamente.

Ela riu.

– Era essa, meu querido, a tiara imaterial que eu queria!

Um vestígio de sorriso permaneceu em seu rosto quando ela se afastou por entre a multidão, um sorriso fluido que passava incólume pelas expressões de tensão e tédio de todos os rostos ao redor. Andava a esmo, gozando a sensação de ser vista. Seu vestido de cetim pérola brilhava como creme de leite espesso quando sua figura alta se movia.

Foi o brilho azul-esverdeado que lhe chamou a atenção: luziu por um instante, num pulso magro e nu. Então ela viu o corpo esbelto, o vestido cinzento, os frágeis ombros nus. Parou. Olhou para a pulseira, de cenho franzido.

Dagny se virou para ela. Das muitas coisas em Dagny de que Lillian não gostava, a polidez impessoal de seu rosto era a que lhe inspirava mais aversão.

– O que a senhorita acha do casamento de seu irmão? – perguntou Lillian, sorrindo.

– Não tenho opinião formada.

– Você quer dizer que não vale a pena pensar no assunto?

– Para ser precisa... é isso mesmo.

– Ah, mas você não vê nenhum significado humano na coisa?

– Não.

– Não acha que uma pessoa como a esposa de seu irmão merece algum interesse?

– Não.

– Eu a invejo, Srta. Taggart. Invejo sua indiferença olímpica. Creio que é por isso que os mortais comuns jamais poderão aspirar ao seu sucesso no mundo dos negócios. Eles deixam que sua atenção seja dividida... pelo menos a ponto de poder reconhecer realizações em outras áreas.

– A que realizações a senhora se refere?

– A senhorita não reconhece a realização de uma mulher que alcança uma grande conquista, não no campo industrial, mas na esfera humana?

– Não acredito na existência de conquistas na esfera humana.

– Ah, mas pense só, por exemplo, quanto outras mulheres teriam de trabalhar, se o trabalho fosse o único meio à sua disposição, para conseguir o que essa moça conseguiu por intermédio de seu irmão.

– Acho que ela não faz ideia da natureza exata do que conseguiu.

Rearden viu as duas juntas e se aproximou. Tinha que ouvir aquela conversa, quaisquer que fossem as consequências. Parou ao lado delas, sem dizer palavra. Não sabia se Lillian o notara se aproximar, sabia que Dagny o vira.

– Seja um pouco generosa com ela, Srta. Taggart – retrucou Lillian. – Conceda-lhe ao menos a generosidade da atenção. A senhorita não deve desprezar as mulheres que não possuem o seu talento brilhante, mas que têm lá seus dotes. A natureza sempre contrabalança suas dádivas e oferece compensações, não acha?

– Acho que não estou compreendendo bem.

– Ah, estou certa de que a senhorita não quer que eu seja mais explícita!

– Quero, sim.

Lillian deu de ombros, irritada. Entre as mulheres que eram suas amigas, já teria sido compreendida há muito, e não a deixariam dizer mais nada, mas essa mulher era um tipo de adversário que ela não conhecia:

uma mulher que se recusava a sentir-se ofendida. Não queria falar com mais clareza, porém viu que Rearden olhava para ela. Sorriu e disse:

– Bem, consideremos a sua cunhada. Que oportunidades ela teria de subir na vida? Nenhuma, pelos seus critérios exigentes. Ela não poderia ter sucesso no mundo dos negócios. Não tem uma inteligência como a sua. Além disso, os homens não a deixariam ter sucesso. Eles a achariam bonita demais. Então, ela se aproveitou do fato de que os homens obedecem a padrões que, infelizmente, não são tão elevados quanto os seus. Ela apelou para talentos que, estou certa, a senhorita despreza. Pois a senhorita jamais quis competir com as mulheres comuns no único campo em que se exerce nossa ambição: o do poder sobre os homens.

– Se a senhora chama isso de poder, Sra. Rearden, então eu não tenho.

Dagny se virou para se afastar, mas a voz de Lillian a deteve:

– Eu gostaria de acreditar que a senhorita é completamente coerente e totalmente isenta de fraquezas humanas. Gostaria de acreditar que a senhorita jamais sentiu o desejo de lisonjear, ou de ofender, uma pessoa. Mas vejo que a senhorita esperava que Henry e eu viéssemos aqui hoje.

– Não, na verdade, não esperava. Eu nem vi a lista de convidados.

– Então por que a senhorita está usando essa pulseira?

Dagny a olhou bem nos olhos.

– Eu sempre a uso.

– A senhorita não acha que está levando essa brincadeira longe demais?

– Nunca foi uma brincadeira, Sra. Rearden.

– Então a senhorita há de compreender se eu disser que gostaria que me devolvesse essa pulseira.

– Eu compreendo. Mas não vou devolvê-la.

Lillian deixou que um momento passasse, como se isso fosse necessário para que as duas compreendessem o significado daquele silêncio. Pelo menos por uma vez, Lillian encarou Dagny sem sorrir.

– O que a senhorita quer que eu pense disso?

– O que a senhora quiser.

– Qual o motivo que a faz agir assim?

– A senhora sabia qual era o motivo quando me deu a pulseira.

Lillian olhou para Rearden. O rosto dele estava inexpressivo: ela não via nele qualquer reação, nenhum sinal de intenção de ajudá-la ou de detê-la, nada, apenas uma atenção que a fazia sentir-se sob a luz de um holofote.

O sorriso de Lillian voltou, como uma proteção, um sorriso irônico e condescendente cujo objetivo era transformar a questão num assunto de conversa de salão mais uma vez.

— Estou certa, Srta. Taggart, de que a senhorita compreende como a sua atitude é absolutamente imprópria.

— Não.

— Mas a senhorita há de perceber que está correndo um risco muito perigoso e desagradável.

— Não.

— A senhorita não leva em conta a possibilidade de ser... mal interpretada?

— Não.

Lillian sacudiu a cabeça, sorridente, num gesto de repreensão.

— A senhorita não acha que este é um caso em que não se pode ficar em especulações abstratas, mas em que se deve considerar a realidade prática?

Dagny não sorriu.

— Nunca entendi o que significam as frases desse tipo.

— Quero dizer que sua atitude pode até ser muito idealista, como aliás estou certa de que é, mas, infelizmente, a maioria das pessoas não compartilha da sua visão elevada e vai dar a seu gesto uma interpretação que lhe será absolutamente detestável.

— Então a responsabilidade e o risco serão delas, não meus.

— Admiro a sua... não, não se trata de "inocência". Que tal "pureza"? A senhorita jamais pensou nisso, estou certa, mas a vida não é tão linear e lógica quanto... uma estrada de ferro. É lamentável, porém possível, que as suas elevadas intenções possam levar as pessoas a suspeitar de coisas que... bem, que, certamente a senhorita sabe, são de natureza sórdida e escandalosa.

Dagny a encarava.

— Não sei, não.

— Mas a senhorita não pode ignorar essa possibilidade.

— Posso. — Dagny se virou para se afastar.

— Ah, mas por que fugir da discussão se não tem nada a esconder? — Dagny parou. — E, se a sua coragem tão brilhante quanto imprudente lhe permite arriscar sua reputação, será lícito ignorar o perigo que isso representa para o Sr. Rearden?

Dagny perguntou, devagar:

— Qual o perigo para o Sr. Rearden?

— Estou certa de que me entendeu.

– Não entendi.

– Ah, mas certamente não é necessário ser mais explícita.

– É, sim, se a senhora quer continuar esta conversa.

Os olhos de Lillian se voltaram para o rosto de Rearden, em busca de uma pista que a ajudasse a decidir se era melhor continuar ou parar. Ele não lhe deu ajuda alguma.

– Srta. Taggart – disse ela –, não tenho uma atitude tão filosófica quanto a da senhorita. Sou apenas uma esposa comum. Por favor, me dê essa pulseira, se não quer que eu pense o que eu talvez pense e que a senhorita não vai querer que eu diga.

– Sra. Rearden, será que estes são a maneira adequada e o lugar apropriado para a senhora dar a entender que ando dormindo com o seu marido?

– É claro que não! – O grito lhe escapou imediatamente. Havia nele um toque de pânico, uma reação reflexa, como o gesto de retirada da mão de um batedor de carteiras apanhado em flagrante. Lillian acrescentou, com uma risada zangada e nervosa, num tom de sarcasmo e sinceridade que confessava, relutantemente, que estava exprimindo sua opinião verdadeira:

– Seria a última coisa que me ocorreria.

– Nesse caso, você faça o favor de pedir desculpas à Srta. Taggart – disse Rearden.

Dagny prendeu a respiração, contendo quase totalmente uma interjeição de espanto. As duas se viraram para ele. Lillian não viu nada em seu rosto. Dagny viu um sofrimento indizível.

– Não é necessário, Hank – disse ela.

– É, sim, para mim – respondeu ele friamente, sem olhar para Dagny. Olhava para Lillian como quem dá uma ordem que não pode ser desobedecida.

Lillian lhe examinou o rosto com certo espanto, mas sem ansiedade nem raiva, como quem encara um enigma sem importância.

– Mas claro! – disse ela, obediente, com uma voz tranquila e confiante outra vez. – Queira aceitar minhas desculpas, Srta. Taggart, se lhe dei a impressão de suspeitar da existência de um relacionamento que eu consideraria improvável para a senhorita e, com base no que conheço de meu marido, impossível para ele.

Ela se virou e se afastou com indiferença, deixando-os juntos, como se para provar o que acabara de dizer.

Dagny permaneceu imóvel. Estava pensando na noite em que Lillian lhe dera a pulseira. Na ocasião, ele tomara o partido da esposa. Desta vez, tomara o seu. Dos três, ela era a única que entendia inteiramente o significado desse fato.

– Pode dizer o pior possível a meu respeito que você terá razão.

Dagny o ouviu e abriu os olhos. Ele a olhava friamente, o rosto duro, sem que nenhum sinal de dor ou arrependimento indicasse uma esperança de perdão.

– Amor, não se atormente desse jeito – disse ela. – Eu sabia que você era casado. Nunca tentei fugir dessa realidade. Ela não está me incomodando agora.

A primeira palavra que Dagny pronunciara foi o mais violento dos diversos golpes que o atingiram: ela nunca a havia empregado antes. Ela nunca falara com ele antes num tom tão cheio de ternura. Nunca falara do casamento dele na privacidade de seus encontros – no entanto, mencionara o assunto naquele momento, com uma simplicidade espontânea.

Dagny viu a raiva estampada no rosto dele: a revolta contra a piedade, o olhar de quem queria dizer a ela com desprezo que não havia demonstrado nenhum sofrimento e que não precisava de ajuda. Depois, o olhar de quem admitia que ela conhecia seu rosto tão completamente quanto ele conhecia o dela. Ele fechou os olhos, inclinou a cabeça um pouco e disse, em voz bem baixa:

– Obrigado.

Ela sorriu e se afastou.

James Taggart tinha uma taça de champanhe vazia na mão e percebeu a ânsia com que Balph Eubank fizera sinal a um garçom que passava, como se o garçom fosse culpado de alguma falta indesculpável. Então Eubank completou sua frase:

– ... mas *o senhor* sabe que um homem que vive num plano mais elevado não pode ser compreendido nem reconhecido. É uma luta vã tentar conseguir apoio para a literatura num mundo governado por negociantes. Não passam de burgueses grosseiros e pretensiosos ou então selvagens predadores como Rearden.

– Jim – disse Bertram Scudder, lhe dando uma palmada no ombro –, o maior elogio que eu posso lhe fazer é que você *não é* um negociante!

– Você é um homem culto, Jim – disse o Dr. Pritchett –, não um ex-mineiro como Rearden. Nem preciso explicar a você a necessidade crucial de que Washington dê subsídios ao ensino superior.

– O senhor gostou mesmo do meu último romance, Sr. Taggart? – Eubank perguntava a toda hora. – Gostou *mesmo*?

Orren Boyle olhou de relance para aquela roda ao passar, mas não parou. O olhar bastou para lhe dar uma ideia da natureza do que estavam fazendo. *É justo*, pensou, *é necessário trocar alguma coisa*. Ele sabia, mas não pensou no que estava sendo trocado.

– Estamos no limiar de uma nova era – disse Jim Taggart, erguendo a taça de champanhe. – Estamos derrubando a tirania vil do poder econômico. Vamos libertar os homens do jugo do dólar. Vamos libertar nossas aspirações espirituais dos proprietários dos meios de produção materiais. Vamos libertar nossa cultura da ditadura dos homens que só pensam nos lucros. Vamos construir uma sociedade dedicada a ideais mais elevados e vamos substituir a aristocracia do dinheiro pela...

– ... pela aristocracia do pistolão – disse uma voz destacada do grupo.

Todos se viraram. O homem que os encarava era Francisco d'Anconia.

Seu rosto estava bronzeado pelo sol estival e seus olhos tinham a cor exata do céu no dia em que o sol lhe dourara a pele. Seu sorriso lembrava uma manhã de verão e ele envergava seu traje a rigor com tal elegância que fazia com que todos os outros parecessem fantasiados.

– O que foi? – perguntou ele em meio ao silêncio. – Será que eu disse alguma coisa que alguém aqui não sabia?

– Como é que você veio parar aqui? – foi a primeira coisa que James Taggart conseguiu dizer.

– Peguei um avião até Newark, depois um táxi até o hotel, depois o elevador até minha suíte, 50 andares acima.

– Não foi isso que... quer dizer, eu...

– Não fique tão surpreso, Jim. Quando chego a Nova York e sou informado de que está havendo uma festa, você não acha que vou deixar de ir, não é? Você sempre disse que eu não passo de um papa-jantares.

O grupo os observava.

– É um prazer vê-lo, é claro – disse Taggart, cauteloso, e depois acrescentou, agressivo, para compensar: – Mas se você acha que vai...

Francisco se recusou a aceitar o desafio. Deixou que a frase de Jim parasse no meio, e então perguntou, educadamente:

– Se eu acho o quê?

– Você me entendeu muito bem.

– Entendi, sim. Quer que eu diga o que acho?

– A hora não é apropriada para...

– Acho que você devia me apresentar à sua mulher, James. Sua educação nunca foi muito sólida e tende a desaparecer em situações de emergência, que é justamente quando ela se torna mais necessária.

Virando-se para levar Francisco até Cherryl, Taggart ouviu o som sufocado que veio de Bertram Scudder – era uma risada reprimida. Taggart sabia que os homens que um instante atrás estavam rastejando a seus pés, que odiavam Francisco d'Anconia talvez mais que a ele, assim mesmo estavam adorando o espetáculo. O que esse fato significava era uma das coisas em que ele preferia não pensar.

Francisco fez uma mesura e ofereceu a Cherryl seus melhores votos de felicidade, como se ela fosse a noiva de um príncipe herdeiro. Observando a cena nervosamente, Taggart sentiu-se aliviado – e sentiu também uma ponta de ressentimento, o qual, se ele tivesse coragem de analisar, constataria que se devia a seu desejo de que a ocasião merecesse a nobreza que a elegância de Francisco lhe emprestou por um breve instante.

Taggart tinha medo de ficar ao lado de Francisco e receava deixá-lo andar à solta entre os convidados. Deu alguns passos para trás, disfarçadamente, mas Francisco o seguiu, sorrindo.

– Você não achava que eu ia querer perder o seu casamento, não é, James? Você, que é meu amigo de infância e meu melhor acionista!

– *O quê?!* – exclamou Taggart, e imediatamente se arrependeu da interjeição, que era uma confissão do pânico que sentia.

Francisco pareceu não se dar conta disso. Com uma voz alegre e inocente, disse:

– Ah, mas é claro que eu sei. Sei o nome de todos os testas de ferro de todos os acionistas da Cobre D'Anconia. É surpreendente constatar quantos Smith e Gomez são ricos o suficiente para serem grandes acionistas da empresa mais rica do mundo. Assim, não é de estranhar que eu tenha ficado curioso por saber quais são as pessoas distintas e renomadas que tenho entre os acionistas minoritários da minha companhia. Pelo visto, sou muito popular entre as mais destacadas personalidades públicas de todo o mundo – até de repúblicas populares onde nem parece que ainda exista dinheiro.

Taggart franziu a testa e disse, seco:

– Há muitas circunstâncias de ordem comercial que às vezes tornam aconselhável não fazer investimentos diretamente.

— Uma delas é quando a pessoa não quer que os outros saibam que ela é rica. Outra é quando ela não quer que saibam como foi que ficou rica.

— Não sei o que quer dizer, nem vejo por que você teria objeções a fazer.

— Ah, não, não faço objeção nenhuma. Eu acho ótimo. Muitos investidores, aqueles do tipo antigo, me abandonaram depois das minas de San Sebastián. Ficaram assustados. Mas os modernos tiveram mais fé em mim e agiram como sempre agem: com confiança absoluta. Você não sabe como eu acho isso ótimo.

Taggart preferiria que Francisco não falasse tão alto e que as pessoas não se juntassem ao redor deles para ouvir.

— Você está se dando muito bem — disse ele, no tom agradável de um empresário que elogia outro.

— É mesmo, não é? As ações da Cobre D'Anconia estão subindo de maneira incrível de um ano para cá. Mas eu acho que não tenho motivo para ficar convencido, afinal, não tenho muitos competidores. Para aqueles que enriquecem de repente, não há onde investir, e a Cobre D'Anconia é a companhia mais velha do mundo, a que oferece mais segurança há séculos. Já imaginou as situações a que ela já sobreviveu no correr dos séculos? Então, se vocês concluíram que é o melhor lugar para esconder o dinheiro de vocês, que é uma firma indestrutível, que só mesmo um homem muito fora de série poderia destruir a Cobre D'Anconia, vocês acertaram.

— Ouvi dizer que você agora começou a levar a sério suas responsabilidades, que finalmente está trabalhando direito. Dizem que você tem trabalhado muito.

— Ah, alguém reparou nisso? São os investidores à moda antiga, que fazem questão de observar o que os presidentes das companhias andam fazendo. Os modernos não acham isso necessário. Acho que eles nunca querem saber o que ando fazendo.

Taggart sorriu.

— Eles olham para a fita do teleimpressor da Bolsa. Ela diz tudo, não é?

— É. É, sim... a longo prazo

— Sabe, acho ótimo você não ter ido a tantas festas de um ano para cá. Isso está se refletindo no seu trabalho.

— É mesmo? Bem, ainda não, ainda não.

— Imagino que eu deva me sentir lisonjeado por você ter vindo à minha festa — disse Taggart, no tom cauteloso de uma pergunta indireta.

– Ah, mas eu tinha que vir. Eu pensava que você estava me esperando.

– Até que não... quer dizer, eu...

– Mas devia estar, James. Esta é a grande ocasião formal de contagem de narizes, em que as vítimas vêm para mostrar como é fácil serem destruídas, e os destruidores fazem pactos de amizade eterna que duram três meses. Não sei exatamente a que grupo pertenço, mas eu tinha que vir para ser contado, não é?

– Que diabo você está dizendo? – perguntou Taggart, furioso, vendo a tensão nos rostos ao seu redor.

– Cuidado, James. Se você fingir que não está me entendendo, vou ser ainda mais explícito.

– Se você acha conveniente proferir tamanhas...

– Eu acho engraçado. Houve época em que as pessoas tinham medo de que alguém revelasse algum segredo delas. Hoje em dia, elas têm medo de que alguém mencione aquilo que todos sabem. Será que vocês, homens práticos, nunca pensaram como seria fácil derrubar toda essa imensa e complexa estrutura em que vocês se apoiam, com todas as suas leis e armas? Era só alguém dizer exatamente o que vocês estão fazendo.

– Se você acha apropriado vir a uma festa de casamento para insultar o anfitrião...

– Ora, James, eu vim aqui para lhe agradecer.

– Me agradecer?

– É claro. Vocês me fizeram um grande favor, você e seu pessoal lá em Washington e em Santiago. Só não sei por que nenhum de vocês se deu ao trabalho de me informar. Os decretos que alguém emitiu aqui alguns meses atrás estão destruindo toda a indústria de cobre dos Estados Unidos. Como resultado, o país agora tem de importar grandes quantidades do mineral. E onde mais se encontra cobre à venda no mundo de hoje senão na D'Anconia? Então, como você vê, eu tenho bons motivos para lhe agradecer.

– Posso lhe garantir que não tive nada a ver com essa história – Taggart foi logo dizendo –, e além disso as políticas econômicas básicas deste país não são determinadas por considerações do tipo que você está insinuando...

– Eu sei como elas são determinadas, James. Eu sei que o negócio começou com o pessoal de Santiago, porque eles estão na folha de pagamento da D'Anconia há séculos... não, "folha de pagamento" é um termo honrado. Seria mais exato dizer que a Cobre D'Anconia vem pagando proteção a eles há séculos; não é assim que dizem os gângsteres daqui? Nosso pessoal lá em Santiago chama isso de imposto. Sempre recebem a porcentagem deles em cima de cada tonelada de cobre que a D'Anconia vende. É por isso que têm interesse em me ver vender tanto cobre quanto possível. Mas, agora que o mundo está cheio de repúblicas populares, este é o único país que resta em que as pessoas ainda não estão reduzidas a viver escavando raízes para não morrer de fome. Aqui é o último mercado do mundo. O pessoal de Santiago queria se apossar desse mercado. Não sei o que ofereceram ao pessoal de Washington, ou quem deu o quê em troca de quê. Só sei que você entrou nessa jogada, porque possui um bom número de ações da Cobre D'Anconia. E certamente não ficou contrariado quando, há quatro meses, um dia depois dos decretos, as ações da D'Anconia dispararam na Bolsa. Ora, a fita do teleimpressor quase saltou na sua cara.

– Com base em quê você inventa uma história absurda como essa?

– Ninguém me disse nada. Eu simplesmente vi a fita do teleimpressor saltar naquela manhã. Isso diz tudo, não é? Além disso, o pessoal de Santiago inventou mais um imposto sobre o cobre na semana seguinte, e me disseram que eu não ia me incomodar, já que as minhas ações tinham subido tanto. Eles estavam trabalhando a meu favor, me garantiram. Por que iria me incomodar? Afinal de contas, levando em consideração os dois acontecimentos, o fato é que eu estava bem mais rico do que antes. O que era a pura verdade.

– Por que você quer me dizer isso?

– Por que não quer aceitar o mérito que lhe cabe, James? Isso não condiz com sua maneira normal de agir. Numa época em que as pessoas só existem por favor, não por direito, ninguém rejeita gratidão, mas tenta fazer com que o maior número de pessoas possível lhe sejam gratas. Você não quer que eu seja um dos homens que lhe devem favores?

– Não sei de que você está falando.

– Pense só no favor que me fizeram sem me pedir nada em troca. Não fui consultado, não fui informado, ninguém pensou em mim, tudo foi acertado sem mim, e agora tudo o que eu tenho que fazer é produzir cobre. Foi um grande favor, James. Pode ter certeza de que vou retribuí-lo.

Francisco se virou de repente, sem esperar por uma resposta, e se afastou. Taggart não foi atrás dele, ficou parado, pensando que qualquer coisa seria melhor do que continuar aquela conversa por mais um minuto.

Francisco parou quando chegou a Dagny. Olhou-a por um instante, em silêncio, sem cumprimentá-la. Seu sorriso dava a entender que ela era a primeira pessoa que ele via e a primeira que o via desde que ele entrara no salão.

Apesar de todas as suas dúvidas e ressalvas íntimas, Dagny só conseguia sentir uma confiança cheia de felicidade. Inexplicavelmente, sentia que aquela figura no meio da multidão era um ponto de segurança indestrutível. Mas no momento em que ela começava a sorrir, demonstrando o prazer que sentia por vê-lo, Francisco perguntou:

– Você não vai me dizer que empreendimento maravilhoso acabou sendo a Linha John Galt?

Sentindo que seus lábios tremiam e se apertavam ao mesmo tempo, ela respondeu:

– Desculpe por eu ainda demonstrar que estou magoada. A esta altura, eu já não devia mais me chocar ao constatar que você despreza todo e qualquer empreendimento.

– É mesmo, não é? Eu desprezava tanto aquela linha que não quis nem ver o fim que ela teve.

Francisco viu no rosto dela um súbito olhar de interesse, como se seu raciocínio estivesse descobrindo uma nova direção. Ficou olhando-a por algum tempo, como se soubesse todas as etapas daquele caminho, então riu e disse:

– Você não vai me perguntar agora quem é John Galt?

– Por quê? E por que agora?

– Você esqueceu que desafiou John Galt a vir reivindicar a linha dele? Pois foi o que ele fez.

Francisco se afastou para não ver a expressão no rosto de Dagny. Nela havia raiva, confusão e um ponto de interrogação que começava a se delinear.

Foram os músculos do próprio rosto que fizeram Rearden perceber a natureza de sua reação à chegada de Francisco: de repente se deu conta de que estava sorrindo e de que havia alguns minutos seu rosto começara a esboçar aquele sorriso, desde que vira Francisco d'Anconia se aproximando por entre a multidão.

Pela primeira vez, Rearden admitiu todos os momentos semiapreendidos, semirrejeitados, em que pensara em D'Anconia e pôs de lado esse pensamento antes que se transformasse na consciência de que queria muito ver Francisco outra vez. Em momentos de súbita exaustão – à sua mesa, com o fogo das fornalhas ardendo na penumbra –, na escuridão da caminhada solitária pelo campo escuro até chegar a casa, no silêncio de noites de insônia, sem querer ele havia começado a pensar naquele homem que, antigamente, parecia ser seu porta-voz. Sempre empurrava para o lado aquela lembrança, dizendo: *Mas ele é pior do que todos os outros!* No entanto, ao mesmo tempo sentia que isso não era verdade, embora não soubesse dizer por que tinha essa certeza. Às vezes se surpreendia procurando nos jornais alguma notícia sobre D'Anconia estar em Nova York, mas os jogava para o lado, irritado, pensando: *E se ele estiver? Você por acaso vai sair atrás dele pelas boates e festas? O que quer dele?*

É isto que quero, pensou agora, ao constatar que sorria ao ver Francisco no meio da multidão, *esta estranha sensação de expectativa, que mistura curiosidade, bem-estar e esperança.*

Francisco parecia não tê-lo visto. Rearden esperou, reprimindo o desejo de se aproximar. Não tem sentido, depois da última conversa que tivemos. *Para quê? O que eu diria a ele?* E então, com a mesma sensação de bem-estar, sorridente, quando deu por si estava atravessando o salão em direção ao grupo que se formara em torno de Francisco d'Anconia.

Ao olhar para aquelas pessoas, Rearden se perguntava por que elas se sentiam atraídas por Francisco, por que o fechavam no meio de um círculo apertado, quando era óbvio, apesar de todos aqueles sorrisos, que o detestavam. Em seus rostos havia aquele olhar que é característico não do medo, mas da covardia: um olhar de raiva culposa. Francisco estava encurralado contra o lado de uma escadaria de mármore, meio debruçado, meio sentado nos degraus. A informalidade de sua postura, em contraste com a estrita formalidade de suas roupas, lhe dava um ar de suprema elegância. Seu rosto era o único que exibia o ar despreocupado e o sorriso radiante que condiziam com uma festa, porém seus olhos pareciam intencionalmente vazios de expressão, sem qualquer vestígio de alegria, revelando como um sinal de alerta apenas a atividade de uma mente acentuadamente perceptiva.

À margem do grupo, despercebido, Rearden ouviu uma mulher com grandes brincos de brilhantes e um rosto flácido e tenso perguntar nervosamente:

– Sr. D'Anconia, o que acha que vai acontecer com o mundo?

– Exatamente o que ele merece.

– Ah, mas como o senhor é cruel!

– A senhora não acredita na lei moral, madame? – perguntou Francisco, muito sério. – Eu acredito.

Rearden ouviu Bertram Scudder, que estava fora do grupo, dizer a uma moça que emitira algum som que traduzia indignação:

– Não se incomode com ele. Sabe, o dinheiro é a origem de todo o mal, e ele é um produto típico do dinheiro.

Rearden achou que Francisco não deveria ter ouvido o comentário, porém o viu se virar para eles com um sorriso muito cortês:

– Então o senhor acha que o dinheiro é a origem de todo o mal? O senhor já se perguntou qual é a origem do dinheiro? Ele é um instrumento de troca, que só pode existir quando há bens produzidos e homens capazes de produzi-los. O dinheiro é a forma material do princípio de que os homens que querem negociar uns com os outros precisam trocar um valor por outro. O dinheiro não é o instrumento dos pidões, que recorrem às lágrimas para pedir produtos, nem dos saqueadores, que os levam à força. O dinheiro só se torna possível por intermédio dos homens que produzem. É isso que o senhor considera mau? Quem aceita dinheiro como pagamento por seu esforço só o faz por saber que será trocado pelo produto do esforço de outrem. Não são os pidões nem os saqueadores que dão ao dinheiro o seu valor. Nem um oceano de lágrimas nem todas as armas do mundo podem transformar aqueles pedaços de papel no seu bolso no pão de que você precisa para sobreviver. Aqueles pedaços de papel, que deveriam ser ouro, são penhores de honra, e é por meio deles que você se apropria da energia dos homens que produzem. A sua carteira afirma a esperança de que em algum lugar no mundo ao seu redor existam homens que não traem aquele princípio moral que é a origem do dinheiro. É isso que o senhor considera mau?

Ninguém respondeu.

– Já procurou a origem da produção? Olhe para um gerador de eletricidade e ouse dizer que ele foi criado pelo esforço muscular de criaturas irracionais. Tente plantar um grão de trigo sem os conhecimentos que lhe foram legados pelos homens que foram os primeiros a fazer isso. Tente obter alimentos usando apenas movimentos físicos e descobrirá que a mente do homem é a origem de todos os produtos e de toda a riqueza que já houve na Terra. Mas o senhor diz que o dinheiro é *feito* pelos fortes em detrimento dos fracos? A que força se refere? Não à força das armas nem à dos músculos. A riqueza é produto da capacidade humana de pensar. Então o dinheiro é feito pelo homem que inventa um motor em detrimento daqueles que não o inventaram? O dinheiro é feito pela inteligência em detrimento dos estúpidos? Pelos capazes em detrimento dos incompetentes? Pelos ambiciosos em detrimento dos preguiçosos? O dinheiro é feito, antes de poder ser embolsado pelos pidões e pelos saqueadores, pelo esforço honesto de todo homem honesto, cada um na medida de suas capacidades. O homem honesto é aquele que sabe que não pode consumir mais do que produz. Comerciar por meio do dinheiro é o código dos homens de boa vontade. O dinheiro se baseia no axioma de que todo homem é proprietário de sua mente e de seu trabalho. O dinheiro não permite que nenhum poder prescreva o valor do seu trabalho, senão a escolha voluntária do homem que está disposto a trocar com você o trabalho dele. O dinheiro permite que você obtenha em troca dos seus produtos e do seu trabalho aquilo que esses produtos e esse trabalho valem para os homens que os adquirem, nada mais que isso. O dinheiro só permite os negócios em que há benefício mútuo segundo o juízo das partes voluntárias. O dinheiro exige o reconhecimento de que os homens precisam trabalhar em benefício próprio, não em detrimento de si próprios. Para lucrar, não para perder. De que os homens não são bestas de carga, que não nascem para arcar com o ônus da miséria. De que é preciso lhes oferecer valores, não dores. De que o vínculo comum entre os homens não é a troca de sofrimento, mas a troca de *bens*. O dinheiro exige que o senhor venda não a sua fraqueza à estupidez humana, mas o seu talento à razão humana. Exige que compre não o pior que os outros oferecem, mas o melhor que ele pode comprar. E, quando os homens vivem do comércio, com a razão e não à força, como árbitro ao qual não se pode mais apelar, é o melhor produto que sai vencendo, o melhor desempenho, o homem de melhor juízo e maior capacidade, e o grau da produtividade de um homem é o grau de sua recompensa. Esse é o código da existência, cujos instrumento e símbolo são o dinheiro. É isso que o senhor considera mau?

Todos continuaram em silêncio.

– Mas o dinheiro é só um instrumento. Ele pode levá-lo aonde o senhor quiser, mas não pode substituir o motorista do carro. Ele lhe dá meios de satisfazer seus desejos, mas não lhe cria desejos. O dinheiro é o flagelo dos homens que tentam inverter a lei da causalidade, aqueles que tentam substituir a mente pelo sequestro dos produtos da mente. O dinheiro não compra felicidade para o homem que não sabe o que quer, não lhe dá um código de valores se ele não tem conhecimento a respeito de valores, e não lhe dá um objetivo se ele não escolhe uma meta. O dinheiro não compra inteligência para o estúpido, nem admiração para o covarde, nem respeito para o incompetente. O homem que tenta comprar o cérebro de quem lhe é superior para servi-lo, usando dinheiro para substituir seu juízo, termina vítima dos que lhe são inferiores. Os homens inteligentes o abandonam, mas os trapaceiros e vigaristas correm a ele, atraídos por uma lei que ele não descobriu: o homem não pode ser menor do que o dinheiro que ele possui. É por isso que o senhor considera o dinheiro mau? Só o homem que não precisa da fortuna herdada merece herdá-la: aquele que faria sua fortuna de qualquer modo, mesmo sem herança. Se um herdeiro está à altura de sua herança, ela o serve; caso contrário, ela o destrói. Mas o senhor diz que o dinheiro o corrompeu. Foi mesmo? Ou foi o herdeiro que corrompeu seu dinheiro? Não inveje um herdeiro que não vale nada: a riqueza dele não é sua, e o senhor não teria tirado melhor proveito dela. Não pense que ela deveria ser distribuída: criar 50 parasitas em lugar de um só não reaviva a virtude morta que criou a fortuna. O dinheiro é um poder vivo que morre quando se afasta de sua origem. Ele não serve à mente que não está a sua altura. É por isso que o senhor o considera mau?

Antes que alguém pudesse responder, Francisco prosseguiu:

– O dinheiro é o seu meio de sobrevivência. O veredicto que o senhor dá à fonte de seu sustento é aquele que dá à sua própria vida. Se a fonte é corrupta, o senhor condena sua própria existência. O seu dinheiro provém da fraude? Da exploração dos vícios e da estupidez humanos? O senhor o obteve servindo aos insensatos, na esperança de que lhe dessem mais do que sua capacidade merece? Baixando seus padrões de exigência? Fazendo um trabalho que o senhor despreza para compradores que não respeita? Nesse caso, o seu dinheiro não lhe dará um momento sequer de felicidade. Todas as coisas que adquirir serão não um tributo ao senhor, mas uma acusação; não uma realização, mas um momento de vergonha. Então o senhor dirá que o dinheiro é mau. Mau porque ele não substitui seu amor-próprio? Mau porque ele não permite que o senhor aproveite e goze sua depravação? É esse o motivo de seu ódio ao dinheiro? Ele será sempre um efeito e nada jamais o substituirá na posição de causa. O dinheiro é produto da virtude, mas não dá virtude nem redime vícios. Ele não lhe dá o que o senhor não merece, nem em termos materiais nem espirituais. É esse o motivo de seu ódio ao dinheiro? Ou será que o senhor disse que é o *amor* ao dinheiro que é a origem de todo o mal? Amar uma coisa é conhecer e amar sua natureza. Amar o dinheiro é conhecer e amar o fato de que ele é criado pela melhor força que há dentro do senhor, sua chave mestra que lhe permite trocar seu esforço pelo dos melhores homens que há. O homem que venderia a própria alma por um tostão é o que mais alto brada que odeia o dinheiro... e ele tem bons motivos para odiá-lo. Os que amam o dinheiro estão dispostos a trabalhar para ganhá-lo. Eles sabem que são capazes de merecê-lo. Eis uma boa pista para saber o caráter dos homens: aquele que amaldiçoa o dinheiro o obtém de modo desonroso; aquele que o respeita o ganha honestamente. Fuja do homem que diz que o dinheiro é mau. Essa afirmativa é o estigma que identifica o saqueador, assim como o sino indicava o leproso. Enquanto os homens viverem juntos na Terra e precisarem de um meio para negociar, se abandonarem o dinheiro, o único substituto que encontrarão será o cano do fuzil.

Atônitos, os convidados olhavam fixamente para Francisco.

– O dinheiro exige do senhor as mais elevadas virtudes, se quer ganhá-lo ou conservá-lo. Os homens que não têm coragem, orgulho nem amor-próprio, que não têm convicção moral de que merecem o dinheiro que têm e não estão dispostos a defendê-lo como defendem suas próprias vidas, os que pedem desculpas por serem ricos, esses não vão permanecer ricos por muito tempo. São presa fácil para os enxames de saqueadores que vivem debaixo das pedras durante séculos, mas que saem do esconderijo assim que farejam um homem que pede perdão pelo crime de possuir riquezas. Rapidamente eles vão livrá-lo dessa culpa, bem como de sua própria vida, que é o que ele merece. Então o senhor verá a ascensão daqueles que vivem uma vida dupla, que vivem da força, mas dependem dos que vivem do comércio para criar o valor do dinheiro que saqueiam. Esses homens vivem pegando carona com a virtude. Numa sociedade em que há moral, eles são os criminosos, e as leis são feitas para proteger os cidadãos contra eles. Mas, quando uma sociedade cria uma categoria de criminosos legítimos e saqueadores legais, homens que usam a força para se apossar da riqueza de vítimas *desarmadas*, então o dinheiro se transforma no vingador daqueles que o criaram. Tais saqueadores acham que não há perigo em roubar homens indefesos depois que aprovam uma lei que os desarme.

Mas o produto de seu saque acaba atraindo outros saqueadores, que os saqueiam como eles fizeram com os homens desarmados. E assim a coisa continua, vencendo sempre não o que produz mais, mas aquele que é mais implacável em sua brutalidade. Quando o padrão é a força, o assassino vence o batedor de carteiras. E então essa sociedade desaparece, em meio a ruínas e matanças. Quer saber se esse dia se aproxima? Observe o dinheiro: ele é o barômetro da virtude de uma sociedade. Quando há comércio não por consentimento, mas por compulsão, quando para produzir é necessário pedir permissão a homens que nada produzem, quando o dinheiro flui para aqueles que não vendem produtos mas têm influência, quando os homens enriquecem mais pelo suborno e pelos favores do que pelo trabalho, e as leis não protegem quem produz de quem rouba, mas quem rouba de quem produz, quando a corrupção é recompensada e a honestidade vira um sacrifício, pode ter certeza de que a sociedade está condenada. O dinheiro é um meio de troca tão nobre que não entra em competição com as armas e não faz concessões à brutalidade. Ele não permite que um país sobreviva se metade é propriedade, metade é produto de saques. Sempre que surgem destruidores, a primeira coisa que destroem é o dinheiro, pois ele protege os homens e constitui a base da existência moral. Os destruidores se apossam do ouro e deixam em troca uma pilha de papel falso. Isso destrói todos os padrões objetivos e põe os homens nas mãos de um determinador arbitrário de valores. O dinheiro é um valor objetivo, equivalente à riqueza produzida. O papel é uma hipoteca sobre riquezas inexistentes, sustentado por uma arma apontada para aqueles que têm de produzi-las. O papel é um cheque emitido por saqueadores legais sobre uma conta que não é deles: a virtude de suas vítimas. Cuidado que um dia o cheque é devolvido, com o carimbo "sem fundos".

Francisco encarou os convidados e continuou:

– Se o senhor faz do mal um meio de sobrevivência, não é de esperar que os homens permaneçam bons. Não é de esperar que continuem a seguir a moral e sacrifiquem suas vidas para proveito dos imorais. Não é de esperar que produzam, quando a produção é punida e o saque é recompensado. Não pergunte quem está destruindo o mundo: é o senhor. O senhor vive em meio às maiores realizações da civilização mais produtiva do mundo e não sabe por que ela está ruindo a olhos vistos, enquanto amaldiçoa o sangue que corre pelas veias dela: o dinheiro. O senhor encara o dinheiro como os selvagens o faziam e não sabe por que a selva está brotando nos arredores das cidades. Em toda a história, o dinheiro sempre foi roubado por saqueadores de diversos tipos, com nomes diferentes, mas cujo método sempre foi o mesmo: tomá-lo à força e manter os produtores de mãos atadas, rebaixados, difamados, desonrados. Essa afirmativa de que o dinheiro é a origem do mal, que o senhor pronuncia com tanta convicção, vem do tempo em que a riqueza era produto do trabalho escravo e os escravos repetiam os movimentos que foram descobertos pela inteligência de alguém e durante séculos não foram aperfeiçoados. Enquanto a produção era governada pela força e a riqueza era obtida pela conquista, não havia muito que conquistar. No entanto, no decorrer de séculos de estagnação e fome, os homens exaltaram os saqueadores, como aristocratas da espada, aristocratas de estirpe, aristocratas da tribuna, e desprezaram os produtores, como escravos, mercadores, lojistas... industriais. Para glória da humanidade, houve, pela primeira e única vez na história, uma *nação de dinheiro*... e não conheço elogio maior aos Estados Unidos do que esse, pois ele significa um país de razão, justiça, liberdade, produção, realização. Pela primeira vez, a mente humana e o dinheiro foram libertados, e não havia fortunas adquiridas pela conquista, mas só pelo trabalho, e, em vez de homens da espada e escravos, surgiu o verdadeiro criador de riqueza, o maior trabalhador, o tipo mais elevado de ser humano: o *self-made man*, o industrial americano. Se me perguntassem qual a maior distinção dos americanos, eu escolheria, porque ele contém todas as outras, o fato de que foram eles que criaram a expressão "fazer dinheiro". Nenhuma outra língua, nenhum outro povo jamais usara essas palavras antes, e sim "ganhar dinheiro". Antes, os homens sempre encararam a riqueza como uma quantidade estática, a ser tomada, pedida, herdada, repartida, saqueada ou obtida como favor. Os americanos foram os primeiros a compreender que a riqueza tem que ser criada. A expressão "fazer dinheiro" resume a essência da moralidade humana, porém foi justamente por causa dessa expressão que os americanos foram criticados pelas culturas apodrecidas dos continentes de saqueadores. O ideário dos saqueadores fez com que pessoas como o senhor passassem a encarar suas maiores realizações como um estigma vergonhoso, sua prosperidade como culpa, seus maiores filhos, os industriais, como vilões, suas magníficas fábricas como produto e propriedade do trabalho muscular, o trabalho de escravos movidos a açoites, como na construção das pirâmides do Egito. As mentes apodrecidas que afirmam não ver diferença entre o poder do dólar e o poder do açoite merecem aprender a diferença na própria pele, que, creio eu, é o que vai acabar acontecendo. Enquanto pessoas como o senhor não descobrirem que o dinheiro é a origem de todo o bem, estarão caminhando para sua própria destruição. Quando o dinheiro deixa de ser o instrumento por meio do qual os homens lidam uns com os outros, então os homens se tornam os instrumentos dos homens. Sangue, açoites, armas... ou dólares. Façam sua escolha, o tempo está se esgotando.

Enquanto falava, Francisco não olhara uma só vez para Rearden. Assim que terminou, porém, seu olhar se fixou imediatamente no rosto dele, que permaneceu imóvel, vendo apenas Francisco d'Anconia por entre a multidão de figuras agitadas e vozes zangadas.

Algumas pessoas haviam ouvido, mas agora se afastavam, e outras diziam: "É horrível!"; "Não é verdade!"; "Que egoísmo!". Falavam ao mesmo tempo, alto e discretamente, como se quisessem que aqueles que estavam ao lado ouvissem, mas não Francisco.

– Sr. D'Anconia – disse a mulher dos brincos –, não concordo com o senhor!

– Se a senhora puder refutar uma só frase que eu disse, madame, lhe agradecerei.

– Ah, não posso responder ao senhor. Não tenho respostas, minha mente não funciona assim, mas eu não *sinto* que o senhor tenha razão, portanto sei que o senhor está errado.

– Como a senhora sabe disso?

– Eu *sinto*. Não me guio pela cabeça, mas pelo coração. Sua lógica pode estar certa, mas o senhor não tem coração.

– Minha senhora, quando as pessoas estiverem morrendo de fome ao nosso redor, seu coração não vai ajudá-las em nada. E, já que não tenho coração, eu lhe digo: quando a senhora gritar "Mas eu não sabia!", não terá perdão.

A mulher se afastou. Um estremecimento lhe percorreu as bochechas e a voz irada:

– Mas isso é modo de falar numa festa!?

Um homem corpulento com olhos ariscos disse alto, num tom de alegria forçada que demonstrava que seu único interesse em qualquer discussão era impedir que ela se tornasse desagradável:

– Se é isso que pensa a respeito do dinheiro, meu senhor, então ainda bem que eu tenho ações da D'Anconia.

Francisco respondeu, muito sério:

– Sugiro que o senhor pense duas vezes.

Rearden partiu em direção a ele, e Francisco, que parecia não ter olhado uma só vez em sua direção, imediatamente foi ao seu encontro, como se os outros nunca houvessem existido.

– Olá – disse Rearden com simplicidade e sorrindo, como se se dirigisse a um amigo de infância.

Seu sorriso se refletia no rosto de Francisco.

– Olá – retrucou Francisco.

– Quero falar com o senhor.

– Com quem o senhor acha que eu estava falando nos últimos 15 minutos?

Rearden deu uma risadinha, como quem reconhece que o adversário fez uma boa jogada.

– Eu não sabia que o senhor me havia visto.

– Quando entrei, vi que o senhor e mais outra pessoa foram os únicos que gostaram de me ver.

– O senhor não está sendo presunçoso?

– Não. Agradecido.

– Quem era a outra pessoa?

Francisco deu de ombros e disse:

– Uma mulher.

Rearden percebeu que Francisco o havia conduzido para longe do grupo com tanta naturalidade que nem ele nem os outros tinham se dado conta de que fora intencional.

– Eu não esperava encontrá-lo aqui – disse Francisco. – O senhor não devia ter vindo a esta festa.

– Por que não?

– O senhor me permite que lhe pergunte por que veio?

– Minha mulher estava ansiosa por aceitar o convite.

– Perdoe-me a forma de me expressar, mas teria sido menos impróprio e menos perigoso se ela lhe houvesse pedido que a levasse para conhecer os prostíbulos da cidade.

– A que perigo o senhor se refere?

– Sr. Rearden, o senhor não sabe como essas pessoas que estão aqui fazem negócios nem como interpretam sua presença. Para o senhor, mas não para elas, aceitar a hospitalidade de um homem é sinal de boa vontade, um sinal de que o senhor e seu anfitrião mantêm um relacionamento civilizado e respeitoso. Não lhes dê esse tipo de aprovação.

— Então por que *o senhor* veio?

Francisco deu de ombros, sorrindo:

— Ah, o que eu faço não tem importância. Eu sou apenas um papa-jantares.

— O que o senhor está fazendo nesta festa?

— Só procurando conquistas.

— Achou alguma?

Com o rosto subitamente sério, Francisco respondeu, em tom quase solene:

— Achei, sim, e acho que será minha melhor e maior conquista.

A raiva de Rearden foi involuntária, um grito não de acusação, mas de desespero:

— Como o senhor pode se desperdiçar desse jeito?

Um leve indício de sorriso, como uma luz que surge ao longe, se esboçou nos olhos de Francisco, que disse:

— O senhor admite que isso o incomoda?

— Admito isso e mais algumas coisas, se é o que o senhor quer. Antes de eu conhecê-lo, não entendia como é que o senhor desperdiçava uma fortuna como a sua. Agora é pior ainda, porque não posso mais desprezá-lo como antes, como eu gostaria de poder fazer, porém a pergunta é ainda mais terrível: como é que o senhor pode desperdiçar uma inteligência como a sua?

— Não acho que a esteja desperdiçando no momento.

— Não sei se o senhor dá importância a coisa alguma, mas vou lhe dizer o que nunca disse a ninguém antes. Quando o conheci, lembra que o senhor disse que queria me oferecer sua gratidão?

Não havia mais nenhum toque de humor nos olhos de Francisco. Rearden jamais vira uma expressão tão respeitosa.

— Lembro, Sr. Rearden — respondeu ele, em voz baixa.

— Eu lhe disse que não precisava de sua gratidão e o insultei por isso. Está bem, o senhor venceu. O discurso que o senhor fez hoje... foi isso que o senhor me ofereceu, não foi?

— Foi, Sr. Rearden.

— Foi mais que gratidão, e eu precisava de gratidão. Foi mais que admiração, e eu precisava de admiração também. Foi muito mais do que qualquer palavra que eu possa encontrar, e vou levar dias para entender tudo o que me foi dado. Mas uma coisa eu sei: eu estava precisando disso. Nunca admiti uma coisa dessas, porque jamais pedi ajuda a ninguém. Se o senhor achou graça em adivinhar que gostei de vê-lo, agora tem um bom motivo para rir, se quiser.

– Talvez eu leve alguns anos para conseguir, mas vou provar para o senhor que são essas as coisas das quais eu não rio.

– Prove agora respondendo a uma pergunta: por que o senhor não faz o que diz?

– Tem certeza disso?

– Se o que o senhor disse é verdade, se tem a grandeza de saber disso, a esta altura o senhor deveria ser o principal industrial do mundo.

Muito sério, tal como havia falado com o homem robusto, mas com um estranho toque de delicadeza em sua voz, Francisco disse:

– Sugiro que o senhor pense duas vezes, Sr. Rearden.

– Já pensei sobre o senhor mais vezes do que reconheço tê-lo feito. Não encontrei resposta.

– Deixe-me lhe dar uma pista: se as coisas que eu disse são verdade, quem é o homem mais culpado aqui neste salão?

– Será... James Taggart?

– Não, Sr. Rearden, não é James Taggart. Mas o senhor é que tem de definir a culpa e escolher o culpado.

– Há alguns anos, eu diria que é o senhor. Ainda acho que era isso que eu devia dizer. Mas estou quase na situação daquela mulher idiota que falou com o senhor: todos os motivos que conheço me dizem que o senhor é culpado... e, no entanto, não consigo sentir que isso é verdade.

– O senhor está mesmo caindo no mesmo erro daquela mulher, Sr. Rearden, ainda que de forma mais nobre.

– Como assim?

– Eu me refiro a muito mais do que o juízo que o senhor faz a meu respeito. Aquela mulher e todos os que são como ela evitam os pensamentos que sabem ser corretos. O senhor evita os pensamentos que considera maus. Aquelas pessoas o fazem porque querem evitar o esforço. O senhor o faz porque não se permite pensar em nada que o justifique. Elas se entregam às suas emoções a qualquer preço. O senhor sacrifica as suas emoções de saída, em qualquer problema. Eles não estão dispostos a suportar nada. O senhor está disposto a suportar qualquer coisa. Eles vivem fugindo às responsabilidades. O senhor vive assumindo-as. Mas não vê que o erro essencial é o mesmo?

Sem responder, Rearden não tirava os olhos de D'Anconia, que prosseguiu:

– Qualquer recusa a encarar a realidade, qualquer que seja o motivo, tem consequências desastrosas. Não existem pensamentos maus, senão um único: a recusa a pensar. Não ignore seus próprios desejos, Sr. Rearden. Não os sacrifique: examine as causas deles. Há um limite para quanto o senhor deve suportar.

– Como o senhor sabe isso a meu respeito?

– Também já caí no mesmo erro. Mas não por muito tempo.

– Quem dera... – começou Rearden, mas se interrompeu de repente. Francisco sorriu.

– O senhor tem medo de manifestar um desejo, Sr. Rearden?

– Quem dera eu fosse capaz de me permitir gostar do senhor tanto quanto gosto.

– Eu daria... – começou Francisco, mas parou, mesmo sem entender, Rearden viu nele uma emoção que não soube definir, mas que tinha certeza de que era dor. Era o primeiro momento de hesitação de Francisco que testemunhava. – O senhor tem ações da D'Anconia, Sr. Rearden?

Rearden o olhou, atônito.

– Não.

– Algum dia o senhor vai compreender a traição que estou cometendo neste momento, mas... não compre ações da Cobre D'Anconia. Jamais faça qualquer negócio com a D'Anconia.

– Por quê?

– Quando o senhor conhecer a verdadeira razão, saberá se já houve alguma coisa, ou alguém, que tenha representado algo para mim e... quanto representou.

Rearden franziu o cenho, pois se lembrara de algo.

– Não negocio com a sua empresa. O senhor não falou nos homens de dois pesos e duas medidas? O senhor não é um dos saqueadores que estão enriquecendo agora com os decretos?

Inexplicavelmente, suas palavras não foram recebidas por Francisco como um insulto. Elas, na verdade, lhe restituíram o ar confiante.

– O senhor acha que fui eu quem fez aqueles planejadores ladrões emitirem esses decretos?

– Se não foi o senhor, então quem foi?

– Os que pegam carona em mim.

– Sem o seu consentimento?

– Sem o meu conhecimento.

– Detesto admitir quanto eu gostaria de acreditar no senhor, mas não há como provar isso agora.

– Não? Vou lhe provar nos próximos 15 minutos – afirmou Francisco.

– Como? O fato é que o senhor foi quem mais lucrou com esses decretos.

– É verdade. Lucrei mais que o Sr. Mouch e sua gangue jamais poderiam imaginar. Depois de anos de trabalho, recebi deles a oportunidade de que eu precisava.

– O senhor está se vangloriando?

– E como! – Rearden constatou, incrédulo, que os olhos de Francisco tinham um olhar duro e brilhante, não de um papa-jantares, e sim de um homem de ação. – Sr. Rearden, o senhor sabe onde é que a maioria desses novos aristocratas esconde o dinheiro deles? Sabe onde foi que a maioria desses abutres igualitaristas investiu o dinheiro que lucrou com o metal Rearden?

– Não, mas...

– Em ações da Cobre D'Anconia, bem longe deste país. Ela é uma empresa antiga e invulnerável, tão rica que aguenta mais três gerações de saqueadores. Uma companhia administrada por um playboy decadente que não liga para nada, que os deixa usar sua propriedade como eles bem entendem e se limita a continuar a ganhar dinheiro para eles... automaticamente, tal como faziam seus ancestrais. Não era perfeito para os saqueadores, Sr. Rearden? Só que... qual foi o único detalhe que eles não perceberam?

Rearden não desviava os olhos dele.

– Aonde o senhor quer chegar?

Francisco riu de repente.

– Coitados desses exploradores do metal Rearden. O senhor não quer que eles percam o dinheiro que ganhou para eles, não é, Sr. Rearden? Mas acidentes acontecem. Como se diz: o homem não passa de um joguete nas mãos das forças da natureza. Por exemplo, houve um incêndio amanhã de manhã nos armazéns portuários de cobre em Valparaíso, um incêndio que destruiu todos os armazéns juntamente com metade das estruturas do porto. Que horas são, Sr. Rearden?

Rearden o olhava com ar confuso, sem entender aonde ele queria chegar.

– Ah, eu misturei os tempos verbais? Amanhã à tarde haverá uma avalanche nas minas da D'Anconia em Oráno. Não vai haver mortos nem feridos, as únicas vítimas serão as minas. Vão descobrir que elas estão perdidas, porque há meses estão sendo escavadas nos lugares errados. Mas o que se pode esperar de um administrador playboy? As grandes reservas de cobre ficarão enterradas sob toneladas de terra. Um Sebastián d'Anconia só conseguiria recuperá-las em três anos, e uma república popular jamais conseguirá. Quando os acionistas forem investigar, vão constatar que as minas de Campos, San Félix e Las Heras também vinham sendo escavadas de modo errado, exatamente como as de Oráno, e que eles vêm perdendo dinheiro há mais de um ano, só que o playboy vinha falsificando os livros e impedindo que os jornais noticiassem alguma coisa. Quer saber o que vão descobrir a respeito da administração das fundições da D'Anconia? Ou dos navios da empresa? Mas essas descobertas todas não vão fazer nenhuma diferença para os acionistas, porque amanhã de manhã as ações da empresa terão sofrido uma queda vertiginosa, caído como uma lâmpada sobre concreto, se espatifado como um elevador, espalhando pedaços das pessoas que transportava por todas as sarjetas.

Quando Francisco elevou a voz, triunfante, um outro som fez coro: a súbita gargalhada de Rearden.

Ele não sabia quanto tempo aquele momento havia durado, nem o que sentira. Fora como um soco que o projetasse para outro nível de consciência, e depois um segundo soco que o trouxesse de volta para a consciência normal – só lhe restava, como a quem desperta após passar o efeito de um narcótico, a sensação de que experimentara uma liberdade imensa, que não tinha igual na realidade. *Foi como o incêndio da Wyatt*, pensou ele – era esse o perigo secreto.

Quando deu por si, estava se afastando de Francisco, andando de costas. Este o olhava com atenção, como se o estivesse observando havia muito tempo. Quanto tempo? Rearden não sabia.

– Não existem pensamentos maus, Sr. Rearden – disse Francisco, baixinho –, senão um único: a recusa a pensar.

– Não – discordou Rearden, quase sussurrando. Ele se obrigava a manter o tom de voz baixo, tinha medo de gritar. – Não... se é essa a explicação, não pense que vou aplaudi-lo, não... o senhor não teve forças para lutar contra eles... escolheu a maneira mais fácil, a mais malévola... a destruição deliberada... a destruição de uma realização que não foi sua, e que o senhor seria incapaz de conseguir...

– Não é isso que o senhor vai ler nos jornais amanhã. Não haverá indícios de destruição deliberada. Tudo aconteceu como uma consequência normal, explicável e justificável da incompetência pura e simples. Hoje em dia a incompetência não é algo que mereça castigo, não é verdade? O pessoal de Buenos Aires e o de Santiago provavelmente vão querer me dar um subsídio como prêmio de consolação. Ainda vai sobrar uma boa parte da Cobre D'Anconia, embora uma parte considerável dela esteja irremediavelmente destruída. Ninguém vai dizer que agi de propósito. O senhor pode pensar o que quiser.

– O que eu acho é que o senhor é o homem mais culpado neste salão – declarou Rearden, calmo, porém cansado. Até mesmo o ímpeto de sua raiva desaparecera. Sentia apenas o vazio deixado pela morte de uma grande esperança. – Acho o senhor pior do que eu imaginava...

Francisco o olhou com um estranho meio sorriso de serenidade, a serenidade de uma vitória sobre a dor, e não respondeu nada.

Foi esse silêncio que lhes permitiu ouvir as vozes de dois homens que estavam a uma curta distância. Viraram-se para ver quem eram.

O homem idoso e atarracado era evidentemente um empresário do tipo consciencioso e modesto. Seu traje a rigor era de boa qualidade, porém fora de moda há 20 anos, com laivos esverdeados nas costuras. Estava claro que ele tivera poucas oportunidades de usá-lo. Suas abotoaduras eram grandes e espalhafatosas, mas eram a ostentação patética de algo herdado, fora de moda, que provavelmente estava na sua família havia quatro gerações, tal qual sua empresa. Havia em seu rosto aquela expressão que, na época, era sinal de honestidade: uma expressão de quem está confuso. Olhava para seu companheiro tentando, com dificuldade – conscienciosamente, inutilmente –, compreender.

O outro era mais moço e mais baixo, um homenzinho de carnes arredondadas, peito proeminente e bigodinho espetado. Num tom de tédio condescendente, ele dizia:

– Bem, não sei, não. Vocês estão sempre reclamando do aumento dos custos. É a reclamação constante hoje em dia, típica de quem está tendo que diminuir seus lucros um pouco. Não sei, vamos ver, vamos decidir se iremos permitir que vocês tenham lucros ou não.

Rearden olhou para Francisco – e viu um rosto que ia além do que imaginava possível a uma face humana para exprimir a pureza de um objetivo único: era a expressão mais implacável que se podia conceber. Rearden se considerava implacável, mas não era capaz de uma expressão como aquela, nua, inexorável, imune a todo e qualquer sentimento que não o de justiça. *Fosse o que fosse*, pensou Rearden, *o homem capaz de experimentar uma emoção daquelas era um gigante.*

Foi apenas um instante. Francisco se virou para ele com uma expressão normal no rosto e disse, com a voz muito tranquila:

– Mudei de ideia, Sr. Rearden. Foi bom o senhor vir a esta festa. Quero que o senhor veja isto.

Então, levantando a voz, Francisco disse de repente, no tom alegre, descontraído e estridente de um homem totalmente irresponsável:

– Então o senhor não vai me emprestar o dinheiro, Sr. Rearden? Isso vai me deixar numa situação muito difícil. Preciso levantar esse dinheiro hoje, antes que a Bolsa de Valores abra amanhã, senão...

Não foi preciso continuar, porque o homenzinho do bigode estava puxando seu braço.

Rearden antes não acreditava que um ser humano pudesse mudar de dimensões a olhos vistos, porém viu o homenzinho perder peso, postura, forma, como se suas carnes murchassem: aquele senhor dominador agora não passava de um verme incapaz de ameaçar quem quer que fosse.

– Tem... algum problema, Sr. D'Anconia? Quer dizer... com a Bolsa?

Francisco levou um dos dedos aos lábios de repente, com um olhar assustado.

– Silêncio – sussurrou. – Pelo amor de Deus, silêncio!

O homem tremia.

– Algum... problema?

– O senhor por acaso tem ações da D'Anconia? – perguntou Francisco. O homem fez que sim, incapaz de falar. – Ah, meu Deus! Bem, vou lhe contar, se o senhor me der sua palavra de honra que não vai falar com ninguém. O senhor não quer que as pessoas entrem em pânico, certamente.

– Palavra de honra... – gaguejou o homem.

– O melhor que o senhor tem a fazer é dizer o mais depressa possível ao seu corretor para vender tudo, porque as coisas não andam muito boas para o lado da D'Anconia. Estou tentando levantar dinheiro, mas, se não conseguir, suas ações devem cair no mínimo uns 90 por cento amanhã de manhã... Ah! Esqueci que o senhor só vai poder falar com seu corretor amanhã de manhã... É, é uma pena, mas...

O homem estava correndo pelo salão, empurrando as pessoas.

– Observe – disse Francisco, austero, virando-se para Rearden.

O homem sumiu na multidão. Rearden e Francisco não sabiam para quem ele estava vendendo seu segredo, nem se era esperto o bastante para fazer um acordo com os que detinham poder – porém viram o rastro que ele deixava na multidão, os súbitos cortes que a dividiam, como rachaduras, depois viram as rachaduras aumentarem, como numa parede prestes a desabar, as marcas de vazio causadas não por mão humana, mas pelo contato impessoal do terror.

Vozes se calavam subitamente, e poças de silêncio se formavam. Depois surgiram sons diferentes, inflexões histéricas de perguntas repetidas em vão, sussurros ansiosos, o grito de uma mulher, as risadinhas forçadas dos poucos que ainda tentavam fingir que nada estava acontecendo.

Havia pontos de imobilidade na movimentação da multidão, como locais de onde se irradia uma paralisia. Houve um silêncio súbito, como se um motor tivesse sido desligado.

Então foi como o movimento frenético, desordenado, desgovernado de objetos que descem uma encosta impelidos pela força cega da gravidade e de todas as pedras com que eles se chocam na descida. Pessoas corriam para fora do salão, voavam para os telefones, corriam umas para as outras, agarrando ou empurrando os corpos ao seu redor. Esses homens, os indivíduos mais poderosos do país, que detinham o poder absoluto sobre a comida de cada pessoa, sobre a maneira como cada um passaria sua existência na Terra – estes homens agora eram como uma pilha de entulho exposto ao vento do pânico, o entulho a que se reduz uma estrutura quando sua principal coluna de sustentação é derrubada.

James Taggart, com a expressão indecente de quem expõe emoções que há séculos os homens vêm aprendendo a ocultar, correu até Francisco e gritou:

– É verdade?

– Ora, James – disse Francisco, sorrindo –, qual é o problema? Por que você está tão abalado? O dinheiro não é a raiz de todo o mal? Pois é, cansei de ser mau.

Taggart correu em direção à saída principal, gritando algo para Orren Boyle no caminho. Boyle ficou balançando a cabeça em sinal de concordância, com a presteza e a humildade de um criado incompetente, e depois partiu na direção oposta. Cherryl, com o véu esvoaçando ao seu redor como uma nuvem de cristal, correu atrás de Taggart e o alcançou na porta.

– O que houve, Jim?

Ele a empurrou para o lado, e Cherryl foi de encontro a Paul Larkin, enquanto Taggart sumia.

Três pessoas permaneciam imóveis, como três pilares espaçados pelo salão, entreolhando-se em meio ao caos: Dagny, olhando para Francisco, e Francisco e Rearden, olhando um para o outro.

CAPÍTULO 3

CHANTAGEM BRANCA

— Que horas são?
Tarde demais, pensou Rearden, porém respondeu:
– Não sei. Ainda não é meia-noite. – Lembrou-se de que estava de relógio e acrescentou: – Vinte para meia-noite.
– Vou pegar um trem e voltar para casa – disse Lillian.
Rearden ouviu a frase, que demorou a atravessar as passagens superlotadas que levavam à sua consciência. Ele estava parado, em pé, distraído, olhando para a porta da suíte – estavam alguns andares acima do salão da festa. Depois de uns instantes, respondeu automaticamente:
– A esta hora?
– Ainda é cedo. Ainda há muitos trens em funcionamento.
– Você pode ficar, se quiser, é claro.
– Não, eu acho que prefiro ir para casa. – Rearden não disse nada. – E você, Henry? Você pretende ir para casa esta noite?
– Não. – Acrescentou: – Tenho compromissos aqui amanhã.
– Como você quiser.
Lillian sacudiu os ombros e o xale lhe caiu nos braços. Ela foi em direção à porta do quarto, mas parou.
– Odeio Francisco d'Anconia – disse ela, tensa. – Por que ele veio à festa? E por que não ficou de boca fechada, pelo menos até amanhã de manhã? – Rearden não disse nada. – É criminoso o que ele permitiu que acontecesse com a companhia dele. É claro que ele não passa de um playboy decadente, mas o fato é que uma fortuna dessas proporções é uma grande responsabilidade, e negligência tem limite! – Rearden olhou para o rosto de Lillian. Havia nele uma tensão estranha, uma agudeza nas feições que a fazia parecer mais velha. – Ele tinha um compromisso com os acionistas, não é? Não é, Henry?
– Você se incomoda se eu lhe pedir para não falar nisso?

Ela fez um movimento com os lábios, apertando-os e os torcendo, o que equivalia a um dar de ombros, e entrou no quarto.

Rearden permaneceu à janela, olhando para os automóveis que passavam lá embaixo, deixando que os olhos se distraíssem enquanto sua faculdade de visão estava desativada. Sua mente ainda se mantinha focalizada na multidão e em duas figuras paradas no meio dela. Mas, assim como a cena do salão permanecia no limiar de sua visão, também a ideia de que ele tinha de fazer alguma coisa permanecia no limiar de sua consciência. Por um momento esforçou-se para apreendê-la: era a ideia de que ele tinha de tirar o traje a rigor. Porém, mais além do limiar, havia a sensação de relutância em se despir na presença de uma mulher desconhecida, por isso ele se esqueceu da ideia no instante seguinte.

Lillian voltou à sala da suíte, tão impecavelmente vestida quanto estivera ao chegar: o conjunto bege de viagem destacava suas formas com eficiência e o chapéu inclinado sobre um lado da cabeça não ocultava os cabelos ondulados. Balançava de leve a mala que carregava, como se para demonstrar sua capacidade de carregá-la.

Mecanicamente, Rearden esticou o braço e lhe tomou a mala.

– O que você está fazendo? – perguntou ela.

– Vou levá-la à estação.

– Assim? Você nem trocou de roupa.

– Não faz mal.

– Não precisa me levar. Pode deixar que eu me arranjo sozinha. Se você tem compromissos amanhã, é melhor ir se deitar.

Rearden não disse nada, mas andou com ela até a porta, abriu-a para Lillian e a acompanhou até o elevador.

Permaneceram em silêncio no táxi que os levou até a estação. Nos momentos em que Rearden se lembrava de que Lillian estava presente, percebia que sua postura era perfeita, quase exagerando seu autocontrole absoluto. Ela parecia bem desperta e satisfeita, como se estivesse começando uma viagem de manhã cedo.

O táxi parou à entrada do Terminal Taggart. As luzes brilhantes que iluminavam as grandes portas de vidro davam ao local uma impressão de segurança e atividade que independia da hora. Lillian, muito lépida, saltou do táxi dizendo:

– Não, não. Não precisa sair. Pode voltar. Você vai jantar em casa amanhã ou no mês que vem?

– Eu telefono – disse Rearden.

Ela lhe acenou com a mão enluvada e desapareceu no terminal iluminado. Quando o táxi partiu, Rearden deu ao motorista o endereço de Dagny.

O apartamento estava escuro quando entrou, mas a porta do quarto estava entreaberta e ele ouviu a voz de Dagny:

– Oi, Hank.

Ele entrou perguntando:

– Você estava dormindo?

– Não.

Rearden acendeu a luz. Ela estava deitada, a cabeça apoiada no travesseiro, os cabelos soltos lhe caindo pelos ombros como se ela estivesse imóvel havia muito tempo, mas seu rosto estava plácido. Parecia uma menina, com o colarinho severo da camisola azul-clara cobrindo todo o seu pescoço, porém a frente da camisola contrastava com a severidade do colarinho, com um bordado azul-claro que parecia luxuosamente adulto e feminino.

Rearden sentou-se na beira da cama e ela sorriu, percebendo que a formalidade rígida de seu traje tornava o ato de sentar simples e naturalmente íntimo. Ele sorriu também. Viera preparado para rejeitar o perdão que ela lhe concedera na festa, como quem rejeita um favor de um adversário generoso demais. Porém, em vez disso, estendeu a mão e a passou pela testa de Dagny, acariciando seus cabelos, num gesto de ternura protetora, percebendo de repente que era delicada como uma criança, essa adversária que vinha enfrentando o desafio da força dele, mas que deveria estar recebendo sua proteção.

– Você arca com um fardo pesado demais – disse ele –, e sou eu que o torno ainda mais pesado...

– Não, Hank. Você sabe que isso não é verdade.

– Sei que você tem força suficiente para não se deixar magoar, mas eu não tenho o direito de abusar dessa força. Mas é o que eu faço, e não tenho solução, nenhuma compensação a oferecer. Só posso admitir o fato e assumir que não tenho como lhe pedir perdão.

– Não há o que perdoar.

– Eu não tinha o direito de trazê-la até você.

– Não fiquei magoada. Só que...

– Sim?

— ... ver você sofrer daquele jeito... foi duro de suportar.

— Não acredito que o sofrimento compense nada, mas o que quer que eu tenha sofrido não foi o bastante. Se há uma coisa que eu odeio é falar no meu sofrimento: é coisa que só interessa a mim. Mas se você quer saber, e aliás já sabe, admito que foi terrível para mim. E pena que não foi pior, pelo menos estou me punindo.

Falou com severidade, sem emoção, como se pronunciasse um veredicto inclemente sobre si próprio. Dagny sorriu com tristeza, lhe tomou a mão e a levou aos lábios, sacudindo a cabeça para manifestar sua rejeição daquela sentença, escondendo seu rosto na mão dele.

— O que você quer dizer? — perguntou ele baixinho.

— Nada... — Então ela levantou a cabeça e disse com firmeza: — Hank, eu sabia que você era casado. Eu sabia o que estava fazendo e optei por fazê-lo. Você não me deve nada, não tem nenhum dever a cumprir.

Ele sacudiu a cabeça lentamente, discordando.

— Hank, não quero nada de você senão o que quer me dar. Lembra que uma vez você me chamou de comerciante? Quero que você só procure seu próprio prazer em mim. Se você quer continuar casado, sejam quais forem os motivos, não tenho o direito de me ressentir disso. O comércio que pratico é saber que a felicidade que você me dá é paga pela felicidade que você encontra em mim, não pelo seu sofrimento nem pelo meu. Não aceito sacrifícios nem os faço. Se você me pedisse mais do que o que você representa para mim, eu recusaria. Se me pedisse que largasse a estrada de ferro, eu largaria você. Se o prazer de um tem que ser pago pelo sofrimento do outro, então é melhor que não haja comércio nenhum. Uma transação comercial na qual um sai lucrando e o outro sai perdendo é uma fraude. Você não faz isso no seu trabalho, Hank. Não o faça na sua vida.

Como um fundo musical, por trás das palavras de Dagny Rearden ouvia as palavras que Lillian lhe dissera e percebia a distância que havia entre as duas, a diferença entre o que uma e outra procuravam nele e na vida.

— Dagny, o que você pensa do meu casamento?

— Não tenho direito de pensar nada dele.

— Você deve pensar nisso.

— Eu pensava... antes daquela noite na casa de Ellis Wyatt. Depois, não.

— Você nunca me perguntou nada a respeito desse assunto.

– E nunca vou perguntar.

Rearden permaneceu em silêncio por um momento. Depois, encarando-a, como que para ressaltar que era a primeira vez que rompia aquela privacidade que Dagny sempre lhe concedera, disse:

– Queria lhe dizer uma coisa: não toco nela desde... aquela noite na casa de Ellis Wyatt.

– Ótimo.

– Você achava que eu seria capaz disso?

– Nunca me permiti pensar nisso.

– Dagny, você quer dizer que se eu tivesse... você... você aceitaria isso também?

– Aceitaria.

– Você não sentiria ódio?

– Um ódio maior do que eu seria capaz de exprimir em palavras. Mas, se fosse essa a sua escolha, eu a aceitaria. Quero você, Hank.

Rearden tomou sua mão e a levou aos lábios. Ela sentiu o conflito momentâneo que surgiu no corpo dele, no movimento súbito com que, quase caindo, ele se jogou sobre ela, com a boca sobre seu ombro. Depois, ele a puxou para a frente, todo o seu corpo envolto na camisola azul-clara, colocando-a sobre seus joelhos, e ficou a segurá-la, com violência, sem sorrir, como se odiasse as palavras que ela dissera e como se fossem as palavras que ele mais quisera ouvir.

Rearden baixou a cabeça, aproximando-a da dela, e Dagny ouviu a pergunta que periodicamente reaparecia nas noites do último ano, sempre brotada dele de modo involuntário, como uma explosão súbita que traía uma tortura secreta e constante:

– Quem foi o primeiro?

Ela tentou se afastar dele, mas Rearden a prendeu.

– Não, Hank – disse ela, com o rosto contraído.

O movimento tenso e rápido dos lábios dele foi um sorriso.

– Sei que você não vai responder, mas não vou parar de perguntar, porque é *isso* que nunca vou aceitar.

– Pergunte a si próprio por que você não aceita.

Ele respondeu, acariciando-lhe o corpo lentamente, dos seios até os joelhos, como se enfatizando sua posse sobre ela e ao mesmo tempo odiando essa posse:

– Porque... as coisas que você me permitiu fazer... eu não achava que você fosse capaz, nunca, nem mesmo a mim... mas saber que você é capaz e, ainda mais, que permitiu a outro homem, quis que ele fizesse, que...

– Você percebe o que está dizendo? Que você também nunca aceitou o fato de eu desejar você, a *possibilidade* de eu querer você, tanto quanto a de querer o outro antes.

Ele sussurrou:

– É verdade.

Dagny se desprendeu dele com um movimento brusco, contorcendo-se, e se pôs de pé, mas continuou olhando para ele, com um leve sorriso, e disse baixinho:

– Sabe qual é sua única culpa? Apesar de ter tanta capacidade para ter prazer, você nunca se permitiu isso. Sempre rejeitou o próprio prazer com muita facilidade. Sempre esteve disposto a suportar demais.

– Ele também disse isso.

– Ele quem?

– Francisco d'Anconia.

Rearden não entendeu por que teve a impressão de que aquele nome a chocou e de que ela pareceu hesitar um instante antes de perguntar:

– Ele disse isso a você?

– Nós estávamos falando sobre um assunto muito diferente.

Depois de um momento, Dagny disse, calma:

– Vi você conversando com ele. Quem estava insultando quem dessa vez?

– Ninguém. Dagny, o que você pensa dele?

– Acho que ele fez isso de propósito, esse caos financeiro que vai estourar amanhã.

– Foi de propósito, sim, eu sei. Mas, enfim, o que você acha dele como pessoa?

– Não sei. Eu devia achar que ele é a pessoa mais depravada que já conheci.

– Devia? Mas não acha?

– Não. Não consigo me convencer disso.

Rearden sorriu.

– É isso que é estranho nele. Sei que ele é um mentiroso, um vagabundo, um playboy barato, o ser humano mais irresponsável e inútil que sou capaz de imaginar. No entanto, quando olho para ele, sinto que é o único homem a quem eu confiaria a minha vida.

Dagny conteve uma interjeição de espanto.

– Hank, você está dizendo que gosta dele?

– Estou dizendo que não sabia o que era gostar de um homem, não sabia como precisava disso, até conhecê-lo.

– Meu Deus, Hank, você foi seduzido por ele!

– É, acho que fui. – Sorriu. – Por que isso a assusta?

– Porque... porque acho que ele vai magoar você profundamente de algum modo terrível... e quanto mais você gostar dele, mais terrível vai ser suportar o choque... e você vai levar muito tempo para se recuperar, se é que algum dia vai conseguir... Tenho a impressão de que eu devia alertá-lo contra ele, mas não consigo, porque não tenho certeza de nada a respeito dele, nem mesmo sei se ele é o melhor ou o pior homem do mundo.

– Não tenho nenhuma certeza quanto a ele, a não ser uma: a de que gosto dele.

– Mas pense no que ele já fez. Não foi só a Jim e Boyle que ele prejudicou, e sim a você e a mim também, a Ken Danagger e a todos os outros, porque a gangue de Jim vai descontar em cima de nós, e vai ser outro desastre como o incêndio da Wyatt.

– É... é, o incêndio da Wyatt. Mas, sabe, acho que não ligo muito para isso. Que diferença faz mais um desastre? Está tudo indo por água abaixo mesmo, é só uma questão de ir um pouco mais depressa ou um pouco mais devagar. Só nos resta tentar manter o navio flutuando durante o tempo que for possível e depois afundar com ele.

– É assim que ele se justifica? Foi isso que ele fez você sentir?

– Não. Não, não! É isso que deixo de sentir quando falo com ele. O que é estranho é o que ele me faz sentir.

– O quê?

– Esperança.

Dagny concordou com a cabeça, mecanicamente, sabendo que ela também já sentira o mesmo.

– Não sei por quê – disse ele. – Mas olho para as pessoas e tenho a impressão de que elas são feitas só de dor. Ele, não. Você, não. Aquele desespero terrível está em toda parte. Só não o sinto na presença dele. E na sua. Somente.

Dagny se aproximou de novo e sentou-se aos pés de Rearden, encostando o rosto em seus joelhos.

– Hank, ainda temos tanta coisa pela frente... e tanta coisa agora mesmo...

Rearden olhou para aquela forma de seda azul contra suas roupas escuras, se abaixou até ela e disse, em voz baixa:

– Dagny... aquelas coisas que eu lhe disse naquela manhã na casa de Ellis Wyatt... acho que estava mentindo para mim mesmo.

– Eu sei.

▲▲▲

Em meio à garoa cinzenta, o calendário sobre os telhados informava: 3 de setembro. Sobre outro arranha-céu, um relógio informava: 10h40. Rearden voltava de carro para o Hotel Wayne-Falkland. A voz no rádio do táxi noticiava, cheia de pânico, a queda da Cobre D'Anconia.

Cansado, ele se recostou no banco. O desastre era como uma notícia velha, de anos antes. Não sentia nada, apenas uma sensação desagradável de impropriedade por estar de traje a rigor de manhã. Não sentia nenhuma vontade de voltar do mundo onde estivera para o mundo garoento que via pelas janelas do táxi.

Enfiou a chave na fechadura da porta de sua suíte no hotel, desejando voltar o mais depressa possível para sua escrivaninha e não ver nada ao seu redor.

Três coisas lhe atingiram a consciência ao mesmo tempo: a mesa do café da manhã, a porta aberta do quarto revelando uma cama desfeita e a voz de Lillian dizendo:

– Bom dia, Henry.

Ela estava sentada numa poltrona, usando a mesma roupa que vestira na véspera, só que sem a jaqueta e o chapéu. Sua blusa branca parecia recém-passada. Na mesa havia restos de um café da manhã. Ela estava fumando um cigarro com o ar de quem passou uma longa noite pacientemente em claro.

Rearden ficou parado, e Lillian cruzou as pernas e se acomodou melhor na poltrona. Então perguntou:

– Não vai dizer nada, Henry?

Ele parecia estar de uniforme numa cerimônia oficial em que era proibido exibir as emoções.

– Quem tem que falar é você – disse ele.

– Você não vai tentar se justificar?

– Não.

– Não vai começar a me pedir perdão?

– Você não tem por que me perdoar. Não tenho mais nada a dizer. Você sabe a verdade. Agora seja o que você quiser.

Ela deu uma risada curta, esfregando as costas no encosto da poltrona.

– Você não sabia que ia ser descoberto mais cedo ou mais tarde? Se um homem como você permanece puro como um monge por mais de um ano, você não imaginou que eu ia começar a desconfiar? Engraçado! Como é que, com toda a sua famosa inteligência, você foi apanhado em flagrante com tanta facilidade? – Fez um gesto indicando o quarto e a mesa. – Eu estava certa de que você não ia voltar para cá ontem à noite. E não foi difícil descobrir, perguntando a um funcionário da recepção, que há um ano você não passa uma noite neste hotel.

Rearden não disse nada.

– O homem de aço inoxidável! – Lillian riu. – O homem das realizações, tão honrado, que é tão melhor do que os outros! Ela é corista ou manicure numa barbearia exclusiva frequentada por milionários?

Rearden permaneceu em silêncio.

– Quem é ela, Henry?

– Não vou responder a essa pergunta.

– Quero saber.

– Pois vai ficar sem saber.

– Você não acha ridículo bancar o cavalheiro que quer proteger a moça? Como é que pode querer bancar o cavalheiro agora? Quem é ela?

– Já disse que não vou responder.

Lillian deu de ombros.

– Acho que não faz muita diferença mesmo. Só existe um tipo-padrão de mulher para esse objetivo. Sempre soube que por trás dessa máscara de asceta você não passa de um homem de sensualidade grosseira, que só busca na mulher uma satisfação animal que eu me orgulho de jamais lhe ter dado. Sabia que o seu tão propalado sentimento de honra algum dia viria abaixo e você seria atraído pelo tipo mais vulgar, mais barato de mulher, como qualquer marido infiel. – Deu uma risada. – Aquela sua grande admiradora, a Srta. Dagny, ficou furiosa comigo só porque ousei dar a entender que talvez seu herói não fosse tão puro quanto os trilhos inoxidáveis que ele produz. E foi ingênua a ponto de imaginar que eu suspeitava de que ela pudesse ser o tipo de mulher que os homens consideram atraente para ter um relacionamento no qual o que menos lhes interessa é inteligência. Eu conhecia a sua verdadeira natureza, as suas verdadeiras inclinações. Não é? – Rearden não disse nada. – Sabe o que penso de você agora?

– Você tem o direito de me condenar do jeito que quiser.

Ela riu.

– O grande homem de negócios que tinha tanto desprezo pelos fracos que se esquivavam ou fracassavam por não ter a mesma força de caráter e perseverança que ele! Como é que você se sente agora?

– Os meus sentimentos não devem lhe interessar. Você tem o direito de resolver o que quer que eu faça. Concordo com qualquer exigência que você fizer, menos uma: não me peça para largar a outra.

– Ah, eu jamais lhe pediria isso! Sei que você não pode mudar de natureza. Esse é o seu verdadeiro nível. Por trás de toda aquela empáfia de grande industrial que saiu do nada, do fundo das minas, para chegar aos restaurantes mais exclusivos em trajes a rigor! Nada mais apropriado a você do que voltar às 11 da manhã em traje a rigor! Você nunca subiu além do nível das minas. Lá é que é o seu lugar... seu e de todos esses príncipes da caixa registradora que saíram do nada... o lugar de vocês é o botequim da esquina sábado à noite, junto com os caixeiros-viajantes e as coristas de boate!

– Você quer o divórcio?

– Ah, como seria bom para você! Que grande solução! Você não percebeu que eu sei que você quer o divórcio desde nosso primeiro mês de casados?

– Se você sempre pensou assim, por que ficou comigo?

Ela respondeu, severa:

– Você não tem mais o direito de fazer essa pergunta.

– É verdade – disse ele, pensando que uma única razão concebível poderia justificar aquela resposta: o amor que ela sentia por ele.

– Não, não vou pedir o divórcio. Você acha que, por causa de um caso seu com uma vagabunda qualquer, eu vou querer perder o meu lar, o meu nome, a minha posição social? Vou preservar todos os pedaços da minha vida que conseguir, tudo o que não se basear numa coisa tão pouco sólida quanto a sua fidelidade. Não se iluda: jamais me divorciarei de você. Quer você queira, quer não, você é casado e vai continuar casado.

– Se é o que você quer, vou.

– E, além disso, não vou aceitar... a propósito, por que você não se senta? Rearden continuou em pé.

– Por favor, diga o que você tem a dizer.

– Não vou aceitar nenhuma forma oficiosa de divórcio, como uma separação. Você pode continuar a ter o seu idílio nos metrôs e porões da vida, que são os lugares apropriados, mas para todo o mundo você terá de se lembrar sempre de que eu sou a Sra. Henry Rearden. Você sempre proclamou uma devoção tão exagerada à honestidade... agora quero vê-lo condenado a viver como o hipócrita que é na realidade. Quero que você mantenha sua residência na casa que é oficialmente sua, mas que agora passará a ser minha.

– Como quiser.

Ela se recostou numa posição deselegante, as pernas abertas, os braços paralelos sobre os braços da poltrona, como um juiz que pode se dar ao luxo de ser desleixado.

– Divórcio? – disse ela, com uma risada cruel. – Será que você achava que ia se safar com tanta facilidade? Que ia bastar me dar uma pensão de alguns milhões? Você está tão acostumado a comprar tudo o que quer que não concebe coisas não comerciais, não negociáveis, que não podem ser objeto de nenhum tipo de comércio. Você não consegue acreditar que exista uma pessoa que não tem o menor interesse por dinheiro. Não consegue imaginar o que isso significa. Pois acho que você vai aprender. Ah, é claro que vai aceitar qualquer exigência que eu faça daqui para a frente. Quero que você fique naquele seu escritório do qual você tanto se orgulha, nas suas preciosas usinas, e fique bancando o herói que trabalha 18 horas por dia, o gigante da indústria que carrega o país nas costas, o gênio que está acima da humanidade que geme, mente e rouba. Então quero que você chegue a casa e enfrente a única pessoa que sabe quem você é na realidade, que sabe qual o verdadeiro valor da sua palavra, da sua honra, da sua integridade, do seu famoso amor-próprio. Quero que você encare, na sua própria casa, a única pessoa que o despreza e que tem o direito de desprezá-lo. Quero que olhe para mim cada vez que construir mais um alto-forno, ou quebrar mais uma vez os recordes de produção de aço, ou ouvir aplausos e elogios, cada vez que você sentir orgulho, cada vez que se sentir limpo, cada vez que se embriagar com a ideia da sua própria grandeza. Quero que você olhe para mim cada vez que ouvir algo a respeito de alguma depravação, ou se indignar com a corrupção humana, ou desprezar a canalhice de alguém, ou for prejudicado por um novo ato de extorsão praticado pelo governo. Quero que você olhe e saiba que não é melhor, não é superior a ninguém, que não tem direito de condenar nada. Quero que olhe para mim e veja o destino do homem que tentou construir uma torre que chegasse até o céu, ou do homem que tentou chegar até o Sol com asas de cera... ou do homem que tentou se fazer passar por modelo de perfeição!

Em algum lugar fora de si, distante, como se num cérebro que não fosse o seu, Rearden percebeu o pensamento de que havia alguma falha naquele castigo que ela queria que ele suportasse, alguma contradição interna, à parte qualquer consideração de justiça, qualquer erro de cálculo prático que destruiria tudo se fosse descoberto. Ele não tentou descobri-lo. O pensamento passou como uma observação momentânea, feita com uma curiosidade desapaixonada, para ser retomado em algum futuro distante. No momento não havia nada dentro de si que lhe permitisse se interessar ou reagir.

Seu cérebro estava entorpecido pelo esforço de manter um mínimo de sentimento de justiça contra a maré avassaladora da repulsa, tão forte que despia Lillian de sua forma humana, derrotava todos os argumentos com que ele tentava se convencer de que não tinha o direito de sentir essa repulsa. *Se ela é abominável*, pensou Rearden, *fui eu que a tornei assim*. Era desse modo que ela reagia à dor – impossível prescrever a reação específica de um dado indivíduo ao sofrimento –, ninguém tinha o direito de condená-la: ele menos que ninguém, já que fora o causador do sofrimento. Mas não via nenhum sinal de dor nela. *Talvez aquele ódio seja a única maneira como Lillian pode reagir a seu sofrimento*, pensou ele. Agora Rearden só pensava em resistir, durante mais alguns instantes, à repulsa que sentia.

Quando ela parou de falar, ele perguntou:

– Acabou?

– Acho que sim.

– Então é melhor você pegar o trem e voltar para casa.

Quando Rearden começou a executar os movimentos necessários para despir o traje a rigor, constatou que seus músculos estavam exaustos, como se após um longo dia de trabalho físico extenuante. Sua camisa engomada estava mole de suor. Não restava em si nenhum pensamento, nenhum sentimento, só uma sensação que era a mistura dos vestígios de ambos, a sensação de haver conseguido a maior vitória de sua vida: Lillian havia saído daquela suíte de hotel viva.

▲▲▲

Ao entrar no escritório de Rearden, o Dr. Floyd Ferris tinha no rosto a expressão de quem está tão convicto do sucesso de seu empreendimento que se pode dar ao luxo de sorrir com benevolência. Falava com uma confiança tranquila e alegre. Rearden tinha a impressão de que era a confiança de um jogador profissional trapaceiro, que dedicou esforços extraordinários à tarefa de decorar todas as variações possíveis e agora está confiante de que todas as cartas do baralho estão marcadas.

– Bem, Sr. Rearden – disse ele, saudando o industrial –, não imaginava que até mesmo uma pessoa como eu, que já compareceu a tantas cerimônias públicas e apertou tantas mãos famosas, ainda seria capaz de se empolgar ao conhecer um homem eminente, mas é assim que me sinto neste momento, acredite o senhor ou não.

– Muito prazer – disse Rearden.

O Dr. Ferris sentou-se e fez alguns comentários sobre as cores das folhas no mês de outubro, que observara ao longo da estrada em sua viagem de carro. Viera de Washington especificamente para se encontrar com o Sr. Rearden em pessoa. Este não disse nada. O Dr. Ferris olhou pela janela e fez um comentário sobre as siderúrgicas de Rearden, as quais, segundo ele, constituíam um dos empreendimentos produtivos mais importantes do país.

– Não era isso que o senhor pensava do meu produto há um ano e meio – afirmou Rearden.

O Dr. Ferris franziu o cenho por um instante, como se houvesse deixado passar uma carta marcada e isso quase lhe custasse o jogo. Depois deu uma risadinha, como se tudo estivesse de novo sob controle.

– Isso foi há um ano e meio, Sr. Rearden – disse, com simplicidade. – O tempo passa, e as pessoas mudam... quer dizer, as mais sábias. A sabedoria consiste em saber quando lembrar e quando esquecer. A coerência não é um hábito mental que se deva praticar nem esperar da espécie humana.

Então se pôs a falar sobre a tolice que é ser coerente num mundo onde nada é absoluto, salvo o princípio de fazer concessões. Falava a sério, mas com informalidade, como se os dois estivessem conscientes de que não era esse o assunto principal da reunião. No entanto, curiosamente, ele falava não em tom de preâmbulo, e sim de posfácio, como se a questão principal já estivesse resolvida há muito tempo.

Quando o Dr. Ferris falou pela primeira vez "Não concorda?", Rearden aproveitou a deixa e disse:

– Por favor, diga qual a natureza da questão urgente que o levou a solicitar esta reunião.

O Dr. Ferris pareceu surpreso, sem entender, por um momento. Depois disse, num tom alegre, como se lembrasse um assunto sem importância que pudesse ser resolvido rapidamente:

– Ah, sim. Era a questão das datas de entrega de metal Rearden ao Instituto Científico Nacional. Gostaríamos de receber 5 mil toneladas até 1º de dezembro, e depois o restante da encomenda pode esperar até 1º de janeiro.

Rearden permaneceu imóvel, olhando para o outro sem dizer nada, por muito tempo. A cada momento que se passava, o tom de voz alegre do Dr. Ferris, que ainda ressoava na sala, parecia mais ridículo. Quando ele já temia que Rearden não fosse responder nada, este disse:

– Aquele guarda de trânsito de perneiras de couro que vocês mandaram aqui não entregou um relatório sobre a conversa que tivemos?

– Mas sim, Sr. Rearden, porém...

– O que mais o senhor quer ouvir de mim?

– Mas isso foi há cinco meses, Sr. Rearden. De lá para cá ocorreu um evento que certamente fez com que o senhor mudasse de ideia e portanto não vai criar nenhum problema para nós, como nós não vamos criar nenhum problema para o senhor.

– Que evento?

– Um evento do qual o senhor tem muito mais conhecimento do que eu, mas, como vê, do qual eu também tenho conhecimento, embora o senhor preferisse que eu não tivesse.

– Que evento?

– Já que é um segredo seu, Sr. Rearden, por que não deixar que permaneça em segredo? Quem é que não tem segredos hoje em dia? O Projeto X, por exemplo, é um segredo. O senhor tem consciência, é claro, de que poderíamos adquirir o seu metal fazendo aquisições de pequenas quantidades por meio de diversos órgãos do governo, os quais então o entregariam a nós, e o senhor não poderia fazer nada. Mas para isso seria necessário revelar a muitos desses burocratas imbecis... – O Dr. Ferris sorriu com uma franqueza cativante. – Ah, sim, nós nos detestamos mutuamente tanto quanto o público nos detesta... mas seria necessário revelar a muitos outros burocratas o segredo do Projeto X, o que seria altamente indesejável no momento. Como também o seria qualquer publicidade na imprensa a respeito do projeto... se tivermos de processar o senhor por se recusar a cumprir uma ordem do governo. Mas se o senhor fosse julgado por uma outra acusação, muito mais séria, em que o Projeto X e o Instituto Científico Nacional não estivessem envolvidos, e em que o senhor não pudesse levantar nenhuma questão de princípio nem conquistar a simpatia do público... bem, isso não seria problema nenhum para nós, mas custaria ao senhor mais do que lhe seria interessante. Assim, a única coisa prática que o senhor pode fazer é nos ajudar a manter o nosso segredo, enquanto nós mantemos o seu... e, como o senhor certamente sabe, podemos impedir que todos os burocratas façam qualquer coisa contra o senhor por quanto tempo quisermos.

– Que evento, que segredo e que coisa contra mim?

– Ora, Sr. Rearden, não seja criança! As 4 mil toneladas de metal Rearden que o senhor entregou a Ken Danagger, naturalmente – disse o Dr. Ferris em um tom de naturalidade.

Rearden não disse nada.

– As questões de princípio são muito incômodas – disse o Dr. Ferris, sorrindo – e são uma grande perda de tempo para todas as partes envolvidas. O senhor vai querer ser um mártir dos seus princípios, em circunstâncias em que ninguém vai saber o que está fazendo, só nós dois, em que não terá oportunidade de dizer nada sobre a questão e os princípios em jogo, em que o senhor não será um herói, o criador de um novo metal espetacular, que se defende de inimigos cujos atos podem parecer um tanto repreensíveis aos olhos do público, e sim um criminoso comum, um industrial ganancioso que violou a lei apenas para ter lucro, um especulador no mercado negro que desrespeitou a legislação que visa proteger o interesse do público, um herói sem glória e sem público, que não vai conseguir mais do que meia coluna na página 5 do jornal? O senhor realmente quer ser um mártir assim? Porque é desse modo que a questão se coloca agora: ou o senhor nos entrega o metal Rearden, ou pega 10 anos de cadeia, juntamente com seu amigo Danagger.

Como biólogo, o Dr. Ferris sempre fora fascinado pela teoria de que os animais tinham a capacidade de cheirar a presença do medo e tentara desenvolver essa capacidade em si próprio. Observando Rearden, concluiu que havia muito tempo ele resolvera ceder, pois não percebia o menor sinal de medo nele.

– Quem foi o informante? – perguntou Rearden.

– Um dos seus amigos, Sr. Rearden. O dono de uma mina de cobre no Arizona, que nos avisou que o senhor havia comprado uma quantidade de cobre maior do que a normal no mês passado, acima do necessário para a cota mensal de produção de metal Rearden que a lei lhe permite. O cobre é um dos ingredientes do metal Rearden, não é? Era a única informação de que precisávamos. O restante foi fácil. O senhor não deve culpar o dono da mina de cobre. Como sabe, os produtores de cobre andam tão apertados atualmente que ele teve de oferecer alguma coisa de valor para obter um favor, um enquadramento na categoria de "necessidade essencial" que suspendeu algumas das restrições e lhe deu um pouco de tempo para respirar. A pessoa para quem ele vendeu a informação sabia onde teria mais valor, e portanto a vendeu a mim, em troca de alguns favores de que precisava. Assim, todas as provas necessárias, bem como os seus próximos 10 anos de vida, estão agora em minhas mãos. E estou lhe oferecendo uma negociação. Estou certo de que o senhor não fará objeções, já que negociar é sua especialidade. Pode ser de forma um pouco diferente do tipo de negociação que fazia quando jovem, mas o senhor, que é um negociante inteligente, sempre soube se aproveitar das mudanças de circunstâncias, e são estas as atuais circunstâncias. Assim, não será difícil para o senhor ver qual é a solução que mais lhe interessa e agir do modo adequado.

Rearden disse, com calma:

– No tempo em que eu era jovem, isso se chamava chantagem.

O Dr. Ferris sorriu.

– E é isso mesmo, Sr. Rearden. Entramos numa época muito mais realista.

Porém há uma sutil diferença entre o chantagista tradicional e o Dr. Ferris, pensou Rearden. O chantagista manifestaria o prazer de apanhar sua vítima em flagrante, reconheceria que ela estava errada e faria uma ameaça à vítima, deixando claro o perigo a que ambos estavam expostos. Com o Dr. Ferris era diferente. Agia como se estivesse fazendo uma coisa perfeitamente normal e natural, como se estivesse seguro de sua situação, sem qualquer tom de condenação, mas de camaradagem, uma camaradagem baseada no desprezo por si próprio, tanto para um quanto para outro. A sensação súbita que fez Rearden se debruçar para a frente, como quem está interessado, foi a de que estava prestes a descobrir algo, a avançar mais um passo naquele caminho que divisara vagamente.

Vendo o olhar de interesse de Rearden, o Dr. Ferris sorriu e se felicitou por haver feito a jogada correta. Agora o jogo estava claro para ele, as marcas estavam aparecendo na ordem correta. *Alguns homens*, pensou ele, *fazem qualquer coisa, desde que não se dê nome aos bois, mas esse quer franqueza: é mesmo o realista inflexível que eu esperava encontrar.*

– O senhor é um homem prático – disse o Dr. Ferris, num tom simpático. – Não entendo por que não quer acompanhar os tempos. Por que não se adapta e joga conforme as regras? O senhor é mais inteligente que a maioria deles. É um homem de valor. Há muito tempo queremos que seja um dos nossos, e, quando soube que o senhor estava tentando se aliar a Jim Taggart, compreendi que chegara a hora de conquistá-lo. Mas deixe o Taggart para lá, ele não é nada, é fichinha. Parta logo para os pesos-pesados. Nós podemos usar o senhor e o senhor pode nos usar. Quer que a gente acabe com o Orren Boyle? Ele lhe deu uma tremenda surra. Quer que a gente apare as asas dele um pouco? É possível. Ou quer que a gente mantenha o Ken Danagger na linha? Veja só como o senhor agiu de modo pouco prático nesse caso. Sei por que o senhor lhe vendeu o metal: porque precisa do carvão dele. Então o senhor se arrisca a ser preso e pagar multas enormes só para ficar bem com Danagger. O senhor acha isso um bom negócio? Agora, faça um trato conosco e dê a entender a ele que, se ele não andar na linha, *ele* vai preso, mas o senhor não, porque tem amigos que ele não tem... e nunca mais o senhor vai precisar se preocupar com seu abastecimento de carvão. Essa é a maneira moderna de fazer negócios. Pense bem qual é a mais prática. E, diga-se o que se disser a respeito do senhor, ninguém nega que é um grande homem de negócios e um realista com os pés bem na terra.

– É verdade – disse Rearden.

– Era o que eu pensava – disse o Dr. Ferris. – O senhor enriqueceu a partir do nada numa época em que a maioria das pessoas estava indo à falência, sempre conseguiu contornar obstáculos, manter suas siderúrgicas funcionando e ganhar dinheiro. Não é essa a sua reputação? Por isso o senhor não ia querer agir de modo pouco prático agora, não é? Para quê? Que diferença faz, desde que o senhor continue a ganhar dinheiro? Deixe as teorias para gente como Balph Eubank, e seja quem o senhor realmente é. Ponha os pés na terra. O senhor não é o tipo de pessoa que deixa os sentimentos interferirem nos negócios.

– Não – disse Rearden lentamente. – Nenhuma espécie de sentimento.

O Dr. Ferris sorriu.

– O senhor pensa que a gente não havia percebido isso? – perguntou, no tom de voz de um criminoso que mostra a um colega de profissão que é mais esperto que ele. – Esperamos um bom tempo até termos alguma coisa contra o senhor. Gente honesta como o senhor dá muito trabalho, muita dor de cabeça. Mas sabíamos que mais cedo ou mais tarde teríamos uma oportunidade. E conseguimos.

– O senhor parece satisfeito.

– E não tenho razão para estar?

– Afinal de contas, eu violei uma das suas leis.

– Ora, para que acha que elas foram feitas?

O Dr. Ferris não percebeu a expressão que surgiu subitamente nos olhos de Rearden, a expressão de quem vê pela primeira vez aquilo que esperava ver. O Dr. Ferris já havia passado do estágio de ver e estava ocupado em dar os últimos golpes num animal preso numa armadilha.

– O senhor realmente pensava que a gente queria que essas leis fossem observadas? – indagou o Dr. Ferris. – Nós *queremos* que sejam desrespeitadas. É melhor o senhor entender direitinho que não somos escoteiros, não vivemos numa época de gestos nobres. Queremos é poder e estamos jogando para valer. Vocês estão jogando de brincadeira, mas nós sabemos como é que se joga o jogo, e é melhor o senhor aprender. É impossível governar homens honestos. O único poder que qualquer governo tem é o de reprimir os criminosos. Bem, então, se não temos criminosos suficientes, o jeito é criá-los. E fazer leis que proíbem tanta coisa que se torna impossível viver sem violar alguma. Quem vai querer um país cheio de cidadãos que respeitam as leis? O que se vai ganhar com isso? Mas basta criar leis que não podem ser cumpridas nem ser objetivamente interpretadas, leis que é impossível fazer com que sejam cumpridas a rigor, e pronto! Temos um país repleto de pessoas que violam a lei, então é só faturar em cima dos culpados. O sistema é esse, Sr. Rearden, são essas as regras do jogo. E, assim que aprendê-las, vai ser muito mais fácil lidar com o senhor.

Ao observar o Dr. Ferris, que, por sua vez, o encarava, Rearden viu a súbita contração de ansiedade, o olhar que precede o pânico, como se de repente caísse do baralho uma carta sem marca, que o Dr. Ferris nunca vira antes.

O que ele via no rosto de Rearden era a expressão de serenidade luminosa de quem vê de repente a solução para um velho problema obscuro, uma expressão ao mesmo tempo de descontração e entusiasmo, uma clareza juvenil nos olhos de Rearden e um leve toque de desprezo em seus lábios. Fosse o que fosse o significado dessa expressão – pois o Dr. Ferris era incapaz de decifrá-la –, uma coisa era certa: não havia naquele rosto o menor sinal de culpa.

– Há uma falha no seu sistema, Dr. Ferris – disse Rearden, calmo, quase descontraído –, uma falha prática que o senhor vai descobrir quando me levar a julgamento por vender 4 mil toneladas de metal Rearden a Ken Danagger.

Levou 20 segundos – Rearden sentiu sua passagem lenta – para que o Dr. Ferris se convencesse de que ouvira a última palavra de Rearden.

– O senhor acha que estamos blefando? – explodiu o Dr. Ferris. Sua voz de repente tinha algo daqueles animais que ele passara tanto tempo estudando: dava a impressão de que estava mostrando os dentes.

– Não sei – disse Rearden. – Nem quero saber. Tanto faz.

– Será que o senhor vai demonstrar tanta falta de espírito prático?

– Se um ato é "prático" ou não, Dr. Ferris, depende do que se quer praticar.

– O senhor não coloca sempre seus próprios interesses acima de tudo?

– É precisamente o que estou fazendo agora.

– Se o senhor acha que vamos deixá-lo impune se...

– Por favor, queira se retirar daqui.

– Acha que está enganando alguém? – O Dr. Ferris estava quase gritando agora. – O dia dos barões da indústria terminou! Vocês controlam as fábricas, mas nós controlamos vocês! E vocês ou entram na linha ou então...

Rearden havia apertado um botão. A Srta. Ives entrou na sala.

– O Dr. Ferris está meio confuso e se perdeu, Srta. Ives – disse Rearden. – A senhorita o leva até a saída, por favor? – Virou-se para Ferris. – A Srta. Ives é uma mulher, pesa cerca de 50 quilos e não tem nenhuma qualificação prática, além de uma eficiência intelectual excepcional. Ela jamais poderia trabalhar como leão de chácara num inferninho, só poderia mesmo trabalhar num lugar pouco prático como uma fábrica.

A Srta. Ives mantinha a mesma expressão que teria se estivesse anotando dados sobre faturas. Parada, numa postura de gélida formalidade, ela abriu a porta, esperou que o Dr. Ferris atravessasse a sala e saiu à sua frente. O Dr. Ferris saiu em seguida.

Ela voltou alguns minutos depois, rindo, exultante.

– Sr. Rearden – perguntou, rindo do medo que sentira, do perigo por que haviam passado, de tudo, menos do triunfo daquele momento –, o que o senhor está fazendo?

Ele estava sentado na posição que jamais se permitira antes, que considerava o símbolo mais vulgar do homem de negócios – recostado na cadeira, com os pés em cima da mesa –, e ela achou que naquela posição uma curiosa nobreza, que não era a pose de um executivo arrogante, mas de um jovem cruzado.

– Acho que estou descobrindo um novo continente, Gwen – respondeu ele, alegre. – Um continente que deveria ter sido descoberto junto com a América, mas não foi.

▲▲▲

– Tenho que falar sobre isso com *você* – disse Eddie Willers, olhando para o trabalhador sentado à sua frente. – Não sei por quê, mas o fato é que me sinto melhor só de saber que você está me ouvindo.

Já era tarde, as luzes do refeitório subterrâneo estavam fracas, mas Willers via os olhos do trabalhador fixos em seu rosto.

– Eu me sinto como se... como se não existissem mais seres humanos nem a linguagem humana – explicou Eddie Willers. – Como se não houvesse ninguém para me ouvir se eu gritasse no meio da rua... Não, não é bem assim que me sinto, não. É assim: sinto que existe alguém gritando na rua, mas as pessoas passam por essa pessoa e seu grito não chega até elas... e não é Hank Rearden nem Ken Danagger nem eu quem está gritando, e no entanto é como se fôssemos nós três... Você não vê que alguém deveria ter levantado a voz para defendê-los, mas ninguém fez isso nem vai fazer? Rearden e Danagger foram indiciados hoje de manhã, por causa de uma venda ilegal de metal Rearden. Vão ser julgados mês que vem. Eu estava no tribunal, lá em Filadélfia, quando eles foram indiciados. Rearden estava muito calmo, me dava a sensação de que estava sorrindo, mas não estava. Danagger estava pior do que calmo. Não disse nem uma palavra, ficou parado, como se o recinto estivesse vazio... Os jornais estão dizendo que os dois deviam ir para a cadeia... Não, não, não estou tremendo, estou bem, pode deixar que vai passar... Foi por isso que não disse nada a Dagny, eu tinha medo de que ela explodisse, e não queria tornar as coisas ainda mais difíceis para ela. Sei como ela se sente... Ah, sim, *ela* falou sobre o assunto comigo, e não estava trêmula, mas estava até pior... sabe, aquela rigidez quando a pessoa age como se não estivesse sentindo absolutamente nada e... Escute, eu já lhe disse que gosto de você? Gosto muito, por causa dessa expressão no seu rosto agora. Você nos ouve, nos compreende... O que ela disse? Estranho: não está preocupada com Rearden, e sim com Danagger. Disse que Rearden vai ser forte o bastante para suportar, mas Danagger não. Não que ele não tenha força, mas vai se recusar a aceitar. Ela... ela tem certeza de que Danagger vai ser o próximo a sumir. Sumir como Ellis Wyatt e todos os outros. Entregar os pontos e desaparecer... Por quê? Bem, ela acha que o que está acontecendo é o seguinte: cada vez que todo o peso do momento recai sobre os ombros de um homem, ele desaparece, como um pilar derrubado. Há um ano, a pior coisa que podia acontecer com o país era perder Ellis Wyatt. Foi ele que perdemos. De lá para cá, diz ela, é como se o centro de gravidade estivesse se deslocando aleatoriamente, como um navio cargueiro à deriva, passando de uma indústria para outra, de um homem para outro. Quando perdemos um, outro se torna desesperadoramente importante... e ele é o próximo que perdemos. Bem, o que poderia ser pior agora do que todo o carvão do país ficar nas mãos de gente como Boyle e Larkin? E não há ninguém realmente de importância na área do carvão senão Ken Danagger. Por isso Dagny acha que ele é quase um homem marcado, como se o holofote estivesse sobre ele agora, esperando ser derrubado... De que você está rindo? Pode parecer absurdo, mas eu acho que é verdade... O quê?... É, é uma mulher muito viva!... E tem mais uma coisa em jogo, diz ela. O homem tem que chegar a certo estágio mental, não de raiva nem desespero, mas alguma coisa muito, muito além disso, para poder ser derrubado. Ela não sabe o que é, mas já havia percebido, muito antes do incêndio, que Ellis Wyatt tinha chegado àquele estágio e que alguma coisa ia acontecer com ele. Quando viu Danagger hoje no tribunal, ela disse que ele estava pronto para o destruidor... É, foi isso mesmo que ela disse: pronto para o destruidor. Quer dizer, ela não acha que a coisa está acontecendo por acaso, por acidente. Acha que há um sistema por trás disso, uma intenção, um homem. Há um destruidor à solta no país, derrubando as colunas de sustentação uma por uma para que a estrutura desabe sobre nossas cabeças. Alguma criatura implacável, movida por algum desígnio inconcebível... Dagny diz que não vai deixar que esse homem pegue Ken Danagger. Ela não para de dizer que precisa deter Danagger: quer falar com ele, pedir, implorar, reavivar o que quer que seja que ele está perdendo, para armá-lo, protegê-lo contra o destruidor, antes que este chegue. Ela está desesperadamente ansiosa para chegar a Danagger antes dele. Danagger se recusa a falar com quem quer que seja. Voltou para Pittsburgh, para suas minas. Mas ela conseguiu falar com ele ao telefone, hoje, ainda há pouco, e combinou de vê-lo amanhã à tarde... É, ela vai a Pittsburgh amanhã... É, está preocupada com Danagger, muitíssimo preocupada... Não. Ela não sabe nada sobre o destruidor. Não tem nenhuma pista sobre sua identidade, nada que comprove sua existência... só o rastro de destruição por ele deixado. Mas ela tem certeza de que ele existe... Não, não imagina quais sejam os seus desígnios. Diz que nada neste mundo poderia justificá-lo. Há momentos em que ela tem a impressão de que tem mais vontade de encontrá-lo do que a qualquer outro homem do mundo, até o inventor do motor. Diz que, se encontrasse o destruidor, ela o mataria imediatamente... estaria disposta a dar a própria vida só para ser ela a descobri-lo e matá-lo... porque ele é a criatura mais malévola que já existiu, o homem que está pondo a perder os cérebros do mundo... Acho que há momentos que nem ela está conseguindo aguentar, nem mesmo ela. Acho que ela não se permite perceber quanto está exausta. Um dia desses, cheguei ao trabalho muito cedo e a encontrei dormindo no sofá de seu escritório, com a luz ainda acesa na escrivaninha. Havia passado a noite toda lá. Fiquei parado, olhando para ela. Não a acordaria nem se toda a estrada de ferro desabasse... Quando ela estava dormindo? Ora, parecia uma garotinha. Como se tivesse certeza de que ia acordar num mundo em que ninguém fizesse mal a ela, como se não tivesse nada a ocultar, nada a temer. Isso era o mais terrível: essa pureza imaculada de seu rosto e seu corpo retorcido de cansaço, na mesma posição em que havia caído no sofá. Ela parecia... Mas por que você quer saber como ela fica quando dorme?... É, você tem razão, por que *eu* estou falando nisso? Eu não devia. Não sei por que fui pensar nisso... Não ligue para mim. Amanhã já vou estar bem. Acho que ainda estou meio traumatizado com aquele tribunal. Não consigo parar de pensar: se homens como Rearden e Danagger vão para a cadeia, em que espécie de mundo estamos trabalhando? E para quê? Será que não existe mais justiça na Terra? Fiz a bobagem de dizer isso a um repórter quando estávamos saindo do tribunal, ele riu e disse: "Quem é John Galt?" Me diga, o que está acontecendo conosco? Não resta mais nenhum homem justo? Será que não há ninguém que os defenda? Ah, você está me ouvindo? Será que não há ninguém que os defenda?

▲▲▲

– O Sr. Danagger vai poder atendê-la daqui a um instante, Srta. Taggart. No momento há uma pessoa na sala dele. Queira esperar, por favor – disse a secretária.

Durante as duas horas de voo de Nova York a Pittsburgh, Dagny não conseguira justificar sua ansiedade nem se livrar dela. Não havia por que contar os minutos, no entanto ela sentia uma vontade cega de chegar o mais depressa possível. A ansiedade desapareceu quando ela entrou na antessala do escritório de Ken Danagger: havia chegado a ele, nada se passara que impedisse isso de acontecer. Sentia-se segura e confiante, e muitíssimo aliviada.

As palavras da secretária abalaram sua tranquilidade. *Você está se tornando uma covarde*, pensou Dagny, sentindo um súbito terror sem explicação ao ouvir tais palavras, um terror totalmente desproporcional ao seu significado.

– Desculpe, Srta. Taggart. – Dagny ouviu a voz solícita e respeitosa da secretária, e percebeu que estava parada, em pé, sem ter respondido. – O Sr. Danagger vai recebê-la num minuto. Não quer sentar? – A voz exprimia uma preocupação ansiosa, por sentir a impropriedade de fazê-la esperar.

Dagny sorriu.

– Ah, não faz mal.

Sentou-se numa cadeira com braços, de frente para a secretária. Fez menção de pegar um cigarro e parou, perguntando-se se teria tempo de terminá-lo e esperando que não, porém acabou por acendê-lo com um gesto brusco.

Ficava num velho prédio de madeira a sede da grande Companhia de Carvão Danagger. Em algum lugar naquela serra que via pela janela ficavam as minas onde no passado Ken Danagger trabalhara como mineiro.

Ele jamais tirara seu escritório de perto das minas. Dagny viu as entradas das minas escavadas nas encostas, pequenas molduras de metal que se abriam para um imenso reino subterrâneo. Pareciam precárias e modestas, perdidas nos tons violentos de vermelho e alaranjado da serra. Sob um céu de azul áspero ao sol do fim de outubro, o mar de folhas parecia um mar de fogo, como ondas prestes a engolir os frágeis portais das minas. Ela teve um arrepio e desviou o olhar – pensava nas folhas vermelhas espalhadas pelas serras de Wisconsin, na estrada de Starnesville.

Percebeu que do cigarro que acendera só restava uma ponta. Acendeu outro.

Quando olhou para o relógio na parede, viu que a secretária estava fazendo o mesmo. Havia marcado a reunião para as 15 horas. Já eram 15h12.

– Queira desculpar, Srta. Taggart – disse a secretária. – O Sr. Danagger já deve estar terminando. Ele é muito pontual em seus compromissos. Acredite que é a primeira vez que isso acontece.

– Eu sei. – Dagny sabia que os horários de Danagger eram tão rígidos quanto os de uma linha ferroviária e que ele às vezes cancelava uma reunião quando a pessoa chegava cinco minutos atrasada.

A secretária era uma solteirona idosa de aparência ameaçadora: uma cortesia impecável imune a qualquer choque, do mesmo modo que sua blusa branca impecável era imune a uma atmosfera cheia de pó de carvão. Dagny achou estranho uma mulher endurecida e tarimbada como aquela parecer nervosa: ela não puxou conversa, estava imóvel, lendo uns papéis. Metade do cigarro de Dagny já havia se esvaído em fumaça, e a mulher continuava olhando para a mesma página.

Quando levantou a cabeça para olhar o relógio, Dagny viu que eram 15h30.

– Sei que isso é indesculpável, Srta. Taggart. – O toque de apreensão na voz da secretária era inconfundível agora. – Não posso entender o que está havendo.

– A senhora poderia dizer ao Sr. Danagger que estou aqui?

– Não posso! – Foi quase um grito. A mulher viu o olhar atônito de Dagny e sentiu-se obrigada a explicar: – O Sr. Danagger me chamou pelo interfone e avisou que não o interrompesse em hipótese alguma.

– Quando?

A secretária fez uma pausa momentânea, como um pequeno colchão de ar para amortecer a resposta:

— Duas horas atrás.

Dagny olhou para a porta fechada da sala de Danagger. Ouvia uma voz, mas tão fraca que não sabia se era a voz de um único homem ou de dois conversando. Não podia distinguir as palavras nem o tom emocional da voz ou vozes: apenas uma sucessão monótona de sons, aparentemente normal, sem qualquer indício de estar havendo uma discussão.

— Há quanto tempo o Sr. Danagger está em reunião?

— Desde uma hora — respondeu a secretária, tensa, e acrescentou, em tom de desculpa: — A pessoa não tinha hora marcada, senão o Sr. Danagger jamais teria permitido que isso acontecesse.

A porta não está trancada, pensou Dagny, sentindo uma vontade irracional de abri-la e entrar — era apenas uma porta de madeira com maçaneta de bronze, só exigiria uma pequena contração muscular de seu braço —, mas desviou a vista, sabendo que o poder da ordem civilizada e do direito de Ken Danagger era uma barreira mais forte do que qualquer tranca.

Quando deu por si, estava olhando para as pontas de cigarro no cinzeiro. Sem saber por quê, sentia uma intensa sensação de apreensão. Então percebeu que estava pensando em Hugh Akston: ela havia escrito para ele, mandando a carta para o restaurante de beira de estrada no Wyoming. Na carta lhe perguntara onde ele obtivera o cigarro com o cifrão. Sua carta fora devolvida pelo correio com um carimbo informando que o destinatário havia se mudado sem deixar novo endereço.

Irritada, Dagny disse a si própria que isso nada tinha a ver com o momento presente e que ela precisava controlar seus nervos. Mas sua mão trêmula apertou o botão do cinzeiro para fazer as pontas de cigarro desaparecerem.

Quando levantou a vista, a secretária estava olhando para ela.

— Desculpe, Srta. Taggart. Não sei o que faço. — Era abertamente um pedido desesperado de ajuda. — Não ouso interromper.

Dagny perguntou lentamente, como quem dá uma ordem, desafiando a etiqueta da vida profissional:

— Quem está com o Sr. Danagger?

— Não sei, Srta. Taggart. Nunca vi esse senhor antes. — Percebeu que o olhar de Dagny subitamente se tornou fixo e acrescentou: — Acho que é um amigo de infância dele.

— Ah! — disse Dagny, aliviada.

– Ele entrou sem dizer quem era e pediu para ver o Sr. Danagger, dizendo que tinha combinado essa reunião com ele havia 40 anos.

– Quantos anos tem o Sr. Danagger?

– Cinquenta e dois – respondeu a secretária. Acrescentou, pensativa, como quem faz um comentário à toa: – O Sr. Danagger começou a trabalhar aos 12 anos. – Após outro silêncio, acrescentou ainda: – O estranho é que o homem que está aí parece ter menos de 40 anos.

– Ele se identificou?

– Não.

– Como é que ele é?

A secretária sorriu, subitamente animada, como se fosse fazer um comentário elogioso e entusiasmado, mas o sorriso desapareceu de repente.

– Não sei – disse ela, sem jeito. – É difícil descrevê-lo. Tem um rosto estranho.

Estavam caladas havia muito tempo e o relógio já se aproximava das 15h50 quando soou uma campainha na mesa da secretária: era o sinal de permissão para entrar.

As duas se puseram de pé imediatamente, e a secretária correu até a porta, sorrindo aliviada, para abri-la.

Ao entrar na sala de Danagger, Dagny viu que a porta de saída particular estava se fechando naquele momento. Ouviu o ruído da porta se fechando, o leve tilintar do painel de vidro.

Ela pôde ver o rosto do homem que saíra pelo reflexo que ele havia deixado no rosto de Ken Danagger. Não era o rosto que ela vira no tribunal, não era aquele rosto que conhecia havia anos, de uma rigidez insensível e imutável – era um rosto que um rapaz de 20 anos gostaria de ter mas não conseguiria, um rosto do qual fora apagada toda e qualquer marca de tensão, de modo que as rugas das faces e da testa, os cabelos grisalhos – como elementos reagrupados em um novo tema – formavam uma composição repleta de esperança, entusiasmo e serenidade livre de culpa: o tema era salvação.

Ele não se levantou quando ela entrou – parecia não haver ainda voltado à realidade do presente e haver se esquecido da rotina adequada –, porém sorriu para ela com tamanha simplicidade e simpatia que ela involuntariamente sorriu também. Dagny pensou que era assim que as pessoas deviam sempre se cumprimentar e perdeu a ansiedade, sentindo subitamente que tudo estava bem, que não havia nada no mundo que pudesse inspirar medo.

– Como vai, Srta. Taggart? – perguntou ele. – Desculpe, creio que a fiz esperar. Queira sentar-se. – E indicou a cadeira à frente da mesa.

– Não faz mal – disse ela. – Agradeço muito esta reunião. Eu estava ansiosa para falar com o senhor a respeito de uma questão da maior importância.

Danagger se debruçou sobre a mesa com um olhar de atenção concentrada, como sempre fazia quando alguém anunciava uma questão de negócios importante, mas Dagny não estava falando com o homem que conhecia, porém com um estranho. Assim, parou, sem saber se valia a pena usar os argumentos que viera preparada para empregar.

Danagger a olhou em silêncio e então disse:

– Srta. Taggart, está fazendo um dia muito bonito, talvez o último deste ano. Tem uma coisa que eu sempre quis fazer, mas nunca tive tempo. Vamos voltar juntos para Nova York e pegar um daqueles barcos de turismo que dão a volta na ilha de Manhattan. Vamos olhar pela última vez a maior cidade do mundo.

Dagny permaneceu imóvel, tentando manter a vista fixa para que a sala ao seu redor parasse de balançar. Esse era o Ken Danagger que jamais tivera um amigo particular, que nunca se casara, que nunca fora ao teatro nem ao cinema, que jamais permitira a ninguém gastar seu tempo com qualquer coisa que não fosse trabalho.

– Sr. Danagger, vim aqui falar com o senhor a respeito de uma coisa da maior importância para o futuro do seu trabalho e do meu. Vim falar sobre o seu indiciamento.

– Ah, é isso? Não se preocupe. Não tem importância. Vou me aposentar.

Dagny permaneceu imóvel, sem sentir nada, perguntando a si própria se era isso que se sentia ao se ouvir uma sentença de morte que se temia, mas na qual nunca se chegou a acreditar.

Seu primeiro movimento foi virar a cabeça de repente em direção à porta de saída. Então perguntou, em voz baixa, com a boca contorcida de ódio:

– Quem era ele?

Danagger riu.

– Se a senhorita já sabe o que sabe, então deve saber também que não vou responder a essa pergunta.

– Ah, meu Deus, Ken Danagger! – gemeu ela. As palavras dele a fizeram compreender que a barreira de desesperança, de silêncio e de perguntas sem resposta já se erguera entre eles. Seu ódio fora apenas um fio delicado que a segurara por um instante e se partira. – Ah, meu Deus!

– Você está equivocada, menina – disse ele com brandura. – Sei como você está se sentindo, mas está enganada. – Depois acrescentou, num tom mais formal, como se estivesse se lembrando da maneira apropriada de se dirigir a ela, como se estivesse ainda tentando achar um ponto de equilíbrio entre as duas realidades diferentes: – Lamento, Srta. Taggart, a senhorita ter entrado aqui imediatamente depois.

– Vim tarde demais – disse ela. – Vim aqui justamente para impedir que isso acontecesse. Eu sabia.

– Por quê?

– Eu estava certa de que o senhor seria o próximo a ser apanhado por ele, seja ele quem for.

– É mesmo? Engraçado. Eu não imaginava.

– Eu queria alertá-lo, armá-lo contra ele.

Danagger sorriu.

– Pode acreditar no que lhe digo, para que a senhorita não fique se torturando por ter chegado tarde: não teria adiantado nada.

Dagny tinha a impressão de que a cada minuto que passava ele se afastava ainda mais para um lugar muito distante, onde ela não poderia alcançá-lo, mas ainda havia uma ponte tênue entre eles, e ela tinha de agir depressa. Debruçou-se sobre a mesa e disse, muito lentamente, com a voz exageradamente tranquila por causa da intensidade de sua emoção:

– O senhor ainda se lembra do que pensava e achava, do que *era*, três horas atrás? Lembra o que suas minas representavam para o senhor? Lembra-se da Taggart Transcontinental e da Siderúrgica Rearden? Em nome delas, o senhor me responde? Ajude-me a entender.

– Vou responder a tudo o que puder responder.

– O senhor decidiu se aposentar? Abandonar seu trabalho?

– Sim.

– O seu trabalho não representa mais nada para o senhor?

– Mais do que jamais representou.

– Mas o senhor vai largá-lo?

– Vou.

– Por quê?

– A isso não vou responder.

– O senhor, que amava seu trabalho, que só respeitava o trabalho, que desprezava todo tipo de perda de tempo, passividade e renúncia, o senhor acaba de renunciar à vida que amava?

— Não. Acabo de descobrir quanto eu a amo.
— Mas o senhor pretende viver sem trabalho nem objetivo?
— Por que a senhorita diz isso?
— O senhor vai trabalhar com carvão em algum outro lugar?
— Não, não é com carvão.
— Então o que o senhor vai fazer?
— Ainda não resolvi.
— Aonde o senhor vai?
— Não vou responder.

Dagny fez uma pausa, para reunir suas forças, para dizer a si própria: "Não sinta nada, não demonstre a ele nenhum sentimento, não deixe que isso quebre o vínculo." E então disse, com a mesma voz tranquila e controlada:

— O senhor faz ideia do que a sua aposentadoria vai representar para Hank Rearden, para mim, para todos os que ainda restam?
— Sei, mais do que você sabe no momento.
— E isso não significa nada para o senhor?
— Mais do que você seria capaz de acreditar.
— Então por que vai nos abandonar?
— A senhorita não vai acreditar em mim e eu não vou explicar, mas não estou abandonando vocês.
— Nós vamos ter que arcar com um fardo mais pesado, e o senhor sabe que seremos destruídos pelos saqueadores e permanece indiferente.
— Não esteja muito certa disso.
— De quê? Da sua indiferença ou da nossa destruição?
— Das duas coisas.
— Mas o senhor sabia, hoje de manhã, o senhor sabia que era uma situação de vida ou morte... o senhor era um de nós... uma guerra entre nós e os saqueadores.
— Se eu responder que *eu* sei, mas *a senhorita* não sabe, vou fazê-la pensar que não estou falando sério. Assim, entenda como quiser, mas minha resposta é precisamente essa.
— O senhor me explica o que ela significa?
— Não. Isso a senhorita vai ter que descobrir.
— O senhor está disposto a entregar o mundo aos saqueadores. Nós não estamos.

– Não esteja muito certa disso também.

Impotente, Dagny se calou. O que havia de estranho na maneira de Danagger falar era sua simplicidade: falava como se estivesse sendo inteiramente natural e, em meio àquelas perguntas sem resposta e àquele trágico mistério, dava a impressão de que não havia mais segredos, e jamais fora necessário haver qualquer mistério.

Pela primeira vez, Dagny percebeu, porém, uma ponta de intranquilidade perturbando sua calma radiante. Viu que ele se debatia com uma ideia; hesitou e por fim disse, com esforço:

– Quanto a Hank Rearden... a senhorita me faria um favor?

– É claro.

– Diga a ele que eu... Sabe, nunca gostei de gente, mas ele foi a pessoa que sempre respeitei, mas foi só hoje que percebi... que o que eu sentia era... que ele era o único homem que eu já amei. Diga isso a ele e que eu gostaria de poder... Não, acho que só posso dizer isso... Provavelmente ele vai me maldizer por minha atitude... mas sempre é possível que isso não aconteça.

– Eu dou o recado.

Ouvindo aquela voz cheia de dor oculta e reprimida, Dagny sentiu-se tão próxima a ele que lhe pareceu impossível que ele realmente fosse fazer o que dizia – e assim ela fez uma última tentativa:

– Sr. Danagger, se eu lhe implorasse de joelhos, se eu encontrasse palavras que ainda não encontrei... haveria... há alguma possibilidade de convencê-lo a mudar de ideia?

– Não.

Após um instante, ela perguntou, com uma voz sem expressão:

– Quando o senhor vai se aposentar?

– Hoje.

– O que o senhor vai fazer com... – disse ela, indicando a serra que se via pela janela – ... a Companhia de Carvão Danagger? A quem vai legá-la?

– Não sei nem quero saber. A ninguém ou a todo mundo. A quem quiser ficar com ela.

– O senhor não vai nomear um sucessor?

– Não. Para quê?

– Para deixá-la em boas mãos. O senhor não poderia ao menos nomear um herdeiro?

– Para mim é indiferente. Absolutamente indiferente. Quer que eu deixe tudo para a senhorita? — Pegou uma folha de papel. — Se quiser, escrevo agora mesmo um documento deixando toda a empresa para a senhorita.

Ela sacudiu a cabeça, num espasmo involuntário de horror.

— Não sou uma saqueadora!

Ele deu uma risadinha e pôs o papel de lado.

— Está vendo? A senhorita deu a resposta correta, ainda que não percebesse. Não se preocupe com a companhia. Não vai fazer a menor diferença eu nomear o melhor sucessor do mundo ou o pior ou nenhum. Tanto faz que a fábrica passe para a mão de alguém ou seja abandonada ao mato.

— Mas sair desse jeito e simplesmente abandonar... abandonar uma empresa industrial, como se estivéssemos vivendo numa época de nômades sem terra, ou de selvagens que perambulam pela selva!

— E não estamos? — perguntou Danagger, com um sorriso ao mesmo tempo de zombaria e de compaixão. — Para que deixar um documento, um testamento? Não quero ajudar os saqueadores a fingir que a propriedade privada ainda existe. Não vou cooperar com o sistema que criaram. Não precisam de mim, dizem eles, só do meu carvão. Pois que fiquem com ele.

— Então o senhor está aceitando o sistema deles?

— E estou?

Dagny gemeu, olhando para a porta de saída.

— O que será que ele fez com o senhor?

— Ele me disse que eu tenho o direito de existir.

— Eu não acreditava que fosse possível em três horas convencer um homem a virar as costas para 52 anos de vida!

— Se é isso que a senhorita acha que ele fez, ou se a senhorita acha que ele me fez alguma revelação inconcebível, então eu entendo como está confusa. Mas não foi isso. Ele apenas mencionou os valores em função dos quais sempre vivi, como qualquer homem que não esteja se autodestruindo.

Dagny percebeu que era inútil fazer perguntas e que nada tinha a lhe dizer.

Danagger olhou para a cabeça baixa de Dagny e disse, delicadamente:

— A senhorita é muito corajosa. Compreendo o que está fazendo agora e quanto isso lhe custa. Não se torture. Não insista.

Ela se pôs de pé. Ia dizer alguma coisa, mas, de repente, ele a viu olhar para baixo, dar um salto para a frente e agarrar um cinzeiro que estava na mesa de Danagger.

Nele havia uma ponta de cigarro com um cifrão.

– O que foi, Srta. Taggart?

– Foi *ele*... que fumou isto?

– Ele quem?

– O homem que esteve aqui... foi ele que fumou este cigarro?

– Olhe, não sei... Acho que sim... É, creio que o vi fumar um cigarro... deixe-me ver... não, não é a minha marca, portanto deve ser o cigarro dele.

– Mais alguém esteve nesta sala hoje?

– Não. Mas por quê, Srta. Taggart? O que há?

– Posso ficar com isto?

– O quê? A ponta de cigarro? – perguntou Danagger, olhando para ela atônito.

– É.

– Claro que sim... mas por quê?

Ela olhava para a ponta de cigarro na palma da mão como se fosse uma joia.

– Não sei... não sei para que vai adiantar, só sei que é uma pista para... – Dagny sorriu com ironia – ... um segredo meu.

Ficou em pé, parada, relutando em sair, olhando para Ken Danagger como quem olha pela última vez para uma pessoa que embarca numa viagem sem retorno.

Ele compreendeu aquele olhar, sorriu e lhe estendeu a mão.

– Não vou dizer adeus – disse ele – porque vou vê-la de novo num futuro não muito longínquo.

– Ah – disse ela, animada, apertando a mão que ele lhe estendera do outro lado da mesa –, quer dizer que o senhor vai voltar?

– Não. A senhorita é que vai se juntar a mim.

◄◄◄

Havia apenas um leve clarão vermelho acima das estruturas naquela escuridão, como se as usinas estivessem adormecidas porém vivas, o que era indicado pela respiração regular das fornalhas e as batidas de coração das correias transportadoras ao longe. Rearden estava à janela de seu escritório, com a mão encostada à vidraça. Com a perspectiva da distância, sua mão cobria um quilômetro de estruturas, como se ele estivesse tentando segurá-las.

Estava olhando para um longo muro de listras verticais, que era a bateria de fornos de coque. Uma porta estreita se abria e deixava sair uma breve chama, e uma folha de coque em brasa deslizava para fora, como uma torrada saindo de lado de uma gigantesca torradeira. A folha ficou imóvel por um instante e, depois de ter rachado na diagonal, se espatifou sobre um vagão de carga.

O carvão era da Danagger, pensou. Eram essas as únicas palavras em sua mente. O restante era apenas uma sensação de solidão, tão imensa que até mesmo sua própria dor parecia ser engolida por um enorme vácuo.

Na véspera, Dagny lhe falara de sua tentativa inútil e lhe dera o recado de Danagger. Naquela manhã, ele ouvira a notícia de que este havia desaparecido. Durante toda a noite de insônia, mais as horas de intensa concentração em suas obrigações cotidianas, a resposta àquele recado não lhe saíra da cabeça, a resposta que ele jamais teria oportunidade de dar.

"O único homem que eu já amei" – isso, vindo de Ken Danagger, que jamais dissera nada mais pessoal do que "Escute, Rearden"! Pensou: *Por que desperdiçamos isso? Por que nós dois fomos condenados a passar as horas que não estávamos no escritório como exilados entre estranhos antipáticos que nos fizeram abandonar toda a vontade de descansar, de desfrutar as amizades, de ouvir vozes humanas? Será que eu poderia agora recuperar uma hora que fosse das que gastei conversando com meu irmão Philip e dá-la a Ken Danagger? Quem foi que nos impôs a obrigação de aceitar como única recompensa por nosso trabalho a tortura de fingir amar aqueles que só despertam em nós o desprezo? Nós, que sabíamos derreter pedras e metais para utilizá-los, por que jamais buscamos aquilo que queríamos dos homens?*

Tentou sufocar aquelas palavras em sua mente, sabendo que era inútil pensar nelas agora. Mas as palavras estavam lá, e era como se fossem dirigidas aos mortos: "Não, não maldigo você por desaparecer, se é essa a pergunta e a dor que você levou consigo. Por que não me deu uma oportunidade de lhe dizer... o quê? Que eu aprovo?... Não, isso não, mas que eu não posso nem condená-lo nem segui-lo."

Fechando os olhos, Rearden se permitiu experimentar por um momento o imenso alívio que sentiria se também largasse tudo e fosse embora. Juntamente com o choque da perda, sentia uma pontinha de inveja. *Por que não me procuraram também, sejam eles quem forem, para me dar aquele argumento irresistível que me faria ir?* Mas imediatamente estremeceu de raiva e pensou que mataria o homem que tentasse se aproximar dele, cometeria um assassinato antes que ouvisse as palavras do segredo que o faria abandonar sua siderúrgica.

Já era tarde, os funcionários tinham ido embora, mas Rearden tinha medo da estrada que levava à sua casa, da noite vazia que o aguardava lá. Parecia-lhe que o inimigo que eliminara Danagger estava esperando por ele na escuridão além do clarão das usinas. Rearden não era mais invulnerável, mas, fosse o que fosse, viesse de onde viesse, o perigo não o atingiria aqui, ele estava protegido, como que num círculo de fogo que afastasse todo o mal.

Olhou para a luz branca que tremeluzia nas janelas escuras de uma estrutura ao longe. Era como o reflexo imóvel do sol sobre a água: era o reflexo do anúncio de néon sobre o telhado do edifício em que ele estava: Siderúrgica Rearden. Pensou na noite em que tivera o desejo de colocar um anúncio luminoso sobre seu passado dizendo: Vida de Rearden. Por que tivera esse desejo? Que olhos ele queria que lessem aquele anúncio?

Pensou – com surpresa e amargura, e pela primeira vez – que o orgulho exultante que antes sentia vinha do respeito que ele tinha pelos homens, pelo valor de sua admiração e de seu julgamento. Não sentia mais nada. Não havia homens cujos olhos ele quisesse que vissem aquele anúncio.

Afastou-se bruscamente da janela. Pegou o sobretudo com um gesto ríspido que visava trazê-lo de volta à disciplina da ação, jogou-o sobre o corpo, apertou o cinto com um puxão único e se apressou em apagar as luzes com rápidos movimentos dos dedos ao sair da sala.

Abriu a porta – e parou. Uma única lâmpada estava acesa num canto da antessala escura. O homem que estava sentado na beira de uma mesa numa atitude de quem espera com paciência era Francisco d'Anconia.

Rearden ficou imóvel e percebeu, num instante, que Francisco, ainda parado, olhara para ele com o esboço de um sorriso nos lábios, que era como uma piscadela trocada por conspiradores, uma menção a um segredo que os dois conheciam, mas sobre o qual não falavam. Foi apenas um instante, quase breve demais para perceber, porque Rearden teve a impressão de que Francisco se levantara assim que ele entrou, num movimento que exprimia uma deferência cortês. Aquele gesto exprimia uma formalidade rígida, a negação de qualquer presunção, porém enfatizava o que havia de intimidade no fato de ele não ter pronunciado uma só palavra de cumprimento ou de explicação.

Rearden perguntou com voz áspera:

– O que o senhor está fazendo aqui?

– Achei que o senhor ia querer me ver hoje, Sr. Rearden.

– Por quê?

– Pelo mesmo motivo que fez com que o senhor ficasse até tarde na sua sala. O senhor não estava trabalhando.

– Há quanto tempo o senhor está aí?

– Há uma ou duas horas.

– Por que não bateu à minha porta?

– O senhor teria permitido que eu entrasse?

– É um pouco tarde para fazer essa pergunta.

– Quer que eu me vá, Sr. Rearden?

Rearden indicou a porta de sua sala.

– Entre.

Acendendo as luzes do escritório, com movimentos controlados e sem pressa, Rearden pensou que não devia se permitir sentir o que quer que fosse, porém teve a sensação de que a vida lhe voltava, sob a forma de uma emoção controladamente entusiástica, que ele se recusou a identificar. O que disse a si próprio foi: Cuidado.

Sentou-se na beira da mesa, cruzou os braços, olhou para Francisco, que permaneceu em pé à sua frente numa atitude respeitosa, e perguntou com um sorriso leve e frio:

– Por que o senhor veio aqui?

– O senhor não quer que eu responda, Sr. Rearden. Não admitiria a mim nem a si próprio quanto se sente só esta noite. Se o senhor não me perguntar nada, não se sentirá obrigado a negar o fato. Basta aceitar o que já sabe de qualquer modo: o fato de que eu sei.

Tenso como uma corda puxada, por um lado, pela impertinência daquele homem e, por outro, pela admiração que sentia por sua franqueza, Rearden respondeu:

– Admito, se o senhor quiser. Que diferença faz para mim o senhor saber?

– Saber e me importar, Sr. Rearden. Sou o único homem perto do senhor que se importa.

– Mas por quê? E por que preciso da sua ajuda esta noite?

– Porque não é fácil maldizer o homem mais importante para o senhor.

– Eu não estaria maldizendo o senhor se não me procurasse.

Os olhos de Francisco se arregalaram um pouco. Depois ele sorriu e disse:

– Eu me referia ao Sr. Danagger.

Por um momento, Rearden fez uma expressão de quem tem vontade de dar um tapa na própria cara, em seguida riu baixinho e disse:

– Está bem. Sente-se.

Esperou para ver como Francisco se aproveitaria daquilo, mas o outro obedeceu em silêncio, com um sorriso que tinha um toque curiosamente juvenil: uma mistura de triunfo com gratidão.

– Eu não maldigo Danagger – retrucou Rearden.

– Não? – A palavra foi pronunciada com uma ênfase singular, em voz baixa, quase cautelosamente, sem nenhum vestígio de sorriso no rosto de Francisco.

– Não. Não sou eu quem vai julgar quanto um homem é obrigado a suportar. Se ele entregou os pontos, não cabe a mim condená-lo.

– Se ele entregou os pontos...

– E não foi isso que aconteceu?

Francisco se recostou na cadeira. Seu sorriso reapareceu, mas não era um sorriso alegre.

– Qual o efeito que o desaparecimento de Danagger terá sobre o senhor?

– Vou ter que trabalhar um pouco mais.

Francisco olhou para uma ponte negra de aço contra um fundo de névoa avermelhada ao longe e disse, apontando:

– Cada uma daquelas vigas tem um limite de peso que é capaz de suportar. Qual é o seu? – Rearden riu.

– É *disso* que o senhor tem medo? É por isso que veio aqui? Tinha medo de que eu entregasse os pontos? Queria me salvar, como Dagny Taggart tentou salvar Ken Danagger? Ela tentou alcançá-lo a tempo, mas não conseguiu.

– Tentou? Eu não sabia. A Srta. Taggart e eu discordamos sobre muitas coisas.

– Não se preocupe. Não vou desaparecer. Que os outros todos entreguem os pontos e parem de trabalhar. Eu não. Não sei quais são meus limites nem quero saber. Só sei que ninguém vai me fazer parar.

– Sempre é possível fazer um homem parar, Sr. Rearden.

– Como?

– É só conhecer o que o motiva.

– O que é?

– O senhor devia saber. O senhor é um dos últimos homens íntegros com quem o mundo ainda pode contar.

Rearden deu uma risadinha amarga.

– Já me chamaram de quase tudo, menos disso. E o senhor está enganado. Muito mais do que é capaz de imaginar.

– O senhor tem certeza?

– Claro que sim. Íntegro? De onde tirou essa ideia?

Francisco apontou para as usinas ao longe.

– De lá.

Rearden ficou a olhar para Francisco sem se mexer e depois se limitou a perguntar:

– O que o senhor quer dizer?

– Se o senhor quer ver um princípio abstrato, como a ação moral, sob forma material, olhe para lá. Olhe, Sr. Rearden. Cada uma daquelas vigas, cada um daqueles canos, fios e válvulas foi colocado lá por uma escolha em resposta à pergunta: certo ou errado? O senhor teve de escolher certo e escolher o melhor que conhecia, o melhor para o seu objetivo, que era fazer aço, e depois seguir em frente e ampliar seu conhecimento, e fazer melhor, e melhor ainda, com seu objetivo atuando como seu padrão de valor. O senhor teve de agir com base no seu julgamento. Precisou ter capacidade de julgar, coragem de assumir o que achava melhor e a mais pura e implacável dedicação à regra de fazer o que é certo, o que é melhor, o melhor de que o senhor é capaz. Nada poderia fazê-lo agir em contrariedade ao seu julgamento, e o senhor teria rejeitado como errado, como mau, qualquer homem que tentasse convencê-lo de que a melhor maneira de aquecer um alto-forno é enchê-lo de gelo. Milhões de homens, toda uma nação, não conseguiram impedi-lo de produzir o metal Rearden porque o senhor conhecia o seu valor excepcional e tinha o poder que esse conhecimento confere. Mas o que eu não entendo, Sr. Rearden, é o seguinte: por que o senhor segue um código de princípios quando lida com a natureza e outro quando lida com os homens?

Os olhos de Rearden estavam fixos nele com tanta concentração que só lhe foi possível pronunciar a pergunta lentamente, como se o esforço de falar lhe perturbasse a concentração:

– O que o senhor quer dizer?

– Por que o senhor não se apega ao objetivo da sua vida de modo tão inequívoco e rígido quanto se apega ao objetivo da sua siderúrgica?

– O que isso quer dizer?

– O senhor julgou cada tijolo que existe nesta siderúrgica com base no valor que ele tem para o objetivo de produzir aço. Será que foi igualmente rígido em relação ao objetivo a que se destinam seu trabalho e o aço que ele produz? Por qual padrão de valores o senhor julga os seus dias? Por exemplo: por que passou 10 anos se esforçando ao máximo para produzir o metal Rearden?

Rearden desviou o olhar. O leve movimento de descontração de seus ombros foi como um suspiro de relaxamento e decepção.

– Se o senhor tem que perguntar isso, então não entenderia a resposta se eu a desse.

– Se eu lhe dissesse que a entendo, mas o senhor não, me expulsaria daqui?

– Eu já devia ter expulsado o senhor há muito tempo. Portanto, pode me explicar o que quer dizer.

– O senhor se orgulha dos trilhos da Linha John Galt?

– Sim.

– Por quê?

– Porque são os melhores trilhos já feitos.

– Por que os fez?

– Para ganhar dinheiro.

– Havia muitas maneiras mais fáceis de ganhar dinheiro. Por que escolheu a mais difícil?

– O senhor já respondeu a essa pergunta no casamento de Taggart: a fim de trocar os meus melhores esforços pelos melhores esforços de outros.

– Se era esse o seu objetivo, o senhor o atingiu?

Houve um silêncio pesado.

– Não – disse Rearden.

– O senhor ganhou dinheiro com o metal?

– Não.

– Quando o senhor empenha o máximo de energia para produzir o melhor, espera ser recompensado ou punido? – Rearden não respondeu nada. – Com base em todos os padrões de moral, honra e justiça que conhece, o senhor está convicto de que deveria ter sido recompensado?

– Estou – disse Rearden, em voz baixa.

– Mas, se o senhor foi punido, que espécie de código aceitou?

Rearden não disse nada. Francisco prosseguiu:

– Todos acreditam que viver numa sociedade humana torna a vida bem mais fácil e segura do que lutar sozinho contra a natureza numa ilha deserta. Ora, onde quer que exista um homem que precise ou utilize metal de algum modo, o metal Rearden tornou a vida mais fácil para ele. E para o senhor?

– Não – disse Rearden, em voz baixa.

– A sua vida continua como era antes de produzir o metal?

– Não... – respondeu Rearden, num tom que dava a impressão de que ele havia interrompido o pensamento que lhe ocorrera.

A voz de Francisco veio súbita e áspera, como se desse uma ordem:

– Diga!

– Ficou mais difícil – respondeu Rearden, num tom neutro.

– Quando o senhor se orgulhou dos trilhos da Linha John Galt – disse Francisco, com uma voz ritmada que emprestava uma clareza implacável a suas palavras –, em que espécie de homens o senhor estava pensando? Queria que sua linha fosse utilizada pelos seus pares, por gigantes produtivos como Ellis Wyatt, a quem a ferrovia ajudaria a realizar feitos cada vez mais prodigiosos?

– Sim – respondeu Rearden com entusiasmo.

– O senhor queria vê-la utilizada por homens de mente não tão privilegiada quanto a sua, mas que tivessem a mesma integridade moral que o senhor, homens como Eddie Willers, que jamais poderiam inventar o seu metal, mas que se esforçariam ao máximo, trabalhariam tanto quanto o senhor, viveriam de seu próprio trabalho e cada vez que usassem a sua ferrovia agradeceriam silenciosamente ao homem que lhes deu mais do que eles seriam capazes de lhe dar?

– Sim – disse Rearden com voz suave.

– O senhor queria vê-la usada por uns porcarias incapazes de fazer qualquer esforço, que não possuem a capacidade de um arquivista, mas que exigem uma renda de um presidente de empresa, que acumulam fracassos e exigem que o senhor custeie suas despesas, que acham que seus desejos equivalem ao trabalho do senhor, que suas necessidades merecem mais recompensas que o esforço do senhor, que exigem que o senhor os sirva, que exigem que servi-los seja o objetivo da sua vida, que exigem que a sua força seja um escravo mudo, sem direitos, pagamento nem qualquer recompensa, a serviço da impotência deles, que afirmam que o senhor nasceu para ser escravo por causa da sua genialidade, ao passo que eles nasceram para mandar em virtude da incompetência que lhes é própria, que só cabe ao senhor dar, mas a eles apenas tomar, que cabe ao senhor produzir, mas a eles consumir, que o senhor não merece nenhum tipo de recompensa, nem material nem espiritual, nem em dinheiro nem em reconhecimento, nem respeito nem gratidão, homens que usariam a sua ferrovia escarnecendo do senhor e o difamando, já que não lhe devem nada, nem mesmo o esforço de tirar os chapéus que foi o senhor mesmo quem custeou? Era isso que o senhor queria? O senhor se orgulharia disso?

– Antes dinamitar aqueles trilhos – disse Rearden, com os lábios brancos de raiva.

– Então por que o senhor não faz isso, Sr. Rearden? Dos três tipos de homem que descrevi, qual está sendo destruído e qual está usando a sua ferrovia hoje?

Ouviram ao longe as batidas do coração de metal da usina no fundo do silêncio.

– O terceiro tipo que descrevi – disse Francisco – é o homem que afirma ter direito sobre um tostão que seja, ganho pelo suor de outro.

Rearden não respondeu. Estava olhando para o reflexo de um anúncio de néon nas janelas escuras ao longe.

– O senhor se orgulha de possuir uma resistência sem limites, Sr. Rearden, porque acha que está agindo direito. E se não estiver? E se estiver colocando a sua virtude a serviço do mal e a deixando se tornar um instrumento usado para a destruição de tudo aquilo que o senhor ama, respeita e admira? Por que não assume o seu código de valores entre os homens como faz entre as fundições de ferro? O senhor, que não permite um por cento de impurezas numa liga metálica, o que permite no seu código moral?

Rearden estava completamente imóvel. As palavras que lhe acorreram à mente eram como o ritmo dos passos naquele caminho que vinha procurando. As palavras eram: a sanção da vítima.

– O senhor, que não se submeteria às agruras da natureza, a domina e a coloca a serviço de seu prazer e de seu conforto, a que o senhor se submete nas mãos dos homens? O senhor, que em seu próprio trabalho aprendeu que só se é punido pelo que se faz de errado, quantas punições não tem suportado sem razão? Toda a sua vida o senhor vem sendo denunciado não pelos seus defeitos, mas pelas suas maiores virtudes. Vem sendo odiado, não por seus erros, mas por suas realizações. Escarnecido por todas aquelas qualidades de caráter das quais mais se orgulha. Chamado de egoísta por ter coragem de agir com base no seu próprio julgamento e assumir sozinho a responsabilidade pela sua própria vida. Chamado de arrogante por ter uma mente independente. Chamado de cruel por possuir uma integridade inflexível. Chamado de antissocial por ter uma visão que o levou a descortinar novos caminhos. Chamado de implacável por ter força e autodisciplina para atingir seus objetivos. Chamado de ganancioso por ter o poder magnífico de criar riquezas. O senhor, que despendeu uma quantidade inconcebível de energia, foi chamado de parasita. O senhor, que criou abundância onde antes só havia terras abandonadas e homens esfomeados, foi chamado de ladrão. O senhor, que os mantém a todos vivos, foi chamado de explorador. O senhor, o homem mais puro e íntegro de todos, foi chamado de "materialista vulgar". Já parou para se perguntar com que direito? Com base em que valores? Em que padrões? Não, o senhor aceitou tudo isso e permaneceu calado. Aceitou o código deles e jamais defendeu o seu. O senhor sabia quanta moralidade severa era necessária para produzir um único prego de metal, mas deixou que o rotulassem de imoral. Sabia que o homem precisa do código de valores mais rígido para lidar com a natureza, mas achou que não precisava disso para lidar com os homens. Deixou nas mãos do inimigo a arma mais letal de todas, de cuja existência o senhor jamais suspeitou. O código moral deles é a arma que eles têm. Pergunte a si próprio de quantas maneiras terríveis o senhor já o aceitou. Pergunte a si próprio o que faz um código moral à vida de um homem e por que ele não pode viver sem tal código, e o que acontece com ele se aceita o padrão errado, segundo o qual o mau é bom. Quer que eu lhe diga por que o senhor sempre se sentiu atraído por mim, muito embora ache que deveria me amaldiçoar? Porque eu sou o primeiro homem a lhe dar aquilo que todo mundo lhe deve e que o senhor deveria ter exigido de todos os homens antes de lidar com eles: uma sanção moral.

Rearden se virou para ele e ficou imóvel, uma imobilidade que era como uma interjeição de espanto. Francisco se debruçou para a frente, como se se aproximasse da aterrissagem depois de um voo perigoso. Seus olhos estavam fixos, mas seu olhar parecia tremer de intensidade.

– O senhor é culpado de um grande pecado, Sr. Rearden, muito mais culpado do que eles dizem, só que não do jeito que dizem. A pior culpa é aceitar uma culpa imerecida, e é isso o que vem fazendo a vida toda. O senhor vem pagando uma chantagem não pelos seus vícios, mas pelas suas virtudes. O senhor se dispõe a arcar com o fardo de um castigo imerecido e deixá-lo ficar cada vez mais pesado quanto mais pratica suas virtudes. Mas as suas virtudes são aquelas que mantêm os homens vivos. O seu código moral, o que o senhor vem seguindo, mas que jamais afirmou, nem reconheceu nem defendeu, é o que preserva a existência do homem. Se o senhor foi punido por tê-lo observado, qual a natureza daqueles que o puniram? O seu código é o da vida. Então qual é o deles? Qual o padrão de valor que está por trás dele? Qual o seu objetivo final? O senhor acha que se trata apenas de uma conspiração para despojá-lo de sua riqueza? O senhor sabe qual é a fonte da riqueza e, portanto, deveria saber que é algo muito maior e muito pior do que isso. O senhor me pediu que dissesse qual é a motivação que impele o homem. É seu código moral. Pergunte a si próprio aonde o código deles o está levando e o que esse código lhe oferece como objetivo final. Mais vil do que assassinar um homem é lhe oferecer o suicídio como ato virtuoso. Mais vil que lançar um homem numa pira de holocausto é exigir que ele pule para dentro dela, por livre e espontânea vontade, depois de tê-la ele próprio construído. Eles próprios afirmam que *eles* que precisam do senhor e não têm nada a lhe oferecer em troca. Eles próprios afirmam que *o senhor* tem a obrigação de sustentá-los porque não podem sobreviver sem o senhor. Pense só como é obsceno eles oferecerem sua impotência e sua necessidade, a necessidade que têm do senhor, como justificativa para torturá-lo. O senhor está disposto a aceitar isso? Quer adquirir, ao preço de sua imensa resistência, de sua agonia, a satisfação das necessidades daqueles que o estão destruindo?

– Não!

– Sr. Rearden – disse Francisco, com a voz subitamente calma –, se o senhor visse Atlas, o gigante que sustenta o mundo todo em seus ombros, se o senhor visse o sangue escorrendo pelo peito dele, os joelhos tremendo, os braços estremecendo, porém ainda tentando sustentar o mundo com suas últimas forças, e se quanto mais ele se esforçasse, mais o mundo lhe pesasse nos ombros, o que o senhor lhe diria que fizesse?

– Eu... não sei. O que... ele poderia fazer? O que *o senhor* lhe diria para fazer?

– Eu diria: sacuda os ombros.

O ruído do metal vinha num fluxo de sons irregulares sem nenhum ritmo, perceptível não como o funcionamento de um mecanismo, mas como se houvesse um impulso consciente por trás de cada elevação súbita do som, que depois explodia e se dissolvia no gemido suave das engrenagens. De vez em quando as vidraças estremeciam de leve.

Os olhos de Francisco observavam Rearden como se examinassem o impacto de balas sobre um alvo já cheio de furos. Era difícil acompanhar a trajetória dos projéteis: a figura magra sentada na beira da mesa estava ereta, os olhos azuis frios não demonstravam mais que a intensidade de um olhar fixo numa distância longínqua. Apenas a boca inflexível traía uma ruga desenhada pela dor.

– Continue – disse Rearden, com um esforço –, continue. O senhor ainda não terminou, não é?

– Mal comecei – disse Francisco, ríspido.

– Aonde... o senhor quer chegar?

– O senhor vai compreender antes de eu terminar. Mas primeiro quero que me responda a uma pergunta: se o senhor tem consciência da natureza de seu fardo, como é que pode...

O grito de uma sirene despedaçou o espaço além da janela, como um foguete que sobe aos céus numa trajetória longa e fina. O som se sustentou por um instante, depois caiu, depois subiu novamente, em espirais, como se lutasse para não perder o fôlego, contra o terror que a forçava a gritar ainda mais alto. Era um grito de agonia, um grito de socorro, a voz da siderúrgica, como o grito de um corpo que não quer se separar da alma.

Rearden achou que havia pulado em direção à porta no instante em que a sirene lhe atingiu a consciência, mas viu que se atrasara um momento, porque Francisco chegou à sua frente. Impelido pela mesma reação, Francisco saiu correndo pelo corredor, apertou o botão do elevador e, não conseguindo esperar, se lançou às escadas. Rearden seguiu atrás, e em cada andar olhava para o marcador do elevador. Alcançaram-no na metade do prédio. Antes que a caixa de aço tivesse parado de tremer após chegar ao piso térreo, Francisco já havia saído, correndo em direção ao grito de apelo. Rearden achava que corria bem, mas não conseguiu acompanhar aquela figura rápida que percorria os espaços escuros e os iluminados pelo brilho vermelho das fornalhas, a figura daquele playboy inútil que ele admirara e se odiara por admirar.

A torrente que jorrava de um buraco perto do fundo de um alto-forno não tinha a cor vermelha do fogo, e sim o branco radiante do sol. Ela escorria pelo chão, desviando-se a esmo e se bifurcando de súbito. Atravessou uma névoa úmida de vapor como uma promessa de manhã. Era ferro líquido, e o que a sirene anunciava era um vazamento.

A carga do alto-forno tinha sido engaiolada e, ao explodir, arrebentara a porta do vertedouro. O mestre caíra, desacordado, a torrente branca jorrava, lentamente aumentando o buraco cada vez mais, e homens lutavam com areia, água e argila refratária para deter os riachos luminosos que se espalhavam lentamente, devorando tudo o que encontravam, reduzindo tudo a jatos de fumaça acre.

Nos poucos instantes necessários para que Rearden entendesse o que via e avaliasse a natureza do desastre, percebeu uma figura surgir de repente ao pé do alto-forno, viu um braço nu se levantar e jogar um objeto negro no lugar de onde jorrava o metal líquido. A figura era Francisco d'Anconia, e o ato que ele realizara fazia parte de uma arte que Rearden acreditava que ninguém mais aprendia.

Anos antes, Rearden trabalhara numa obscura siderúrgica em Minnesota onde seu trabalho consistia em fechar os buracos abertos nos altos-fornos jogando neles argila refratária para deter o fluxo de metal. Era um trabalho perigoso, que já causara a morte de muitos. Já fora extinto anos antes com a invenção da pistola hidráulica, mas algumas usinas com problemas financeiros haviam tentado utilizar, antes de falir, equipamentos e métodos obsoletos de um passado longínquo. Rearden sabia fazer aquilo, mas desde aquela época jamais conhecera outro homem capaz de fazê-lo. Por entre jatos de vapor, à frente de um alto-forno avariado, ele via agora a figura alta e esguia do playboy realizando aquela tarefa com a perícia de um especialista.

Um instante depois, Rearden havia arrancado o paletó, agarrado os óculos de proteção do primeiro homem que viu e partido em direção a Francisco. Não havia tempo para falar, sentir ou pensar nada. Francisco o olhou de relance – e o que Rearden viu foi um rosto sujo de fuligem, óculos de proteção negros e um sorriso largo.

Estavam sobre um monte escorregadio de lama cozida, à margem do rio de metal branco. O buraco do alto-forno estava a seus pés, e dentro dele os dois jogavam argila. De lá escapavam línguas contorcidas que pareciam de gás: era metal fervente. Na consciência de Rearden, só havia uma sucessão de gestos: abaixar-se, levantar o peso, fazer a pontaria e arremessar e, antes que o projétil atingisse o local de destino, invisível dali, se abaixar outra vez para pegar mais um punhado; nessa consciência só havia lugar para fazer pontaria, salvar o alto-forno, manter o equilíbrio precário das pernas, se salvar. Nada mais existia para ele – fora uma sensação geral de entusiasmo nascida da ação, de sua própria capacidade, da precisão do seu corpo, que reagia imediatamente à sua vontade. E, sem tempo de pensar nisso, porém sabendo-o, apreendendo-o com os sentidos sem passar pela sua censura mental, estava vendo uma silhueta negra de trás da qual partiam raios vermelhos, de trás de seus ombros, seus cotovelos, suas curvas angulosas, raios vermelhos que giravam através do vapor como fachos alongados de holofotes, acompanhando os movimentos de um ser rápido, competente e confiante, que ele jamais vira antes senão de traje a rigor à luz dos salões de festas.

Não havia tempo para formar palavras, pensar, explicar, mas Rearden sabia que *este* era o verdadeiro Francisco d'Anconia, era este que ele vira desde o início e amara – a palavra não o chocou, porque não havia palavra alguma em sua mente, mas apenas uma sensação exultante que parecia um fluxo extra de energia acrescentado à energia de seu corpo.

Ao ritmo de seu corpo, com o calor fortíssimo em seu rosto e a noite de inverno sobre seus ombros, Rearden viu de repente que era esta a essência simples do universo: a recusa imediata a se submeter ao desastre, o impulso irresistível de combatê-lo, a sensação triunfante de ser capaz de vencer. Estava certo de que Francisco também sentia aquilo, que fora impelido por aquele mesmo impulso, que era certo senti-lo, certo para os dois serem o que eram – de vez em quando entrevia um rosto cheio de suor concentrado no que fazia, e era o rosto mais feliz que ele jamais vira.

O alto-forno a sua frente era uma massa negra envolta em espirais de tubos e vapor. Parecia resfolegar, deixando escapar suspiros vermelhos que pairavam no ar – e os dois homens lutavam para não deixá-lo morrer. A seus pés chegavam feixes de faíscas subitamente, morrendo, ignoradas, de encontro a suas roupas e à pele das mãos. O vapor saía mais devagar, em pequenos jatos interrompidos.

Tudo aconteceu tão depressa que Rearden só percebeu realmente depois que terminou. Teve consciência de dois momentos: no primeiro, viu o gesto violento com que Francisco lançou a argila no espaço. Em seguida, viu que o súbito movimento para trás de seu corpo não conseguiu neutralizar o impulso para a frente, viu os braços estendidos da silhueta que perdia o equilíbrio; pensou que um salto sobre a distância que os separava naquele chão escorregadio representaria a morte de ambos – e no segundo momento já caía ao lado de Francisco, o agarrava, e os dois se balançavam juntos entre o espaço vazio e o monte de argila, à beira do abismo branco. Depois recuperou o equilíbrio e o puxou de volta, e por um instante manteve ainda o corpo de Francisco apertado contra o seu, como teria segurado o corpo de um filho único. Todo o seu amor, seu terror e seu alívio estavam contidos numa única frase:

– Cuidado, seu idiota!

Concluída a tarefa, o buraco já totalmente tapado, Rearden percebeu que sentia dor nos músculos dos braços e das pernas, que seu corpo já não tinha forças para se mexer – e no entanto sentia-se como se estivesse entrando em seu escritório de manhã, antecipando ansiosamente os problemas que teria de resolver. Olhou para Francisco e percebeu pela primeira vez que suas roupas estavam cheias de furos enegrecidos, que suas mãos estavam sangrando, que na testa havia uma ferida e um filete vermelho descia pelo rosto. Francisco levantou os óculos protetores e sorriu para ele: era o sorriso da manhã.

Um jovem que tinha no rosto uma expressão crônica de indignação e impertinência correu até Rearden, exclamando:

– Eu não pude fazer nada, Sr. Rearden!

E começou a desfiar um rosário de explicações. Rearden voltou as costas para ele sem dizer uma palavra. Era o assistente encarregado do manômetro do alto-forno, um jovem recém-saído da faculdade.

Em algum lugar nas margens da consciência de Rearden havia um pensamento: a ideia de que acidentes desse tipo estavam se tornando mais frequentes por causa do tipo de minério que estava usando, mas ele agora tinha de usar o minério que conseguisse arranjar, qualquer que fosse. Havia também outro pensamento: a ideia de que antigamente seus funcionários sempre sabiam evitar tais desastres – qualquer um deles teria detectado os sinais do acidente e impedido que ele acontecesse, mas poucos de seus colaboradores mais antigos lhe restavam, e agora era obrigado a contratar qualquer um. Em meio ao vapor ao seu redor, viu que foram os homens mais velhos que acorreram de todos os lados para combater o desastre e agora estavam enfileirados, recebendo os primeiros socorros da equipe médica. Ele se perguntou o que estaria acontecendo com os jovens do país.

Mas a pergunta foi dissipada pela presença daquele rapaz recém-formado, cujo rosto não suportava ver, por uma onda de desprezo e pela ideia, não expressa em palavras, de que, se o inimigo era *esse*, não havia nada a temer. Todas essas coisas lhe ocorreram e desapareceram nas escuras margens da consciência. O que as ofuscava era a presença de Francisco d'Anconia.

Rearden o viu dando ordens aos homens ao seu redor. Eles não sabiam quem ele era nem de onde viera, porém o acatavam: sabiam que era um homem que sabia o que fazia. Francisco se interrompeu no meio de uma frase, vendo Rearden se aproximar e ouvi-lo também, e disse, rindo:

– Ah, desculpe!

Rearden disse:

– Continue. Por enquanto está tudo certo.

Não trocaram palavra enquanto caminhavam juntos na escuridão, rumo ao escritório. Rearden sentia que um riso de felicidade se acumulava dentro de si. Sentia vontade de piscar para Francisco, como se fosse um cúmplice seu que descobrira um segredo que o outro não queria admitir. De vez em quando olhava para seu rosto, mas Francisco não olhava para ele.

Depois de algum tempo, Francisco disse:

– O senhor salvou minha vida. – O tom com que ele disse isso valia por um "muito obrigado".

Rearden deu uma risadinha.

– O senhor salvou meu alto-forno.

Seguiram em frente em silêncio. A cada passo que dava, Rearden sentia-se mais leve. Levantando bem a cabeça, sentindo no rosto o ar frio, viu a escuridão tranquila do céu, onde uma única estrela brilhava acima de uma chaminé na qual se lia uma inscrição vertical: Siderúrgica Rearden. Sentiu-se muito feliz por estar vivo.

Não esperava a mudança que viu no rosto de Francisco quando o viu à luz do escritório. Haviam desaparecido as coisas que vira nele ao clarão do alto-forno. Rearden esperava um olhar de triunfo, uma expressão zombeteira dirigida a todos os insultos que Francisco já recebera dele, exigindo um pedido de desculpas que Rearden estava ansioso por fazer. Mas, em vez disso, viu uma expressão sem vida, estranhamente melancólica.

– Machucou-se?

– Não... não, absolutamente.

– Venha cá – ordenou Rearden, abrindo a porta do banheiro.
– Cuide de si próprio.
– Não. Venha.

Pela primeira vez, Rearden sentia-se como o mais velho dos dois. Dava-lhe prazer cuidar de Francisco, sentia um desejo de protegê-lo, uma sensação confiante, paternal, divertida. Lavou a fuligem do rosto de Francisco, aplicou antisséptico e fez curativos em sua testa, em suas mãos, em seus cotovelos chamuscados. Francisco obedeceu em silêncio.

Rearden perguntou, no tom de voz que empregava para fazer o maior elogio de que era capaz:

– Onde aprendeu a trabalhar assim?

Francisco deu de ombros.

– Passei a vida socado em fundições de todos os tipos – respondeu, num tom de indiferença.

Rearden não conseguia decifrar a expressão que via em seu rosto – era apenas um olhar estranhamente parado, como se seus olhos estivessem fixos em alguma visão interior, que lhe contraía a boca num esgar amargo de quem escarnece de si próprio.

Só falaram quando voltaram para o escritório.

– Sabe – disse Rearden –, tudo o que o senhor disse aqui é verdade. Mas não é tudo. Há também o que fizemos hoje. Não vê? Nós sabemos agir. Eles não. Assim, a longo prazo, quem vai vencer somos nós, independentemente do que eles fizerem contra nós.

Francisco não disse nada.

– Escute – disse Rearden –, eu sei qual é o seu problema. O senhor nunca trabalhou de verdade em toda a sua vida. Sempre o considerei presunçoso, mas agora vejo que o senhor nunca se deu conta de seu próprio potencial. Esqueça aquela sua fortuna de vez em quando e venha trabalhar comigo. Posso empregá-lo como mestre de alto-forno quando quiser. O senhor não imagina como isso lhe vai fazer bem. Dentro de alguns anos o senhor saberá dar valor à Cobre D'Anconia e poderá administrá-la direito.

Rearden esperava uma gargalhada e estava preparado para argumentar. Em vez disso, viu Francisco sacudir a cabeça lentamente, como se não conseguisse confiar na própria voz, como se temesse aceitar a oferta, se falasse. Depois de um momento, disse:

– Sr. Rearden... creio que trocaria o restante de minha vida por um ano trabalhando na sua siderúrgica. Mas não posso.

– Por quê?

– Não me pergunte. É... uma questão pessoal.

A visão que Rearden tinha de Francisco, que lhe inspirara ao mesmo tempo antipatia e uma simpatia irresistível, era a figura de um homem radiantemente incapaz de sofrer. O que via agora nos olhos dele era o olhar de quem sofre discretamente, controlando-se, com paciência, numa terrível tortura.

Silenciosamente, Francisco pegou seu sobretudo.

– Já está indo? – perguntou Rearden.

– Já.

– Não vai terminar o que estava me dizendo?

– Hoje, não.

– O senhor queria me fazer uma pergunta. Qual?

Francisco sacudiu a cabeça.

– O senhor estava me perguntando que "se eu tenho consciência da natureza do meu fardo, como é que eu posso..." Como posso o quê?

O sorriso de Francisco era como um gemido, o único que ele se permitira.

– Não vou mais perguntar isso, Sr. Rearden. Já sei.

CAPÍTULO 4

A SANÇÃO DA VÍTIMA

O peru assado custara 30 dólares. O champanhe, 25. A toalha de mesa, de renda, um desenho intrincado de uvas e folhas de parreira que brilhavam à luz das velas, 2 mil dólares. O aparelho de jantar, de porcelana de um branco translúcido com um desenho em azul e dourado, 2.500. Os talheres de prata, com as iniciais LR em letras ornadas, 3 mil. No entanto, era considerado materialismo pensar em dinheiro e nas coisas que ele representava.

Havia um tamanco de camponês, banhado a ouro, no centro da mesa, repleto de cravos, uvas e cenouras. As velas estavam colocadas dentro de abóboras ocas em que rostos haviam sido recortados e de cujas bocas saíam passas, nozes e balas, que se espalhavam pela mesa.

Era o jantar do Dia de Ação de Graças, e as três pessoas que encaravam Rearden eram sua esposa, sua mãe e seu irmão.

– É nesta noite que agradecemos ao Senhor por tudo o que Ele nos deu – disse a mãe de Rearden. – Deus foi bom para nós. Hoje há muitas pessoas no país que não têm o que comer em casa, e outras que nem casa têm, e a cada dia há mais desempregados. Fico horrorizada quando ando pela cidade. Semana passada mesmo, sabe quem eu encontrei? A Lucie Judson... Henry, se lembra da Lucie Judson? Era nossa vizinha lá em Minnesota quando você tinha 10, 12 anos. Tinha um filho cuja idade regulava com a sua. Perdi contato com ela quando eles se mudaram para Nova York, há uns 20 anos. Pois fiquei horrorizada de ver como ela está: uma bruxa desdentada, embrulhada num casaco de homem, pedindo esmolas numa esquina. E pensei: podia ser eu, se Deus não fosse tão bom comigo.

– Bem, já que é hora de agradecer – disse Lillian, alegre –, acho que não podemos nos esquecer da Gertrude, nossa nova cozinheira. Ela é uma artista.

— Pois eu vou ser tradicionalista — disse Philip. — Vou agradecer à melhor mãe do mundo.

— Nesse caso — disse a mãe de Rearden —, devemos agradecer a Lillian por este jantar e por todo o trabalho que teve, caprichando tanto. Passou horas preparando a mesa. Realmente, ficou muito bonita e original.

— O toque importante é o tamanco — acrescentou Philip, inclinando a cabeça para examiná-lo com ar de concentração. — Velas, talheres de prata, esses cacarecos todo mundo tem, basta ter dinheiro. Mas esse tamanco, isso foi um toque de criatividade.

Rearden não disse nada. A luz das velas iluminava seu rosto imóvel como se fosse um retrato, um retrato de um homem com expressão de cortesia impessoal.

— Você nem provou seu vinho — disse sua mãe, olhando para ele. — Acho que você devia fazer um brinde ao povo deste país, que lhe deu tanto.

— Henry não está com cabeça para isso, querida — comentou Lillian. — Infelizmente, o Dia de Ação de Graças é só para quem tem a consciência tranquila. — Elevou sua taça, mas a deteve antes de levá-la aos lábios e disse: — Você não vai aproveitar o julgamento amanhã para defender sua posição, não é, Henry?

— Vou, sim.

Lillian colocou a taça na mesa.

— O que você vai fazer?

— Amanhã você vai ver.

— Você realmente acha que vai escapar impune?

— Não vejo por que eu deveria ser punido.

— Você tem consciência da gravidade da acusação feita contra você?

— Tenho.

— Você admitiu que vendeu o metal a Ken Danagger.

— Admiti.

— Você pode pegar 10 anos de cadeia.

— Não acho provável, mas é possível.

— Tem lido os jornais, Henry? — perguntou Philip, com um sorriso estranho.

— Não.

— Ah, você deveria!

— Deveria? Por quê?

— Você precisa ver as coisas de que anda sendo chamado!

– Interessante – disse Rearden, referindo-se ao fato de que Philip estava sorrindo de prazer.

– Não entendi – retrucou a mãe. – Cadeia? Você falou em cadeia, Lillian? Henry, você vai ser mandado para a cadeia?

– Talvez.

– Mas isso é ridículo! Faça alguma coisa.

– O quê?

– Não sei. Não entendo nada dessas coisas. Gente respeitável não vai para a cadeia. Faça alguma coisa. Você sempre soube lidar com todo tipo de negócio.

– Não com esse tipo de negócio.

– Não acredito – disse ela, no tom de voz de uma criança mimada assustada. – Você diz isso só de espírito de porco.

– Ele está bancando o herói – comentou Lillian, sorrindo com um ar sedutor. E, virando-se para Rearden: – Você não acha essa sua atitude absolutamente fútil?

– Não.

– Você sabe que esse tipo de caso não... não é para ir a julgamento. Há maneiras de evitar um julgamento, de resolver as coisas de modo amistoso, desde que se conheça as pessoas certas.

– Não conheço as pessoas certas.

– Veja o Orren Boyle. Ele fez muito mais e muito pior do que a sua tímida incursão no mercado negro, mas é esperto o bastante para nunca ser julgado.

– Então eu não sou esperto.

– Você não acha que já é tempo de se adaptar às circunstâncias da nossa época?

– Não.

– Então não sei como é que você pode ter pretensões de ser uma espécie de vítima. Se você for para a cadeia, vai ser por culpa sua.

– A que pretensões você se refere, Lillian?

– Ah, sei que você acha que está lutando por algum princípio, mas, na verdade, o problema é só a sua imensa presunção. Só está fazendo isso porque acha que tem razão.

– Você acha que eles é que têm razão?

Ela deu de ombros.

– É a essa presunção que me refiro, essa ideia de achar que importa ter ou não ter razão. É a forma mais insuportável de vaidade essa insistência de estar sempre agindo certo. Como é que você sabe o que é certo? Como alguém pode saber? Não passa de uma ilusão para lisonjear seu próprio ego e magoar as outras pessoas, exibindo sua superioridade.

Ele olhava para ela com muito interesse.

– Se não passa de uma ilusão, então por que as pessoas ficam magoadas?

– Será que é necessário que eu diga que no seu caso *não* passa de hipocrisia? É por isso que acho sua atitude ridícula. As questões de certo ou errado não têm a menor relevância para a existência humana. E você certamente é apenas um ser humano, não é, Henry? Você não é melhor do que nenhum dos homens que vai enfrentar amanhã. Acho que devo lembrá-lo de que você não tem o direito de defender nenhum princípio. Talvez nesse caso específico você seja a vítima, talvez eles estejam fazendo alguma sujeira com você, mas e daí? Estão fazendo isso porque são fracos, porque não resistiram à tentação de se apossar do seu metal e dos seus lucros, porque não tinham outra maneira de enriquecer. Mas quem é você para acusá-los? É só uma questão de atitudes diferentes. São homens tão fracos quanto você, que se entregam tão depressa quanto você. Henry, você não seria tentado por dinheiro, porque para você é fácil ganhar dinheiro. Mas há outros tipos de pressão a que não resiste e se entrega de modo igualmente vergonhoso. É ou não é? Por isso você não tem o direito de ficar cheio de indignação moral contra eles. Você não tem nenhuma superioridade moral a reivindicar ou a defender. E, se não tem, de que adianta comprar uma briga que vai perder? Acho que quem não tem culpa no cartório pode até tirar alguma satisfação do martírio. Mas você? Quem é você para atirar a primeira pedra?

Lillian fez uma pausa para observar o efeito de suas palavras, porém não viu nada, exceto um olhar de atenção mais aguçado por parte de Rearden, como se tivesse um interesse científico e impessoal pelo que ela dizia. Não era essa a reação que ela esperava.

– Eu acho que você me entendeu – disse ela.

– Não – respondeu ele, tranquilo. – Não entendi.

– Acho que você deveria abandonar essa ilusão de que é perfeito. Você bem sabe que não passa de uma ilusão. Acho que deveria aprender a conviver com as pessoas. Não é mais tempo de heroísmo. É tempo de humanidade, num sentido muito mais profundo do que você imagina. Ninguém mais quer que as pessoas sejam santas nem que sejam castigadas por seus pecados. Ninguém está certo nem errado, estamos todos no mesmo barco, somos todos humanos... e errar é humano. Você não vai ganhar nada amanhã se provar que eles estão errados. Deveria ceder de bom grado, porque é o melhor que você faz. Deveria ficar calado, *justamente* porque eles estão errados. Vão ficar agradecidos. Faça concessões para os outros que eles farão concessões para você. Viva a sua vida e não se meta na dos outros. Toma lá, dá cá. Ceder e receber. Essa é a política da nossa época, e já é tempo de você aceitá-la. Não venha me dizer que é perfeito demais para aceitar isso. Você sabe que não é. Você sabe que eu sei.

O olhar de Rearden, fixo em algum ponto do espaço, não tinha nada a ver com as palavras de Lillian, mas com a voz de um homem que lhe dizia: "O senhor acha que se trata apenas de uma conspiração para despojá-lo de sua riqueza? O senhor sabe qual é a fonte da riqueza e, portanto, deveria saber que é algo muito maior e muito pior do que isso."

Rearden se virou, olhou para Lillian e viu como fora completo o fracasso dela – na imensidão da indiferença que ele sentia. A torrente constante de insultos que ela lhe dirigia era como o som longínquo de uma rebitadeira, uma pressão prolongada e impotente que não atingia nada dentro dele. Havia três meses que, todas as noites que passava em casa, ele a ouvia fazer alusões à sua culpa. Mas a única emoção que ele não conseguira sentir fora o sentimento de culpa. O castigo que ela quisera lhe infligir fora a tortura da vergonha, porém só conseguira lhe impingir a tortura do tédio.

Rearden lembrou que, naquela manhã no Hotel Wayne-Falkland, ele discernira alguma falha no projeto de Lillian, mas não a examinara mais detidamente. Agora ele a explicitava para si próprio pela primeira vez. Ela queria lhe impor o sofrimento da desonra – mas a única arma de que a mulher dispunha para tal era o próprio sentimento de honra dele. Ela queria lhe arrancar um reconhecimento de sua imoralidade – mas apenas a sua retidão moral poderia dar importância a tal acusação. Ela queria machucá-lo por meio do desprezo – mas ele só poderia sentir o golpe se respeitasse o julgamento dela. Lillian queria puni-lo pela dor que ele lhe causara e usava a própria dor como uma arma apontada para ele, como se quisesse arrancar dele o sofrimento mediante a piedade. No entanto, o único instrumento de que Rearden dispunha para isso era o que ele tinha de bom, de comiseração por ela, de compaixão. O único poder que ela possuía era o das virtudes dele. E se ele resolvesse não lhe dar esse poder?

Uma questão de culpa, dependia de ele aceitar o código de justiça que o rotulava de culpado. Ele não o aceitava; jamais o aceitara. As virtudes dele, todas aquelas de que Lillian precisava para lhe infligir o castigo, provinham de outro código, seguiam outro padrão. Ele não sentia culpa, nem vergonha, nem arrependimento, nem desonra. Não dava nenhuma importância a qualquer acusação que ela viesse a lhe fazer – havia muito tempo que não respeitava seu julgamento. E a única cadeia que ainda o prendia eram uns últimos vestígios de piedade.

Mas qual era o código com base no qual ela agia? Que espécie de código permitia um conceito de castigo que exigia a virtude da própria vítima como combustível? *Um código,* pensou ele, *que só destrói aqueles que tentam observá-lo, um castigo que faz os honestos sofrerem e deixa incólumes os desonestos.* Poderia haver algo mais infame do que igualar a virtude à dor, fazer da virtude, não da dor, tanto a fonte como o motor do sofrimento? Se ele fosse a espécie de canalha que ela se esforçava para convencê-lo de que era, então a questão de sua honra e sua retidão moral lhe seria indiferente. Se ele não fosse, então qual a natureza daquela tentativa?

Contar com a virtude dele e utilizá-la como instrumento de tortura, praticar chantagem utilizando a generosidade da vítima como o único método de extorsão, aceitar a boa vontade de um homem e transformá-la no instrumento de destruição desse próprio homem... Rearden permanecia imóvel, pensando na fórmula de uma maldade tão monstruosa que ele só conseguia identificar, sem poder acreditar que fosse possível.

Permaneceu absolutamente imóvel, ponderando uma única pergunta: será que Lillian estava consciente da natureza precisa de seu projeto? Seria uma coisa deliberada, criada com absoluto conhecimento de causa? Estremeceu, pois não a odiava o bastante para acreditar nisso.

Olhou para a mulher. No momento, ela estava absorta na tarefa de cortar um pudim de ameixa que parecia uma chama azul à sua frente, em seu prato de prata. A luz dançava no rosto dela, em seus lábios que riam, e Lillian cravava a faca na chama com um gesto gracioso e preciso. Num dos ombros de seu vestido de veludo negro havia folhas metálicas com as cores do outono – vermelho, dourado e marrom – que brilhavam à luz das velas.

Rearden não conseguia se livrar da impressão – que lhe ocorria havia três meses e ele rejeitava – de que a vingança da mulher não era um gesto de desespero, como ele julgara, mas algo que lhe dava prazer. Não conseguia encontrar nenhum sinal de dor nela. Lillian ostentava um ar confiante que antes não tinha. Pela primeira vez, parecia à vontade em sua própria casa. Muito embora tudo o que havia naquela casa tivesse sido escolhido por ela, antes Lillian sempre parecia agir como a administradora eficiente e ressentida de um hotel de luxo, que traz sempre nos lábios o sorriso amargo de quem não aceita sua posição de inferioridade em relação aos proprietários. O sorriso continuava, porém não era mais amargo. Ela não havia engordado, porém suas feições tinham perdido a agudeza delicada e adquirido a aparência mais macia de quem está satisfeita. Até mesmo sua voz parecia roliça.

Rearden não estava ouvindo o que ela dizia. À luz das últimas chamas azuis, Lillian ria enquanto ele considerava a pergunta: será que ela sabia? Estava certo de que havia descoberto um segredo muito maior do que o problema de seu casamento, de que apreendera a fórmula de uma política praticada por mais gente no mundo do que ele ousava imaginar no momento. Porém acusar um ser humano de tal prática era uma condenação terrível, e, enquanto restasse uma possibilidade de dúvida, Rearden sabia que jamais se convenceria de que alguém era culpado daquilo.

Não, pensou ele, olhando para ela, em seu derradeiro esforço de generosidade. *Não a acusaria daquilo.* Em nome do que ela possuía de graça e orgulho – em nome dos poucos momentos em que vislumbrara em seu rosto um sorriso de verdadeira felicidade, um sorriso humano –, em nome da pálida sombra de amor que chegara a sentir por ela, ele não a acusaria do mal absoluto.

O mordomo colocou à sua frente uma fatia de pudim, e ele ouviu a voz de Lillian:

– Por onde você andou nos últimos cinco minutos, Henry? Ou seria nos últimos 100 anos? Você não me respondeu. Não ouvi uma palavra do que eu disse.

– Ouvi, sim – disse ele, em voz baixa. – O que você está tentando fazer?

– Mas que pergunta! – disse a mãe. – Só mesmo um homem para se sair com uma dessas. Lillian está tentando salvar você da cadeia. É isso que ela está tentando fazer.

Talvez seja verdade, pensou ele. *Talvez, por meio de um raciocínio nascido de uma covardia infantil e grosseira, a malícia dos três esteja ligada a uma vontade de me proteger, me fazer entregar os pontos e transigir. É possível*, pensou ele – mas sabia que não acreditava naquilo.

— Você sempre foi impopular — disse Lillian —, e não é por causa de alguma coisa específica. É essa sua atitude inflexível, intratável. Os homens que vão julgar você sabem o que está pensando. É por isso que vão cair em cima de você. Se fosse outra pessoa, eles nem ligariam.

— Pois eu acho que eles não sabem o que estou pensando. É o que vou dizer a eles amanhã.

— Se você não mostrar que está disposto a ceder e cooperar, não vai ter saída. Você tem dificultado muito as coisas.

— Não. Tenho facilitado demais.

— Mas, se prenderem você — disse a mãe —, o que vai ser da sua família? Já pensou nisso?

— Não. Não pensei, não.

— Já pensou na desgraça que você vai trazer para nós?

— Mamãe, a senhora conhece alguma saída para nós?

— Não. Não conheço e não quero conhecer. Tudo são sujeiras de negócios e política. Todo negócio é política suja e toda política é negócio sujo. Nunca quis entender nada dessas coisas. Não quero saber quem está certo nem quem está errado, mas acho que antes de tudo o homem tem que pensar na família dele. Você não sabe o que essa história vai representar para nós?

— Não, mamãe. Não sei nem quero saber.

A mãe olhou para ele, atônita.

— Bem, acho que vocês todos estão tendo uma atitude muito provinciana — disse Philip de repente. — Ninguém aqui parece estar preocupado com os aspectos sociais mais amplos da questão. Não concordo com você, Lillian. Não sei por que diz que estão fazendo alguma sujeira com o Henry e que ele está com a razão. Acho que ele está coberto de culpa. Mamãe, eu lhe explico a questão rapidamente. Não há nada de excepcional, os tribunais estão cheios de questões desse tipo. Os empresários estão se aproveitando da situação de emergência nacional para lucrar. Eles violam as leis que protegem o bem-estar da comunidade para seu próprio lucro. São especuladores do mercado negro, que enriquecem privando os pobres da parte que lhes cabe numa época de grande escassez. Seguem uma política antissocial implacável de agarrar o máximo que podem, respeitando apenas sua ganância egoísta. Não adianta fingir, todos nós sabemos, e eu acho isso desprezível.

Ele falava com naturalidade, como se estivesse explicando o óbvio para um grupo de adolescentes. Seu tom de voz exibia a segurança de um homem que tem certeza de que sua posição é moralmente sólida e inquestionável.

Rearden olhava para o irmão como quem examina um objeto pela primeira vez. Em algum lugar no fundo de sua mente, com um ritmo constante, delicado, inexorável, uma voz de homem dizia: Com que direito? Com base em que valores? Em que padrões?

— Philip — disse ele sem levantar a voz —, repita o que você disse e vai parar no olho da rua agora, com a roupa do corpo e os trocados que tem no bolso e mais nada.

Não ouviu nenhuma resposta, nenhum som, nenhum movimento. Percebeu que a imobilidade dos três não continha nenhuma surpresa. A expressão de choque que havia em seus rostos não era a que se vê no rosto de pessoas que ouvem uma bomba explodindo subitamente, mas a de quem sabia que estava brincando com fogo. Não houve reclamações, protestos, perguntas — eles sabiam que Rearden estava falando sério e entendiam perfeitamente tudo o que ele dissera. Uma sensação vaga e nauseante lhe dizia que já o sabiam havia muito mais tempo que ele.

— Você... não seria capaz de expulsar de casa o seu próprio irmão, não é? — perguntou sua mãe finalmente. Não era uma exigência, e sim uma súplica.

— Seria.

— Mas ele é seu irmão... Isso não representa nada para você?

— Não.

— Está certo que às vezes ele se excede, mas é só da boca para fora, são essas ideias modernas, ele nem sabe o que está dizendo.

— Então que aprenda.

— Não seja duro com ele... Philip é mais moço que você e... e mais fraco. Ele... Henry, não olhe para mim desse jeito! Nunca vi você assim. Sabe que ele precisa de você.

— Será que *ele* sabe?

— Você não pode ser duro com um homem que precisa de você. Isso vai pesar na sua consciência pelo restante da sua vida.

— Não vai.

— Você tem que ser bondoso, Henry.

— Não sou.

— Você tem que ter piedade.

– Não tenho.
– Quem é bom sabe perdoar.
– Eu não sei.
– Não vai querer que eu pense que você é egoísta.
– Eu sou.

Os olhos de Philip se fixavam no irmão e na mãe, indo de um para outro. Parecia um homem que pensava estar pisando em granito e, de repente, descobriu que era em gelo fino, que agora rachava em vários lugares.

– Mas eu... – começou ele e parou. Sua voz era como passos testando o gelo. – Mas eu não tenho liberdade de expressão?
– Na sua casa. Na minha, não.
– Não tenho direito de ter minhas próprias ideias?
– À sua custa. Não à minha.
– Você não tolera diferenças de opinião?
– Não quando sou eu quem paga as contas.
– Você só pensa em dinheiro?
– Só. No fato de que se trata do *meu* dinheiro.
– Você não quer considerar os aspectos mais ele... – Philip ia dizer "elevados", mas mudou de ideia: – Outros aspectos da questão?
– Não.
– Mas eu não sou seu escravo.
– Por acaso *eu* sou seu escravo?
– Não sei o que você... – Philip parou. Ele entendia perfeitamente.
– Não – disse Rearden –, você não é meu escravo. Você é livre para sair daqui quando quiser.
– Eu... não estou falando nisso.
– Eu estou.
– Eu não entendo...
– Não?
– Você sempre conheceu as minhas... minhas ideias políticas. Você nunca se incomodou antes.
– É verdade – disse Rearden, sério. – Talvez eu lhe deva uma explicação, se lhe passei uma ideia errada. Nunca tentei chamar a atenção para o fato de que você vive da minha caridade. Eu achava que cabia a você ter isso em mente. Achava que qualquer ser humano que aceita a ajuda do outro sabe que a boa vontade é a única coisa que motiva aquele que ajuda, e que o pagamento que ele lhe deve é a boa vontade. Mas vejo

que eu estava enganado. Você recebia a sua comida sem fazer nada para merecê-la e concluiu que também não era preciso fazer nada para merecer afeição. Você concluiu que eu era a pessoa no mundo em quem podia cuspir com a maior tranquilidade exatamente porque eu tinha poder sobre você. Você concluiu que eu não ia querer chamar a atenção para esse fato com medo de ferir sua sensibilidade. Então vamos encarar a realidade: você vive de caridade, e há muito tempo esgotou minha paciência. Todo e qualquer afeto que algum dia eu já tenha sentido por você acabou. Não tenho o menor interesse por você, pelo seu futuro, nada. Não tenho nenhum motivo para querer alimentar você. Se for embora daqui, para mim não vai fazer a menor diferença se você morrer de fome ou não. Pois é *essa* a sua posição, e espero que você tenha isso em mente se quiser continuar morando aqui. Caso contrário, rua.

Fora o movimento de afundar a cabeça um pouco nos ombros, Philip não esboçou nenhuma reação.

— Não pense que gosto de morar aqui — disse, com uma voz estridente e sem vida. — Se você acha que sou feliz, está enganado. Eu daria tudo para ir embora. — Suas palavras eram um desafio, mas havia um tom curiosamente cuidadoso em sua voz. — Se é assim que você encara a coisa, seria melhor para mim ir embora. — As palavras formulavam uma afirmação, mas sua voz colocou um ponto de interrogação no fim, e ele esperou. Mas não houve resposta. — Não precisa se preocupar com meu futuro. Não preciso pedir favor a ninguém. Posso cuidar de mim mesmo perfeitamente. — As palavras eram dirigidas a Rearden, mas seu olhar estava voltado para a mãe. Ela não disse nada. Tinha medo de se mexer. — Eu sempre quis ficar sozinho. Sempre quis morar em Nova York, perto de todos os meus amigos. — A voz ficou mais vagarosa, e Philip acrescentou, num tom impessoal, pensativo, como se as palavras não fossem dirigidas a ninguém: — É claro, eu teria o problema de manter certa posição social... não é culpa minha se eu ficar constrangido por ostentar um sobrenome ligado a um milionário... Eu precisaria de algum dinheiro por um ano ou dois... para me estabelecer de modo adequado à minha...

— De mim você não vai receber um tostão.

— Eu não estava pedindo a você, estava? Não fique pensando que eu não poderia encontrar dinheiro em nenhum outro lugar, se quisesse! Não fique pensando que eu não poderia sair daqui! Poderia sair agora mesmo, se só estivesse pensando em mim. Mas mamãe precisa de mim, e se eu a abandonasse...

– Não precisa explicar.

– E, além disso, você me entendeu mal, Henry. Eu não disse nada que pudesse ofendê-lo. Não estava me referindo a você pessoalmente. Estava só abordando a situação política geral com base em uma análise sociológica abstrata que...

– Não precisa explicar – interrompeu Rearden, olhando para o rosto de Philip. Estava baixo, com os olhos voltados para cima, para ele. O olhar era morto, como se não tivesse visto nada. Não havia nenhuma faísca de vida, nenhuma sensação pessoal, nem de desafio nem de arrependimento, nem de vergonha nem de sofrimento. Seus olhos eram ovais opacas que não esboçavam nenhuma reação à realidade, nenhuma tentativa de compreendê-la, de pesá-la, de tirar alguma conclusão quanto à justiça do que estava acontecendo, ovais que só continham um ódio sem cor, sem vida, irracional. – Não explique nada. Cale a boca, só isso.

A repulsa que fez com que Rearden desviasse a vista continha um espasmo de piedade. Houve um momento em que ele teve vontade de agarrar o irmão pelos ombros e sacudi-lo, gritando: Como é que você pôde se reduzir a isto? Como pôde chegar a este ponto? Por que você deixou que a sua vida, essa coisa maravilhosa, se perdesse? Desviou o olhar. Sabia que era inútil.

Percebeu, com um misto de desprezo e cansaço, que os três permaneciam calados. Durante todos aqueles anos, a consideração que tinha por eles só lhe trouxera acusações maliciosas como resposta. Onde estava agora a superioridade moral deles? Agora era a hora de invocar o código de justiça do qual tanto falavam – se é que tinham mesmo tal coisa. Por que não lhe jogavam na cara todas aquelas acusações de crueldade e egoísmo que ele já viera a aceitar como o estribilho constante de sua vida? O que lhes permitira agir daquele jeito por tantos anos? Rearden sabia que a resposta era a expressão em sua mente: a sanção da vítima.

– Não vamos brigar – disse a mãe, com uma voz sem vida. – É Dia de Ação de Graças.

Quando olhou para Lillian, Rearden viu em seu rosto uma expressão que lhe deu a certeza de que ela estava olhando para ele havia algum tempo: era uma expressão de pânico.

Ele se levantou.

– Com licença – disse para os outros.

– Aonde é que você vai? – perguntou Lillian, ríspida.

Ele ficou olhando para a mulher por um momento, como se para confirmar a interpretação que ela faria de sua resposta:

– A Nova York.

Lillian se pôs de pé num salto.

– Esta noite?

– Agora.

– Você não pode ir a Nova York esta noite! – Lillian não estava falando alto, mas seu tom era como um grito de impotência. – Não numa hora como esta. Não é agora que você pode abandonar sua família. Só quando estiver de mãos limpas. Você não está numa situação em que possa se permitir uma coisa que sabe ser depravação.

Rearden indagou:

– Com base em que valores? Em que padrões?

– Por que você quer ir a Nova York esta noite?

– Pelo mesmo motivo, Lillian, que você não quer que eu vá.

– Amanhã é o seu julgamento.

– Exatamente.

Rearden fez um movimento afastando-se da mesa e ela levantou a voz:

– Eu não quero que você vá!

Rearden sorriu. Era a primeira vez que sorria para ela nos últimos três meses, mas não era o tipo de sorriso que poderia agradá-la.

– Proíbo que você viaje hoje!

Ele se virou e saiu da sala.

Ao volante do carro, com a estrada gelada à sua frente, correndo a 100 quilômetros por hora, Rearden deixou que a lembrança de sua família se esvaísse – e aqueles rostos foram tragados pelo abismo de velocidade que engolia as árvores e os prédios esparsos ao longo da estrada. Não havia muito tráfego, e poucas luzes estavam acesas nas cidades distantes pelas quais passava. Apenas o vazio da inatividade indicava que era feriado. Um clarão vago pairava acima de uma fábrica de vez em quando, e um vento frio atravessava o carro, fazendo o teto conversível de lona sacudir contra a armação de metal.

Por uma espécie de contraste estranho, que ele não definiu, o pensamento da família foi substituído pela imagem do Ama de Leite, o rapaz de Washington de sua siderúrgica.

Quando foi indiciado, Rearden soube que o rapaz já sabia de seu negócio com Danagger, porém não dissera nada a ninguém.

– Por que você não informou seus amigos? – perguntou a ele.

O rapaz respondeu bruscamente, sem olhar para ele:

– Porque não quis.

– Faz parte do seu trabalho ficar atento precisamente a esse tipo de coisa, não é?

– É.

– Além disso, seus amigos iam adorar saber disso.

– Eu sei.

– Não sabia como essa informação era importante? Que você teria um bom trunfo para negociar em Washington? Lembra-se de que me ofereceu certa vez os amigos que sempre "ocasionam despesas"? – O rapaz não respondeu. – Teria sido um grande incentivo para sua carreira. Não vá me dizer que você não sabia disso.

– Sabia.

– Então por que não fez nada?

– Porque não quis.

– Por quê?

– Não sei.

O rapaz evitava o olhar de Rearden, como se tentasse se esquivar de alguma coisa incompreensível dentro de si próprio. Rearden riu.

– Escute, Tudo É Relativo, você está brincando com fogo. É melhor você sair e matar o primeiro que passar do que se deixar levar pela razão que o impediu de me delatar, senão a sua carreira vai dar com os burros n'água.

O rapaz não disse nada.

Na manhã do Dia de Ação de Graças, Rearden fora a seu escritório como de costume, muito embora o restante do prédio estivesse fechado. No horário do almoço, passou pelas laminadoras e ficou surpreso ao ver que o Ama de Leite estava lá, sozinho num canto, contemplando o trabalho com o ar embevecido de uma criança distraída.

– O que você está fazendo aqui hoje? – perguntou Rearden. – Não sabe que é feriado?

– Ah, eu dei folga às meninas, mas vim para terminar uma coisa.

– Que coisa?

– Ah, umas cartas e... Ora, assinei três cartas e apontei os lápis. É claro que não precisava fazer isso hoje, mas não tinha nada para fazer em casa e... me sinto sozinho quando não estou aqui.

– Você não tem família?

– Não... quer dizer, é como se não tivesse. E o senhor? Não tem família?

– Bem.. é como se não tivesse.

– Gosto daqui. Gosto de ficar olhando... Sabe, Sr. Rearden, eu me formei em metalurgia.

Ao se afastar, Rearden se virou para trás e viu que o Ama de Leite olhava para ele como um menino que olha para seu herói favorito de histórias de aventuras. *Que Deus tenha piedade desse pobre coitado!*, pensou.

Que Deus tenha piedade de todos eles, pensou, com um misto de pena e desprezo, atravessando em seu carro as ruas de uma cidadezinha, tomando emprestadas as palavras daquela crença de que jamais compartilhara. Nas bancas de jornal via manchetes gritando para as esquinas vazias: "Desastre ferroviário". Aquela tarde ele ouvira no rádio que acontecera um acidente na linha principal da Taggart Transcontinental, perto de Rockland, Wyoming: um trilho partido fizera com que um trem de carga despencasse numa ribanceira. Os desastres na linha principal da Taggart estavam se tornando cada vez mais frequentes: os trilhos estavam ficando gastos – os trilhos que, menos de um ano e meio antes, Dagny planejara substituir, prometendo a Rearden que ele ainda viajaria de costa a costa sobre trilhos de metal Rearden.

Ela passara um ano catando trilhos usados em linhas abandonadas para remendar a linha principal. Passara meses brigando com os homens de Jim na diretoria. Eles afirmavam que a emergência nacional era apenas algo temporário e que trilhos que haviam durado 10 anos poderiam perfeitamente aguentar mais um inverno, pois na primavera, como o Sr. Wesley Mouch prometera, a situação iria melhorar. Três semanas antes, Dagny os forçara a autorizar a aquisição de 60 mil toneladas de trilhos novos, o que só daria para fazer alguns remendos nos piores trechos da linha principal, mas fora o máximo que conseguira. Tivera que arrancar aquele dinheiro de homens que o pânico ensurdecera: as receitas provenientes dos trens de carga caíam tão depressa que a diretoria estava apavorada, sem entender a afirmação de Jim de que era o ano mais próspero da história da Taggart. Dagny tivera de comprar trilhos de aço, pois não havia esperança de conseguir uma permissão de "necessidade essencial" para comprar metal Rearden, nem tempo para consegui-la por meio de súplicas.

Rearden desviou a vista das manchetes dos jornais para o clarão ao longe, que prenunciava a cidade de Nova York, e suas mãos apertaram o volante com um pouco mais de força.

Eram 21h30 quando chegou à cidade. O apartamento de Dagny estava escuro quando ele entrou. Pegou o telefone e ligou para o escritório dela. Ela própria atendeu:

– Taggart Transcontinental.

– Você não sabe que hoje é feriado? – perguntou ele.

– Alô. Oi, Hank. Ferrovia não tem feriado. De onde você está ligando?

– Da sua casa.

– Vou para aí daqui a meia hora.

– Não precisa. Fique aí. Vou buscá-la.

A antessala do escritório de Dagny estava escura. Havia apenas um pouco de luz que vinha do cubículo de Eddie Willers, que se aprontava para sair. Olhou para Rearden, surpreso.

– Boa noite, Eddie. Por que vocês estão tão ocupados? Por causa do desastre em Rockland?

Willers suspirou.

– É, Sr. Rearden.

– Foi por isso que vim falar com Dagny, a respeito dos trilhos da Taggart.

– Ela ainda está aí.

Rearden andava em direção à porta de Dagny quando ouviu Willers chamá-lo, com voz hesitante:

– Sr. Rearden...

Ele parou.

– Sim?

– Eu queria dizer... como amanhã é seu julgamento... e seja lá o que fizerem com o senhor, dirão que é em nome do povo... eu só queria dizer que eu... que não vai ser em *meu* nome... ainda que eu não possa fazer nada senão lhe dizer isso... embora eu saiba que isso não adianta nada.

– Adianta muito mais do que você imagina. Talvez mais do que todos nós imaginamos. Obrigado, Eddie.

À sua mesa, Dagny levantou a vista quando Rearden entrou. Enquanto se aproximava, ele viu que ela o acompanhava com o olhar e percebeu que a expressão de cansaço desaparecera de seus olhos. Ele sentou-se na beira da mesa e ela se recostou na cadeira, tirando da testa uns fios de cabelo. Sob a blusa branca, seus ombros tensos relaxaram.

– Dagny, quero lhe dizer uma coisa a respeito dos trilhos que você encomendou. Quero lhe dizer isso hoje.

Ela o olhava com atenção. A expressão que viu no rosto dele fez com que o seu assumisse a mesma tensão solene.

– Eu me comprometi a entregar à Taggart Transcontinental, no dia 15 de fevereiro, 60 mil toneladas de trilhos, o que corresponde a 600 quilômetros. Você vai receber, pela mesma quantia, 80 mil toneladas, o que dá para 800 quilômetros. Você sabe qual material é mais barato e mais leve que o aço. Os trilhos não vão ser de aço, e sim de metal Rearden. Não discuta, não levante objeções, nem concorde. Não estou pedindo seu consentimento. Você não tem que consentir nem que saber nada a respeito disso. Sou *eu* que estou fazendo isso e eu sou o único responsável. Vamos dar um jeito para que as pessoas da sua equipe que sabem que você pediu aço não descubram que recebeu metal Rearden, e para que as que souberem que recebeu metal Rearden não saibam que você não tinha permissão para comprá-lo. Vamos arranjar um jeito de fazer com que, se algum dia a coisa for descoberta, não seja possível botar a culpa em ninguém além de mim. Vão suspeitar de que subornei alguém na sua equipe, ou de que você estava sabendo de tudo, mas não vão poder provar nada. Quero que você me dê sua palavra de que nunca vai admitir a verdade, aconteça o que acontecer. O metal é *meu*, e, se há riscos a correr, sou eu quem deve corrê-los. Estou planejando isso desde o dia em que recebi sua encomenda. Encomendei o cobre necessário de uma fonte que *não* vai me trair. Eu só ia dizer isso a você depois, mas mudei de ideia. Quero que você saiba hoje, porque amanhã vou ser julgado pelo mesmo tipo de crime.

Ela ouvira tudo sem se mexer. Quando Rearden disse a última frase, viu uma leve contração nas faces e nos lábios dela. Não chegava a ser um sorriso, mas era a resposta completa: dor, admiração e compreensão.

Então Rearden viu que os olhos de Dagny ficaram mais brandos, mais dolorosos, perigosamente vivos. Pegou o pulso dela e, apertando-o com força e a olhando com severidade, como se lhe desse o apoio necessário, ele disse, muito sério:

– Não me agradeça. Isso não é um favor. É para eu conseguir suportar o meu trabalho e não entregar os pontos feito Ken Danagger.

Ela murmurou:

– Está bem, Hank, não vou agradecer. – Mas seu tom de voz e seu olhar deixavam bem claro que ela estava mentindo.

Ele sorriu.

— Me dê sua palavra, como eu pedi.

Ela inclinou a cabeça.

— Dou minha palavra.

Rearden soltou seu pulso. Sem levantar a cabeça, ela acrescentou:

— Só lhe digo uma coisa: se você for condenado amanhã, vou largar meu trabalho sem nem esperar que algum destruidor venha me tentar.

— Não vai, não. E eu não acho que vou ser condenado à cadeia. Acho que vou pegar uma pena muito leve. Tenho uma hipótese... eu lhe explico depois, quando a tiver aplicado na prática.

— Que hipótese?

— Quem é John Galt? — Rearden sorriu e se levantou. — É só isso. Não falemos mais no meu julgamento hoje. Você não tem nada para beber aqui no seu escritório, não?

— Não. Mas acho que o administrador de tráfego tem uma espécie de bar dentro do arquivo dele.

— Será que dava para você roubar um drinque para mim, se não estiver trancado?

— Vou tentar.

Rearden ficou em pé, olhando para o retrato de Nat Taggart na parede – o retrato de um jovem de cabeça erguida –, até que ela voltou, com uma garrafa de conhaque e duas taças. Ele encheu os copos em silêncio.

— Sabe, Dagny, o Dia de Ação de Graças foi um feriado criado por pessoas produtivas para comemorar o sucesso do trabalho delas.

O movimento de seu braço, ao fazer o brinde, foi para o retrato, para Dagny, para si mesmo e para os edifícios da cidade ao longe.

▲▲▲

Havia um mês, as pessoas que entravam agora no tribunal vinham sendo informadas pela imprensa de que o homem a ser julgado era um ganancioso inimigo da sociedade, mas elas vieram mesmo era para ver o homem que inventou o metal Rearden.

Quando os juízes o mandaram se levantar, ele obedeceu. Não eram as cores – olhos azul-claros, cabelos louros, terno cinzento – que lhe emprestavam um ar frio e implacável, mas o fato de que o traje tinha uma simplicidade cara, difícil de se encontrar naquela época; o fato de que aquele terno era adequado a um escritório sobriamente luxuoso de uma grande companhia; o fato de que toda a sua postura provinha de uma era civilizada e não combinava com o lugar em que ele se encontrava agora.

Os jornais haviam dito à multidão que Rearden representava a perversidade da riqueza impiedosa. E, como as pessoas louvavam a virtude da castidade mas corriam para ver qualquer filme cujos cartazes mostrassem mulheres seminuas, elas correram agora para vê-lo. O mal, ao menos, não era aquele truísmo gasto em que ninguém mais acreditava e que ninguém ousava questionar. Olhavam para ele sem admiração – este era um sentimento que tinham deixado de experimentar havia muito tempo. Encaravam-no com curiosidade e com uma vaga sensação de desafio dirigida àqueles que disseram que era dever de todos odiá-lo.

Alguns anos antes, teriam zombado do ar de riqueza e autoconfiança daquele homem. Mas agora havia um céu cinzento que se via pelas janelas do tribunal, um céu que prometia a primeira nevasca de um inverno longo e difícil. Estavam desaparecendo as últimas reservas de petróleo do país, e as minas de carvão não conseguiam satisfazer a demanda histérica de combustíveis para o inverno. A multidão que lotava o tribunal sabia que fora por causa daquele processo que havia perdido o carvão de Ken Danagger. Corriam boatos de que a produção da Companhia de Carvão Danagger caíra consideravelmente em um mês – os jornais diziam que era apenas uma questão de reajuste, enquanto o primo de Danagger reorganizava a companhia. Na semana anterior, as primeiras páginas dos jornais tinham noticiado uma catástrofe na construção de um conjunto habitacional: vigas de aço defeituosas haviam se partido, matando quatro operários. Os jornais não disseram, mas as pessoas sabiam que as vigas tinham sido feitas pelas Siderúrgicas Associadas, de Orren Boyle.

Agora, num silêncio tenso, elas encaravam aquela figura alta e cinzenta não com esperança – estavam perdendo a capacidade de ter esperanças –, mas com uma neutralidade impassível na qual havia um vago ponto de interrogação sobre todos os slogans otimistas que ouviam havia anos.

Os jornais gritavam que a causa dos problemas do país, como aquele caso claramente demonstrava, era a ganância egoísta dos industriais ricos; que era culpa de homens como Hank Rearden se faltava comida, se a temperatura caía e surgiam rachaduras nos telhados das casas do país; que, se não fosse por aqueles homens que não cumpriam as leis e atrasavam os planos governamentais, a prosperidade já teria chegado há muito tempo; e que homens como Rearden eram motivados por uma única força: o amor ao lucro. Esta última frase era afirmada sem qualquer explicação ou elaboração, como se as palavras "amor ao lucro" exprimissem o mal absoluto com a mais absoluta clareza.

A multidão lembrava que, menos de dois anos antes, os mesmos jornais berravam que a produção de metal Rearden devia ser proibida porque com aquele produto Rearden, por ganância, estava ameaçando as vidas de milhares de pessoas. Lembrava que o homem de terno cinza havia viajado na primeira locomotiva a correr sobre os primeiros trilhos feitos de seu próprio metal – e que o mesmo homem agora estava sendo julgado pelo crime de ocultar do público uma venda de metal Rearden que ele, por pura ganância, colocara no mercado.

De acordo com o procedimento estabelecido, casos desse tipo eram julgados não por um júri, mas por um grupo de três juízes nomeados pelo Departamento de Planejamento Econômico e Recursos Nacionais. Segundo a lei, o procedimento deveria ser informal e democrático. A bancada do juiz fora retirada do velho tribunal de Filadélfia para essa ocasião e substituída por uma mesa colocada sobre um estrado de madeira, o que dava a impressão de que o grupo que presidiria àquela cerimônia pretendia enganar um público de retardados mentais.

Um dos juízes, agindo como promotor, leu as acusações.

– O acusado pode agora apresentar qualquer argumentação em sua própria defesa – anunciou ele.

Encarando a mesa, com uma voz neutra e muito clara, Hank Rearden replicou:

– Não tenho defesa.

– O senhor... – o juiz gaguejou. Ele não esperava que fosse tão fácil assim. – O senhor apela para a misericórdia desta corte?

– Não reconheço o direito desta corte de me julgar.

– O quê?

– Não reconheço o direito desta corte de me julgar.

– Mas, Sr. Rearden, esta é a corte legalmente capacitada para julgar essa categoria específica de crime.

– Não reconheço meu ato como crime.

– Mas o senhor admite que violou as leis que controlam a venda do seu metal.

– Não reconheço seu direito de controlar a venda do meu metal.

– Será necessário que eu lembre que seu reconhecimento não é necessário?

– Não. Estou plenamente consciente desse fato e estou agindo de acordo com essa consciência.

Rearden se deu conta do silêncio que envolvia o tribunal. Segundo as complicadas regras que visavam fazer de conta que todo aquele procedimento tinha por objetivo o bem de todos, os presentes deveriam considerar a posição dele uma insensatez incompreensível. Deveria haver manifestações de espanto e desprezo, porém não houve nada disso: todos permaneceram imóveis. Eles entenderam.

– O senhor está dizendo que se recusa a obedecer à lei? – perguntou o juiz.

– Não. Estou cumprindo a lei ao pé da letra. Segundo a sua lei, a minha vida, o meu trabalho e a minha propriedade podem ser expropriados sem o meu consentimento. Pois bem, os senhores agora podem decidir o meu destino sem a minha participação. Não vou representar o papel de me defender, já que não é possível tal coisa, e não vou fazer de conta que estou lidando com um tribunal de justiça.

– Mas, Sr. Rearden, a lei prevê especificamente uma oportunidade para o senhor apresentar a sua visão da questão e se defender.

– Um prisioneiro levado a julgamento só pode se defender se houver um princípio objetivo de justiça reconhecido por seus juízes, um princípio que afirme seus direitos, que eles não podem violar e que ele pode invocar. A lei pela qual os senhores estão me julgando afirma que não há princípios, que eu não tenho direitos e que os senhores podem fazer comigo o que bem entenderem. Muito bem. Pois façam.

– Sr. Rearden, a lei que o senhor está denunciando se baseia no mais elevado dos princípios, o do bem público.

– Quem é o público? O que ele considera bem? Houve épocas em que os homens acreditavam que "o bem" era um conceito a ser definido em termos de um código de valores morais e que nenhum homem tinha o direito de obter seu próprio bem por meio da violação dos direitos dos outros. Atualmente acredita-se que meu próximo pode me sacrificar de qualquer modo que ele bem entender para atingir qualquer objetivo que considere bom para si, desde que ache que pode se apossar da minha propriedade simplesmente porque precisa dela. Bem, esse é o princípio em que qualquer ladrão acredita. Só há uma diferença: o ladrão não me pede que sancione seu ato.

Havia certo número de poltronas reservadas para visitas importantes, que vieram de Nova York para assistir ao julgamento. Dagny estava imóvel, e seu rosto só traía a atenção concentrada de quem sabia que as palavras que estava ouvindo iam determinar o curso de sua própria vida. Eddie Willers estava a seu lado. James Taggart não viera. Paul Larkin estava caído para a frente, o rosto espichado como o focinho de um animal, com uma expressão de medo que agora estava se transformando em ódio. O Sr. Mowen, a seu lado, era um homem dos mais ignorantes e, portanto, compreendia menos. Seu medo era de natureza mais simples. Ele escutava, confuso e indignado, e cochichava para Larkin:

– Meu Deus, agora ele conseguiu! Vai convencer o país inteiro de que todos os empresários são inimigos do bem público!

– Devemos concluir – perguntou o juiz – que o senhor coloca seus interesses pessoais acima dos interesses do público?

– Afirmo que essa questão só pode ser levantada numa sociedade de canibais.

– O que... o que o senhor quer dizer?

– Quero dizer que não há conflitos de interesses entre homens que não exigem o que não merecem e não perpetram sacrifícios humanos.

– Devemos concluir que, se o público julga necessário reduzir os seus lucros, o senhor não lhe reconhece o direito de fazê-lo?

– Mas claro que reconheço. O público pode reduzir meus lucros sempre que quiser. É só se recusar a adquirir meus produtos.

– Estamos falando de... outros métodos.

– Qualquer outro método de reduzir lucros é uma forma de saque, e como tal o encaro.

– Sr. Rearden, essa não é uma maneira adequada de se defender.

– Eu já disse que não vou me defender.

– Mas isso é fora do comum! Tem consciência da gravidade da acusação levantada contra o senhor?

– Não me dou ao trabalho de levá-la em consideração.

– O senhor tem consciência das possíveis consequências da sua postura?

– Perfeitamente.

– Na opinião desta corte, os fatos apresentados pela promotoria não comportam nenhuma clemência. A pena que esta corte tem o poder de lhe impor é extremamente severa.

– Diga logo.

– Como?

– Imponha logo.

Os três juízes se entreolharam. Então o porta-voz dos três se virou para Rearden.

– Sua atitude não tem precedentes – disse ele.

– É completamente irregular – declarou o segundo juiz. – A lei exige que o senhor apresente sua defesa. Sua única alternativa é afirmar que o senhor apela para a misericórdia desta corte.

– Isso eu não faço.

– Mas o senhor tem que fazer.

– O senhor está dizendo que esperam de mim alguma ação voluntária?

– Sim.

– Pois não vou fazer nada disso.

– Mas a lei exige que o lado do réu também seja representado.

– O senhor está dizendo que precisa da minha ajuda para tornar legais esses procedimentos?

– Bem, não... sim... isto é, para que a coisa fique formalmente completa.

– Não vou ajudá-los.

O terceiro juiz, o mais jovem, que atuara como promotor, disse então, impaciente:

– Isso é ridículo e injusto! O senhor quer dar a impressão de que um homem de sua importância foi incriminado sem direito a... – Interrompeu-se de repente. Alguém do fundo da plateia dera um longo assobio.

– O que quero – disse Rearden, sério – é fazer com que a natureza do que está acontecendo aqui pareça exatamente o que é. Se precisam da minha ajuda para disfarçá-la, não vou ajudá-los.

– Mas estamos lhe dando uma oportunidade de se defender, e é o senhor que a está rejeitando.

– Não vou ajudá-los a fingir que eu tenho alguma chance. Não vou ajudá-los a manter uma aparência de justiça quando os meus direitos não estão sendo reconhecidos. Não vou ajudá-los a manter uma aparência de racionalidade entrando numa discussão em que o argumento final é uma arma de fogo. Não vou ajudá-los a fingir que o que está acontecendo é um ato de justiça.

– Mas a lei o obriga a apresentar sua defesa!

Houve uma gargalhada no fundo da plateia.

– É *essa* a falha da sua teoria, senhores – disse Rearden, sério –, e não vou ajudá-los a contorná-la. Se optaram por tratar as pessoas por meio da força, que o façam. Porém descobrirão que precisam da cooperação voluntária da vítima em mais circunstâncias do que as que os senhores imaginam. E suas vítimas devem descobrir que é sua vontade, a qual os senhores não podem dobrar, que torna possível o seu poder. Opto por ser coerente e obedecer segundo os métodos que utilizam. O que quiserem que eu faça, eu o farei se apontarem uma arma para mim. Se me condenarem à cadeia, terão de mandar homens armados para me levar até ela... não vou caminhar por livre e espontânea vontade. Se me multarem, terão de confiscar minha propriedade para se apossarem do dinheiro da multa, pois não vou pagá-la de livre e espontânea vontade. Se acreditam que têm o direito de me forçar, usem suas armas abertamente. Não vou ajudá-los a disfarçar a natureza de seus atos.

O juiz mais velho se debruçou para a frente e disse, com um tom de voz levemente zombeteiro:

– O senhor fala como se estivesse lutando por algum princípio, Sr. Rearden, mas na verdade está apenas lutando pela sua propriedade, não é verdade?

– É, naturalmente. Estou lutando por minha propriedade. O senhor faz ideia do tipo de princípio que isso representa?

– O senhor se coloca como um campeão da liberdade, mas trata-se apenas da liberdade de ganhar dinheiro.

– É, naturalmente. Só quero a liberdade de ganhar dinheiro. O senhor faz ideia do que implica essa liberdade?

– Certamente o senhor não vai querer que sua atitude não seja bem compreendida. O senhor não vai querer dar apoio à impressão geral de que é um homem desprovido de consciência social, que não sente nenhuma preocupação com o bem-estar de seus semelhantes, que só trabalha para seu próprio lucro.

– Só trabalho para meu próprio lucro. Ele é merecido.

Ouviu-se uma interjeição, não de indignação, mas de espanto, vinda da multidão atrás de Rearden. Os juízes ficaram em silêncio. Ele prosseguiu, com voz calma:

– Não, não quero que entendam mal minha atitude. Faço questão de deixar bem clara minha posição. Estou absolutamente de acordo com tudo o que os jornais dizem a meu respeito – isto é, os fatos, não os julgamentos de valor. Só trabalho para meu próprio lucro, que obtenho vendendo um produto de que os homens precisam e pelo qual estão dispostos a pagar. Não produzo para o benefício deles em detrimento de meus próprios interesses, e eles não o adquirem para meu benefício em detrimento de seus próprios interesses. Não sacrifico a eles meus interesses, nem eles sacrificam os deles a mim: negociamos como iguais por consentimento mútuo e para benefício mútuo. E me orgulho de cada centavo que ganhei desse modo. Sou rico e me orgulho de cada centavo que já ganhei. Ganhei meu dinheiro com meu próprio esforço, pelo livre intercâmbio de bens e com o consentimento voluntário de todo homem que em qualquer época tenha comerciado comigo, com o consentimento voluntário de meus empregadores no início, com o consentimento voluntário daqueles que trabalham para mim agora, e com o consentimento voluntário dos que adquirem meus produtos.

Sem deixar de encarar seus julgadores, Rearden prosseguiu:

– Responderei a todas as perguntas que os senhores têm medo de me fazer abertamente. Quero pagar a meus funcionários mais do que seu trabalho vale para mim? Não. Quero vender meus produtos por um preço mais baixo do que aquele que meus clientes estão dispostos a me pagar? Não. Quero vendê-los a preços abaixo do custo ou entregá-los de graça? Não. Se isso é mau, então façam o que quiserem comigo, de acordo com os padrões em que os senhores acreditam. Os meus são esses. Estou ganhando meu próprio sustento, como deve fazê-lo todo homem de bem. Recuso-me a aceitar como crime minha própria existência e o fato de eu ter que trabalhar para meu sustento. Recuso-me a me sentir culpado porque trabalho melhor do que a maioria das pessoas, porque meu trabalho vale mais do que o de meus semelhantes e mais pessoas estão dispostas a me pagar. Recuso-me a pedir desculpa por ser mais capaz, não aceito pedir desculpa por ter tido sucesso, me recuso a pedir desculpas por ter dinheiro. Se isso é mau, aproveitem. Se é isso que o público considera prejudicial a seus interesses, então que me destrua. É esse o meu código de valores... e não aceito outro.

Enquanto Rearden falava, a plateia observava, atônita.

– Eu poderia lhes dizer que já fiz mais em prol de meus semelhantes do que os senhores jamais serão capazes de fazer, mas não o direi, porque não busco o bem dos meus semelhantes como aprovação para meu direito de existir, nem reconheço o bem dos meus semelhantes como justificativa para eles se apropriarem de meus bens e destruírem minha vida. Não direi que o bem dos outros foi o objetivo de meu trabalho; meu objetivo era meu próprio bem, e desprezo o homem que abre mão de seu próprio bem. Eu poderia lhes dizer que os senhores não promovem o bem do público, que é impossível promover o bem de quem quer que seja por meio de sacrifícios humanos, que, quando se violam os direitos de um homem, violam-se os direitos de todos, e que um público constituído de seres desprovidos de direitos está fadado à destruição. Poderia lhes dizer que os senhores não vão conseguir nada mais do que uma devastação universal, como ocorre com qualquer saqueador quando não lhe restam mais vítimas. Poderia dizer, mas não digo. Não é a política específica que os senhores adotaram que eu questiono, e sim sua premissa moral. Se fosse possível os homens promoverem seus interesses transformando alguns semelhantes em bodes expiatórios e se me pedissem que me imolasse pelo bem de criaturas que querem sobreviver com meu sangue, se me pedissem para servir os interesses da sociedade separadamente dos meus, acima dos meus, em detrimento dos meus, eu me recusaria, rejeitaria essa possibilidade como o mal mais abjeto de todos, lutaria contra ela com todas as minhas forças, lutaria contra toda a humanidade, mesmo que só me restasse um minuto de vida antes de ser assassinado. Lutaria na absoluta convicção de que estaria lutando com a justiça ao meu lado, de que um ser humano tem o direito de existir. Que não haja mal-entendidos a meu respeito. Se atualmente meus semelhantes, que se autodenominam "o público", acreditam que para seu bem é necessário haver vítimas, então eu digo: o público que se dane, não contem com minha colaboração!

A multidão irrompeu em aplausos.

Rearden se virou para trás, mais surpreso do que seus juízes. Viu rostos que riam na maior excitação e outros que imploravam por socorro. Viu o desespero silencioso explodindo abertamente, viu a mesma raiva e indignação que ele sentia encontrando expressão naquele aplauso desafiador e descontrolado, viu expressões de admiração e de esperança. Viu também os rostos dos jovens de boca mole e das mulheres maliciosamente desleixadas, o tipo de gente que sempre puxava as vaias nos cinemas quando aparecia num jornal da tela algum empresário – esses não tentaram fazer uma contramanifestação, porém permaneceram em silêncio.

Enquanto Rearden olhava para a plateia, as pessoas viam em seu rosto o que as ameaças dos juízes não haviam conseguido provocar: o primeiro sinal de emoção.

A multidão levou algum tempo para ouvir o martelo de um dos juízes batendo furiosamente na mesa, enquanto ele gritava:

– ... senão mandarei evacuar o tribunal!

Ao se virar para a frente de novo, Rearden correu o olhar pela seção de visitas. Deteve-se ao avistar Dagny, uma pausa que só ela percebeu, como se lhe dissesse: Deu certo. Ela só não parecia calma porque seus olhos davam a impressão de estarem grandes demais para seu rosto. Eddie Willers estava sorrindo o tipo de sorriso que, num homem, equivale a lágrimas. O Sr. Mowen parecia estupefato. Paul Larkin olhava para o chão. Não havia nenhuma expressão no rosto de Bertram Scudder – nem no de Lillian. Ela estava sentada na extremidade de uma fileira de poltronas, de pernas cruzadas, com uma estola de vison atravessada de seu ombro direito até os quadris, e olhava para Rearden sem se mexer.

No violento complexo de emoções que experimentava, Rearden teve tempo de reconhecer um toque de desapontamento e saudade: um rosto que ele quisera ver, que procurara desde o início do julgamento, mais do que qualquer outro ao seu redor, não estava presente – o de Francisco d'Anconia.

– Sr. Rearden – disse o mais velho dos juízes, sorrindo de modo afável, mas com um toque de reprovação, abrindo os braços –, é lamentável que o senhor tenha nos entendido tão mal. Este é o problema: os empresários se recusam a nos encarar com espírito de confiança e amizade. Pelo visto, imaginam que sejamos seus inimigos. Por que falar em sacrifícios humanos? O que o levou a tais extremos? Não temos a intenção de nos apropriar de seus bens ou destruir sua vida. Não queremos prejudicar seus interesses. Estamos absolutamente conscientes da importância de suas realizações. Nosso único objetivo é equilibrar as pressões sociais e dar justiça a todos. Esta sessão, no fundo, não é um julgamento, e sim uma discussão amistosa, visando à compreensão mútua e à cooperação.

– Não coopero com uma arma apontada para minha cabeça.

– Por que falar em armas? A questão não é tão séria assim. Estamos cientes de que o maior culpado neste caso é o Sr. Kenneth Danagger, que instigou essa violação da lei, que exerceu pressão sobre o senhor e confessou sua culpa ao desaparecer para fugir da justiça.

– Não. Agimos de comum acordo, voluntariamente.

– Sr. Rearden – disse o segundo juiz –, o senhor pode não aceitar algumas de nossas ideias, mas, no fim das contas, estamos todos trabalhando pela mesma causa: o bem do povo. Compreendemos que o senhor tenha sido levado a ignorar certas sutilezas legais por causa da situação crítica das minas de carvão e da importância crucial do combustível para o bem-estar público.

– Não. Fui motivado pelo lucro e pelos meus interesses particulares. Que efeito isso teve sobre as minas de carvão e o bem-estar público é coisa que cabe ao senhor avaliar. Não foi o que me motivou.

O Sr. Mowen, confuso, olhou ao redor e sussurrou para Paul Larkin:

– Isso está muito esquisito.

– Ah, cale a boca! – exclamou Larkin.

– Estou certo, Sr. Rearden – disse o juiz mais velho –, de que no fundo o senhor não acredita, como também não acredita o público, que queremos fazer do senhor um bode expiatório. Se alguém acredita nisso, estamos ansiosos para demonstrar que não é verdade.

Os juízes se retiraram para considerar o veredicto. Não demoraram muito. Quando voltaram, o tribunal estava imerso num silêncio tenso; então anunciaram que Henry Rearden teria de pagar uma multa de 5 mil dólares, mas que a sentença fora suspensa.

O aplauso que irrompeu da plateia foi pontuado por gargalhadas debochadas. O aplauso era para Rearden; as gargalhadas, para os juízes.

Rearden permanecia imóvel, sem se virar para a plateia, e mal ouvia o aplauso. Olhava para os juízes. Não havia em seu rosto nenhuma expressão de triunfo ou de entusiasmo, apenas um olhar fixo, misto de tristeza e de espanto, quase de medo. Via como era monstruosamente pequeno o inimigo que estava destruindo o mundo. Sentia-se como se, após viajar durante anos através de terras devastadas, passando por grandes fábricas em ruínas, por poderosas locomotivas despedaçadas, esperando encontrar um gigante, deparasse com um rato que fugisse arisco ao ouvir os passos de um homem se aproximando. *Se foi isso que nos derrotou*, pensou Rearden, *então a culpa é nossa.*

O que o chamou de volta à realidade do tribunal foram as pessoas que correram até ele e o cercaram. Ele sorriu em resposta às suas expressões sorridentes, à ânsia nervosa e trágica em seus rostos. Havia um toque de tristeza em seu sorriso.

– Deus o abençoe, Sr. Rearden! – disse uma velha com um xale roto na cabeça. – Será que o senhor pode nos salvar? Estão nos comendo vivos, e ninguém mais engole essa história de que eles estão atrás é dos ricos. O senhor sabe o que está acontecendo conosco?

– Escute, Sr. Rearden – disse um homem que parecia um operário –, são os ricos que estão acabando conosco. Diga para aqueles ricos safados, que estão tão doidos para dar tudo de graça, que, quando dão de graça os palácios deles, eles estão é dando o suor de nossa testa.

– Eu sei – disse Rearden.

A culpa é nossa, pensou. *Se nós, que somos os que fazem, os que produzem, os benfeitores da humanidade, consentimos em que nos rotulassem de maus e suportamos silenciosamente o castigo a que nos sujeitaram por causa de nossas virtudes, que espécie de "bem" queríamos que triunfasse no mundo?*

Olhava para as pessoas ao seu redor. Haviam-no aplaudido hoje; haviam-no aplaudido ao longo da Linha John Galt. Porém amanhã estariam pedindo um novo decreto a Wesley Mouch e um novo conjunto habitacional a Orren Boyle, enquanto as vigas de aço deste caíam sobre suas cabeças. Agiriam assim porque diriam a elas que esquecessem o que as fizera aplaudir Hank Rearden, porque isso era pecado.

Por que renunciavam com tanta facilidade a seus momentos mais elevados, taxando-os de pecado? Por que estavam dispostas a trair o que tinham de melhor? O que as fazia acreditar que o mundo era o reino do mal, no qual o desespero era seu destino natural? Ele não conseguia apontar a razão, mas sabia que era preciso identificá-la. Era uma grande pergunta que pairava naquele tribunal, e agora era seu dever responder a ela.

Esta é a verdadeira pena que foi imposta, pensou ele: *descobrir qual é a ideia, uma ideia simples, acessível ao mais simples dos homens, que fez a humanidade aceitar as doutrinas que a levam à autodestruição.*

◀◀◀

– Hank, nunca mais vou achar que nossa causa está perdida – disse Dagny naquela noite, após o julgamento. – Nunca vou me sentir tentada a largar tudo. Você provou que quem está certo sempre sai ganhando... – Ela parou, depois acrescentou: – ... desde que saiba o que é certo.

À hora do jantar, no dia seguinte, Lillian lhe disse:

– Então você ganhou, não é?

Sua voz era indiferente. Não disse mais nada. Apenas observava Rearden como se estudasse um enigma.

O Ama de Leite lhe perguntou na siderúrgica:

– Sr. Rearden, o que é uma premissa moral?

– Uma coisa que vai lhe criar muitos problemas.

O rapaz franziu a testa, depois deu de ombros e disse, rindo:

– Puxa, mas que show! Que surra o senhor deu neles! Eu estava ao lado do rádio ouvindo e vibrando.

– Como sabe que foi uma surra?

– Bem, mas que foi, foi, não é?

– Você tem certeza?

– Claro que tenho certeza.

– O que o faz ter certeza é uma premissa moral.

Os jornais se calaram. Após a atenção exagerada que dedicaram ao caso, agiram como se o julgamento não fosse coisa de grande interesse. Publicaram notícias resumidas perdidas no meio das páginas, redigidas em termos tão gerais que seria impossível para o leitor perceber que se tratava de uma questão polêmica.

Os empresários que Rearden encontrava pareciam querer fugir ao assunto. Alguns não diziam nada, porém viravam as costas, e seus rostos traíam ressentimento e o esforço de parecer indiferentes, como se temessem que o próprio ato de olhar para ele pudesse ser interpretado como um posicionamento. Outros arriscavam um comentário:

– Na minha opinião, Rearden, o senhor foi extremamente imprudente... Não me parece que seja a hora de fazer inimigos... Não podemos nos dar ao luxo de provocar ressentimentos.

– Em quem? – perguntou Rearden.

– Acho que o governo não vai gostar.

– E o que tem isso?

– Bem, não sei, não... O público não vai aceitar, vai haver muita indignação.

– O senhor viu como o público reagiu.

– Bem, não sei... A gente se esforça tanto para não dar razão a todas essas acusações de egoísmo e ganância, e o senhor vai e dá munição ao inimigo.

– O senhor prefere concordar com o inimigo e dizer que não tem o direito de ter lucro e de possuir bens?

– Ah, não, não, claro que não... mas por que cair numa posição extremista? Sempre há uma posição intermediária.
– Uma posição intermediária entre o senhor e os que querem assassiná-lo?
– Mas por que o senhor usa esse tipo de vocabulário?
– O que eu disse no julgamento é ou não é verdade?
– Vai ser distorcido e mal entendido.
– É ou não é verdade?
– O público é burro demais para entender essas questões.
– É ou não é verdade?
– Não é hora de se gabar de ser rico, quando a população está passando fome. É o mesmo que incitar as pessoas a saquear tudo.
– Mas dizer às pessoas que o senhor não tem direito de ser rico e *elas têm*... o senhor acha que isso vai contê-las?
– Bem, não sei...
– Não gostei das coisas que o senhor disse no seu julgamento – afirmou outro homem. – Não concordo em absoluto com o senhor. Pessoalmente, me orgulho de pensar que estou de fato trabalhando para o bem-estar geral, não apenas para lucrar. Gosto de pensar que tenho algum ideal mais elevado do que poder fazer três refeições por dia e andar numa limusine Hammond.
– E eu não gosto dessa ideia de que não deve haver decretos nem controles – acrescentou outro. – Concordo que andam exagerando. Mas como viver sem controles? Não concordo. Acho que *alguns* controles são necessários, como os que visam ao bem público.
– Lamento, senhores – disse Rearden –, ser obrigado a salvar suas miseráveis peles juntamente com a minha.

Um grupo de empresários, chefiado pelo Sr. Mowen, não emitiu nenhuma declaração a respeito do julgamento, porém anunciou, uma semana depois, com uma orgia de publicidade, que estava patrocinando a construção de um playground para filhos de desempregados.

Bertram Scudder não mencionou o julgamento em sua coluna. No entanto, 10 dias depois escreveu, em meio a diversas fofocas: "Pode-se fazer uma ideia do mérito social do Sr. Hank Rearden com base no fato de que, entre todos os grupos sociais, aquele em que ele é menos popular é precisamente a classe empresarial. Seus métodos arcaicos e desumanos parecem ser de mais até mesmo para esses predatórios barões do lucro."

Numa noite de dezembro, quando a rua para a qual dava sua janela estava como uma garganta engasgada, tossindo buzinas com o tráfego da época pré-natalina, em sua suíte no Hotel Wayne-Falkland Rearden lutava contra um inimigo mais perigoso que o cansaço e o medo: a repulsa que lhe vinha com a ideia de que teria de lidar com seres humanos.

Estava sentado, sentindo desânimo perante a perspectiva de enfrentar as ruas da cidade, como se estivesse acorrentado à cadeira e ao quarto. Durante horas tentara ignorar uma emoção que o impelia com tanta força quanto a saudade do lar que se ama: a emoção de saber que o único homem que desejava ver estava naquele mesmo hotel, apenas alguns andares acima do seu.

Nas últimas semanas, Rearden se surpreendia fazendo hora no hall sempre que entrava no hotel ou saía de lá, no balcão da correspondência ou no jornaleiro, contemplando as pessoas apressadas que iam e vinham, na esperança de encontrar Francisco d'Anconia no meio da multidão. Surpreendia-se jantando sozinho no restaurante do hotel, olhando fixamente para as cortinas da porta de entrada. Agora estava sozinho em seu quarto, pensando que a distância era apenas de alguns andares.

Levantou-se com uma risadinha de indignação e ironia – *Estou agindo*, pensou, *como uma mulher que aguarda um telefonema e luta contra a tentação de pôr fim àquela tortura telefonando ela própria*. Não havia motivo que o impedisse de procurar D'Anconia, se era isso que ele queria. Porém, quando resolvia ir, sentia que havia algo de perigoso, uma entrega, na intensidade do sentimento de alívio que experimentava então.

Deu um passo em direção ao telefone para ligar para a suíte de D'Anconia, mas parou. Não era isso que queria fazer, mas simplesmente entrar sem se anunciar, como ele entrara em seu escritório. Era isso que parecia afirmar alguma espécie de direito não expresso que um tinha em relação ao outro.

A caminho do elevador, pensou: *Ele não está, ou, se está, vai estar acompanhado de alguma vagabunda, e vai ser bem feito para mim*. Mas aquela ideia lhe pareceu irreal. Não conseguia associá-la ao homem que vira à boca do alto-forno. Empertigou o corpo no elevador, cheio de confiança, desceu o corredor com passos confiantes, sentindo que seu ressentimento se transformava em alegria, e bateu à porta.

– Entre! – disse D'Anconia secamente, num tom distraído.

Rearden abriu a porta e deu um passo à frente. Um dos abajures de cetim mais caros do hotel estava no meio do chão, iluminando grandes folhas de papel para desenho. Em mangas de camisa, os cabelos lhe caindo sobre o rosto, D'Anconia estava deitado de bruços no chão, apoiado nos cotovelos, mordendo a extremidade de um lápis, absorto no complexo desenho à sua frente. Não levantou a vista, como se tivesse esquecido que alguém batera à sua porta. Rearden olhava, abismado, e tentava entender o que era o desenho: parecia uma seção transversal de um fundidor de minério. Se tivesse o poder de concretizar a imagem que tinha de D'Anconia, era exatamente isto que teria visto: um jovem trabalhador absorto numa tarefa difícil.

Um momento depois, D'Anconia levantou a cabeça. Imediatamente se ergueu, ficando de joelhos, olhando para Rearden com um sorriso que exprimia ao mesmo tempo surpresa e prazer. Em seguida agarrou os desenhos, virou-os para baixo e os jogou para o lado com uma pressa um tanto suspeita.

– O que foi que eu interrompi? – perguntou Rearden.

– Nada de importante. Entre. – D'Anconia sorria, contente. De repente Rearden ficou convicto de que o outro também esperava por isso, como quem espera uma vitória que não tinha certeza de conseguir.

– O que estava fazendo? – perguntou Rearden.

– Só me distraindo.

– Deixe-me ver.

– Não. – Francisco levantou-se e chutou os desenhos para o lado.

Rearden se deu conta de que, se havia considerado uma impertinência a maneira como D'Anconia se instalara em seu escritório, agora ele próprio estava fazendo a mesma coisa, pois não explicou o que fazia ali. Simplesmente atravessou o cômodo e sentou-se numa poltrona, muito à vontade, como se estivesse em casa.

– Por que não me procurou para continuarmos aquela conversa? – perguntou.

– Porque o senhor está se saindo muito bem sem minha ajuda.

– Está se referindo ao meu julgamento?

– Estou me referindo ao seu julgamento.

– Como é que o senhor sabe? Não o vi lá.

D'Anconia sorriu, porque o tom de voz de Rearden traía algo que ele não dissera: Eu o procurei.

– Será que o senhor não imagina que eu ouvi tudo no rádio?

– É mesmo? Bem, o que achou da minha interpretação do texto que o senhor escreveu?

– Nada disso, Sr. Rearden. O texto não era meu. Não eram coisas que sempre nortearam sua vida?

– Eram.

– Eu apenas o ajudei a ver que o senhor deveria se orgulhar de ter tais princípios.

– Gostei de saber que o senhor escutou.

– Foi brilhante, Sr. Rearden. Pena que com um atraso de três gerações.

– Como assim?

– Se, no passado, um único empresário tivesse tido a coragem de afirmar que trabalhava apenas para lucrar e o dissesse com orgulho, ele teria salvado o mundo.

– Não acho que o mundo já esteja perdido.

– Não está. Nunca vai estar. Mas, meu Deus!, quanto isso nos teria poupado!

– Bem, acho que a gente tem de lutar, qualquer que seja a época em que vivamos.

– É... Sabe, Sr. Rearden, sugiro que o senhor arranje uma transcrição do seu julgamento e leia o que o senhor disse. Depois veja se está mesmo praticando com coerência e integralmente tudo o que disse... ou não.

– O senhor acha que não estou?

– Veja o senhor mesmo.

– Sei que o senhor tinha muita coisa a me dizer naquela noite em que fomos interrompidos pelo acidente. Por que não termina o que tinha a dizer?

– Não. Ainda é cedo.

D'Anconia agia como se não houvesse nada de estranho nessa visita, como se a considerasse perfeitamente natural, como sempre agia na presença de Rearden. Mas este percebeu que o outro não estava tão calmo quanto queria parecer. Andava de um lado para outro, como se desse modo extravasasse uma emoção que não queria confessar. Esquecera no chão o abajur, a única luz acesa no recinto.

– O senhor tem feito umas descobertas desagradáveis, não é? – perguntou D'Anconia. – O que achou da reação dos seus amigos empresários?

– Acho que era de esperar.

Com uma voz tensa de raiva, uma raiva nascida da compaixão, Francisco disse:

– Já faz 12 anos e ainda não consigo encarar a coisa com indiferença! – Aquilo lhe escapou como que involuntariamente, como se, ao tentar conter a emoção, tivesse dito palavras que não devia dizer.

– Faz 12 anos... de quê?

Houve uma pausa breve, mas Francisco respondeu com voz tranquila:

– Que eu compreendi o que esses homens estão fazendo. – E acrescentou: – Sei o que o senhor está passando agora... e o que o espera.

– Obrigado – disse Rearden.

– Por quê?

– Pelo que o senhor está se esforçando tanto para não demonstrar. Mas não se preocupe por minha causa. Ainda consigo resistir... Sabe, não vim aqui porque quisesse falar sobre mim mesmo, nem mesmo sobre o julgamento.

– Concordo em falar sobre qualquer assunto... desde que o senhor fique aqui. – D'Anconia falou como quem faz uma brincadeira cortês, mas o tom de voz traiu que estava falando sério. – Sobre o que o senhor queria falar?

– Sobre o senhor.

D'Anconia parou. Olhou para Rearden por um momento, depois respondeu, em voz baixa:

– Está bem.

Se o que Rearden sentia pudesse ser expresso diretamente em palavras, vencendo a barreira de sua força de vontade, ele teria exclamado: "Não me abandone, preciso de você! Estou lutando contra todos, atingi meus limites e estou condenado a ter que ir além deles... e minha única munição é saber que existe um homem em quem posso confiar, que posso respeitar e admirar!"

Em vez disso, disse com calma, com muita simplicidade – e o único sinal de um vínculo pessoal entre eles foi o tom de sinceridade que acompanha uma afirmativa direta e racional e implica que o interlocutor é tão honesto quanto aquele que fala:

– Sabe, acho que o único crime moral que um homem pode cometer contra outro é tentar criar, por meio de palavras e atos, uma impressão de algo contraditório, impossível, irracional, e dessa forma abalar o conceito de racionalidade de sua vítima.

— É verdade.

— Se eu lhe disser que é esse o dilema em que o senhor me colocou, me ajudaria a sair dele respondendo a uma pergunta pessoal?

— Vou tentar.

— Não é preciso que eu lhe diga, pois o senhor já sabe, que o senhor é o homem mais inteligente que já conheci. Estou começando a aceitar, não como algo certo, mas ao menos possível, que se recuse a utilizar sua grande capacidade no mundo em que vivemos. Mas o que um homem faz movido pelo desespero não é necessariamente uma chave para se compreender seu caráter. Sempre achei que a verdadeira chave está naquilo que ele faz por prazer. E é isto que acho inconcebível: independentemente do que o senhor tenha abandonado, enquanto optar por permanecer vivo, como pode encontrar prazer em desperdiçar uma vida valiosa como a sua correndo atrás de mulheres baratas e diversões imbecis?

D'Anconia o olhou com um sutil sorriso de ironia, como se dissesse: "Ah, é? Então você não quer falar sobre si próprio? E no entanto o que está fazendo, senão confessar a solidão desesperada que faz com que o meu caráter seja mais importante do que qualquer outra questão para você agora?"

O sorriso se dissolveu numa risadinha suave e benevolente, como se a pergunta não implicasse nenhum problema para ele, não o obrigasse a revelar nenhum segredo doloroso.

— Há uma maneira de resolver todos os dilemas desse tipo, Sr. Rearden. Questione suas premissas. — Sentou-se no chão, alegre, informal, preparando-se para uma conversa que lhe daria prazer. — É uma conclusão sua, tirada com base em dados que o senhor mesmo constatou, que eu sou muito inteligente?

— Sim.

— O senhor sabe, com base em dados concretos, que eu passo a vida correndo atrás de mulheres?

— O senhor nunca negou isso.

— Não neguei? Pelo contrário: me dei ao trabalho de criar essa impressão.

— Quer dizer que não é verdade?

— O senhor acha que eu tenho um terrível complexo de inferioridade?

— Não, absolutamente não!

— Só esse tipo de homem passa a vida correndo atrás de mulheres.

— Como assim?

– Lembra o que lhe disse a respeito do dinheiro e dos homens que tentam inverter a lei da causalidade? Os que tentam substituir a mente apossando-se dos produtos dela? Pois o homem que sente desprezo por si mesmo tenta obter amor-próprio por meio de aventuras sexuais, o que é inútil, porque o sexo não é a causa, e sim o efeito e uma manifestação da imagem que um homem faz do próprio valor.

– É melhor explicar isso.

– Já lhe ocorreu que a questão é a mesma? Os homens que acham que a riqueza provêm de recursos materiais e não tem nenhuma raiz nem significado intelectual são aqueles que pensam, pelo mesmo motivo, que o sexo é uma capacidade física que funciona independentemente da inteligência, da escolha ou dos valores do indivíduo. Eles pensam que o seu corpo cria um desejo e faz uma opção por eles... mais ou menos do mesmo modo que o minério de ferro se transforma sozinho em trilhos de trem, por sua própria vontade. O amor é cego, dizem. O sexo é imune à razão e ri do poder de todos os filósofos. Mas, na verdade, a escolha sexual de um homem é o resultado e o somatório de suas convicções fundamentais. Diga-me o que um homem acha sexualmente atraente que lhe direi qual é toda a sua filosofia de vida. Mostre-me a mulher com quem ele dorme e lhe direi que imagem ele faz de si próprio.

Rearden não ousava interrompê-lo, então D'Anconia prosseguiu:

– Independentemente das asneiras que lhe ensinaram a respeito do que a sexualidade tem de altruísta, o ato sexual é o mais profundamente egoísta de todos os atos, pois só pode ser realizado para o prazer de quem o pratica... imagine realizá-lo por espírito desinteressado de caridade!... um ato que não é possível num clima de autodegradação, mas só de autoexaltação, somente quando se tem certeza de que se é desejado e merecedor do desejo. É um ato que força o homem a ficar nu tanto no corpo quanto no espírito e a aceitar seu ego verdadeiro como seu padrão de valor. Ele sempre será atraído pela mulher que reflete sua visão mais profunda de si próprio, a mulher cuja entrega lhe permite experimentar ou fingir o amor-próprio. O homem que está convicto de seu próprio valor e dele se orgulha há de querer o tipo mais elevado de mulher possível, a mulher que ele admira, a mais forte, a mais difícil de conquistar, porque somente a posse de uma heroína lhe dará a consciência de ter realizado algo, não apenas de ter possuído uma vagabunda desprovida de inteligência. Ele não tenta... Mas o que há? – perguntou D'Anconia, ao perceber a expressão de Rearden, que denotava um interesse muito mais profundo do que o normalmente despertado por uma conversa sobre assuntos abstratos.

– Continue – pediu Rearden, tenso.

– Ele não tenta ganhar seu valor, e sim exprimi-lo. Não há conflito entre os padrões de sua mente e os desejos de seu corpo. Mas o homem que está convencido de que não tem valor será atraído por uma mulher que despreza, porque ela refletirá seu próprio eu secreto e lhe proporcionará uma fuga daquela realidade objetiva na qual ele é uma fraude. Ela lhe fornecerá uma ilusão momentânea de seu próprio valor e uma fuga momentânea do código moral que o condena. Observe o caos que é a vida sexual da maioria dos homens e repare no amontoado de contradições que constitui sua filosofia moral. Uma coisa deriva da outra. O amor é nossa resposta a nossos valores mais elevados e não pode ser outra coisa. O homem que corrompe seus próprios valores e a visão que tem de sua existência, que afirma que o amor não é o prazer que se tem consigo próprio, mas a renúncia, que a virtude consiste não em orgulho, mas em piedade, dor, fraqueza ou sacrifício, que o amor mais nobre nasce não da admiração, mas da caridade, que não é despertado por *valores*, mas por *defeitos*, esse homem se parte em dois. Seu corpo não lhe obedecerá, não reagirá da forma apropriada e o tornará impotente em relação à mulher que ele afirma amar, impelindo-o para a prostituta mais abjeta que puder encontrar. Seu corpo sempre obedecerá à lógica profunda de suas convicções mais íntimas. Se ele acredita que os defeitos são valores, ele amaldiçoa a existência e a rotula de mal, e apenas o mal o atrai. Ele amaldiçoa a si próprio e sentirá que a depravação é a única coisa capaz de lhe inspirar prazer. Ele associa a virtude à dor e sente que o vício é a única fonte de prazer. Então vocifera que seu corpo tem desejos abjetos que sua mente não consegue dominar, que o sexo é pecado, que o verdadeiro amor é uma emoção puramente espiritual. E então ele não entende por que o amor só lhe provoca tédio, e a sexualidade, apenas vergonha.

Rearden disse lentamente, com o olhar distante, sem perceber que estava pensando em voz alta:

– Pelo menos... nunca aceitei aquele corolário: jamais me senti culpado por ganhar dinheiro.

D'Anconia não se deu conta do que representavam as duas primeiras palavras de sua frase. Sorriu e disse, entusiasmado:

– Então o senhor vê que no fundo é a mesma questão? Não, o senhor não seria capaz de aceitar nenhuma parte desse credo doentio. Não seria capaz de impor tais ideias a si próprio. Se o senhor tentasse condenar o sexo como um mal, continuaria a encontrá-lo em si próprio, contra sua vontade, agindo com base na premissa moral correta. O senhor seria atraído pela mulher mais elevada que conhecesse. Sempre iria querer uma heroína. Seria incapaz de desprezar a si próprio. Seria incapaz de acreditar que a existência é um mal e que o senhor é uma criatura indefesa, presa num universo absurdo. O senhor é o homem que passou toda a sua vida dando à matéria a forma do objetivo em sua mente. É o homem que saberia que, do mesmo modo que uma ideia não expressa em termos de atos físicos é uma hipocrisia desprezível, assim também o é o amor platônico... e, do mesmo modo que a ação física que não é orientada por uma ideia é uma tolice e uma fraude, assim também o é a sexualidade quando desvinculada do código de valores do indivíduo. É a mesma questão, é claro que o senhor sabe, visto que seu amor-próprio está intacto. O senhor seria incapaz de sentir desejo por uma mulher que desprezasse. Apenas o homem que louva a pureza de um amor desprovido de desejo é capaz da depravação de desejar sem amar. Porém observe que a maioria das pessoas é uma criatura partida em duas, que vive pulando desesperadamente de um polo para outro. Um dos tipos é o homem que despreza o dinheiro, as fábricas, os arranha-céus e o próprio corpo. Ele manifesta emoções indefinidas a respeito de questões inconcebíveis, tais como o sentido da vida e sua suposta virtude. E geme de desespero porque não consegue sentir nada pelas mulheres que respeita, porém sente-se aprisionado por uma paixão irresistível dirigida a uma vagabunda que encontrou na sarjeta. Ele é o homem que as pessoas chamam de idealista. Compreende?

Após uma breve pausa, D'Anconia continuou:

– O outro tipo é o que chamam de prático, que despreza os princípios, as abstrações, a arte, a filosofia e a própria mente. Ele tem como único objetivo na vida a aquisição de objetos materiais e ri quando lhe falam da necessidade de considerar seu objetivo ou sua fonte. Ele acha que tais coisas devem lhe proporcionar prazer e não entende por que quanto mais acumula, menos prazer sente. Esse é que é o homem que vive correndo atrás de mulheres. Observe a tripla fraude que comete contra si próprio. Ele não reconhece sua necessidade de amor-próprio, pois ri do conceito de valor moral. No entanto, sente o profundo desprezo por si próprio que caracteriza aqueles que acham que não passam de um pedaço de carne. Ainda que não admita, ele sabe que o sexo é a manifestação física de um tributo aos valores pessoais. Assim, ele tenta, realizando os gestos que constituem o efeito, adquirir o que deveria ser a causa. Ele tenta afirmar seu próprio valor por intermédio das mulheres que se entregam a ele e esquece que as mulheres que escolhe não têm nem caráter, nem julgamento, nem padrões de valores. Ele diz a si próprio que tudo o que quer é o prazer físico, porém observe que ele se cansa de uma mulher em uma semana ou uma noite, que despreza as prostitutas profissionais e adora imaginar que está seduzindo moças direitas que abrem uma tremenda exceção para ele. É a sensação de realização o que ele busca e jamais encontra. Que glória pode haver em conquistar um corpo desprovido de mente? Pois é *esse* o homem que vive correndo atrás de mulheres. Essa descrição se aplica a mim?

– Não, de jeito nenhum!

– Então o senhor pode julgar, sem pedir minha palavra, se eu realmente levo a vida correndo atrás de mulheres.

– Mas, então, por que diabos o seu nome vive nas primeiras páginas dos jornais há... uns 12 anos, não é?

– Gastei muito dinheiro com as festas mais espalhafatosas e vulgares que se podem imaginar e muito tempo desfilando com mulheres desse tipo. No mais... – D'Anconia parou e então disse: – Tenho alguns amigos que sabem disso, mas o senhor é a primeira pessoa a quem estou dizendo isso, contrariando as regras que eu mesmo me impus: nunca dormi com nenhuma daquelas mulheres. Jamais toquei nelas.

– Mais incrível que isso é que eu acredito no senhor.

O abajur no chão a seu lado derramava uma luz fragmentada no rosto de D'Anconia, que se inclinara para a frente: naquele rosto havia uma expressão de humor desprovido de culpa.

– Se o senhor examinar bem essas notícias de jornal, vai ver que nunca disse nada. Eram as mulheres que estavam doidas para aparecer nos jornais com histórias que davam a entender que, por terem sido vistas comigo num restaurante, estavam vivendo um grande romance comigo. Porque essas mulheres estão atrás da mesma coisa que os homens que vivem andando atrás de um rabo de saia: só querem aumentar seu próprio valor por meio do número e da fama dos homens que conquistam. Só que são ainda mais falsas, porque o valor que elas buscam nem é o ato em si, mas a impressão que vão causar nas outras mulheres, bem como a inveja que vão provocar. Bem, eu dei a essas vagabundas o que elas queriam, mas o que realmente queriam, sem a pretensão que esperavam, a pretensão que esconde delas a natureza de seu desejo. O senhor pensa que elas queriam mesmo dormir comigo ou com qualquer outro homem? Elas são incapazes de ter um desejo tão concreto e sincero. Elas queriam alimentar a própria vaidade, e foi isso que eu lhes proporcionei. Dei-lhes a oportunidade de se gabarem para suas amigas e de se verem nos jornais de mexericos, desempenhando o papel de mulher sedutora. Mas o senhor sabe que funciona igualzinho ao que fez no seu julgamento? Se o senhor quer derrotar qualquer tipo de fraude degradante, é só ceder a ela literalmente, sem acrescentar nada seu que disfarce a verdadeira natureza dela. Aquelas mulheres entenderam. Elas viram que não dava nenhuma satisfação ser invejadas por outras por algo que não haviam realizado. Ao invés de lhes aumentar o amor-próprio, a propaganda em torno desses romances imaginários teve o efeito de lhes aprofundar o sentimento de inferioridade: todas elas sabem que tentaram e fracassaram. Se me levar para a cama é para uma dessas mulheres o padrão público de valor, ela sabe que não conseguiu atingi-lo. Acho que elas me odeiam mais do que a qualquer outro homem na face da Terra. Mas meu segredo está bem guardado, porque cada uma delas acha que foi a única que fracassou, enquanto todas as outras tiveram sucesso, e por isso vai sempre jurar por todos os santos que viveu um tremendo romance comigo e jamais admitirá a verdade para ninguém.

– Mas e a sua reputação, como fica?

D'Anconia deu de ombros.

– Aqueles a quem respeito vão ficar sabendo a verdade, mais cedo ou mais tarde. Os outros... – e o rosto dele endureceu – os outros consideram que eu sou de fato algo mau. Que eles acreditem no que preferem: o que pareço ser nas primeiras páginas dos jornais.

– Mas para quê? Para que o senhor fez isso? Só para lhes ensinar uma lição? – perguntou Rearden.

– Que nada! Eu queria criar fama de playboy.

– Por quê?

– Playboy é um homem que gasta todo o dinheiro que lhe cai nas mãos.

– Por que o senhor criou uma imagem tão repulsiva?

– Camuflagem.

– Para quê?

– Para servir a um objetivo meu.

– Que objetivo?

D'Anconia sacudiu a cabeça:

– Não me peça para lhe contar isso. Já lhe disse mais do que devia. Seja como for, em pouco tempo o senhor ficará sabendo do restante.

– Se disse mais do que devia, por que o fez?

– Porque... o senhor me fez ficar impaciente pela primeira vez em vários anos. – Em sua voz apareceram de novo os sinais de uma emoção reprimida. – Porque eu nunca antes quis que alguém soubesse a verdade a meu respeito tanto quanto eu quis que o senhor soubesse. Porque eu sabia que o senhor despreza o playboy mais do que qualquer outro tipo de homem, como aliás eu também. Playboy? Só amei uma mulher na minha vida e continuo a amá-la. E sempre hei de amá-la! – Fez uma pausa involuntária e acrescentou, em voz baixa: – Jamais confessei isso a ninguém... nem a ela.

– O senhor a perdeu?

O olhar de D'Anconia ficou perdido por um instante. Depois ele respondeu, num tom de voz contido:

– Espero que não.

A luz do abajur iluminava seu rosto de baixo para cima, e Rearden não via seus olhos, apenas sua boca, que exprimia uma atitude de resistência e uma resignação estranhamente solene. Rearden sabia que não podia remexer mais essa ferida.

Numa de suas características mudanças súbitas de estado de espírito, D'Anconia disse:

– Ah, não vai ter que esperar muito! – e se pôs de pé, sorrindo.

– Como o senhor confia em mim – disse Rearden –, quero lhe contar um segredo em troca. Quero que saiba quanto eu confiava no senhor antes de vir aqui. E posso vir a precisar da sua ajuda depois.

– O senhor é o único homem dos que restam que eu gostaria de ajudar.

– Há muitas coisas a seu respeito que não compreendo, mas de uma coisa tenho certeza: o senhor não é amigo dos saqueadores.

– Não, não sou. – Havia um toque de ironia no rosto de Francisco, como se quisesse acrescentar: muito pelo contrário.

– Portanto, sei que o senhor não vai me trair se eu lhe disser que vou continuar vendendo metal Rearden aos fregueses que bem entender, nas quantidades que eu quiser, sempre que tiver oportunidade de fazê-lo. No momento, estou me preparando para atender a uma encomenda 20 vezes maior do que aquela que me levou ao tribunal.

Sentado no braço de uma poltrona, a alguns metros de Rearden, D'Anconia se inclinou para a frente a fim de olhá-lo em silêncio, por um momento prolongado.

– O senhor acha que desse jeito está combatendo os inimigos? – perguntou.

– Bem, o que acha? Que estou colaborando com eles?

– O senhor estava disposto a trabalhar e a produzir metal Rearden para eles ainda que perdesse seus lucros, perdesse seus amigos, enriquecesse aqueles cachorros que o roubavam, e ainda que eles o xingassem porque o senhor os sustentou. Agora está disposto a continuar a fazê-lo, embora isso o transforme num criminoso e o coloque sob a ameaça de ser preso a qualquer momento, para manter em funcionamento um sistema que só pode ser mantido por suas vítimas, que violam as leis que ele próprio cria.

– Não é por causa do sistema, mas por causa de meus clientes, porque não posso abandoná-los e deixá-los à mercê do sistema. Preciso sobreviver a ele. Não vou deixar que me façam parar, por mais que dificultem minha vida, e não vou entregar o mundo a eles, mesmo que eu seja o último homem a resistir. No momento, aquela encomenda ilegal é mais importante do que todas as minhas siderúrgicas.

D'Anconia sacudiu a cabeça lentamente e não disse nada. Depois perguntou:

– A qual dos seus amigos proprietários de minas de cobre o senhor vai conceder o valioso privilégio de delatá-lo desta vez?

Rearden sorriu.

– Desta vez, não. Desta vez, estou negociando com um homem em quem posso confiar.

– É mesmo? E quem é esse homem?

– O senhor.

D'Anconia se empertigou na poltrona.

– O quê? – perguntou, em voz tão baixa que quase conseguiu não trair a emoção.

Rearden sorria.

– Então o senhor não sabia que agora sou um de seus clientes? Tudo foi negociado por intermédio de uns testas de ferro e sob nome falso, mas vou precisar da sua ajuda para impedir que seus funcionários comecem a fazer perguntas a meu respeito. Eu preciso daquele cobre e necessito que ele seja entregue a tempo. Não importa que me prendam depois, desde que eu consiga entregar essa encomenda. Sei que o senhor não dá mais nenhum valor à sua empresa, à sua riqueza, ao seu trabalho, porque não gosta de lidar com saqueadores como Taggart e Boyle. Mas, se tudo o que o senhor me disse foi dito a sério, se eu sou o único homem que respeita, o senhor vai me ajudar a sobreviver e a derrotá-los. Nunca pedi ajuda a ninguém. Agora estou pedindo a sua. Preciso do senhor. Confio no senhor. O senhor sempre disse me admirar. Pois agora minha vida está em suas mãos... se quiser. Uma encomenda de cobre da D'Anconia está sendo enviada a mim neste momento. O carregamento saiu de San Juan no dia 5 de dezembro.

– *O quê?!* – Foi um grito de horror. D'Anconia se pôs de pé de repente, sem tentar esconder mais nada. – Dia 5 de dezembro?

– Sim – respondeu Rearden, estupefato.

D'Anconia correu até o telefone.

– Eu lhe avisei para não fazer qualquer tipo de negócio com a Cobre D'Anconia! – bradou, num grito ao mesmo tempo de lamento, fúria e desespero.

Sua mão ia pegar o telefone quando ele a retirou de volta subitamente. Agarrou-se à mesa, como se para impedir a si próprio de pegar o telefone, e ficou parado, de cabeça baixa, por um intervalo de tempo que nem ele próprio nem Rearden puderam avaliar. Este assistia, mudo, àquela terrível luta interior na figura de um homem imóvel. Não sabia qual era a natureza daquela luta. Sabia apenas que havia alguma coisa que D'Anconia tinha o poder de impedir que acontecesse naquele momento e que ele não usaria aquele poder.

Quando D'Anconia levantou a cabeça, Rearden viu em seu rosto um sofrimento tão grande que era quase um grito de dor, um sofrimento que era ainda mais terrível porque vinha combinado com uma expressão de firmeza, como se a decisão já tivesse sido tomada e esse fosse o preço que ele tinha de pagar.

– Francisco... o que houve?

– Hank, eu... – Sacudiu a cabeça e depois endireitou o corpo. – Sr. Rearden – disse, com uma voz que continha a força, o desespero e a dignidade peculiares de uma súplica que ele próprio sabia ser inútil –, sei que o senhor vai me amaldiçoar, vai duvidar de tudo o que eu disse durante algum tempo... porém juro, juro pela mulher que amo, que sou seu amigo.

A lembrança do rosto de D'Anconia naquele momento voltou à mente de Rearden três dias depois, num momento arrasador de choque e ódio. Muito embora Rearden pensasse, ao lado do rádio em seu escritório, que agora jamais poderia voltar ao Wayne-Falkland, senão mataria Francisco d'Anconia no instante em que o visse, a lembrança lhe voltava insistentemente, em meio às palavras que ele ouvia: palavras que lhe diziam que três navios com um carregamento de cobre da D'Anconia, que haviam partido de San Juan com destino a Nova York, tinham sido atacados e afundados por Ragnar Danneskjöld. Aquela lembrança voltava com insistência, muito embora ele soubesse que havia perdido muito mais do que um carregamento de cobre quando aqueles navios afundaram.

CAPÍTULO 5

CONTA A DESCOBERTO

Foi o primeiro fracasso na história da Siderúrgica Rearden. Pela primeira vez, uma encomenda não fora entregue conforme o prometido. Mas no dia 15 de fevereiro, quando os trilhos da Taggart deveriam ser entregues, já não fazia a menor diferença.

O inverno viera cedo, nos últimos dias de novembro. Diziam que era o inverno mais frio da história e que não era culpa de ninguém se nevava mais do que o normal. As pessoas faziam questão de não se lembrar de que já houvera tempo em que a neve não caía impunemente sobre estradas sem iluminação ou sobre casas sem calefação; que as nevascas não detinham os trens, não causavam centenas de mortes.

A primeira vez que a Carvão Danagger atrasou a entrega de combustível para a Taggart Transcontinental, na última semana de dezembro, o primo de Danagger explicou que não fora culpa sua: ele tinha sido obrigado a reduzir a jornada de trabalho para seis horas a fim de levantar o moral dos trabalhadores, que, por algum motivo, não rendiam mais tanto quanto no tempo de seu primo Kenneth. Eles haviam se tornado apáticos e desleixados, explicara ele, porque a disciplina rígida da antiga administração os tinha exaurido. Não era culpa sua se alguns dos supervisores e mestres, homens que já trabalhavam na companhia há 10, 20 anos, haviam pedido demissão sem motivo. Não era culpa sua se parecia haver certos atritos entre os funcionários e a nova equipe supervisora, muito embora ela fosse constituída de homens muito mais liberais do que os feitores que antes trabalhavam lá. "É apenas uma questão de readaptação", disse ele. Não era culpa sua se o carvão destinado à Taggart Transcontinental fora entregue, na véspera do dia combinado, ao Departamento de Ajuda Internacional para ser enviado à República Popular da Inglaterra. Era uma emergência, o povo inglês estava morrendo de fome, pois todas as fábricas estatizadas do país estavam fechando, por isso a Srta. Taggart deveria ser mais razoável, já que seria apenas um atraso de um dia.

Atraso de apenas um dia, mas atrasou em três dias o trem de carga nº 386, que ia da Califórnia para Nova York com 59 vagões cheios de alface e laranjas. O trem esperou em desvios, em estações, pelo combustível que não vinha. Quando, por fim, chegou a Nova York, todo o carregamento teve de ser despejado no rio East: havia esperado demais nos armazéns da Califórnia, com a redução dos trens em circulação e com a proibição de que uma locomotiva puxasse mais de 60 vagões de uma vez. Somente os amigos e os sócios perceberam que três produtores de laranjas na Califórnia declararam falência, bem como dois produtores de alface em Imperial Valley. Ninguém ligou para a falência de uma corretora em Nova York, de uma empresa de encanamentos a quem a corretora devia dinheiro, de um atacadista que havia vendido canos à empresa de encanamentos. Quando havia gente passando fome, afirmavam os jornais, não se devia ficar preocupado com a falência de empresas que só visavam ao lucro.

O carvão enviado pelo Departamento de Ajuda Internacional jamais chegou à República Popular da Inglaterra: foi roubado por Ragnar Danneskjöld.

Na segunda vez que a Carvão Danagger atrasou a entrega do combustível para a Taggart Transcontinental, em meados de janeiro, o primo de Danagger gritou irritado, ao telefone, que não fora sua culpa: suas minas haviam permanecido fechadas por três dias em consequência da falta de óleo lubrificante para as máquinas. A entrega de carvão foi atrasada por quatro dias.

O Sr. Quinn, da Companhia Quinn de Rolamentos, que se mudara de Connecticut para o Colorado, esperou uma semana pelo trem cargueiro que trazia seu carregamento de aço da Rearden. Quando o trem chegou, as portas da fábrica estavam fechadas.

Ninguém deu importância à falência de uma fábrica de motores em Michigan que havia esperado por um carregamento de rolamentos com as máquinas paradas e os trabalhadores recebendo pagamento integral; nem ao fechamento de uma serraria no Oregon que ficou esperando por um motor novo; nem ao fechamento de um depósito de madeira em Iowa que ficou sem receber a matéria-prima; nem à falência de uma empreiteira em Illinois que, por não receber a madeira a tempo, perdeu todos os seus contratos, levando seus clientes a perambular, por estradas cobertas de neve, à procura daquilo que não existia mais: moradia.

A tempestade de neve que caiu no fim de janeiro bloqueou as estradas que atravessavam as montanhas Rochosas, erigindo muralhas brancas de 10 metros de altura sobre a linha principal da Taggart Transcontinental. Os homens que foram tentar limpar a estrada desistiram rapidamente: os limpa-neves foram pifando um por um, porque havia dois anos que não recebiam manutenção adequada. Os novos limpa-neves não tinham sido entregues – o fabricante fechara a fábrica porque não conseguira receber de Orren Boyle o aço de que precisava.

Três trens que seguiam para o Oeste ficaram presos nos desvios da estação de Winston, no alto das montanhas Rochosas, onde a linha principal da Taggart Transcontinental cruzava o noroeste do Colorado. Durante cinco dias, os trens permaneceram sem comunicação com o restante do mundo. Era impossível chegar até eles no meio da neve. O último caminhão da Hammond pifou nas ladeiras cobertas de gelo das estradas da serra. Os melhores aviões, ainda dos fabricados por Dwight Sanders, foram enviados, mas não chegaram à estação de Winston, porque já estavam velhos demais para enfrentar uma tempestade como aquela.

No meio da neve, os passageiros presos nos trens olhavam para as luzes dos casebres de Winston. Na noite do segundo dia, elas se apagaram. Na noite do terceiro dia, começou a faltar aquecimento e comida nos trens. Nos poucos momentos em que a nevasca amainava, os passageiros viam, muito ao longe, em direção ao sul, no vazio negro em que se confundiam a terra às escuras e o céu sem estrelas, uma pequena chama ardendo ao vento. Era a Tocha de Wyatt.

Na manhã do sexto dia, quando os trens puderam sair e descer as encostas de Utah, de Nevada e da Califórnia, suas tripulações observaram que várias pequenas fábricas que margeavam a estrada, que na vinda estavam abertas, agora estavam fechadas.

"As tempestades são catástrofes naturais", escreveu Bertram Scudder, "e ninguém é responsável pelos fenômenos meteorológicos."

As rações de carvão determinadas por Wesley Mouch permitiam que os lares fossem aquecidos durante três horas por dia. Não havia madeira para queimar, metal para fazer fogareiros, ferramentas para fazer obras nas casas. Em fornalhas improvisadas com tijolos e latas de óleo, os professores queimavam seus livros, e os produtores de frutas queimavam suas árvores. "As privações fortalecem o ânimo do povo", escrevia Bertram Scudder, "e forjam o aço da disciplina social. O sacrifício é o cimento que une os tijolos humanos, formando o grande edifício da sociedade."

– Na nação em que antes se proclamava que a grandeza é fruto da produção, agora se diz que é fruto da miséria – declarou Francisco d'Anconia numa entrevista à imprensa. Mas ela não foi publicada.

O único comércio que prosperava naquele inverno era a indústria do entretenimento. As pessoas gastavam seus últimos centavos não em comida nem em combustível, mas em cinemas, para fugir durante algumas horas daquela condição de animais que só podem se preocupar com suas necessidades mais básicas. Em janeiro, todos os cinemas, boates e clubes de boliche foram fechados por ordem de Wesley Mouch, para economizar combustível. "O prazer não é uma necessidade básica da existência", escreveu Bertram Scudder.

– É preciso ter uma atitude filosófica – disse o Dr. Simon Pritchett a uma jovem aluna que, de repente, começou a soluçar histericamente no meio de uma aula. Ela acabava de voltar de uma expedição de voluntários que fora socorrer um acampamento de flagelados às margens do lago Superior. Vira uma mãe segurando no colo um filho crescido que morrera de fome. – Não há absolutos – prosseguiu o Dr. Pritchett. – A realidade não passa de uma ilusão. Como é que essa mulher sabe que o filho está morto? Como é que ela pode saber que ele um dia existiu de fato?

Pessoas com olhos cheios de súplica e rostos transidos de desespero entravam às multidões em barracas onde pregadores exultantes proclamavam que o homem era incapaz de lutar contra a natureza, que a ciência era uma fraude, que a mente humana era um fracasso, que o homem estava colhendo o castigo pelo pecado do orgulho, pela confiança que depositara em sua própria inteligência – e que só a fé no poder dos segredos místicos poderia protegê-lo de uma rachadura num trilho ou da explosão do último pneu do último caminhão. O amor era a chave dos segredos místicos, diziam eles; o amor e o sacrifício desinteressado pelo próximo.

Orren Boyle fez um sacrifício desinteressado pelo próximo. Vendeu ao Departamento de Ajuda Internacional, para ser enviado à República Popular da Alemanha, um carregamento de 10 mil toneladas de peças de aço que antes haviam sido encomendadas pela Ferrovia Sul-Atlântica.

– Foi uma decisão difícil de tomar – disse ele, com os olhos úmidos e embaçados de virtude, ao horrorizado presidente da ferrovia. – Mas eu levei em conta que a sua empresa é muito rica, enquanto o povo alemão vive na mais terrível miséria. Assim, agi com base no princípio de que a necessidade vem em primeiro lugar. Quando há dúvida, deve-se favorecer os fracos, não os fortes.

O presidente da Sul-Atlântica fora informado de que o amigo mais influente de Orren Boyle em Washington tinha um amigo no Ministério do Abastecimento da República Popular da Alemanha. Mas, se fora esse o motivo de Boyle ou se fora mesmo o princípio do sacrifício, ninguém sabia e não fazia diferença: se Boyle fosse um santo altruísta, ele teria sido obrigado a fazer exatamente a mesma coisa. Assim, o presidente da Sul--Atlântica foi obrigado a se calar. Não ousava admitir que se preocupava mais com sua ferrovia do que com o povo alemão – não ousava usar argumentos contra o princípio do sacrifício.

As águas do Mississippi vinham subindo desde o início de janeiro, tempestuosas, agitadas pelo vento, que as transformava numa corrente avassaladora que sobrepujava todos os obstáculos à sua frente. Numa noite de granizo, na primeira semana de fevereiro, a ponte da Sul-Atlântica sobre o Mississippi desabou quando passava por ela um trem de passageiros. A locomotiva e os primeiros cinco carros-leitos desabaram junto com as vigas nas águas escuras, 30 metros abaixo. O restante do trem permaneceu sobre os primeiros três vãos da ponte, que não desabaram.

– Você não pode ter o bolo e deixar seu vizinho comê-lo ao mesmo tempo – disse Francisco d'Anconia. A fúria das autoridades públicas desencadeada por essa afirmação foi maior do que a preocupação com o horrível desastre da ponte.

Dizia-se à boca pequena que o engenheiro-chefe da Sul-Atlântica, desesperado porque a companhia não conseguia receber o aço de que necessitava para reforçar a ponte, havia se demitido seis meses antes, avisando à companhia que a ponte não apresentava condições de segurança. Ele escrevera uma carta ao maior jornal de Nova York alertando o público, mas ela não fora publicada. Dizia-se também que os três primeiros vãos da ponte não haviam desabado porque tinham sido reforçados com metal Rearden, mas a Lei da Distribuição Justa só permitira à ferrovia adquirir 500 toneladas do metal.

A única coisa concreta em que deu o inquérito oficial sobre o desastre foi a interdição de duas outras pontes sobre o Mississippi, de propriedade de ferrovias menores. Uma dessas ferrovias fechou. A outra desativou uma de suas linhas, arrancou os trilhos dela e acrescentou uma pista à ponte da Taggart Transcontinental sobre o Mississippi. A Sul-Atlântica fez o mesmo.

A grande Ponte Taggart em Bedford, Illinois, fora construída por Nathaniel Taggart. Ele lutara contra o governo durante anos porque a justiça havia decidido, com base numa acusação feita por empresas de transporte fluvial, que as ferrovias representavam uma forma de competição destrutiva para o transporte fluvial e eram, portanto, uma ameaça ao bem público. Assim, ficavam proibidas as pontes ferroviárias sobre o Mississippi por constituírem obstáculos materiais. Os tribunais queriam obrigar Nathaniel Taggart a derrubar sua ponte e carregar seus passageiros para o outro lado do rio através de barcas. Taggart, porém, ganhou essa batalha por maioria de um voto na Suprema Corte. Sua ponte agora era o único grande elo de ligação entre as duas metades do continente. Sua última descendente decidira que, por pior que estivesse a situação, a Ponte Taggart seria sempre mantida no melhor estado possível.

O aço enviado pelo Departamento de Ajuda Internacional não chegou à República Popular da Alemanha. Foi roubado por Ragnar Danneskjöld – mas a notícia não saiu do Departamento, porque havia muito tempo os jornais tinham parado de mencionar as atividades do pirata.

Foi só quando o público começou a perceber, primeiro, que escasseavam, depois, que desapareciam do mercado coisas como ferros de passar, torradeiras, máquinas de lavar e todos os eletrodomésticos é que começou a fazer perguntas e espalhar boatos. Dizia-se que nenhum navio que transportasse cobre da D'Anconia conseguia chegar a um porto nos Estados Unidos – Danneskjöld não deixava.

Nas noites enevoadas daquele inverno, nos cais dos portos, os marinheiros diziam, aos cochichos, que Danneskjöld sempre se apossava dos carregamentos de navios do Departamento de Ajuda Internacional, mas que nunca ficava com o cobre dos navios da D'Anconia. Ele deixava a tripulação escapar em botes salva-vidas, mas o cobre ia para o fundo do mar junto com os navios. Para os marinheiros, isso era uma lenda impossível de explicar, pois ninguém podia entender por que Danneskjöld não ficava com o cobre.

Na segunda semana de fevereiro, para economizar fio de cobre e energia elétrica, um decreto proibiu os elevadores de irem acima do 25º andar. Os últimos andares dos edifícios mais altos tiveram de ser desativados, e tapumes de madeira foram colocados nas escadas para vedar o acesso a eles.

Por meio de uma permissão especial, abriam-se exceções – com base no argumento de "necessidade essencial" – para algumas grandes empresas e hotéis de luxo. Foi como se amputassem a parte de cima das cidades.

Antes, os habitantes de Nova York nunca se preocupavam com o tempo. As tempestades eram apenas incidentes incômodos que engarrafavam o trânsito e formavam poças d'água à porta das lojas iluminadas. Andando contra o vento, com suas capas de chuva e seus casacos de pele, as pessoas encaravam as tempestades como intrusas na cidade. Agora, com a neve que enchia as ruas estreitas, as pessoas tinham a terrível sensação de que elas próprias é que eram apenas intrusas temporárias na cidade e que o vento é que mandava lá.

– Agora não faz mais nenhuma diferença, Hank, não pense mais nisso, não importa – aconselhou Dagny quando Rearden lhe avisou que não seria possível entregar os trilhos encomendados. Ele não conseguira encontrar um fornecedor de cobre. – Deixe isso para lá, Hank. – Ele não disse nada. Não conseguia deixar de pensar no primeiro fracasso da Siderúrgica Rearden.

Na noite de 15 de fevereiro, um trilho se partiu e descarrilou uma locomotiva a um quilômetro de Winston, Colorado, numa linha que ia ser reformada com os novos trilhos. O chefe de estação suspirou e enviou ao lugar do acidente uma equipe com um guindaste. Era apenas mais um pequeno acidente dos que aconteciam no seu setor quase todos os dias, e ele já estava ficando acostumado.

Naquela noite, Rearden, com o colarinho do casaco levantado, o chapéu enfiado até os olhos, caminhava com neve até os joelhos por uma mina de carvão a céu aberto, já abandonada, num canto perdido da Pensilvânia, supervisionando a coleta clandestina de carvão, que era colocado nos caminhões levados por ele. A mina não era de ninguém; ninguém podia arcar com os custos de administrá-la. Mas um jovem de voz áspera e olhos negros e zangados, que morava num acampamento de gente faminta, organizara um grupo de desempregados e fizera com Rearden um trato de recolher carvão. Trabalhavam na mina à noite, guardavam o carvão em galerias escondidas, eram pagos em dinheiro vivo e ninguém fazia perguntas. Todos eles eram culpados por terem um desejo feroz de sobreviver. Os desempregados e Rearden trocavam dinheiro e serviços como selvagens, sem direitos, títulos, contratos nem qualquer forma de proteção, tudo com base na compreensão mútua e no cumprimento rigoroso da palavra.

Rearden nem sequer sabia o nome do jovem líder. Ao vê-lo carregando os caminhões, pensou que, se aquele rapaz tivesse nascido uma geração antes, teria sido um grande industrial. Agora, provavelmente, terminaria sua breve vida como marginal em alguns anos.

Naquela noite, Dagny enfrentou uma reunião da diretoria da Taggart.

Todos estavam sentados ao redor de uma mesa lustrosa, numa refinada sala em que a calefação era insuficiente. Aqueles homens, que, ao longo de suas carreiras, haviam fundamentado sua segurança na prática de não trair nenhum sentimento com a expressão do rosto, não dizer nada de conclusivo com suas palavras e manter as roupas impecáveis, agora estavam visivelmente constrangidos com suas suéteres grossas, seus cachecóis em volta do pescoço, as tosses que interrompiam as discussões a toda hora, como o som insistente de uma metralhadora.

Dagny observou que Jim não conseguia mais manter sua tranquilidade habitual. Sua cabeça estava enfiada nos ombros e seu olhar zanzava de um rosto para outro de modo arisco.

Entre os presentes se encontrava um homem de Washington. Ninguém sabia exatamente qual era seu cargo e qual seu título, mas isso não era necessário: sabiam que ele era o homem de Washington e seu nome era Sr. Weatherby. Tinha cabelos grisalhos, um rosto comprido e fino e uma boca que dava a impressão de que tinha de forçar os músculos faciais para mantê-la fechada. Isso lhe emprestava uma expressão de rigidez formal, que era a única coisa que seu rosto denotava. Os membros da diretoria não sabiam se ele estava ali na qualidade de convidado, consultor ou interventor. Prefeririam não descobrir.

– A meu ver – disse o diretor-presidente –, o principal problema que devemos considerar é o fato de que os trilhos de nossa linha principal estão em estado deplorável, se não crítico... – Fez uma pausa e depois acrescentou, cuidadoso: – ... enquanto a única linha que está em boas condições é a Linha John Galt, digo, a Linha Rio Norte.

No mesmo tom de voz de quem espera que alguém entenda aonde se quer chegar, um outro homem disse:

– Se levarmos em conta nossa escassez crítica de equipamento e o fato de que estamos deixando que esse equipamento se desgaste trabalhando numa linha que dá prejuízo... – Parou, sem dizer o que aconteceria se levassem isso em conta.

– A meu ver – disse um homem magro e pálido com um bigode aparado

–, a Linha Rio Norte se tornou um ônus financeiro com que talvez a empresa não possa mais arcar... isto é, a menos que certos reajustes sejam feitos, os quais... – Não terminou, mas olhou para o Sr. Weatherby, que ignorou o olhar.

– Jim – disse o diretor-presidente –, acho que você poderia fazer um apanhado da situação para o Sr. Weatherby.

A voz de Taggart ainda conseguia se manter uniforme, mas era a uniformidade do movimento de um pano esticado sobre cacos de vidro, e de vez em quando transpareciam algumas pontas afiadas:

– Acho que é do conhecimento de todos que o principal fator que está afetando todas as ferrovias do país é o número excepcional de falências. Ainda que todos nós naturalmente estejamos conscientes de que esse fato é apenas uma circunstância temporária, a questão permanece: no momento, a situação das ferrovias atingiu um estágio que não seria exagerado qualificar de desesperador. Concretamente, a quantidade de fábricas que fecharam no território coberto pela Rede Taggart Transcontinental é tão grande que toda a nossa estrutura financeira foi destruída. Distritos e divisões que antigamente nos forneciam receitas seguras agora estão dando prejuízo. Não se pode manter em funcionamento o mesmo número de trens de carga quando agora servimos a três usuários em vez dos sete de antes. Não podemos lhes oferecer o mesmo serviço... se mantivermos as tarifas atuais. – Olhou de relance para o Sr. Weatherby, mas ele ignorou seu olhar. – A meu ver – prosseguiu Taggart, com uma voz em que cada vez eram mais audíveis as pontas afiadas –, a posição dos nossos usuários não é razoável. Em sua maioria, eles reclamam de seus concorrentes e tomaram uma série de medidas de âmbito local visando eliminar a competição em suas áreas de atuação. Ora, a maioria deles domina completamente seu mercado. No entanto, eles se recusam a admitir que uma ferrovia não pode cobrar de uma única fábrica a mesma tarifa que era viável no tempo em que ela servia toda uma região. Estamos operando nossos trens para eles no vermelho, e, no entanto, eles resolveram se opor a qualquer proposta de... aumento de tarifas.

– Contra qualquer *aumento*? – perguntou o Sr. Weatherby, tranquilo, fingindo espanto. – Não é essa a posição deles.

– Se forem verdadeiros certos boatos nos quais me recuso a acreditar... – disse o diretor-presidente, mas parou quando percebeu que sua voz estava começando a trair o pânico que sentia.

– Jim – disse o Sr. Weatherby, num tom de voz agradável –, acho que seria melhor se simplesmente não mencionássemos o assunto aumento de tarifas.

– Eu não estava propondo um aumento nesta altura dos acontecimentos – Taggart se apressou a dizer. – Apenas mencionei a possibilidade para completar o quadro geral da situação.

– Mas, Jim – disse um velho de voz trêmula –, eu imaginava que com a sua influência... isto é, com sua amizade com o Sr. Mouch, estaria garantido que...

Ele parou, porque os outros o olhavam com reprovação. O velho estava violando uma lei não escrita: era proibido mencionar esse tipo de coisa, as poderosas amizades de Jim e o motivo pelo qual elas misteriosamente não serviam para nada.

– A questão – disse o Sr. Weatherby, tranquilo – é que o Sr. Mouch me enviou aqui para discutir as exigências dos sindicatos dos ferroviários, que pedem um aumento de salário, e as exigências dos usuários, que querem uma redução nas tarifas.

O Sr. Weatherby disse isso num tom de firmeza e naturalidade. Ele tinha consciência de que todos aqueles homens já sabiam daquilo, pois essas exigências vinham sendo noticiadas nos jornais havia meses. Sabia que o que aqueles homens mais temiam não era o fato em si, mas o fato de ele o mencionar às claras – como se em si o fato não existisse, mas as palavras do Sr. Weatherby tivessem o poder de torná-lo real. Sabia que estavam esperando para ver se ele iria exercer esse poder – e o que ele estava fazendo era mostrar que iria.

A situação pedia uma grita de protesto, mas não se ouviu nada. Ninguém disse nada. Então James Taggart, com aquele tom de voz mordaz e nervoso que visava denotar raiva, mas que apenas exprimia incerteza, disse:

– Eu não daria importância demasiada ao Buzzy Watts, do Conselho Nacional dos Usuários de Ferrovias. Ele vem fazendo muito barulho e oferecendo muitos jantares caros em Washington, mas acho que não vale a pena levá-lo muito a sério.

– Olhe, não sei, não – discordou o Sr. Weatherby.

– Escute, Clem, eu sei que Wesley se recusou a recebê-lo semana passada.

– É verdade. Wesley é um homem muito ocupado.

— E sei que, quando Gene Lawson deu aquela festança 10 dias atrás, todo mundo foi, mas Buzzy Watts não foi convidado.

— Também é verdade — admitiu o Sr. Weatherby, complacente.

— Por isso eu não apostaria no Sr. Buzzy Watts, Clem. E não vou me preocupar com isso.

— Wesley é um homem imparcial — retrucou o Sr. Weatherby. — Um homem dedicado ao espírito público. Ele considera os interesses do país um todo acima de qualquer outra coisa. — Taggart se empertigou na sua cadeira. De todos os sinais de perigo que conhecia, esse era o pior. — Ninguém pode negar, Jim, que Wesley o tem em alta estima como empresário esclarecido, consultor e um de seus amigos mais íntimos. — O olhar de Taggart se fixou em Weatherby; isso era pior ainda. — Mas ninguém seria capaz de dizer que Wesley pensaria duas vezes antes de sacrificar seus sentimentos e suas amizades pessoais quando o que está em jogo é o bem do público.

O rosto de Taggart permanecia impassível. O terror que sentia vinha de coisas que ele jamais permitia que se manifestassem em palavras ou expressões faciais. O terror provinha de seu conflito interior contra um pensamento jamais admitido: ele próprio fora "o público" durante tanto tempo e em relação a tantas questões diferentes que sabia o que representava transferir, justamente com seu "bem", para a pessoa de Buzzy Watts aquele título mágico e sagrado a que ninguém ousava se opor.

Mas o que Taggart perguntou, e apressadamente, foi:

— Você não está dando a entender que *eu* colocaria meus interesses particulares acima do bem-estar do público, está?

— Não, claro que não — respondeu o Sr. Weatherby com um olhar que era quase um sorriso. — Claro que não. Você não, Jim. Seu espírito público, bem como sua compreensão, são muito bem conhecidos. É por isso que Wesley imagina que você entenda todos os ângulos dessa questão.

— Sim, é claro — disse Taggart, encurralado.

— Bem, vejamos o ângulo dos sindicatos. Talvez você não possa lhes conceder um aumento, mas como é que eles podem viver com esse aumento brutal do custo de vida? Eles têm que comer, não é? Isso é que é o mais importante, mais do que qualquer ferrovia. — O tom de voz do Sr. Weatherby continha um toque de indignação moral tranquila, como se estivesse invocando uma fórmula que servia para exprimir outro significado que todos entendiam muito bem. Ele encarava Taggart com aquela ênfase especial do que não é dito explicitamente. – Os sindicatos de ferroviários têm quase um milhão de membros. Mais as famílias, os dependentes e os parentes pobres... e quem não tem parente pobre hoje em dia?... isso dá uns 5 milhões de votos. Quero dizer, de pessoas. Wesley tem que levar isso em conta. Ele tem que pensar na psicologia dessas pessoas. E pense também no público. As tarifas que vocês estão cobrando foram fixadas numa época em que todo mundo estava ganhando dinheiro. Mas, do jeito que as coisas estão agora, os custos de transporte se transformaram num ônus com que ninguém pode arcar. As pessoas se queixam disso em todo o país. – Olhou diretamente para Taggart, e aquele olhar foi como uma piscadela. – Eles são muitos, Jim. Não estão satisfeitos com um monte de coisas. Se o governo reduzisse as tarifas ferroviárias, muita gente ia ficar agradecida.

O silêncio que se seguiu foi como um buraco tão fundo que não permitia ouvir o menor ruído dos objetos que porventura nele caíssem. Taggart, como todos os outros, sabia muito bem quais eram os motivos altruísticos pelos quais o Sr. Mouch estava sempre disposto a sacrificar suas amizades.

Foi o silêncio, mais o fato de que ela não queria dizer aquilo, de que viera decidida a não falar, porém não conseguira resistir, que fez com que a voz de Dagny soasse tão áspera:

– Então, finalmente os senhores conseguiram o que sempre quiseram esses anos?

A rapidez com que todos se voltaram para ela foi a resposta involuntária a um som inesperado, mas a mesma rapidez com que desviaram o olhar para a mesa, as paredes, qualquer coisa que não fosse ela, era a resposta consciente ao significado do que Dagny dissera.

No silêncio que se seguiu, Dagny sentiu que o ressentimento geral era como uma goma que espessasse o ar do recinto, e sabia que o ressentimento não era dirigido ao Sr. Weatherby, mas a ela. Teria suportado aquilo se deixassem apenas sua pergunta sem resposta, mas o que a fez sentir o estômago apertar de náusea foi a dupla falsidade de fingirem ignorá-la e depois responderem à maneira deles.

Sem olhar para ela, com uma voz calculadamente indiferente, porém ao mesmo tempo bem definida, o presidente disse:

– Tudo estaria bem, tudo teria dado certo, não fosse o fato de certas pessoas erradas estarem em posições de poder, pessoas como Buzzy Watts e Chick Morrison.

– Ah, não me preocupo por causa de Chick Morrison, não – disse o homem pálido de bigode. – Ele não tem contatos realmente importantes no primeiro escalão. O problema é Tinky Holloway.

– Não acho que a situação seja desesperadora – disse um homem corpulento com cachecol verde. – Joe Dunphy e Bud Hazleton estão muito ligados a Wesley. Se a influência deles prevalecer, tudo vai ficar bem. Mas Kip Chalmers e Tinky Holloway são perigosos.

– Eu cuido de Kip Chalmers – disse Taggart.

O Sr. Weatherby era a única pessoa na sala que não se incomodava de olhar para Dagny, mas, sempre que seu olhar se fixava nela, não registrava nada. Ela era a única pessoa ali que ele não via.

– Estou pensando – disse o Sr. Weatherby como quem não quer nada e olhando para Taggart – que você podia fazer um favor a Wesley.

– Wesley sabe que pode sempre contar comigo.

– Bem, a minha ideia é a seguinte: se você concedesse o aumento de salário aos ferroviários, nós podíamos não falar mais na questão de baixar as tarifas... por um tempo.

– Não posso fazer isso! – Foi quase um grito. – A Aliança Nacional de Ferrovias assumiu uma posição unânime contra os aumentos e todos os membros se comprometeram a recusar.

– É justamente isso que estou dizendo – disse o Sr. Weatherby em voz baixa. – Wesley precisa quebrar a unidade da Aliança. Se uma ferrovia como a Taggart cedesse, o restante seria fácil. Você estaria dando uma grande ajuda a Wesley. Ele ficaria agradecido.

– Mas, meu Deus, Clem! Eu poderia ser processado pela Aliança!

O Sr. Weatherby sorriu.

– Por qual tribunal? Deixe que Wesley tome conta disso.

– Mas escute, Clem, você sabe... você sabe tão bem quanto eu que nós simplesmente não podemos arcar com esse aumento!

O Sr. Weatherby deu de ombros.

– Isso é um problema para vocês resolverem.

– Mas como?

– Não sei. Isso é problema de vocês, não nosso. Vocês não querem que o governo comece a dizer como devem operar a ferrovia, não é?

– Claro que não! Mas...

– Para nós, o problema é garantir que as pessoas estejam recebendo salários decentes e tenham um bom sistema de transportes. Vocês têm que fazer a sua parte. Mas, é claro, se acham que não podem resolver o problema, então...

– Eu não disse isso! – Taggart se apressou a exclamar. – Não disse isso absolutamente!

– Ótimo – disse o Sr. Weatherby, num tom agradável. – Temos certeza de que vocês vão saber dar uma solução.

Ele estava olhando para Taggart. Este estava olhando para Dagny.

– Bem, é só uma sugestão – disse o Sr. Weatherby, recostando-se na sua cadeira numa atitude de modéstia. – Só uma ideia para vocês pensarem. Afinal, sou só um convidado aqui. Não quero me intrometer. O objetivo da reunião era discutir a situação das... linhas secundárias, não era?

– É – disse o presidente, com um suspiro. – É. Se alguém tem uma sugestão a dar... – Esperou, mas ninguém respondeu. – Creio que a situação está clara para todos nós. – Esperou. – Parece claro que não podemos continuar a bancar o funcionamento de algumas dessas linhas... a Linha Rio Norte em particular... e, portanto, parece indicada alguma medida nesse sentido...

– A meu ver – disse o homem pálido de bigode com uma voz inesperadamente confiante –, deveríamos agora ouvir a Srta. Taggart. – Debruçou-se para a frente com um olhar astuto. Como Dagny não dissesse nada, limitando-se apenas a se virar para ele, o homem perguntou: – O que a senhorita tem a dizer?

– Nada.

– Como?

– Tudo o que eu tinha a dizer está no relatório que Jim leu para todos. – Sua voz era calma, límpida e neutra.

– Mas a senhorita não fez nenhuma recomendação.

– Não tenho nenhuma a fazer.

– Mas, afinal, como vice-presidente de operações, a senhorita há de ter um interesse vital nas políticas desta ferrovia.

– Não tenho nenhuma autoridade sobre as políticas desta ferrovia.

– Ah, mas estamos ansiosos por saber sua opinião.

– Não tenho opinião.

– Srta. Taggart – disse ele, no tom formal de quem dá uma ordem –, certamente a senhorita tem consciência de que nossas linhas secundárias estão altamente deficitárias e de que esperamos que a senhorita faça com que elas se tornem rentáveis.

– Como?

– Não sei. Isso é uma atribuição sua, não nossa.

– No meu relatório explicitei os motivos que fazem com que isso agora seja impossível. Se há fatos que não levei em conta, queira mencioná-los.

– Ah, eu não sei. Esperamos que a senhorita encontre um jeito. A nós só cabe garantir que os acionistas tenham lucro. À senhorita cabe dar uma solução. A senhorita não vai querer que pensemos que é incapaz de fazer isso e...

– Sou incapaz de fazer isso.

O homem abriu a boca, porém não achou nada mais a dizer. Olhava para ela atônito, sem entender por que a fórmula não dera certo.

– Srta. Taggart – disse o homem do cachecol verde –, no seu relatório a senhorita dá a entender que a situação da Linha Rio Norte é crítica?

– Eu afirmei que era caso perdido.

– Então o que a senhorita propõe que se faça?

– Não proponho nada.

– A senhorita não está fugindo às suas responsabilidades?

– E o que *vocês* acham que estão fazendo? – perguntou ela, com voz contida. – Querem que eu não diga que a responsabilidade é sua, que foram as porcarias das suas políticas que nos levaram à situação em que estamos agora? Pois digo.

– Srta. Taggart, por favor – disse o presidente, implorando e censurando ao mesmo tempo –, não deve haver rancores entre nós. Faz alguma diferença a esta altura de quem foi a culpa? Não vamos brigar por causa de erros passados. Temos que trabalhar todos juntos para que a nossa ferrovia possa sobreviver a essa terrível emergência.

Um homem grisalho, de aspecto respeitável, que permanecera calado o tempo todo, com uma expressão amarga de quem sabe que tudo o que está acontecendo não vai levar a nada, olhou para Dagny com um olhar que seria de solidariedade se ele ainda tivesse um mínimo de esperança. Com um leve toque de indignação na voz, ele disse:

– Sr. Presidente, se estamos buscando soluções práticas, gostaria de sugerir que considerássemos as limitações a que estão sujeitos os tamanhos e as velocidades de nossas composições. Se há uma prática particularmente desastrosa, é essa. Se ela fosse abolida, não apenas todos os nossos problemas seriam resolvidos como também seria um enorme alívio. Com a atual escassez desesperadora de combustível, é insensato e criminoso trabalhar com uma locomotiva puxando 60 vagões quando ela podia puxar 100, e levar quatro dias para fazer uma viagem que poderia ser feita em três. Sugiro que computemos o número de usuários que arruinamos e os distritos que destruímos por causa de entregas não feitas e atrasos, e então...

– Nem pensar nisso – interrompeu o Sr. Weatherby, seco. – Nem sonhar. Totalmente fora de questão. Não aceitamos nem conversar sobre o assunto.

– Sr. Presidente – perguntou o homem grisalho pacientemente –, posso continuar?

O presidente espalmou as mãos, com um sorriso de impotência.

– Não seria prático – respondeu.

– Acho melhor limitarmos a discussão à questão da Linha Rio Norte – sugeriu Taggart.

Houve um longo silêncio.

O homem do cachecol verde se virou para Dagny. Com voz triste e cautelosa, ele perguntou:

– Srta. Taggart, a senhorita diria que... é apenas uma pergunta hipotética... se o equipamento atualmente usado na Linha Rio Norte fosse remanejado, seriam preenchidas as necessidades da nossa linha principal?

– Ajudaria.

– Os trilhos da Linha Rio Norte – disse o homem pálido de bigode – não têm igual em todo o país e não poderiam agora ser adquiridos por preço algum. Temos 500 quilômetros de linha, ou seja, um pouco mais de 1.000 quilômetros de trilhos de metal Rearden puro nessa linha. A senhorita concordaria que não temos condições de desperdiçar esses trilhos excelentes numa linha que já não tem mais quase tráfego?

– Isso é para os senhores resolverem.

– Coloquemos a questão de outro modo: esses trilhos seriam úteis se fossem usados na nossa linha principal, que está tão necessitada de reparos?

– Ajudariam.

– Srta. Taggart – perguntou o homem de voz trêmula –, na sua opinião, ainda há usuários importantes na Linha Rio Norte?

– Ted Nielsen, da Motores Nielsen. Mais ninguém.

– A senhorita diria que o corte dos custos de operação da Linha Rio Norte poderia aliviar os problemas financeiros do restante da rede?

– Ajudaria.

– Então, como nossa vice-presidente de operações... – Ele parou; ela esperou, olhando para ele, que disse: – E então?

– O que era que o senhor ia perguntar?

– Eu ia dizer... bem, como vice-presidente de operações, a senhorita não tem nenhuma conclusão a tirar?

Dagny se levantou. Olhou para os rostos ao seu redor e declarou:

– Senhores, não sei como é que podem estar querendo se iludir de que, se eu explicitar a decisão que os senhores pretendem tomar, sou eu quem vai arcar com a responsabilidade por ela. Talvez os senhores achem que, se a minha voz pronunciar as palavras decisivas, sou eu quem vai passar a ser o assassino, já que todos sabemos que o que está acontecendo é a cena final de um demorado assassinato. Não posso imaginar o que os senhores pretendem realizar com uma farsa desse tipo e não vou ajudá-los a representá-la. O golpe final será desferido pelos senhores, já que foram os senhores que desferiram todos os golpes anteriores.

Dagny se virou para ir embora. O diretor-presidente ameaçou se levantar, impotente:

– Mas, Srta. Taggart...

– Por favor, continuem sentados. Queiram continuar a discussão e façam a votação. Vou me abster. Se quiserem, eu fico aqui, mas só na qualidade de funcionária da companhia. Não vou fingir que sou mais do que isso.

Virou-se mais uma vez, mas a voz do homem grisalho a deteve:

– Srta. Taggart, não é uma pergunta oficial, é apenas minha curiosidade pessoal, mas a senhorita poderia me dizer qual o futuro que prevê para a Rede Taggart Transcontinental?

Olhando para ele com olhar compreensivo e voz mais doce, Dagny respondeu:

– Não penso mais em futuro nem em rede ferroviária. Pretendo continuar administrando ferrovias enquanto for possível fazê-lo. Acho que não o farei por muito tempo.

Afastou-se da mesa e foi até a janela, para que continuassem sem ela.

Dagny olhou para a cidade. Jim conseguira permissão para continuar a usar energia elétrica nos últimos andares do Edifício Taggart. Daquele andar, a cidade parecia achatada. Apenas aqui e ali alguns riscos verticais de vidro iluminado se destacavam solitários contra o céu escuro.

Dagny não ouvia as vozes dos homens atrás de si. Não sabia por quanto tempo fragmentos da discussão deles passaram por ela – sons que avançavam e se embaralhavam –, uma luta não para afirmar uma força de vontade pessoal, e sim para arrancar uma afirmação de alguma vítima que não queria fazê-lo – uma batalha na qual a decisão seria pronunciada não pelo vencedor, mas pelo perdedor:

– Quer-me parecer... A meu ver... Na minha opinião... Se supuséssemos que estou apenas sugerindo... Não que eu queira... Se considerarmos os dois lados... Na minha opinião, está claro que... A meu ver, é fato incontestável que...

Ela não sabia de quem era a voz, mas ouviu a frase claramente:

– ... e, portanto, proponho que seja fechada a Linha John Galt.

Alguma coisa, pensou ela, *fez com que a pessoa que falou chamasse a linha por seu nome verdadeiro.*

Você também teve de suportar isso, gerações atrás. Foi igualmente difícil para você, mas nem por isso desistiu. Será que foi mesmo tão duro? Tão feio? Não faz mal, a forma é diferente, mas é só dor, e a dor não o deteve, nem a dor nem o que quer que você tenha tido que suportar. Você não desistiu, não cedeu. Você encarou a coisa, e é essa coisa que eu tenho que encarar. Você lutou e eu vou ter que lutar. Você conseguiu... eu vou tentar. Ela ouviu, na sua cabeça, o fervor daquelas palavras de dedicação e demorou para se dar conta de que estava falando com Nat Taggart.

A próxima voz que ouviu foi a do Sr. Weatherby:

– Um momento, pessoal. Vocês estão se lembrando de que é preciso conseguir uma permissão para fechar uma linha?

– Meu Deus, Clem! – gritou Taggart, em pânico. – É claro que não vai haver nenhum...

– Não esteja muito certo disso. Não esqueça que uma ferrovia é um serviço público, e se espera de vocês que ofereçam transporte, quer lucrem, quer não.

– Mas você sabe que isso é impossível!

– Bem, para vocês é muito fácil resolver o seu problema, fechar essa linha, mas nós, como ficamos? Um estado inteiro como o Colorado ficar praticamente sem transporte: que espécie de reação isso vai provocar no público? Agora, é claro, se vocês derem a Wesley alguma coisa em troca, para equilibrar, como o aumento do salário dos ferroviários...

– Não posso! Dei minha palavra à Aliança Nacional!

– Sua palavra? Bem, seja como você quiser. Não vamos querer forçar a Aliança. Preferimos que essas coisas sejam feitas voluntariamente. Mas vivemos tempos difíceis, e não se pode adivinhar o que vai acontecer. Todo mundo abrindo falência, as arrecadações diminuindo, a gente pode... lembre-se de que possuímos mais de 50 por cento das debêntures da Taggart... a gente pode ser obrigado a exigir o pagamento delas dentro de seis meses...

– *O quê?!* – berrou Taggart.

– ... ou mesmo antes.

– Mas vocês não podem fazer isso, meu Deus, não podem! Ficou combinado que a moratória seria por cinco anos! Foi um contrato, um compromisso! Estávamos contando com isso!

– Um compromisso? Você não está sendo meio antiquado, Jim? Não existem compromissos, só a necessidade do momento. As pessoas que adquiriram essas debêntures originariamente também contavam com vocês.

Dagny caiu na gargalhada.

Não conseguiu se conter, não resistiu. Não podia desperdiçar uma oportunidade de vingar Ellis Wyatt, Andrew Stockton, Lawrence Hammond, todos os outros. Em meio às gargalhadas, ela disse:

– Obrigada, Sr. Weatherby!

O Sr. Weatherby olhou para ela, surpreso.

– Como assim? – perguntou, frio.

– Eu sabia que íamos ter que pagar essas debêntures de uma maneira ou de outra. Estamos pagando agora.

– Srta. Taggart – disse o presidente, severo –, a senhorita não acha que essa atitude de "Bem que eu avisei" não leva a nada? Falar do que teria acontecido se tivéssemos agido de modo diferente não passa de pura especulação teórica. Não podemos nos dar ao luxo de desfiar teorias. Temos que lidar com a realidade prática do momento.

– Perfeito – disse o Sr. Weatherby. – É isso que vocês devem ser: práticos. Agora, estamos oferecendo uma proposta. Vocês fazem uma coisa para nós que nós fazemos uma coisa para vocês. Vocês dão aos ferroviários o aumento de salário, e nós lhes damos permissão para fechar a Linha Rio Norte.

– Está bem – disse James Taggart, engasgado.

À janela, Dagny os ouviu votar. Ouviu-os afirmar que a Linha John Galt seria fechada em seis semanas, no dia 31 de março.

É só aguentar os momentos seguintes, pensou ela. *Depois é só aguentar mais uns momentos, uns poucos de cada vez, que então fica mais fácil. Depois você se acostuma.*

O que ela se obrigou a fazer nos momentos seguintes foi vestir o casaco e ser a primeira a sair da sala.

Depois teria de pegar o elevador e descer o grande e silencioso Edifício Taggart. Depois era atravessar o hall escuro.

No meio do hall, Dagny parou. Havia um homem encostado à parede, como se estivesse à espera – e à espera dela, porque estava olhando diretamente para ela. Dagny não o reconheceu de imediato, porque estava certa de que ele não poderia estar ali àquela hora.

– Oi, Slug – disse ele, baixinho.

Dagny respondeu, indo buscar o nome num lugar muito longínquo que um dia fora seu:

– Oi, Frisco.

– Então, finalmente mataram John Galt?

Dagny se esforçou para inserir aquele momento dentro de um tempo ordenado. A pergunta pertencia ao presente, mas o rosto sério vinha daqueles dias passados naquela colina à margem do rio Hudson, quando ele teria compreendido como aquela pergunta era importante para ela.

– Como é que você sabia que ia ser hoje?

– Há meses que está claro que eles iam fazer isso na próxima reunião.

– Por que você veio aqui?

– Para ver como é que você reagiu.

– Quer rir de mim?

– Não, Dagny, não quero rir de você.

Ela não viu nenhum sinal de humor no rosto dele, então disse, confiando nele:

– Não sei como estou reagindo.

– Eu sei.

– Eu estava esperando, já sabia que eles iam ter que fazer isso. Agora é só uma questão de aguentar... – ia dizer "esta noite", mas disse: – ... todo o trabalho e as formalidades necessárias.

Francisco a pegou pelo braço.

– Vamos a algum lugar onde a gente possa beber alguma coisa juntos.

– Francisco, por que você não ri de mim? Você sempre riu daquela linha.

– Vou rir amanhã, quando vir você envolvida com o trabalho e as formalidades necessárias. Hoje, não.

– Por que não?

– Vamos. Você não está em condições de falar sobre isso.

– Eu... – Ela queria protestar, mas disse: – É, acho que não estou, não.

Francisco a levou até a rua, e Dagny percebeu que estava acompanhando o ritmo uniforme dos passos dele e sentiu os dedos firmes dele em seu braço. Francisco fez sinal para um táxi e abriu a porta para ela. Dagny lhe obedeceu sem perguntar nada. Sentia-se aliviada, como uma pessoa que está se afogando e desiste de tentar lutar contra as águas. Ver um homem agir com autoconfiança era para ela um salva-vidas lançado à sua frente num momento em que ela já se esquecera da existência de salva-vidas. O alívio não estava no ato de renunciar à responsabilidade, mas em ver um homem capaz de assumi-la.

– Dagny – disse ele, olhando para a cidade que passava pelas janelas do táxi –, pense no primeiro homem que teve a ideia de fazer uma viga de aço. Ele sabia o que estava vendo, o que estava pensando e o que queria fazer. Não disse "A meu ver" nem ouvia ordens de homens que diziam "Na minha opinião".

Ela deu uma risadinha, admirada por D'Anconia ter acertado em cheio: havia adivinhado a natureza da náusea que a oprimia, o pântano do qual tinha que escapar.

– Olhe ao seu redor – disse ele. – Uma cidade é a forma concretizada da coragem humana... a coragem dos homens que pensaram pela primeira vez em cada parafuso, cada rebite, cada gerador necessário para construí-la. A coragem de dizer não "A meu ver", mas "O fato é o seguinte", e apostar sua própria vida no seu julgamento. Você não está sozinha. Esses homens existem. Eles sempre existiram. Houve um tempo em que os seres humanos se acocoravam em cavernas, à mercê de todas as pestes e tempestades. Será que homens como os membros da sua diretoria teriam sido capazes de tirá-los das cavernas e fazê-los chegar até isto? – Apontou para a cidade.

– De jeito nenhum!

– Pois é *essa* a prova de que existe um outro tipo de homem.

– É – disse ela, com avidez –, é.

– Pense neles e esqueça sua diretoria.

– Francisco, onde estão eles... os homens do outro tipo?

– Não os querem agora.

– Eu os quero. E como!

– Quando você os quiser, você os encontrará.

D'Anconia não lhe perguntou nada a respeito da Linha John Galt e ela não tocou no assunto, até que se sentaram a uma mesa num reservado a meia-luz e Dagny se viu com uma taça na mão. Ela mal reparara no caminho que haviam feito para chegar lá. Era um restaurante caro e tranquilo, que parecia um refúgio secreto. Viu que estavam sentados a uma mesa pequena e lustrosa, com um encosto redondo de couro atrás de seus ombros e um espelho azul-escuro que os fechava num nicho, separando-os dos prazeres ou das dores que os outros fregueses tivessem ido ali para esconder. D'Anconia estava debruçado sobre a mesa, olhando para ela, que tinha a impressão de estar debruçada sobre a atenção daquele olhar.

Não falaram na ferrovia, mas, de repente, Dagny disse, olhando para dentro de sua taça:

– Estou pensando na noite em que disseram a Nat Taggart que ele teria de abandonar a ponte que estava construindo. A ponte sobre o Mississippi. Ele estava com graves problemas financeiros, porque as pessoas tinham medo da ponte, achavam que não era um projeto prático. Naquela manhã, lhe disseram que as empresas de transporte fluvial estavam abrindo processo contra ele, exigindo que a ponte fosse destruída por ameaçar a segurança do público. Três vãos já haviam sido construídos. Naquele mesmo dia, uma multidão atacou a estrutura e tocou fogo nos andaimes de madeira. Os trabalhadores abandonaram a obra, uns porque estavam com medo, outros porque haviam sido subornados pelas companhias de navegação, mas a maioria o fez porque Nat não tinha dinheiro para pagá-los havia semanas. Durante todo aquele dia, ele recebeu notícias de que os homens que tinham comprado ações da Taggart Transcontinental estavam cancelando suas subscrições, um por um. No fim da tarde, uma comissão que representava os dois bancos que eram sua última esperança veio vê-lo. Foi ali mesmo, no local da obra, à margem do rio, no velho vagão em que ele morava, com a porta aberta, da qual se viam as ruínas dos andaimes queimados, ainda fumegantes em meio a vigas de aço retorcidas. Ele havia negociado um empréstimo com esses bancos, mas o contrato não fora assinado. A comissão lhe disse que ele teria de abandonar a ponte, porque certamente ia perder o processo, e a ponte teria de ser destruída quando estivesse pronta. Se concordasse em abandonar a obra, lhe disseram, e transportar seus passageiros para o outro lado do rio em barcas, como faziam as outras ferrovias, o contrato seria mantido e ele receberia dinheiro para continuar a construção do prolongamento de sua ferrovia no outro lado do rio; caso contrário, o empréstimo seria cancelado. O que ele faria?, lhe perguntaram. Nat não disse uma palavra: pegou o contrato, rasgou-o em dois, entregou-lhes os pedaços e saiu do vagão. Andou até a ponte, subiu nela, chegou até a última viga. Ajoelhou-se, pegou as ferramentas que os trabalhadores haviam abandonado e começou a remover os pedaços de carvão da estrutura de aço. Seu engenheiro-chefe o viu, com um machado na mão, sozinho em cima do grande rio, o sol se pondo atrás dele, no oeste, para onde ele queria estender sua ferrovia. Nat trabalhou a noite inteira. Pela manhã, já havia elaborado um plano para encontrar os homens de que precisava, homens de opiniões independentes – para encontrá-los, convencê-los, levantar o dinheiro e terminar a ponte.

Dagny falava com uma voz baixa e monótona, olhando para o reflexo de luz que tremeluzia dentro da taça enquanto seus dedos a giravam de vez em quando. Ela não traía nenhuma emoção, mas havia em sua voz a intensidade de uma prece:

– Francisco... se ele pôde sobreviver àquela noite, que direito tenho eu de me queixar? Que diferença faz o que sinto agora? Ele construiu aquela ponte. Eu tenho que insistir por ele. Não posso fazer o que fez a Sul-Atlântica com a ponte dela. Eu me sinto quase como se ele, se eu deixasse isso acontecer, viesse a saber, naquela noite que ele passou sozinho na ponte... Não, isso é bobagem, mas o que sinto é o seguinte: qualquer homem que saiba o que Nat Taggart sentiu naquela noite, qualquer homem que esteja vivo agora e seja capaz de saber isso, eu o estaria traindo se deixasse que isso acontecesse... e não posso.

– Dagny, se Nat Taggart estivesse vivo, o que faria?

Ela respondeu com uma risadinha rápida e amarga, involuntariamente:

– Ele não duraria um minuto! – Mas depois se corrigiu: – Não, não é verdade. Ele acharia um jeito de combatê-los.

– Como?

– Não sei.

Dagny percebeu que havia algo de tenso e cauteloso na atenção com que Francisco a observava quando se debruçou para a frente e disse:

– Dagny, os membros da sua diretoria não teriam nenhuma condição de enfrentar Nat Taggart, não é mesmo? Não há nenhum tipo de disputa na qual eles poderiam vencê-lo. Ele não teria nenhum motivo para temê-los.

Eles todos juntos não teriam inteligência, nem força de vontade, nem energia que equivalessem a um milésimo do que tinha Nat.

– Não, claro que não.

– Então por que é que, no decorrer de toda a história, os Nat Taggarts, que constroem o mundo, sempre ganham, e depois perdem para os membros da diretoria?

– Eu... não sei.

– Como é que homens que não tinham coragem de assumir uma posição inequívoca em relação a nada, nem ao tempo que está fazendo, puderam lutar contra Nat Taggart? Como eles puderam lhe roubar sua realização, se ele resolveu defendê-la? Dagny, ele lutou com todas as armas que tinha, exceto a mais importante. Eles não poderiam ganhar se nós... ele e nós todos... não tivéssemos entregado o mundo a eles.

– É. Você entregou o mundo a eles. Ellis Wyatt também. Ken Danagger também. Eu não vou fazer isso.

D'Anconia sorriu.

– Quem foi que construiu a Linha John Galt para eles?

Ele percebeu apenas uma leve contração da boca de Dagny, mas sabia que a pergunta era como um soco numa ferida em carne viva. Porém ela respondeu, com voz tranquila:

– Fui eu.

– Para *isso*?

– Para homens que não foram firmes, não quiseram lutar e entregaram os pontos.

– Você não vê que não era possível nenhum outro desfecho?

– Não.

– Quantas injustiças você está disposta a aceitar?

– Tantas quantas eu tiver forças para combater.

– O que você vai fazer agora? Amanhã?

Ela disse, com calma, olhando para ele com um toque de orgulho, para reforçar a tranquilidade que manifestava:

– Começar a arrancar os trilhos.

– O quê?

– Da Linha John Galt. Como se fosse com minhas próprias mãos: por ordens minhas. Começar a tomar medidas para desativar a linha e depois arrancar os trilhos e usá-los para reforçar a linha principal. Há muito trabalho a fazer. Não vou ter tempo para pensar. – Seu tom de voz mudou um pouco, traindo seus sentimentos: – Sabe, estou até gostando. Vai ser bom que eu mesma tenha que fazer isso. Foi por isso que Nat Taggart trabalhou a noite toda... só para não parar. Não é tão duro quando se tem algo a fazer. E pelo menos sei que vou estar salvando a linha principal.

– Dagny – perguntou ele com voz muito tranquila (e ela não entendeu por que teve a impressão de que era como se toda a vida de D'Anconia dependesse da resposta que ela daria à pergunta) –, e se fosse a linha principal que você tivesse que destruir?

Ela respondeu, sem querer:

– Então a última locomotiva passaria por cima de mim! – Mas acrescentou: – Não, isso é sentimentalismo. Eu não faria isso.

D'Anconia disse, delicado:

– Eu sei que não faria isso. Mas você sentiria vontade de poder fazer isso.

– É verdade.

Ele sorriu, sem olhar para ela. Era um sorriso zombeteiro, porém de dor ao mesmo tempo, e a zombaria era dirigida a si próprio. Dagny não sabia por que tinha certeza disso, mas conhecia o rosto dele tão bem que sempre saberia o que ele sentia, ainda que não pudesse mais entender as razões de seus sentimentos. *Conhecia seu rosto tão bem*, pensou, *quanto conhecia todo o seu corpo, que ainda posso ver, e de repente foi como se o visse por debaixo de suas roupas, tão próximo de mim, na intimidade forçada deste reservado.* D'Anconia se virou para olhar para ela e passou algo em seus olhos que a fez ter certeza de que ele sabia em que ela estava pensando. Francisco desviou a vista e pegou a taça.

– Bem – disse ele –, a Nat Taggart.

– E a Sebastián d'Anconia? – perguntou ela, mas logo se arrependeu, porque dera a impressão de estar zombando dele, o que não era sua intenção.

Então ela viu nos olhos dele uma claridade estranha, e D'Anconia respondeu, com um sorriso levemente orgulhoso que ressaltava sua firmeza:

– Sim... e a Sebastián d'Anconia.

A mão de Dagny tremeu um pouco, e ela derramou algumas gotas sobre a toalha de papel que cobria o plástico escuro e brilhoso da mesa. Ficou a observar Francisco enquanto ele esvaziava a taça de um só gole. O gesto brusco e rápido lhe deu a impressão de que ele estava selando uma promessa solene.

De repente ocorreu a Dagny que era a primeira vez em 12 anos que ele a procurava por sua própria vontade.

Ele agira como se tivesse certeza de estar em posição de controle, como se sua confiança fosse uma transfusão que permitisse a ela recapturar sua própria autoconfiança, sem lhe dar tempo para que ela pensasse nas implicações de os dois estarem juntos ali. Agora, inexplicavelmente, Dagny tinha a impressão de que haviam desaparecido as rédeas que antes estavam nas mãos de D'Anconia. Tudo se resumiu a um momento de silêncio, ao contorno imóvel da testa, da face e dos lábios dele, que olhava para outro lado – mas Dagny tinha a impressão de que agora era ele quem estava se esforçando para recapturar alguma coisa.

Ela não sabia por que ele a procurara, qual seu objetivo – e percebia que talvez ele o tivesse atingido: a havia ajudado a suportar o pior momento, lhe dera uma defesa contra o desespero e a ideia de que um ser vivo inteligente a ouvira e compreendera. Mas por que ele tivera vontade de fazer isso? Por que pensara nela em seu momento de aflição – depois dos anos de agonia que ele lhe proporcionara? Por que era importante para ele a reação de Dagny à morte da Linha John Galt? Ela se deu conta de que fora essa a pergunta que ela não lhe fizera no hall do Edifício Taggart.

É este o vínculo entre nós, pensou Dagny, *o fato de que eu jamais me surpreenderia se ele me procurasse justamente quando mais precisava dele, e de que ele sempre saberia quando vir.* O perigo era confiar nele, embora ela soubesse que aquilo só poderia ser mais uma armadilha, embora soubesse que D'Anconia sempre traía aqueles que confiavam nele.

D'Anconia, com os braços apoiados na mesa, olhava bem para a frente. Sem se virar para ela, disse de repente:

– Estou pensando nos 15 anos que Sebastián d'Anconia teve de esperar pela mulher que amava. Ele não sabia se a encontraria outra vez, se ela estaria viva... se esperaria por ele. Porém sabia que ela não seria capaz de sobreviver à luta que ele tinha de combater, e que ele não poderia chamá-la enquanto não tivesse vencido. Então esperou, colocando o seu amor no lugar da esperança que não tinha o direito de alimentar. Mas quando finalmente a carregou para dentro de sua casa, sabendo que tinha nas mãos a primeira Sra. D'Anconia de um mundo novo, Sebastián se deu conta de que a luta estava terminada, ele vencera, estavam livres, nada a ameaçava e nada jamais faria mal a ela outra vez.

Nos dias em que haviam vivido uma felicidade e uma paixão extraordinárias, D'Anconia jamais lhe dera a entender que tinha em mente fazer de Dagny sua esposa. Por um momento, Dagny pensou se realmente se dera conta de quanto ele representara para ela. Mas aquele momento passou com um arrepio invisível: ela se recusava a acreditar que, depois de 12 anos, fossem possíveis aquelas coisas que estava ouvindo agora. *É essa a nova armadilha*, pensou.

– Francisco – perguntou ela, com voz incisiva –, o que você fez com Hank Rearden?

D'Anconia pareceu achar estranho que ela se lembrasse daquele nome naquele momento.

– Por quê? – perguntou.

– Uma vez ele me disse que você era o único homem de quem gostara. Mas, da última vez que o vi, ele disse que queria matar você.

– Não lhe disse por quê?

– Não.

– Não lhe disse nada a respeito?

– Não. – Dagny o viu dar um sorriso estranho, de tristeza, gratidão e saudade. – Quando ele me disse que você era o único homem de quem gostava, eu lhe avisei que você o magoaria.

As palavras de D'Anconia foram como uma explosão:

– Ele era o único homem, com uma única exceção, a quem eu poderia dedicar minha vida!

– Quem é a exceção?

– O homem a quem dediquei minha vida.

– O que você quer dizer?

D'Anconia sacudiu a cabeça, como se tivesse dito mais do que devia, e não respondeu.

– O que você fez com Rearden?

– Algum dia eu lhe digo. Não agora.

– É isso que você sempre faz com aqueles que... são muito importantes para você?

Ele olhou para ela com um sorriso que exprimia a sinceridade luminosa da inocência e da dor. Disse, com voz suave:

– Sabe, eu poderia dizer que isso é o que eles sempre fazem comigo. – E acrescentou: – Porém não direi. Os atos, bem como o conhecimento, eram meus.

D'Anconia se pôs de pé.

– Vamos embora? Eu a levo em casa.

Dagny se levantou. Ele a ajudou a vestir o casaco, que era largo e solto, e suas mãos envolveram o corpo dela. Dagny percebeu que o braço dele permaneceu sobre seus ombros um instante a mais do que ele queria que ela percebesse.

Ela se virou para olhar para D'Anconia. Porém ele estava curiosamente imóvel, olhando para a mesa. Ao se levantarem, eles tinham afastado do lugar os pedaços de papel que protegiam a mesa, e agora ficara descoberta uma inscrição feita no plástico. Haviam tentado raspá-la, porém ainda permanecia legível, como vestígio do desespero de algum bêbado desconhecido: "Quem é John Galt?"

Com um gesto brusco de irritação, Dagny recolocou o papel no lugar. D'Anconia deu uma risada e disse:

– Eu sei quem é John Galt.

– É mesmo? Todo mundo que me diz que sabe conta uma história completamente diferente das outras que já me contaram.

– São todas verdadeiras, todas as histórias que você já ouviu sobre ele.

– E qual é a sua? Quem é ele?

– John Galt é o Prometeu que mudou de ideia. Depois de séculos sendo bicado por abutres por ter trazido para os homens o fogo dos deuses, ele quebrou as correntes que o prendiam e tomou de volta o fogo que tinha dado aos homens... até o dia em que os homens levem embora seus abutres.

▲▲▲

Os dormentes circundavam as escarpas de granito, agarrados às encostas do Colorado. Dagny caminhava por entre eles com as mãos nos bolsos do casaco e os olhos fixos nas distâncias perdidas à sua frente. Apenas os passos, forçados a coincidir com o intervalo entre os dormentes, tinham o efeito de fazer com que ela pensasse na ferrovia.

Um algodão cinzento, que não era nem neblina nem nuvem, pairava entre o céu e a serra, fazendo com que o céu parecesse um colchão velho que derramava seu enchimento nas encostas das montanhas. Uma neve suja cobria o chão; não pertencia mais ao inverno nem ainda à primavera. O ar estava úmido, e Dagny sentia de vez em quando uma alfinetada gelada no rosto, que não era nem uma gota de chuva nem um floco de neve. O tempo aparentava ter medo de se comprometer e parecia ficar numa posição indeterminada – *É como a diretoria*, pensou ela. A luz morria, e ela não sabia se ainda era tarde ou se já caía a noite do dia 31 de março. Mas estava certa de que era 31 de março. Dessa certeza ela não tinha como escapar.

Dagny viera ao Colorado com Hank Rearden para comprar as máquinas que ainda conseguissem encontrar nas fábricas fechadas. Fora como uma busca apressada num grande navio que afundava antes que ele desaparecesse no fundo do mar. Poderiam ter delegado essa tarefa a funcionários, porém vieram ambos pelo mesmo motivo inconfesso: não resistiram ao desejo de estarem presentes à última viagem do trem, como quem não resiste a dar o último adeus a alguém no seu enterro, embora sabendo que está apenas torturando a si próprio.

Estavam comprando máquinas de proprietários questionáveis, em transações de legalidade duvidosa, já que ninguém sabia quem tinha o direito de vender aquelas grandes propriedades mortas, e ninguém jamais questionaria as transações. Haviam comprado tudo o que podia ser removido do que restava da Motores Nielsen. Ted Nielsen tinha largado tudo e desaparecido uma semana depois de anunciado o fechamento da ferrovia.

Dagny sentia-se como quem remexe um monturo de lixo, mas a atividade daquela busca lhe possibilitara suportar os últimos dias. Quando constatou que restavam três horas vazias antes da partida do último trem, ficou andando pelo campo, para fugir do silêncio da cidade. Caminhou a esmo por trilhas entre montanhas, sozinha entre as pedras e a neve, tentando substituir seus pensamentos pelo ato de caminhar, sabendo que tinha de sobreviver àquele dia sem pensar no verão do primeiro trem. Porém, quando se deu conta do que estava fazendo, se viu caminhando pelo local dos trilhos da Linha John Galt e percebeu que fora para isso que viera ali.

Era um ramal que já havia sido desmembrado. Não havia mais sinais, chaves, fios telegráficos, nada, só uma longa faixa de dormentes de madeira largados no chão, sem os trilhos, como os vestígios de uma coluna dorsal, tendo por único guardião uma placa numa passagem de nível abandonada: "Pare. Olhe. Escute."

Uma mistura de crepúsculo com neblina descia as encostas e enchia os vales quando ela chegou à fábrica. Na parede da frente havia uma inscrição bem no alto, entre os ladrilhos lustrosos: "Roger Marsh – Equipamentos Elétricos". *O homem que quis se acorrentar à própria mesa para não abandonar isso*, pensou ela. O prédio estava intacto, como um cadáver no instante após seus olhos se fecharem, quando ainda se espera que ele volte a abri-los. Dagny tinha a impressão de que a qualquer momento se acenderiam luzes por trás das grandes vidraças, sob os longos telhados chatos. Então viu uma vidraça quebrada, pela pedra de algum jovem imbecil, e notou uma única folha de capim brotando nos degraus da entrada principal. Um ódio cego e súbito a fez se revoltar contra a impertinência daquele capim, pois sabia que tipo de inimigo ele representava, e correu para a frente, se ajoelhou e arrancou a planta pela raiz. Então, ajoelhada à porta da fábrica fechada, olhando para o silêncio enorme da terra, do mato, do crepúsculo, pensou: *Que diabo você está fazendo?*

Já estava escuro quando chegou ao fim dos dormentes, de volta a Marshville. Havia alguns meses que Marshville passara a ser a estação final da ferrovia. Havia muito tempo que o trem não ia mais até Wyatt Junction – o projeto de recuperação do Dr. Ferris fora abandonado durante o inverno que agora terminava.

A iluminação de rua já estava acesa. Nos cruzamentos, as luzes pairavam no ar, formando uma longa linha de pontos luminosos sobre as ruas vazias de Marshville. Todas as casas melhores estavam fechadas – casas modestas, sólidas e pintadas, bem conservadas. Havia placas em seus gramados: "À venda". Mas havia luzes nas janelas das casas baratas e feias que, em anos recentes, tinham adquirido o desleixo típico dos cortiços. Eram as casas das pessoas que não haviam ido embora, daquelas que nunca raciocinam mais do que uma semana à frente. Dagny viu um grande aparelho de televisão novo na sala iluminada de uma casa cujo teto estava afundando, cujas paredes estavam rachadas. Quanto tempo aquela gente achava que as companhias de energia elétrica do Colorado ainda iam durar? Depois sacudiu a cabeça: aquelas pessoas jamais souberam da existência das companhias de energia.

A rua principal de Marshville era uma fileira de vitrines escuras de estabelecimentos falidos. *Todas as lojas de artigos de luxo fecharam*, pensou Dagny, olhando para as placas. Depois estremeceu ao se dar conta do tipo de coisa que agora considerava luxo, coisas a que até os mais pobres antes tinham acesso: lavagem a seco, eletrodomésticos, posto de gasolina, drogaria. Na cidade só restavam os armazéns e os bares.

A plataforma da estação ferroviária estava repleta de gente. As lâmpadas de arco voltaico pareciam destacá-la entre as montanhas, isolá-la como um pequeno palco em que cada movimento estava exposto a galerias invisíveis na noite. Pessoas carregavam bagagens, agasalhavam crianças, discutiam nas bilheterias. O pânico contido que elas traíam deixava claro que, no fundo, tinham vontade era de se jogar no chão e gritar de terror. Era um terror esquivo, como o sentimento de culpa: não o medo que é fruto do conhecimento, mas da recusa em compreender.

O último trem já estava na plataforma, e suas janelas formavam uma longa e solitária faixa de luz. O vapor da locomotiva, que as rodas exalavam tensas, não exprimia a alegria de uma energia prestes a ser empregada: parecia uma respiração entrecortada que é terrível ouvir e que seria ainda mais terrível deixar de ouvir. Ao longe, depois das últimas janelas iluminadas, Dagny viu uma luz vermelha, que assinalava seu vagão particular. Depois daquela luz só havia escuridão.

O trem estava lotado, e os tons de histeria que se ouviam no meio da confusão de vozes eram de pessoas que imploravam por um lugar nos vestíbulos e corredores. Havia pessoas que não estavam indo embora, que tinham vindo apenas assistir ao espetáculo, com uma curiosidade vazia – tinham vindo como se soubessem que aquilo era a última coisa a acontecer na sua cidade e, talvez, nas suas vidas.

Dagny caminhava apressada por entre a multidão, tentando não olhar para ninguém. Alguns sabiam quem ela era, mas não a maioria. Ela viu uma velha com um xale rasgado sobre os ombros, com os sinais de toda uma vida de lutas riscando sua pele preguada. O olhar daquela mulher era um pedido de socorro sem esperanças. Um rapaz com barba por fazer e óculos de aros de ouro estava em pé sobre um caixote, iluminado por um arco voltaico, gritando para quem passava por ele:

– Como não há movimento? Olhem só para este trem! Está cheio de passageiros! Movimento é o que não falta! É só que eles não estão lucrando o bastante, é por isso que vão deixar vocês morrerem, esses parasitas gananciosos!

Uma mulher descabelada correu até Dagny sacudindo duas passagens e gritando alguma coisa a respeito de datas erradas. Dagny foi obrigada a empurrar pessoas para passar, a lutar para chegar até o fim do trem, mas um homem muito magro, com olhos arregalados de futilidade maliciosa, correu até ela, gritando:

– Está tudo muito bom para você, com esse seu casaco caro e seu vagão particular, mas você não vai mandar mais trens para nós, você e esses egoístas...

O homem parou no meio da frase, olhando para alguém atrás de Dagny. Ela sentiu uma mão agarrar seu cotovelo: era Hank Rearden. Ele lhe segurou o braço e a levou em direção a seu vagão. Vendo a expressão em seu rosto, Dagny compreendeu por que as pessoas saíam da frente. No fim da plataforma, um homem pálido e gorducho falava com uma mulher em prantos:

– Sempre foi assim neste mundo. Os pobres nunca vão ter uma chance enquanto os ricos não forem destruídos.

Lá no alto, pairando no espaço vazio como um planeta em formação, a chama da Tocha de Wyatt se debatia ao vento.

Rearden entrou no vagão, mas Dagny permaneceu parada nos degraus da porta de entrada, adiando o instante final. Ouviu o grito de "Todos a bordo!". Olhou para as pessoas que permaneciam na plataforma como quem olha o último bote salva-vidas partir.

O chefe do trem passou pelo vagão de Dagny com a lanterna numa das mãos e o relógio na outra. Olhou para o relógio, depois levantou o rosto a fim de olhar para ela, que respondeu com o gesto silencioso de fechar os olhos e inclinar a cabeça. Dagny viu a lanterna balançando-se no ar antes de virar o rosto – e foi mais fácil suportar o primeiro solavanco das rodas sobre os trilhos de metal Rearden porque, ao entrar no carro, viu Rearden à sua espera.

▲▲▲

Quando James Taggart telefonou para Lillian Rearden de Nova York dizendo que não tinha nenhum motivo em particular para ligar, que apenas queria saber como ela estava e quando passaria pela cidade outra vez, que não a via há milênios, que queria almoçar com ela a próxima vez que ela fosse lá, Lillian entendeu que ele certamente tinha algo muito específico que o levava a procurá-la.

Quando ela respondeu, com voz lânguida, que por acaso tinha umas compras a fazer em Nova York no dia seguinte e que adoraria ser convidada para almoçar, ele compreendeu que ela não tinha nada a fazer em Nova York e que iria lá apenas para almoçar com ele.

Encontraram-se num restaurante exclusivo e caro, exclusivo demais e caro demais para ser mencionado nas colunas sociais. Não era o tipo de lugar que Taggart, que adorava publicidade, costumava frequentar, então Lillian concluiu que ele não queria ser visto com ela.

Um toque sutil de ironia semissecreta permaneceu no rosto de Lillian enquanto ela o ouvia falar sobre seus amigos, o teatro e o tempo, cuidadosamente se protegendo com assuntos triviais. Lillian esperava, graciosamente recostada na cadeira, gozando a futilidade daquele fingimento e o fato de que Taggart fora obrigado a fingir tanto por causa dela. Com uma curiosidade paciente, esperou até que ele lhe revelasse seu objetivo.

– Realmente, você merece um elogio ou mesmo uma medalha, Jim – disse ela –, por estar tão animado apesar de tudo por que tem passado. Você não acaba de fechar a melhor linha da sua rede?

– Ah, é só uma pequena dificuldade financeira, mais nada. É de esperar que ocorram contratempos como esse numa época como a atual. Considerando-se o estado geral do país, até que estamos indo muito bem. Melhor do que os outros. – E acrescentou, dando de ombros: – Além disso, é uma questão de opinião isso de que a Linha Rio Norte era a melhor da nossa rede. Só minha irmã achava isso. Era a menina dos olhos dela.

Lillian percebeu o tom de prazer que havia em sua voz. Sorriu e disse:
– Sei.

Com a cabeça baixa, Taggart levantou a vista e olhou para Lillian, como se enfatizando o fato de que ele esperava que ela o compreendesse, perguntando:

– E como *ele* reagiu?
– Ele quem? – perguntou Lillian, embora entendesse perfeitamente.
– O seu marido.
– Reagiu a quê?
– Ao fechamento daquela linha.

Lillian deu um sorriso alegre.
– Sei tanto quanto você, Jim. E olhe que sei muito bem.
– O que você quer dizer?
– Você sabe muito bem como ele reage a uma coisa dessas: exatamente como a sua irmã está reagindo. Quer dizer, há dois motivos para alegria nesse desastre, não é?
– O que ele anda dizendo de uns dias para cá?
– Ele está no Colorado há mais de uma semana, quer dizer, eu... –

Lillian parou; havia começado sua resposta num tom descontraído, porém percebeu que a pergunta de Taggart fora muito específica e que seu tom fora muito informal, o que a fez concluir que ele tinha lançado a primeira pergunta ligada ao objetivo do almoço. Ela fez uma pausa momentânea e prosseguiu, num tom ainda mais descontraído: – ... não sei. Mas ele deve estar para chegar.

– Você diria que a atitude dele ainda é, por assim dizer, a de demonstrar resistência?

– Bem, Jim, no mínimo!

– Era de esperar que talvez os acontecimentos recentes lhe mostrassem as vantagens de uma abordagem menos rígida.

Lillian achava graça em deixá-lo na dúvida quanto a se ela estava compreendendo aonde ele queria chegar.

– Ah – disse ela, com inocência –, seria maravilhoso se de algum modo ele mudasse.

– Ele está tornando as coisas muito difíceis para si mesmo.

– Como sempre.

– Mas os acontecimentos sempre acabam nos tornando mais... flexíveis, mais cedo ou mais tarde.

– Já ouvi o chamarem de muita coisa, mas nunca de "flexível".

– Bem, as coisas mudam, e as pessoas mudam com elas. Afinal, é uma lei da natureza a de que os animais têm que se adaptar a seu meio. E, posso acrescentar, a adaptabilidade é a característica mais indispensável no momento, por causa de leis que não as da natureza. As coisas vão ficar muito difíceis, e eu não queria de modo algum que você sofresse as consequências da intransigência dele. Como seu amigo, não queria que você caísse no perigo em que ele deve cair, se não aprender a cooperar.

– Você é um amor, Jim – disse ela, carinhosa.

Taggart pronunciava as frases lenta e cuidadosamente, equilibrando-se entre a palavra e a entonação, para conseguir manter o nível desejado de semiclareza. Queria que ela entendesse, mas não que entendesse inteiramente, explicitamente, até a raiz – já que a essência da linguagem moderna, que ele aprendera a falar com perfeição, era jamais deixar que ele próprio ou os outros entendessem nada até a raiz.

Taggart não precisara de muitas palavras para entender o Sr. Weatherby. Em sua última viagem a Washington, insistira com ele em que a diminuição das tarifas ferroviárias seria um golpe mortal. Os aumentos de salário já haviam sido concedidos, mas as exigências de corte nas tarifas continuavam a ser veiculadas pela imprensa – e Taggart sabia o que isso significava, se o Sr. Mouch ainda permitia que tais coisas fossem publicadas: sabia que a faca continuava apontada para seu pescoço. O Sr. Weatherby não dissera nada em resposta a seu apelo. Limitara-se a comentar, no tom de quem faz uma especulação irrelevante: "Wesley tem tantos problemas difíceis para resolver. Para que ele possa dar uma folga para todo mundo, do ponto de vista financeiro, ele tem que implementar certo programa de emergência do qual você faz uma ideia. Mas você sabe a grita que seria levantada pelos elementos não progressistas do país. Homens como Rearden, por exemplo. Não queremos dar a ele oportunidade de fazer nenhum grande gesto. Wesley daria muito a quem conseguisse manter Rearden na linha. Mas acho que isso ninguém consegue. Se bem que posso estar enganado. Talvez você entenda mais disso que eu, já que Rearden é mais ou menos seu amigo, vai às suas festas, essas coisas."

Olhando para Lillian, Taggart disse:

– Tenho observado que a amizade é a coisa mais valiosa da vida, e seria uma falta minha eu não lhe dar provas da amizade que tenho por você.

– Mas eu jamais a questionei.

Taggart baixou a voz, como quem faz uma advertência muito séria:

– Creio que devo lhe dizer, como um favor de amigo, embora seja confidencial, que a atitude de seu marido tem sido discutida em esferas elevadas, muito elevadas. Estou certo de que você entende o que quero dizer.

Era por isso que detestava Lillian Rearden, pensou Taggart: ela conhecia as regras do jogo, mas o jogava com variações inesperadas. Era contra todas as regras olhar para ele de repente, rir dele e – depois de todos aqueles comentários que davam a entender que ela não entendia quase nada – dizer explicitamente, mostrando que entendia até demais:

– Ora, meu querido, é claro que sei o que quer dizer. Você quer dizer que o objetivo deste excelente almoço não é me fazer um favor, e sim conseguir que *eu* lhe faça um favor. Quer dizer que é você quem está em apuros, e bem que precisava que eu lhe fizesse um favor para conseguir vantagem numa negociação que está fazendo nas tais esferas elevadas. E você está me lembrando da promessa que lhe fiz de conseguir o que você queria.

– O espetáculo que Rearden deu no tribunal não era bem o que eu queria – retrucou Taggart, irritado. – Não era isso que você me deu a ideia de que ia acontecer.

– É, realmente não era – disse ela, tranquila. – Certamente que não. Mas, meu querido, será que você achava que eu não sabia que, depois desse espetáculo, ele não seria muito popular nas altas esferas? Realmente acha que me dizer isso é me fazer uma revelação altamente confidencial e um favor?

– Mas é verdade. Ouvi falarem dele e achei que devia lhe dizer isso.

– Tenho certeza de que é verdade. Sei que estão falando dele. Sei também que, se pudessem fazer alguma coisa com ele, já o teriam feito, logo depois do julgamento. Ah, e com que prazer! Por isso sei que ele é o único de todos vocês que não está correndo nenhum perigo no momento. Sei que são eles que estão com medo dele. Você está vendo como eu o entendo bem, meu querido?

– Bem, se você acha que me entende, devo confessar que, de minha parte, não entendo você nem um pouco. Não sei o que você está querendo fazer.

– Bem, estou apenas pondo as coisas em pratos limpos, para que você saiba quanto precisa de mim. E, agora que está tudo em pratos limpos, é minha vez de lhe dizer a verdade: eu não traí você, apenas fracassei. O espetáculo dele no julgamento foi uma coisa que eu não esperava, uma surpresa tão grande para mim quanto para você. Maior ainda. Eu tinha bons motivos para não esperar por aquilo. Mas alguma coisa deu errado. Não sei o que foi. Estou tentando descobrir. Quando eu conseguir, cumprirei minha promessa. Então você terá toda a liberdade de se apossar do feito e dizer aos seus amigos nas altas esferas que foi você que o desarmou.

– Lillian – disse Taggart, nervoso –, eu falei sério quando disse que estava ansioso para lhe dar provas de minha amizade... assim, se tem alguma coisa que eu possa fazer por...

Ela riu.

– Não tem. Sei que está falando sério. Mas não tem nada que você possa fazer por mim. Nenhum favor de espécie alguma. Não há o que negociar. Eu realmente sou uma pessoa não comercial. Não quero nada em troca. Que pena, Jim. O fato é que você vai ter que continuar à minha mercê.

– Mas então qual é o seu interesse nisso? O que ganha com isso?

Ela se recostou, sorrindo:

– Este almoço. A oportunidade de ver você aqui. De saber que você teve de me procurar.

Os olhos de Taggart reprimiram um lampejo de raiva. Depois suas pálpebras se apertaram lentamente e ele também se recostou na cadeira, enquanto sua expressão relaxava, assumindo um ar de leve zombaria e satisfação. Mesmo com aquele lodaçal de coisas não ditas, não explicitadas, indefinidas, que constituía seu código de valores, Taggart pôde perceber qual dos dois dependia mais do outro e qual era o mais desprezível.

Quando se separaram à porta do restaurante, Lillian foi para a suíte de Rearden no Hotel Wayne-Falkland, onde às vezes ficava quando ele não estava lá. Andou de um lado para outro durante cerca de meia hora, como quem está imerso em reflexões. Então pegou o telefone, com um gesto tranquilo, porém com ar de quem tomou uma decisão. Ligou para o escritório de Rearden na siderúrgica e perguntou à Srta. Ives quando ele ia voltar.

– O Sr. Rearden estará em Nova York amanhã, chegando no Cometa Taggart, Sra. Rearden – informou a Srta. Ives, com sua voz límpida e cortês.

– Amanhã? Que ótimo. Srta. Ives, poderia me fazer um favor? Ligue para a Gertrude lá em casa e diga a ela que não me espere para jantar, sim? Vou pernoitar em Nova York.

Desligou, olhou para o relógio e ligou para o florista do Wayne-Falkland.

– Aqui é a Sra. Rearden – disse ela. – Gostaria que duas dúzias de rosas fossem entregues no camarote do Sr. Rearden no Cometa Taggart... E hoje à tarde, quando o trem passar por Chicago... Não, sem cartão, só as flores... Muito obrigada.

Telefonou para James Taggart.

– Jim, você me envia um passe para a sua plataforma de passageiros? Quero me encontrar com meu marido na estação amanhã.

Hesitou entre Balph Eubank e Bertram Scudder. Optou por Eubank, telefonou para ele e combinou de se encontrarem à noite para jantar e assistir a um musical. Então foi tomar um banho e ficou deitada na água tépida, relaxando, lendo uma revista de economia política.

No fim da tarde, o florista telefonou.

– Nosso escritório de Chicago nos disse que não pôde entregar as flores, Sra. Rearden – disse o homem –, porque o Sr. Rearden não está a bordo do Cometa.

– O senhor tem certeza? – perguntou ela.

– Absoluta, Sra. Rearden. Nosso agente soube na estação de Chicago que não havia nenhuma reserva em nome do Sr. Rearden. Verificamos com o escritório de Nova York da Taggart Transcontinental só para confirmar e fomos informados de que o nome do Sr. Rearden não consta da lista de passageiros.

– Sei... Então cancele as flores, por favor... Obrigada.

Ficou sentada ao lado do telefone por um momento, de cenho franzido. Depois ligou para a Srta. Ives:

– Desculpe-me por ser um pouco avoada, Srta. Ives, mas estava afobada, não anotei e agora não tenho certeza do que me disse. O Sr. Rearden volta amanhã? Pelo Cometa?

– Perfeitamente, Sra. Rearden.

– A senhora não está sabendo de nenhuma mudança de planos dele?

– Não. Aliás, falei com o Sr. Rearden há mais ou menos uma hora. Ele ligou da estação de Chicago e comentou que tinha pressa de voltar para o trem, pois o Cometa estava prestes a partir.

– Perfeito. Muito obrigada.

Pôs-se de pé num salto assim que ouviu o ruído do telefone desligando e sentiu que sua privacidade estava garantida. Começou a andar de um lado para outro, com passos irregulares, tensos. Então parou, acometida de uma ideia súbita. Só havia uma única razão pela qual um homem faria uma reserva num trem com um nome falso: ele não estava viajando sozinho.

Os músculos faciais de Lillian lentamente relaxaram, formando um sorriso de satisfação: era uma oportunidade com que ela não contara.

▲▲▲

Na plataforma do terminal da Taggart, mais ou menos à altura da metade do trem, Lillian Rearden observava os passageiros que desciam do Cometa. Em seus lábios via-se um esboço de sorriso e havia uma faísca de animação em seus olhos sem vida. Ela olhava de um rosto para outro, virando a cabeça de um lado para outro espasmodicamente, com o entusiasmo desajeitado de uma menina. Estava ansiosa por ver a cara que Rearden faria quando, com a amante ao lado, ele a visse ali.

Seu olhar corria esperançoso para todas as jovens vistosas que saltavam do trem. Não era fácil: de início eram apenas umas poucas figuras que apareciam aqui e ali, mas logo começou a sair gente de todos os lados, formando uma corrente sólida que ia toda para o mesmo lado, como se sugada por um vácuo, mal sendo possível distinguir pessoas específicas. As luzes ofuscavam mais do que iluminavam, apenas destacando aqui e ali uma mancha branca contra um fundo escuro. Lillian tinha que se esforçar para não ser arrastada pela invisível corrente.

Quando seu olhar deparou com Rearden no meio da multidão, ela se surpreendeu. Não o vira saltar, mas lá estava ele, caminhando em sua direção, vindo de uma das extremidades do trem. Ele estava sozinho e, como sempre, caminhava depressa, com as mãos nos bolsos da capa. Não havia nenhuma mulher ao seu lado, ninguém além de um carregador com uma mala que Lillian reconheceu como sendo a do marido.

Numa fúria de decepção e incredulidade, ela olhou desesperada ao redor, na esperança de divisar alguma figura feminina que pudesse ter ficado para trás. Estava certa de poder identificar o tipo de mulher que ele escolhera. Não via ninguém que lhe parecesse plausível. Então viu que o último vagão era particular e que a figura parada à sua porta, conversando com algum funcionário da ferrovia – não uma mulher de estola de peles e véus, e sim uma moça com um paletó sóbrio que enfatizava a graça incomparável de um corpo esbelto –, era Dagny Taggart. Então compreendeu.

– Lillian! O que houve?

Ouviu a voz de Rearden, sentiu sua mão agarrando-a pelo braço, o viu olhando para ela como quem olha para alguém que de repente passa mal. Ele estava olhando para um rosto vazio e um olhar vago de terror.

– O que houve? O que você está fazendo aqui?

– Eu... Oi, Henry... Vim me encontrar com você... Por nada em particular... Só porque me deu vontade de encontrar você. – O terror desaparecera de seu rosto, mas ela falava com uma voz estranha, impessoal. – Eu queria ver você, foi um impulso, um impulso repentino, e eu não pude resistir, porque...

– Mas você parece... parecia estar passando mal.

– Não... Não, talvez eu me sentisse um pouco estranha, está tão abafado aqui... Não pude resistir, porque me lembrei do tempo em que você me via com prazer... Foi uma ilusão momentânea que eu quis recriar... – Falava como quem recita uma lição decorada.

Ela sabia que tinha que falar, enquanto sua mente se esforçava para apreender todas as implicações de sua descoberta. As palavras faziam parte do plano que havia arquitetado se ela o encontrasse depois que ele recebesse as rosas no trem.

Rearden não disse nada e ficou a olhar para ela com a testa franzida.

– Estava com saudade de você, Henry. Sei o que estou confessando. Mas sei também que isso não significa mais nada para você. – As palavras não condiziam com o rosto tenso, os lábios que se mexiam com esforço, os olhos que a toda hora se desviavam dele e percorriam toda a extensão da plataforma. – Eu queria... só queria lhe fazer uma surpresa. – Um brilho de astúcia e determinação reaparecia em seus olhos.

Rearden a tomou pelo braço, mas ela o repeliu com um gesto um pouco brusco.

– Você não vai me dizer nem uma palavra, Henry?

– O que quer que eu diga?

– Você acha tão detestável assim a sua esposa vir recebê-lo na estação? – Lillian olhou para a plataforma: Dagny Taggart estava se aproximando deles, mas Rearden não a via.

– Vamos – disse ele. Ela não se mexeu.

– Acha mesmo? – perguntou.

– O quê?

– Você acha isso detestável?

– Não, não acho. Apenas não compreendo.

– Fale sobre a sua viagem. Estou certa de que você fez uma viagem muito agradável.

– Vamos. Em casa a gente conversa.

– E quando é que tenho oportunidade de conversar com você em casa? – Lillian prolongava as palavras impassivelmente, como se as esticasse para ganhar tempo por algum motivo que Rearden não podia imaginar. – Eu imaginei que talvez pudesse lhe roubar alguns momentos de atenção entre a estação e seus compromissos de negócios e todas essas coisas importantes que ocupam todos os seus dias e noites, todas essas suas grandes realizações, como... Oi, Srta. Taggart! – disse ela, seca, num tom de voz alto e estridente.

Rearden virou para trás. Dagny estava passando por eles, mas parou.

– Como vai? – disse ela a Lillian, curvando-se, com o rosto impassível.

– Desculpe, Srta. Taggart – disse Lillian, sorrindo –, me perdoe por não saber a fórmula apropriada de condolências para esta ocasião. – Reparou que Dagny e Rearden não se cumprimentaram. – A senhorita está voltando do enterro do seu filho com meu marido, não é verdade?

Os lábios de Dagny formaram uma sutil linha de espanto e desprezo. Inclinou a cabeça, como que se despedindo, e seguiu em frente.

Lillian fitou de repente o rosto de Rearden, como se para enfatizar o olhar. Ele a olhou indiferente, sem entender.

Ela não disse nada. Acompanhou Rearden sem dizer uma palavra quando ele se virou para se afastar. Permaneceu calada no táxi, o rosto voltado para o outro lado, enquanto seguiam para o Wayne-Falkland. Rearden tinha certeza, enquanto contemplava a boca contorcida da mulher, que uma violência extraordinária fervia dentro dela. Jamais a vira experimentar qualquer espécie de emoção forte.

Ela se virou para encará-lo assim que se viram a sós na suíte.

– Então é essa? – perguntou ela.

Rearden não esperava aquilo. Olhou para ela, sem conseguir acreditar que escutara direito.

– É Dagny Taggart que é sua amante, não é?

Ele não respondeu.

– Por acaso, sei que você não reservou nenhum camarote naquele trem. Agora sei onde dormiu nas últimas quatro noites. Você vai admitir ou quer que eu mande detetives fazerem perguntas para a tripulação dos trens da Taggart e para os criados dela? É ela ou não é?

– É – respondeu ele, calmo.

A boca de Lillian se contorceu com uma risada feia. Seu olhar estava perdido na distância.

– Eu devia ter adivinhado. Devia! Por isso que não deu certo.

Sem entender, ele perguntou:

– O que não deu certo?

Lillian deu um passo para trás, como se para lembrar a si mesma da presença do marido.

– Vocês já... quando ela foi à nossa casa, àquela festa... vocês já...?

– Não. Depois.

– A grande empresária acima de qualquer suspeita, qualquer fraqueza feminina. O grande cérebro desligado de qualquer preocupação corporal... – Riu. – A pulseira... – acrescentou, com um olhar parado que dava a impressão de que as palavras estavam jorrando por acidente da torrente de seus pensamentos. – Era isso que ela representava para você. Foi essa a arma que ela lhe deu.

– Se você realmente entende o que está dizendo... é isso.

– Acha que vou deixar você escapar impunemente?

– Escapar...? – Olhava para ela com incredulidade, com uma curiosidade fria e surpresa.

– É por isso que no seu julgamento... – Ela parou.

– O que tem meu julgamento a ver com isso?

Ela tremia.

– Você sabe que não vou permitir que isso continue.

– O que isso tem a ver com meu julgamento?

– Não vou permitir que você fique com ela. Ela, não. Qualquer uma, menos ela.

Ele deixou passar um momento e perguntou pausadamente:

– Por quê?

– Eu não permito! Você vai largá-la! – Rearden olhava para ela sem expressão. *Mas esse seu olhar fixo*, pensou Lillian, *é a resposta mais perigosa que ele pode dar.* – Você vai largá-la, abandoná-la, nunca mais vai vê-la!

– Lillian, se você quer conversar sobre o assunto, há uma coisa que precisa ter em mente: nada neste mundo pode me fazer largá-la.

– Mas eu exijo!

– Eu já lhe disse que você pode exigir qualquer coisa, menos isso.

Rearden viu uma expressão curiosa de pânico surgir nos olhos da mulher: não era um olhar de compreensão, e sim de uma feroz recusa a compreender – como se ela quisesse transformar a violência de suas emoções numa cortina de fumaça, como se quisesse não que a fumaça a impedisse de ver a realidade, mas que fizesse com que a realidade deixasse de existir.

– Mas eu tenho o direito de exigir! Sua vida é minha! É minha propriedade. Minha, pelo juramento que você fez. Você jurou fazer minha felicidade. Não a sua, a minha! O que já fez por mim? Você nunca me deu nada, nunca sacrificou nada, nunca pensou em outra coisa que não fosse você mesmo... o seu trabalho, as suas usinas, o seu talento, a sua amante! E eu? Eu tenho meus direitos! Estou cobrando! Você é a conta que eu possuo!

Foi a expressão no rosto dele que fez com que a voz de Lillian fosse subindo de tom cada vez mais, de grito em grito, até o terror. O que ela via não era raiva nem dor nem culpa, e sim o único inimigo inviolável: a indiferença.

– Você já pensou em mim? – gritou ela na cara de Rearden. – Já pensou no que está fazendo comigo? Hank, você não tem o direito de continuar, sabe que está me fazendo sofrer as maiores torturas cada vez que dorme com aquela mulher! Não suporto isso, não suporto pensar nisso por um minuto! Você vai me sacrificar em nome dos seus desejos animalescos? Será que você é tão abjeto, tão egoísta assim? Você pode comprar seu prazer ao preço do meu sofrimento? Pode, se o preço que eu pago é esse?

Não sentindo nada além do vazio do espanto, Rearden observou uma coisa que havia percebido vagamente no passado e agora estava vendo em toda a feiura de sua futilidade: o espetáculo de uma pessoa implorando por piedade com ameaças e exigências repletas de ódio.

– Lillian – disse ele, muito tranquilo –, eu o faria mesmo que isso lhe custasse a vida.

Ela ouviu. Ouviu mais do que ele próprio sabia e estava disposto a se ouvir dizer. O que mais o chocou foi que ela não gritou de raiva, e sim se tornou calma de repente.

– Você não tem o direito... – disse ela, com uma voz sem vida, com a impotência vergonhosa de quem sabe que as próprias palavras não têm sentido.

– Sejam quais forem os direitos que você tem sobre mim – disse ele –, nenhum ser humano pode ter sobre outro direitos que exijam que este anule sua própria existência.

– Ela é tão importante assim para você?

– Muito mais que isso.

A expressão pensativa voltara ao rosto de Lillian, mas nela essa expressão parecia astúcia. Não disse nada.

– Lillian, é bom que você saiba a verdade. Agora você pode fazer sua opção com pleno conhecimento de causa. Pode se divorciar de mim ou pode querer continuar como estamos. São as duas únicas opções que você tem. É tudo o que eu posso lhe oferecer. Acho que você sabe que quero o divórcio. Mas não lhe peço sacrifícios. Não sei que espécie de conforto você encontra no nosso casamento, mas, se é isso que quer, não vou pedir que abra mão dele. Não sei por que você pode ainda me querer agora, não sei o que você procura, que espécie de coisa é a sua felicidade, nem o que vai ganhar com uma situação que me parece intolerável para nós dois. Por todos os meus padrões, você já deveria ter pedido o divórcio há muito tempo. Por todos os meus padrões, manter nosso casamento será uma fraude atroz. Mas meus padrões não são os seus. Não compreendo os seus padrões, jamais os compreendi, mas os aceito. Se é essa a sua forma de me amar, se poder dizer que é minha esposa lhe dá algum tipo de prazer, não sou eu quem vai lhe roubar esse prazer. Se fui eu quem não cumpriu a palavra dada, vou expiar minha falta na medida do possível. Você sabe, é claro, que eu podia comprar um desses juízes modernos e conseguir um divórcio na hora que quisesse. Não vou fazer isso. Vou manter minha palavra, se é isso que você quer, mas essa é a única forma como eu posso fazê-lo. Agora faça sua opção. Mas, se optar por ficar comigo, está proibida de falar nela, de dar a entender a ela que você sabe, se voltar a se encontrar com ela algum dia. Você está proibida de se meter nessa parte da minha vida.

Lillian ficou parada, olhando para ele, com o corpo mole e caído para a frente, como se sua postura deselegante fosse uma espécie de desafio, como se ela não quisesse se dar ao trabalho de se impor uma atitude elegante por amor a ele.

– Srta. Dagny Taggart... – disse ela e deu uma risada. – A supermulher, acima de qualquer suspeita por parte das esposas comuns. A mulher que só pensava no trabalho e lidava com os homens como se fosse um deles. A mulher inteligente que admirava você platonicamente, pela sua genialidade, suas usinas e seu metal! – Deu uma risada. – Eu devia ter percebido que ela não passava de uma fêmea que queria de você o mesmo que toda fêmea quer de um macho qualquer, porque você é tão competente na cama quanto é no escritório, se é que posso falar dessas coisas com conhecimento de causa. Mas ela é capaz de dar mais valor a isso que eu, já que ela admira todos os tipos de competência e provavelmente já deu para todos os empregados da ferrovia!

Lillian parou porque viu, pela primeira vez na vida, o tipo de olhar que indica que um homem é capaz de cometer um assassinato. Mas ele não estava olhando para ela. Lillian não sabia nem mesmo se ele a estava vendo ou ouvindo sua voz.

Ele estava ouvindo sua própria voz dizendo as palavras de Lillian – dizendo-as para Dagny no quarto da casa de Ellis Wyatt, onde listras de sol riscavam a cama. Estava vendo, nas noites do passado recente, o rosto de Dagny nos momentos em que seu corpo deixava o dela: uma expressão radiante que era mais que um sorriso, era um olhar de juventude, de manhã que nasce, de gratidão por estar viva. E via também o rosto de Lillian tal como já o vira na cama a seu lado: sem vida, com olhos esquivos, um esgar impotente nos lábios e a expressão de quem é cúmplice de alguma falta indecente. Compreendeu quem era o acusado e quem era o acusador – percebeu como era obsceno permitir que a impotência se colocasse como virtude e amaldiçoasse o poder da vida como pecado – e viu, com a clareza da percepção direta, a terrível feiura de uma crença que já fora sua.

Foi apenas um instante, uma convicção sem palavras, um conhecimento apreendido como sentimento, deixado aberto em sua mente. O choque o trouxe de volta à presença de Lillian, ao som de suas palavras. Subitamente, a mulher não era para ele mais do que uma presença inconsequente com quem era necessário lidar no momento.

– Lillian – disse ele, com uma voz sem ênfase que não lhe concedia nem mesmo a distinção da raiva –, você nunca mais vai falar sobre ela comigo. Se o fizer outra vez, vou reagir como reagiria a um marginal: vou lhe dar uma surra. Nem você nem ninguém tem o direito de falar nela.

Lillian olhou para ele.

– É mesmo? – perguntou. Era um som estranho, como se a frase fosse jogada, deixando um gancho implantado em sua mente. Ela parecia estar examinando uma visão que se descortinava perante seus olhos.

Com voz tranquila, cansada e ao mesmo tempo surpresa, ele disse:

– Achei que você gostaria de descobrir a verdade. Achei que você preferiria, em nome do que quer que seja, do amor ou do respeito que já sentiu por mim, descobrir que, se eu traí você, não foi por um prazer barato e superficial, não foi por uma corista, e sim pelo sentimento mais limpo e mais sério da minha vida.

Lillian se virou para ele como se acionada por uma mola feroz, involuntária, com o esgar nu do ódio estampado no rosto:

– Ah, seu idiota!

Rearden não disse nada.

Ela recobrou a compostura, com um leve sorriso de ironia secreta.

– Você por acaso está esperando por minha resposta? – perguntou. – Não, não vou pedir o divórcio. Jamais espere por isso. Vamos continuar como estamos, se foi isso que ofereceu e se é isso que acha que pode continuar oferecendo. Quero ver se você pode desrespeitar todos os princípios morais impunemente!

Rearden não a ouviu quando ela pegou o casaco dizendo que ia voltar para casa.

Mal notou quando ela fechou a porta ao sair. Ficou parado, imobilizado por um sentimento que jamais experimentara antes. Sabia que teria de pensar depois, pensar e compreender, mas no momento só queria observar a coisa maravilhosa que estava sentindo.

Era uma sensação de liberdade, como se estivesse sozinho no meio de uma correnteza infinita de ar puro e como se do peso que antes lhe esmagava os ombros só restasse a lembrança. Era uma sensação de imenso alívio. Era a consciência de que não lhe importava o que Lillian sentisse, o que ela sofresse, o que acontecesse com ela, e mais ainda: não apenas isso não lhe importava, mas ele tinha consciência – uma consciência luminosa e sem culpas – de que não havia motivo para tais coisas importarem.

CAPÍTULO 6

O METAL MILAGROSO

—M as será que a gente pode fazer isso impunemente? – perguntou Wesley Mouch, com uma voz estridente de raiva e trêmula de medo.

Ninguém respondeu. James Taggart estava sentado na beira de uma poltrona, imóvel, de cabeça baixa, olhando para ele. Orren Boyle bateu violentamente com o charuto no cinzeiro. O Dr. Floyd Ferris sorriu. O Sr. Weatherby dobrou as mãos e os lábios. Fred Kinnan, chefe da União dos Trabalhadores da América, parou de andar de um lado para outro, sentou-se no parapeito da janela e cruzou os braços. Eugene Lawson, que estava sentado, debruçado para a frente, distraidamente remexendo num arranjo de flores sobre uma mesa de centro de vidro, endireitou os ombros com ar ressentido e olhou para o alto. Mouch estava sentado à sua mesa, com um dos punhos cerrado sobre uma folha de papel.

Quem respondeu foi Eugene Lawson:

– A meu ver, não é essa a maneira de encarar a situação. Não devemos deixar que dificuldades vulgares se contraponham à nossa consciência de que se trata de um nobre plano motivado exclusivamente pelo bem-estar do público. E para o bem do povo. O povo precisa disso. Em primeiro lugar, vêm as necessidades. Portanto, não há por que considerar mais nada.

Ninguém fez nenhuma objeção nem manifestou apoio. A julgar pelas expressões de seus rostos, a fala de Lawson tivera o efeito de tornar ainda mais difícil o prosseguimento da discussão. Mas um homenzinho que estava sentado na melhor poltrona da sala, discreto, separado dos outros, sem se importar com o fato de estar sendo ignorado e cônscio de que ninguém poderia ter se esquecido de que ele estava presente, olhou para Lawson, depois para Mouch, e disse, alegre e entusiástico:

— Isso, Wesley. Disfarce, doure a pílula e mande o pessoal da imprensa repetir isso, que não há motivo para preocupação.

— Perfeito, Sr. Thompson — disse Mouch, contrariado.

O Sr. Thompson, o chefe de Estado, era um homem que tinha a qualidade de jamais ser percebido. Em qualquer grupo de três pessoas, ele se tornava invisível e, quando estava sozinho, parecia evocar um grupo incontável de pessoas parecidas com ele. A nação não sabia muito bem como ele era: suas fotos apareciam nas capas das revistas com tanta frequência quanto ocorrera com seus predecessores, mas as pessoas nunca sabiam quais fotos eram dele e quais eram simplesmente as de algum funcionário dos correios, de algum empregado de colarinho branco, como nessas fotos que ilustram artigos sobre pessoas comuns e sua vida cotidiana. A única diferença era que o colarinho do Sr. Thompson normalmente estava amarrotado. Ele tinha ombros largos e um corpo diminuto. Os cabelos eram finos, a boca larga e a idade indefinida – tanto podia ser um quarentão envelhecido quanto um homem de 60 anos muito conservado. Embora detivesse um poder oficial imenso, vivia tramando para aumentá-lo, porque era isso que os que o haviam empurrado para o cargo esperavam dele. Tinha a astúcia dos pouco inteligentes e a energia frenética dos preguiçosos. O único segredo de seu sucesso na vida era o fato de que ele era um produto do acaso, estava consciente disso e não aspirava a mais nada.

— É óbvio que urge tomar medidas, medidas drásticas — disse Taggart, falando não para o Sr. Thompson, e sim para Wesley Mouch. — Não podemos deixar que as coisas continuem desse jeito por muito tempo. — Sua voz era agressiva e trêmula.

— Calma, Jim — disse Boyle.

— É preciso fazer alguma coisa, e depressa!

— Não olhe para mim — disse Mouch, com impertinência. — *Eu* não tenho culpa. Não tenho culpa se as pessoas se recusam a cooperar. Estou com as mãos atadas. Preciso de mais poderes.

Mouch havia convocado todos aqueles homens a Washington, como seus amigos e assessores, para uma reunião particular e informal a respeito da crise nacional. Mas, ao vê-lo, os outros não sabiam se seus modos eram arrogantes ou servis, se ele os estava ameaçando ou lhes implorando que o ajudassem.

— O fato — disse o Sr. Weatherby, com um tom de voz de quem cita estatísticas – é que no período de 12 meses que termina no primeiro dia do ano corrente, o número de falências dobrou em comparação com o exercício anterior. Do início do ano para cá, o número triplicou.

– É importante fazer com que achem que é culpa deles – disse o Dr. Ferris.

– Hein? – reagiu Wesley Mouch, olhando rapidamente para Ferris.

– Faça o que fizer, não peça desculpas – disse o Dr. Ferris. – Faça-os sentirem-se culpados.

– Não estou pedindo desculpas! – exclamou Mouch. – A culpa não é minha. Preciso de mais poderes.

– Mas a culpa é mesmo deles – disse Lawson, agressivo, virando-se para o Dr. Ferris. – Eles não têm espírito social. Recusam-se a reconhecer que a produção não é uma escolha pessoal, mas um dever público. Não têm direito de abrir falência, aconteça o que acontecer com eles. Eles têm que continuar produzindo. É uma obrigação social. O trabalho de um homem não é uma questão pessoal, mas social. Não existem questões pessoais, nem mesmo vida pessoal. É *isso* que temos que enfiar na cabeça de todo mundo.

– Gene Lawson sabe do que eu estou falando – retrucou o Dr. Ferris, com um esboço de sorriso –, muito embora não tenha a menor consciência de que sabe.

– O que quer dizer com isso? – perguntou Lawson, levantando a voz.

– Parem com isso – ordenou Mouch.

– Para mim, tanto faz o que você resolver fazer, Wesley – disse o Sr. Thompson –, e não me importa que os empresários reclamem. Agora, é importante que a imprensa esteja do seu lado. Isso é fundamental.

– Ela está do meu lado – confirmou Mouch.

– Basta um jornal abrir a boca na hora errada para nos prejudicar mais do que a 10 milionários contrariados.

– É verdade, Sr. Thompson – disse o Dr. Ferris. – Mas o senhor conhece um jornal que esteja sabendo?

– Acho que não – respondeu o Sr. Thompson, parecendo satisfeito.

– Quaisquer que sejam os homens com que estamos contando, de quem dependemos – disse o Dr. Ferris –, podemos tranquilamente esquecer aquele velho adágio a respeito dos sábios e dos honestos. Não precisamos nos preocupar com eles. Esses saíram de moda.

Taggart olhou pela janela. Havia pedaços de céu azul acima das ruas de

Washington – o azul pálido de abril –, e alguns raios de sol escapulindo por entre as nuvens. Um monumento brilhava ao longe, atingido por um raio de sol: um obelisco alto e branco, em homenagem ao homem que dera nome à cidade, o autor da frase que o Dr. Ferris citara. Taggart desviou a vista.

– Não gosto dos comentários do professor – disse Lawson, em voz alta e em tom aborrecido.

– Fique quieto – repreendeu-o Mouch. – O Dr. Ferris não está falando em teoria, e sim na prática.

– Bem, se vocês querem falar em coisas práticas – disse Fred Kinnan –, então ouçam o que eu digo: não podemos nos preocupar com os empresários numa hora dessas. Temos que pensar em empregos. Mais empregos para o povo. Nos meus sindicatos, cada homem que trabalha está sustentando cinco desempregados, sem contar seus parentes famintos. Se querem saber o que penso, embora eu saiba que não vão concordar, mas de qualquer modo é o que penso, acho que vocês deviam baixar um decreto obrigando todas as empresas a aumentarem os funcionários, digamos, em 30 por cento.

– Meu Deus! – gritou Taggart. – Você está maluco? Mal conseguimos pagar os funcionários que já temos! Não há trabalho para eles! Mais 30 por cento? Não precisamos deles para nada!

– E daí que vocês não precisam de mais funcionários? – perguntou Fred Kinnan. – Eles precisam de empregos. É isso que vem em primeiro lugar, a necessidade, não é? Não seus lucros.

– Não se trata de uma questão de lucros! – gritou Taggart. – Não falei nada sobre lucros. Não lhe dei nenhum motivo para me insultar. A questão é: onde a gente vai arrumar dinheiro para pagar essa gente toda, se metade dos nossos trens andam vazios e não têm carga bastante para encher um vagão? – Acrescentou, com voz subitamente cautelosa: – Agora, compreendemos a situação difícil dos trabalhadores, e... é só uma ideia, mas poderíamos contratar mais gente, se tivéssemos autorização para aumentar nossas tarifas, que...

– Você enlouqueceu? – gritou Boyle. – Já estou ficando apertado com as tarifas que vocês estão cobrando agora, tenho arrepios cada vez que vejo um vagão de carga entrando na usina ou saindo de lá. Estão me custando os olhos da cara, não tenho como pagar... e você quer *dobrar* as tarifas?

– Se você pode ou não pode pagar é o de menos – disse Taggart com frieza. – Você tem que estar disposto a fazer sacrifícios. O público precisa de ferrovias. A necessidade vem em primeiro lugar, antes dos seus lucros.

– Que lucros? – berrou Boyle. – Quando é que lucrei alguma coisa? Ninguém pode me acusar de lucrar com minha empresa! Olhem para meu balanço contábil e depois olhem para os livros de certo concorrente meu, que está cheio de clientes, de matérias-primas, de avanços tecnológicos e ainda detém o monopólio sobre fórmulas secretas, e depois me digam quem é o explorador! Mas, é claro, o público precisa de ferrovias, e talvez até eu pudesse absorver um aumento, se... é só uma hipótese... se recebesse um subsídio para poder me aguentar por mais um ano ou dois, e aí...

– O quê? Outra vez? – berrou o Sr. Weatherby, perdendo a compostura. – Quantos empréstimos nós já não lhe arranjamos, quantas extensões, suspensões e moratórias? Você nunca pagou um tostão e, agora que vocês todos estão abrindo falência e a arrecadação tributária está caindo, onde é que acha que a gente vai arranjar dinheiro para subsidiar você?

– Há pessoas que não estão abrindo falência – retrucou Boyle lentamente. – É indesculpável vocês permitirem que haja tanta miséria no país enquanto ainda existe gente que não está pobre.

– Não posso fazer nada! – berrou Mouch. – Não posso fazer nada! Preciso de mais poderes!

Ninguém sabia que motivo levara o Sr. Thompson a comparecer àquela reunião. Ele falara pouco, mas ouvira com interesse. Era como se antes quisesse entender alguma coisa e agora estivesse satisfeito por ter conseguido. Ele se levantou e deu um sorriso alegre.

– Vá em frente, Wesley – disse. – Aplique o Decreto 10.289. Não vai haver problema nenhum.

Todos haviam ficado de pé também, com uma deferência relutante. Mouch olhou para sua folha de papel, depois disse, com um tom de voz petulante:

– Para que eu possa agir, o senhor vai ter que declarar estado de emergência total.

– Isso eu faço assim que você achar que é hora.

– Há algumas dificuldades que...

– Deixo a seu critério. Faça como quiser, isso é atribuição sua. Mostre-me o rascunho, amanhã ou depois, mas não me venha com detalhes. Tenho que fazer um discurso no rádio daqui a meia hora.

— A principal dificuldade é que não tenho certeza de que a lei realmente nos dá o poder de implementar certas provisões do Decreto 10.289. Tenho medo de que possam ser contestadas.

— Ah, nós já aprovamos tantas leis de emergência que, se você procurar com calma, certamente vai achar algo que sirva. — O Sr. Thompson se virou para os outros com um sorriso de camaradagem. — Deixo para vocês a tarefa de acertar os detalhes. Obrigado por virem a Washington nos ajudar. Foi um prazer.

Esperaram até que ele saísse e a porta se fechasse, depois se sentaram de novo, sem se entreolharem.

Não conheciam o texto do Decreto 10.289, mas sabiam o que deveria ser. Já sabiam havia muito tempo, daquele jeito especial que consistia em esconder um fato de si próprio e não o traduzir em palavras. E, segundo o mesmo método, agora desejavam que fosse possível não ouvir o texto do decreto. Era para evitar momentos como aquele que todos os intrincados meandros de suas mentes haviam se formado.

Queriam que o decreto entrasse em vigor. Queriam que ele entrasse em vigor sem palavras, para que não ficassem sabendo que o que estavam fazendo era aquilo mesmo. Ninguém jamais afirmara que o Decreto 10.289 era o objetivo final de seus esforços. Porém havia gerações que homens vinham trabalhando para torná-lo possível, e havia meses que cada cláusula do decreto vinha sendo preparada por incontáveis discursos, artigos, sermões, editoriais, por vozes que tinham um objetivo definido e que gritavam com raiva quando alguém identificava qual era tal objetivo.

— A situação atual é a seguinte — disse Mouch. — A economia nacional estava melhor há dois anos do que no ano passado, e melhor no ano passado do que no momento. É evidente que não nos será possível sobreviver mais um ano nessa progressão. Portanto, nosso único objetivo deve ser conter essa tendência. Parar e acertar o passo. Conseguir a estabilidade total. Demos uma oportunidade à liberdade, mas não deu certo. Portanto, tornam-se necessários controles mais rígidos. Como as pessoas não podem e não querem resolver seus problemas voluntariamente, o jeito é obrigá-las a fazê-lo. — Fez uma pausa, pegou o papel e acrescentou, num tom menos formal: — Trocando em miúdos, a gente não pode continuar onde está, mas não pode se mexer! Então o jeito é parar. A gente tem que parar. A gente tem que fazer esses desgraçados pararem!

Com a cabeça enterrada nos ombros, Mouch olhava para os outros com raiva, como se estivesse afirmando que os problemas do país eram uma afronta pessoal dirigida a ele. Tantos homens que buscavam favores junto a ele o haviam temido, e Mouch agora agia como se sua raiva resolvesse qualquer coisa, como se ela fosse onipotente, como se bastasse ele ficar com raiva para tudo ficar bem. No entanto, os homens silenciosos que o encaravam, sentados em semicírculo, não sabiam bem se o medo presente naquela sala partia deles próprios ou se aquela figura recurvada atrás da mesa causava pânico, como o faz um rato encurralado.

Mouch tinha um rosto comprido e quadrado e um crânio achatado, acentuado pelo corte à escovinha que usava. Seu lábio inferior era carnudo e petulante, e as pupilas castanho-claras de seus olhos pareciam gemas de ovos com claras não muito translúcidas. Seus músculos faciais se mexiam espasmodicamente e se imobilizavam de repente, sem haverem exprimido qualquer sentimento. Ninguém jamais o vira sorrir.

Havia muitas gerações que a família de Mouch não conhecia pobreza, nem riqueza nem distinções, porém ela se agarrara a uma tradição toda sua: todos os seus membros eram formados e, portanto, desprezavam as pessoas que trabalhavam no comércio. Os diplomas da família eram sempre emoldurados e colocados nas paredes, onde pareciam uma queixa dirigida ao mundo, porque aqueles diplomas não haviam automaticamente gerado os equivalentes materiais dos valores espirituais de seus portadores. Entre os inúmeros parentes da família, havia um tio rico. Ele havia casado com mulher rica e, já velho e viúvo, escolhera Mouch como seu favorito, entre os muitos sobrinhos, porque este era, de todos, o que se distinguia menos e, portanto – pensava o tio Julius –, o que oferecia menos perigo. O tio Julius não gostava de gente muito inteligente. Também não gostava de ter que administrar suas finanças, então atribuiu a Mouch a responsabilidade por isso. Quando este terminou a faculdade, já não havia mais dinheiro para administrar. O tio Julius pôs a culpa na astúcia de Mouch e o acusou de ser um patife sem escrúpulos. Na verdade, porém, este não tinha tramado nada – ele próprio não fazia ideia do que acontecera com o dinheiro.

No ensino médio, Mouch fora um dos piores alunos e sempre invejara muito os melhores. A faculdade lhe ensinou que não havia motivo para invejá-los. Depois que se formou, arranjou emprego no departamento de publicidade de uma companhia que fabricava um removedor de calos totalmente inócuo. O remédio vendia bem e Wesley chegou a chefe do departamento. Largou o emprego para assumir a publicidade de um remédio contra a calvície. Depois foi a vez de um sutiã patenteado, de uma nova marca de sabonete, de um refrigerante – e, então, se tornou vice-presidente de uma fábrica de automóveis. Tentou vender carros como se seu produto fosse um falso removedor de calos. Não deu certo. Atribuiu o fracasso ao fato de que seu departamento de publicidade não recebia dinheiro suficiente. Foi o presidente dessa fábrica de automóveis que o recomendou a Rearden. Quem o colocou em Washington foi Rearden, que não conhecia os padrões pelos quais pudesse julgar as atividades de seu representante lá. Foi Taggart que o colocou no Departamento de Planejamento Econômico e Recursos Nacionais, e, em retribuição, Mouch traiu Rearden, a fim de favorecer Orren Boyle, em troca da destruição de Dan Conway. Daí em diante, as pessoas foram ajudando Mouch a subir pelo mesmo motivo que levara seu tio Julius a favorecê-lo: eram indivíduos que achavam que a mediocridade é confiável. Os homens que agora estavam sentados à frente de sua mesa haviam aprendido que a lei da causalidade era uma superstição e que era necessário lidar com a situação do momento sem considerar sua causa. Com base na situação do momento, tinham concluído que Mouch era um homem de grande capacidade e argúcia, já que milhões de pessoas aspiravam ao poder mas só ele conseguira obtê-lo. Sua forma de pensar não lhes permitia compreender que Mouch era o zero situado no ponto onde se encontram forças destruidoras em conflito.

– Isto aqui é apenas um rascunho do Decreto 10.289 – disse Mouch –, que Gene, Clem e eu esboçamos só para dar uma ideia geral. Queremos ouvir suas opiniões, sugestões, etc., já que vocês são os representantes dos trabalhadores, da indústria, dos transportes e dos profissionais liberais.

Fred Kinnan saiu do parapeito da janela e sentou-se no braço de uma poltrona. Boyle cuspiu fora o toco de charuto que estava fumando. Taggart baixou a vista e ficou a olhar para as mãos. O Dr. Ferris era o único que parecia estar à vontade.

– "Em nome do bem-estar do público" – leu Mouch –, "para proteger a segurança do povo, atingir a completa igualdade e total estabilidade, fica decretado durante a vigência da emergência nacional que:

"Artigo primeiro. Todos os trabalhadores, assalariados e empregados de todos os tipos ficarão doravante em seus empregos, não podendo pedir demissão, nem ser demitidos, nem trocar de emprego, sob pena de detenção. A pena será determinada pelo Conselho de Unificação, a ser nomeado pelo Departamento de Planejamento Econômico e Recursos Nacionais. Todas as pessoas que atingirem a idade de 21 anos deverão se apresentar ao Conselho de Unificação, que lhes dirá onde seus serviços serão mais bem empregados para os interesses da nação.

"Artigo segundo. Todos os estabelecimentos industriais, comerciais e manufatureiros de toda e qualquer natureza doravante continuarão em atividade, e seus proprietários não poderão fechá-los, nem se aposentar, nem vender nem transferir sua propriedade, sob pena de nacionalização deles e de quaisquer outras propriedades suas.

"Artigo terceiro. Todas as patentes e os direitos autorais referentes a quaisquer dispositivos, invenções, fórmulas, processos e operações de toda e qualquer natureza serão entregues à nação como contribuição patriótica de emergência, por meio de Certificados de Doação assinados voluntariamente por todos os proprietários de patentes e direitos autorais. O Conselho de Unificação então licenciará a utilização de tais patentes e direitos autorais a todos os interessados, igualmente e sem discriminação, com o intuito de eliminar práticas monopolísticas, de pôr fim ao uso de produtos obsoletos e de tornar os melhores produtos disponíveis a toda a nação. Não serão mais utilizados marcas registradas, nomes comerciais nem títulos com direitos autorais reservados. Todos os produtos anteriormente patenteados receberão um nome novo e passarão a ser vendidos sob essa nova denominação, sendo tais nomes escolhidos pelo Conselho de Unificação. Todas as marcas registradas e os nomes comerciais privados são pelo presente abolidos.

"Artigo quarto. Nenhum novo dispositivo, invenção, produto ou mercadoria de qualquer natureza não existente no mercado no momento poderá ser produzido, inventado, fabricado ou vendido após a publicação deste decreto. Fica pelo presente desativado o Escritório de Registro de Patentes e Direitos Autorais.

"Artigo quinto. Todo estabelecimento, firma, companhia ou pessoa envolvida na fabricação de bens de qualquer natureza doravante passará a produzir por ano a mesma quantidade de produtos que for fabricada durante o ano-base, nem mais, nem menos. O ano-base ou padrão é o que termina quando da publicação do presente. Toda e qualquer produção acima ou abaixo desse nível legal estará sujeita a multas, a serem determinadas pelo Conselho de Unificação.

"Artigo sexto. Todas as pessoas de todos os sexos, idades, classes e níveis de renda gastarão por ano na aquisição de produtos a mesma quantidade de dinheiro que gastaram no ano-base, nem mais nem menos. Toda e qualquer aquisição acima ou abaixo desse nível legal estará sujeita a multas, a serem determinadas pelo Conselho de Unificação.

"Artigo sétimo. Todos os salários, preços, dividendos, lucros, taxas de juros e fontes de renda de qualquer natureza serão congelados em seus níveis atuais, ou seja, quando da publicação deste decreto.

"Artigo oitavo. Todos os casos não especificamente tratados por este decreto serão apreciados pelo Conselho de Unificação, cujas decisões serão irrecorríveis."

Mesmo naqueles quatro homens que ouviram a leitura do documento ainda restavam alguns vestígios de dignidade humana, que os fizeram permanecer imóveis, nauseados durante um minuto.

Taggart foi o primeiro a se manifestar. Ele falava baixo, mas sua voz estava trêmula e intensa, como se não conseguisse reprimir um grito:

— Mas por que não? Por que eles têm se nós não temos nada? Por que merecem mais que a gente? Se vamos afundar, eles têm mais é que afundar junto conosco. Não podemos dar a eles nenhuma chance de sobreviver!

— Muito estranho dizer isso de um plano bastante prático que vai beneficiar a todos — retrucou Boyle com uma voz estridente, olhando para Taggart surpreso e assustado.

O Dr. Ferris deu uma risadinha.

Os olhos de Taggart pareceram entrar em foco, e ele disse, em voz mais alta:

— É, claro que sim. É um plano muito prático. É necessário, prático e justo. Vai resolver os problemas de todo mundo. Vai dar a todos a oportunidade de ganhar segurança. Uma oportunidade de descansar.

— Dará segurança ao povo — disse Eugene Lawson, e seus lábios foram deslizando até formar um sorriso. — Segurança é o que o povo quer. Se é isso que eles querem, por que não? Só porque uma meia dúzia de ricaços não quer?

— Não são os ricos que vão levantar objeções — disse o Dr. Ferris preguiçosamente. — Os ricos querem segurança mais do que qualquer outra espécie de animal. Será que você ainda não percebeu isso?

— Bem, então quem é que vai ser contra? — perguntou Lawson.

O Dr. Ferris deu um sorriso significativo e não disse nada.

Lawson desviou os olhos:

– Eles que se danem! Por que nos preocuparmos com eles? Temos que pensar é nos pequenos. A inteligência é que causou todos os problemas da humanidade. A mente humana é a raiz de todos os males. Vivemos na época do coração. São os fracos, os doentes e os humildes que devem nos preocupar exclusivamente. – Seu lábio inferior se contorcia, frouxo. – Os grandes só existem para servir os pequenos. Se eles se recusam a cumprir sua obrigação moral, temos que obrigá-los. Já houve uma Era da Razão, mas agora já progredimos e chegamos à Era do Amor.

– Cale a boca! – berrou Taggart.

Todos os olhares se fixaram nele.

– Pelo amor de Deus, o que deu em você, Jim? – perguntou Boyle, trêmulo.

– Nada – respondeu Taggart –, nada... Wesley, faça com que ele cale a boca, está bem?

Mouch se remexeu, sem graça:

– Mas não entendo...

– É só ele calar a boca. A gente não tem que ouvir o que ele diz, não é?

– Bem, não, mas...

– Então continuemos.

– Mas o que é isso? – protestou Lawson. – Não admito isso. Absolutamente não... – Porém não encontrou nenhum apoio nos rostos ao seu redor e parou, formando com a boca uma expressão de ódio infantil.

– Vamos continuar – disse Taggart, febril.

– O que há com você? – perguntou Boyle, tentando não pensar no que havia consigo próprio, no motivo pelo qual sentia medo.

– A genialidade é uma superstição, Jim – disse o Dr. Ferris devagar, com uma ênfase estranha, como se estivesse consciente de que estava exprimindo aquilo que todos evitavam exprimir. – Não existe intelecto. O cérebro humano é um produto social, um somatório de influências recebidas daqueles que o cercam. Ninguém inventa nada, apenas reflete o que está flutuando na atmosfera social. O gênio é um catador de lixo intelectual, um ganancioso coletor de ideias que pertencem a toda a sociedade, da qual ele as rouba. Todo pensamento é uma forma de roubo. Se abolirmos as fortunas individuais, teremos uma distribuição mais justa da riqueza. Se abolirmos a genialidade, teremos uma distribuição mais justa das ideias.

— Viemos aqui para falar de coisas sérias ou para ficar um gozando o outro? — perguntou Fred Kinnan.

Todos se viraram para ele. Era um homem musculoso, de traços acentuados, porém seu rosto tinha a curiosa propriedade de possuir certas rugas finas que elevavam os cantos de sua boca, formando permanentemente um esboço de sorriso irônico e profundo. Kinnan estava sentado no braço da poltrona, com as mãos nos bolsos, fitando Mouch com o olhar sorridente que um policial calejado dirige a um cleptomaníaco.

— Só lhe digo uma coisa: é bom encher esse Conselho de Unificação com gente minha — disse ele. — Porque senão... esse artigo primeiro vai sumir do mapa.

— Naturalmente, pretendo colocar um representante dos trabalhadores nesse Conselho — disse Mouch secamente —, bem como um representante da indústria, outros dos profissionais liberais, e de todas as camadas da...

— Todas as camadas coisa nenhuma — protestou Kinnan, sem levantar a voz. — Só representantes dos sindicatos. Mais nada.

— Mas que história é essa!? — berrou Boyle. — Você não acha que isso seria uma sujeira?

— Claro — reconheceu Kinnan.

— Mas desse jeito vocês iam controlar todas as empresas do país!

— E o que você acha que eu quero?

— Isso é uma injustiça! — gritou Boyle. — Não vou permitir uma coisa dessas! Você não tem esse direito! Você...

— Direito? — perguntou Kinnan, inocente. — Então estamos falando sobre direitos?

— Mas, espere aí, afinal de contas existem certos direitos de propriedade fundamentais que...

— Escute, meu chapa, você quer o artigo terceiro, não quer?

— Bem, eu...

— Então é melhor não falar mais em direitos de propriedade daqui para a frente. Nem pensar nisso.

— Sr. Kinnan — disse o Dr. Ferris —, o senhor não deve cair no velho erro de fazer generalizações. Nossa política tem que ser flexível. Não há princípios absolutos que...

— Deixe essa conversa para o Jim Taggart, doutor — disse Kinnan. — Eu sei do que estou falando. Porque *eu* não fiz faculdade.

— Protesto — disse Boyle — contra esse seu método ditatorial de...

Kinnan virou as costas para ele e disse:

– Escute, Wesley, meu pessoal não vai gostar do artigo primeiro. Se você botar a faca e o queijo na minha mão, eu faço que eles engulam esse artigo. Senão, desista. É bom você se decidir.

– Bem... – disse Mouch e parou.

– Meu Deus, e nós, Wesley? – gritou Taggart.

– É só me procurar – disse Kinnan – quando precisar de alguma coisa do Conselho. Mas quem vai mandar nele sou eu. Eu e o Wesley.

– Você acha que a nação vai admitir uma coisa dessas? – berrou Taggart.

– Pare de se iludir – disse Kinnan. – A nação? Se não existem mais princípios – e nisso o doutor tem razão, porque realmente não existem mesmo –, se não há mais regras nesse jogo e é só uma questão de quem rouba quem, então eu tenho mais votos que todos vocês juntos. Tem mais trabalhador que empregador, não se esqueçam disso!

– É uma atitude estranha essa sua – disse Taggart, altivo –, quando se trata de uma medida que, no fim das contas, não visa atender aos interesses egoístas dos trabalhadores nem dos empregadores, e sim ao bem-estar geral do público.

– Está bem – disse Kinnan, condescendente –, vamos falar na sua língua. O que é o público? Se está falando em termos de qualidade, então não é você, Jim, nem Boyle. Se é em termos de quantidade, aí não tem dúvida de que sou *eu*, porque tem muita gente por trás de mim. – Seu sorriso desapareceu, e, com uma súbita expressão amarga de cansaço, acrescentou: – Só que não vou dizer que estou trabalhando pelo bem público, porque sei que não estou. Sei que estou jogando esses infelizes todos na escravidão. Isso mesmo. E eles sabem também. Mas sabem que tenho que jogar umas migalhas para eles de vez em quando, para eu poder me manter por cima, enquanto *vocês* não dariam para eles coisíssima nenhuma. É por isso que, já que eles têm que viver debaixo do chicote, preferem que o chicote fique na *minha* mão, não na de vocês, com toda essa sua conversa mole de bem-estar do público! Vocês acham que, além dos outros frescos como vocês que fizeram faculdade, existe alguém, um retardado que seja, que acredite nessas suas histórias? Eu sou um vigarista, mas sei que sou e o meu pessoal sabe que sou, e eles sabem que vou fazer alguma coisa por eles. Não por bondade minha, não: só dou a eles o mínimo que sou obrigado a dar, mas pelo menos eles podem contar com isso. É claro que às vezes isso me enoja, como agora, por exemplo, mas não fui eu quem fez este mundo, foram vocês. E estou só jogando o jogo que vocês inventaram e vou continuar jogando enquanto ele durar – e não vai durar muito, para nenhum de nós!

Kinnan se pôs de pé. Ninguém disse nada e ele correu o olhar lentamente por todos os rostos, terminando por fixá-lo no rosto de Wesley Mouch.

– Então, o Conselho é meu, Wesley? – perguntou, em tom descontraído.

– A seleção dos membros é apenas um detalhe técnico – respondeu Mouch, num tom de voz agradável. – Que tal nós dois discutirmos isso mais tarde?

Todo mundo entendeu que a resposta era "sim".

– Está bem, companheiro – concordou Kinnan. Voltou para a janela, sentou-se no parapeito e acendeu um cigarro.

Por algum motivo que ninguém admitia, os outros estavam olhando para o Dr. Ferris, como se procurassem sua orientação.

– Não se incomodem com oratória – disse o Dr. Ferris, tranquilo. – O Sr. Kinnan fala muito bem, mas ele não compreende bem a realidade prática. É incapaz de pensar dialeticamente.

Houve outro silêncio, e depois Taggart falou de repente:

– Não me importa. Não faz diferença. Ele vai ter que parar tudo. Tudo vai ter que ficar como está. Exatamente do jeito que está. Ninguém vai ter permissão para mudar coisa nenhuma. Exceto... – Virou-se de repente para Wesley Mouch. – Wesley, segundo o artigo quarto, vamos ter que fechar os departamentos de pesquisa, laboratórios experimentais, fundações científicas e todas as outras instituições desse tipo. Terão que ser proibidos.

– É, é verdade – admitiu Mouch. – Não havia pensado nisso. Vamos ter que acrescentar umas duas linhas a esse respeito. – Procurou um lápis e fez alguns rabiscos na margem do papel.

– Assim a gente põe fim à competição, que leva ao desperdício – disse Taggart. – Vai acabar essa briga para ver quem inventa mais coisas novas e desconhecidas. Não vamos ter que nos preocupar com novas invenções que perturbam o mercado. Não vamos ter que jogar dinheiro fora com experimentos inúteis só para fazer frente a competidores ambiciosos demais.

– É – disse Boyle. – Ninguém deve ter permissão de gastar dinheiro com coisas novas enquanto todo mundo não tiver o bastante das coisas velhas. Fechemos todas essas porcarias desses laboratórios, e quanto mais depressa, melhor.

– É – concordou Mouch. – Fechemos todos eles. Todos.

– Até o Instituto Científico Nacional? – perguntou Kinnan.

– Ah, não! – respondeu Mouch. – Isso são outros quinhentos. Esse é do governo. Além disso, é uma instituição não lucrativa. E ele sozinho bastará para dar conta do progresso da ciência.

– É claro que bastará – disse o Dr. Ferris.

– E o que será de todos aqueles engenheiros, professores, etc., quando vocês fecharem todos os laboratórios? – indagou Kinnan. – Como é que eles vão ganhar a vida, agora que não há mais empregos e tantas empresas estão fechando?

– Bem... – disse Mouch, coçando a cabeça, e se virou para o Sr. Weatherby. – A gente dá assistência social para eles, Clem?

– Não – respondeu o Sr. Weatherby. – Para quê? Eles não são tantos assim. Não chegam a ser importantes.

– Imagino – disse Mouch, virando-se para o Dr. Ferris – que vocês possam absorver alguns deles, não é, Floyd?

– Alguns – disse o Dr. Ferris lentamente, como se estivesse saboreando cada sílaba de sua resposta. – Os que forem cooperativos.

– E os outros? – insistiu Fred Kinnan.

– Vão ter que esperar até que o Conselho de Unificação encontre alguma utilidade para eles – disse Mouch.

– E o que eles vão comer enquanto esperam?

Mouch deu de ombros:

– Numa emergência nacional, alguém tem que ser a vítima. Não tem jeito.

– Nós temos o direito de fazer isso! – exclamou Taggart de repente, desafiando o silêncio do recinto. – Nós precisamos. Não é? – Ninguém disse nada. – Temos o direito de proteger o nosso ganha-pão! – Ninguém ousou contradizê-lo, mas ele prosseguiu, com uma insistência histérica: – Vamos ficar numa posição de segurança pela primeira vez em séculos. Todo mundo vai saber qual é o seu lugar e o seu emprego, e o lugar e o emprego de todos os outros, e não vamos estar à mercê de todo maluco que tem uma ideia nova. Ninguém vai nos levar à falência, nem roubar nosso mercado nem vender a preços mais baratos que os nossos, nem tornar nossos produtos obsoletos. Ninguém vai aparecer nos oferecendo uma porcaria de uma novidade que nos obrigue a decidir se vamos perder dinheiro ao comprá-la ou se vamos perder dinheiro ao deixar de comprá-la e um outro o fizer! Não vamos ter que tomar esse tipo de decisão. Ninguém vai precisar decidir nada. Tudo vai ficar decidido de uma vez por todas.

Nenhum dos presentes parecia discordar de Taggart, mas seu olhar corria de um rosto a outro, implorando.

– Já inventaram coisas demais, já é o bastante para o conforto de todos. Por que deixar que continuem inventando mais novidades? Por que deixar que fiquem estremecendo o chão em que pisamos a cada vez que damos dois passos? Por que temos que viver sempre em transição, na eterna incerteza? Só por causa de uns poucos aventureiros inquietos e ambiciosos? Devemos sacrificar o contentamento da totalidade da espécie humana por causa da ganância de uns poucos inconformistas? Não precisamos deles. Não precisamos nem um pouco deles. Quem dera que nos livrássemos do culto aos heróis! Os heróis só fizeram mal à humanidade, no decorrer de toda a história. Fizeram a humanidade entrar numa corrida desenfreada, sem poder parar e tomar fôlego, sem descansar, sem relaxar, sem sentir segurança. Sempre correndo para alcançar os tais dos heróis... sempre, sem parar... Quando a gente está quase alcançando, eles já dispararam na frente... Eles não nos dão uma chance... nunca nos deram uma chance... – Seus olhos se moviam inquietos; olhou para a janela, mas desviou a vista rapidamente. Não queria ver o obelisco branco a distância. – Não precisamos mais deles. Vencemos. Esta é a nossa época. O nosso mundo. Agora vamos ter segurança, pela primeira vez em séculos, pela primeira vez desde o início da Revolução Industrial!

– Bem, pelo visto – retrucou Kinnan –, esta é a Revolução Anti-industrial.

– É muito estranho você dizer uma coisa dessas! – exclamou Mouch. – Não podemos dizer isso ao público.

– Não se preocupe, companheiro. Não vou dizer isso ao público.

– É uma falácia completa – disse o Dr. Ferris. – É uma afirmação que reflete ignorância. Todos os peritos já concluíram há muito tempo que uma economia planejada realiza o máximo de eficiência produtiva e que a centralização leva à superindustrialização.

– A centralização destrói a praga do monopólio – comentou Boyle.

– O que foi mesmo que você disse? – perguntou Kinnan.

Boyle não percebeu o toque de deboche na voz de Kinnan e respondeu, sério:

– Destrói a praga do monopólio. Leva à democratização da indústria. Torna tudo acessível a todos. Agora, por exemplo, numa época como esta, quando há uma escassez tão grande de minério de ferro, faz sentido desperdiçar dinheiro, mão de obra e recursos nacionais fazendo uma coisa ultrapassada como o aço, quando existe um metal muito melhor que eu poderia estar produzindo? Um metal que todo mundo quer e ninguém consegue arranjar? Agora me digam: isso é economicamente sensato? Socialmente eficiente? Democrático? Por que não posso fabricar esse metal e por que as pessoas não podem adquiri-lo quando precisam dele? Só por causa do monopólio particular de um indivíduo egoísta? Devemos sacrificar nossos direitos aos interesses pessoais dele?

– Chega dessa conversa – disse Kinnan. – Já li isso tudo nos mesmos jornais que você.

– Não gosto da sua atitude – disse Boyle, subitamente assumindo um tom de voz de indignação moral, com um olhar que, num botequim, seria o prelúdio de uma cena de socos e pontapés. Endireitou o corpo, amparado pelas colunas de parágrafos em papel amarelado que ele via em sua mente:

"Numa época de necessidade pública crucial, podemos desperdiçar esforços sociais na produção de bens obsoletos? Deixaremos que a maioria permaneça passando necessidade enquanto a minoria nos impede o acesso aos melhores produtos e métodos de produção existentes? Seremos contidos pela superstição das patentes?"

"Não é óbvio que a indústria privada é incapaz de enfrentar a atual crise econômica? Por exemplo: por quanto tempo vamos suportar esta vergonhosa escassez de metal Rearden? Há uma intensa demanda pelo produto, a qual Rearden não está satisfazendo."

"Quando vamos pôr fim às injustiças econômicas e privilégios especiais? Por que motivo apenas Rearden tem o direito de fabricar metal Rearden?"

– Não gosto da sua atitude – disse Boyle. – Já que respeitamos os direitos dos trabalhadores, queremos que você respeite os direitos dos industriais.

– Que direitos, de que industriais? – perguntou Kinnan, irônico.

– Quero crer – o Dr. Ferris se apressou a esclarecer – que é talvez o artigo segundo o mais essencial de todos no momento. Precisamos acabar com essa coisa misteriosa de empresários se aposentarem e desaparecerem. Precisamos acabar com isso. Está destruindo toda a nossa economia.

– Por que eles estão fazendo isso? – perguntou Taggart, nervoso. – Aonde eles vão?

– Ninguém sabe – disse o Dr. Ferris. – Não conseguimos encontrar nenhuma informação, nenhuma explicação. Mas temos que pôr fim a isso.

Em tempos de crise, o serviço econômico é um dever tão fundamental quanto o serviço militar. Quem o abandona deve ser considerado desertor. Propus até que esses homens fossem punidos com a pena de morte, mas Wesley não concordou.

– Vá com calma, rapaz – disse Kinnan, com uma voz estranha e lenta. De repente, ficou absolutamente imóvel, observando o Dr. Ferris com um olhar que fez com que todos se dessem conta de que ele havia proposto assassinato. – Não quero ouvir falar em pena de morte na indústria.

O Dr. Ferris deu de ombros.

– Não devemos chegar a tais extremos – Mouch se apressou a dizer. – Não queremos assustar as pessoas. Queremos que elas fiquem do nosso lado. O principal problema é: será que elas vão... vão aceitar?

– Vão – respondeu o Dr. Ferris.

– Estou um pouco preocupado – disse Eugene Lawson – em relação aos artigos terceiro e quarto. Expropriar as patentes não é problema nenhum. Ninguém vai defender os industriais. Mas estou preocupado com a apropriação dos direitos autorais. É perigoso. É uma questão espiritual. Vai alienar os intelectuais. O artigo quarto não significa que é proibido escrever e publicar livros de agora em diante?

– Sim – admitiu Mouch –, é verdade. Mas não podemos abrir uma exceção para a indústria editorial. É uma indústria como qualquer outra. Se vamos proibir os novos produtos, temos que proibir *todos* os novos produtos.

– Mas é uma questão espiritual – disse Lawson. Em sua voz havia um tom não de respeito racional, e sim de temor sobrenatural.

– Não estamos mexendo com o espírito de ninguém. Mas, quando você publica um livro, ele se torna uma mercadoria material, e, se abrirmos uma exceção para uma mercadoria, não vamos poder manter os outros na linha e não vamos conseguir fazer com que nenhum dos artigos seja cumprido.

– É, isso é verdade. Mas...

– Não seja bobo, Gene – disse o Dr. Ferris. – Você não quer que algum escritor rebelde comece a publicar livros que destroem todo o nosso programa, não é? Se você falar em censura, todo mundo vai cair de pau em você. Não estão prontos para isso... ainda não. Mas, se não falar em espírito e encarar a coisa como uma questão puramente material – não uma questão de ideias, mas uma simples questão de papel, tinta e impressoras –, você consegue o que quer com muito mais facilidade. Vai conseguir que ninguém publique nada de perigoso, e ninguém vai criar caso por causa de uma questão material.

– É, mas... mas acho que os escritores não vão gostar.

– Será mesmo? – perguntou Mouch, com um olhar que era quase um sorriso. – Não esqueça que, segundo o artigo quinto, as editoras terão que publicar tantos livros quanto o fizeram no ano-base. Como não poderão publicar livros novos, terão de fazer reedições, e o público terá de comprar essas obras antigas reeditadas. Há muitos livros bons que nunca tiveram uma oportunidade justa de serem reconhecidos.

– Ah – disse Lawson, lembrando-se de que tinha visto Mouch almoçando com Balph Eubank duas semanas antes. Então sacudiu a cabeça e franziu a testa. – Mesmo assim me preocupo. Os intelectuais são nossos amigos. Não queremos aliená-los. Eles podem criar muito caso.

– Não vão criar caso nenhum – disse Kinnan. – O tipo de intelectuais que são seus amigos são os primeiros a gritar quando se sentem seguros, e os primeiros a calar a boca quando veem sinal de perigo. Passam anos cuspindo no homem que lhes dá de comer e depois lambem a mão do que lhes dá um tabefe. Eles não entregaram todos os países da Europa, um por um, a comissões de malfeitores que nem esta aqui agora? Não gritaram até não poder mais para que se desligassem todos os alarmes contra roubos e se quebrassem todos os cadeados para os malfeitores entrarem? E, de lá para cá, algum deles deu um pio? Não viviam gritando que eram amigos dos trabalhadores? Você já ouviu algum deles levantar a voz contra o trabalho escravo, os campos de concentração, as jornadas de trabalho de 14 horas e as mortes causadas pelo escorbuto nas repúblicas populares europeias? Nunca, não é? Eles vivem dizendo àqueles miseráveis escravos que fome é prosperidade, escravidão é liberdade, tortura é amor fraternal, e que, se os miseráveis não entendem isso, é por culpa deles próprios que sofrem, e que os cadáveres torturados nos porões das prisões é que são responsáveis por todos os problemas do país, não os líderes benévolos! Intelectuais? Pode se preocupar com qualquer outro tipo de pessoa, menos com os intelectuais modernos: eles engolem qualquer coisa. Eu me preocupo mais com o mais baixo estivador do sindicato dos marítimos: esse pode até de repente lembrar que é um ser humano, e aí eu não vou mais conseguir fazer com que ele ande na linha. Mas os intelectuais? Isso é a única coisa que eles já esqueceram há muito tempo. Acho que foi a única coisa que toda a educação deles visava fazer com que esquecessem. Façam o que quiserem com os intelectuais. Eles não vão criar caso.

— Pela primeira vez — disse o Dr. Ferris —, estou de acordo com o Sr. Kinnan. Concordo com os fatos que ele menciona, ainda que não com os sentimentos que ele manifesta. Não é preciso se preocupar com os intelectuais, Wesley. Basta botar alguns deles na folha de pagamento do governo e mandá-los pregar exatamente as coisas que o Sr. Kinnan mencionou: a ideia de que a culpa é das vítimas. Dê-lhes salários razoáveis e títulos bem grandiloquentes que eles se esquecem dos direitos autorais e vão ajudá-lo a reprimir os transgressores mais do que todo um batalhão de policiais.

— É — reconheceu Mouch. — Eu sei.

— O que me preocupa é um perigo muito diferente — disse o Dr. Ferris, pensativo. — É que essa história de Certificado de Doação voluntária vai lhe dar muita dor de cabeça, Wesley.

— Eu sei — concordou Mouch, preocupado. — Era nesse ponto que eu queria que o Thompson nos ajudasse. Mas acho que ele não pode fazer nada. Na verdade, não temos poderes legais para nos apropriarmos das patentes. Ah, é claro que há dezenas de leis com cláusulas que podem ser interpretadas de modo a quase autorizar isso... mas a coisa fica no quase. Se algum magnata da indústria quisesse levar a questão à Justiça, seria bem possível que ele conseguisse ganhar. E temos que manter uma aparência de legalidade, senão a população não aceita.

— Precisamente — disse o Dr. Ferris. — É extremamente importante que essas patentes nos sejam concedidas voluntariamente. Mesmo se tivéssemos uma lei que autorizasse a nacionalização pura e simples, seria muito melhor conseguir as patentes como doações. Queremos que as pessoas ainda tenham a ilusão de que continuam a ter direitos de propriedade. E a maioria delas vai colaborar. Vão assinar os Certificados de Doação. É só fazer bastante estardalhaço, dizer que é um dever patriótico e que todo mundo que se recusar a assinar é ganancioso, que a maioria assina. Mas... — E parou.

— Eu sei — disse Mouch, ficando visivelmente nervoso. — Acho que vai haver um ou outro patife antiquado que vai se recusar a assinar, mas não vão ser importantes o bastante para criar muito caso, ninguém vai ficar sabendo, seus próprios amigos e conhecidos vão ficar contra eles, acusando-os de egoístas, e assim não vão nos dar muito problema. Vamos acabar tomando as patentes, mesmo, e esses caras não vão ter peito nem dinheiro para entrar com uma ação na Justiça. Mas... – Parou.

Taggart se recostou na poltrona, observando-os. Começava a gostar daquela conversa.

– É – disse o Dr. Ferris –, também penso nisso. Estou pensando num certo magnata que está numa situação em que é capaz de nos arrasar. Se depois vamos ou não conseguir nos recuperar é difícil dizer. Deus sabe o que vai acontecer numa época de histeria como esta, numa situação delicada como a atual. Qualquer coisinha pode perturbar o equilíbrio. Arrebentar com tudo. E, se há uma pessoa que gostaria de fazer isso, é ele. Esse homem sabe qual é a questão verdadeira, sabe quais são as coisas que não devem ser ditas – e não tem medo de dizê-las. Ele sabe qual é a única arma perigosa e fatal. É o nosso adversário mais mortal.

– Quem? – perguntou Lawson.

O Dr. Ferris hesitou, deu de ombros e respondeu:

– O homem sem culpas.

Lawson fez cara de quem não estava entendendo.

– O que você quer dizer com isso? E a quem você está se referindo?

Taggart sorriu.

– Quero dizer – disse o Dr. Ferris – que só se pode desarmar um homem por meio da culpa. Por intermédio daquilo que ele mesmo aceita como culpa. Se um homem já roubou um centavo, você pode lhe impor a punição que se dá a um assaltante de banco que ele a aceitará. Ele será capaz de suportar qualquer infelicidade, achando que é merecida. Se não há bastante culpa no mundo, precisamos criá-la. Se ensinamos a um homem que é errado olhar para as flores e ele acredita em nós e depois olha para as flores, podemos fazer o que quisermos com ele. Ele não vai se defender. Vai achar que é bem feito. Não vai lutar. Mas o perigo é o homem que obedece a seus próprios padrões morais. Cuidado com o homem de consciência limpa. É esse que vai nos derrotar.

– Você está se referindo a Henry Rearden? – perguntou Taggart, com uma voz particularmente clara.

Aquele nome, o que eles não queriam pronunciar, os obrigou a fazer uma pausa momentânea.

– E se eu estivesse? – perguntou o Dr. Ferris, cauteloso.

– Ah, nada de mais – disse Taggart. – É só que, se fosse ele, eu diria que resolvo esse problema. Eu o faço assinar.

Pelas regras implícitas da linguagem que falavam, todos perceberam pelo tom de voz de Taggart que ele não estava blefando.

– Meu Deus, Jim! Essa, não! – exclamou Mouch.

– Essa, sim – disse Taggart. – Também fiquei surpreso, quando soube... o que soube. Não esperava essa. Tudo, menos isso.

– É bom saber disso – comentou Mouch, cuidadoso. – É uma informação construtiva. Pode vir a ser muito valiosa.

– Valiosa? É, sim – disse Taggart, com um tom de voz agradável. – Quando você pretende implementar o decreto?

– Bem, temos que agir rápido. Não queremos que vaze nenhuma notícia a respeito dele. Espero que todos vocês entendam que o que estamos dizendo aqui é estritamente confidencial. Eu diria que estaremos prontos para promulgar o decreto daqui a umas duas semanas.

– Não acha que seria aconselhável, antes de congelar todos os preços, resolver aquela questão das tarifas ferroviárias? Eu estava pensando num aumento. Um aumento pequeno, porém muito necessário.

– Depois nós dois discutimos esse assunto – disse Mouch, num tom simpático. – A gente dá um jeito. – Virou-se para os outros. Boyle estava fechando a carranca. – Há muitos detalhes ainda a serem elaborados, mas estou certo de que nosso programa não encontrará dificuldades muito sérias. – Estava assumindo o tom de voz e os gestos de quem faz um discurso e parecia quase alegre. – Naturalmente, pequenas dificuldades terão de ser encaradas. Se determinada coisa não der certo, tentaremos outra. O método de tentativa e erro é a única regra de ação pragmática. Vamos continuar tentando. Se ocorrer alguma dificuldade, lembrem que é apenas temporária. Apenas para o período de emergência nacional.

– Escute – disse Kinnan –, como é que a emergência vai acabar se tudo vai ficar como está?

– Não seja teórico – respondeu Mouch, impaciente. – Temos que encarar a situação do momento. Não se preocupe com detalhes menores, desde que as linhas mestras de nossa política estejam definidas. Nós teremos o poder necessário para resolver qualquer problema e responder a qualquer pergunta.

Kinnan deu uma risadinha e perguntou:

– Quem é John Galt?

– Não diga isso! – exclamou Taggart.

– Tenho uma pergunta referente ao artigo sétimo – disse Kinnan. –

Prevê que todos os salários, preços, dividendos, lucros, etc. sejam congelados na data de publicação do decreto. Os impostos também?

– Não, não! – exclamou Mouch. – Como é que vamos saber de quanto iremos precisar no futuro? – Kinnan parecia estar sorrindo. – Bem, e daí? – perguntou Mouch, irritado.

– Nada – disse Kinnan. – Perguntei por perguntar.

Mouch se recostou em sua poltrona:

– Devo dizer a todos vocês que agradeço suas presenças e sua colaboração. Suas opiniões foram muito úteis. – Debruçou-se para a frente e consultou o calendário em sua mesa. Ficou uns instantes a olhar para ele, brincando com o lápis. Depois traçou uma linha ao redor de uma data. – O Decreto 10.289 entrará em vigor na manhã de 1º de maio.

Todos concordaram com a cabeça. Nenhum deles olhou para o outro.

Taggart se levantou, andou até a janela e baixou a persiana, para não ver o obelisco.

▲▲▲

Assim que acordou, Dagny se surpreendeu ao ver pináculos de edifícios estranhos contra um céu azul-claro. Notou a costura torcida da meia que usava, sentiu um mau jeito na cintura e percebeu que estava deitada no sofá de seu escritório. Notou que o relógio sobre sua mesa indicava 6h15 e que os primeiros raios de sol emprestavam um contorno prateado às silhuetas dos arranha-céus que via pela janela. A última coisa de que se lembrava era que havia caído no sofá, exausta, com intenção de descansar 10 minutos, quando a janela estava escura e o relógio marcava 3h30.

Com esforço, se pôs de pé, sentindo um cansaço imenso. A lâmpada acesa sobre a escrivaninha parecia inútil à luz da manhã, que iluminava as pilhas de papel que ela havia largado sem ter terminado sua tarefa. Dagny tentou não pensar no trabalho por mais alguns minutos, enquanto se arrastava até o banheiro e jogava água fria no rosto.

Quando voltou para o escritório, o cansaço já havia passado. Por pior que tivesse sido a noite anterior, todas as manhãs Dagny sentia uma energia em seu corpo e uma fome de atividade em sua mente – porque estava começando mais um dia, e era um dia na vida *dela*. Então olhou para a cidade. As ruas ainda estavam vazias e pareciam mais largas. À luz limpa da primavera, a impressão é que esperavam pela promessa de toda a grandeza da atividade que ocuparia seu espaço. Ao longe, o calendário informava: 1º de maio.

Ela sentou-se à sua mesa, sorrindo, desafiando o que havia de desagradável em seu trabalho. Detestava aqueles relatórios que precisava terminar de ler, mas era o seu trabalho, era manhã. Pensando que a tarefa estaria terminada antes do café, acendeu um cigarro, desligou a lâmpada e puxou os papéis para a frente.

Havia relatórios dos administradores das quatro regiões da Rede Taggart, uma ladainha de reclamações sobre equipamentos com defeito e um relatório sobre um acidente na linha principal, perto de Winston, no Colorado. Outro papel era o novo orçamento do departamento de operações, a versão revista, apoiada nas novas tarifas que Jim conseguira na semana anterior. Dagny tentou não ser dominada pelo desespero enquanto conferia lentamente os números do orçamento: todos aqueles cálculos tinham sido feitos com base na premissa de que o volume de carga permaneceria o mesmo e que o aumento das tarifas proporcionaria à empresa uma renda maior no fim do ano. Ela sabia que o volume de carga continuaria a diminuir, que o aumento não faria muita diferença e que no fim do ano os prejuízos da rede seriam maiores do que nunca.

Quando levantou a vista dos papéis, constatou com espanto que já eram 9h25. Havia percebido vagamente o ruído normal de vozes e passos na antessala, à medida que os funcionários iam chegando. Porém não entendia por que ninguém entrara em seu escritório, nem por que seu telefone não tocara – normalmente, a esta hora ela deveria estar assoberbada de trabalho. Olhou para sua agenda: lá estava anotado que a Fundição McNeil, de Chicago, deveria lhe telefonar às nove da manhã para informar a respeito dos novos vagões de carga pelos quais a Taggart Transcontinental estava esperando havia seis meses.

Dagny ligou o interfone e chamou a secretária. A moça respondeu, atônita:

– Srta. Taggart! Já está aí, na sua sala?

– Dormi aqui, outra vez. Não era minha intenção, mas aconteceu. A Fundição McNeil ligou para mim?

– Não, senhora.

– Assim que ligarem, quero falar com eles.

– Sim, senhora.

Ao desligar o interfone, Dagny se perguntou se teria sido imaginação sua ou se realmente havia algo de estranho na voz da secretária, que parecia muito tensa.

Dagny sentia-se um pouco aérea, por causa da fome, e pensou em descer para tomar café, mas ainda precisava ler o relatório do engenheiro-chefe, então acendeu mais um cigarro.

Ele estava supervisionando o trabalho de restauração da linha principal com trilhos de metal Rearden retirados da já desativada Linha John Galt. Dagny havia escolhido as seções que precisam de reparos com mais urgência. Ao abrir o relatório, leu – atônita e irritada – que o engenheiro-chefe tinha parado de trabalhar no trecho de serra perto de Winston, Colorado. Ele recomendava uma mudança de planos: sugeria que os trilhos que iriam ser usados em Winston fossem colocados na Linha Washington-Miami, porque ocorrera um descarrilamento naquele trecho na semana anterior e o Sr. Tinky Holloway, de Washington, que estava viajando com um grupo de amigos, ficara detido durante três horas. O engenheiro-chefe tinha sido informado de que o Sr. Holloway manifestara sua extrema contrariedade. O relatório dizia que, embora de um ponto de vista puramente técnico os trilhos daquela linha estivessem em melhores condições do que os do trecho de Winston, Dagny precisava considerar, do ponto de vista sociológico, que a linha de Miami era muito mais importante em virtude dos passageiros que transportava. Portanto, o engenheiro-chefe recomendava que os reparos em Winston esperassem mais um pouco e fosse sacrificado um trecho obscuro de ferrovia de serra em favor de um trecho em que "a Taggart Transcontinental não pode dar uma impressão negativa".

Escrevendo com fúria nas margens do papel, ela pensou que sua primeira obrigação naquele dia era pôr fim àquela maluquice.

O telefone tocou.

– Sim? – perguntou ela, agarrando o fone. – É a Fundição McNeil?

– Não – respondeu a secretária. – É o Sr. Francisco d'Anconia.

Dagny ficou olhando para o fone por um instante, estupefata.

– Está bem. Pode passar a ligação.

– Então você foi trabalhar como de costume – disse Francisco, com uma voz tensa, áspera e debochada.

– E onde é que você queria que eu estivesse?

– O que achou da nova suspensão?

– Que suspensão?

— A moratória imposta aos cérebros da nação.
— De que você está falando?
— Não leu o jornal hoje?
— Não.

Houve uma pausa. Então Francisco disse, com uma voz diferente, lenta e séria:

— É melhor dar uma olhada, Dagny.
— Está bem.
— Eu ligo depois.

Ela desligou e apertou o botão do interfone.

— Me arranje um jornal — disse à secretária.
— Sim, senhora — respondeu a moça, com voz triste.

Foi Eddie Willers que entrou e colocou o jornal sobre a mesa. A expressão em seu rosto significava a mesma coisa que o tom de voz de Francisco: prenunciava alguma catástrofe inconcebível.

— Nenhum de nós queria ser o primeiro a lhe dar a notícia — disse ele, em voz bem baixa, e saiu.

Quando ela se levantou, alguns momentos depois, sentia que todo o seu corpo estava sob controle e, ao mesmo tempo, que não tinha consciência da existência dele. Sentiu-se içada da cadeira e parecia que seus pés não tocavam o chão. Havia uma clareza anormal em todos os objetos ao seu redor, e no entanto ela não via nada, porém sabia que poderia enxergar um fio de teia de aranha se fosse necessário, do mesmo modo que poderia caminhar pela borda de um telhado com a segurança de um sonâmbulo. Não sabia que estava olhando para a sala com olhos de quem perdera a capacidade de duvidar, o próprio conceito de dúvida. O que lhe restava era a simplicidade de uma única percepção e uma única meta. Não sabia que a coisa que lhe parecia tão violenta, e que, no entanto, ao mesmo tempo era como uma tranquilidade desconhecida dentro dela, era o poder da certeza absoluta — e que a raiva que lhe estremecia o corpo, que a tornava pronta para matar ou morrer, com a mesma indiferença apaixonada, era seu amor à retidão, o único amor a que dedicara todos os anos de sua vida.

Jornal na mão, Dagny saiu do escritório e caminhou em direção ao corredor. Ao atravessar a antessala, percebeu que os rostos de seus funcionários estavam voltados para ela, no entanto pareciam estar separados dela por uma distância de muitos anos.

Desceu o corredor, caminhando depressa mas sem fazer esforço, com a mesma sensação de que seus pés estavam provavelmente tocando o chão, mas não os sentia. Não sabia por quantas salas tinha passado para chegar à de Jim, ou se cruzara com alguém no caminho. Sabia em que direção devia ir, que porta abrir, para entrar sem avisar e se aproximar da mesa dele.

Ao chegar diante do irmão, o jornal já estava todo retorcido. Jogou-o na cara de Jim. Os papéis acertaram o alvo e caíram no chão.

– É a minha demissão, Jim – disse. – Não vou trabalhar como escrava nem como feitora.

Não ouviu a interjeição de espanto de Jim, que soou no exato momento em que ela fechou a porta ao sair.

Voltou para sua sala e, ao passar pela antessala, fez sinal a Eddie para que ele entrasse com ela.

Com voz tranquila e bem clara, disse:

– Pedi demissão.

Ele fez que sim com a cabeça e não disse nada.

– Ainda não sei o que vou fazer no futuro. Vou embora, vou pensar e tomar uma decisão. Se quiser me encontrar, vou estar na cabana em Woodstock.

Era um velho pavilhão de caça na floresta, nos montes Berkshire, que ela herdara do pai e que não visitava havia anos.

– Quero ir também – sussurrou ele –, quero largar tudo... e não consigo. Não consigo.

– Então me faz um favor?

– Claro.

– Não me dê nenhuma notícia a respeito da rede. Não quero saber de nada. Não diga a ninguém onde estou, só a Hank Rearden. Se ele perguntar, fale a ele sobre a cabana e explique como se chega lá. Mas não diga a mais ninguém. Não quero ver ninguém.

– Está bem.

– Promete?

– Claro.

– Quando eu resolver o que faço da vida, eu lhe digo.

– Eu espero.

– É só, Eddie.

Ele sabia que ela medira cada uma das palavras e que nada mais poderia ser dito agora. Baixou a cabeça, exprimindo dessa forma o que ficou por dizer, e saiu da sala.

Dagny viu o relatório do engenheiro-chefe aberto sobre a mesa e pensou que tinha que dizer a ele para voltar imediatamente a trabalhar na seção de Winston. Em seguida se lembrou de que aquilo não era mais problema seu. Não sentia dor. Sabia que ela viria depois e seria uma terrível agonia, e que o entorpecimento daquela hora era um descanso que lhe fora concedido – não depois, mas antes – para que pudesse enfrentar o que estava por vir. Mas não importava. *Se é isso que é exigido de mim, eu o suportarei,* pensou.

Sentou-se à sua mesa e ligou para Rearden, que estava em sua usina na Pensilvânia.

– Alô, meu amor – disse ele, com voz simples e clara, como se quisesse dizê-lo porque era verdade e certo e ele precisasse se amparar nos conceitos de verdade e certeza.

– Hank, pedi demissão.

– Sei. – Sua voz dava a impressão de que ele já esperava por aquilo.

– Ninguém veio me pegar, nenhum destruidor, talvez nem exista destruidor, afinal. Não sei o que vou fazer agora, mas tenho que ir embora, para não ter que ver nenhum deles por uns tempos. Depois tomo uma decisão. Sei que você não pode vir comigo agora.

– Não posso. Tenho duas semanas para assinar o tal Certificado de Doação. Quero estar aqui quando o prazo expirar.

– Você precisa de mim... nessas duas semanas?

– Não. Para você é pior do que para mim, porque não tem como lutar contra eles. Mas eu tenho. Acho que até gostei do que fizeram. Agora está tudo claro, tudo decidido. Não se preocupe comigo. Descanse. Antes de qualquer coisa, descanse bastante.

– Vou fazer isso.

– Para onde você vai?

– Para o campo. Para uma cabana que tenho nos montes Berkshire. Se quiser me ver, Eddie Willers lhe explica como se chega lá. Volto daqui a duas semanas.

– Você me faz um favor?

– Faço.

– Não volte enquanto eu não for buscá-la.

– Mas quero estar aqui quando a coisa acontecer.

– Deixe isso comigo.

– O que eles fizerem com você, quero que façam comigo também.

– Deixe isso comigo. Meu amor, será que você não entende? Acho que o que mais quero agora é o que você quer: não ver nenhum deles. Mas tenho que ficar aqui mais um pouco. Assim, vai me ajudar saber que pelo menos você está fora do alcance deles. Quero ter uma coisa segura na minha cabeça, para me dar apoio. Vai ser pouco tempo, e depois eu vou pegar você. Entende?

– Entendo, querido. Até logo.

Foi fácil caminhar para fora do escritório sem sentir o peso do próprio corpo, e descer os longos corredores da Taggart. Andava olhando para a frente, com passos que mediam o ritmo uniforme e sem pressa de quem tomou uma decisão definitiva. Em seu rosto, virado bem para a frente, havia uma expressão de espanto, de aceitação, de descanso.

Dagny atravessou a plataforma do terminal. Viu a estátua de Nathaniel Taggart. Mas não sentiu nenhuma dor, nenhuma acusação, apenas um amor intenso, apenas a sensação de que agora ela ia se juntar a ele, não na morte, mas naquilo que fora a vida dele.

▲▲▲

O primeiro funcionário a pedir demissão da Siderúrgica Rearden foi Tom Colby, mestre de laminação, chefe do sindicato dos empregados da siderúrgica. Durante 10 anos vinha sendo denunciado, porque o sindicato dele jamais entrara em conflito violento com o patrão. Era verdade: jamais fora necessário entrar em conflito, pois Rearden pagava salários mais altos do que qualquer tabela de sindicato do país e exigia em troca – e recebia – a melhor mão de obra existente.

Quando Tom Colby disse que estava pedindo demissão, Rearden concordou com a cabeça, sem dizer nem perguntar nada.

– Eu me recuso a trabalhar sob essas condições – acrescentou Colby, em voz baixa – e a ajudar os outros a continuarem trabalhando. Eles confiam em mim. Não vou ser o Judas que vai conduzi-los ao matadouro.

– Você vai viver de quê? – perguntou Rearden.

– Economizei o bastante para viver um ano, mais ou menos.

– E depois?

Colby deu de ombros.

Rearden pensou no rapaz de olhos irados que tirava carvão da mina à noite, como um criminoso. Pensou em todas as estradas escuras, os becos e quintais do país onde os melhores homens agora trocariam seu trabalho por dinheiro vivo, como na selva, em serviços esporádicos, em transações sem papéis. Pensou no fim daquela estrada.

Colby parecia estar lendo seus pensamentos, pois disse:

– O senhor também vai acabar do meu lado, Sr. Rearden. Vai entregar seu cérebro a eles?

– Não.

– E depois?

Rearden deu de ombros.

Por um momento, Colby o observou com seus olhos pálidos e astutos, emoldurados por um rosto queimado pelo calor dos altos-fornos, riscado por rugas repletas de fuligem.

– Há anos que eles vivem nos dizendo que o senhor está contra nós. Mas não é verdade. São o Orren Boyle e mais o Fred Kinnan que estão contra mim e contra o senhor.

– Eu sei.

O Ama de Leite jamais havia entrado na sala de Rearden, como se tivesse consciência de que não tinha o direito de entrar lá. Sempre esperava do lado de fora, tentando ver Rearden de relance. O novo decreto redefinira sua posição: agora ele era o inspetor oficial da usina, para acusar qualquer tentativa de ultrapassar ou ficar abaixo do nível legal de produção. Alguns dias depois, ele abordou Rearden numa passagem entre fileiras de fornalhas. Havia uma expressão estranha de ferocidade no rosto do rapaz.

– Sr. Rearden – disse ele –, queria lhe dizer que se o senhor quiser produzir 10 vezes a cota legal de metal Rearden, aço ou ferro-gusa, ou seja lá o que o senhor quiser, e vender para todo mundo por qualquer preço, pode fazer isso. Eu dou um jeito. Mexo nos livros, falsifico os relatórios, arranjo falsas testemunhas, dou depoimentos falsos, qualquer coisa. O senhor não se preocupe, não vai ter problema nenhum!

– Mas por que você está disposto a fazer isso? – perguntou Rearden com um sorriso, mas este desapareceu quando ouviu o rapaz responder, com convicção:

– Porque quero, uma vez na vida, fazer uma coisa moralmente correta.

– Mas não é assim que... – começou Rearden e parou de repente, dando-se conta de que era mesmo assim, era essa a única maneira de agir moralmente, percebendo quantos meandros tortuosos de corrupção intelectual aquele rapaz tivera de atravessar para chegar por fim a esta sua grande descoberta.

– Talvez não seja esse o termo – disse o rapaz, sem graça. – Sei que é uma expressão antiquada, pedante. Não era isso o que eu queria dizer. Quero dizer que... – O que saiu foi um súbito grito desesperado de raiva e incredulidade: – Sr. Rearden, eles não têm esse direito!

– O quê?

– De tirar o metal Rearden do senhor.

Rearden sorriu e, movido por uma piedade desesperada, disse:

– Deixe isso para lá, Tudo É Relativo. Não há direitos.

– Sei que não há. Mas o que quero dizer é que... é que eles não podem fazer isso.

– Por que não? – Rearden não conseguiu conter um sorriso.

– Sr. Rearden, não assine o Certificado de Doação! Não assine, por uma questão de princípios.

– Não vou assinar. Mas não há princípios.

– Sei que não há. – Começou a recitar, sério, com a honestidade de um aluno aplicado: – Sei que tudo é relativo e ninguém nunca sabe nada e que a razão é uma ilusão e que não existe realidade. Mas só estou falando sobre o metal Rearden. Não assine, Sr. Rearden. Com moral ou sem moral, com princípios ou sem princípios, não assine – porque não é direito!

Ninguém mais mencionou o decreto na presença de Rearden. A nova característica da siderúrgica era o silêncio. Os homens não falavam com ele quando aparecia nas oficinas, e Rearden percebeu que também não falavam uns com os outros. O departamento pessoal não recebeu pedidos de demissão formais. Porém quase todo dia um ou dois funcionários não apareciam e nunca mais voltavam. Quando se tentava procurá-los em suas residências, descobria-se que suas casas estavam abandonadas. O departamento pessoal não relatava essas deserções, conforme exigia o decreto. O que ocorria é que Rearden começou a ver rostos desconhecidos entre os funcionários, rostos emaciados e sofridos de homens desempregados havia muito tempo, e os outros se dirigiam a eles pelos nomes dos que haviam desaparecido. Rearden não fez perguntas.

Em todo o país imperava o silêncio. Rearden não sabia quantos industriais haviam abandonado o trabalho e sumido nos primeiros dias de maio, deixando que suas fábricas fossem tomadas pelo governo. Contou 10 entre seus fregueses, entre os quais McNeil, da Fundição McNeil, de Chicago. Não havia como ter notícias dos outros, os jornais não publicavam nada a respeito. As primeiras páginas agora só falavam de enchentes, acidentes de trânsito, piqueniques escolares e bodas de ouro de casais.

Havia silêncio em sua própria casa. Lillian fora para a Flórida tirar umas férias em meados de abril. Essa atitude o surpreendeu, como um capricho inexplicável, pois ela nunca havia viajado sozinha antes, desde o casamento. Philip o evitava, com uma expressão de pânico no rosto. Sua mãe o olhava com um olhar confuso de repreensão. Ela não dizia nada, mas com frequência começava a chorar em sua presença, dando a entender que suas lágrimas eram o aspecto mais importante a se considerar do desastre que prenunciava, fosse ele qual fosse.

Na manhã de 15 de maio, Rearden estava sentado à sua mesa no escritório, contemplando a siderúrgica lá embaixo, vendo as cores da fumaça elevando-se no céu azul e límpido. Havia jatos de fumaça transparente, como ondas de calor, que seriam imperceptíveis não fosse a imagem tremida dos prédios por trás dela. Podia ver riscos de fumaça vermelha, preguiçosas colunas amarelas e leves espirais azuis – e ainda os grossos rolos que subiam rápidos no ar, como tiras retorcidas de cetim que o sol estival tingia de um rosa anacarado.

O interfone tocou em sua mesa, e a voz da Srta. Ives disse:

– O Dr. Floyd Ferris quer falar com o senhor, sem ter marcado hora. – Embora formal e rígida, a voz parecia perguntar: devo expulsá-lo?

Houve um leve sinal de espanto no rosto de Rearden, apenas um pouco acima do limiar da indiferença, pois não esperava que o emissário fosse aquele em particular. Respondeu, com voz pausada:

– Diga-lhe que entre.

O Dr. Ferris não sorria ao se aproximar da mesa de Rearden, limitando-se a ostentar uma expressão indicativa de que Rearden sabia perfeitamente que ele tinha bons motivos para estar sorrindo e portanto não faria o óbvio.

Sem esperar um convite, sentou-se à frente da mesa de Rearden e colocou sobre os joelhos a pasta que trazia. Agia como se não fosse necessário dizer nada, já que sua presença ali explicava tudo.

Rearden ficou a olhá-lo em silêncio, com paciência.

– Como o prazo para a assinatura dos Certificados de Doação expira hoje à meia-noite – disse o Dr. Ferris, no tom de voz de um vendedor que concede a um freguês uma cortesia especial –, vim buscar sua assinatura, Sr. Rearden.

Fez uma pausa, como se desse a entender que agora a fórmula exigia uma resposta.

– Continue – pediu Rearden. – Estou ouvindo.

– Bom, creio que devo explicar – disse o Dr. Ferris – que queremos sua assinatura na parte da manhã para podermos anunciá-la num comunicado nacional ainda hoje. Embora o programa de doações esteja indo de vento em popa, ainda há alguns individualistas teimosos que não assinaram – arraia-miúda, sabe, com patentes que não têm muito valor, mas não podemos abrir exceção para eles, por uma questão de princípios, o senhor entende. Cremos que estão esperando o senhor. Sabe, o senhor tem muitos seguidores entre o povo, muito mais do que imaginava e soube usar. Assim, quando for anunciado que o senhor assinou, não haverá mais nenhuma resistência, e à meia-noite já teremos completado o programa com sucesso.

Rearden sabia que, de todas as falas possíveis, essa seria a última que o Dr. Ferris faria se ainda tivesse alguma dúvida quanto à rendição de Rearden.

– Continue – disse Rearden, sem altear a voz. – O senhor não terminou.

– O senhor sabe, como bem o demonstrou no seu julgamento, como e por que é importante que obtenhamos todas as propriedades com o consentimento voluntário das vítimas. – O Dr. Ferris abriu a pasta. – Eis o Certificado de Doação, Sr. Rearden. Já o preenchemos todo, só falta sua assinatura aqui nesta linha.

O papel que colocou à frente de Rearden parecia um pequeno diploma universitário, com o texto escrito em letras góticas e os dados específicos escritos à máquina. O documento afirmava que, por meio dele, Henry Rearden transferia à União todos os direitos referentes ao metal ora denominado "metal Rearden", que doravante poderia ser fabricado por todos que o desejassem, passando a ser chamado "Metal Milagroso", nome escolhido pelos representantes do povo. Olhando para o papel, Rearden se perguntou se era por escárnio deliberado ou por subestimarem muito a inteligência das vítimas que as pessoas que prepararam o documento utilizaram como fundo para o texto a imagem da Estátua da Liberdade.

Os olhos de Rearden lentamente se fixaram no rosto do Dr. Ferris.

– Você não teria vindo aqui – disse ele – se não tivesse alguma arma extraordinária para me ameaçar. Qual é ela?

– É claro – admitiu o Dr. Ferris. – Eu esperava que o senhor percebesse isso. É por esse motivo que não é necessário dar longas explicações. – Abriu a pasta. – Quer ver minha arma? Trouxe algumas amostras.

Como um jogador profissional que com um único movimento abre um enorme leque de cartas, mostrou para Rearden uma série de fotografias. Eram cópias fotostáticas de registros de hotéis e motéis, em que apareciam, na letra de Rearden, os nomes do Sr. e da Sra. J. Smith.

– É claro que o senhor sabe – disse o Dr. Ferris em voz baixa –, mas talvez queira saber se nós sabemos que a Sra. J. Smith é a Srta. Dagny Taggart.

O Dr. Ferris não viu nada de perceptível no rosto de Rearden. Ele não havia se mexido para se debruçar sobre as fotos, porém olhava para elas de longe com atenção concentrada, como se, da perspectiva da distância, estivesse descobrindo alguma coisa a respeito delas que antes não sabia.

– Temos muitas outras provas – avisou o Dr. Ferris, jogando sobre a mesa fotocópias da conta da joalheria referente ao pingente de rubi. – O senhor não vai se interessar em ver os depoimentos prestados sob juramento por porteiros de edifícios e recepcionistas de hotéis, já que neles não há nada que seja novidade para o senhor, além do número de testemunhas que sabem onde o senhor vem passando as noites em Nova York nos últimos dois anos. Não fique muito zangado com essas pessoas. É uma característica curiosa dos tempos em que vivemos o fato de que as pessoas começam a ter medo de dizer as coisas que querem dizer e, quando questionadas, têm medo de não falar sobre coisas que preferiram não mencionar. Isso é de esperar. Mas o senhor ficaria surpreso de saber quem nos deu a informação original.

– Eu sei – disse Rearden, com uma voz que não exprimia nenhuma reação. A viagem à Flórida já não lhe parecia incompreensível.

– Não há nada nesta minha arma que possa prejudicá-lo pessoalmente – disse o Dr. Ferris. – Nós sabíamos que nada que pudéssemos fazer com o senhor o obrigaria a ceder. Portanto, lhe digo francamente que isto aqui não vai prejudicá-lo nem um pouco. Só vai prejudicar a Srta. Taggart.

Rearden agora o encarava, mas o Dr. Ferris não entendia por que tinha a impressão de que aquele rosto tranquilo e hermético estava cada vez mais distante, mais remoto.

– Se esse seu romance for alardeado por todo o país – disse o Dr. Ferris

–, por peritos na arte de difamar como Bertram Scudder, sua reputação não vai ser muito afetada. Fora alguns olhares curiosos e algumas sobrancelhas levantadas para o senhor nos salões mais conservadores, o senhor não vai sofrer nada. Esse tipo de coisa é o que se espera de um homem. Na verdade, vai até aumentar sua fama. O senhor ganhará uma aura de glamour romântico entre as mulheres e, entre os homens, certo prestígio, sob a forma de inveja por uma conquista extraordinária. Mas e a Srta. Taggart, com seu nome imaculado, sua reputação de estar acima de qualquer escândalo, sua posição peculiar como mulher numa esfera profissional exclusivamente masculina? O que ela vai ver nos olhos de todas as pessoas com quem cruzar, o que ela vai ouvir de todos os homens com quem for discutir negócios... isso eu deixo à sua imaginação. E ao seu julgamento.

Rearden não sentiu nada além de uma grande tranquilidade e uma enorme claridade. Era como se uma voz lhe dissesse, muito séria: "E agora – o cenário está iluminado – agora olhe." E, nu, sob aquela luz fortíssima, ele olhava, tranquilo, solene, despido de temores, dor, esperança, de tudo, menos do desejo de saber.

O Dr. Ferris ficou atônito ao ouvi-lo dizer, lentamente, no tom de voz de quem faz uma afirmação abstrata que não parece dirigida a seu interlocutor:

– Mas todos os seus cálculos se baseiam no fato de que a Srta. Taggart é uma mulher direita, não a vagabunda que vocês vão dizer que ela é.

– É, naturalmente – concordou o Dr. Ferris.

– E no fato de que para mim esse relacionamento não foi apenas uma aventura sem importância.

– É claro.

– Se eu e ela fôssemos o tipo de escória que vocês vão dizer que somos, sua arma não teria efeito nenhum.

– Não, não teria.

– Se nosso relacionamento fosse a coisa depravada que vocês vão dizer que ele foi, vocês não teriam como nos prejudicar.

– Não.

– Vocês não teriam poder algum sobre nós.

– De fato, não.

Não era com o Dr. Ferris que Rearden estava falando. Ele estava vendo uma longa sucessão de homens que atravessava os séculos, que começava com Platão e cujo herdeiro e produto final era um professorzinho incompetente com cara de gigolô e alma de marginal.

– Eu lhe ofereci uma vez a oportunidade de se juntar a nós – disse o Dr. Ferris. – O senhor não a aceitou. Agora está vendo as consequências. O que não consigo entender é como um homem da sua inteligência poderia imaginar que sairia ganhando ao jogar limpo.

– Mas, se eu houvesse me juntado a vocês – disse Rearden com o mesmo tom impessoal, como se não estivesse falando sobre si próprio –, o que haveria para eu saquear em Orren Boyle?

– Ora, o que não falta no mundo são otários para explorar!

– Como a Srta. Taggart? Como Ken Danagger? Como Ellis Wyatt? Como eu?

– Como qualquer homem que não quer ser prático.

– Você quer dizer que não é prático viver na Terra?

Não percebeu se o Dr. Ferris respondeu. Não estava mais ouvindo. Estava vendo o rosto caído de Orren Boyle, com seus olhinhos de porco; o rosto flácido do Sr. Mowen, com seus olhos que se desviavam de todo interlocutor e de todo fato – estava vendo aqueles olhos zanzando nervosos de um lado para outro, como um macaco fazendo um número que aprendeu a reproduzir pela prática dos músculos, tentando desse modo fabricar metal Rearden, sem conhecimento e sem capacidade de saber o que havia ocorrido no laboratório experimental da Siderúrgica Rearden durante 10 anos de dedicação apaixonada e muito esforço. Era apropriado que agora o batizassem de "Metal Milagroso": para *eles*, era mesmo um milagre aquele esforço de 10 anos, a competência que tornara possível o metal Rearden – o metal só podia mesmo ser um milagre, o produto de uma causa desconhecida e incognoscível, um objeto da natureza, que não pode ser explicado, mas simplesmente apanhado, como quem apanha uma pedra ou uma planta. "Deixaremos que a maioria permaneça passando necessidade enquanto a minoria nos impede o acesso aos melhores produtos e métodos de produção existentes?"

Se eu não soubesse que a minha vida depende de meu cérebro e de meu esforço – Rearden estava dizendo silenciosamente para a sucessão de homens que atravessava os séculos –, *se eu não houvesse transformado em meu mais elevado objetivo moral a tarefa de exercer todos os meus esforços e toda a minha capacidade mental para sustentar e ampliar minha existência, você não teria encontrado nada em mim para saquear, nada para sustentar sua própria existência. Não são os meus pecados que você está usando para me prejudicar, e sim minhas virtudes – as quais você mesmo reconhece como virtudes, já que sua própria vida depende delas, já que precisa delas, já que não tenta destruir minhas realizações, e sim se apropriar delas.*

Rearden se lembrou da voz do gigolô da ciência lhe dizendo: "Nós queremos o poder e estamos falando sério. Vocês eram amadores, mas nós somos profissionais." *Nós não queríamos o poder* – disse Rearden aos ancestrais espirituais do gigolô – *e não vivíamos daquilo que condenávamos. Nós considerávamos a capacidade produtiva uma virtude – e fizemos com que o grau de virtude de um homem fosse a medida de sua recompensa. Não lucrávamos com as coisas que considerávamos más – não exigíamos que existissem assaltantes de bancos para que nossos bancos pudessem funcionar, nem que existissem gatunos para que pudéssemos abastecer nossos lares, nem que houvesse assassinos para proteger nossas vidas. Mas vocês precisam dos produtos da capacidade do homem e, ao mesmo tempo, declaram que a capacidade produtiva é um egoísmo nefasto e fazem do grau de produtividade do homem a medida de seu prejuízo. Nós vivíamos com base no que considerávamos bom e puníamos o que considerávamos mau. Vocês vivem com base no que declaram ser mau e punem aquilo que sabem ser bom.*

Ele se lembrou da fórmula do castigo que Lillian tentara lhe impor, a fórmula que ele considerara monstruosa demais para ser verdade – e agora a via levada às últimas consequências, usada como um sistema filosófico, como uma forma de vida em escala mundial. Era a punição que exigia a própria virtude da vítima como combustível para fazê-la funcionar – sua invenção do metal Rearden sendo usada como causa de sua expropriação –, a honra de Dagny e a profundidade dos sentimentos que um sentia pelo outro sendo usadas como instrumento de chantagem, um instrumento que não funcionaria contra depravados e, nas repúblicas populares europeias, milhões de homens mantidos na escravidão em função de sua vontade de viver, de sua energia explorada no trabalho forçado, por meio de sua capacidade de alimentar seus senhores, do sistema de reféns, de seu amor por seus filhos e cônjuges e amigos – em função do amor, da capacidade e do prazer, tornados combustível para ameaças e isca para extorsão, vinculando amor a medo, capacidade a punição, ambição a confisco, usando a chantagem como lei, quando a fuga à dor e não a busca pelo prazer como único incentivo para o esforço é a única recompensa para o trabalho – homens mantidos escravizados em função de toda e qualquer força criativa que possuíam, de toda e qualquer alegria que lhes proporcionava a vida. Era este o código que o mundo aceitara, e era esta a chave do código: ele prendia o amor à vida a um circuito de tortura, de tal modo que apenas o homem que nada tinha a oferecer não teria nada a temer, de tal modo que as virtudes que tornavam a vida possível e os valores que lhe emprestavam significado se transformavam em agentes de sua destruição, de tal modo que aquilo que a pessoa tinha de melhor se tornava o instrumento de tortura que a supliciava, e a vida do homem na Terra deixava de ser uma coisa prática.

"O seu código era o da vida", lhe dizia a voz de um homem que ele não podia esquecer. "Então, qual é o deles?"

Por que o mundo aceitara aquilo?, perguntava-se ele. *Como as vítimas haviam sancionado um código que as declarava culpadas de estarem vivas?*... E então a violência de um choque interior fez com que seu corpo ficasse inteiramente imóvel, enquanto ele contemplava uma súbita visão: *Mas eu também não o tinha aceito? Também não sancionei aquele código antivida? Dagny*, pensou ele, *a profundidade dos sentimentos que um tinha pelo outro... a chantagem que não poderia atingir os depravados... eu também não chamara um dia aqueles sentimentos de depravação? Não fui eu o primeiro a dirigir a ela os insultos que agora a escória humana estava ameaçando atirar-lhe em público? Não considerei culpa a mais elevada felicidade que jamais encontrara?*

"O senhor, que não permite um por cento de impurezas numa liga metálica", disse aquela voz inesquecível, "o que permite no seu código moral?"

– E então, Sr. Rearden? – disse a voz do Dr. Ferris. – O senhor me entende agora? O senhor nos entrega o metal ou vamos tornar pública a vida amorosa da Srta. Taggart?

Rearden não estava vendo o Dr. Ferris. Estava vendo – na claridade violenta que era como um holofote dilacerando todos os enigmas que antes ele não conseguia entender – o dia em que viu Dagny pela primeira vez.

Foi alguns meses após ela ser nomeada vice-presidente da Taggart Transcontinental. Já havia algum tempo, Rearden ouvia com ceticismo boatos segundo os quais quem administrava a rede ferroviária era a irmã de Jim Taggart. Naquele verão, irritado com os atrasos e as contradições de Taggart em relação a uma encomenda de trilhos – encomenda que este fazia, alterava e suspendia, e depois fazia de novo –, alguém lhe disse que, se ele quisesse conseguir alguma coisa de concreto da Taggart Transcontinental, era melhor falar com a irmã de Jim. Ligou para o escritório dela para marcar uma hora e insistiu que fosse ainda naquela tarde. A secretária lhe disse que naquela tarde a Srta. Taggart estaria na obra do novo trecho da ferrovia, na estação de Milford, entre Nova York e Filadélfia, mas que ela o receberia lá com prazer, se ele quisesse. Rearden foi para lá contrariado. Não gostava das mulheres que conhecera em cargos executivos e achava que estrada de ferro não era lugar para elas. Esperava encontrar uma herdeira mimada que usava seu sobrenome e sua condição de mulher como substituto de capacidade, uma moça de sobrancelhas feitas, toda bem-vestida, como as executivas das lojas de departamentos.

Rearden saltou do último vagão de uma longa composição, bem afastado da plataforma da estação de Milford. Havia uma confusão de desvios, vagões de carga, guindastes e escavadeiras mecânicas na ladeira entre a ferrovia e a garganta onde homens faziam terraplanagem do lugar em que seria construído o novo trecho ferroviário. Rearden foi caminhando em direção ao prédio da estação, mas parou de repente.

Viu uma moça no alto de uma pilha de máquinas, num vagão-plataforma. Estava olhando para a garganta, a cabeça levantada, os cabelos despenteados soltos ao vento. Seu conjunto cinzento austero era como uma fina camada de metal, protegendo seu corpo esguio daquele espaço inundado de sol. Sua postura exprimia a leveza e a precisão espontânea de uma autoconfiança pura e arrogante. Ela observava os homens trabalhando, com o olhar absorto, competente, de quem gosta do que faz. Parecia estar no seu ambiente, vivendo sua hora em seu mundo, como se o prazer fosse seu estado natural. Seu rosto era a manifestação viva de uma inteligência ativa, um rosto de moça com boca de mulher. Parecia não ter consciência de seu próprio corpo como tal, e sim apenas como um instrumento tenso, pronto para servir a seus objetivos, quaisquer que fossem eles.

Se, um instante antes, Rearden tivesse perguntado a si próprio se tinha em sua mente a imagem da mulher ideal, ele diria que não. No entanto, ao vê-la, se deu conta de que era aquela a imagem, e que já existia nele havia anos. Mas não estava olhando para ela como mulher. Ele havia esquecido onde estava e o que viera fazer. Sentia-se presa de uma sensação infantil de felicidade, de prazer com o momento imediato, de delícia ante o inesperado e o jamais descoberto, presa da surpresa de constatar como era raro ver algo de que realmente gostasse, com aceitação total do que a coisa era. Olhava para ela com um leve sorriso, como teria contemplado uma estátua ou uma paisagem, e o que ele sentia era o puro prazer de ver, o prazer estético mais puro que ele jamais experimentara.

Viu um guarda-chaves passar e perguntou, apontando:

– Quem é ela?

– Dagny Taggart – disse o homem, seguindo em frente.

Rearden teve a impressão de que as palavras o atingiram na garganta. Sentiu o desencadear de uma corrente que lhe cortou o fôlego e então desceu lentamente por seu corpo abaixo, um peso que lhe roubava todas as capacidades, exceto uma. Ele entendia, com uma clareza anormal, o lugar, o nome da mulher e tudo o que ele implicava, mas tudo isso havia recuado para um aro na periferia, transformando-se numa pressão que o deixava sozinho no centro, como significado e essência, e sua única realidade era o desejo de possuir aquela mulher, ali e agora, no alto do vagão-plataforma, à luz do sol, antes que houvessem trocado uma palavra sequer, como o primeiro ato de seu encontro, porque isso diria tudo e porque eles dois mereciam isso há muito.

Dagny virou a cabeça. Na curva lenta de seu movimento, seus olhos encontraram os dele e pararam. Rearden se convenceu de que ela viu a natureza de seu olhar e de que foi capturada por ele, e no entanto não deu nome a ele em sua mente. Os olhos da moça se desviaram, e ela falou com um homem que estava ao largo do vagão-plataforma, tomando notas.

Rearden se deu conta de duas coisas ao mesmo tempo: estava voltando à realidade e estava sendo esmagado pelo impacto de uma culpa imensa. Durante um instante, chegou perto daquilo que nenhum homem pode experimentar integralmente e ao qual é capaz de sobreviver: uma sensação de ódio por si próprio, tornada ainda mais terrível pelo fato de que uma parte de seu ser se recusava a aceitar aquele ódio e o fazia sentir-se ainda mais culpado. Não era uma sequência de palavras, mas o veredicto instantâneo de uma emoção, uma sentença que lhe dizia: então era esta a natureza dele, era esta sua depravação, que lhe dizia que o desejo vergonhoso que jamais conseguira conquistar lhe advinha provocado pela única coisa bela que jamais vira, que vinha com uma violência que ele não julgara possível, e que a única liberdade que lhe restava agora era a de escondê-lo e desprezar a si próprio, porém jamais poderia se livrar dele enquanto ele e aquela mulher estivessem vivos.

Ele não sabia há quanto tempo estava parado ali, nem qual o grau da devastação que aquele período de tempo causara nele. Tudo o que ele poderia preservar era a vontade de resolver que aquela moça jamais saberia quais eram os sentimentos que inspirava nele.

Rearden esperou até que ela descesse do vagão e o homem que tomava notas se afastasse. Então se aproximou dela e disse, frio:

– Srta. Taggart? Sou Henry Rearden.

– Ah! – Foi apenas um breve intervalo, e ela logo acrescentou, com naturalidade: – Muito prazer, Sr. Rearden.

Ele percebeu, embora não admitisse o fato, que aquele intervalo foi provocado por um leve sentimento equivalente ao que ele sentira: a moça sentia prazer ao constatar que aquele rosto que lhe agradava era de um homem que ela admirava. Quando ele começou a falar a respeito do assunto que o levara até lá, adotou um tom mais brusco e áspero do que costumava empregar quando falava com seus clientes do sexo masculino.

Agora, voltando da lembrança da moça sobre o vagão-plataforma para a realidade do Certificado de Doação sobre sua mesa, Rearden teve a impressão de que os dois se fundiam num único choque, como se todos os dias e as dúvidas que haviam decorrido entre aquele momento e o presente se fundissem também, e, à luz da explosão, na visão momentânea de um resultado final, ele de repente entendeu qual era a resposta a todas as suas perguntas.

Pensou: *Culpado? Mais culpado do que eu supunha, mais, muito mais do que eu imaginava, naquele dia: culpado do crime de amaldiçoar e sentir culpa em relação ao que havia de melhor em mim. Amaldiçoei o fato de que minha mente e meu corpo formavam uma unidade e que meu corpo reagia aos valores da minha mente. Amaldiçoei o fato de que a alegria é o cerne da existência, a força motriz de todo ser vivo, a necessidade do corpo tanto quanto o objetivo do espírito; de que meu corpo não era uma massa de músculos inanimados, e sim um instrumento capaz de me proporcionar uma experiência de êxtase incomparável de união entre minha carne e meu espírito. Essa capacidade, que amaldiçoei e que me inspirou culpa, me deixou indiferente às prostitutas, porém me proporcionou meu único desejo em resposta à grandeza de uma mulher. Esse desejo, que condenei como obsceno, não veio da visão do corpo dessa mulher, e sim da consciência de que aquela bela forma era uma manifestação do espírito que eu via – não era seu corpo que eu queria, e sim sua pessoa –, não era a moça de conjunto* cinzento que eu tinha necessidade de possuir, e sim a mulher que administrava uma rede ferroviária.

Porém condenei a capacidade de meu corpo de expressar o que eu sentia. Condenei, como uma afronta a ela, o mais elevado tributo que eu poderia lhe prestar – assim como eles condenam minha capacidade de transformar meu raciocínio em metal Rearden, como condenam a mim por ter o poder de transformar a matéria de modo a servir a minhas necessidades. Aceitei o código deles e acreditei, tal como me ensinaram, que os valores do espírito devem permanecer sempre um desejo impotente, jamais expressos por meio de atos, jamais traduzidos em realidade, ao passo que a vida do corpo deve ser experimentada como infelicidade, como um ato sem sentido e degradante, e aqueles que tentam desfrutar desse prazer são taxados de animais inferiores.

Violei o código deles, mas caí na armadilha que prepararam, a armadilha de um código feito para ser quebrado. Não me orgulhei de minha revolta, porém me senti culpado. Não os condenei, mas condenei a mim mesmo. Não condenei o código deles, porém condenei a existência – e ocultei minha felicidade como se fosse um segredo vergonhoso. Eu deveria tê-la vivido abertamente, como um direito nosso – ou casado com ela, já que ela era de fato minha esposa. Porém tachei minha felicidade de erro e fiz com que ela a suportasse como se fosse uma vergonha. O que eles querem fazer com ela agora eu já fiz antes. Fui eu que tornei isso possível.

Eu o fiz – em nome da piedade, piedade pela mulher mais desprezível que conheço. Isso também era o código deles, e eu o aceitava. Eu acreditava que uma pessoa pode dever uma obrigação a outra sem receber nada em troca. Acreditava que era meu dever amar uma mulher que não me dava nada, que traía tudo aquilo que norteava minha vida, que exigia que eu lhe proporcionasse felicidade à custa de minha própria felicidade. Acreditava que o amor era uma espécie de dádiva estática que, uma vez concedida, não precisa mais ser merecida – assim como eles acreditam que a riqueza é uma posse estática que pode ser tomada e mantida sem nenhum esforço posterior. Acreditava que o amor era uma gorjeta, e não algo que é preciso merecer – assim como eles acreditam que têm o direito de receber riqueza sem merecê-la. E, do mesmo modo que eles acreditam que suas necessidades lhes dão o direito de exigir meu esforço, eu achava que a infelicidade dela lhe dava o direito de exigir minha vida. Por piedade, não por justiça, suportei 10 anos de uma tortura que eu mesmo me impunha. Coloquei a piedade *acima da minha própria consciência, e é este o cerne de minha culpa. Meu crime foi cometido quando disse a ela: "Por todos os meus padrões, manter nosso casamento será uma fraude abominável. Mas os meus padrões não são os seus. Não compreendo os seus, nem nunca compreendi, porém vou aceitá-los."*

Ei-los agora, sobre minha mesa, aqueles padrões que aceitei sem compreender. Eis aqui a maneira de ela me amar, aquele amor no qual nunca acreditei, mas que tentei proteger. Eis o produto final do que ela não merece. Eu achava que era certo cometer uma injustiça, desde que eu fosse o único a sofrer por isso. Mas nada pode justificar a injustiça. E este é o castigo por aceitar como certo este mal abominável que é o autossacrifício. Achei que eu seria a única vítima. Em vez de isso acontecer, sacrifiquei a mulher mais nobre para proteger a mais vil. Quando se age com base na piedade e não na justiça, termina-se punido. O bom para salvar o mau; quando se salva o mau da punição, força-se o inocente a sofrer. Não há como fugir da justiça. Nada no universo pode ser imerecido e gratuito, tanto no âmbito da matéria quanto no do espírito – e, se os culpados não pagam, então são os inocentes que têm de pagar.

Não foram esses saqueadores baratos que me derrotaram: fui eu. Eles não me desarmaram: eu é que joguei fora minha arma. Esta é uma batalha que só pode ser lutada com mãos limpas – porque o único poder do inimigo é a consciência da vítima – e eu aceitei um código que me fez considerar pecado a força de minhas mãos.

– O senhor nos entrega o metal, Sr. Rearden?

Desviou a vista do Certificado de Doação sobre a mesa para a lembrança da moça no vagão-plataforma. Perguntou a si mesmo se ele podia entregar o ser radiante que vira naquele momento aos saqueadores da mente e aos bandidos da imprensa. Poderia continuar a deixar que os inocentes fossem castigados? Poderia deixar que ela tivesse que assumir a posição que *ele* é que devia ter assumido? Poderia ele agora desafiar o código do inimigo, quando a vergonha seria dela, não dele – quando a lama seria jogada nela, não nele; quando ela é que teria de lutar, não ele? Poderia deixar que a vida dela fosse transformada num inferno sem que ele pudesse compartilhar seu sofrimento?

Rearden ficou imóvel, olhando para ela. Eu te amo, disse ele à moça no vagão-plataforma, silenciosamente pronunciando as palavras que expressavam o significado daquele momento ocorrido há quatro anos, sentindo a felicidade solene associada àquelas palavras, muito embora fosse daquela maneira que ele as estava dizendo à moça pela primeira vez.

Olhou para baixo, para o Certificado de Doação. *Dagny*, pensou ele, *se você soubesse, não me deixaria fazer isso, você vai me detestar por fazer isso, se vier a saber – mas não posso deixar que você pague as minhas dívidas. O erro foi meu, e não vou deixar que recaia sobre você o castigo que devo assumir. Mesmo que não me reste mais nada, uma coisa eu tenho: estou vendo a verdade, estou livre da culpa deles, agora não tenho mais nenhuma culpa perante minha própria consciência, sei que estou certo, inteiramente certo, e pela primeira vez – e permanecerei fiel ao único mandamento do meu código que nunca violei: ser um homem que sempre paga suas próprias dívidas.*

"Eu te amo", disse Rearden à moça do vagão-plataforma, sentindo o sol daquela tarde de verão em sua testa, como se ele também estivesse ao ar livre, em campo aberto, sem lhe restar mais nada que não ele próprio.

– Então, Sr. Rearden? Vai assinar? – perguntou o Dr. Ferris.

Os olhos de Rearden se viraram para ele. Havia se esquecido da presença de Ferris. Não sabia se ele estivera falando, discutindo ou esperando em silêncio.

– Ah, isso aí? – disse Rearden.

Pegou uma caneta e, sem titubear, com o gesto espontâneo com que um milionário assina um cheque, assinou seu nome ao pé da Estátua da Liberdade e empurrou o Certificado de Doação para o homem sentado à sua frente.

CAPÍTULO 7

A MORATÓRIA DOS CÉREBROS

— Onde é que você andou esse tempo todo? – perguntou Eddie Willers ao trabalhador no refeitório subterrâneo e acrescentou, com um sorriso que era ao mesmo tempo um apelo, um pedido de desculpas e uma confissão de desespero: – Ah, eu sei, fui eu que sumi daqui há semanas. – Seu sorriso era como o esforço de uma criança aleijada que tenta esboçar um gesto que não é capaz de fazer. – Vim aqui uma vez, umas duas semanas atrás, mas você não estava. Fiquei com medo de que tivesse sumido... tanta gente anda sumindo sem mais nem menos. Soube que há centenas de pessoas sumidas perambulando pelo país. A polícia anda prendendo algumas por terem abandonado seus empregos – são chamadas de desertoras –, mas são numerosas demais, e não há comida para alimentá-las na cadeia, por isso ninguém liga mais para elas. Soube que os desertores vivem perambulando, arrumando trabalho aqui e ali, ou então fazendo coisas piores, pois onde é que se encontra trabalho hoje em dia? São os nossos melhores homens que estamos perdendo, os que estão na empresa há 20 anos ou mais. Por que foram fazer essa lei que os proíbe de trocar de emprego? Aqueles homens não pretendiam pedir demissão, mas agora vão embora pelos motivos mais insignificantes, simplesmente largam as ferramentas e desaparecem, a qualquer hora do dia ou da noite, deixando a gente no maior aperto, justamente os homens que se levantavam no meio da noite e vinham correndo se a companhia precisasse deles... Você tem que ver a espécie de gente que estamos usando para preencher as vagas. Alguns são até bem-intencionados, mas têm medo das próprias sombras. Outros são uns porcarias que eu nem imaginava que existissem; arranjam o emprego e sabem que não podem ser demitidos, então deixam claro que não pretendem e nunca pretenderam trabalhar... É o tipo de gente que *gosta* da situação atual. Consegue imaginar que haja gente que goste disso?

Na falta de resposta do trabalhador, Willers prosseguiu:

– Pois há... Sabe, acho que no fundo não consigo acreditar nisso tudo que está acontecendo agora. Sei que está acontecendo para valer, mas não acredito. Fico achando que a loucura é o estado em que a pessoa não sabe o que é real e o que não é. Bem, o que é real agora é uma loucura, e, se eu aceitá-lo como real, perco o juízo, não é?... Continuo trabalhando e dizendo a mim mesmo que estou na Taggart Transcontinental. Fico esperando que ela volte, que a porta se abra a qualquer momento, e – ah, meu Deus, não era para eu dizer isso!... O quê? Você já sabia que ela foi embora? Eles estão fazendo segredo. Mas acho que todo mundo já sabe, só que ninguém toca no assunto. Estão dizendo a todo mundo que ela está de licença. Ela continua oficialmente como vice-presidente de operações. Acho que Jim e eu somos os únicos que sabem que ela pediu demissão. Jim morre de medo de que seus amigos de Washington caiam em cima dele se souberem que ela foi embora. Dizem que é desastroso para o moral do povo uma pessoa importante largar o trabalho, e Jim não quer que eles saibam que há uma desertora na própria família... Mas não é só isso: Jim tem medo de que os acionistas, os empregados e todos os usuários da rede percam de vez a confiança que depositam na Taggart. Confiança! Como se fizesse alguma diferença agora, já que ninguém pode fazer nada. E, no entanto, Jim sabe que a gente tem que manter pelo menos as aparências da grandeza que já foi uma realidade na companhia. E ele sabe que o que restava de grandeza foi embora com ela... Não, ninguém sabe onde ela está... Bem, eu sei, mas não vou dizer a eles. Sou o único que sabe... Ah, é claro, eles estão tentando descobrir. Já tentaram arrancar o segredo de mim de todo jeito, mas não adianta. Não vou dizer a ninguém...

Após uma breve pausa, Willers continuou:

– Você precisa ver a criatura que está no lugar dela agora, nosso novo vice-presidente de operações. É sim, temos outro vice-presidente... quer dizer, temos e não temos. É como tudo o que fazem hoje em dia: é e não é ao mesmo tempo. Ele é da equipe e amigo de Jim, se chama Clifton Locey. É um homem inteligente e progressista, de 47 anos. Para todos os efeitos, está só substituindo a vice-presidente temporariamente, mas trabalha na sala dela e todo mundo sabe que ele é que é o novo vice-presidente de operações. Ele dá as ordens – quer dizer, se esforça para nunca ser apanhado em flagrante dando uma ordem. Faz o possível para que nunca ninguém possa atribuir uma decisão a ele, para que ninguém possa culpá-lo por nada que dê errado. O objetivo dele não é administrar uma rede ferroviária, e sim se manter no cargo. Ele não quer lidar com trens, quer agradar Jim. Pouco lhe importa se os trens estão andando ou não, desde que cause uma boa impressão em Jim e no pessoal de Washington. Até agora, o Sr. Locey já conseguiu enquadrar dois: um jovem assistente, por não cumprir uma ordem que ele não chegou a dar, e o administrador de cargas, por passar adiante uma ordem que o Sr. Locey deu, só que o administrador não pôde provar. Os dois foram demitidos oficialmente, com permissão do Conselho de Unificação... Quando as coisas andam bem, o que nunca dura mais de meia hora, o Sr. Locey faz questão de dizer que "não estamos mais nos tempos da Srta. Taggart". Quando ocorre algum problema, ele me chama à sua sala e me pergunta – como quem não quer nada, no meio da conversa mais irrelevante – o que a Srta. Taggart costumava fazer numa emergência desse tipo. Eu lhe digo, sempre que posso. Afinal, é a Taggart Transcontinental, e... e há milhares de vidas sendo transportadas por dezenas de trens que dependem das decisões que tomamos. Entre uma e outra emergência, o Sr. Locey sempre arranja um jeito de ser indelicado comigo, para que eu não fique pensando que ele precisa de mim. Faz questão de fazer tudo diferente dela, tudo o que não é importante, mas tem todo o cuidado de fazer igualzinho a ela tudo o que é importante de verdade. O único problema é que nem sempre ele sabe o que é e o que não é importante...

Willers olhou para o lado, a fim de se certificar de que ninguém mais o ouvia:

– No primeiro dia no escritório dela, o Sr. Locey me disse que não era uma boa ideia manter um retrato de Nat Taggart na parede. "Nat Taggart", disse ele, "pertence a um passado tenebroso, à era da ganância egoísta. Ele não é exatamente um símbolo de nossas políticas modernas e progressistas e por isso pode causar má impressão. As pessoas podem me identificar com ele." "Não, não há perigo de isso acontecer", respondi, mas tirei o quadro da parede... Hein? Não, ela não sabe de nada disso. Não me comuniquei com ela nem uma vez. Foi ela que pediu... Semana passada, quase pedi demissão. Foi a respeito do trem especial do Sr. Chick Morrison, de Washington. Esse homem, seja lá ele quem for, está rodando por todo o país dando palestras, para falar sobre o novo decreto e levantar o moral do povo, já que as coisas estão ficando difíceis de controlar por toda parte. Exigiu um trem especial para ele e sua comitiva – um vagão-dormitório, um carro-salão e um vagão-restaurante, com bar incluído. O Conselho de Unificação autorizou o trem dele a viajar a 160 quilômetros por hora, por ser uma viagem sem fins lucrativos. E é mesmo. O objetivo da viagem é convencer as pessoas a continuarem a se matar de trabalhar para obter lucros e sustentar homens cuja superioridade reside no fato de que não produzem nenhum lucro. Mas a coisa ficou complicada para nós quando o Sr. Chick Morrison exigiu uma locomotiva a diesel para seu trem. Não tínhamos nenhuma para lhe ceder. As nossas estão trabalhando no Cometa e nos trens de carga transcontinentais, e não havia nenhuma sobrando em toda a rede, menos... bem, esta exceção eu não queria mencionar para o Sr. Locey. Ele ficou uma fera, gritando que, acontecesse o que acontecesse, não podíamos desacatar uma ordem do Sr. Chick Morrison. Não sei qual foi o idiota que acabou falando a ele sobre a locomotiva a diesel que estava em Winston, Colorado, na boca do túnel. Você sabe como as nossas locomotivas a diesel vivem pifando agora – elas estão nas últimas, então dá para entender por que a gente conserva essa sempre à boca do túnel. Expliquei ao Sr. Locey, fiz ameaças, fiz súplicas, disse a ele que a vice-presidente sempre insistiu que não podíamos nunca deixar a estação de Winston sem uma locomotiva extra. Ele disse que eu não devia esquecer que ele não era a Srta. Taggart – como se houvesse alguma dúvida! – e que a regra era uma bobagem, já que nesses anos todos nada nunca tinha acontecido, então Winston podia perfeitamente ficar uns dois meses sem a locomotiva a diesel, e ele não ia se preocupar com um desastre hipotético no futuro quando havia um muito concreto, prático e iminente, que seria o Sr. Chick Morrison ficar zangado conosco.

Notando que o trabalhador olhava curioso para saber o que acontecera, Willers prosseguiu:

– Bem, o trem especial então ganhou a locomotiva a diesel e o superintendente da divisão do Colorado pediu demissão. O Sr. Locey colocou um amigo dele no cargo. Eu quis largar tudo. Nunca tinha sentido tanta vontade de parar de trabalhar. Mas não me demiti... Não, não tive notícias dela. Não tive nenhuma notícia desde que ela foi embora. Por que você está sempre me fazendo perguntas sobre ela? Esqueça isso. Ela não vai voltar... Não sei que esperanças ainda tenho. Acho que nenhuma. Eu simplesmente vivo cada dia e tento não pensar no futuro. No princípio, achava que alguém ia nos salvar. Achei que talvez fosse Hank Rearden. Mas ele entregou os pontos. Não sei o que fizeram para obrigá-lo a assinar, mas sei que deve ter sido alguma coisa terrível. É o que todo mundo acha. Todo mundo anda cochichando sobre o tipo de pressão que devem ter feito... Não, ninguém sabe. Ele não deu nenhuma declaração e se recusa a receber quem quer que seja... Mas, escute, vou lhe dizer outra coisa sobre a qual todos andam cochichando. Chegue mais perto, está bem? Não quero falar em voz alta. Dizem que Orren Boyle já estava sabendo desse decreto há muito tempo – semanas ou meses –, porque muito discretamente já havia começado a reformar seus altos-fornos para a produção de metal Rearden numa de suas usinas secundárias, um lugarzinho obscuro lá na costa do Maine. Ele já estava pronto para começar a produzir o metal quando fizeram a extorsão com Rearden – quer dizer, quando este assinou o Certificado de Doação. Mas, escute só, na véspera do dia em que iam começar a produção, os homens de Boyle estavam esquentando os altos-fornos lá no Maine quando ouviram uma voz, não sabiam se vinha de um avião ou de um rádio ou de algum alto-falante, mas era a voz de um homem, dizendo que eles tinham 10 minutos para sumir dali. Então saíram. E foram indo embora, porque a voz se identificou como Ragnar Danneskjöld. Meia hora depois, as usinas de Boyle estavam arrasadas. Destruídas. Não sobrou pedra sobre pedra. Dizem que a destruição foi feita com artilharia naval de longo alcance, de algum ponto afastado da costa. Ninguém viu o navio de Danneskjöld...

Willers notou que o trabalhador o observava, atônito, sem desviar os olhos:

– É o que andam dizendo aos cochichos. Os jornais não publicaram nem uma palavra a respeito do fato. O pessoal de Washington diz que é só um boato espalhado por alarmistas... Não sei se a história é verdadeira. Acho que é. Espero que seja... Sabe, quando eu tinha 15 anos me perguntava como é que alguém podia virar criminoso, não entendia como isso era possível. Agora... eu acho ótimo esse Ragnar Danneskjöld ter destruído aquela siderúrgica. Que Deus o abençoe e que ele jamais seja encontrado, seja ele quem for, esteja onde estiver! É assim que penso agora. Mas será que eles não veem que ninguém aguenta mais? Para mim, de dia não é muito ruim, porque eu tenho com que me ocupar e não tenho tempo para ficar pensando, mas de noite é terrível. Não consigo mais dormir, fico horas deitado, com insônia... É! Se você quer saber, é sim, é porque estou preocupado com ela! Estou preocupadíssimo. Woodstock é um fim de mundo, longe de tudo, e a cabana dos Taggart fica a 30 quilômetros de trilha no meio do mato cerrado. Não sei o que pode acontecer com ela lá, sozinha, agora, com essas gangues que andam pelo interior à noite, justamente em lugares desolados como os montes Berkshire... Sei que não devia pensar nisso. Sei que ela sabe se cuidar. Só que eu gostaria que ela me escrevesse. Gostaria de poder ir lá. Mas ela me disse para não ir. Eu lhe disse que ia esperar...

E, depois de se abrir com o trabalhador no refeitório, Willers concluiu:
– Sabe, ainda bem que você está aí hoje. Faz bem falar com você e... basta ver você aí. Não vai desaparecer como tantos outros, vai?... O quê? Semana que vem?... Ah, de férias. Por quanto tempo?... Um mês de férias?... Como é que você conseguiu? Quem dera eu pudesse fazer isso, também, tirar um mês de férias sem vencimentos. Mas eles não deixam... É mesmo? Eu o invejo... Eu não o teria invejado há alguns anos. Mas agora, agora eu queria fugir. Agora eu o invejo – quer dizer que há 12 anos você tira um mês de férias todo verão...

▰▰▰

Embora fosse uma estrada escura, era um caminho novo. Rearden caminhou da siderúrgica não em direção a sua casa, mas em direção à cidade de Filadélfia. Era uma longa caminhada, mas tinha vontade de fazê-la naquela noite, como fizera todas as noites aquela semana. Sentia-se em paz na escuridão vazia do campo. Ao seu redor só havia os vultos escuros das árvores, e o único movimento era o do próprio corpo e dos galhos que se balançavam ao vento, e as únicas luzes eram os vaga-lumes nos arbustos. As duas horas de caminhada entre a usina e a cidade eram o seu descanso.

Rearden havia se mudado de sua casa para um apartamento em Filadélfia. Não dera nenhuma explicação à mãe nem a Philip. Só lhes dissera que podiam ficar na casa se quisessem, e que a Srta. Ives se encarregaria das contas. Pedira-lhes também que dissessem a Lillian, quando ela voltasse, que não o procurasse. Os dois ficaram a olhar para ele num silêncio cheio de pavor.

Rearden havia entregue a seu advogado um cheque em branco assinado, dizendo: "Me arranje um divórcio. Por quaisquer motivos, a qualquer

preço. Não me interessam os meios que você use, quantos juízes você compre. Se necessário, fabrique um flagrante de adultério contra minha mulher. Faça o que quiser. Mas nada de pensão nem de partilha de bens."
O advogado o olhou com um esboço de sorriso significativo e triste, como se já viesse esperando por isso havia muito, e respondeu:

– Está bem, Hank. Eu dou um jeito. Mas vai levar algum tempo.

– Trabalhe o mais depressa que você puder.

Ninguém lhe perguntara nada sobre a assinatura do Certificado de Doação. Mas ele notou que os homens da siderúrgica o olhavam com uma espécie de curiosidade inquisidora, quase como se quisessem encontrar cicatrizes de uma tortura física em seu corpo.

Rearden não sentia nada – nada, apenas uma sensação de penumbra uniforme e agradável, como uma camada de escória sobre metal derretido, quando endurece e devora a última faísca brilhante que vem de dentro. Não sentia nada em relação à ideia de que os saqueadores agora iam fabricar metal Rearden. O desejo de manter seus direitos sobre o produto e de poder se orgulhar de ser o único a vendê-lo fora uma maneira de exprimir respeito por seus semelhantes, sua crença no princípio segundo o qual comerciar com eles era um ato honrado. A crença, o respeito e o desejo haviam desaparecido. Já não lhe importava mais o que os homens faziam ou vendiam, onde compravam seu metal, se ainda se lembrariam de que um dia ele fora seu. Os vultos humanos que passavam por ele nas ruas eram objetos físicos que não tinham significado algum. O campo – agora que a escuridão apagava todo e qualquer vestígio de atividade humana, restando apenas a terra intacta, que antes ele sabia manejar – era real.

Andava com uma arma no bolso, seguindo o conselho dado pelas radiopatrulhas. Os policiais haviam lhe avisado que, hoje em dia, nenhuma estrada era segura quando caía a noite. Rearden pensou, com um sorriso sarcástico, que a arma era necessária na siderúrgica, e não na paz e na segurança da escuridão e da solidão. O que algum vagabundo poderia tirar dele ali, em comparação com o que lhe fora roubado pelos homens que afirmavam protegê-lo?

Ele caminhava rápido, sem se esforçar, sentindo-se descansado por exercer uma atividade que lhe era natural. Esse é o meu período de treinamento para a solidão, pensou – tinha de aprender a viver sem pensar nas pessoas, que agora lhe inspiravam uma repulsa paralisante. Construíra sua fortuna a partir do nada, de mãos vazias. Agora tinha de reconstruir sua vida, partindo de um espírito vazio.

Só se permitiria um período de treinamento curto e depois iria rumo ao único valor incomparável que ainda lhe restava, o único desejo que permanecera puro e íntegro: iria até Dagny. Dois mandamentos haviam se formado em sua mente: um era um dever; o outro, um desejo ardente. O primeiro era o de jamais revelar a Dagny o motivo pelo qual se entregara aos saqueadores; o segundo era o de dizer a ela as palavras que já devia ter aprendido quando a viu pela primeira vez e que devia ter dito na varanda da casa de Ellis Wyatt.

Seus únicos guias eram as brilhantes estrelas de verão, mas ele podia enxergar a estrada e os restos de um muro de pedra à sua frente, numa encruzilhada. O muro não tinha mais nada a proteger, apenas um campo coberto de capim, um salgueiro debruçado sobre a estrada e, mais ao longe, as ruínas de uma casa, através de cujo telhado se viam as estrelas.

Rearden andava, pensando que mesmo esta paisagem, para ele, continha algo de bom: ela lhe prometia uma boa caminhada ainda pela frente, livre da intromissão de seres humanos.

O homem que apareceu na estrada de repente deveria ter saído de trás do salgueiro, porém o fez tão depressa que dava a impressão de ter brotado do chão. Rearden imediatamente levou a mão à arma no bolso, porém conteve o gesto: pela postura orgulhosa daquele corpo no campo aberto, pela linha reta dos ombros contra o céu repleto de estrelas, percebeu que o homem não era um bandido. Quando ouviu sua voz, constatou que também não era um mendigo.

– Eu gostaria de falar com o senhor, Sr. Rearden.

Naquela voz havia a firmeza, a limpidez e o toque especial de cortesia característicos dos homens que estão acostumados a dar ordens.

– Pois fale – disse Rearden –, desde que não me peça ajuda nem dinheiro.

As roupas do homem eram grosseiras, porém razoavelmente decentes. Ele trajava calças escuras e uma jaqueta azul-escura com o colarinho bem fechado, lhe protegendo a garganta, prolongando as linhas alongadas de seu corpo esguio. Usava também um boné azul-escuro. Dele só se viam, na escuridão, as mãos, o rosto e uma mecha de cabelo louro caída sobre a fronte. Nas suas mãos não havia armas, apenas um embrulho do tamanho de um pacote de cigarros envolvido num tecido grosseiro.

– Não, Sr. Rearden – disse ele –, não vou lhe pedir dinheiro, mas lhe devolver dinheiro.

– Devolver dinheiro?

– É.

– Que dinheiro?

– Uma pequena devolução, de uma dívida enorme.

– Contraída por você?

– Não, não por mim. É apenas um pagamento simbólico, mas gostaria que o senhor o aceitasse como prova de que, se vivermos o bastante, eu e o senhor, toda a dívida lhe será paga, até o último centavo.

– Que dívida?

– O dinheiro que lhe foi arrancado à força.

Entregou o pacote a Rearden, abrindo-o. Este viu a luz das estrelas percorrer como fogo a superfície lisa, semelhante a um espelho. Pelo peso e pela textura, sabia que o que havia dentro do embrulho era uma barra de ouro puro.

Desviou a vista do ouro para o rosto do homem, mas aquele semblante parecia mais duro e menos revelador do que a superfície do metal.

– Quem é o senhor? – perguntou Rearden.

– O amigo de quem não tem amigos.

– Veio aqui para me dar isto?

– Vim.

– Quer dizer que o senhor teve que ficar de tocaia de noite, numa estrada deserta, não para me roubar, mas para me dar uma barra de ouro?

– Sim.

– Por quê?

– Quando se cometem roubos à luz do dia e com o aval da lei, como ocorre hoje em dia, então todo ato de honra ou restituição tem que ser praticado clandestinamente.

– O que lhe fez pensar que eu seria capaz de aceitar um presente como este?

– Não é um presente, Sr. Rearden. Este dinheiro é seu. Mas tenho um favor a lhe pedir. É um pedido, não uma condição, já que não existe propriedade condicional. O ouro é seu, e portanto o senhor pode fazer com ele o que quiser. Mas, como arrisquei a vida para vir entregá-lo hoje, lhe peço, como favor, que o senhor o guarde para o futuro ou o gaste consigo próprio, apenas em seu conforto e prazer pessoais. Não o dê a ninguém e, acima de tudo, não o invista na sua empresa.

– Por quê?

– Porque não quero que ele beneficie qualquer outra pessoa que não o senhor. Caso contrário, estarei contrariando um juramento que fiz há muito tempo, assim como estou quebrando todas as regras que me imponho ao falar com o senhor agora.

– O que quer dizer com isso?

– Há muito tempo que venho juntando este dinheiro para o senhor. Mas eu não tinha intenção de vê-lo, nem de lhe falar a respeito dele, nem de lhe dar o ouro, senão daqui a muito tempo.

– Então por que o fez?

– Porque eu não suportava mais.

– Não suportava o quê?

– Eu pensava que já havia visto tudo o que se podia ver e que não existia nada que eu não suportasse ver. Mas, quando lhe roubaram o metal Rearden, foi demais, até mesmo para mim. Sei que o senhor não precisa deste ouro no momento. O que precisa é da justiça que ele representa, e da consciência de que existem homens que se preocupam com a justiça.

Esforçando-se para não ser dominado pela emoção que começava a surgir por trás de seu espanto, de suas dúvidas todas, Rearden tentou examinar o rosto do homem, em busca de alguma pista que o ajudasse a entender. Mas o rosto não tinha expressão, não havia sofrido qualquer mudança enquanto o homem falava. Parecia que ele havia perdido a capacidade de ter sentimentos havia muito e que tudo o que restava dele fossem feições de aparência implacável e morta. Com um arrepio de espanto, Rearden se deu conta de que estava pensando que aquele rosto não era de um homem, mas de um anjo vingador.

– Por que o senhor se preocupa com a justiça? – quis saber Rearden. – O que eu represento para o senhor?

– Muito mais do que o senhor é capaz de imaginar. E tenho um amigo para quem o senhor representa muito mais do que jamais lhe será dado conhecer. Ele daria tudo para poder estar aqui agora. Mas não pôde vir. Por isso eu vim em lugar dele.

– Quem é seu amigo?

– Prefiro não identificá-lo.

– O senhor disse que passou muito tempo juntando esse dinheiro para mim?

– Já juntei muito mais do que isso. – Apontou para o ouro. – Vou ficar com ele em seu nome e lhe entregarei tudo quando chegar a hora. Isto é apenas uma amostra, uma prova de que o dinheiro existe. E, se acontecer de lhe roubarem toda a sua fortuna, quero que o senhor saiba que há uma gorda conta bancária esperando pelo senhor.

– Que conta?

– Se o senhor tentar pensar em todo o dinheiro que lhe foi arrancado à força, verá que essa conta representa uma quantia considerável.

– Como o senhor juntou essa fortuna? De onde vem este ouro?

– Foi tirado daqueles que o roubaram.

– Tirado por quem?

– Por mim.

– Quem é o senhor?

– Ragnar Danneskjöld.

Rearden o olhou por um longo momento, em silêncio, e então deixou o ouro cair no chão.

Os olhos de Danneskjöld não acompanharam a queda da barra, porém continuaram fixos em Rearden sem nenhuma mudança de expressão.

– O senhor preferia que eu fosse um cidadão respeitador da lei, Sr. Rearden? Nesse caso, a que lei eu deveria obedecer? O Decreto 10.289?

– Ragnar Danneskjöld... – disse Rearden, como se estivesse vendo todos os últimos 10 anos, como se estivesse encarando a monstruosidade de um crime espalhado por 10 anos expressa em duas palavras.

– Pense bem, Sr. Rearden. Só há duas formas de vida que nos restam hoje em dia: ser um saqueador que rouba vítimas desarmadas ou ser uma vítima que trabalha para o benefício dos que o saqueiam. Eu não quis ser nem uma coisa nem outra.

– O senhor optou por viver por meio da força, como eles.

– Sim, abertamente. Honestamente, digamos. Não roubo homens que estão amarrados e amordaçados, não exijo que minhas vítimas me ajudem, não digo a elas que estou fazendo isso para seu bem. Arrisco minha vida cada vez que enfrento minhas vítimas, e elas têm oportunidade de tentar me derrotar por meio das armas e da inteligência, em condições de igualdade. Igualdade? Sou eu contra o poder organizado, as armas, os aviões, os navios de guerra de cinco continentes. Se o que o senhor quer é fazer um juízo moral, Sr. Rearden, então quem é moralmente superior: eu ou Wesley Mouch?

– Não tenho resposta – disse Rearden, em voz baixa.

– Por que o senhor se choca? Estou apenas agindo em conformidade com o sistema estabelecido por meus semelhantes. Se eles julgam que a força é a maneira apropriada de lidar com os homens, estou fazendo o que querem. Se eles acham que o objetivo de minha existência é lhes servir, então que tentem pôr em prática sua ideia. Se acham que meu cérebro é propriedade deles, então que venham se apossar dele.

– Mas que espécie de vida o senhor escolheu? A que causa dedicou sua inteligência?

– À causa que eu amo.

– Qual?

– A da justiça.

– Levando uma vida de pirataria?

– Trabalhando para o dia em que não terei que continuar a ser um pirata.

– Que dia é esse?

– O dia em que o senhor terá a liberdade de lucrar com o metal Rearden.

– Ah, meu Deus! – exclamou Rearden, rindo, com uma voz desesperada. – É essa a sua ambição?

A expressão de Danneskjöld não se alterou:

– É.

– O senhor tem esperança de ver esse dia chegar?

– Tenho. O senhor não tem?

– Não.

– Então o que o senhor espera da vida?

– Nada.

– Para que o senhor trabalha?

Rearden olhou para ele:

– Por que o senhor me pergunta isso?

– Para fazê-lo entender por que não trabalho.

– Não pense que vai conseguir me fazer aprovar um criminoso.

– Não tenho essa pretensão. Mas queria fazê-lo ver algumas coisas.

– Mesmo que seja verdade o que o senhor disse, por que optou pelo crime? Por que não se limitou a sumir, como... – Calou-se de repente.

— Como Ellis Wyatt, Sr. Rearden? Como Andrew Stockton? Como seu amigo Ken Danagger?

— É!

— Isso o senhor aprovaria?

— Eu... — Parou, chocado pelo que ele próprio estava dizendo.

O choque seguinte foi ver Danneskjöld sorrir: era como ver os primeiros brotos da primavera na superfície de um iceberg. Rearden percebeu, pela primeira vez, que o rosto de Danneskjöld era mais do que belo, que encerrava a beleza surpreendente da perfeição física — as feições duras e orgulhosas, a boca arrogante de uma estátua viking —, porém não havia percebido isso antes, quase como se a seriedade morta do rosto lhe proibisse a impertinência de uma avaliação estética. Mas o sorriso era cheio de vida.

— Pois eu aprovo, Sr. Rearden. Mas optei por uma missão especial. Estou correndo atrás de um homem que quero destruir. Ele já morreu há muitos séculos, mas, enquanto não conseguirmos apagar os últimos vestígios dele das mentes dos homens, não teremos um mundo digno para viver.

— Quem é esse homem?

— Robin Hood.

Rearden lhe dirigiu um olhar vazio, de quem não entendeu.

— Ele era o homem que roubava dos ricos e dava aos pobres. Bem, eu sou o homem que rouba dos pobres e dá aos ricos, ou, mais exatamente, que rouba dos pobres ladrões e devolve aos ricos produtivos.

— Que diabo o senhor quer dizer?

— Se o senhor ainda se lembra do que leu a meu respeito nos jornais, antes de proibirem qualquer notícia sobre mim, deve saber que jamais ataquei um navio de propriedade privada, nem roubei qualquer propriedade privada. Como também jamais saqueei um navio militar, pois o objetivo da Marinha de Guerra é proteger da violência os cidadãos que pagaram por ela, o que é a função apropriada do governo. Porém apreendi sempre que pude todo navio saqueador, todo navio contendo auxílios governamentais, subsídios, empréstimos, doações, todo navio carregado de bens arrancados à força de alguns homens para beneficiar de graça outros que nada fizeram para merecê-los. Saqueei os navios que ostentavam a bandeira da ideia que estou combatendo: a de que a necessidade é um ídolo sagrado que exige sacrifícios humanos, que a necessidade de alguns homens é uma lâmina de guilhotina pairando sobre outros, que todos nós temos de viver com nosso trabalho, nossas esperanças, nossos planos, nossos esforços à mercê do momento em que essa lâmina cairá sobre nós – e que quanto maior nossa capacidade, maior o perigo para nós, de modo que o sucesso coloca nossas cabeças sob a lâmina, enquanto o fracasso nos dá o direito de puxar a corda. Esse é o horror que Robin Hood imortalizou como ideal moral. Diz-se que ele lutava contra governantes saqueadores e restituía às vítimas o que lhes fora saqueado, mas não é esse o significado da lenda que se criou. Ele é lembrado não como um defensor da *propriedade*, e sim como um defensor da *necessidade*; não como um defensor dos *roubados*, e sim como protetor dos *pobres*. Ele é tido como o primeiro homem que assumiu ares de virtude por fazer caridade com dinheiro que não era seu, por distribuir bens que não produzira, por fazer com que terceiros pagassem pelo luxo de sua piedade. Ele é o homem que se tornou símbolo da ideia de que a necessidade, não a realização, é a fonte dos direitos; que não temos de produzir, mas apenas de querer; que o que é merecido não cabe a nós, e sim o imerecido. Ele se tornou uma justificativa para todo medíocre que, incapaz de ganhar seu próprio sustento, exige o poder de despojar de suas propriedades os que são superiores a ele, proclamando sua intenção de dedicar a vida a seus inferiores roubando seus superiores. É essa criatura infame, esse duplo parasita que se alimenta das feridas dos pobres e do sangue dos ricos, que os homens passaram a considerar ideal moral. E isso nos levou a um mundo onde quanto mais um homem produz, mais ele se aproxima da perda de todos os seus direitos, até que, se for de fato muito capaz, ele se transforma numa criatura desprovida de direitos, presa de qualquer um – ao passo que, para estar acima de todos os direitos, de todos os princípios, da moralidade, para estar num plano em que tudo lhe é permitido, incluindo o saque e o assassinato, basta para um homem estar em necessidade. O senhor não sabe por que o mundo está desabando ao nosso redor? É contra isso que estou lutando, Sr. Rearden. Enquanto os homens não aprenderem que, de todos os símbolos humanos, Robin Hood é o mais imoral e o mais desprezível, não haverá justiça na Terra nem possibilidade de sobrevivência para a humanidade.

Rearden escutou, sentindo-se incapaz de dizer uma palavra. Porém, por baixo daquela sensação, como uma semente que começa a germinar, sentiu uma emoção que não conseguia identificar. Sabia apenas que lhe parecia familiar e muito distante, como algo que foi experimentado e abandonado há muito tempo.

– O que sou na verdade, Sr. Rearden, é um policial. É o dever do policial proteger os homens dos criminosos, e se entenda por criminoso todo aquele que se apodera da riqueza dos outros pela força. É dever do policial recuperar bens roubados e restituí-los a seus proprietários. Mas quando o roubo passa a ser o objetivo da lei, e o dever do policial passa a ser não o de proteger a propriedade, e sim de saqueá-la, então é o fora da lei que tem que assumir o papel de policial. Eu vendo os carregamentos dos navios de que me apodero para alguns clientes especiais neste país, que me pagam em ouro. Além disso, vendo meus carregamentos a contrabandistas e a comerciantes do mercado negro das repúblicas populares europeias. O senhor sabe das condições de vida nesses lugares? Como lá a produção e o comércio, e não a violência, são considerados crimes, os melhores homens da Europa tiveram de se tornar criminosos por falta de opção. Os feitores de escravos nesses países se mantêm no poder com as doações que recebem de saqueadores que vivem em países que ainda não foram inteiramente saqueados, como este aqui. Não deixo que essas doações cheguem até eles. Vendo os produtos aos fora da lei da Europa, pelos preços mais altos possíveis, e faço com que me paguem em ouro. Ouro é valor objetivo, a maneira de preservar a riqueza e garantir o futuro. Ninguém tem direito de possuir ouro na Europa, a não ser os amigos da humanidade que têm o chicote na mão e que afirmam que gastam esse ouro para garantir o bem-estar de suas vítimas. E esse é o ouro que meus clientes contrabandistas obtêm para me pagar. Como o fazem? Por meio do mesmo método pelo qual me aposso desses bens. E então devolvo o ouro àqueles cujos bens foram roubados – pessoas como o senhor.

Rearden se deu conta da natureza da emoção que havia esquecido. Era a emoção que sentira quando, aos 14 anos, recebera seu primeiro salário; quando, aos 24 anos, fora nomeado supervisor das minas; quando, como proprietário das minas, fizera, em seu nome, o primeiro pedido de equipamentos à melhor fábrica da época, a Motores Século XX – uma emoção de entusiasmo solene, extático, a sensação de ganhar um lugar num mundo que ele respeitava e merecer o reconhecimento de homens que admirava. Durante quase 20 anos, essa emoção permanecera enterrada sob um monte de destroços, sobre os quais os anos iam acrescentando camadas sucessivas de desprezo, de indignação, de esforço para não olhar ao redor, para não ver as pessoas com quem ele lidava, para não esperar nada dos homens e para manter, como uma visão só sua, entre quatro paredes do escritório, a consciência daquele mundo que ele acreditara que viria a surgir. Porém lá estava ela outra vez, brotando de baixo dos destroços, aquela sensação de interesse despertado, de estar ouvindo a voz luminosa da razão, com a qual é possível se comunicar e conviver. Mas era a voz de um pirata falando sobre atos de violência, oferecendo-lhe esse substituto para aquele seu mundo de razão e de justiça. Ele não podia aceitá-lo, não podia perder o que ainda lhe restava de sua visão. Rearden escutava, desejando poder escapar, porém sabendo que não conseguiria deixar de ouvir uma única palavra.

– Eu deposito o ouro num banco, uma instituição que segue o padrão-ouro, Sr. Rearden, em contas em nome de seus legítimos proprietários. Esses são os homens de capacidade excepcional que construíram suas fortunas por meio do esforço pessoal, do livre comércio, sem usar a compulsão, sem receber ajuda do governo. São as grandes vítimas, que mais contribuíram e mais sofreram pelo que fizeram. Seus nomes estão registrados no meu livro de restituições. Cada carregamento de ouro que obtenho é dividido entre eles e depositado em suas contas.

– Quem são eles?

– O senhor é um deles. Não posso computar todo o dinheiro que já foi arrancado do senhor, em impostos disfarçados, em regulamentos, em tempo desperdiçado, em esforço vão, em energia gasta para vencer obstáculo artificiais. Não posso computar o total, mas, se o senhor quer ter uma ideia da grandeza, basta olhar ao seu redor. O grau de miséria a que está chegando este país, antes tão próspero, é o grau da injustiça que o senhor sofreu. Se os homens se recusam a pagar a dívida que contraíram com o senhor, é dessa maneira que vão pagá-la. Mas há uma parte dessa dívida que foi computada e está registrada. É essa parte que é meu objetivo recolher e restituir ao senhor.

– Que parte?

– Seu imposto de renda, Sr. Rearden.

– *O quê?*

– O imposto de renda que o senhor pagou nos últimos 12 anos.

– É isso que o senhor pretende me restituir?

– Integralmente, e em ouro, Sr. Rearden.

Rearden caiu na gargalhada. Ria como um menino, ria de espanto, e gozando o que havia de incrível naquilo.

– Meu Deus! Então o senhor é policial e agente do imposto de renda também?
– Sou – respondeu Danneskjöld, sério.
– O senhor não está falando sério, está?
– Por acaso pareço estar brincando?
– Mas isso é absurdo!
– É mais absurdo que o Decreto 10.289?
– Não é real, não é possível!
– Será que só o mal é real e possível?
– Mas...
– O senhor acredita no velho provérbio segundo o qual ninguém escapa de duas coisas, a morte e os impostos? Bem, quanto à morte não posso fazer nada, mas, se eu levantar dos ombros dos homens o fardo dos impostos, talvez eles passem a ver a ligação que há entre os dois, e como lhes é possível viver uma vida mais longa e mais feliz. Talvez passem a ver que não são a morte e os impostos, e sim a vida e a produção, os únicos princípios absolutos e a base do código moral correto.

Rearden olhou para ele sem sorrir. Aquela figura alta e esguia, cuja agilidade muscular era ressaltada pela jaqueta que trajava, era de um assaltante; o rosto impassível de mármore era de um juiz; a voz seca e límpida era de um guarda-livros eficiente.

– Os saqueadores não são os únicos que têm um dossiê sobre o senhor. Eu também tenho. Tenho em meus arquivos cópias de todas as suas declarações de renda dos últimos 12 anos, bem como das de todos os meus outros clientes. Tenho amigos nos lugares mais incríveis, que me arranjam tais cópias. Divido o dinheiro entre meus clientes de modo proporcional às quantias extorquidas deles. A maioria das dívidas já foi saldada. A sua é a maior que ainda falta pagar. No dia em que o senhor estiver pronto para reclamar o que lhe é devido – o dia em que tiver certeza de que nenhum centavo cairá de volta nas mãos dos saqueadores –, eu lhe entregarei sua conta. Enquanto isso... – Danneskjöld olhou para o ouro no chão. – Pode pegar, Sr. Rearden. Não é fruto de roubo. Pertence ao senhor.

Rearden permaneceu imóvel e sem olhar para baixo.
– Há muito mais do que isso em seu nome, no banco.
– Que banco?
– O senhor se lembra de Midas Mulligan, de Chicago?
– Lembro, é claro.

– Todas as minhas contas estão depositadas no Banco Mulligan.
– Não existe nenhum Banco Mulligan em Chicago.
– Não é em Chicago.
Rearden deixou que passasse um instante.
– Onde é?
– Acho que o senhor vai ficar sabendo onde daqui a não muito tempo, Sr. Rearden. Mas não posso lhe dizer agora. – Acrescentou: – No entanto, devo lhe dizer que sou o único responsável por este empreendimento. É minha missão pessoal. Nela só estão envolvidos, além de mim, os membros da tripulação de meu navio. Nem mesmo meu banqueiro está envolvido. Ele se limita a guardar o dinheiro que deposito em seu banco. Muitos dos meus amigos não aprovam o caminho que escolhi. Mas cada um escolhe uma maneira de lutar pela mesma causa – e esta é a minha.

Rearden sorriu com desprezo:
– Quer dizer que você é mais um desses altruístas desgraçados que gastam seu tempo num empreendimento não lucrativo e arriscam suas vidas apenas para servir os outros?
– Não, Sr. Rearden. Estou investindo meu tempo em meu próprio futuro. Quando formos livres e tivermos que começar a reconstruir tudo a partir das ruínas, quero que o mundo renasça o mais depressa possível. Se, quando esse dia chegar, houver algum capital de giro nas mãos das pessoas certas, dos melhores homens, dos mais produtivos, isso representará para todos nós um ganho de muitos anos, de séculos, para a história do país. O senhor me perguntou o que representa para mim? Tudo o que eu admiro, tudo o que eu queria ser no dia em que a Terra tiver lugar para um tal estado de coisas, tudo com que quero vir a conviver no futuro, ainda que no presente seja esta a única forma que tenho de me relacionar com o senhor.
– Por quê? – murmurou Rearden.
– Porque a única coisa que amo, o único valor a que quero dedicar minha vida, é aquilo que jamais foi amado pelo mundo, jamais recebeu reconhecimento, jamais teve amigos nem defensores: a capacidade humana. É a esse amor que me dedico, e, se vier a perder minha vida, em nome de que ideal melhor eu poderia sacrificá-la?

O homem que perdera a capacidade de sentir?, pensou Rearden, percebendo que a austeridade do rosto de mármore era uma forma de capacidade disciplinada de sentir demais. A voz controlada prosseguia, neutra:

– Eu queria que o senhor ouvisse isso. Queria que ouvisse isso agora, quando o senhor deve estar se julgando abandonado no fundo de um poço, entre criaturas infra-humanas, que são tudo o que resta da humanidade. Queria que o senhor soubesse, na sua hora de maior desesperança, que o dia da libertação está muito mais próximo do que imagina. E havia um motivo especial para eu falar com o senhor e lhe revelar meu segredo antes do tempo. Soube do que aconteceu com a siderúrgica de Orren Boyle na costa do Maine?

– Sim, ouvi falar – respondeu Rearden, chocado ao constatar com que sofreguidão e ânsia as palavras lhe escaparam dos lábios. – Não sabia se era verdade.

– É verdade. Fui eu. O Sr. Boyle não vai fabricar metal Rearden na costa do Maine. Nem em qualquer outro lugar. Nem ele nem nenhum outro canalha saqueador que acha que um decreto lhe dá direitos sobre o cérebro do senhor. Todo aquele que tentar produzir esse metal terá seus altos-fornos destruídos, suas máquinas arrebentadas, seus carregamentos danificados, suas instalações incendiadas – tantas coisas vão acontecer com todo aquele que tentar que dirão que o metal Rearden é maldito, e logo não haverá nenhum trabalhador no país disposto a entrar na usina de nenhum fabricante de metal Rearden. Se homens como Boyle acham que tudo de que precisam para saquear seus superiores é a força bruta, então eles vão ver o que acontece quando um de seus superiores resolve partir para o uso da força também. Eu queria dizer ao senhor que nenhum deles vai produzir o seu metal, nem lucrar um centavo com ele.

Como ele sentia uma vontade exultante de rir – como rira ao saber do incêndio da Petróleo Wyatt, como rira ao saber da crise da Cobre D'Anconia – e sabia que, se o fizesse, a coisa que temia se apoderaria dele e não o soltaria dessa vez, e ele jamais veria suas usinas de novo, Rearden conteve-se e, por um momento, manteve os lábios apertados para não emitir nenhum som. Quando passou o perigo, disse com uma voz baixa, firme e sem vida:

– Pegue seu ouro e vá embora. Não aceito a ajuda de um criminoso.

O rosto de Danneskjöld não exibiu nenhuma reação.

– Não posso forçá-lo a aceitar o ouro, Sr. Rearden. Mas não vou levá-lo. O senhor pode deixá-lo aí no chão, se quiser.

– Não quero sua ajuda e não vou protegê-lo. Se houvesse um telefone aqui perto, eu chamaria a polícia. E é o que vou fazer se o senhor tentar me procurar outra vez. Vou fazê-lo, como medida de autodefesa.

– Entendo perfeitamente o que o senhor quer dizer.

– O senhor sabe, como eu o ouvi, e o ouvi com certa ânsia, conforme o senhor percebeu, que não o condeno tanto quanto deveria. Não posso condená-lo, não posso condenar ninguém. Não existem mais padrões que orientem a vida e, portanto, não me interessa mais julgar qualquer coisa que se faça hoje em dia, nem qualquer recurso utilizado pelas pessoas na tentativa de suportar o insuportável. Se é essa a maneira que o senhor encontrou, eu deixo que o senhor vá para o inferno como bem escolher, mas não quero me envolver. Nem como fonte de inspiração para o senhor nem como seu cúmplice. Não tenha esperanças de que eu venha algum dia a aceitar sua conta bancária, se é que ela existe. Gaste esse dinheiro em sua proteção pessoal, pois vou denunciar o ocorrido à polícia e dar a ela todas as pistas que eu puder dar no sentido de ajudá-la a encontrar o senhor.

Danneskjöld não se mexeu nem disse nada. Ao longe, na escuridão, um trem de carga passava. Não podiam vê-lo, porém ouviam o ruído das rodas preenchendo o silêncio, e ele parecia estar perto, como se um trem incorpóreo, reduzido a um som prolongado, estivesse passando por eles na noite.

– O senhor queria me ajudar na minha hora de maior desesperança? – perguntou Rearden. – Se cheguei a ponto de só ser defendido por um pirata, então não quero mais me defender. O senhor fala algo que se assemelha à linguagem humana. Assim, em nome disso, lhe digo que não tenho mais esperanças, mas tenho a consciência de que, quando chegar o fim, terei vivido segundo meus padrões, mesmo quando eu era a única pessoa a quem eles pareciam válidos. Terei vivido no mundo em que comecei a minha vida e afundarei quando o último vestígio dele desaparecer. Sei que o senhor não vai querer me entender, no entanto...

Um facho de luz os atingiu com a violência de um soco. O ruído do trem absorvera o ronco do motor do carro, e eles não o viram sair da estrada secundária, por detrás de uma casa. Não estavam no caminho do carro, porém ouviram o ruído do freio por trás dos faróis, que detêve o vulto invisível do automóvel. Foi Rearden quem instintivamente deu um salto para trás. Danneskjöld, entretanto, não se mexeu, tamanho foi seu autocontrole.

Era um carro de polícia, que parou ao lado deles.

O motorista se debruçou pela janela.

– Ah, é o Sr. Rearden! – exclamou ele, levando a ponta dos dedos ao quepe. – Boa noite.

– Boa noite – disse Rearden, esforçando-se para controlar o que havia de forçado em sua voz.

Dois policiais estavam no banco da frente do carro, e em seus rostos havia uma expressão decidida, em vez do costumeiro olhar simpático de quem parou apenas a fim de conversar.

– O senhor veio a pé das usinas pela estrada de Edgewood, passando pela enseada Blacksmith?

– Vim. Por quê?

– Por acaso o senhor viu um homem andando apressado?

– Onde?

– Ou a pé ou num carro caindo aos pedaços com um motor de um milhão de dólares.

– Como é o homem?

– Alto, louro.

– Quem é ele?

– Se eu lhe dissesse, o senhor não acreditaria. O senhor o viu?

Rearden não se dava conta das perguntas que ele próprio fazia. Estava consciente apenas do fato surpreendente de que conseguia de algum modo arrancar da garganta alguns sons, apesar da barreira que latejava dentro dela. Não tirava os olhos do policial, mas tinha a impressão de que o ponto focal de sua vista estava na lateral, que o que via com mais clareza era o rosto de Danneskjöld o observando sem expressão, sem que a menor contração de músculos traísse qualquer sentimento. Viu os braços relaxados do pirata, as mãos descontraídas, sem revelar nenhuma intenção de sacar uma arma, deixando o corpo alto e esguio indefeso e exposto – como se diante de um pelotão de fuzilamento. Agora que havia luz, viu que o rosto parecia mais jovem do que ele imaginara e que os olhos eram azul-celeste. Sentiu que o único perigo era desviar a vista para Danneskjöld, então manteve o olhar fixo no policial, nos botões de metal de seu uniforme azul, mas o que tomava sua consciência, com mais força do que se fosse uma percepção visual, era o corpo de Danneskjöld, o corpo nu sob as roupas, o corpo que seria destruído. Rearden não ouvia o que ele próprio dizia, porque uma única frase se repetia incessantemente em sua mente, fora de qualquer contexto que não a sensação de que isso era a única coisa importante para ele no mundo: "Se vier a perder minha vida, em nome de que ideal melhor eu poderia sacrificá-la?"

– O senhor o viu, Sr. Rearden?

– Não – disse Rearden –, não vi.

O policial deu de ombros, contrariado, apertando o volante com ambas as mãos.

– O senhor não viu ninguém com aparência suspeita?

– Não.

– Nem nenhum carro estranho passando pela estrada?

– Não.

O policial fez menção de dar partida no carro.

– Soube-se que o avistaram por esta área esta noite, e estão dando buscas em cinco condados. Temos ordem de não mencionar seu nome, para não assustar as pessoas, mas é um homem com a cabeça a prêmio, no valor de 3 milhões de dólares, em vários países.

Já tinha dado a partida no carro, e o ronco do motor enchia o ar, quando o segundo policial se debruçou para a frente. Estava reparando nos cabelos louros sob o boné de Danneskjöld.

– Quem é esse aí, Sr. Rearden? – perguntou.

– Meu novo guarda-costas – disse Rearden.

– Ah...! Uma precaução sensata, Sr. Rearden, em tempos como estes. Boa noite!

O carro avançou. As luzes vermelhas foram sumindo na distância. Danneskjöld ficou observando o carro, depois olhou ostensivamente para a mão direita de Rearden, que se deu conta de que, ao falar com o policial, estivera segurando a arma em seu bolso, preparado para usá-la a qualquer momento.

Abriu a mão e a tirou do bolso apressadamente. Danneskjöld sorriu. Era um sorriso radiante, o riso silencioso de um espírito jovem e limpo, satisfeito de ter vivido aquele momento. E, embora não houvesse semelhança entre os dois homens, aquele sorriso fez Rearden pensar em Francisco d'Anconia.

– O senhor não mentiu – comentou Ragnar Danneskjöld. – Sou mesmo seu guarda-costas, e é isso que vou ter que ser, em mais de um sentido, como o senhor nem pode imaginar no momento. Obrigado, Sr. Rearden, e adeus. Vamos nos encontrar outra vez muito mais cedo do que eu pensava.

Sumiu antes que Rearden pudesse responder. Desapareceu além da cerca, tão súbita e silenciosamente quanto aparecera. Quando Rearden se virou para olhar para o campo além da cerca, não havia nenhum sinal dele, e nada se mexia no meio da escuridão.

Parado à margem de uma estrada vazia, ainda mais solitária do que lhe parecera antes, Rearden viu, a seus pés, um objeto da cor do cabelo do pirata embrulhado num tecido grosseiro, com uma ponta exposta, brilhando ao luar. Abaixou-se, pegou-o e seguiu em frente.

▲▲▲

Kip Chalmers exclamou um palavrão quando o trem balançou, derrubando seu drinque sobre a mesa. Debruçou-se para a frente, com o cotovelo no molhado, e disse:

– Mas que porcaria de estrada de ferro! Com todo o dinheiro que esse pessoal tem, não entendo por que não consegue dar um jeito de a gente não ficar balançando que nem fazendeiros numa carroça!

As três pessoas que lhe faziam companhia não se deram ao trabalho de dizer nada. Era tarde e elas só permaneciam ali por preguiça de voltar para suas cabines. As luzes do vagão pareciam vigias de navio na neblina de fumaça de cigarro, úmida de cheiro de álcool. Era um vagão particular – que Chalmers exigira e conseguira para sua viagem – que vinha preso ao último vagão do Cometa e se sacudia como a cauda de um animal nervoso, enquanto o trem percorria as curvas da serra.

– Vou fazer campanha a favor da nacionalização das ferrovias – retrucou Chalmers, dirigindo um olhar de desafio a um homenzinho grisalho que o encarava sem interesse. – Vai ser essa a minha plataforma eleitoral. Tenho que ter uma, não tenho? Não gosto de Jim Taggart. Ele parece um mexilhão cozido. Danem-se as estradas de ferro! É hora de a gente se apossar delas.

– Vá dormir – disse o homem –, se você quer ao menos parecer um ser humano no comício-monstro de amanhã.

– Acha que a gente vai conseguir?

– Você tem que conseguir.

– Eu sei. Mas acho que não vamos chegar lá a tempo. Esta porcaria de trem expresso está atrasadíssimo.

– Você *tem* que estar lá, Kip – disse o homem, em tom de ameaça, com aquela teimosia de quem não raciocina e afirma um fim sem pensar no meio.

– Que droga, você acha que não sei disso?

Chalmers tinha cabelos louros e crespos e uma boca sem forma. Era de uma família um tanto rica, um tanto distinta, mas zombava da riqueza e da distinção como se somente um aristocrata de primeira pudesse se permitir tamanha indiferença e arrogância. Havia se formado numa faculdade cuja especialidade era criar esse tipo de aristocracia. A instituição lhe ensinara que o objetivo das ideias é enganar aqueles que são estúpidos a ponto de pensar. Construíra sua carreira em Washington com a elegância de um gatuno, subindo de departamento a departamento como que de um parapeito a outro de um prédio caindo aos pedaços. Na verdade, era apenas semipoderoso, mas seus modos faziam com que muitos leigos o tomassem por ninguém menos que Wesley Mouch.

Por uma questão de estratégia pessoal, Chalmers resolvera entrar na política e se candidatar a deputado pelo estado da Califórnia, embora não soubesse nada a respeito de lá além da indústria cinematográfica e dos clubes de praia. Seu coordenador de campanha havia feito o trabalho preliminar, e agora Chalmers estava a caminho de seu primeiro comício, em São Francisco, um evento que fora anunciado com grande estardalhaço. O coordenador insistira para que ele partisse na véspera, mas Chalmers ficara em Washington para ir a um coquetel e tomar o último trem. Só começou a manifestar preocupação com o comício daquela noite quando percebeu que o Cometa estava seis horas atrasado.

Seus três companheiros não se importavam com seu mau humor: gostavam da bebida que ele servia. Lester Tuck, seu coordenador de campanha, era um homenzinho avançado em anos, cujo rosto dava a impressão de ter recebido um soco do qual jamais se recuperara. Era um advogado do tipo que, algumas gerações atrás, teria defendido pessoas que cometem pequenos furtos em lojas e gente que finge ter sofrido acidentes em grandes empresas, mas concluíra que seria melhor trabalhar para homens como Kip Chalmers.

Laura Bradford era a atual amante de Chalmers. Ele gostava de Laura porque antes ela fora amante de Wesley Mouch. Era uma atriz de cinema que, competente como coadjuvante, conseguira à força se tornar uma estrela incompetente, não pelo método de dormir com executivos de Hollywood, e sim optando pelo atalho de dormir com burocratas de Washington. Falava sobre economia, em vez de fofocas, quando a entrevistavam, no estilo estridente e hipócrita dos tabloides de terceira categoria – mas seus conhecimentos de economia se resumiam à afirmativa: "Temos que ajudar os pobres."

Gilbert Keith-Worthing fora convidado por Chalmers por motivos que os outros dois não haviam conseguido descobrir. Era um romancista inglês mundialmente famoso, que fora popular 30 anos antes. Desde então, ninguém mais se dava ao trabalho de ler o que ele escrevia, mas todos o aceitavam como um clássico ambulante. Era considerado profundo por afirmar coisas como: "Liberdade? Vamos parar de falar em liberdade. A liberdade é impossível. O homem jamais pode estar livre da fome, do frio, da doença, dos acidentes. Ele jamais pode estar livre da tirania da natureza. Então por que reclamar da tirania de uma ditadura política?" Quando toda a Europa pôs em prática as ideias que ele expunha, Keith-Worthing foi morar nos Estados Unidos. Com a passagem dos anos, tanto seu estilo quanto seu corpo foram se tornando flácidos. Aos 70 anos, era um velho obeso de cabelo pintado, com um ar de cinismo zombeteiro recheado de citações budistas a respeito da futilidade de todo empreendimento humano. Chalmers o convidara porque lhe parecia muito distinto aparecer com um escritor. Keith-Worthing aceitara o convite porque não tinha para onde ir.

– Esses porcarias que trabalham na estrada de ferro estão fazendo isso de propósito – acusou Chalmers. – Querem estragar minha campanha. Não posso perder esse comício! Pelo amor de Deus, Lester, faça alguma coisa!

– Já tentei – disse Lester Tuck. Na última estação, tentara, pelo telefone interurbano, encontrar um avião para completar a viagem, mas não havia nenhum voo programado para os próximos dois dias.

– Se eles não conseguirem chegar lá na hora, vão perder esta ferrovia! A gente não pode mandar o chefe do trem correr mais?

– Você já falou com ele três vezes.

– Vou dar um jeito de ele ser despedido. Ele só me dá desculpas, alega problemas técnicos. Quero transporte, não desculpas. Não podem me tratar como se eu fosse um passageiro qualquer. Quero que eles me levem para onde quero ir quando eu quero. Será que não sabem que estou neste trem?

– A esta altura, já sabem – retrucou Laura. – Cale a boca, Kip. Você está muito chato.

Chalmers encheu o copo mais uma vez. O vagão balançava, e os copos tiniam de leve nas prateleiras do bar. Pela janela, via-se um céu que se sacudia, e parecia que as estrelas é que estavam tinindo. Da janela no fim do vagão não se via nada, a não ser a vaga luminosidade dos faróis verdes e vermelhos que assinalavam a traseira do trem e um trecho curto da ferrovia que se perdia na escuridão. Uma muralha de pedra acompanhava o trem, e, de vez em quando, viam-se as estrelas numa garganta que se abria subitamente, entre dois picos das serras do Colorado.

– As montanhas... – disse Keith-Worthing, cheio de satisfação. – São espetáculos deste tipo que fazem a gente se dar conta da insignificância do homem. O que representa esta presunçosa faixa de metal que os materialistas vulgares se orgulham tanto de construir, em comparação com esse esplendor eterno? Não passa de um fio de alinhavo na bainha do vestido da natureza. Se um daqueles gigantes de granito resolvesse desmoronar, um só, este trem deixaria de existir.

– E por que a montanha iria resolver desmoronar? – perguntou Laura, não muito interessada naquilo.

– Acho que esta porcaria de trem está andando mais devagar – disse Chalmers. – Esses idiotas estão diminuindo a velocidade, apesar do que eu falei com eles!

– Bem... estamos na serra, você sabe... – comentou Tuck.

– A serra que se dane! Lester, que dia é hoje? Com todas essas porcarias de mudanças de fusos horários, já nem sei mais...

– Hoje é dia 27 de maio – respondeu Tuck, com um suspiro.

– Vinte e oito – disse Keith-Worthing, olhando para o relógio. – Já passam 12 minutos da meia-noite.

– Meu Deus! – exclamou Chalmers. – Então o comício é *hoje*?

– É – confirmou Tuck.

– Não vamos conseguir! Vamos...

O trem deu um solavanco particularmente forte, derrubando o copo que Chalmers tinha na mão. O ruído do copo se partindo no chão se confundiu com o guincho da ranhura das rodas raspando contra os trilhos numa curva fechada.

– Me diga uma coisa – pediu Keith-Worthing, nervoso. – Essas estradas de ferro oferecem segurança?

– Mas é claro! – respondeu Chalmers. – A gente tem tantas normas, regulamentos e controles que esses calhordas não ousam fazer nada que cause perigo!... Lester, quanto ainda falta? Qual a próxima parada?

– Agora só vamos parar em Salt Lake City.

– Sim, mas qual é a próxima estação?

Tuck pegou um mapa sujo, que vinha consultando a toda hora desde o cair da tarde.

– Winston – respondeu ele. – Winston, Colorado.

Chalmers pegou outro copo.

– Tinky Holloway comentou que Wesley disse que, se você não ganhar essa eleição, vai ser o fim para você – disse Laura. Refestelada em sua poltrona, olhava não para Chalmers, mas para seu próprio reflexo no espelho da parede. Estava entediada e se divertia espicaçando a raiva impotente do amante.

– Ah, ele disse isso, é?

– Disse. Wesley não quer que o... sei lá como se chama, o outro concorrente ao seu cargo seja eleito. Se você não ganhar, Wesley vai ficar uma fera. Tinky disse...

– Que se dane aquele cachorro! Ele tem mais é que se cuidar!

– Não vejo por quê. Wesley gosta muito dele. – Ela acrescentou: – Tinky não ia deixar que uma porcaria de um trem fizesse com que *ele* perdesse um compromisso importante. Se fosse ele, não teriam coragem de fazer isso.

Chalmers olhava fixamente para seu copo.

– Vou fazer com que o governo desaproprie todas as ferrovias – disse, em voz baixa.

– Na verdade – disse Keith-Worthing –, não sei por que vocês já não fizeram isso há muito tempo. Este é o único país do mundo atrasado a ponto de permitir a propriedade privada de ferrovias.

– A gente chega lá – disse Chalmers.

– O seu país é de uma ingenuidade incrível. É um anacronismo. Toda essa conversa de liberdade e direitos humanos – não ouço falar nisso desde o tempo do meu bisavô. Não passa de um luxo verbal dos ricos. Afinal, para os pobres não faz diferença se a vida deles está à mercê de um industrial ou de um burocrata.

– O dia dos industriais terminou. Agora é a vez dos...

De repente, foi como se o ar dentro do vagão os jogasse para a frente, enquanto o chão parava sob seus pés. Chalmers caiu no tapete, Keith--Worthing foi jogado em cima da mesa. As luzes se apagaram; os copos caíram da prateleira, estilhaçando-se; o aço das paredes gritava como se estivesse prestes a se dilacerar, e um baque surdo e prolongado sacudiu as rodas do trem, como uma convulsão.

Quando levantou a cabeça, Chalmers viu que o vagão estava intacto e imóvel: ouviu os gemidos dos companheiros e o primeiro grito histérico de Laura. Caminhou de quatro até a porta, abriu-a e se arrastou para fora do vagão. Lá longe, numa curva, viu lanternas se mexendo e um clarão avermelhado, no lugar onde deveria estar a locomotiva. Saiu tateando pela escuridão, esbarrando em vultos seminus que brandiam fósforos acesos inutilmente. De repente viu um homem com uma lanterna e agarrou o braço dele. Era o chefe do trem.

– O que aconteceu?! – exclamou Chalmers.

– Trilho partido – respondeu o chefe do trem, impassível. – A locomotiva descarrilou.

– Des...?

– Saiu dos trilhos.

– Alguém... morreu?

– Não. O maquinista está bem. O foguista se machucou.

– Trilho partido? Como assim?

O rosto do chefe do trem ostentava uma expressão estranha: carrancuda, acusadora, hermética.

– Os trilhos ficam gastos, Sr. Chalmers – respondeu ele, com uma ênfase estranha. – Principalmente nas curvas.

– Vocês não sabiam que estavam gastos?

– *Nós* sabíamos.

– Bem, por que não os consertaram?

– Os trilhos iam ser consertados. Mas o Sr. Locey mandou cancelar o conserto.

– Quem é o Sr. Locey?

– O homem que não é nosso vice-presidente de operações.

Chalmers não entendia por que o homem parecia olhá-lo como se de algum modo a catástrofe fosse culpa sua.

– Bem... mas vocês não vão recolocar a locomotiva nos trilhos?

– Pelo que parece, esta locomotiva nunca mais vai funcionar.

– Mas... mas ela tem que prosseguir a viagem!

– Não vai ser possível.

Para além da luz das lanternas e dos sons abafados dos gritos, Chalmers sentiu de repente, sem querer olhar, a imensidão negra das montanhas, o silêncio de centenas de quilômetros de terra desabitada, o equilíbrio precário da ferrovia sobre uma estreita faixa entre uma muralha de pedra e um abismo. Apertou o braço do chefe do trem com mais força.

– Mas... o que vamos fazer?
– O maquinista foi ligar para Winston.
– Ligar? Como?
– Tem um telefone ao lado da ferrovia, a uns três quilômetros daqui.
– Eles vão tirar a gente daqui?
– Vão.
– Mas... – Então sua mente fez uma ligação entre o passado e o futuro, e pela primeira vez chegou quase a gritar: – Quanto tempo vamos ter que esperar?
– Não sei – disse o chefe do trem, então se desvencilhou da mão de Chalmers e se afastou.

O vigia da estação de Winston atendeu o telefone, largou o fone e subiu as escadas correndo para acordar o agente da estação. Era um vagabundo grandalhão e mal-humorado, que fora nomeado para o cargo 10 dias antes, por ordem do novo superintendente da divisão. Tonto de sono, se pôs de pé, mas acordou de repente quando as palavras do vigia lhe atingiram a consciência.

– O quê? – reagiu. – Meu Deus! O Cometa?... Bem, não fique parado aí, tremendo! Ligue para Silver Springs!

O plantonista da sede da divisão em Silver Springs atendeu o telefone e depois ligou para Dave Mitchum, o novo superintendente da divisão do Colorado.

– O Cometa? – perguntou Mitchum, apertando o fone contra o ouvido e pulando para fora da cama. – A locomotiva arrebentada? A locomotiva a diesel?

– Sim, senhor.

– Ah, meu Deus, meu Deus! O que vamos fazer? – Então, lembrando-se de seu posto, acrescentou: – Bem, mande o trem-socorro.

– Já mandei.

– Mande o vigia de Sherwood interromper todo o tráfego.

– Já mandei.

– Que trens estão indo para lá?

– Só o cargueiro do Exército, rumo a oeste. Mas só vai chegar lá daqui a quatro horas. Está atrasado.

– Vou já para aí... Bem, escute, chame Bill, Sandy e Clarence. Quero que estejam aí quando eu chegar. Muitas cabeças vão rolar!

Dave Mitchum vivia se queixando de injustiça porque, segundo ele, sempre fora perseguido pelo azar. Falava, com uma voz misteriosa, sobre uma conspiração dos mandachuvas, embora jamais explicasse quem exatamente seriam tais pessoas. Sua principal queixa e seu principal padrão de valor era a antiguidade: ele trabalhava em estradas de ferro havia mais tempo do que muita gente que subira mais que ele. Isso, dizia, era prova da injustiça do sistema social – embora jamais explicasse o que queria dizer com "sistema social". Já trabalhara em muitas ferrovias, mas não ficara muito tempo em nenhuma delas. Seus patrões não o acusavam de nada em particular, apenas o despediam porque ele dizia "Ninguém me disse nada!" com frequência excessiva. Ele não sabia que devia seu atual emprego a um acordo entre James Taggart e Wesley Mouch: quando Taggart contou a Mouch o segredo da vida privada de sua irmã, em troca de um aumento nas tarifas ferroviárias, este exigiu um favor adicional, conforme suas costumeiras regras de negociação, nas quais um sempre arrancava o máximo possível do outro. O favor consistia em arranjar um emprego para Mitchum, que era cunhado de Claude Slagenhop, que era presidente dos Amigos do Progresso Global, organização que Mouch julgava ter uma influência poderosa sobre a opinião pública. Taggart passou adiante para Clifton Locey a responsabilidade de encontrar um emprego para Mitchum. Este colocou Mitchum no primeiro cargo que vagou – o de superintendente da divisão do Colorado –, quando o homem que o ocupava abandonou o emprego sem aviso prévio, no dia em que a locomotiva a diesel da estação de Winston foi cedida ao trem especial de Chick Morrison.

– O que vamos fazer? – indagou Mitchum, apressado, ainda se vestindo e tonto de sono, quando entrou em seu escritório, onde o despachante-chefe, o chefe de divisão e o encarregado das locomotivas o esperavam.

Nenhum dos três respondeu. Eram homens de meia-idade, que trabalhavam havia muitos anos na ferrovia. Um mês antes, teriam dado sugestões numa emergência como aquela, mas estavam começando a entender que as coisas haviam mudado e que agora era perigoso falar.

– Que diabo nós vamos fazer?

– Uma coisa é certa – disse Bill Brent, o despachante-chefe –: não podemos mandar para dentro de um túnel um trem puxado por uma locomotiva a vapor.

Uma expressão irritada apareceu nos olhos de Mitchum: ele sabia que era nisso que todos estavam pensando. Quisera que Brent não tivesse tocado naquele assunto.

— Bem, onde é que vamos arranjar uma locomotiva a diesel? — perguntou irritado.

— Não vamos arranjar nenhuma — respondeu o encarregado das locomotivas.

— Mas não podemos deixar o Cometa esperando num desvio a noite toda!

— Parece que é isso que vamos ter que fazer — retrucou o chefe de divisão. — De que adianta falar nisso, Dave? Você sabe que a divisão não tem nenhuma locomotiva a diesel.

— Mas, meu Deus do céu, como é que eles querem que os trens andem sem locomotivas?

— A Srta. Taggart não queria — disse o encarregado das locomotivas. — O Sr. Locey quer.

— Bill — perguntou Mitchum, num tom de quem implora um favor —, não há nenhum trem transcontinental chegando hoje, com uma locomotiva a diesel?

— O primeiro a aparecer — disse Bill Brent, implacável — vai ser o número 236, o cargueiro expresso que vem de São Francisco e deve chegar a Winston às 7h18 da manhã. É o trem com locomotiva a diesel mais perto de nós. Já verifiquei.

— E o trem do Exército?

— Nem pensar, Dave. Esse tem prioridade sobre todos os trens da rede, incluindo o Cometa, por ordem do Exército. E já está atrasado; as caixas de graxa pegaram fogo duas vezes. Estão levando munição para os arsenais da Costa Oeste. Reze para que esse trem não tenha que parar na sua divisão. Se você acha que a gente vai sofrer por causa do Cometa, isso não é nada comparado com o que vai acontecer conosco se tentarmos parar o trem do Exército.

Ficaram calados. As janelas estavam abertas; era uma noite de verão, e se ouvia o telefone tocar no escritório do chefe da estação no andar de baixo. As luzes piscavam no pátio de manobras deserto, que antes fora muito movimentado.

Mitchum olhou para o galpão de reparos, onde se viam os vultos negros de locomotivas a vapor na luz mortiça.

— O túnel... — começou ele, e parou.

– ... tem 13 quilômetros de extensão – completou o chefe de divisão, enfatizando as palavras com raiva.

– Eu estava só pensando – retrucou Mitchum.

– Melhor nem pensar – disse Brent, em voz baixa.

– Eu não disse nada!

– O que foi mesmo que você conversou com Dick Horton antes de ele pedir demissão? – perguntou o encarregado das locomotivas com uma voz inocente, como se a pergunta fosse irrelevante. – O sistema de ventilação do túnel está pifado, não era isso? Ele não disse que o túnel já estava ficando perigoso até para locomotivas a diesel?

– Por que você está puxando esse assunto? – retrucou Mitchum. – Eu não disse nada!

Dick Horton, o engenheiro-chefe da divisão, havia pedido demissão três dias depois da chegada de Mitchum.

– Estou só falando por falar – respondeu o encarregado, inocente.

– Escute, Dave – disse Brent, sabendo que Mitchum ia ficar remoendo aquilo durante mais uma hora e não chegaria a nenhuma decisão –, você sabe que só há uma coisa a fazer: deixar o Cometa ficar em Winston até amanhã de manhã, esperar pelo 236, instalar a locomotiva a diesel no Cometa para atravessar o túnel e depois pegar a melhor locomotiva a vapor de que dispomos para o Cometa terminar a viagem.

– Mas isso vai atrasar a viagem em quanto tempo?

Brent deu de ombros.

– Doze horas... 18 horas... sei lá!

– Dezoito horas... o Cometa? Meu Deus, isso nunca aconteceu antes!

– Nada do que anda acontecendo já aconteceu antes – retrucou Brent, com um toque incomum de cansaço em sua voz competente e enérgica.

– Mas lá em Nova York vão botar a culpa em nós! Vão botar toda a culpa em nós!

Brent deu de ombros. Um mês atrás, consideraria impensável uma injustiça dessas; agora, porém, sabia que era bem possível.

– Acho que... – disse Mitchum, arrasado – acho que não há mais nada a fazer.

– Não há, Dave.

– Ah, meu Deus! Por que isso tinha de acontecer conosco?

– Quem é John Galt?

Já passava das duas quando o Cometa, puxado por uma velha locomotiva de manobras, parou num desvio da estação de Winston. Kip Chalmers contemplava pela janela, com raiva e incredulidade, um punhado de barracos na encosta e uma velha estação caindo aos pedaços.

– E essa agora? Por que diabo estamos parando aqui? – perguntou e mandou chamar o chefe do trem.

Agora que o trem havia andado de novo e ele se sentia fora de perigo, seu terror se transformara em raiva. Sentia-se quase como se tivesse sido enganado, ao fazerem-no sentir um medo desnecessário.

– Quanto tempo? – repetiu o chefe do trem, impassível, em resposta à sua pergunta. – Até amanhã de manhã, Sr. Chalmers.

Chalmers ficou olhando para o homem, estupefato.

– Vamos ficar parados aqui até amanhã de manhã?
– Sim, senhor.
– Aqui?
– É.
– Mas eu tenho um comício em São Francisco no fim da tarde!

O chefe do trem não disse nada.

– Por quê? Por que tivemos que parar? Por que diabos? O que houve?

Lenta e pacientemente, com uma polidez cheia de desprezo, o chefe do trem explicou o que de fato havia acontecido. Mas há anos, no ensino fundamental, no médio e na faculdade, Chalmers aprendera que o homem não vive e não precisa viver com base na razão.

– O túnel que se dane! – gritou ele. – Você acha que vou deixar que vocês me prendam aqui por causa de uma porcaria de um túnel? Você quer estragar planos importantíssimos de âmbito nacional por causa de um túnel? Diga ao maquinista que eu tenho que estar em São Francisco amanhã à tarde, e que ele tem que me levar lá!

– Como?
– Isso é problema seu, não meu!
– Não há como.
– Então invente um jeito, seu desgraçado!

O chefe do trem não disse nada.

– Acha que eu vou deixar que seus problemas técnicos ridículos interfiram em questões sociais críticas? Você sabe com quem está falando? Diga ao maquinista que vamos sair agora, se é que ele não quer perder o emprego!

– O maquinista está cumprindo ordens.

– As ordens que se danem! Aqui quem dá ordens sou *eu*! Mande ele dar a partida imediatamente!

– Creio que é melhor o senhor falar com o chefe da estação, Sr. Chalmers. Não tenho autoridade para responder ao senhor do modo como gostaria de fazê-lo – disse o chefe do trem e saiu.

Chalmers se levantou de um salto.

– Espere, Kip... – disse Lester Tuck, hesitante. – Talvez seja verdade... talvez eles não possam mesmo fazer nada.

– Se tiverem que dar um jeito, eles conseguem! – berrou Chalmers, saindo do vagão a passos decididos.

Anos antes, na faculdade, haviam lhe ensinado que a única maneira eficaz de fazer as pessoas funcionarem era meter-lhes medo.

No escritório da estação de Winston, uma sala em péssimo estado, Chalmers encontrou um homem sonolento, com um rosto cansado e flácido, e um rapazinho assustado sentado à mesa do telegrafista. Num estupor mudo, os dois ouviram uma sequência de palavrões que jamais haviam imaginado, algo de que nem mesmo uma turma de seção seria capaz.

– ... e não é problema meu como é que o trem vai passar pelo túnel, isso é problema de *vocês*! – concluiu Chalmers. – Mas, se não me arrumarem uma locomotiva e não tirarem este trem daqui, podem dar adeus aos seus empregos, a suas carreiras e à porcaria desta ferrovia!

O chefe da estação jamais ouvira falar em Kip Chalmers e não sabia que posto ele ocupava. Mas sabia que vivia numa época em que homens desconhecidos que ocupavam cargos mal definidos detinham um poder ilimitado – um poder de vida ou morte.

– Isso não cabe a nós, Sr. Chalmers – disse ele, acalmando-o. – Aqui nós não damos ordens. A ordem veio de Silver Springs. Por que o senhor não liga para o Sr. Mitchum e...

– Quem é o Sr. Mitchum?

– É o superintendente da divisão, lá em Silver Springs. O senhor podia mandar uma mensagem para ele, dizendo que...

– Era só o que faltava, eu perder tempo com um superintendente de divisão! Vou mandar uma mensagem mas é para Jim Taggart, é isso que vou fazer!

Antes que o chefe da estação tivesse tempo de se recuperar, Chalmers se virou para o garoto, gritando:

– Você aí, anote isto e despache imediatamente!

Era uma mensagem que, um mês antes, ele não teria aceito de nenhum passageiro, porque era proibido fazê-lo, mas agora o rapaz já não sabia direito o que era e o que não era proibido:

– "Sr. James Taggart, Nova York. Estou preso no Cometa em Winston, Colorado, por causa da incompetência dos seus funcionários, que se recusam a me arranjar uma locomotiva. Amanhã à tarde, em São Francisco, tenho um compromisso da maior importância, de âmbito nacional. Se o senhor não der jeito de este trem partir imediatamente, pode imaginar as consequências. Kip Chalmers."

Depois que o rapaz transmitira as palavras através dos fios que iam de um lado a outro do continente, como guardiães da Rede Taggart – depois que Chalmers voltou para seu vagão para esperar uma resposta –, o chefe da estação telefonou para Dave Mitchum, que era seu amigo, e leu para ele o texto da mensagem. Ouviu Mitchum soltar um gemido.

– Achei melhor falar com você, Dave. Nunca ouvi falar nesse cara mais gordo, mas vai ver que ele é alguém importante.

– Sei lá! – gemeu Mitchum. – Kip Chalmers? O nome dele vive saindo nos jornais, junto com os nomes de todos os mandachuvas. Não sei o que ele é, mas, se ele é de Washington, a gente não pode se arriscar. Ah, meu Deus, o que vamos fazer?

– Não podemos nos arriscar – pensou o agente da Taggart em Nova York, e transmitiu a mensagem por telefone para a casa de James Taggart. Eram quase seis da manhã naquela cidade, e Taggart acordou após uma noite intranquila, em que dormira mal. Ouviu o que o homem dizia, com uma cara cada vez mais assustada. Sentia o mesmo medo que sentira o chefe da estação de Winston, e pelo mesmo motivo.

Ligou para a casa de Clifton Locey. Toda a raiva que não podia descarregar em Chalmers foi despejada sobre Locey.

– Faça alguma coisa! – berrava Taggart. – Qualquer coisa, não quero nem saber, o problema é *seu*, não meu, mas esse trem precisa partir logo! Que diabo está acontecendo? Isso nunca aconteceu com o Cometa! É assim que você cuida do seu departamento? Muito bonito, os passageiros mandarem recados para *mim*! Pelo menos, no tempo que minha irmã mandava, nunca me acordavam no meio da noite porque um trilho partiu em Iowa – no Colorado, quero dizer!

– Me desculpe, Jim – disse Locey num tom de voz que, ao mesmo tempo que pedia desculpas, tranquilizava e exprimia a quantidade exata de confiança condescendente. – É só um mal-entendido. Alguém fez uma burrice qualquer. Não se preocupe. Eu dou um jeito. Na verdade, eu estava dormindo, mas vou providenciar uma solução imediatamente.

Locey não estava deitado. Acabava de chegar de uma incursão por uma série de boates, em companhia de uma jovem. Pediu a ela que esperasse e foi correndo para os escritórios da Taggart Transcontinental. Nenhum dos homens que estavam trabalhando àquela hora sabia por que ele viera em pessoa, mas também não sabia se fora desnecessário. Ele entrou e saiu afobado de várias salas, foi visto por muita gente e deu a impressão de estar agindo com muita presteza. De tudo o que fez, de concreto só resultou o seguinte telegrama enviado a Dave Mitchum, superintendente da divisão do Colorado:

"Providencie imediatamente uma locomotiva para o Sr. Chalmers. Despache o Cometa em condições de segurança e sem atrasos desnecessários. Se você não conseguir cumprir esta ordem, será responsabilizado perante o Conselho de Unificação. Clifton Locey."

Então Locey foi com a moça para uma boate afastada da cidade, a fim de garantir que ninguém conseguiria encontrá-lo nas próximas horas.

O despachante em Silver Springs ficou estupefato com a ordem que entregou a Dave Mitchum, mas este a compreendeu. Sabia que uma ordem dada numa estrada de ferro jamais falaria em termos de providenciar uma locomotiva para um passageiro. Tinha consciência de que aquilo era só para causar uma impressão, e sabia que impressão se queria causar, por isso suou frio ao se dar conta de quem seria o bode expiatório daquela história toda.

– O que foi, Dave? – perguntou o chefe de divisão.

Mitchum não respondeu. Com mãos trêmulas, agarrou o telefone e pediu uma ligação para a telefonista da Taggart, em Nova York. Parecia um animal preso numa armadilha.

Pediu à telefonista de lá que ligasse para a casa do Sr. Locey. A telefonista tentou. Ninguém atendeu. Mitchum implorou que ela tentasse, insistisse, ligasse para todos os números onde houvesse possibilidade de encontrá-lo. A telefonista prometeu que o faria, mas Mitchum desligou o telefone convicto de que era inútil esperar, que de nada adiantaria falar com alguém do departamento do Sr. Locey.

– O que foi, Dave?

Mitchum lhe entregou a ordem e viu, pela expressão no rosto do chefe de divisão, que a armadilha era tão séria quanto desconfiava.

Ligou para a sede regional da Taggart em Omaha, Nebraska, e pediu para falar com o administrador-geral da região. Houve um breve silêncio, e então a voz da telefonista informou que o administrador-geral havia se demitido e desaparecido três dias antes – "por causa de um probleminha com o Sr. Locey".

Mitchum quis falar com o administrador-geral assistente responsável por aquele distrito, mas este havia viajado naquele fim de semana, e era impossível localizá-lo.

– Então chame outra pessoa qualquer! – gritou Mitchum. – De qualquer distrito! Pelo amor de Deus, ache alguém que me diga o que devo fazer!

Quem veio atender o telefone foi o administrador-geral assistente do distrito de Iowa e Minnesota.

– O quê? – interrompeu ele, mal Mitchum começou a falar. – Em Winston, Colorado? Por que você está ligando para *mim*?... Não, nem me diga o que houve, não quero nem saber!... Não, eu já disse! Não! Senão depois vão me cobrar por que eu fiz ou deixei de fazer sei lá o quê. Não é problema meu!... Fale com algum executivo regional, não tenho nada a ver com o Colorado!... Ah, sei lá, fale com o engenheiro-chefe, ligue para ele!

O engenheiro-chefe da região central disse, impaciente:

– Sim? O quê? O que foi? – E Mitchum, desesperado, lhe explicou o que ocorrera. Ao ser informado de que não havia uma locomotiva a diesel, disse imediatamente: – Então segure o trem na estação, é claro! – Quando ouviu o nome do Sr. Chalmers, sua voz ficou mais baixa de repente: – Hum... Kip Chalmers? De Washington?... Bem, aí não sei. Isso só o Sr. Locey pode decidir.

– O Sr. Locey mandou que eu desse um jeito, mas... – foi dizendo Mitchum.

– Então faça exatamente o que ele mandou! – interrompeu o engenheiro-chefe, muito aliviado, e desligou.

Dave Mitchum pôs o fone no gancho cuidadosamente. Parou de gritar e andou até uma cadeira na ponta dos pés, como se estivesse saindo de fininho. Ficou algum tempo sentado olhando para a ordem do Sr. Locey.

Então olhou ao redor. O despachante estava falando ao telefone. O chefe de divisão e o encarregado das locomotivas estavam presentes, porém fingiam que não esperavam por nada. Mitchum ficaria satisfeito se Bill Brent, o despachante, fosse para casa, mas o homem permanecia num canto, olhando para ele.

Brent era um indivíduo baixo e magro, de ombros largos. Tinha 40 anos, porém parecia mais moço. Seu rosto era pálido como o de um funcionário de escritório, e suas feições eram duras e angulosas como as de um caubói. Era o melhor despachante da rede.

Mitchum se levantou de repente e subiu para seu escritório, com a ordem do Sr. Locey na mão. Não entendia direito questões de engenharia e transporte, mas entendia homens como Clifton Locey. Compreendia o tipo de jogo que os executivos de Nova York estavam jogando; sabia o que estavam fazendo com ele. A ordem não lhe dizia que colocasse uma locomotiva a vapor à disposição do Sr. Chalmers – falava apenas em "uma locomotiva". Quando viesse a hora do inquérito, o Sr. Locey faria uma cara de horror e diria que era de esperar que um superintendente de divisão soubesse que, naquele contexto, ele só poderia estar se referindo a uma locomotiva a diesel. Dissera que o Cometa deveria ser despachado "com segurança" – e um superintendente deveria saber o que isso significa. Falara também em "sem atrasos desnecessários" – o que era um atraso *desnecessário*? Se o que estava em jogo era um desastre sério, um atraso de uma semana ou mesmo um mês não seria considerado necessário?

Os executivos de Nova York, pensou Mitchum, *pouco se importavam se o Sr. Chalmers ia chegar a seu destino na hora ou se ia acontecer uma catástrofe inaudita na ferrovia; só faziam questão de se certificar de que, o que quer acontecesse, ninguém poderia dizer que a culpa fora deles*. Se Mitchum segurasse o trem, eles fariam com que a ira do Sr. Chalmers recaísse sobre ele; se ele mandasse o trem seguir em frente e acontecesse uma catástrofe, diriam que a culpa era de sua incompetência. Em ambos os casos, diriam que Mitchum não cumprira as ordens. O que ele poderia provar? Para quem? Não se podia provar nada num tribunal que não tinha uma política explícita, processos definidos, regras, princípios – um tribunal, como o Conselho de Unificação, que decidia que o réu era culpado ou inocente conforme lhe interessasse, sem quaisquer padrões que definissem o que era culpa e o que era inocência.

Dave Mitchum nada entendia de filosofia do direito, porém sabia que, quando um tribunal não segue nenhuma regra, ele não respeita nenhum fato. Nesse caso, uma audiência não é uma questão de justiça, e sim de vontades individuais, e o destino do réu depende não do que ele fez ou deixou de fazer, e sim de quem ele conhece ou não conhece. Que poderia ele fazer contra o Sr. James Taggart, o Sr. Clifton Locey, o Sr. Kip Chalmers e seus amigos poderosos?

Dave Mitchum passara toda a sua vida driblando as situações em que seria obrigado a tomar uma decisão, esperando que lhe dissessem o que deveria fazer e jamais tendo certeza de coisa alguma. Agora, a única coisa que se permitiu sentir foi um lamento indignado contra a injustiça. O destino fora muito ingrato com ele: estava sendo crucificado por seus superiores no único emprego bom que conseguira arranjar. Nunca haviam lhe explicado que o modo como ele obtivera esse emprego e a sua transformação em bode expiatório eram peças inextricáveis de um todo.

Olhando para a ordem de Locey, Mitchum pensou que poderia segurar o Cometa, atrelar o vagão do Sr. Chalmers a uma locomotiva e fazê-lo atravessar o túnel sozinho. Porém sacudiu a cabeça antes mesmo de concluir o pensamento: sabia que isso faria com que o Sr. Chalmers tivesse consciência da natureza do risco que corria. Ele se recusaria a aceitar a oferta e continuaria a exigir uma locomotiva que não existia. Pior ainda: isso faria com que ele, Mitchum, tivesse de assumir a responsabilidade, admitir que tinha plena consciência do perigo, assumir abertamente que identificava a natureza exata da situação – justamente o que seus superiores faziam de tudo para evitar, a chave do jogo que jogavam.

Mitchum não era homem de se rebelar contra sua situação, de questionar o código moral de seus superiores. Resolveu não desafiar a política oficial, e sim se submeter a ela. Bill Brent o derrotaria em qualquer disputa que envolvesse conhecimento da tecnologia, mas naquele jogo Mitchum o derrotava com facilidade. Antes existira uma sociedade em que os talentos de homens como Brent eram necessários à própria sobrevivência da sociedade, porém agora o que era necessário era o talento de Dave Mitchum.

Sentou-se à máquina de escrever de sua secretária e, usando dois dedos apenas, cuidadosamente datilografou uma ordem a ser transmitida ao chefe de divisão e outra ao encarregado das locomotivas. Na primeira, dizia ao chefe de divisão que convocasse imediatamente uma tripulação de locomotiva em virtude de uma situação vagamente caracterizada como "de emergência"; na segunda, dizia ao encarregado que enviasse "a melhor locomotiva disponível para Winston, para ficar de reserva numa situação de emergência".

Guardou nos bolsos cópias em carbono das duas ordens, chamou o despachante noturno e lhe entregou as ordens para serem entregues aos dois homens que estavam no andar de baixo. O despachante noturno era um rapaz consciencioso, que confiava em seus superiores e sabia que a disciplina era fundamental numa ferrovia. Achou muito estranho Mitchum enviar ordens escritas a homens que estavam no mesmo prédio que ele, porém não perguntou nada.

Mitchum ficou esperando, nervoso. Depois de algum tempo, viu o vulto do encarregado das locomotivas atravessando o pátio em direção ao galpão de reparos. Sentiu-se aliviado: os dois homens não viriam confrontá-lo pessoalmente. Haviam entendido e iam jogar o mesmo jogo que ele.

O encarregado das locomotivas atravessava o pátio olhando para o chão. Pensava na mulher, nos dois filhos e na casa que trabalhara a vida inteira para comprar. Tinha noção do que seus superiores estavam fazendo, mas não sabia se deveria lhes desobedecer. Jamais tivera medo de perder o emprego – com a confiança de um profissional competente, sabia que, se brigasse com um patrão, sempre poderia encontrar outro. Agora sentia medo: não tinha mais o direito de pedir demissão nem de procurar emprego. Se desafiasse o empregador, cairia nas garras de um conselho todo-poderoso e, se fosse considerado culpado, seria condenado a morrer de fome aos poucos, sem poder arranjar outro emprego. Sabia que o conselho o consideraria culpado e que a chave do mistério indevassável e imprevisível das decisões contraditórias deste era o poder secreto do jogo de influências. O que ele poderia fazer contra o Sr. Chalmers? Antigamente, em seu próprio interesse, seus empregadores exigiam que ele desse o máximo de si. Agora isso não interessava mais. Antes, exigiam que ele se esforçasse ao máximo e lhe davam uma recompensa proporcional a seus esforços. Agora, tudo o que lhe restava era a expectativa do castigo, se ele resolvesse obedecer aos ditames de sua consciência. Antes, esperava-se dele que pensasse. Agora não queriam mais que ele pensasse, e sim que cumprisse ordens. Não queriam mais que tivesse consciência. Então para que levantar a voz? Em nome de quê? Pensou nos 300 passageiros do Cometa. Pensou em seus filhos: um rapaz terminando o ensino médio e uma moça de 19 anos, que lhe inspirava um orgulho feroz e doloroso porque era considerada a mais bonita da cidade. Perguntava-se se ele tinha o direito de transformá-los em filhos de um trabalhador desempregado, como os jovens que vira nas áreas mais afetadas pelo desemprego, nas cidadezinhas industriais em que as fábricas haviam fechado, à margem de ferrovias que tinham sido abandonadas. Viu, horrorizado, que agora precisava optar entre as vidas de seus filhos e as dos passageiros do Cometa. Um conflito como esse jamais ocorrera antes. Era por proteger a segurança de seus passageiros que ele antes podia dar segurança a seus filhos; servia tanto àqueles quanto a estes igualmente, sem conflito de interesses, sem que ninguém tivesse que ser vítima. Agora, para salvar os passageiros, ele teria que sacrificar seus filhos. Lembrava-se vagamente dos sermões que ouvira a respeito da beleza do autossacrifício, da virtude de sacrificar aquilo que se tinha de mais precioso por amor aos outros. Nada sabia a respeito de ética, mas de repente compreendeu – não em palavras, e sim sob a forma de uma dor obscura, selvagem, irada – que, se a virtude era aquilo, então ele não queria ser virtuoso.

Entrou no galpão e pediu que aprontassem uma velha locomotiva a vapor para ser enviada a Winston.

O chefe de divisão ia pegando o telefone da sala do despachante, para reunir uma tripulação, em cumprimento à ordem que recebera. Porém sua mão parou sobre o fone. Ocorreu-lhe de repente que ia enviar aqueles homens para uma missão suicida e que, dos 20 nomes na folha à sua frente, dois iriam morrer por ordem sua. Sentiu o frio lhe percorrer o corpo, mais nada. Não sentia nenhuma preocupação, apenas um espanto confuso e indiferente. Jamais lhe coubera o encargo de enviar homens à morte certa; antes seu trabalho era enviar homens a missões que lhes garantiam o salário. *Isso é estranho*, pensou ele, *e é estranho que minha mão tenha parado sobre o telefone: o que fez com que ela parasse foi algo semelhante ao que eu teria sentido 20 anos antes – não*; pensou ele, *há apenas um mês. Muito estranho.*

Ele tinha 48 anos. Não tinha família, nem amigos, nem qualquer vínculo com nenhum ser humano. Toda a sua capacidade de dedicação, o que outras pessoas dividiam entre diversos interesses diferentes, era concentrada sobre seu irmão, 25 anos mais novo, que ele criara como se fosse seu filho. Graças a ele, o irmão pudera estudar numa faculdade da área tecnológica, e ele sabia – como sabiam todos os professores – que a marca da genialidade estava estampada naquele rosto sério e jovem. Com a mesma dedicação concentrada do irmão mais velho, o rapaz jamais ligara para coisa alguma que não para os estudos – nem esportes, nem festas, nem garotas –, apenas para a visão do que ele iria inventar. Havia se formado e, com um salário incrível para alguém de sua idade, fora contratado pelo laboratório de pesquisas de uma grande empresa de aparelhos elétricos em Massachusetts.

Hoje é 28 de maio, pensou o chefe de divisão. Foi no dia 1º de maio que o Decreto 10.289 fora assinado. Foi na noite de 1º de maio que lhe informaram que seu irmão se suicidara.

O chefe de divisão ouvira dizer que o decreto fora necessário para salvar o país. Não sabia se aquilo era verdade ou não, pois não fazia ideia do que era necessário para salvar um país. Porém, impelido por um sentimento que não sabia exprimir, ele entrara na redação do jornal local e exigira que publicassem a notícia da morte de seu irmão. Seu único argumento era que "as pessoas têm que ser informadas disso". Ele não soubera explicar que sua mente sofrida havia chegado à conclusão – jamais expressa em palavras – de que, se aquela morte ocorrera por causa da vontade do povo, então o povo deveria ser informado dela. Ele não conseguia acreditar que o povo teria feito aquilo se soubesse quais seriam as consequências. O redator-chefe se recusou a publicar a notícia, dizendo que seria prejudicial ao moral da nação.

O chefe de divisão nada conhecia a respeito de filosofia política, porém sabia que fora naquele momento que perdera todo e qualquer interesse pela vida ou pela morte de qualquer ser humano, ou mesmo do próprio país.

Com o fone na mão, pensou que talvez devesse avisar os homens que ia chamar. Confiavam nele e jamais ocorreria a eles que seu chefe os mandaria numa missão suicida consciente do que estava fazendo. Porém sacudiu a cabeça: aquele pensamento pertencia a uma época passada, ao ano passado, uma época em que ele também confiava neles. Agora não importava mais. Seu cérebro funcionava devagar, como se arrastasse os pensamentos através de um vácuo em que nenhuma emoção os impelia para a frente. Pensou que, se avisasse alguém do que estava acontecendo, haveria problemas, haveria um conflito que ele próprio teria de incentivar. Não se lembrava mais em nome de quê se comprava uma briga desse tipo. Da verdade? Da justiça? Da fraternidade? Não queria se esforçar. Estava muito cansado. Se avisasse todos os homens da lista, ninguém iria querer trabalhar naquela locomotiva. Assim, salvaria a vida de dois ferroviários, mais os 300 passageiros. No entanto, aqueles números não lhe diziam mais nada; "vida" era apenas uma palavra sem significado.

Levou o fone ao ouvido, discou e chamou um maquinista e um foguista, dizendo que se apresentassem imediatamente.

A locomotiva número 306 já partira para Winston quando Mitchum desceu as escadas.

– Me arranjem um carro de linha – disse ele. – Vou até Fairmount.

Fairmount era uma pequena estação a 30 quilômetros dali. Os homens concordaram com a cabeça e não perguntaram nada. Bill Brent não estava entre eles. Mitchum entrou na sala dele e Brent estava lá, sentado à sua mesa, calado. Parecia estar esperando.

– Vou até Fairmount – informou Mitchum com voz agressivamente descontraída, como se desse a entender que não era necessário que Brent dissesse nada. – Umas duas semanas atrás havia uma locomotiva a diesel por lá... para reparos de emergência, sei lá... vou ver se a gente pode usá-la.

Fez uma pausa, porém Brent não fez nenhum comentário.

– A questão é que não podemos segurar aquele trem até amanhã de manhã – disse Mitchum, sem olhar para o outro. – Temos que arriscar alguma coisa. Pode ser que essa locomotiva resolva o problema; é a última alternativa. Então, se eu não entrar em contato com você em meia hora, assine a ordem de despachar a 306 para Winston.

Brent não acreditou no que ele próprio pensara ao ouvir o que disse em resposta. Esperou um momento e depois disse, em voz baixa:

– Não.

– Como assim?

– Não vou fazer isso.

– Como não vai fazer? É uma ordem!

– Não. – A voz de Brent exprimia a firmeza de uma convicção livre da influência de qualquer emoção.

– Você está se recusando a cumprir uma ordem?

– Estou.

– Mas você não pode fazer isso! E nem vou discutir com você. É essa a minha decisão, é responsabilidade minha e não quero saber a sua opinião. Sua obrigação é cumprir minhas ordens.

– Você me dá essa ordem por escrito?

– Por quê? Que diabo! Está insinuando que não confia em mim? Você...

– Por que você vai até Fairmount, Dave? Por que não telefona para lá e pergunta se eles têm mesmo uma locomotiva a diesel?

– Você não vai me dizer o que eu tenho que fazer! Não vai ficar me questionando! Cale essa boca e faça o que eu mando, senão você vai falar é com o Conselho de Unificação!

Era difícil decifrar as emoções expressas no rosto duro de Brent, mas Mitchum viu nele algo que parecia uma mistura de incredulidade com horror, só que era um horror motivado por algo que ele próprio estava vendo, não pelas palavras de Mitchum – não exprimia o medo que este quisera inspirar nele.

Brent sabia que no dia seguinte seria sua própria palavra contra a de Mitchum. Este negaria ter dado aquela ordem, apresentaria uma ordem escrita por ele na qual a locomotiva 306 fora enviada a Winston apenas para "ficar de reserva" e teria testemunhas que comprovariam que ele fora até Fairmount procurar uma locomotiva a diesel. Mitchum diria que a ordem fatal era exclusivamente de responsabilidade de Bill Brent, o despachante-chefe. Não eram argumentos muito sólidos, que resistissem a uma análise aprofundada, mas seria o bastante para convencer o Conselho de Unificação, cuja única política coerente era não permitir que nada fosse analisado de modo aprofundado. Brent sabia que podia jogar o mesmo jogo e passar adiante a responsabilidade para outra vítima. Sabia que era inteligente o bastante para fazer aquilo – só que preferia morrer a fazer uma coisa dessas.

O que o fazia sentir-se horrorizado não era a figura de Mitchum à sua frente, e sim a consciência de que não havia ninguém a quem ele pudesse denunciar o que estava acontecendo para pôr fim àquilo – nenhum superior em toda a rede, nem no Colorado, nem em Ohio, nem em Nova York. Todos estavam jogando o mesmo jogo – eles próprios haviam feito com que Mitchum fizesse o que estava fazendo. Era Dave Mitchum que agora se tornara importante para a rede, não ele.

Do mesmo modo como só de olhar para uns números numa folha de papel ele podia ver toda uma divisão da rede, Brent via agora toda a sua vida e o preço da decisão que estava tomando naquele momento. Só se apaixonara depois que sua juventude já se passara, e somente aos 36 anos encontrara a mulher que queria. Estava noivo dela havia quatro anos, mas tinha que esperar porque era obrigado a sustentar sua mãe e sua irmã viúva, com três filhos. Jamais tivera medo de assumir encargos e nunca assumira uma obrigação sem ter certeza de que seria capaz de arcar com ela. Havia esperado, economizado dinheiro e agora sentia-se livre para poder ser feliz. O casamento estava marcado para junho, dali a poucas semanas. Pensou nisso enquanto encarava Mitchum, mas aquele pensamento não o fez hesitar. Em vez disso, lhe proporcionou apenas arrependimento e uma tristeza longínqua – longínqua porque ele não podia permitir que ela tivesse qualquer participação naquele momento de sua vida.

Brent nada conhecia de epistemologia, porém sabia que o homem tem que viver com base em sua percepção racional da realidade, que não pode agir contra ela, nem fugir dela, nem encontrar um substituto para ela – e que não há outra maneira de viver.

Levantou-se.

– É verdade que enquanto eu ocupar este cargo não posso me recusar a obedecer a você – disse ele. – Mas, se eu me demitir, então eu posso. Assim, peço minha demissão.

– *O quê?*

– Peço minha demissão neste momento.

– Mas você não tem o direito de pedir demissão, seu cachorro! Não sabe disso? Não sabe que eu posso botar você na cadeia por isso?

– Se quiser, pode mandar o delegado lá em casa amanhã de manhã. Vou estar em casa. Não vou tentar fugir. Não tenho para onde ir.

Mitchum tinha 1,88 metro de altura e físico de pugilista, porém tremia de fúria e terror perante a figura frágil de Brent.

– Você não pode se demitir! É proibido por lei! Não pode me largar aqui deste jeito! Não vou deixar você sair! Não vou deixar você sair deste prédio!

Brent caminhou até a porta.

– Você repete a ordem que me deu na frente dos outros? Não? Então vou embora.

Quando abriu a porta, Mitchum lhe acertou um soco no rosto. Brent caiu no chão.

O chefe de divisão e o encarregado das locomotivas estavam parados à porta.

– Ele pediu demissão! – gritou Mitchum. – O covarde pediu demissão numa hora destas! É um marginal, um covarde!

Enquanto se levantava lentamente e com dificuldade, a vista turva de sangue, Brent olhou para os dois homens. Percebeu que eles entendiam, mas em seus rostos viu a expressão de quem não quer entender, não quer se meter. Viu também que o odiavam por ele tê-los colocado naquela situação difícil em nome da justiça. Brent não disse nada. Apenas se levantou e saiu do prédio.

Mitchum evitou olhar para os outros.

– Venha cá – disse, olhando para o despachante noturno do outro lado da sala. – Venha. Você tem que assumir imediatamente.

Fechou a porta e repetiu para o rapaz a história da locomotiva a diesel em Fairmount, exatamente como a contara para Brent, e lhe deu ordem de enviar a 306 para o Cometa se ele não telefonasse dentro de meia hora. O rapaz não estava em condições de raciocinar, falar nem compreender nada: não lhe saía da cabeça o rosto ensanguentado de Brent, que fora seu ídolo.

– Sim, senhor – foi tudo o que ele pôde dizer.

Mitchum partiu para Fairmount, anunciando para todos aqueles por quem ele passou que estava indo procurar uma locomotiva a diesel para o Cometa.

O despachante noturno ficou a olhar para o relógio e o telefone, rezando para que o aparelho tocasse. Mas meia hora se passou e Mitchum não ligou. Quando faltavam só três minutos, o rapaz sentiu um terror que ele próprio não entendia: tudo o que sabia era que não queria dar aquela ordem.

Virou-se para o chefe de divisão e o encarregado das locomotivas e disse, hesitante:

– O Sr. Mitchum me deu uma ordem antes de sair, mas eu realmente não sei se devo fazer isso, porque... acho que não está certo. Ele disse...

O chefe de divisão lhe deu as costas. Não sentia pena: o rapaz era mais ou menos da idade de seu irmão morto.

O encarregado das locomotivas lhe cortou a palavra:

– Faça o que o Sr. Mitchum mandou. Você não tem que achar coisa nenhuma. – E saiu da sala.

A responsabilidade que James Taggart e Clifton Locey não haviam assumido agora recaía sobre os ombros de um rapaz trêmulo e confuso. Ele hesitou, mas ganhou coragem ao dizer a si próprio que não se podia duvidar da boa-fé e da competência daqueles que administravam a ferrovia. Não sabia que sua concepção dos executivos da ferrovia era do século anterior.

Com a precisão conscienciosa de um ferroviário, no momento em que completou meia hora de espera ele assinou seu nome na ordem de que o Cometa deveria seguir viagem com a locomotiva número 306 e transmitiu a ordem à estação de Winston.

O agente da estação de Winston tremeu quando a recebeu, mas não era homem de desafiar a autoridade. Disse a si próprio que talvez o túnel não fosse tão perigoso quanto ele pensava. Disse a si próprio que, nos tempos atuais, a melhor política era não pensar.

Quando entregou as cópias das ordens ao chefe de trem e ao maquinista do Cometa, o chefe de trem olhou ao redor lentamente, fixando-se em cada rosto, depois dobrou o papel, colocou-o no bolso e saiu sem dizer palavra.

O maquinista ficou olhando para o papel por um momento, depois jogou-o no chão e disse:

– Não. E se chegamos a esse ponto nessa ferrovia, não trabalho mais para ela. Pode dizer que eu pedi demissão.

– Mas você não pode fazer isso! – exclamou o agente. – Eles prendem você!

– Só se me acharem – retorquiu o maquinista e saiu da estação, desaparecendo na escuridão imensa da serra.

O maquinista que trouxera a 306 de Silver Springs estava sentado num canto. Riu e disse:

– Ficou com medo.

O agente da estação se virou para ele:

– Você leva este trem, Joe? Você leva o Cometa?

Joe Scott estava bêbado. Antigamente, se um ferroviário chegasse ao trabalho dando o menor sinal de estar embriagado, seria encarado como um médico que chegasse ao trabalho com o rosto cheio de feridas de varíola. Mas Scott tinha privilégios. Três meses antes fora demitido por infringir regras de segurança, causando um desastre sério. Duas semanas atrás, fora readmitido no emprego por ordem do Conselho de Unificação. Era amigo de Fred Kinnan e protegia os interesses deste no sindicato, não contra os empregadores, mas contra os companheiros.

– Claro – disse Scott. – Deixe comigo. É só ir bem depressa que eu consigo.

O foguista da 306 permanecera dentro da cabine. Parecia nervoso quando vieram levar a locomotiva para a frente do Cometa. Olhou para as luzes vermelhas e verdes do túnel ao longe. Mas era um sujeito plácido e simpático, um bom foguista sem esperanças de jamais chegar a maquinista, e seus músculos avantajados eram seu único trunfo. Tinha confiança de que seus superiores sabiam o que estavam fazendo, portanto, não fez nenhuma pergunta.

O chefe de trem estava parado perto do último vagão. Olhou para as luzes do túnel, depois para a longa fileira de janelas do Cometa. Uma ou outra estava mais iluminada, mas na maioria delas via-se apenas um vago clarão azulado em torno das persianas baixadas. Ele pensou em acordar os passageiros e avisá-los. Antigamente, dava mais valor às vidas dos passageiros do que à sua, não por amor ao próximo, mas porque essa responsabilidade fazia parte de seu trabalho, que ele aceitava com orgulho. Agora tudo o que sentia era uma mistura de desprezo com indiferença: não sentia vontade de salvá-los. *Eles pediram e aceitaram o Decreto 10.289*, pensou ele. Diariamente viravam o rosto para não ver as decisões tomadas pelo Conselho de Unificação nem suas vítimas indefesas – assim, ele também podia virar o rosto agora. Se salvasse suas vidas, nenhum deles viria defendê-lo quando o Conselho de Unificação o condenasse por desobedecer ordens, criar pânico e atrasar o Sr. Chalmers. Não tinha intenção de virar mártir para permitir que irresponsáveis persistissem em seu erro.

Quando chegou a hora, ele levantou a lanterna e deu sinal para que o maquinista partisse.

– Está vendo? – disse Kip Chalmers, triunfante, a Lester Tuck, quando o trem começou a andar. – O medo é o único meio prático de lidar com as pessoas.

O chefe de trem subiu na entrada do último vagão. Ninguém o viu saltar pelo outro lado e desaparecer na escuridão da serra.

Um guarda-chaves esperava o momento de acionar a chave que faria o Cometa passar do desvio para a linha principal. Olhou para o trem, que se aproximava silenciosamente. Era apenas um globo ofuscante de luz branca que projetava um grande facho de luz para o alto e um tremor nos trilhos a seus pés. O guarda-chaves sabia que não deveria estar fazendo aquilo. Pensou na noite, 10 anos antes, em que arriscara a própria vida numa enchente para salvar um trem. Mas sabia que os tempos haviam mudado. No momento em que acionou a chave e viu o farol do trem virar para o lado, se deu conta de que, pelo restante da vida, detestaria seu trabalho.

O Cometa se desenroscou do desvio, formando uma linha reta, e foi subindo a serra, com o facho de luz à sua frente como um braço indicando a direção e o vidro iluminado do vagão panorâmico fechando a composição.

Alguns dos passageiros estavam acordados. Quando o trem começou a subida, eles viram o pequeno aglomerado de luzes de Winston no fundo da escuridão e depois só o negrume, interrompido apenas pelas luzes vermelhas e verdes da entrada do túnel. As luzes de Winston iam diminuindo cada vez mais, à medida que o buraco negro do túnel aumentava. De vez em quando um véu negro riscava as janelas: era a fumaça espessa da locomotiva a vapor.

Já bem perto do túnel viram contra o céu, ao longe e para o sul, na imensidão de espaço e rocha, uma língua de fogo vivo bruxuleando ao vento. Não sabiam o que era aquilo, nem estavam interessados em saber.

Dizem que as catástrofes são frutos do acaso, e haveria quem dissesse que os passageiros do Cometa não eram culpados nem responsáveis pelo que aconteceu com eles.

O homem da suíte A, vagão nº 1, era um professor de sociologia que ensinava que a capacidade individual é irrelevante, que o esforço individual é fútil, que a consciência individual é um luxo supérfluo, que não há mente, caráter ou realização individual, que tudo é realizado pela coletividade e que o importante são as massas, não os homens.

O homem da cabine 7, vagão nº 2, era um jornalista que escrevia que era correto e moralmente justificável usar a coação "por uma boa causa", que se via no direito de desencadear a força bruta sobre os outros – destruir vidas, sufocar ambições, estrangular desejos, violar convicções, prender, roubar, assassinar – em nome de tudo o que ele considerasse uma "boa causa", que nem precisava ser uma ideia, já que nunca definira o que chamava de bom, porém apenas dizia que era guiado por "um sentimento" – um sentimento fora do controle do conhecimento, pois ele achava a emoção superior ao conhecimento e se baseava apenas em suas "boas intenções" e na força das armas.

A mulher da cabine 10, vagão nº 3, era uma professora idosa que passara a vida ensinando sucessivas turmas de crianças indefesas a serem covardes, ensinando-lhes que a vontade da maioria é o único padrão do que é bom e do que é mau, que a maioria pode fazer o que bem entender, que ninguém deve afirmar sua personalidade, e sim agir como os outros agem.

O homem da suíte B, vagão nº 4, era um editor de jornal que acreditava que o homem é mau por natureza e incapaz de ser livre; que seus instintos básicos, se não forem controlados, o levam a mentir, roubar e assassinar – e que, portanto, ele tem que ser controlado por meio de mentiras, roubos e assassinatos, que devem ser privilégio dos governantes, no sentido de obrigar os homens a trabalhar, ensinar-lhes a serem corretos e mantê-los dentro dos limites da ordem e da justiça.

O homem da suíte H, vagão nº 5, era um empresário que adquirira uma mina com auxílio de um empréstimo do governo, concedido pela Lei da Igualdade de Oportunidades.

O homem da suíte A, vagão nº 6, era um financista que fizera fortuna comprando debêntures ferroviárias "congeladas" e depois pedindo que seus amigos em Washington as "descongelassem".

O homem da poltrona 5, vagão nº 7, era um trabalhador que achava que tinha "direito" a um emprego, independentemente da vontade do empregador.

A mulher da cabine 6, vagão nº 8, era uma conferencista que achava que, como consumidora, tinha "direito" a transporte, independentemente da vontade da companhia ferroviária.

O homem da cabine 2, vagão nº 9, era um professor de economia que defendia a abolição da propriedade privada, argumentando que a inteligência não desempenha nenhum papel na produção industrial, que a mente do homem é condicionada por instrumentos materiais, que qualquer um pode administrar uma fábrica ou uma ferrovia, bastando para tal se apossar das máquinas.

A mulher da suíte D, vagão nº 10, era uma mãe que colocara os dois filhos para dormir no leito acima do seu, cobrindo-os cuidadosamente para protegê-los das correntes de ar e das sacudidelas do trem. Seu marido tinha um emprego público que consistia em garantir o cumprimento dos decretos. Ela o defendia dizendo: "Não faz mal, porque só os ricos são prejudicados. Afinal, tenho que pensar nos meus filhos."

O homem da cabine 3, vagão nº 11, era um neurótico desprezível que escrevia peças de teatro idiotas cuja mensagem social eram pequenas obscenidades covardes que davam a entender que todos os empresários eram canalhas.

A mulher da cabine 9, vagão nº 12, era uma dona de casa que achava que tinha o direito de eleger políticos sobre os quais nada sabia para cargos que lhes permitiam controlar indústrias gigantescas cuja existência ela ignorava.

O homem da suíte F, vagão nº 13, era um advogado que certa vez dissera: "Eu dou um jeito de me adaptar a qualquer sistema político."

O homem da suíte A, vagão nº 14, era um professor de filosofia que ensinava que não existia inteligência – como é que você sabe que o túnel é perigoso? –, nem realidade – como é que você pode provar que o túnel existe? –, nem lógica – por que você afirma que os trens só podem andar se puxados por uma locomotiva? –, nem princípios – por que aceitar as restrições impostas pela lei de causalidade? –, nem direitos – por que não obrigar as pessoas a ficarem em seus empregos à força? –, nem moral – o que há de moralmente elevado em administrar uma ferrovia? –, nem absolutos – que diferença faz viver ou morrer, afinal? Ele ensinava que não sabemos nada – por que se opor às ordens dos superiores? –, que jamais podemos ter certeza de nada – como é que você sabe que está com a razão? –, que temos que agir conforme as exigências do momento – você não quer se arriscar a perder o emprego, não é?

O homem da suíte B, vagão nº 15, herdara uma fortuna e vivia dizendo: "Por que só Rearden deve ter permissão de fabricar o metal Rearden?"

O homem da suíte A, vagão nº 16, era um humanitário que certa vez dissera: "Os homens capazes? Não me importa que sofram. Eles têm de ser castigados para que os incompetentes possam viver. Francamente, não me importa se isso é justo ou não. Orgulho-me de não fazer justiça aos capazes, quando o que está em questão é a piedade para com os necessitados."

Esses passageiros estavam acordados, e não havia ninguém em todo o trem que não compartilhasse com eles ao menos uma ideia. Quando o trem entrou no túnel, a chama da Tocha de Wyatt foi a última coisa que eles viram no mundo.

CAPÍTULO 8

POR NOSSO AMOR

O sol iluminava o alto das árvores na encosta, emprestando-lhes uma tonalidade azul-prateada, semelhante à cor do céu. À porta da cabana, os primeiros raios de sol douravam a testa de Dagny, e toda a floresta se estendia a seus pés. As folhas, prateadas no alto, eram verdes mais embaixo e, ao longe, adquiriam o azul baço das sombras na estrada. A luz era filtrada pelas ramagens das árvores, e aqui e ali explodia numa fonte de raios esverdeados, quando atingia uma samambaia. Dagny gostava de ver a luz se mover ali onde nada mais se mexia.

Como fazia todas as manhãs, ela assinalara a data, 28 de maio, na folha de papel que afixara à parede do quarto. O passar do tempo naquele papel era a única coisa que se movia na tranquilidade de seus dias, como o diário de um náufrago numa ilha deserta.

Ela imaginara que aquelas datas anotadas teriam algum propósito, mas agora não sabia dizer se este havia sido alcançado ou não. Viera para a cabana para cumprir três ordens que impusera a si própria: descansar, aprender a viver sem a ferrovia e se livrar da dor que sentia. Tinha a sensação de que estava amarrada a uma pessoa desconhecida e ferida, que a qualquer momento poderia ser atacada e afogá-la em seus gritos. Não sentia pena daquela desconhecida, apenas uma impaciência cheia de desprezo. Teria que lutar contra essa sensação até destruí-la, para então poder resolver o que queria fazer. Mas a estranha era uma adversária difícil.

Descansar fora mais fácil. Dagny constatou que gostava da solidão. Acordava de manhã sentindo uma benevolência confiante, a sensação de que poderia enfrentar tudo o que lhe aparecesse pela frente. Na cidade, vivia presa de uma tensão constante, para suportar o choque da raiva, da indignação, da repulsa, do desprezo. Aqui, o único perigo que a ameaçava era a possibilidade de sentir dor física, causada por algum acidente. Em comparação com a vida na cidade, era algo inocente e seguro.

A cabana ficava longe das estradas mais importantes e estava tal como seu pai a deixara. Dagny cozinhava num fogão a lenha com a madeira que recolhia na encosta. Arrancou o capim que avançava sobre a casa, consertou o telhado, pintou a porta e as janelas. A chuva e o mato haviam destruído um caminho que levava da estrada até a cabana. Ela o reconstruiu, arrancando o mato, recolocando as pedras no lugar, reforçando a terra macia com pedregulhos. Dava-lhe prazer elaborar sistemas complexos de manivelas e roldanas usando cordas velhas e pedaços de ferro, para então movimentar pedras pesadas demais para serem levantadas com as mãos. Plantou algumas sementes de capuchinhas e trepadeiras, só para ver as plantas se espalhando lentamente pelo chão e subindo os troncos das árvores, crescendo. Gostava de ver o progresso e o movimento.

Aquelas tarefas lhe davam a tranquilidade de que necessitava. Não percebera quando as começara, nem por quê. Quando as iniciou, não tinha nenhuma intenção consciente, mas aos poucos viu que seu trabalho avançava, impelia-a para a frente, infundia-lhe uma sensação de paz reconfortante. Então compreendeu que precisava de uma atividade com propósito, por menor que fosse, qualquer que fosse – a sensação de uma atividade que caminha passo a passo em direção a um objetivo definido, durante um intervalo de tempo. O trabalho de preparar uma refeição era como um círculo fechado, que, ao se completar, desaparece, não levando a nada. Mas o trabalho de construir um caminho era uma coisa viva, que crescia, de modo que nenhum dia morria ao ser terminado, porém continha todos os dias anteriores, cada um imortalizando-se na manhã seguinte. *O círculo*, pensou ela, *é o movimento característico da natureza física. Dizem que no universo inanimado ao nosso redor tudo é movimento circular, mas a linha reta é o distintivo do homem, a linha reta de uma abstração geométrica que constrói estradas e pontes, que recorta as curvas sem objetivo da natureza, motivada por um propósito que vai de um início a um fim. Preparar uma refeição*, pensou Dagny, *é como colocar carvão na caldeira de uma locomotiva que se prepara para uma grande viagem. Mas seria uma tortura imbecil colocar carvão numa locomotiva que não iria sair do lugar. Não convém que a vida do homem seja um círculo, nem uma sequência de círculos que marcam sua passagem, como tantos zeros. A vida do homem deve ser uma linha reta de movimento, rumo a objetivos cada vez mais longínquos, cada um deles conduzindo ao seguinte, formando uma soma cada vez maior, como a viagem de um trem, de estação a estação, rumo – ah, pare com isso!*

Pare com isso, disse ela a si própria com uma severidade contida, quando o grito da estranha ferida foi sufocado, *não pense nisso, não olhe para longe demais. Você gosta de construir esse caminho. Pois bem, trabalhe nisso, mas não olhe para além do sopé do morro.*

De vez em quando ia até o armazém em Woodstock, a 30 quilômetros dali, para comprar mantimentos e materiais. Woodstock era um pequeno aglomerado de prédios moribundos, construídos muito tempo atrás para algum objetivo agora esquecido, cujas esperanças já haviam se esgotado. Não havia nenhuma ferrovia que chegasse até lá, nem energia elétrica, apenas uma estrada de terra, a cada ano mais deserta.

O único armazém do povoado era um galpão de madeira, com teias de aranha nos cantos e um buraco no meio do chão, escavado pelas chuvas que entravam através das goteiras do telhado. A dona da loja era uma mulher gorda e pálida que se locomovia com dificuldade, mas parecia indiferente a seu próprio sofrimento. Em matéria de alimentos, tudo o que havia ali eram latas velhas com rótulos desbotados, alguns cereais e uns poucos legumes que apodreciam em caixas colocadas do lado de fora da entrada. Uma vez Dagny perguntou à mulher:

– Por que não tira esses legumes do sol?

A mulher lhe dirigiu um olhar vazio, como se não apreendesse a possibilidade de se fazer tal pergunta.

– Eles sempre ficaram aí – respondeu ela, indiferente.

Ao voltar de carro para a cabana, Dagny olhou para uma cascata que despencava com ferocidade do alto de uma muralha de granito, levantando uma nuvem de água que formava um arco-íris ao sol. Pensou que seria possível construir ali uma hidrelétrica pequena, no intuito apenas de gerar energia suficiente para abastecer o povoado e sua cabana, transformando Woodstock num lugar produtivo. *Aquelas macieiras que havia por toda parte nas encostas eram vestígios de um pomar. Seria possível aproveitá-las e construir um pequeno ramal levando até a ferrovia mais próxima e – ah, pare com isso!*

– Hoje não tem querosene – informou a dona do armazém quando Dagny voltou a Woodstock. – Choveu na noite de quinta, e quando chove o caminhão não pode passar pela garganta de Fairfield. A estrada fica inundada, por isso o caminhão só volta aqui mês que vem.

– Se vocês sabem que a estrada fica inundada toda vez que chove, por que não a consertam? – perguntou Dagny.

– A estrada sempre foi assim – respondeu a mulher.

Voltando para a cabana, Dagny parou no alto de um morro e contemplou o campo que se estendia a seus pés. Olhou para a garganta de Fairfield, onde a estrada, que serpenteava por um terreno alagadiço abaixo do nível do rio, se espremia entre dois morros. *Seria fácil contornar aqueles morros*, pensou Dagny, *construir uma estrada do outro lado do rio* – o povo de Woodstock não tinha o que fazer, ela poderia ensiná-los –, *abrir uma estrada para sudoeste, bem mais curta, ligá-la à rodovia estadual perto da estação de... Ah, pare com isso!*

Colocou de lado a lamparina de querosene e, quando caía a noite, acendia uma vela e ficava ouvindo seu radinho portátil. Procurava música sinfônica e mudava de estação depressa sempre que escutava a voz áspera de um locutor. Não queria nenhuma notícia da cidade.

Não pense na Taggart Transcontinental – dissera a si própria na primeira noite que passara na cabana –, *só volte a pensar nela quando o nome lhe for tão indiferente quanto "Sul-Atlântica" e "Siderúrgicas Associadas".* Mas as semanas passavam e a ferida continuava em carne viva.

Dagny tinha a impressão de que estava lutando contra a crueldade imprevisível de sua própria mente. Ia se deitar, já quase adormecia, quando de repente dava por si pensando que a correia transportadora da estação de Willow Bend, Indiana, estava muito gasta, conforme observara ao passar por lá de carro recentemente. Era preciso lhes dizer que a trocassem, senão... E então se levantava, chorando, gritando: *Pare com isso!* E parava, mas passava o resto da noite em claro.

Na hora do pôr do sol, sentava-se à porta da cabana e ficava observando o balançar das folhas das árvores, cada vez mais silenciosas. Depois via os vaga-lumes piscando por toda parte, devagar, como se avisando, tais quais as luzes dos sinais piscando de noite na... *Pare com isso!*

O que temia eram os momentos em que não conseguia parar de pensar, quando não era capaz de ficar em pé – como se sentisse uma dor física, como se não houvesse uma separação entre a dor mental e a física –, e caía no chão da cabana ou na terra do bosque e ficava sentada, imóvel, o rosto encostado numa cadeira ou pedra, controlando-se para não gritar. Então via-os de repente, tão perto quanto o corpo de um amante, os dois trilhos que convergiam num ponto longínquo, uma locomotiva que rasgava o espaço, ostentando as letras TT, o som das rodas estalando num ritmo cada vez mais rápido, a estátua de Nat Taggart no terminal. Com o corpo totalmente rígido, contendo-se para não os reconhecer, nem sentir, salvo o movimento insistente do rosto roçando no braço, Dagny reunia todas as forças que sua consciência ainda possuía e as concentrava na repetição controlada e silenciosa da frase: *Você tem que deixar isso para trás.*

Havia longos períodos de tranquilidade, em que ela era capaz de encarar o problema com clareza fria, como se fosse uma questão de engenharia. Porém não conseguia encontrar uma solução. Sabia que sua ânsia desesperada pela ferrovia iria desaparecer se conseguisse convencer a si própria de que era uma paixão impossível ou imprópria. Mas aquela ânsia vinha da convicção de que tinha razão, de que a verdade estava do seu lado – de que o inimigo é que era irracional e irreal –, de que não podia adotar outro objetivo nem amá-lo enquanto a realização que era sua lhe fora tomada, não por algum poder superior, mas por um mal asqueroso que conquistava por meio da impotência.

Podia abrir mão da ferrovia, pensou, *e me contentar com o que tenho na floresta, porém construiria o caminho, chegaria à estrada lá embaixo e a reconstruiria – e então chegaria à dona do armazém de Woodstock e seria o fim.* Aquele rosto branco e vazio que contemplava o universo com apatia seria o limite de seus esforços. *Por quê?*, gritou. Não havia resposta.

Então fique aqui até descobrir a resposta, pensou. *Você não tem para onde ir, não pode se mexer, não pode começar a preparar o terreno para uma estrada de ferro enquanto... enquanto não conseguir escolher um terminal.*

Havia noites longas e silenciosas, quando a emoção a fazia ficar imóvel contemplando as distâncias inatingíveis além das luzes pálidas do sul – quando essa emoção era saudade de Hank Rearden. Queria ver aquele rosto duro, confiante, que olhava para ela com um esboço de sorriso nos lábios. Mas sabia que não poderia vê-lo enquanto não vencesse aquela sua batalha. O sorriso dele era algo que tinha que ser merecido, que era destinado a uma adversária que trocava a sua força pela dele, não a uma mulher arrasada pela dor que buscaria naquele sorriso um refúgio e assim destruiria seu significado. Ele podia ajudá-la a viver, mas não a decidir qual o motivo que a fazia querer continuar viva.

Dagny sentia uma leve ansiedade desde a manhã em que assinalou 15 de maio em seu calendário. Ela havia se obrigado a ouvir os noticiários de vez em quando, porém não ouvira o nome de Rearden nenhuma vez. Sua preocupação com ele era o único vínculo que a unia à cidade, que insistentemente atraía seus olhos para o horizonte, na direção sul, e para a estrada no sopé do morro. Dagny constatou que estava esperando por ele. Dava por si na expectativa de ouvir um ruído de motor. No entanto, o único som que às vezes a alvoroçava em vão era o súbito bater de asas de alguma ave de grande porte contra os galhos de uma árvore.

Havia um outro vínculo com o passado, uma pergunta ainda sem resposta: Quentin Daniels e o motor que ele estava tentando reconstruir. No dia 1º de junho, Dagny teria de pagar seu salário mensal. Deveria ela lhe dizer que havia se demitido, que jamais precisaria daquele motor, nem ela nem ninguém no mundo? Deveria lhe dizer que parasse e deixasse que os restos do motor enferrujassem em alguma pilha de trastes velhos, como aquela em que ela o achara? Isso não conseguia fazer. Era talvez ainda mais difícil do que abandonar a ferrovia. *Aquele motor,* pensou ela, *não é um vínculo com o passado: é meu último vínculo com o futuro.* Destruí-lo lhe parecia não uma espécie de assassinato, e sim um suicídio: se mandasse Daniels abandonar o motor, estaria assumindo a convicção de que não haveria nenhum terminal para ela buscar.

Mas não é verdade, pensou ela, parada à porta da cabana na manhã de 28 de maio: *não é verdade que não há nenhum lugar para uma realização excepcional da mente humana no futuro. Isso jamais será verdade.* Quaisquer que fossem os problemas a afligi-la, jamais perderia a convicção inquebrantável de que o mal era antinatural e passageiro. Sentia-o com uma clareza particular naquela manhã: a certeza de que a feiura dos homens das cidades e a de seu sofrimento eram acidentes passageiros, ao passo que a sensação serena de esperança em seu peito, ao ver uma floresta banhada em sol, a sensação de promessa ilimitada, era permanente e real.

À porta da cabana, Dagny fumava um cigarro. Dentro do quarto, o rádio tocava uma sinfonia do tempo de seu avô. Ela mal escutava; apenas percebia o fluxo dos acordes, que parecia fazer contraponto ao fluxo de fumaça que se desprendia lentamente de seu cigarro, ao movimento curvo com que o levava aos lábios de vez em quando. Fechou os olhos e ficou imóvel, sentindo os raios de sol no corpo. *É isto a realização*, pensou ela: *gozar este momento, não deixar que nenhuma dor lembrada amorteça minha capacidade de sentir o que sinto agora.* Enquanto pudesse preservar aquele sentimento, teria combustível para seguir em frente.

Dagny quase não percebeu um leve ruído disfarçado pela música e que parecia um arranhão num disco velho. A primeira coisa que lhe atingiu a consciência foi o movimento súbito de sua mão, jogando longe o cigarro. No mesmo instante, se deu conta de que o ruído estava cada vez mais forte e era o som do motor de um carro. Então entendeu que não admitira quanto desejava ouvir aquele som, quanto esperava desesperadamente por Rearden. Ouviu seu próprio riso – um risinho baixo, humilde, cauteloso, como se para não perturbar o ruído metálico e inconfundível de um carro subindo a ladeira.

Dali não dava para ver a estrada, senão um pequeno trecho sob os galhos arqueados das árvores ao pé do morro, mas ela acompanhou a subida do carro pelo ruído cada vez mais alto e insistente do motor que vencia a ladeira, pelo cantar de pneus nas curvas.

O carro parou sob os galhos arqueados. Dagny não o reconheceu – não era o Hammond preto, e sim um conversível comprido e cinzento. Viu um homem saltar, um homem cuja presença ali era impossível: Francisco d'Anconia.

O choque que ela sentiu não foi de desapontamento. Foi algo assim como a sensação de que a decepção agora seria irrelevante. Era uma ânsia e uma tranquilidade estranhas e solenes, a certeza súbita de que se aproximava dela algo desconhecido e da maior importância.

A rapidez dos movimentos de D'Anconia o impelia em direção ao morro, enquanto ele levantava o rosto e olhava. Viu Dagny à porta da cabana e parou, sem conseguir distinguir a expressão estampada no rosto dela. Ele permaneceu imóvel por algum tempo, com o rosto voltado para cima, então começou a subir.

Dagny teve a sensação – quase como se já esperasse senti-la – de que estava vendo uma cena de sua infância, da infância dos dois. D'Anconia se aproximava dela, não correndo, mas subindo com uma espécie de ânsia triunfante e confiante. *Não*, pensou ela, *não é a infância, e sim o futuro tal como eu o imaginava no tempo em que esperava por ele como o prisioneiro espera o dia de voltar à liberdade. É a visão momentânea de uma manhã que teriam alcançado se minha visão da vida se tivesse concretizado, se eles dois tivessem seguido o caminho do qual ela estava tão certa.* Imobilizada pelo espanto, ficou olhando para ele, aceitando aquele momento não em nome do presente, mas como uma celebração de seu passado comum.

Quando D'Anconia já estava tão próximo que ela podia ver seu rosto, Dagny identificou nele aquela expressão de felicidade luminosa que transcende a solenidade ao proclamar a grande inocência de um homem que faz jus ao direito de sentir-se leve. Ele sorria e assobiava alguma música que parecia fluir como o ritmo prolongado, uniforme e leve de seus passos. A melodia, percebeu Dagny, lhe era vagamente familiar e lhe parecia apropriada àquele momento, porém ao mesmo tempo havia algo de estranho nela, algo importante, que devia ser compreendido, mas que no momento não conseguia apreender.

– Oi, Slug!

– Oi, Frisco!

Ela percebeu – pelo olhar que ele lhe dirigiu, pelo fechar momentâneo de uma das pálpebras, pelo breve movimento de sua cabeça tentando se conter e resistir, pelo leve relaxamento dos seus lábios, em parte sorriso, em parte involuntário, e depois pela súbita força de seus braços a lhe apertarem o corpo – que aquilo fora involuntário, que ele não pretendera aquilo, e que era algo irresistível e bom para os dois.

A violência desesperada de seu abraço, a pressão dolorosa de sua boca contra a dela, a entrega exultante de seu corpo de homem aos braços dela – aquilo não exprimia um prazer momentâneo. Dagny sabia que nenhuma fome física poderia levar um homem a fazer aquilo. Tinha consciência de que era a frase que jamais ouvira de seus lábios, a maior confissão de amor que um homem é capaz de fazer. Independentemente do que ele houvesse feito de sua própria vida, ainda era o Francisco d'Anconia em cuja cama ela se deitara com tanto orgulho, não importando todas as traições que o mundo fizera com ela; sua visão da vida fora mesmo verdadeira, e alguma parte indestrutível de D'Anconia permanecera com ele – e, em resposta a essa parte, o corpo de Dagny se entregou ao dele, seus braços e sua boca o prenderam, confessando seu desejo, transparecendo um reconhecimento que ela sempre lhe dera e sempre lhe daria.

Então o restante da vida de D'Anconia lhe voltou à mente, junto com a pontada de dor conferida pela consciência de que quanto maior a grandeza daquele homem, mais terrível a sua culpa por destruí-la. Dagny se afastou dele, sacudiu a cabeça e disse, em resposta tanto a ele quanto a si própria:

– Não.

Francisco ficou a olhá-la, desarmado e sorridente:

– Ainda não. Você tem muito que me perdoar primeiro. Mas agora eu posso lhe contar tudo.

Dagny jamais ouvira aquele toque ofegante de impotência em sua voz. Ele estava lutando para recuperar o autocontrole. Seu sorriso era quase um pedido de desculpas, como o de uma criança que pede que sejam indulgentes com ela. Mas havia também algo de adulto, algo de divertido, a afirmação de que ele não precisava esconder seu conflito, já que estava lutando com a felicidade, não com a dor.

Ela recuou, afastando-se dele. Sentia que a emoção a impelira além de sua consciência, e agora as perguntas estavam finalmente vindo à tona, se exprimindo, hesitantes, sob forma de palavras.

– Dagny, essa tortura que você vem sofrendo aqui nessas últimas semanas... me responda com honestidade... você acha que poderia ter suportado isso há 12 anos?

– Não – respondeu ela. Ele sorriu. – Por que você me pergunta isso?

– Para redimir 12 anos de minha vida e não ter de me arrepender deles.

– O que você quer dizer? E... – finalmente ela conseguia formar as perguntas – e o que você sabe a respeito da tortura que venho sofrendo?

– Dagny, você ainda não entende que sei de tudo?

– Como foi que você... Francisco! O que era que você estava assobiando quando subiu a ladeira?

– Assobiando? Nem reparei.

– Era o Quinto Concerto de Richard Halley, não era?

– Ah...! – Ele pareceu surpreso, depois sorriu de si próprio e respondeu, sério: – Depois eu falo sobre isso.

– Como você descobriu onde eu estava?

– Também vou lhe contar isso.

– Você obrigou Eddie a lhe revelar.

– Não vejo Eddie há mais de um ano.

– Ele era o único que sabia.

– Não foi Eddie quem me disse.

– Eu não queria que ninguém me achasse.

D'Anconia olhou lentamente ao redor, e Dagny percebeu que o olhar dele se fixou no caminho que ela construíra, nas flores que plantara, no telhado recém-consertado. Ele deu uma risadinha, como se compreendesse e como se essa constatação fosse dolorosa para ele.

– Você não devia ter ficado sozinha aqui um mês – disse ele. – De jeito nenhum! É o meu primeiro fracasso, justamente quando eu não queria fracassar. Mas não achei que você estivesse pronta para se demitir. Se eu soubesse, teria vigiado você dia e noite.

– É mesmo? Para quê?

– Para você não ter que passar por tudo isso – respondeu ele, apontando para as coisas que ela havia feito.

– Francisco – disse ela, em voz baixa –, se você está preocupado com minha tortura, saiba que não quero falar nisso, porque... – Parou. Nunca se queixara para ele em todos aqueles anos. Com uma voz despida de emoção, disse apenas: – ... porque eu não quero ouvir.

– Porque sou o único homem que não tem o direito de falar nisso? Dagny, se você pensa que eu não sei quanto a magoei, vou lhe falar sobre os anos em que... Mas tudo terminou. Ah, querida, tudo terminou!

– É mesmo?

– Perdoe-me. Não posso dizer isso antes que você mesma o diga. – Ele estava tentando controlar a voz, mas a expressão de felicidade em seu rosto estava além de qualquer controle.

– Está feliz porque perdi tudo aquilo que era a razão de minha existência? Está bem, vou dizer o que você veio me ouvir dizer: você foi a primeira coisa que perdi. Agora acha graça de ver que perdi todo o restante?

Com os olhos apertados, D'Anconia a encarou com uma expressão de honestidade tão intensa que seu olhar era quase uma ameaça, e ela percebeu que, fosse qual fosse o significado de todos aqueles anos para ele, ela não tinha o direito de dizer que ele achava graça.

– Você realmente acha isso? – perguntou ele.

Ela sussurrou:

– Não...

– Dagny, jamais podemos perder as coisas que são o motivo de nossa existência. Podemos às vezes ter que alterar sua forma, se fazemos algo de errado, mas o objetivo permanece o mesmo, e cabe a nós escolher a forma.

– É isso que estou dizendo a mim mesma há um mês. Mas não tenho mais como chegar a nenhum objetivo.

Ele não respondeu. Sentou-se numa pedra ao lado da porta da cabana, olhando para ela como se não quisesse perder a mais leve nuance de expressão de seu rosto.

– O que você acha agora dos homens que largaram tudo e desapareceram? – perguntou ele.

Ela deu de ombros, com um leve sorriso triste de impotência, e sentou-se no chão ao lado dele.

– Sabe, eu achava que existia um destruidor que vinha buscá-los e os fazia largar tudo – disse ela. – Mas agora acho que isso não é verdade. Nessas últimas semanas, houve momentos em que quase desejei que ele viesse me buscar também. Mas não veio ninguém.

– Não?

– Não. Eu imaginava que ele apresentasse um argumento irrefutável que fazia com que eles traíssem tudo o que amavam. Mas isso não é necessário. Agora sei como eles se sentiam. Não posso mais culpá-los por nada. O que não sei é como foi que eles aprenderam a continuar a viver depois, se é que algum deles ainda está vivo.

– Você acha que traiu a Taggart Transcontinental?

– Não. Eu... acho que a teria traído se tivesse permanecido no meu cargo.

– E com razão.

– Se eu tivesse resolvido servir os saqueadores, seria... seria como trair Nat Taggart. Isso eu não podia fazer. Não podia deixar que as realizações dele e as minhas culminassem nos saqueadores.

– Certo. E você acha que isso é indiferença? Acha que ama menos a ferrovia que um mês atrás?

– Acho que daria minha vida para poder trabalhar nela só mais um ano... Mas não posso voltar.

– Então você sabe como eles se sentiram, todos os homens que largaram tudo, e o que eles amavam quando desistiram.

– Francisco – disse ela, de cabeça baixa, sem olhar para ele –, por que você me perguntou se eu poderia ter largado tudo há 12 anos?

– Você não sabe sobre que noite estou pensando, exatamente como você?

– Sei... – respondeu ela.

– Foi naquela noite que abandonei a D'Anconia.

Lentamente, com um esforço prolongado, Dagny levantou a cabeça para encará-lo. O rosto dele exibia a mesma expressão da manhã após aquela noite, 12 anos antes: uma espécie de sorriso, embora na verdade ele não sorrisse, de quem derrotou a dor, de quem se orgulha do preço que pagou e daquilo que ganhou com essa vitória.

– Mas você não a abandonou – disse ela. – Não largou tudo. Você continua a ser o presidente da Cobre D'Anconia, só que agora a companhia não representa mais nada para você.

– Representa tanto para mim agora quanto representava naquela noite.

– Então por que permitiu que fosse arruinada?

– Dagny, você teve mais sorte que eu. A Taggart Transcontinental é um delicado mecanismo de precisão. Ele não pode durar muito tempo sem você. Não funciona com o trabalho escravo. Eles vão lhe fazer o favor de destruir a ferrovia para você, e assim não terá de vê-la servindo os saqueadores. Porém a extração do minério é coisa mais simples. A D'Anconia poderia durar por muitas gerações de saqueadores e escravos, sobrevivendo mal e porcamente, mas de qualquer forma ajudando os saqueadores a se perpetuarem. Fui obrigado a destruí-la eu mesmo.

– O quê?

– Estou destruindo a D'Anconia conscientemente, de maneira deliberada, seguindo um plano que eu próprio elaborei. Tive que planejar com cuidado, me esmerando tanto quanto se estivesse ganhando uma fortuna, para que eles não percebessem e me impedissem de fazê-lo, para só deixá-los se apossar das minas quando fosse tarde demais. Todo o esforço e energia que pretendia dedicar à companhia estão sendo empregados nela, mas... mas não para fazê-la crescer. Vou destruí-la completamente e gastar até o último centavo de minha fortuna, acabar com todo o cobre que poderia ser usado pelos saqueadores. Vou deixar a companhia não tal como a encontrei, e sim como Sebastián d'Anconia a encontrou, e eles que tentem existir sem ele e sem mim!

– Francisco! – exclamou ela. – Como você pôde fazer uma coisa dessas?

– Por força do mesmo amor que você sente – respondeu ele, tranquilo –, o meu amor pela Cobre D'Anconia, por tudo aquilo que ela representava. E que um dia voltará a representar.

Dagny permaneceu imóvel, tentando apreender todas as implicações daquilo que, no momento, para ela era um choque arrasador. Naquele silêncio, a sinfonia do rádio prosseguia, e o ritmo dos acordes a atingia como se fossem passos lentos e solenes, enquanto ela se esforçava para ver de repente toda a sequência daqueles 12 anos: aquele rapaz angustiado que buscou conforto em seu peito; o homem sentado no chão de uma sala, jogando bolas de gude e rindo da destruição de grandes indústrias; o homem que exclamou "meu amor, não posso!", mas que, ao mesmo tempo, se recusou a ajudá-la; o homem que, no reservado de um bar, fez um brinde aos anos que Sebastián d'Anconia tivera que esperar...

– Francisco... de todas as hipóteses que elaborei sobre você... essa nunca me passou pela cabeça... jamais imaginei que você fosse um dos homens que abandonaram tudo...

– Fui um dos primeiros.

– Eu achava que eles sempre desapareciam...

– E não foi isso que fiz? O pior do que fiz não foi justamente o que fiz com você? Me apresentar a você como um playboy barato que não era o Francisco d'Anconia que você conhecia?

– É... – sussurrou ela –, e o pior de tudo é que eu não conseguia acreditar... nunca consegui... Era Francisco d'Anconia que eu tentava ver cada vez que via você...

– Eu sei. E sei o que isso representou para você. Tentei ajudá-la a entender, mas ainda era cedo. Querida, se eu lhe tivesse explicado tudo – naquela noite ou no dia em que você veio para me acusar da destruição das minas de San Sebastián –, que eu não era um parasita sem objetivo, porém estava decidido a destruir tudo aquilo que fora sagrado para nós dois, a Cobre D'Anconia, a Taggart Transcontinental, a Petróleo Wyatt, a Siderúrgica Rearden, teria sido mais fácil suportar tudo?

– Mais difícil ainda – murmurou ela. – Nem sei se mesmo agora posso suportá-lo. Nem o seu tipo de renúncia nem o meu... Mas, Francisco – e Dagny jogou a cabeça para trás de repente, para levantar o olhar para ele –, se era esse o seu segredo, então, de todas as torturas que você sofreu, eu fui...

– É claro, querida, *você* foi a pior de todas! – Foi um grito de desespero. O riso e o desabafo contidos naquela frase confessavam toda a agonia de que ele queria se livrar. D'Anconia agarrou a mão dela, levou-a aos lábios, depois ao rosto, para que ela não visse nele um reflexo do que aqueles anos haviam representado para ele. – Se é que isto serve de reparação, e não serve... por mais que eu a tenha feito sofrer, foi este o preço que paguei... saber o que eu estava fazendo com você, e ter de fazê-lo assim mesmo... e esperar, esperar para... Mas agora tudo terminou.

D'Anconia levantou a cabeça, sorridente, e olhou para Dagny. Ela viu que o olhar de ternura protetora reaparecia em seu rosto, revelando o desespero que via no rosto dela.

– Dagny, não pense nisso. Não vou tentar usar meu sofrimento como desculpa para meus atos. Quaisquer que fossem minhas razões, eu sabia o que estava fazendo e a magoei terrivelmente. Levarei anos para reparar isso. Esqueça o que... – Ela sabia a que ele se referia: ao que seu abraço havia expressado. – ... o que eu não disse. De todas as coisas que tenho a lhe dizer, esta será a última. – Porém seus olhos, seu sorriso, o toque de seus dedos sobre o pulso de Dagny estavam lhe dizendo exatamente isso, contra sua vontade. – Você suportou coisas demais e terá de entender muita coisa a fim de perder as cicatrizes das torturas que jamais deveria ter sofrido. A única coisa que importa agora é que você está livre para se recuperar. Estamos livres, nós dois, livres dos saqueadores, fora do alcance deles.

Com uma voz desolada, Dagny disse então:

– Foi para isto que vim para cá: tentar entender. Mas não consigo. Me parece uma coisa monstruosa ter que entregar todo o mundo aos saqueadores e monstruoso viver sob o domínio deles. Não posso nem abandonar tudo nem voltar atrás. Não posso nem existir sem trabalhar, nem trabalhar como escrava. Sempre achei que todas as formas de lutar eram válidas – todas, menos a renúncia. Não sei se fizemos bem em largar tudo, eu e você, em vez de lutar contra eles. Mas não há como lutar. Se abandonamos tudo, estamos nos rendendo; se ficamos, também é uma rendição. Não sei mais o que é certo.

– Verifique suas premissas, Dagny. As contradições não existem.

– Mas não consigo encontrar nenhuma resposta. Não posso condená-lo pelo que você está fazendo, mas não posso deixar de sentir horror e admiração ao mesmo tempo. Você, herdeiro dos D'Anconia, que poderia ter superado todos os seus ancestrais que produziram miraculosamente, está usando sua capacidade inigualável para a destruição. E eu estou brincando com pedrinhas e telhados, enquanto uma rede ferroviária transcontinental está desmoronando nas mãos de lacaios de nascença. No entanto, nós dois éramos a espécie de gente que determina o destino do mundo. Se deixamos as coisas chegarem a isto, então a culpa deve ser nossa. Mas não consigo ver onde foi que erramos.

– É verdade, Dagny, a culpa foi nossa mesmo.

– Porque não trabalhamos o bastante?

– Porque trabalhamos demais... e cobramos muito pouco.

– Como assim?

– Jamais exigimos do mundo o único pagamento que ele nos devia e deixamos que nossa melhor recompensa fosse para os piores homens. O erro foi cometido há séculos, por Sebastián d'Anconia, Nat Taggart, por todos aqueles que alimentaram o mundo e não receberam nenhum reconhecimento em troca. Você não sabe mais o que é direito? Dagny, não estamos lutando por bens materiais. É uma crise moral, a maior que o mundo já enfrentou, e a última. Nossa época é o clímax de séculos de erro. Precisamos pôr fim a isso, de uma vez por todas, ou então perecer – nós, os que vivemos da inteligência. Foi culpa nossa. Produzimos a riqueza do mundo, mas deixamos que nossos inimigos elaborassem seu código moral.

– Mas nunca aceitamos o código deles. Vivemos segundo nossos próprios padrões.

– Sim... e pagamos resgates por isso! Resgates materiais e espirituais, sob a forma do dinheiro que nossos inimigos recebiam sem merecê-lo e da honra que nós é que merecíamos, mas não recebíamos. Foi esta a nossa culpa: o fato de estarmos dispostos a pagar. Nós mantivemos a humanidade viva e, no entanto, permitimos que os homens nos desprezassem e venerassem nossos destruidores. Permitimos que eles reverenciassem a incompetência e a brutalidade, os que recebiam o que não mereciam e davam o imerecido. Ao aceitar o castigo não por nossas faltas, mas por nossas virtudes, traímos nosso código e tornamos o deles possível. Dagny, a moralidade deles é a dos sequestradores. Eles utilizam como refém seu amor à virtude. Sabem que você é capaz de suportar qualquer coisa para poder trabalhar e produzir, porque acha que a realização é o objetivo moral mais elevado do homem, que sem ele o indivíduo não pode viver, e seu amor à virtude é seu amor à vida. Sabem que você está disposta a assumir qualquer fardo, que você acha que nenhum esforço é grande demais quando se está servindo o ideal que se ama. Dagny, seus inimigos a estão destruindo por meio do seu próprio poder. Sua generosidade e sua capacidade de resistir são as únicas armas de que eles dispõem. Sua retidão jamais reconhecida é a única fonte do poder deles. Sabem disso. Você não sabe. A possibilidade de você entender isso é o que mais temem. Precisa aprender a entendê-los. Só então se libertará deles. Mas, nesse dia, vai sentir uma indignação moral tamanha que vai preferir arrebentar todos os trilhos da Taggart a permitir que a rede sirva a tais homens!

– Mas entregar tudo a eles! – exclamou ela. – Abandonar... abandonar a Taggart, que... que é... é quase um ser humano para mim...

– Era. Não é mais. Deixe-a para eles. Não lhes vai ser de nenhuma utilidade. Abra mão dela. Não precisamos dela. Podemos reconstruí-la. Eles, não. Podemos sobreviver sem ela. Eles, não.

– Mas *nós*... obrigados a renunciar a tudo isso!

– Dagny, nós, a quem os assassinos do espírito humano chamam de "materialistas", somos os únicos que sabemos como é pequeno o valor dos objetos materiais enquanto tais, porque somos nós que lhes emprestamos valor e significado: podemos nos permitir abrir mão deles, por algum tempo, para redimir algo muito mais precioso. Nós somos a alma; as ferrovias, as minas de cobre e os poços de petróleo são o corpo – as entidades vivas que funcionam dia e noite, como nossos corações, cumprindo a tarefa sagrada de sustentar a vida humana, porém somente enquanto forem a manifestação, a recompensa e a propriedade da realização humana. Sem nós, são como cadáveres, e só produzem veneno, em vez de riquezas e alimentos, o veneno da desintegração que transforma os homens em bandos de comedores de carniça. Dagny, aprenda a entender a natureza de seu próprio poder que irá compreender o paradoxo que agora vê à sua volta. *Você* não depende de nenhuma posse material, elas é que dependem de você. É você quem as cria, você possui a única ferramenta que produz. Seja você o que for, sempre poderá produzir. Mas os saqueadores, segundo a teoria que eles próprios afirmam, estão sempre em estado de necessidade desesperada e congênita, sempre à mercê da matéria cega. Por que não cobra deles o que eles próprios dizem? Eles precisam de ferrovias, fábricas, minas e motores que não sabem fazer nem administrar. De que lhes adianta a sua ferrovia sem você? Quem é que a mantinha em funcionamento? Quem a mantinha viva? Quem a salvou tantas vezes? Foi seu irmão James? Quem o alimentava? Quem alimentava os saqueadores? Quem produzia as armas deles? Quem lhes dava os meios de escravizar você? Quem tornou possível o espetáculo absurdo daqueles incompetentes ridículos controlando o que fora produzido por gênios? Quem sustentou seus inimigos, quem forjou as cadeias que agora a prendem, quem destruiu o que você realizou?

O movimento que a fez se levantar foi como um grito mudo. Ele se pôs de pé de súbito, como uma mola liberada, e sua voz insistiu, com um toque de triunfo implacável:

– Você está começando a entender, não é? Dagny! Deixe para eles os restos mortais daquela ferrovia, os trilhos enferrujados, os dormentes podres, as locomotivas estragadas, mas não a sua mente! Não entregue a eles sua mente! O destino do mundo depende dessa decisão!

– Senhoras e senhores – disse a voz apavorada de um locutor de rádio, substituindo a sinfonia –, interrompemos este programa para lhes dar um boletim de notícias especial. O maior desastre ferroviário da história ocorreu na madrugada de hoje na linha principal da Taggart Transcontinental, em Winston, Colorado, resultando na destruição do famoso Túnel Taggart!

O grito de Dagny foi como os gritos que soaram no último momento na escuridão do túnel. Ele não esqueceu aquele som durante todo o noticiário, depois que os dois correram para junto do rádio dentro da cabana e ficaram, aterrorizados, ela olhando para o rádio, ele olhando para o rosto dela.

– Os detalhes foram fornecidos por Luke Beal, foguista do Cometa Taggart, o principal trem de luxo da rede, que foi encontrado desacordado na entrada oeste do túnel hoje de manhã e que aparentemente é o único sobrevivente da catástrofe. Como consequência de uma espantosa violação das regras de segurança, em circunstâncias ainda não inteiramente esclarecidas, o Cometa, que ia em direção a São Francisco, entrou no túnel movido por uma locomotiva a vapor, a carvão. O Túnel Taggart, uma estrutura de 12 quilômetros de extensão que atravessava o ponto mais elevado das montanhas Rochosas e era considerado uma obra de engenharia sem rival em nossa época, foi construído pelo neto de Nathaniel Taggart, na grande era das locomotivas a diesel, que não soltam fumaça. O sistema de ventilação do túnel não foi feito para dar vazão à fumaça espessa produzida pelas velhas locomotivas a vapor e todos os empregados da ferrovia naquele distrito sabiam que enviar um trem puxado por uma locomotiva a vapor para dentro do túnel seria morte certa, por asfixia, de todas as pessoas dentro dele. Não obstante, foi o que aconteceu. De acordo com Beal, o foguista, os efeitos da fumaça começaram a ser sentidos quando o trem já havia avançado cinco quilômetros dentro do túnel. O maquinista, Joseph Scott, numa tentativa desesperada, tentou dar toda a velocidade, mas a locomotiva velha e gasta não pôde arcar com o peso da longa composição e o aclive dos trilhos. Em meio à fumaça cada vez mais espessa, o maquinista e o foguista tentaram atingir uma velocidade de 60 quilômetros por hora, embora as caldeiras estivessem vazando, quando algum passageiro, certamente em pânico, puxou o freio de emergência. O solavanco súbito aparentemente partiu a mangueira de ar, porque não foi possível fazer a locomotiva andar de novo. Ouviam-se gritos vindos dos vagões. Os passageiros começaram a quebrar as janelas. O maquinista tentou desesperadamente fazer a locomotiva partir, mas acabou sucumbindo à fumaça que o sufocava. O foguista pulou fora e correu. Já podia ver a saída do túnel quando ouviu a explosão, que foi a última coisa de que ele se lembra. Os outros fatos nos foram relatados pelos funcionários da ferrovia na estação de Winston. Pelo que se pôde concluir, um trem do Exército que também ia para oeste, carregado de explosivos, não havia sido avisado da presença do Cometa na mesma linha, pouca distância à sua frente. Ambos os trens estavam atrasados e, portanto, trafegavam fora do horário previsto. Aparentemente, o do Exército estava autorizado a avançar sem obedecer aos sinais, porque o sistema de sinalização do túnel estava com defeito. Fomos informados de que, apesar dos regulamentos referentes ao limite de velocidade, em razão das frequentes panes do sistema de ventilação era costume de todos os maquinistas atravessar o túnel a toda velocidade. Pelo que se sabe no momento, o Cometa estava parado logo depois de uma curva fechada. Acredita-se que todos os passageiros já estavam mortos no momento da colisão. É pouco provável que o maquinista do trem do Exército, que fazia a curva a 130 quilômetros por hora, fosse capaz de ver, a tempo de parar, o último vagão do Cometa, que estava iluminado quando saiu de Winston. O que se sabe é que o trem do Exército bateu em cheio no Cometa. A explosão do carregamento do trem militar quebrou as janelas de uma casa situada numa fazenda a oito quilômetros dali e fez desabar tamanha quantidade de pedras dentro do túnel que as equipes de salvamento ainda não conseguiram chegar sequer a uma distância de quatro quilômetros dos dois trens. Não deve haver sobreviventes, e não parece que seja possível reconstruir o túnel.

    Dagny estava imóvel. Era como se estivesse vendo não a cabana em que estava, e sim a cena da catástrofe no Colorado. Quando se mexeu de repente, foi como uma convulsão. Com a racionalidade de um sonâmbulo, correu até sua bolsa, como se fosse o único objeto que existia no mundo, agarrou-a, se virou para a porta e saiu correndo.

    – Dagny! – gritou D'Anconia. – Não volte!

    O grito foi tão inútil quanto seria se ela estivesse nas montanhas do Colorado.

Ele correu atrás dela e a agarrou pelos cotovelos, gritando:

– Não volte, Dagny! Em nome de tudo o que lhe é mais sagrado, não volte!

Ela parecia não reconhecê-lo. Se ele usasse toda a sua força, poderia ter quebrado os braços dela sem esforço. Porém, com a força de uma criatura que luta por sua sobrevivência, Dagny escapou de suas mãos com tanta violência que ele perdeu o equilíbrio por um instante. Quando D'Anconia o recuperou, ela já estava descendo a encosta correndo – correndo como ele correra ao soar o alarme na siderúrgica de Rearden –, correndo em direção a seu carro lá embaixo, na estrada.

◄◄◄

Seu pedido de demissão estava na mesa à sua frente, e James Taggart ficou olhando para ele, as costas recurvadas de ódio. Era como se o seu inimigo fosse aquele papel, não as palavras escritas nele, porém o papel em si e a tinta que haviam dado forma concreta às palavras. Taggart sempre considerara os pensamentos e as palavras coisas inconclusivas, porém as formas materiais eram aquilo que ele passara toda a sua vida tentando evitar: um compromisso.

Ele não resolvera pedir demissão – *Não exatamente*, pensou. Apenas ditara aquela carta por um motivo que só identificava pela expressão "para qualquer eventualidade". A carta, julgava ele, era uma forma de proteção, mas ele ainda não a assinara, o que era uma forma de se proteger da proteção. O ódio era dirigido a tudo aquilo que o levava a concluir que não lhe seria possível continuar prolongando esta situação por muito mais tempo.

Fora informado da catástrofe às oito da manhã. Ao meio-dia, chegou ao escritório. Um instinto cuja origem ele conhecia, mas se empenhava ao máximo para não saber, lhe dissera que desta vez ele precisava estar presente.

Os homens que haviam sido suas cartas marcadas, naquele jogo que ele sabia jogar, tinham fugido. Clifton Locey estava protegido por um atestado médico segundo o qual ele tinha problemas cardíacos que o proibiam de ser incomodado. Um dos assistentes executivos de Taggart, conforme lhe informaram, havia partido para Boston na noite anterior, e o outro fora inesperadamente obrigado a ir visitar, num hospital não identificado, o pai que ninguém jamais soubera que ele tinha. Na casa do engenheiro-chefe, ninguém atendia o telefone. Era impossível encontrar o vice-presidente encarregado de relações públicas.

No carro, em direção ao escritório, Taggart vira as letras garrafais das manchetes. Andando pelos corredores da companhia, ouvira, vindo de um rádio na sala de alguém, o tipo de voz que se costuma ouvir em esquinas escuras, pedindo, aos gritos, a nacionalização das ferrovias.

Caminhara pelos corredores com passos ruidosos, para que todos o vissem, e apressados, no intuito de que ninguém o parasse e fizesse perguntas. Havia trancado a porta de sua sala, instruindo o secretário no sentido de não deixar que ninguém entrasse nem falasse com ele ao telefone.

Então sentou-se à sua mesa, sozinho, apavorado. Sentia-se preso num cofre subterrâneo cuja fechadura ninguém pudesse abrir – como se toda a cidade o visse ali e ele rezasse para que ninguém jamais pudesse abrir aquela fechadura, por toda a eternidade. Ele tinha que ficar ali, naquele escritório, conforme exigiam dele, ficar sentado ali sem fazer nada e esperar – esperar pelo desconhecido que desabaria sobre ele e determinaria seus atos –, e o terror que sentia era causado ao mesmo tempo pela perspectiva de que alguém viria e pelo fato de que ninguém vinha, ninguém que lhe dissesse o que fazer.

Os telefones tocavam na antessala sem parar, como vozes gritando por socorro. Olhou para a porta com uma sensação de triunfo maligno, pensando em todas aquelas vozes que eram derrotadas pela figura inócua de seu secretário, um rapaz que nada sabia fazer além de dominar a arte da evasão, que exercia com a lassidão cinzenta e flácida dos amorais. *As vozes*, pensou Taggart, *vêm do Colorado, de todos os cantos da Rede Taggart, de todas as salas do edifício em que ele estava.* Enquanto ele não tivesse que ouvi-las, estaria protegido.

Suas emoções haviam se aglutinado numa bola imóvel, sólida e opaca dentro dele, que não podia ser perfurada pelos pensamentos dos homens que trabalhavam na Rede Taggart. Aqueles homens eram apenas inimigos a serem despistados. O medo pior vinha quando ele pensava nos membros da diretoria, porém sua carta de demissão era sua saída de emergência, que deixaria a bomba estourar nas mãos deles. Mas havia um medo ainda maior: os homens de Washington. Se eles ligassem, teria de atender. Seu secretário imprestável sabia que aquelas vozes podiam contornar qualquer ordem sua. Mas ninguém telefonou de Washington.

De vez em quando, o medo lhe percorria o corpo em espasmos, deixando sua boca seca. Ele não sabia de que tinha medo. Sabia que não era da ameaça do homem que ouvira esbravejando no rádio. O que aquela voz lhe proporcionara fora mais um terror que sentira por obrigação, um terror *pro forma,* algo que fazia parte das atribuições de seu cargo, como bons ternos e discursos em almoços. No entanto, por trás daquele terror ele sentira uma pequena esperança esquiva, rápida e furtiva como uma barata: se aquele medo se concretizasse, resolveria tudo. Ele não teria que tomar decisões, nem assinar a carta... ele não seria mais o presidente da Taggart Transcontinental, nem ele nem ninguém.

Permanecia sentado, olhando para a mesa, mantendo a vista e a mente fora de foco. Era como se estivesse imerso num lago de neblina, esforçando-se para que nada de definido tomasse forma. Tudo aquilo que existe possui uma identidade; ele podia impedir que uma coisa existisse recusando-se a identificá-la.

Taggart não analisava o que acontecera no Colorado, nem tentava descobrir a causa, nem prever as consequências. Não pensava. A bola aglutinada de emoções era como um peso físico em seu peito, que enchia sua consciência, liberando-o da responsabilidade de pensar. Aquela bola era ódio – o ódio como sua única resposta, única realidade, ódio sem objeto, causa, início nem fim, ódio como sua afirmação perante o universo, sua justificativa, seu direito. Ódio absoluto.

Os telefones continuavam a berrar no meio do silêncio. Sabia que aqueles pedidos de socorro não se dirigiam a ele, e sim a uma entidade cuja forma havia roubado. Era essa forma que agora os gritos dos telefones estavam arrancando dele. Taggart tinha a impressão de que não eram ruídos, e sim uma sucessão de golpes contra seu crânio. O objeto daquele ódio começou a tomar forma, como se as campainhas o houvessem invocado. A bola sólida explodiu dentro dele e o impeliu à ação cega.

Ele correu para fora da sala, desafiando todos os rostos ao seu redor, desceu os corredores rapidamente e entrou na antessala do escritório do vice-presidente de operações.

A porta do escritório estava aberta: ele viu o céu através das grandes janelas atrás da secretária vazia. Então viu os empregados na antessala à sua volta, e a cabeça loura de Eddie Willers no cubículo de vidro. Andou com passos decididos em sua direção, escancarou a porta de vidro e, sem entrar, para que todos ouvissem e vissem, gritou:

– Onde ela está?

Eddie Willers se pôs de pé lentamente e ficou olhando para Taggart com uma estranha espécie de curiosidade obrigatória, como se aquilo fosse mais um fenômeno a observar em meio a tantas coisas jamais vistas antes. Não respondeu.

– Onde ela está?

– Não posso lhe dizer.

– Escute, seu pirralho teimoso, não é hora de formalidades! Se está querendo me dizer que não sabe onde ela está, não pense que vou acreditar. Você sabe e vai me dizer, senão eu entrego você ao Conselho de Unificação. Vou jurar para eles que você sabe onde ela está, e quero ver você provar que não sabe!

Havia um leve toque de surpresa na voz de Eddie:

– Jamais tentei dar a entender que não sei onde ela está, Jim. Eu sei. Mas não vou lhe dizer.

A voz de Taggart soou histérica e impotente, confessando seu erro de cálculo:

– Você tem consciência do que está dizendo?

– Ora, claro que tenho.

– Você repete o que disse – e Taggart com um gesto indicou as pessoas na sala – na frente destas testemunhas?

Eddie levantou um pouco a voz, para fins de clareza e precisão:

– Eu sei onde ela está. Mas não vou lhe dizer.

– Você confessa que é cúmplice de uma desertora?

– Se é assim que você quer colocar as coisas...

– Mas é um crime! Um crime contra a nação. Você não sabe?

– Não.

– É contra a lei.

– É.

– Estamos numa emergência nacional! Você não tem o direito de guardar segredos! Está ocultando uma informação vital! Eu sou o presidente desta ferrovia! Ordeno-lhe que me diga! Você não pode se recusar a obedecer a uma ordem! É um crime passível de punição! Você entende?

– Entendo.

– E se recusa a me dizer?

– Sim.

Anos de prática tornaram Taggart capaz de observar todos ao seu redor sem que ninguém percebesse. Ele viu os rostos tensos e fechados

dos funcionários, rostos que não lhe eram simpáticos. Em todos havia uma expressão de desespero, menos no de Willers. O "servo feudal" da companhia era o único que parecia não ter sido afetado pelo desastre. Ele encarava Taggart com o olhar consciencioso, porém inerte, do estudioso que encara um campo do saber que nunca lhe interessou estudar.

– Você tem consciência de que é um traidor? – gritou Taggart.

– Em relação a quem? – perguntou Willers, em voz baixa.

– Ao povo! É traição proteger um desertor! É traição econômica! Seu dever de alimentar o povo vem em primeiro lugar, antes de qualquer outra coisa! Todas as autoridades dizem isso! Você não sabe? Não sabe o que vão fazer com você?

– Será que você não vê que estou me lixando para isso?

– Ah, é? Vou dizer isso ao Conselho de Unificação! Tenho todas estas testemunhas para provar que você disse que...

– Não se preocupe com isso, Jim. Não incomode ninguém. Eu escrevo tudo o que disse, assino e você pode levar para o Conselho.

A explosão súbita da voz de Taggart era como se ele houvesse levado um tapa:

– Quem é *você* para desafiar o governo? Quem é você, seu miserável rato de escritório, para julgar as políticas nacionais e ter opiniões próprias? Acha que a nação tem tempo para se importar com suas opiniões, seus desejos, sua preciosa consciência? Você vai aprender uma lição – todos vocês! Seus funcionariozinhos mimados, acomodados, indisciplinados de meia-tigela, vocês que vêm com essa história de direitos como se estivessem falando sério! Vocês vão ver que não estamos mais no tempo de Nat Taggart!

Willers não disse nada. Por um momento, ficaram a se encarar, separados apenas pela mesa. O rosto de Taggart estava desfigurado de terror; o de Willers permanecia sereno e sério. Taggart tinha que acreditar na existência de um Willers, mas Willers não conseguia acreditar na existência de um Taggart.

– Você acha que a nação está ligando para suas vontades, ou as de Dagny? – gritou Taggart. – É obrigação dela voltar! É obrigação dela trabalhar! Que diferença faz se ela quer ou não trabalhar? Nós *precisamos* dela!

– Você precisa dela, Jim?

Um impulso de autopreservação fez com que Taggart desse um passo atrás ao ouvir aquele tom de voz, um tom muito tranquilo. Mas Willers não fez menção de sair do lugar. Permaneceu em pé atrás de sua mesa, como se indicando qual era a tradição civilizada dos escritórios.

– Você não vai achá-la – disse ele. – Ela não vai voltar. Ainda bem. Você pode morrer de fome, pode fechar a ferrovia, pode me prender, pode mandar me matar – de que adianta? Não vou dizer onde ela está. Mesmo que o país todo caia aos pedaços, eu não digo. Você não vai encontrá-la. Você...

Todos se viraram quando a porta se abriu de repente. Dagny estava chegando.

Trajava um vestido de algodão amarrotado e estava descabelada, por estar dirigindo há horas. Parou o suficiente para dirigir um olhar ao redor, como se para reconhecer o lugar, porém seus olhos não exprimiam nenhum reconhecimento de pessoas. Simplesmente olhou para a sala, como se fizesse rapidamente um inventário dos objetos físicos ali presentes. Seu rosto não era aquele de que os outros se lembravam. Envelhecera, não por estar enrugado, mas por ter adquirido um olhar nu e imóvel, despido de toda e qualquer qualidade que não uma rispidez implacável.

Porém a primeira reação geral, antes mesmo do espanto, foi uma emoção única que percorreu a sala como um suspiro de alívio. Todos os rostos a manifestaram, menos um: Willers, que no momento anterior era o único a manter a calma, agora caiu de cara sobre a mesa. Não se ouvia nenhum som, mas, pelos movimentos de seus ombros, via-se que ele estava chorando.

O rosto de Dagny não dirigiu nenhum sinal de reconhecimento a ninguém. Ela não cumprimentou ninguém, como se sua presença ali fosse inevitável e não fosse necessário dizer nada. Caminhou em direção à porta de sua sala e, ao passar pela mesa de sua secretária, disse, com uma voz impessoal, nem indelicada nem cortês:

– Diga a Eddie que entre.

James Taggart foi o primeiro a agir, como se tivesse medo de perdê-la de vista. Entrou correndo atrás dela, gritando:

– Não pude fazer nada! – Depois, quando voltou ao normal, ao seu normal, acrescentou: – Foi culpa *sua*! Sua! Você é a responsável! Porque você foi embora!

Taggart ficou pensando que talvez seu grito tivesse sido uma ilusão. O rosto dela permaneceu absolutamente sem expressão. No entanto, Dagny se virara para ele. Ela dava a nítida impressão de ter ouvido sons, mas não palavras dotadas de significado. Por um momento, o que ele sentiu foi algo assim como a consciência de sua própria inexistência.

Então Taggart viu uma leve alteração no rosto dela, apenas o reconhecimento de uma presença humana, mas ela estava olhando para alguém que estava atrás dele. Ele se virou e viu que Willers tinha entrado também.

Havia sinais de lágrimas nos olhos de Willers, mas ele não tentou escondê-las. Ele a encarou, como se qualquer sentimento de vergonha ou desculpas pelas lágrimas fossem tão irrelevantes para ele quanto para ela.

Dagny disse:
– Ligue para Ryan. Diga-lhe que estou aqui, depois quero falar com ele.
– Ryan era o administrador-geral da região central.

Willers, não respondendo imediatamente, avisou-a do que a esperava e depois disse, num tom de voz tão impessoal quanto o dela:
– Ryan pediu demissão semana passada, Dagny.

Os dois não perceberam a presença de Taggart, como se ele fosse mais uma peça do mobiliário. Ela não se dera nem mesmo ao trabalho de expulsá-lo de sua sala. Como um paralítico, sem saber se seus músculos iriam lhe obedecer, Taggart reuniu suas forças e saiu. Porém sabia qual era a primeira coisa que tinha que fazer: foi depressa para sua sala e destruiu o pedido de demissão.

Dagny nem percebeu sua saída; estava olhando para Willers.
– Knowland está aqui?
– Não. Foi embora.
– Andrews?
– Foi embora.
– McGuire?
– Foi embora.

E Willers foi logo dando os nomes daqueles que, ele sabia, ela ia mencionar, os mais necessários naquela hora, que haviam se demitido e desaparecido naquele mês. Ela ouvia sem espanto nem qualquer outra emoção, como quem ouve a lista de baixas numa batalha em que todos estão fadados a morrer e não faz diferença que este ou aquele morra primeiro.

Quando ele terminou, Dagny não fez nenhum comentário, porém perguntou:
– O que já foi feito hoje?
– Nada.
– Nada?

– Dagny, se algum boy tivesse dado alguma ordem aqui hoje, todo mundo teria obedecido. Mas até mesmo os boys sabem que a primeira pessoa a tomar qualquer iniciativa, hoje, vai assumir a responsabilidade pelo futuro, pelo presente e pelo passado, quando todo mundo começar a tirar o corpo fora. Quem fizesse alguma coisa não salvaria a rede, mas apenas perderia o emprego quando conseguisse salvar a primeira divisão. Ninguém fez nada. Está tudo parado. O que está se movendo, sabe-se lá onde está – ninguém sabe se é para ir em frente ou não. Há trens em estações, outros em movimento, esperando a ordem de parar antes que cheguem ao Colorado. Quem está tomando as decisões são os despachantes locais. O administrador aqui do terminal cancelou todos os trens transcontinentais de hoje, entre os quais o Cometa que sairia esta noite. Não sei o que o administrador de São Francisco está fazendo. Só as equipes de salvamento estão trabalhando. No túnel. Ainda estão longe do local do acidente. Acho que nunca vão chegar lá.

– Ligue para o administrador do terminal e diga a ele que libere todos os trens transcontinentais, nos horários originais, incluindo o Cometa de hoje à noite. Depois volte aqui.

Quando Willers voltou, Dagny estava debruçada sobre os mapas que havia espalhado na mesa. Enquanto ela falava, ele tomava notas:

– Desvie todos os trens que seguem rumo a oeste para o sul, a partir de Kirby, Nebraska, pelo ramal de Hastings, depois pela ferrovia da Ocidental de Kansas até Laurel, Kansas, depois pegando a pista da Sul-Atlântica até Flagstaff, Arizona, depois para o norte pela pista da Flagstaff-Homedale até Elgin, Utah, mais para o norte até Midland, para noroeste pela Ferrovia Wasatch até Salt Lake City. A Ferrovia Wasatch está abandonada e é de bitola estreita. Mande comprá-la e mudar de bitola. Se os donos tiverem medo, já que as vendas estão proibidas, pague-lhes o dobro do preço e comece logo a obra. Não há estrada de ferro entre Laurel, Kansas e Jasper, Oklahoma – cinco quilômetros –, nem entre Elgin e Midland, Utah – 10 quilômetros. Mande construir essas linhas. Os trabalhos devem começar imediatamente – contrate todos os homens disponíveis aqui, pague o dobro do salário legal, o triplo, o que pedirem –, com três turnos de serviço, para que tudo esteja pronto amanhã. Para essa obra, mande retirar os trilhos dos desvios de Winston, Colorado; Silver Springs, Colorado; Leeds, Utah; e Benson, Nevada. Se algum lacaio do Conselho de Unificação for interromper as obras, dê autoridade aos nossos homens no local, aqueles em que você confia, para suborná-los. Não mande nada disso para o departamento de contabilidade. Ponha tudo na minha conta, que eu pago. Se em algum caso não der certo, que digam para o tal lacaio que o Decreto 10.289 não prevê intervenções locais, que eles têm que entrar em contato comigo e processar a *mim* se quiserem que paremos de trabalhar.

– Isso é verdade?

– Sei lá! Quem é que sabe? Mas, até que eles descubram e concluam o que quiserem concluir, os trilhos já estarão no lugar.

– Entendi.

– Vou dar uma olhada nas listas e lhe dizer os nomes dos empregados locais que devem atuar, se é que eles ainda estão lá. Quando o Cometa de hoje chegar a Kirby, Nebraska, o trecho já estará pronto. A viagem transcontinental vai ficar 36 horas mais longa, aproximadamente, mas não vai deixar de existir. Depois descubram nos arquivos os antigos mapas da rede como era antes de o neto de Nat Taggart construir o túnel.

– O... quê? – Willers não levantou a voz, mas a pequena pausa para respirar traiu a emoção que ele não queria demonstrar.

O rosto de Dagny não se alterou, mas em sua voz havia um toque sutil de brandura, não de reprovação:

– Os velhos mapas dos tempos anteriores à construção do túnel. Vamos voltar atrás, Eddie. Pelo menos vamos tentar. Não, não vamos reconstruir o túnel. Não há como fazer isso agora. O velho trecho que atravessava as montanhas Rochosas ainda está lá. Podemos refazê-lo. O problema vai ser achar trilhos e homens para trabalhar. Principalmente homens.

Willers sabia, aliás desde o começo, que ela vira suas lágrimas e que não fora indiferente a elas, apesar de sua voz seca e seu rosto sem expressão. Havia algo em Dagny que ele percebia mas não conseguia exprimir. Era como se ela estivesse dizendo: "Eu sei, eu entendo, e sentiria compaixão e gratidão se estivéssemos vivos e tivéssemos liberdade para sentir, mas não, não é, Eddie? Estamos num planeta morto, como a Lua, onde é preciso seguir em frente, mas sem ousar parar e respirar um pouco, para não descobrir que não há ar para respirar."

– Temos hoje e amanhã para dar início às obras – disse ela. – Amanhã à noite vou ao Colorado.

– Se quiser ir de avião, vou ter que alugar um. O seu continua parado, ninguém consegue arranjar peças.

– Não, vou de trem. Preciso ver como estão as linhas. Vou no Cometa de amanhã.

Duas horas depois, numa breve pausa entre dois telefonemas interurbanos, ela de repente fez a Willers a primeira pergunta não relacionada à ferrovia:

– O que fizeram com Hank Rearden?

Willers se deu conta de que estava desviando o olhar, então reprimiu esse pequeno gesto de evasão, se obrigou a encarar o olhar de Dagny e respondeu:

– Ele cedeu. Assinou o Certificado de Doação na última hora.

– Ah! – A interjeição não exprimiu susto nem censura. Era apenas um sinal de pontuação que denotava a aceitação de um fato. – Você tem alguma notícia de Quentin Daniels?

– Não.

– Não mandou nenhuma carta, nenhum recado para mim?

– Não.

Willers adivinhou o que ela temia e se lembrou de algo que ainda não lhe havia dito.

– Dagny, tem mais um problema que tem ocorrido em toda a rede, desde que você foi embora. Desde o 1º de maio. Os trens abandonados.

– O quê?

– Os trens são abandonados nas linhas, nos desvios, longe de tudo, geralmente de noite, e toda a tripulação desaparece. Simplesmente abandonam o trem e somem. Não dão nenhum aviso, nada. É como se os homens fossem subitamente atingidos por uma epidemia e desaparecessem. Está acontecendo em outras redes, também. Ninguém consegue explicar. Mas acho que todo mundo entende. E tudo por causa do tal decreto. É uma forma de protesto. Os homens tentam levar a coisa adiante, até que de repente chegam a um ponto em que não aguentam mais. O que a gente pode fazer? – Deu de ombros. – Ora, quem é John Galt?

Dagny concordou com a cabeça, pensativa, mas não parecia surpresa. O telefone tocou, e a voz da secretária disse:

– O Sr. Wesley Mouch chamando de Washington, Srta. Taggart.

Os lábios de Dagny ficaram um pouco tensos, como se inesperadamente um inseto houvesse encostado neles.

– Deve ser para meu irmão – disse ela.

– Não, ele quer falar com a senhora mesmo.

– Está bem. Passe a ligação.

– Srta. Taggart – disse a voz de Mouch, no tom de um anfitrião numa festa –, fiquei tão satisfeito ao saber que sua saúde está restabelecida que fiz questão de ligar pessoalmente para lhe dar as boas-vindas. Sei que seu estado exigia um longo descanso e admiro o patriotismo que a fez interromper sua licença nesta terrível emergência. Gostaria de deixar claro que pode contar com nossa cooperação em relação a quaisquer medidas que a senhorita considere necessárias. Terá toda a nossa colaboração, nosso apoio e nossa assistência. Se houver necessidade de... de exceções especiais, pode estar certa de que se pode dar um jeito.

Dagny o deixou falar, embora ele fizesse diversas pausas curtas para que ela dissesse alguma coisa. Quando surgiu uma pausa muito longa, ela disse:

– Eu ficaria muito agradecida se o senhor me deixasse falar com o Sr. Weatherby.

– Mas é claro, Srta. Taggart, quando quiser... quer dizer... a senhorita deseja falar com ele agora?

– É. Imediatamente.

Mouch compreendeu e disse:

– Perfeito.

Quando Weatherby atendeu o telefone, sua voz parecia cautelosa:

– Alô, Srta. Taggart? Em que lhe posso ser útil?

– Diga a seu chefe que, se ele não quer que eu desapareça outra vez, não deve jamais me telefonar nem falar comigo. Toda vez que sua gangue quiser entrar em contato comigo, que seja por intermédio do senhor. Com o senhor eu falo, mas não com ele. Pode dizer a ele que é por causa do que fez com Hank Rearden no tempo em que era funcionário dele. Se todo mundo já esqueceu isso, eu *não* esqueci.

– É meu dever auxiliar as ferrovias da nação sempre que necessário, Srta. Taggart. – Weatherby parecia estar tentando não admitir que ouvira o que ela dissera, para não se comprometer, mas de repente sua voz mudou um pouco de tom. Seu interesse havia sido despertado, e ele perguntou lentamente, pesando bem as palavras, com uma argúcia disfarçada:

– Devo concluir, portanto, que a senhora prefere tratar diretamente *comigo* a respeito de todos os assuntos oficiais? Que é essa a sua política?

Dagny deu uma risadinha áspera:

– O senhor pode me considerar propriedade exclusiva sua, me usar para aumentar seu cacife e como moeda em toda Washington. Mas não sei se vou lhe ser útil, porque não vou jogar o seu jogo, não vou fazer trocas de favores, vou simplesmente começar a violar as suas leis neste momento, e vocês podem me prender assim que acharem que têm condições de fazê-lo.

– Creio que a senhorita tem uma visão antiquada a respeito das leis. Não se trata de leis rígidas, absolutas. As leis modernas são elásticas e sujeitas a interpretação, dependendo das... circunstâncias.

– Então comece a ser elástico agora mesmo, porque nem eu nem os desastres ferroviários somos elásticos. – Desligou e disse a Willers, como quem faz uma apreciação a respeito de objetos inanimados: – Eles vão nos deixar em paz por uns tempos.

Ela não parecia reparar nas mudanças ocorridas em sua sala: a ausência do retrato de Nat Taggart, a nova mesa de centro de vidro na qual o Sr. Locey espalhara, para as visitas verem, algumas revistas humanitárias das mais veementes com grandes manchetes nas capas.

Com a atenção de uma máquina feita para registrar e não para reagir, ela ouviu Willers relatar o que acontecera com a rede naquele seu mês de ausência. Ouviu-o expor as prováveis causas da catástrofe. Encarou, com o mesmo olhar desligado, uma sucessão de homens que entraram e saíram de sua sala com passos apressados e mãos cheias de gestos nervosos e supérfluos. Willers concluiu que ela havia se tornado indiferente a tudo. Mas, de repente – quando andava de um lado para outro ditando para ele uma lista de materiais de construção de ferrovias, juntamente com os locais onde obtê-los clandestinamente –, ela parou e olhou para as revistas sobre a mesa de centro. As manchetes diziam: "A nova consciência social", "Nossas obrigações para com os desfavorecidos", "Necessidade *versus* voracidade". Com um único movimento de seu braço, um gesto abrupto e explosivo de brutalidade física, diferente de tudo o que ele jamais vira antes, Dagny jogou no chão as revistas e prosseguiu, sem interromper a lista de números que recitava, como se não houvesse uma ligação entre sua mente e a violência de seu corpo.

Mais tarde, sozinha em sua sala, Dagny telefonou para Rearden. Identificou-se para a secretária que a atendeu e, a julgar pela voz dele, percebeu a ânsia com que ele agarrara o fone:

– Dagny?
– Alô, Hank. Voltei.
– Para onde?
– Para meu escritório.

Dagny ouviu as coisas que ele não disse, durante o silêncio momentâneo que se seguiu. Depois Rearden disse:

– Pelo visto, é melhor eu começar a subornar gente agora mesmo para poder fazer trilhos para você.

– É. Quanto mais metal, melhor. Não precisa ser metal Rearden. Pode ser... – A pausa foi quase curta demais para se perceber, mas ela continha o pensamento: para quê metal Rearden, se é para voltar para o passado, talvez para o tempo em que os trilhos eram de madeira com tiras de ferro? – Pode ser aço, de qualquer peso, o que você puder me arranjar.

– Está bem. Dagny, você sabe que entreguei o metal Rearden a eles? Assinei o Certificado de Doação.

– Eu sei.

– Eu cedi.

– Quem sou eu para jogar a primeira pedra? Também não voltei atrás? – Rearden não disse nada, e ela prosseguiu: – Hank, acho que para eles tanto faz que existam ou deixem de existir todos os trens e altos-fornos do mundo. Mas para nós, não. Estão nos prendendo por nosso amor ao trabalho, e vamos continuar pagando enquanto restar uma chance de manter uma única roda em movimento, em nome da inteligência humana. Vamos continuar mantendo-a à tona como nosso filho que estivesse se afogando, e, quando a enchente o tragar, nós afundaremos junto com a última engrenagem e o derradeiro silogismo. Sei o que estamos pagando, mas agora o preço se tornou irrelevante.

– Eu sei.

– Não se preocupe comigo, Hank. Amanhã de manhã já estarei em forma.

– Nunca me preocupo com você, querida. Nos vemos hoje à noite.

CAPÍTULO 9

O ROSTO SEM DOR, SEM MEDO E SEM CULPA

O silêncio de seu apartamento, a perfeição imóvel dos objetos, que haviam permanecido exatamente como ela os deixara um mês antes – tais coisas proporcionaram um misto de alívio e desolação a Dagny quando ela entrou na sala. O silêncio lhe provocava uma sensação ilusória de privacidade e posse. Aqueles objetos preservavam um momento que ela não podia voltar a viver, assim como não podia desfazer as coisas que haviam ocorrido naquele mês.

Lá fora o dia ainda não havia morrido completamente. Dagny saíra do escritório mais cedo do que pretendia, não conseguindo reunir forças para assumir qualquer tarefa que pudesse ser adiada até o dia seguinte. Isso nunca lhe ocorrera antes – como também ela nunca se sentira mais à vontade em casa do que em seu escritório.

Tomou um banho demorado, deixando a água escorrer pelo corpo sem pensar em nada, mas rapidamente fechou a torneira quando se deu conta de que o que estava querendo lavar do corpo não era a sujeira da viagem, e sim os vestígios do escritório.

Vestiu-se, acendeu um cigarro e foi para a sala. Colocou-se à janela e ficou olhando para a cidade, tal como ficara olhando para a floresta na manhã daquele dia.

Dissera que daria a vida para poder trabalhar na rede por mais um ano.

Voltara, mas não pelo prazer de trabalhar, e sim apenas pela tranquilidade fria inspirada por uma decisão tomada e pelo silêncio de uma dor não admitida.

O céu estava envolto em nuvens que, sob a forma de neblina, haviam também envolvido as ruas, como se o céu engolisse a cidade. Dagny via toda a ilha de Manhattan, uma longa forma triangular avançando num oceano invisível. Parecia a proa de um navio que afundava. Alguns prédios mais altos ainda apareciam, como funis, mas o restante sumia em meio ao vapor acinzentado, lentamente tragado pelo espaço. *Foi assim que desapareceram*, pensou ela, *a Atlântida, a cidade que afundou no oceano, e todos os outros reinos, que deixaram a mesma lenda em todas as línguas humanas, e a mesma ânsia.*

Dagny teve, então – como acontecera numa noite de primavera, debruçada em sua mesa no escritório caindo aos pedaços da Ferrovia John Galt, frente a uma janela que dava para um beco escuro –, a visão de seu mundo, que lhe parecia inatingível... *Você*, pensou ela, *seja lá quem for, que eu sempre amei e jamais encontrei, que eu sempre esperei encontrar no fim dos trilhos além do horizonte, você, cuja presença sempre senti nas ruas da cidade, cujo mundo eu quis criar, é o meu amor por você que me impele, meu amor e minha esperança de ser merecedora de você no dia em que eu o encarar face a face. Agora sei que jamais o encontrarei, jamais viverei para tal, mas o que resta da minha vida ainda é seu, e prosseguirei em seu nome, muito embora jamais venha a conhecê-lo, continuarei a servi-lo, a ser merecedora de você no dia de nosso encontro, que jamais ocorrerá...* Dagny nunca aceitara a desesperança, mas, em frente à janela, dirigiu a uma cidade envolta em neblina sua dedicação a um amor não correspondido.

A campainha da porta tocou.

Ao abrir a porta, entre surpresa e indiferente, percebeu que já deveria saber quem era: Francisco d'Anconia. Não sentiu nenhum choque, nenhuma revolta, apenas a serenidade sem alegria de sua certeza, e levantou a cabeça para encará-lo com um movimento lento e estudado, como se estivesse lhe dizendo que havia optado por uma posição e que agora a assumia publicamente.

O rosto de D'Anconia estava sério e calmo. A expressão de felicidade tinha desaparecido, como também o humor malicioso do playboy. Aparentava ter retirado todas as máscaras. Parecia direto, disciplinado, decidido, com um propósito, como um homem capaz de compreender a seriedade da ação, a expressão que no passado ela procurava ver nele – D'Anconia jamais lhe parecera tão atraente quanto naquele momento –, e percebeu, surpresa, que de repente lhe parecia que ele jamais a havia deixado, e sim que ela o abandonara.

– Dagny, agora você está preparada para conversar sobre aquilo?

– Estou, se você quiser. Entre.

Ele correu os olhos rapidamente pela sala – nunca tinha vindo à casa dela antes – e depois voltou a olhar para ela, a observá-la com atenção. Parecia saber que a simplicidade discreta que ela ostentava era o pior sinal possível para os objetivos dele, que era como um monte de cinzas das quais seria impossível arrancar uma faísca de dor, que até a dor teria sido uma espécie de fogo.

– Sente-se, Francisco.

Dagny permaneceu de pé a sua frente, como se quisesse lhe dizer explicitamente que nada tinha a esconder, nem mesmo o cansaço denotado por sua postura, o preço que ela pagara por aquele dia, sua indiferença em relação a esse preço.

– Acho que não vou conseguir detê-la agora – disse ele –, se você fez sua opção. Mas, se ainda resta uma chance de impedi-la, tenho que tentar.

Ela sacudiu a cabeça lentamente:

– Não há. E... para quê, Francisco? Você desistiu. Que diferença faz para você que eu morra com a ferrovia ou longe dela?

– Não desisti do futuro.

– Que futuro?

– O dia em que os saqueadores morrerão, mas nós não.

– Se a Taggart Transcontinental vai ter que morrer com os saqueadores, então eu também vou.

D'Anconia não desviou o olhar do rosto dela, nem disse nada. Dagny acrescentou, num tom desapaixonado:

– Eu pensei que podia viver sem a companhia. Mas não posso. Nunca mais vou tentar. Francisco, você se lembra? Nós dois acreditávamos, quando começamos, que o único pecado que havia era fazer as coisas malfeitas. Ainda acredito nisso. – O primeiro sinal de emoção fez sua voz tremer. – Não posso ficar parada vendo o que fizeram com aquele túnel. Não posso aceitar o que todos eles estão aceitando. Francisco, é a coisa que nós achávamos terrível, acreditar que os desastres são o destino natural do homem, que o destino deve ser suportado, e não combatido. Não posso aceitar a submissão. Não posso aceitar a impotência. Não posso aceitar a renúncia. Enquanto houver uma ferrovia para ser administrada, eu o farei.

– Para preservar o mundo dos saqueadores?

– Para preservar o que resta do meu mundo.

– Dagny – disse ele, lentamente –, eu sei por que uma pessoa ama seu trabalho. Eu sei o que a ferrovia representa para você. Mas você não administraria a companhia se os trens estivessem vazios. Dagny, o que você vê quando pensa num trem em movimento?

Ela olhou para a cidade:

– A vida de um homem capaz que poderia ter morrido naquela catástrofe, mas que vai escapar da próxima, que eu vou impedir que aconteça. Um homem de mente intransigente e ambição ilimitada, que ama a sua própria vida... o tipo de homem que é como nós éramos no começo, você e eu. Você desistiu dele. Eu não.

Francisco fechou os olhos por um instante, e o leve apertar de seus lábios era um sorriso, um sorriso que substituía um gemido de compreensão, ironia e dor. Perguntou, com voz suave:

– Você acha que ainda pode servir a esse homem administrando a rede ferroviária?

– Acho.

– Está bem, Dagny. Não vou tentar detê-la. Enquanto você pensar assim, nada poderá detê-la. Ainda bem. Você vai parar no dia em que descobrir que seu trabalho está a serviço não da vida daquele homem, e sim de sua destruição.

– Francisco! – Era um grito de espanto e desespero. – Você entende a que tipo de homem estou me referindo. Você também o vê!

– Claro – disse ele com simplicidade, olhando para um ponto da sala quase como se estivesse vendo uma pessoa de carne e osso. Acrescentou: – Por que você se espanta? Você disse que nós éramos como ele, eu e você. E continuamos sendo. Mas um de nós o traiu.

– É – disse ela, séria –, um de nós o traiu. Não podemos servi-lo por meio da renúncia.

– Não podemos servi-lo aceitando as condições dos que o estão destruindo.

– Não estou aceitando as condições deles. Precisam de mim. E sabem disso. Eu vou fazer com que *eles* aceitem as *minhas* condições.

– Jogando um jogo no qual eles lucram prejudicando você?

– Conseguir manter a Taggart Transcontinental em funcionamento é o único lucro que quero. Que me importa se eles me obrigarem a pagar resgates? Eles podem ficar com o que quiserem. A ferrovia é minha.

Ele sorriu:

– Você acha isso? Acha que, como precisam de você, isso quer dizer que está protegida? Você acha que pode lhes dar o que eles querem? Não, você não vai parar enquanto não vir com seus próprios olhos e entender o que eles realmente querem. Sabe, Dagny, nos ensinaram que algumas coisas são de Deus e outras de César. Talvez o Deus deles permitisse isso. Mas o homem que você diz que estamos servindo não permite isso. Ele não permite que se sirva a dois senhores, não admite uma guerra entre a mente e o corpo, um fosso entre os valores e as ações, nenhum tributo pago a César. Ele não admite nenhum César.

– Por 12 anos – disse ela em voz baixa – julguei inconcebível que algum dia eu teria de lhe pedir perdão de joelhos. Agora acho possível. Se eu concluir que você tem razão, é o que farei. Mas só nesse dia.

– Você o fará. Mas não de joelhos.

Ele a observava como se estivesse vendo seu corpo à sua frente, muito embora seus olhos estivessem fixos no rosto dela, e seu olhar dissesse a ela que forma de expiação e rendição ele antevia. Dagny percebeu o esforço que ele fez para se desviar, sua esperança de que ela não tivesse visto nem compreendido seu olhar, sua luta silenciosa, traída pela tensão de alguns músculos de seu rosto – daquele rosto que ela conhecia tão bem.

– Até então, Dagny, lembre que somos inimigos. Eu não queria lhe dizer isto, mas você é a primeira pessoa que quase chegou ao céu e voltou para a Terra. Você já viu demais, por isso tem que ouvir isto com todas as letras. É contra você que estou lutando, não contra seu irmão ou Wesley Mouch. É você que tenho que derrotar. Quero agora dar fim a todas as coisas que são preciosas para você. Enquanto você estiver lutando para salvar a Taggart Transcontinental, estarei lutando para destruí-la. Jamais me peça ajuda nem dinheiro. Você conhece minhas razões. Agora pode me odiar – e, na sua posição, é isso que você tem que fazer mesmo.

Dagny levantou a cabeça um pouco. Não houve nenhuma mudança perceptível em sua postura, apenas a consciência de seu corpo e do que ele representava para D'Anconia. No entanto, no espaço de uma frase, ela foi mulher, e o toque de desafio que havia no que ela disse vinha apenas do espaçamento levemente acentuado das palavras:

– E o que isso vai representar para você?

D'Anconia a olhou, compreendendo tudo, mas não admitindo nem negando a confissão que ela queria arrancar dele.

– Isso é problema só meu – respondeu ele.

Foi ela que amoleceu, porém ao dizer a frase seguinte percebeu que estava sendo ainda mais cruel:

– Eu não odeio você. Tentei, durante anos, mas jamais conseguirei odiá-lo, independentemente do que eu e você viermos a fazer.

– Eu sei – disse ele, em voz baixa, para que ela não ouvisse sua dor, porém a sentisse dentro de si, como se fosse diretamente refletida dele.

– Francisco! – exclamou ela, desesperadamente protegendo-o de si própria. – Como pode fazer o que está fazendo?

– Por obra e graça do meu amor... – respondeu ele, e seus olhos acrescentaram: "por você", mas ele prosseguiu: – pelo homem que não morreu na sua catástrofe e jamais morrerá.

Ela ficou parada em silêncio por um momento, como se em sinal de respeito.

– Eu gostaria de poder poupá-la do que você vai ter que sofrer – disse ele, e a ternura de sua voz dizia: não sou eu quem deve lhe inspirar pena. – Mas não posso. Cada um de nós tem que tomar essa estrada com seus próprios pés. Mas é a mesma estrada.

– Aonde é que ela leva?

Ele sorriu, como se fechasse lentamente a porta de um quarto onde não a deixaria entrar.

– À Atlântida – disse ele.

– O quê?! – exclamou ela, surpresa.

– Não lembra? Aquela cidade perdida, onde só podem entrar os espíritos dos heróis.

A conexão de ideias que a atingiu de repente estava tentando se formar em sua mente desde aquela manhã, como uma ansiedade vaga que não tivesse tempo de identificar. Ela já sabia, mas pensava apenas no destino dele, na decisão pessoal dele. Pensava que D'Anconia estivesse agindo sozinho. Agora ela se lembrou de um perigo maior e teve uma ideia da forma imensa e indefinida do inimigo que teria de enfrentar.

– Você é um deles – perguntou ela lentamente –, não é?

– Eles quem?

– Foi *você* que foi ao escritório de Ken Danagger?

Ele sorriu:

– Não.

No entanto, Dagny percebeu que ele não perguntou o que ela queria dizer com aquilo.

– Existe... você deve saber... existe mesmo um destruidor solto no mundo?

– Claro que há.
– Quem é ele?
– Você.

Ela deu de ombros. Seu rosto endureceu:

– Os homens que largaram tudo, eles ainda estão vivos ou estão mortos?

– Estão mortos... para você. Mas haverá uma Segunda Renascença no mundo. Vou esperar por ela.

– Não! – A súbita violência de sua voz era uma resposta pessoal ao que ele dissera, a uma das duas coisas que D'Anconia quisera que ela ouvisse de sua boca. – Não, não espere por mim!

– Sempre esperarei por você, independentemente do que eu ou você viermos a fazer.

O som que ouviram então foi o de uma chave girando na fechadura da porta da frente. A porta se abriu e Hank Rearden entrou.

Ele parou por um instante, depois entrou lentamente na sala, enfiando a chave no bolso.

Ela sabia que ele vira o rosto de D'Anconia antes de ver o dela. Rearden olhou para Dagny, mas voltou a olhar para o dele, como se agora só conseguisse ver esse rosto.

Dagny tinha medo de olhar para o rosto de D'Anconia. O esforço que ela fez para desviar um pouco a vista lhe parecia o de levantar um peso acima de suas forças. Ele se pôs de pé, o gesto lento e automático de um D'Anconia que desde pequeno aprendera etiqueta. Não havia nada em seu rosto que Rearden pudesse ver. Mas o que ela viu nele era pior do que temia.

– O que você está fazendo aqui? – perguntou Rearden, num tom de voz de quem se dirige a um criado de cozinha apanhado em flagrante numa sala de visitas.

– Vejo que eu não tenho o direito de lhe fazer a mesma pergunta – disse D'Anconia. Ela sabia o esforço que lhe foi necessário para conseguir falar naquele tom de voz claro e desapaixonado. Os olhos dele se voltavam insistentemente para a mão direita de Rearden, como se ainda visse nela a chave do apartamento.

– Então responda – ordenou Rearden.

– Hank, dirija todas as perguntas a mim – disse Dagny.

Rearden parecia não vê-la nem ouvi-la.

– Responda – repetiu.

– Há apenas uma resposta que você teria direito de exigir – retrucou D'Anconia –, portanto respondo que não é essa a razão pela qual estou aqui.

– Só há uma razão para você ir à casa de uma mulher – disse Rearden. – Qualquer mulher, mesmo em se tratando de você. Acha que agora eu acredito naquela sua confissão? Em alguma coisa que você já me disse?

– Já lhe dei motivos para não confiar em mim, mas nenhum para não confiar na Srta. Taggart.

– Não me diga que aqui você não tem nenhuma chance, nunca teve e jamais terá. Eu sei. Mas se eu encontrar você aqui no primeiro...

– Hank, se você quer me acusar... – foi dizendo Dagny, mas Rearden se virou para ela de repente:

– Meu Deus, Dagny, não, nada disso! Mas você não deve ser vista falando com ele. Não deve ter nenhum contato com ele. Você não o conhece. Eu o conheço. – Virou-se para D'Anconia. – O que você quer? Tem esperanças de fazer dela mais uma de suas conquistas ou...

– Não! – Foi um grito involuntário e fútil, já que a sinceridade apaixonada que ele oferecia, e que fatalmente seria rejeitada, era seu único argumento.

– Não? Então você está aqui para discutir negócios? Está armando uma armadilha, como fez comigo? Que espécie de arapuca está preparando para ela?

– Meu objetivo... não era... uma questão de negócios.

– Então o que era?

– Se ainda acredita em mim, posso lhe dizer apenas que não envolvia nenhum... tipo de traição.

– Você acha que ainda pode falar em traição na minha presença?

– Algum dia respondo a essa pergunta. Agora não posso.

– Você não gosta que eu toque nesse assunto, não é? Você vive fugindo de mim desde aquele dia, não é? Não esperava me ver aqui? Não queria me enfrentar? – Porém Rearden sabia que D'Anconia o estava enfrentando, como ninguém mais o fazia. Viu que os olhos dele encaravam os seus, que as feições dele estavam tranquilas, sem emoção, sem defesa e sem nenhum apelo, prontas para suportar o que viesse. Era uma expressão aberta e desarmada de coragem. Era esse o rosto do homem que ele amara, o homem que o libertara da culpa. E agora Rearden tinha que combater a consciência de que esse rosto ainda lhe dava forças, mais do que qualquer coisa, que lhe permitira suportar a impaciência de um mês sem ver Dagny. – Por que você não se defende, se não tem nada a esconder? Por que está aqui? Por que ficou aturdido quando me viu entrar?

– Hank, pare com isso! – gritou Dagny e se conteve, sabendo que a violência era o elemento mais perigoso àquela altura.

Os dois homens se viraram para ela.

– Por favor, deixe que eu responda – disse D'Anconia, tranquilo.

– Eu lhe disse que esperava jamais ver esse homem outra vez – disse Rearden. – Lamento que isso esteja acontecendo aqui. Não tem nada a ver com você, mas há uma coisa pela qual ele tem que pagar.

– Se é esse... o seu objetivo – retrucou D'Anconia, com dificuldade –, você já não o atingiu?

– O que é isso? – O rosto de Rearden estava imóvel, seus lábios mal se moviam, mas em sua voz havia um toque de ironia. – É assim que você pede piedade?

O momento de silêncio que se seguiu representou uma tensão ainda maior para Francisco.

– É... se você assim deseja – respondeu ele.

– Você teve piedade de mim quando meu futuro estava em suas mãos?

– Justifica-se que você pense de mim o que quiser. Mas como isso nada tem a ver com a Srta. Taggart... permite que eu vá embora?

– Não! Você quer escapar do confronto, como todos esses outros covardes? Quer fugir?

– Eu me encontro com você onde e quando quiser. Mas prefiro que não seja na presença da Srta. Taggart.

– Por que não? Pois eu quero que seja na presença dela, já que este é o único lugar onde você não tinha o direito de vir. Não tenho mais nada que possa defender de você, já levou mais do que os saqueadores podem levar, destruiu tudo aquilo em que tocou, mas eis aqui uma coisa em que você não vai tocar. – Rearden sabia que a rigidez, a absoluta falta de emoção no rosto de D'Anconia era a maior prova de emoção, a prova de que ele fazia um esforço anormal para se controlar. Sabia que isso era uma tortura e que ele, Rearden, estava sendo impelido cegamente por um sentimento semelhante ao prazer do torturador, só que agora não sabia mais se torturava D'Anconia ou a si próprio. – Você é pior do que os saqueadores, porque trai com plena consciência de que está traindo. Não sei qual a forma de corrupção que o motiva, mas quero que saiba que há coisas fora do seu alcance, fora das aspirações da sua malícia.

– Você não tem... nada a temer de mim... agora.

– Quero que você saiba que não pode pensar nela, olhar para ela, se aproximar dela. De todos os homens, você é o único que jamais poderá aparecer na presença dela. – Rearden sabia que estava sendo impulsionado por uma raiva inspirada pelo sentimento que nutria por aquele homem. Sabia que o sentimento ainda existia, que era esse sentimento que ele tinha que violentar e destruir. – Qualquer que seja o motivo, ela tem que ser protegida de qualquer contato com você.

– Se eu lhe desse minha palavra... – começou D'Anconia, mas não concluiu a frase.

Rearden deu uma risada:

– Eu sei muito bem o que representa sua palavra, suas convicções, sua amizade, seu juramento pela única mulher que você jamais... – Rearden parou. Todos entenderam o que isso significava ao mesmo tempo que Rearden.

Ele deu um passo em direção a D'Anconia e perguntou, apontando para Dagny, com uma voz grave e estranhamente diferente de sua voz normal, como se não fosse a voz de uma pessoa viva, nem fosse dirigida a uma pessoa viva:

– É essa a mulher que você ama?

D'Anconia fechou os olhos.

– Não lhe faça essa pergunta! – exclamou Dagny.

– É essa a mulher que você ama?

D'Anconia respondeu, olhando para ela:

– É.

Rearden levantou a mão e deu um tapa no rosto dele.

Dagny soltou um grito. Quando voltou a enxergar – após um instante em que teve a impressão de que fora ela a atingida –, a primeira coisa que viu foram as mãos de Francisco. O herdeiro dos D'Anconia estava apoiado numa mesa, agarrando-a por trás das costas, não para se apoiar, mas para se conter. Dagny viu a imobilidade rígida de seu corpo – um corpo que, embora ereto, parecia quebrado, com aqueles ângulos ligeiramente forçados na cintura e nos ombros, os braços tensos, porém jogados para trás. Era como se o esforço para permanecer imóvel estivesse voltando contra si próprio a força de sua violência, como se o movimento que ele reprimia lhe doesse nos músculos. Dagny viu seus dedos lutando para se manter presos à mesa e se perguntava o que quebraria primeiro, a madeira da mesa ou os ossos do homem, e sabia que a vida de Rearden dependia disso.

Quando seus olhos se voltaram para o rosto de D'Anconia, ela não viu nele nenhum sinal de conflito, apenas a pele das têmporas estava tensa, e as faces estavam mais escavadas do que o normal, emprestando-lhe ao rosto um ar nu, puro e jovem. Dagny sentiu-se presa de terror, porque estava vendo nos olhos dele as lágrimas que não estavam lá. Seus olhos brilhavam, secos. Ele olhava para Rearden, mas não o via. Parecia estar encarando uma outra presença, e era como se seu olhar dissesse: "Se é isso que você exige de mim, então até isso é seu, seu para aceitar e meu para suportar: não tenho mais que isso para lhe oferecer, mas permita que eu me orgulhe de poder lhe oferecer tanto." Nas veias que pulsavam em seu pescoço, na espuma no canto de seus lábios, ela viu a expressão de dedicação voluptuosa que era quase um sorriso e compreendeu que estava testemunhando a maior de todas as realizações de Francisco d'Anconia.

Quando sentiu que tremia e ouviu sua própria voz, se deu conta de como fora breve o intervalo entre seu grito e sua frase. Num tom selvagem, como se desferindo um golpe, se dirigiu a Rearden:

– Proteger-me *dele*? Muito antes que você jamais...

– Não! – D'Anconia se virou bruscamente para ela. Naquela única sílaba exprimiu toda a sua violência contida, e ela compreendeu que tinha de obedecer àquela ordem.

Sem mexer nenhum músculo do corpo, D'Anconia virou o rosto para Rearden.

Dagny viu as mãos dele soltarem a mesa e penderem relaxadas ao longo do corpo. Agora ele estava mesmo vendo Rearden, e não havia nada no rosto de D'Anconia além do cansaço extremo de seu esforço. Rearden percebeu de repente quanto aquele homem o amara.

– Com base no que você sabe – disse D'Anconia, tranquilo –, você tem razão de agir assim.

Sem esperar nem permitir uma resposta, se virou para sair. Curvou-se para Dagny, inclinando a cabeça de um modo tal que, para Rearden, parecia ser apenas uma despedida, mas, para ela, era um gesto de aceitação, e saiu.

Rearden ficou olhando para a porta, sabendo que daria sua vida para desfazer o que havia feito.

Quando se virou para Dagny, seu rosto parecia esvaziado, aberto e vagamente atento, como se ele não lhe pedisse que concluísse a frase não terminada, porém esperasse que ela o fizesse.

Um arrepio de piedade percorreu o corpo dela, culminando no movimento de sacudir a cabeça. Não sabia para qual dos dois homens era dirigida aquela piedade, mas o sentimento a impediu de falar, e ela continuou a sacudir a cabeça, como se tentasse negar um sofrimento imenso e impessoal do qual todos os três eram vítimas.

– Se há alguma coisa a ser dita, fale – disse Rearden, com uma voz despida de emoção.

O som que ela produziu em seguida foi uma mistura de riso com gemido, não um desejo de vingança, mas uma necessidade desesperada de justiça, que lhe emprestou à voz um tom de amargor cortante, quando ela gritou, jogando-lhe na cara as palavras:

– Você não queria saber o nome do outro? O homem com quem dormi? O primeiro? Pois foi Francisco d'Anconia.

Dagny percebeu a força do golpe quando viu que o rosto dele ficou vazio.

Entendeu que, se fora a justiça seu objetivo, ela o atingira – porque esse golpe fora mais forte do que aquele que Rearden desferira.

Subitamente, sentiu-se calma, consciente de que dissera aquilo para o bem dos três. O desespero de vítima indefesa desapareceu. Ela não era mais uma vítima, era um dos antagonistas, disposta a arcar com a responsabilidade de agir. Encarava Rearden, esperando pela resposta que ele daria, quase como se fosse agora a sua vez de ser alvo de violência.

Ela não sabia qual a forma de tortura que ele estava suportando, nem o que ele via sendo destruído dentro de si, que não mostrava a ninguém. Não havia sinal de dor que a orientasse. Rearden parecia apenas um homem parado em pé no meio de uma sala, obrigando sua consciência a absorver um fato que ela se recusava a aceitar. Então Dagny percebeu que ele não mudava de postura havia muito tempo. Até suas mãos estavam pendentes, com os dedos semicurvados, exatamente como antes. Ela quase podia sentir o peso daquelas mãos dormentes, e foi esse o único sinal de seu sofrimento que pôde perceber e que lhe dizia que ele não tinha poder de sentir mais nada, nem mesmo a existência de seu próprio corpo. Dagny esperava, e sua piedade se transformava em respeito.

Então viu que o olhar de Rearden lhe percorria o corpo e entendeu que tortura ele agora experimentava, porque a natureza daquele olhar era algo que ele não podia esconder dela. Dagny entendeu que ele agora a via como no tempo em que ela tinha 17 anos: ele a via com o rival que lhe inspirava ódio, juntos. Uma visão ao mesmo tempo insuportável e inelutável! E Rearden não se importava mais em mostrar um rosto nu, sem autocontrole, porque agora nada mais havia nele senão uma violência que se assemelhava em parte ao ódio.

Ele a agarrou pelos ombros. Ela se preparou para que ele a matasse ou a espancasse até desacordá-la. No momento em que ficou convicta de que era essa a intenção de Rearden, sentiu seu corpo jogado contra o dele, sua boca apertada contra a dele com mais brutalidade do que se ele a tivesse golpeado.

Dagny sentia-se presa de terror, contorcendo-se para resistir, e ao mesmo tempo exultante, apertando-o em seus braços, prendendo-o, deixando que seus lábios incendiassem os dele, sabendo que jamais o desejara tanto quanto naquele instante.

Quando ele a jogou no sofá, Dagny percebeu que Rearden afirmava sua vitória sobre o rival e sua rendição a ele: o ato de posse levado a uma violência insuportável pela ideia do homem que esse ato desafiava. O ato de transformar seu ódio no prazer que aquele homem conhecera na intensidade do seu próprio prazer, a conquista daquele homem por meio do corpo dela. Dagny sentia a presença de D'Anconia através da mente de Rearden, sentia, entregando-se aos dois homens, aquilo que venerava em ambos, aquilo que eles tinham em comum, aquela essência de caráter que fizera de seu amor por cada um deles um ato de lealdade a ambos. Ela sabia também que era esse o ato de rebeldia de Rearden contra o mundo que os cercava, contra o culto à degradação que nele imperava, contra o longo tormento dos dias que ele desperdiçara, em que lutara nas trevas – era isso que ele queria afirmar e, sozinho com ela naquela penumbra, num espaço elevado acima de uma cidade em ruínas, afirmar como sua última propriedade.

Depois ficaram imóveis, ele com o rosto sobre o ombro dela. O reflexo de um anúncio luminoso piscava fracamente no teto.

Rearden tomou a mão de Dagny e a colocou sobre seu próprio rosto, tão de leve que ela sentiu mais sua intenção do que seu contato.

Depois de algum tempo, ela se levantou, pegou um cigarro, acendeu-o e o estendeu para ele, com um leve movimento interrogativo da mão. Ele fez que sim, ainda largado no sofá. Ela lhe colocou o cigarro entre os lábios e acendeu outro para si. Dagny sentia uma grande paz entre eles, e a intimidade dos gestos insignificantes ressaltava a importância das coisas que não estavam dizendo um ao outro. *Tudo havia sido dito*, pensou ela, porém sabia que era preciso explicitar e assumir tudo.

Viu os olhos de Rearden se voltarem para a porta da frente de vez em quando, permanecendo fixos nela por muito tempo, como se ele ainda visse o homem que saíra.

Ele disse, tranquilo:

– Ele poderia ter me derrotado se me dissesse a verdade, quando quisesse. Por que não o fez?

Ela deu de ombros, abrindo as mãos num gesto de tristeza impotente, porque ambos sabiam a resposta. Perguntou:

– Ele representava muita coisa para você, não é?

– Ainda representa.

O único movimento no silêncio daquela sala era representado pela brasa dos cigarros que se deslocavam levados pelos dedos. A campainha tocou. Sabiam que não era o homem que queriam ver, pois não tinham a esperança de que ele voltasse, e foi com uma raiva súbita que Dagny abriu a porta. Levou um momento para se dar conta de que aquela figura cortês e inócua, que tinha no rosto um sorriso padronizado, era o administrador assistente do edifício.

– Boa noite, Srta. Taggart. É um prazer para todos nós tê-la de volta. Acabo de chegar ao trabalho e soube que a senhora retornara, por isso fiz questão de lhe dar as boas-vindas em pessoa.

– Obrigada – disse ela, parada na porta, sem se mexer, a fim de impedi-lo de entrar.

– Eu lhe trouxe uma carta que chegou há uma semana – disse ele, pondo a mão no bolso. – Parecia algo de importante, mas, como trazia a marca "confidencial", obviamente não poderia ser mandada para seu escritório, e, de qualquer modo, lá não sabiam onde a senhora estava. Por isso a guardei no cofre do condomínio e resolvi entregá-la à senhora pessoalmente.

O envelope que o homem lhe deu trazia estampadas as inscrições: "registrado – via aérea – entrega especial – pessoal". O remetente era Quentin Daniels, Instituto de Tecnologia de Utah, Afton, Utah.

– Ah... obrigada.

O administrador assistente percebeu que Dagny disfarçava seu espanto e que ficou olhando para o nome do remetente por muito mais tempo do que seria necessário. Assim, ele repetiu suas boas-vindas e foi embora.

Dagny se aproximou de Rearden rasgando o envelope e parou no meio da sala para ler a carta. Era escrita à máquina em papel fino – ele via as sombras dos parágrafos através das folhas transparentes e observava o rosto dela enquanto lia.

Quando ela terminou a leitura da carta, correu para o telefone, discou rapidamente e disse, com a voz trêmula de urgência:

– Chamada interurbana, por favor... Telefonista, eu gostaria de falar com o Instituto de Tecnologia de Utah, em Afton, Utah!

Rearden se aproximou, perguntando:

– O que foi?

Dagny lhe estendeu a carta, sem olhar para ele, com o olhar fixo no telefone, como se pudesse obrigá-lo a atender.

Dizia a carta:

> Prezada Srta. Taggart,
> Há três semanas que venho me debatendo com o problema. Eu não queria fazer isso, sei como isso vai afetá-la e sei todos os argumentos que a senhorita poderia utilizar, porque já os usei todos discutindo comigo mesmo, mas o objetivo desta carta é lhe dizer que vou abandonar o trabalho. Não posso trabalhar dentro da vigência do Decreto 10.289 – embora não pelos motivos pretendidos por seus autores. Sei que eu e a senhorita estamos nos lixando para essa proibição de todas as pesquisas científicas e que a senhorita gostaria que eu continuasse. Mas tenho que parar, porque não quero mais ter sucesso.
> Não quero trabalhar num mundo que me considera um escravo. Não quero fazer nada pelas pessoas. Se eu conseguisse reconstruir o motor, não deixaria a senhora colocá-lo a serviço deles. Minha consciência não me permitiria produzir algo que lhes poderia ser útil.
> Sei que, se conseguirmos, eles logo vão querer expropriar o motor. E que, por isso, temos que aceitar a situação de criminosos, nós dois, e viver ameaçados de ser presos a qualquer momento. E é isso que não posso aceitar, mesmo se pudesse aceitar o restante: o fato de que, para lhes proporcionar um benefício inestimável, nos tornemos mártires nas mãos de homens que, sem nós, não poderiam ter feito o que fizemos. O restante eu poderia perdoar, mas, quando penso nisso, digo: que se danem todos eles, prefiro vê-los todos morrer de fome, juntamente comigo, a lhes perdoar por isso ou permitir que isso aconteça!

Para ser absolutamente franco, continuo querendo o sucesso, descobrir o segredo do motor, tanto quanto antes. Por isso continuarei a trabalhar nele por meu próprio prazer enquanto estiver vivo. Mas, se conseguir descobrir, guardarei em segredo minha descoberta. Não vou divulgá-la para ser explorada comercialmente. Portanto, não posso continuar a aceitar seu dinheiro. Dizem que o comercialismo é desprezível, portanto todas essas pessoas devem aprovar minha decisão, e estou cansado de ajudar aqueles que me desprezam. Não sei quanto tempo vou durar, nem o que farei no futuro. No momento, pretendo permanecer em meu emprego neste Instituto. Mas, se alguma autoridade me vier dizer que agora estou proibido de pedir demissão de meu cargo de zelador, largo o emprego imediatamente.

A senhorita me deu minha maior oportunidade, e agora, em troca, sei que estou abalando profundamente sua confiança, portanto creio que devo lhe pedir perdão. Sei que a senhorita ama seu trabalho tanto quanto eu amava o meu, de modo que saberá que minha decisão não foi fácil de ser tomada, e que só a tomei porque fui obrigado a fazê-lo.

Escrever esta carta me dá uma sensação estranha. Não pretendo morrer, mas estou abandonando o mundo, o que me dá a impressão de estar escrevendo um último bilhete suicida. Assim, gostaria de dizer que, de todas as pessoas que conheci, a senhorita é a única que lamento ter de abandonar.

Respeitosamente,
Quentin Daniels.

Quando terminou de ler a carta, Rearden a ouviu continuar a dizer, como o fizera durante todo o tempo em que ele estivera lendo, com uma voz cada vez mais perto do desespero:

— Continue tentando, telefonista!... Por favor, continue!

— O que você tem para lhe dizer? — perguntou Rearden. — Não há argumentos.

— Não vou poder lhe dizer nada! A esta altura ele já foi embora. A carta é de uma semana atrás. Tenho certeza de que ele foi embora. Já o pegaram.

— Quem o pegou?

— Sim, telefonista, eu espero, continue tentando!

— O que você lhe diria se ele atendesse?

– Eu lhe pediria que continuasse a receber meu dinheiro, sem qualquer compromisso, só para ter meios de continuar! Eu lhe prometeria que, se ainda estivermos vivendo no mundo dos saqueadores quando ele tiver sucesso, se ele realmente conseguir, não lhe pediria que me desse o motor, nem mesmo que me revelasse o segredo. Mas se, até lá, estivermos livres...
– Dagny parou.
– Se estivermos livres...
– Tudo o que quero dele agora é que não desista e que não desapareça como... como todos os outros. Não quero que eles o peguem. Se ainda não for tarde demais... ah, meu Deus, não quero que o peguem!... Sim, telefonista, continue tentando!
– E de que adiantará, mesmo se ele prosseguir trabalhando?
– É tudo o que peço a ele, que continue. Talvez jamais tenhamos oportunidade de usar o motor no futuro. Mas quero saber que ainda há, em algum lugar no mundo, um grande cérebro trabalhando num grande empreendimento e que ainda temos uma chance num futuro... Se aquele motor for abandonado outra vez, então o futuro será uma grande Starnesville.
– É. Eu sei.
Dagny continuava a pressionar o fone contra o ouvido, o braço duro do esforço de não tremer. Esperava.
– Ele foi embora – disse ela. – Eles o pegaram. Uma semana é muito mais do que precisam. Não sei como é que eles descobrem que é a hora certa, mas isso... – e Dagny apontou para a carta antes de prosseguir – isso identificava a hora certa, e eles certamente o perceberam.
– Eles quem?
– Os agentes do destruidor.
– Você está começando a achar que eles existem mesmo?
– Estou.
– Está falando sério?
– Estou. Conheci um deles.
– Quem?
– Depois eu lhe digo. Não sei quem é o líder deles, mas vou descobrir um dia desses. Não vou deixar de jeito nenhum que...
Dagny parou, com uma interjeição de espanto. Rearden percebeu a mudança em seu rosto antes de ouvir o estalido de um telefone sendo atendido e a voz de um homem dizendo:

– Alô?

– Daniels! É *você*? Ainda está vivo? Ainda está aí?

– Ora, estou, sim. É a Srta. Taggart? O que houve?

– Eu... eu achei que você tinha sumido.

– Ah, desculpe. Só agora ouvi o telefone. Estava lá fora, colhendo cenouras.

– Cenouras? – perguntou Dagny, rindo, numa histeria de alívio.

– Estou plantando uma horta onde antes ficava o estacionamento do Instituto. A senhorita está ligando de Nova York?

– Estou. Acabei de receber sua carta. Agora. Eu... eu estive fora.

– Ah... – Fez-se uma pausa, e então Daniels disse, em voz mais baixa: – Não há mais nada a dizer, Srta. Taggart.

– Diga-me, você vai sair daí?

– Não.

– Não está planejando sair daí?

– Não. Ir para onde?

– Você pretende permanecer no Instituto?

– Sim.

– Por quanto tempo? Indefinidamente?

– Que eu saiba, sim.

– Alguém o procurou?

– Para dizer o quê?

– Para você sumir.

– Não. Quem?

– Escute, Daniels, não vou querer discutir a respeito da sua carta pelo telefone. Mas preciso falar com você. Vou até aí para vê-lo. O mais depressa que eu puder.

– Não quero que a senhorita faça isso. Vai ser um esforço inútil.

– Me dê uma chance, está bem? Você não tem que me prometer que vai mudar de ideia, não tem que se comprometer com nada, apenas me ouvir. Se eu quero ir, é um risco que estou assumindo. Tenho coisas a lhe dizer, só quero uma oportunidade de dizê-las.

– A senhorita sabe que sempre lhe darei isso.

– Vou para aí imediatamente. Esta noite. Mas quero que você me prometa uma coisa. Promete que vai me esperar? Que vai estar aí quando eu chegar?

– Mas é claro, Srta. Taggart. A menos que eu morra ou aconteça alguma coisa além do meu controle, mas nada me leva a crer que algo assim vá acontecer.

– A menos que você morra, você me espera, aconteça o que acontecer?
– É claro.
– Você me dá sua palavra de que vai me esperar?
– Dou, Srta. Taggart.
– Obrigada. Boa noite.
– Boa noite, Srta. Taggart.

Ela desligou e em seguida pegou o fone outra vez, discando um número rapidamente.

– Eddie?... Mande-os segurar o Cometa para mim... É, o desta noite. Mandem atrelar meu vagão, depois venha para meu apartamento imediatamente. – Olhou para o relógio. – São 20h12. Tenho uma hora. Não vou atrasá-los muito. Converso com você enquanto faço a mala.

Desligou e se virou para Rearden.

– Agora? – perguntou ele.
– Tenho que ir.
– Entendo. Você não tem que ir ao Colorado também?
– Tenho. Pretendia ir amanhã à noite. Mas acho que Eddie pode segurar meu escritório, e é melhor ir agora... São três dias... – Dagny se lembrou e se corrigiu: – Agora são cinco dias de viagem até Utah. Tenho que ir de trem, tenho que falar com certas pessoas na ferrovia, isso também não pode ser adiado.
– Quanto tempo você vai ficar no Colorado?
– Difícil dizer.
– Me mande um telegrama quando chegar lá, está bem? Parece que vai ser demorado. Vou para lá, também.

Era sua única maneira de manifestar com palavras o que ele estava desesperado para dizer, o que vinha aguardando, o motivo de sua vinda, o que ele agora mais do que nunca queria dizer, mas que sabia que naquela noite não seria possível contar.

Por uma leve ênfase na voz dele, ela percebeu que isso era a sua aceitação do que ela confessara, sua entrega, seu perdão. Dagny perguntou:

– Você pode largar a siderúrgica?
– Vou levar uns dias para deixar tudo preparado, mas posso.

Rearden sabia o que as palavras dela estavam admitindo, reconhecendo e perdoando quando Dagny disse:

— Hank, por que não nos encontramos daqui a uma semana no Colorado? Se você for no seu avião, chegamos lá juntos. E assim depois podemos voltar juntos.

— Está bem... amor.

▲▲▲

Dagny ditava uma lista de instruções enquanto andava de um lado para outro no quarto, juntando roupas, rapidamente fazendo a mala. Rearden havia ido embora. Willers estava sentado à penteadeira, fazendo anotações. Parecia trabalhar de seu modo habitual, eficiente e sem questionar nada, como se não estivesse enxergando os vidros de perfume e as caixas de pó de arroz, como se a penteadeira fosse uma escrivaninha e o quarto, um escritório.

— Eu lhe telefono de Chicago, Omaha, Flagstaff e Afton — dizia ela, jogando a lingerie dentro da mala. — Se precisar de mim, a qualquer hora, ligue para qualquer estação da linha, dando ordens para parar o trem.

— O Cometa? — perguntou ele, sem levantar a voz.

— O Cometa, sim!

— Certo.

— Se precisar, é para ligar mesmo.

— Está bem. Mas acho que não vai ser preciso.

— A gente dá um jeito. Acertamos tudo pelo telefone interurbano, como fizemos no tempo... — Ela parou.

— No tempo da construção da Linha John Galt? — perguntou ele, em voz baixa. Os dois se entreolharam, porém não disseram mais nada.

— Qual foi o último relatório das equipes de construção? — perguntou Dagny.

— A coisa está andando. Logo depois que você saiu do escritório, fui informado de que as equipes de terraplenagem já começaram a trabalhar, em Laurel, Kansas, e Jasper, Oklahoma. Os trilhos estão seguindo para lá vindos de Silver Springs. Vai dar certo. O mais difícil de encontrar foi...

— Gente para trabalhar?

— É. Gente para assumir a responsabilidade pelas obras. Foi difícil no trecho entre Elgin e Midland. Todos os homens que tínhamos em mente haviam sumido. Não consegui achar ninguém capaz de assumir a responsabilidade, nem na rede nem em lugar nenhum. Cheguei até a tentar falar com Dan Conway, mas...

– *Dan Conway?* – perguntou ela, parando.

– É, tentei. Lembra que ele conseguiu lançar nove quilômetros de trilhos por dia, justamente naquela região? Ah, sei que ele tem motivos para nos detestar, mas, a esta altura, que diferença faz? Descobri que ele está num rancho no Arizona. Eu próprio telefonei para ele e implorei que nos ajudasse. Só assumir por uma noite o controle da obra, construir 10 quilômetros de ferrovia. Dez quilômetros, Dagny, é o que nos falta, e ele é o maior construtor de estradas de ferro do mundo! Eu lhe disse que estava lhe pedindo um gesto de caridade. Sabe, acho que ele me entendeu. Não ficou zangado. Parecia triste. Mas não aceitou. Disse que não se deve tentar tirar pessoas da sepultura... Nos desejou boa sorte. Acho que estava falando sério. Sabe, acho que ele não é um dos que foram atingidos pelo destruidor... ele simplesmente desmoronou sozinho.

– É. Sei que foi isso, mesmo.

Willers viu a expressão no rosto de Dagny e rapidamente mudou de assunto.

– Ah, finalmente achamos um homem para colocar em Elgin – disse ele, forçando sua voz a parecer cheia de confiança. – Não se preocupe, os trilhos estarão no lugar bem antes de você chegar lá.

Dagny olhou para ele com um esboço de sorriso nos lábios, pensando em quantas vezes ela lhe dissera essas palavras e na coragem desesperada com que ele agora estava tentando lhe dizer: "Não se preocupe." Ele entendeu seu olhar, e no sorriso discreto que lhe deu em resposta havia um quê de pedido de desculpas envergonhado.

Willers voltou a suas anotações, irritado consigo mesmo, achando que havia infringido a regra que impusera a si próprio: "Não torne as coisas ainda mais difíceis para ela." Ele não devia ter falado em Conway, não devia ter lhe dito nada que lembrasse a ambos do desespero que sentiriam se fossem capazes de sentir desespero. O que havia com ele, afinal? Era indesculpável que perdesse seu autocontrole só porque estava num quarto, não num escritório.

Dagny continuava a falar, e ele ouvia, anotando tudo. Não se permitia dirigir nenhum olhar a ela.

Ela escancarou a porta do armário, arrancou do cabide uma roupa e a dobrou depressa, enquanto continuava a falar num tom preciso e sem pressa. Ele não olhava para ela, só ouvia sua voz comedida e seus movimentos rápidos. *Sei o que há com ele,* pensou. Não queria que ela fosse embora, não queria perdê-la de novo, depois de uma reunião tão breve. Mas pensar na sua solidão pessoal, agora que sabia que a rede precisava dela desesperadamente no Colorado, era um ato de deslealdade que ele jamais cometera antes, e sentia um vago e desolado sentimento de culpa.

– Dê ordem para que o Cometa pare em todas as sedes de divisão – disse ela – e que todos os superintendentes de divisão preparem para mim um relatório sobre...

Willers levantou a vista – então seu olhar parou, e ele não ouviu o restante do que ela disse. Viu um roupão de homem pendurado na porta do armário aberto, um roupão azul-escuro, com as iniciais HR em branco no bolso.

Ele se lembrou de onde já vira aquele roupão, usado por um homem num café da manhã no Hotel Wayne-Falkland. Lembrou-se de ter visto aquele homem entrar, sem ser anunciado, no escritório dela tarde da noite, num Dia de Ação de Graças – e, ao se dar conta de que já devia saber daquilo, foi como um tremor subterrâneo causado por um terremoto: essa consciência veio juntamente com um sentimento que gritava "não!" com tanta ferocidade que o próprio grito, e não o que ele vira, fez com que tudo desabasse dentro de si. Não foi o choque da descoberta, e sim o choque ainda mais terrível do que ele descobriu a respeito de si próprio.

Willers se agarrou a um pensamento único: não podia deixar que ela visse que ele descobrira, nem o efeito que a descoberta tivera sobre si. Sentiu uma sensação de vergonha tão forte que era uma tortura física. Era o medo de violar a privacidade dela duas vezes: revelando o segredo dela e o seu próprio. Debruçou-se sobre o bloco e se concentrou na tarefa seguinte: impedir que seu lápis tremesse.

– ... 90 quilômetros de estrada para construir na serra, e só podemos utilizar os materiais que possuímos.

– Desculpe – disse ele, com uma voz quase inaudível –, não ouvi o que você disse.

– Eu disse que quero um relatório de todos os superintendentes, em relação a cada metro da ferrovia e a todos os equipamentos existentes nas divisões deles.

– Ok.

– Vou me reunir com cada um deles separadamente. Mande-os me procurar no meu vagão no Cometa.

– Ok.

– Avise os maquinistas, oficiosamente, que, para compensar as paradas, eles devem andar a 110, 140, 160 quilômetros por hora, o que quiserem, da maneira que acharem melhor, e que eu... Eddie?

– Sim. Ok.

– Eddie, o que houve?

Ele olhou para Dagny e, desesperado, foi obrigado a mentir pela primeira vez em sua vida:

– Eu... tenho medo de que a gente se meta em alguma enrascada do ponto de vista legal.

– Nem pense nisso. Não vê que não existe mais lei nenhuma? Hoje em dia vale tudo, desde que você consiga escapar impune, e no momento somos nós que estamos dando as cartas.

Quando Dagny ficou pronta, Willers carregou sua mala até o táxi, depois foram até a plataforma do Terminal Taggart, até o vagão particular dela, o último de todos. Ele ficou parado na plataforma, vendo o Cometa avançar, as luzes do último vagão se afastando lentamente, entrando na escuridão do túnel. Quando o trem desapareceu, ele experimentou a sensação da perda de um sonho que só se descobre depois que termina.

Na plataforma havia poucas pessoas, que pareciam se mover com esforço, como se uma atmosfera de desastre permeasse os trilhos e as vigas acima de suas cabeças. Willers pensou, com indiferença, que após um século de segurança os homens mais uma vez encaravam cada partida de trem como um risco de vida.

Lembrou que ainda não havia jantado e não sentia vontade de comer, mas no refeitório subterrâneo do terminal ele se sentia mais em casa do que no cubo vazio que era seu apartamento. Assim, foi caminhando em direção ao refeitório, por não ter outro lugar para onde ir.

O local estava quase deserto, mas a primeira coisa que viu ao entrar foi uma fumacinha subindo do cigarro de um trabalhador, que estava sozinho sentado a uma mesa num canto.

Sem sequer olhar para o que colocava em sua bandeja, Willers a levou até a mesa do trabalhador, disse "oi", sentou-se e não falou mais nada. Olhou para os talheres à sua frente, pensou no objetivo daqueles utensílios, lembrou-se da utilidade dos garfos e tentou comer, mas constatou que isso era mais do que ele era capaz de fazer. Depois de algum tempo, levantou a vista e viu que o trabalhador o observava com atenção.

– Não – disse Eddie –, estou bem, não tenho nada... É, muita coisa aconteceu, mas que diferença faz agora?... É, ela voltou... O que mais você quer que eu diga sobre isso?... Como é que sabe que ela voltou? É, imagino que toda a rede já sabia 10 minutos depois... Não, não sei se acho bom ela ter voltado... É claro que ela vai salvar a rede, por mais um ano ou um mês... O que quer que eu diga?... Não, ela não me disse o que pretende fazer. Não me disse o que pensava, o que achava... O que você acha? É claro que para ela está muito mal, e para mim também! Só que meu sofrimento é só culpa minha... Não. Nada. Não posso falar sobre isso... Falar? Nem pensar, tenho de parar com isso, parar de pensar nela e... nela.

Willers se calou e não entendeu por que os olhos daquele trabalhador, que sempre pareciam ver tudo o que havia dentro dele, naquela noite o inquietavam tanto. Olhou para a mesa e percebeu as muitas pontas de cigarro no prato usado do trabalhador.

– Você também tem problemas? – perguntou Eddie. – Ah, quer dizer que está aqui há um tempão, não é?... Por mim? Por que estava esperando por mim?... Sabe, nunca imaginei que para você fosse importante me ver, a mim ou a qualquer outra pessoa, você sempre pareceu tão autossuficiente, e é por isso que eu sempre gostei de falar com você, por me parecer que entendia, mas que nada podia afetá-lo, como se nada jamais o tivesse afetado, e isso me fazia sentir livre, como se... como se não houvesse dor no mundo... Sabe o que é estranho no seu rosto? Você tem o rosto de quem jamais conheceu a dor, o medo nem a culpa... Desculpe por eu ter demorado hoje. Fui levá-la até o trem... ela acaba de partir no Cometa... É, hoje, ainda agora... É, ela foi embora... Uma decisão repentina, há uma hora. Ela pretendia partir amanhã à noite, mas alguma coisa inesperada aconteceu e ela teve de partir imediatamente... É, ela vai para o Colorado, depois... Primeiro a Utah... Porque recebeu uma carta de Quentin Daniels, dizendo que ia largar o motor, e se há uma coisa da qual ela não abre mão, de jeito nenhum, é o motor. Você está lembrado do motor sobre o qual lhe falei, os restos de um motor que ela achou... Daniels? É um físico que está há um ano tentando descobrir o segredo do motor no Instituto de Tecnologia de Utah, tentando reconstruí-lo... Por que me olha desse jeito?... Não, não lhe falei sobre ele antes porque era segredo. Um segredo só dela, um projeto pessoal, e que interesse isso teria para você?... Acho que agora já posso falar nisso, porque ele abandonou o motor... É, ele disse a ela por quê. Disse que não vai entregar nenhum produto de sua mente a um mundo que o considera escravo. Disse que não vai ser mártir para dar às pessoas uma dádiva inestimável... O quê? De que você está rindo?... Pare com isso, sim? Por que está rindo assim?... O segredo todo? Como assim, o segredo todo? Ele não desvendou o segredo do motor, se é isso que quer dizer, mas parece estar tendo progresso. Tem uma boa chance de conseguir. Agora tudo está perdido. Ela está indo para lá, quer implorar, quer fazê-lo continuar a trabalhar, mas acho que não adianta. Depois que eles param, não voltam mais. Nenhum deles jamais voltou... Não, eu nem ligo mais, já perdemos tantos que estou me acostumando... Ah, não! Não é por causa de Daniels que estou assim, é... não, não falemos nisso. Não me pergunte nada a esse respeito. O mundo inteiro está caindo aos pedaços, ela está lutando para salvá-lo, e eu... eu aqui culpando-a de algo que eu não tinha nada que saber... Não! Ela não fez nada de errado, nada, e além disso não tem nada a ver com a ferrovia... Não me dê atenção, não é a ela que culpo, e sim a mim mesmo... Escute, eu sempre soube que você amava a Taggart Transcontinental tanto quanto eu, que para você era uma coisa especial, pessoal, e que era por isso que você gostava de me ouvir falando sobre a rede. Mas isto, isto que descobri hoje, não tem nada a ver com a rede. Não teria importância para você... Esqueça isso... É algo que eu não sabia sobre ela, só isso... Conheço-a desde menino. Pensava que a conhecia. Pois estava enganado... Não sei o que era que eu esperava. Acho que pensava que ela não tinha vida privada de espécie alguma. Para mim, ela não era uma pessoa, não era... uma mulher. Era a ferrovia encarnada. E achava que ninguém ousaria encará-la de outro modo... É, bem feito para mim. Esqueça isso... Esqueça, já disse! Por que me questiona desse jeito? É só a vida privada dela. Que importância isso pode ter para você? Pare com isso, pelo amor de Deus! Não vê que eu não posso falar sobre isso?... Nada aconteceu, não houve nada comigo, é só que... ah, por que estou mentindo? Não posso mentir para você, você sempre parece ver tudo, é pior do que tentar mentir para mim mesmo!... Sim, menti para mim mesmo. Não sabia o que eu sentia por ela. A ferrovia? Sou um hipócrita. Se para mim ela fosse apenas a ferrovia, eu não estaria tão abalado agora. Não teria sentido vontade de matá-lo!... O que há com você hoje? Por que me olha desse jeito?... Ah, o que há com todos nós? Por que só há sofrimento para todos? Por que sofremos tanto? A vida não devia ser assim. Sempre achei que a felicidade era nosso destino natural, de todos nós. O que estamos fazendo? O que perdemos? Há um ano, eu não a culparia por encontrar algo que ela queria. Mas sei que eles têm os dias contados, eles dois, e eu também, e todos nós, e ela era tudo o que eu tinha... Era tão bom viver, tantas oportunidades, eu não sabia que amava a vida e que era *isso* o nosso amor, o dela, o meu e o seu – mas o mundo está morrendo e nós nada podemos fazer. Por que estamos nos destruindo? Quem vai nos dizer a verdade? Quem vai nos salvar? Ah, quem é John Galt?!... Não. Não adianta mais. Por que sentir alguma coisa? Por que me incomoda saber que ela dorme com Hank Rearden?... Ah, meu Deus! O que há com você? Não vá embora! Aonde você vai?

CAPÍTULO 10

O CIFRÃO

Dagny estava sentada à janela do trem, a cabeça jogada para trás, imóvel, com vontade de nunca mais ter que se mexer.

Os postes de telégrafo corriam lá fora, mas o trem parecia perdido num vácuo, entre uma planície marrom e um céu coberto de nuvens de um tom cinzento enferrujado. A tarde drenava o céu sem o sangramento de um pôr do sol. Parecia mais a morte de um corpo anêmico perdendo suas últimas gotas de sangue e luz. O trem corria para oeste, como se também acompanhasse os raios de sol e fosse desaparecer da face da Terra. Dagny permanecia imóvel, sem nenhuma vontade de reagir.

O ruído das rodas do trem a incomodava. Era um ritmo uniforme, acentuado a cada quatro estalos, e lhe parecia que, em meio a um caminhar confuso e fútil de uma multidão em debandada, os ruídos acentuados fossem como os passos de um inimigo caminhando rumo a um objetivo inexorável.

Dagny nunca sentira isso antes, essa apreensão ao ver uma planície, a sensação de que a ferrovia era apenas um fio frágil estendido por uma imensidão vazia, como um nervo gasto, prestes a se romper. Jamais pensara que um dia ela, que, quando andava de trem, sentia-se como a força motriz da composição, chegaria a ficar torcendo para que ele não parasse e chegasse a seu destino na hora – como se ela fosse uma criança ou um selvagem, como se seu pensamento fosse não um ato de vontade, mas uma súplica dirigida ao desconhecido.

Que diferença fizera um mês! Os empregados da rede, os guarda-chaves, os despachantes, que antes sempre a cumprimentavam por onde quer que passasse, sorrindo para anunciar que a reconheciam, agora a olhavam com rostos de pedra, desconfiados, e viravam para o lado. Ela sentia vontade de exclamar: "Não fui eu que fiz isso com vocês!" Mas então lembrava que aceitara, e que eles tinham o direito de odiá-la, que ela era ao mesmo tempo escrava e feitora, e o ódio era o único sentimento possível agora.

Durante dois dias, consolara-a ver as cidades passando pela janela – as fábricas, as pontes, os sinais luminosos, os anúncios sobre os telhados dos prédios, aquele mundo superlotado, sujo, ativo e vivo, o Leste industrial.

Agora, no entanto, as cidades haviam ficado para trás. O trem atravessava as planícies de Nebraska, e o ruído dos engates dava a impressão de que a composição tremia de frio. Dagny via vultos solitários de casas abandonadas no meio de campos vazios, que um dia haviam sido fazendas. Mas a grande explosão de energia ocorrida no Leste há gerações espalhara por esse vazio áreas de atividade. Algumas haviam desaparecido, outras sobreviviam. Ela se surpreendeu quando as luzes de uma cidadezinha passaram pelo seu vagão e, ao desaparecerem, o deixaram mais escuro que antes. Não se deu ao trabalho de se mexer para acender a luz. Permaneceu imóvel, vendo as poucas cidades que restavam. Sempre que, por um instante, uma luz elétrica lhe iluminava o rosto, era como uma saudação breve.

Dagny via passar os nomes escritos nas paredes de estruturas modestas, em telhados sujos de fuligem, em chaminés finas, nas superfícies curvas dos depósitos: Ceifadeiras Reynolds, Cimento Macey, Alfafa Quinlan & Jones, Colchões Crawford, Rações Benjamin Wylie – palavras que eram como bandeiras no meio da escuridão vazia do céu, formas imóveis de movimento, esforço, coragem, esperança, monumentos ao muito que havia sido realizado ali, nas fronteiras do mundo natural, por homens que haviam tido a liberdade de criar. Ela via as casas dispersas, ciosas de sua privacidade, as lojinhas, as ruas largas com iluminação elétrica como riscos luminosos na folha negra da terra abandonada. Via os fantasmas, os vestígios de cidades, os esqueletos de fábricas com chaminés desmoronadas, os cadáveres de lojas com janelas quebradas, os postes tortos com restos de fios. Avistou uma luz repentina, um dos raros postos de gasolina ainda abertos, uma ilha luminosa de vidro e metal sob um peso negro de espaço e céu. Viu uma casquinha de sorvete feita de néon, numa esquina, e um carro caindo aos pedaços estacionado em frente, com um rapaz ao volante e uma moça saltando, seu vestido branco agitando-se ao vento estival. Dagny estremeceu pensando naqueles dois: *Não posso olhar para vocês, eu que sei quanto foi necessário para lhes dar esta juventude, esta tarde, este carro e este sorvete que vão comprar.* Afastado de uma cidade, avistou um prédio iluminado por fileiras e fileiras de luzes azuladas, aquela iluminação industrial que tanto amava, com silhuetas de máquinas nas janelas e um cartaz sobre o telhado, imerso na escuridão – e de repente seu rosto caiu sobre um dos braços, e ela soluçou silenciosamente para a noite, para si própria, para tudo o que havia de humano em todos os seres vivos: *Não desistam!... Não desistam!...*

Pôs-se de pé de repente e acendeu a luz. Ficou parada, esforçando-se para se controlar, sabendo que momentos como este eram os mais perigosos. As luzes da cidade haviam passado, agora sua janela era um retângulo vazio, e ela ouviu, no silêncio, o ruído das rodas: de quatro em quatro, os passos do inimigo que seguia em frente, sem pressa, inexorável.

Sentindo uma necessidade desesperada de ver algum tipo de atividade, resolveu não jantar em seu vagão, mas no vagão-restaurante. Como se zombando de sua solidão e a acentuando, uma voz lhe voltou à mente: "Mas você não administraria a companhia se os trens estivessem vazios." *Esqueça isso!*, disse a si própria, irritada, andando depressa em direção à porta.

Ficou espantada quando ouviu vozes bem próximas e, ao abrir a porta, escutou um grito:

– Saia daqui, seu desgraçado!

Um velho vagabundo havia encontrado refúgio na varanda do vagão de Dagny. Estava sentado no chão, e sua postura indicava que não lhe restavam mais forças para ficar em pé nem para resistir a quem quisesse expulsá-lo dali. Olhava para o chefe do trem com olhos observadores, perfeitamente conscientes, porém sem qualquer reação. O trem desacelerava, porque o trecho à frente estava em mau estado. O chefe do trem abrira a porta, por onde entrava um vento frio, e apontava para a escuridão lá fora, dizendo:

– Saia daqui! Saia do mesmo jeito que você entrou, senão eu o ponho para fora com um pontapé!

Não havia espanto no rosto do vagabundo, nenhum protesto, nem raiva, nem esperança. Era como se ele há muito houvesse desistido de emitir qualquer julgamento de valor em relação a qualquer ação humana. Obediente, começou a se levantar, tentando se agarrar aos rebites da parede. Dagny o viu olhar para ela e desviar a vista, como se ela fosse apenas um objeto inanimado entre outros. Ele não parecia estar ciente da presença dela, nem mesmo de sua própria presença. Estava indiferente, prestes a cumprir uma ordem que, no estado em que se encontrava, seria para ele morte certa.

Olhou para o chefe do trem. Em seu rosto viu apenas a maldade cega da dor, de alguma raiva reprimida há muito que se voltara contra o primeiro objeto possível, quase sem consciência da identidade de tal objeto. Os dois homens não eram mais seres humanos um para o outro.

As roupas do vagabundo eram um amontoado de remendos cuidadosamente costurados sobre um pano tão duro e lustroso de gasto que dava a impressão de que quebraria como vidro se dobrado, mas Dagny percebeu que o colarinho de sua camisa estava muito limpo, desbotado de tantas vezes que fora lavado, e ainda mantinha sua forma original. O vagabundo havia se levantado e estava encarando com indiferença o buraco escuro que dava para uma imensidão desabitada, onde ninguém veria o corpo nem ouviria a voz de um homem ferido, porém o único gesto que fez foi segurar com força uma trouxa pequena e suja, como se para não perdê-la ao saltar.

Foram o colarinho limpo e aquele gesto dirigido a suas últimas posses, derradeira manifestação do sentimento de propriedade, que provocaram uma emoção súbita e convulsiva em Dagny.

– Esperem – disse ela.

Os dois homens se viraram para ela.

– Ele é meu convidado – disse ela ao chefe do trem, abrindo a porta para o vagabundo. – Entre.

O vagabundo entrou, obedecendo tão cegamente quanto ia obedecer ao chefe do trem.

Parou no meio do vagão, segurando a trouxa, olhando ao redor com o mesmo olhar observador e indiferente.

– Sente-se – disse Dagny.

O homem obedeceu e a olhou como se aguardasse outras ordens. Havia certa dignidade em seu porte, a honestidade de quem assume claramente que não tem nenhum direito, nada a pedir, nada a perguntar, que tem de estar de acordo com qualquer coisa e está pronto para aceitar o que queiram fazer com ele.

Parecia ter 50 e poucos anos. Sua ossatura e o fato de que a roupa estava folgada indicavam que já fora musculoso. A indiferença sem vida de seus olhos não ocultava a inteligência que um dia brilhara neles. As rugas que lhe riscavam o rosto com um amargor terrível deixavam entrever que no passado aquele rosto exibira o ar de bondade que é privilégio dos rostos honestos.

– Desde quando você está sem comer? – perguntou ela.

– Desde ontem – disse ele, e acrescentou: – Eu acho.

Dagny mandou chamar o cabineiro e lhe pediu jantar para dois.

O vagabundo, após contemplá-la em silêncio, depois que o cabineiro saiu, lhe ofereceu o único pagamento que estava em condições de dar:

– Não quero arranjar nenhum problema para a senhora.

– Que problema? – perguntou ela, sorrindo.

– A senhora está viajando com um desses chefões da rede ferroviária, não é?

– Não, estou sozinha.

– Então a senhora é casada com um deles?

– Não.

– Ah...

Dagny viu-o se esforçar para manter um ar respeitoso, como se para compensar por tê-la feito confessar algo indiscreto, e então riu:

– Não, nem isso, tampouco. Sou uma das chefonas. Meu nome é Dagny Taggart e trabalho nesta rede.

– Ah... acho que já ouvi falar da senhora, sim... antigamente. – Era difícil saber o que significava "antigamente" para ele, se um ano ou um mês atrás, o tempo que houvesse decorrido desde o momento em que ele entregara os pontos. Olhava-a com uma espécie de interesse voltado para o passado, como se pensasse que antigamente ele a teria considerado uma pessoa que valeria a pena conhecer.

– A senhora era a moça que mandava na rede ferroviária – disse ele.

– Era – confirmou ela.

O mendigo não demonstrava nenhum espanto por ela ter resolvido ajudá-lo.

Parecia ter passado por tantas brutalidades que desistira de tentar entender qualquer coisa, esperar ou confiar em qualquer coisa.

– Quando foi que você pegou o trem? – perguntou ela.

– Lá na sede da divisão. A porta da senhora não estava trancada. Achei que talvez ninguém reparasse em mim até amanhã de manhã, já que era um vagão particular.

– Aonde está indo?

– Não sei. – Depois, quase como se percebesse que essa resposta parecia demais um apelo por piedade, ele acrescentou: – Acho que eu estava só pensando em sair por aí até achar um lugar onde pudesse haver trabalho para mim. – Essa foi sua primeira tentativa de assumir a responsabilidade por um objetivo, em vez de jogar sobre os ombros de Dagny a responsabilidade de se compadecer de sua situação. Essa tentativa era algo da mesma natureza que o colarinho de sua camisa.

– Que espécie de trabalho você está procurando?

– Hoje em dia ninguém procura mais uma *espécie* de trabalho – respondeu ele, impassível. – A gente procura trabalho, só isso.

– Mas que tipo de trabalho espera encontrar?

– Ah... bem... onde tiver fábricas, não é?

– Mas nesse caso você está indo para o lado errado. As fábricas ficam no Leste.

– Não – respondeu ele, com a firmeza de quem está certo do que diz. – Lá no Leste tem muita gente. As fábricas são muito vigiadas. Imaginei que fosse mais fácil num lugar onde tem menos gente e menos vigilância, menos lei.

– Ah, então está fugindo da lei, é? Você é um fugitivo?

– Não no sentido antigo da palavra, não, senhora. Mas, do jeito que as coisas estão agora, acho que sou, mesmo. Quero trabalhar.

– Como assim?

– Lá no Leste não tem empregos. E, mesmo que um empregador tivesse um emprego para me dar, não me daria, senão iria para a cadeia. Lá ele é vigiado. Só se pode arranjar emprego por meio do Conselho de Unificação, que tem um monte de gente com pistolão na fila, tem mais amigo do que milionário tem parente, mas eu não tenho nem uma coisa nem outra.

– Onde foi que você trabalhou pela última vez?

– Estou vagando pelo país há seis meses... não, mais, acho que há quase um ano, não sei mais direito. Na maioria das vezes, num esquema de trabalhar por um dia e receber por tarefa. Principalmente nas fazendas. Mas agora já não adianta mais. Eu entendo os fazendeiros: eles olham para a gente com cara de quem não gosta de ver ninguém passando fome, mas eles também estão só um passo adiante da fome, não têm nenhum trabalho para dar para ninguém, não têm comida, e o que conseguem economizar, o que sobra depois dos impostos, os ladrões levam... a senhora sabe, essas quadrilhas que andam pelo interior, os tais dos desertores.

– Você acha que no Oeste a coisa está melhor?

– Não.

– Então por que está indo para lá?

– Porque lá eu ainda não tentei. É a última tentativa que me resta. É sempre um lugar para a gente ir. Só para não ficar parado... Sabe – acrescentou ele, de repente –, acho que não vai dar em nada, não. Mas no Leste tudo o que posso fazer é sentar no chão e esperar a morte. Sei que isso seria bem mais fácil. Só que acho que é pecado ficar sentado desperdiçando a vida, sem tentar fazer alguma coisa.

Dagny pensou de repente num daqueles parasitas modernos, com diplomas universitários, que assumiam um ar revoltante de superioridade moral quando repetiam os lugares-comuns de sempre sobre sua preocupação com o bem-estar do próximo. A última frase do vagabundo era uma das afirmações morais mais profundas que ela já ouvira, mas o homem não percebera: falara com sua voz impassível, morta; dissera aquilo secamente, com simplicidade, como se fosse uma coisa óbvia.

– De onde você é? – perguntou ela.

– De Wisconsin – respondeu ele.

O garçom entrou trazendo o jantar. Pôs a mesa e, com gestos elegantes, colocou duas cadeiras, sem parecer se espantar com nada.

Ela olhou para a mesa e pensou que o magnífico de um mundo em que as pessoas tinham tempo para se preocupar com coisas como guardanapos engomados e cubos de gelo, oferecidas aos viajantes juntamente com a refeição por uns poucos dólares, era o vestígio de uma época em que ganhar a própria vida não era crime e que conseguir uma refeição não era uma questão de vida ou morte, um vestígio que em breve desapareceria, como o posto de gasolina branco à margem da floresta.

Percebeu que o vagabundo, que estava fraco demais para ficar em pé, não havia perdido o respeito pelo significado das coisas colocadas à sua frente. Não se jogou sobre a comida. Obrigou-se a fazer movimentos lentos, a desdobrar o guardanapo, pegar seu garfo no mesmo momento em que Dagny pegou o dela, com mão trêmula – como se ele ainda soubesse que eram estes os modos adequados a um ser humano, por piores que fossem as indignidades que lhe haviam sido impostas.

– Que tipo de trabalho você fazia antigamente? – perguntou ela, depois que o garçom saiu. – Industrial?

– Sim, senhora.

– Qual seu ofício?

– Torneiro.

– Qual foi seu último emprego?

– No Colorado, na fábrica de carros Hammond.

– Ah...!

– O que foi?

– Nada, nada. Trabalhou muito tempo lá?

– Não, senhora. Só duas semanas.

– Por quê?

– Bem, eu esperei um ano para arranjar esse emprego, fiquei lá no Colorado esperando. Tinha uma lista de espera, lá na Hammond, só que lá o sistema não era pistolão nem antiguidade, era a folha de serviço que contava. A minha era boa. Mas, duas semanas depois que comecei, Lawrence Hammond largou tudo e desapareceu. Fecharam a fábrica. Depois, uma comissão de cidadãos a reabriu e me chamou de volta. Mas só durou cinco dias. Logo começaram as demissões. Por antiguidade. Então fui despedido. Soube que a tal comissão durou uns três meses. Depois tiveram que fechar a fábrica de vez.

– E antes disso, onde você trabalhou?

– Em tudo quanto é estado do Leste. Mas nunca por mais de um ou dois meses. As fábricas fechavam.

– Isso aconteceu em todos os empregos que você teve? – Ele olhou para ela, como se entendesse a pergunta.

– Não, senhora – respondeu ele, e, pela primeira vez, Dagny percebeu um leve toque de orgulho em sua voz. – No meu primeiro emprego, fiquei 20 anos. Não no mesmo cargo, mas na mesma fábrica. Acabei mestre. Isso faz 12 anos. Então morreu o dono da fábrica, e os herdeiros deram com os burros n'água. Os tempos já estavam difíceis, mas depois as coisas começaram a piorar cada vez mais depressa, em tudo quanto era lugar. Depois disso, onde eu arrumasse emprego, a fábrica fechava logo. No começo eu achava que o problema era só num estado ou numa região. Muita gente achava que o Colorado ia durar. Mas lá tudo também fechou. Aonde a gente ia, a coisa acabava. As fábricas fechavam, as máquinas paravam... – e acrescentou, num sussurro, como se enxergasse algum terror interior só seu: – *os motores paravam*. – E, levantando a voz: – Ah, meu Deus! Quem é... – Não concluiu a pergunta.

– ... John Galt? – acrescentou Dagny.

– É – disse ele e sacudiu a cabeça, como se para afastar alguma visão –, só que eu não gosto de dizer isso.

– Nem eu. Eu queria saber por que as pessoas dizem isso, e quem foi que inventou essa expressão...

– Pois é, madame. É o que me preocupa. Talvez até tenha sido eu que a inventei.

– *O quê*?

– Eu e mais uns 6 mil. É possível. Acho que fomos nós, sim. Espero que não.

– Como assim?

– Bem, foi uma coisa que aconteceu na fábrica onde trabalhei durante 20 anos. Foi quando o velho morreu e os herdeiros tomaram conta. Eles eram três, dois filhos e uma filha, e inventaram um novo plano para administrar a fábrica. Deixaram a gente votar, também, para aceitar ou não o plano, e todo mundo, quase todo mundo, votou a favor. A gente não sabia, pensava que fosse bom. Não, também não é bem isso, não. A gente pensava que queriam que a gente achasse que era bom. O plano era o seguinte: cada um trabalhava conforme sua capacidade e recebia conforme sua necessidade. Nós... o que foi? A senhora está bem?

– Qual era o nome dessa fábrica? – perguntou ela, com voz quase inaudível.

– A Fábrica de Motores Século XX, em Starnesville, Wisconsin.

– Continue.

– Aprovamos o tal plano numa grande assembleia. Nós éramos 6 mil, todo mundo que trabalhava na fábrica. Os herdeiros do velho Starnes fizeram uns discursos compridos, e ninguém entendeu muito bem, mas ninguém fez nenhuma pergunta. Ninguém sabia como é que o plano ia funcionar, mas cada um achava que o outro sabia. E quem tinha dúvida se sentia culpado e não dizia nada, porque, do jeito que os herdeiros falavam, quem fosse contra era desumano e assassino de criancinhas. Disseram que esse plano ia concretizar um nobre ideal. Como é que a gente podia saber? Não era isso que a gente ouvia a vida toda dos pais, professores e pastores, em todos os jornais, filmes e discursos políticos? Não diziam sempre que isso era o certo e o justo?

Dagny ouvia atentamente o que o homem dizia, e ele prosseguiu:

– Bem, pode ser que a gente tenha alguma desculpa para o que fez naquela assembleia. O fato é que votamos a favor do plano, e o que aconteceu conosco depois foi merecido. A senhora sabe, nós que trabalhamos lá na Século XX, durante aqueles quatro anos, somos homens marcados. O que dizem que o inferno é? O mal, o mal puro, nu, absoluto, não é? Pois foi isso que a gente viu e ajudou a fazer, e acho que todos nós estamos malditos e talvez nunca mais vamos ter perdão... A senhora quer saber como funcionou o tal plano e o que aconteceu com as pessoas? É como derramar água dentro de um tanque em que há um cano no fundo puxando mais água do que entra, e a cada balde que a senhora derrama lá dentro o cano alarga mais um bocado, e quanto mais a senhora trabalha, mais exigem da senhora, e no fim a senhora está despejando baldes 40 horas por semana, depois 48, depois 56, para o jantar do vizinho, para a operação da mulher dele, para o sarampo do filho dele, para a cadeira de rodas da mãe dele, para a camisa do tio dele, para a escola do sobrinho dele, para o bebê do vizinho, para o bebê que ainda vai nascer, para todo mundo à sua volta, tudo é para eles, desde as fraldas até as dentaduras, e só o trabalho é seu, trabalhar da hora em que o sol nasce até escurecer, mês após mês, ano após ano, ganhando só suor, o prazer só deles, durante toda a sua vida, sem descansar, sem esperança, sem fim... De cada um, conforme sua capacidade, para cada um, conforme sua necessidade...

Enquanto falava, o homem não tirava os olhos de Dagny, para enfatizar cada uma de suas palavras.

– Nós somos uma grande família, todo mundo, é o que nos diziam, estamos todos no mesmo barco. Mas não é todo mundo que passa 10 horas com um maçarico na mão, nem todo mundo que fica com dor de barriga ao mesmo tempo. Capacidade de quem? Necessidade de quem, quem tem prioridade? Quando é tudo uma coisa só, ninguém pode dizer quais são as suas necessidades, não é? Senão qualquer um pode dizer que necessita de um iate, e, se só o que conta são os sentimentos dele, ele acaba até provando que tem razão. Por que não? Se eu só tenho o direito de ter carro depois que trabalhei tanto que fui parar no hospital, depois de garantir um carro para todo vagabundo e todo selvagem nu do mundo, por que ele não pode exigir de mim um iate também, se eu ainda tenho a capacidade de trabalhar? Não pode? Então ele não pode exigir que eu tome meu café sem leite até ele conseguir pintar a sala de visitas dele? Pois é... Mas então decidiram que ninguém tinha o direito de julgar suas próprias capacidades e necessidades. Tudo era resolvido na base da votação. Sim, senhora, tudo era votado em assembleia duas vezes por ano. Não tinha outro jeito, não é? E a senhora imagina o que acontecia nesses eventos? Bastou a primeira para a gente descobrir que todo mundo tinha virado mendigo – mendigos esfarrapados, humilhados, todos nós, porque nenhum homem podia dizer que fazia jus a seu salário, não tinha direitos nem fazia jus a nada, não era dono de seu trabalho, o trabalho pertencia à "família", e ela não lhe devia nada em troca, a única coisa que cada um tinha era a sua "necessidade", e aí tinha que pedir em público que atendessem as suas necessidades, como qualquer parasita, enumerando todos os seus problemas, até os remendos na calça e os resfriados da esposa, na esperança de que a "família" lhe jogasse uma esmola. O jeito era chorar miséria, porque era a sua miséria, e não o seu trabalho, que agora era a moeda corrente de lá. Assim, a coisa virou um concurso de misérias disputado por 6 mil pedintes, cada um chorando mais miséria que o outro. Não tinha outro jeito, não é? A senhora imagina o que aconteceu, que tipo de homem ficava calado, com vergonha, e que tipo de homem levava a melhor?

Ela não fez menção de responder, sem querer interromper o relato que tanto a interessava. O homem prosseguiu:

– Mas tem mais. Mais uma coisa que a gente descobriu na mesma assembleia. A produção da fábrica tinha caído 40 por cento naquele primeiro semestre, e então concluiu-se que alguém não tinha usado toda a sua "capacidade". Quem? Como descobrir? A "família" também decidia isso no voto. Escolhiam no voto quais eram os melhores trabalhadores, e esses eram condenados a trabalhar mais, fazer hora extra todas as noites durante os seis meses seguintes. E sem ganhar nada a mais, porque a gente ganhava não por tempo nem por trabalho, e sim conforme a necessidade. Será que preciso explicar o que aconteceu depois disso? Explicar que tipo de criaturas nós fomos virando, nós que antes éramos seres humanos? Começamos a esconder toda a nossa capacidade, trabalhar mais devagar, ficar de olho para ter certeza de que a gente não trabalhava mais depressa nem melhor do que o colega ao nosso lado. Tinha que ser assim, pois a gente sabia que quem desse o melhor de si para a "família" não ganhava elogio nem recompensa, mas castigo. Sabíamos que para cada imbecil que estragasse um motor e desse um prejuízo para a fábrica – ou por desleixo, porque não tinha nenhum motivo para caprichar, ou por pura incompetência –, quem ia ter que pagar era a gente, trabalhando de noite e no domingo. Por isso, a gente se esforçava o máximo para ser o pior possível. Tinha um garoto que começou todo empolgado com o nobre ideal, um garoto muito vivo, sem instrução, mas um crânio. No primeiro ano ele inventou um processo que economizava milhares de homens-horas. Deu de mão beijada a descoberta dele para a "família", não pediu nada em troca, nem podia, mas não se incomodava com isso. "Era tudo pelo ideal", dizia ele. Mas, quando foi eleito um dos mais capazes e condenado a trabalhar de noite, ele fechou a boca e o cérebro. No ano seguinte, é claro, não teve nenhuma ideia brilhante. A vida inteira nos ensinaram que os lucros e a competição tinham um efeito nefasto, que era terrível um competir com o outro para ver quem era melhor, não é?

– É verdade, muitos acham que essa competição é algo nefasto – comentou Dagny.

– Pois deviam ver o que acontecia quando um competia com o outro para ver quem era pior. Não há maneira melhor de destruir um homem do que obrigá-lo a tentar *não* fazer o melhor de que é capaz, a se esforçar por fazer o pior possível dia após dia. Isso mata mais depressa do que a bebida, a vadiagem, a vida de crime. Mas para nós a única saída era fingir incompetência. A única acusação que temíamos era a de que tínhamos capacidade. A capacidade era como uma hipoteca que nunca se termina de pagar. E trabalhar para quê? A gente sabia que o mínimo para a sobrevivência era dado a todo mundo, quer trabalhasse, quer não, a chamada "ajuda de custo para moradia e alimentação", e mais do que isso não se tinha como ganhar, por mais que se esforçasse. Não se podia ter certeza de que seria possível comprar uma muda de roupas no ano seguinte – a senhora podia ou não ganhar uma "ajuda de custo para vestimentas", dependendo de quantas pessoas quebrassem a perna, precisassem ser operadas ou tivessem mais filhos. E, se não havia dinheiro para todo mundo comprar roupas, então a senhora também ficava sem roupa nova. Havia um homem que tinha passado a vida toda trabalhando até não poder mais porque queria que seu filho fizesse faculdade. Pois bem, o garoto terminou o ensino médio no segundo ano de vigência do plano, mas a "família" não quis dar ao homem uma "ajuda de custo" para pagar a faculdade do filho.

Disseram que o filho só ia poder entrar para a faculdade quando houvesse dinheiro para os filhos de todos entrarem para a faculdade – e, para isso, era preciso primeiro pagar o ensino médio dos filhos de todos, e não havia dinheiro nem para isso. O homem morreu no ano seguinte, numa briga de faca num bar, uma briga sem motivo. Brigas desse tipo se tornaram cada vez mais comuns entre nós. Havia um sujeito mais velho, um viúvo sem família, que tinha um hobby: colecionar discos. Acho que era a única coisa de que ele gostava na vida. Antes, ele costumava ficar sem almoçar para ter dinheiro para comprar mais um disco clássico. Pois não lhe deram nenhuma "ajuda de custo" para comprar discos – disseram que aquilo era um "luxo pessoal". Mas, naquela mesma assembleia, votaram a favor de dar para uma tal de Millie Bush, filha de alguém, uma garotinha de 8 anos feia e má, um aparelho de ouro para corrigir seus dentes – isso era uma "necessidade médica", porque o psicólogo da empresa disse que a coitadinha ia ficar com complexo de inferioridade se seus dentes não fossem endireitados. O velho que gostava de música passou a beber. Chegou a um ponto em que nunca mais era visto sóbrio. Mas parece que uma coisa ele nunca esqueceu. Uma noite, ele vinha cambaleando pela rua quando viu a tal da Millie Bush, então lhe deu um soco que quebrou todos os dentes da menina. Todos.

Atônita, Dagny ouvia o homem cuja expulsão do trem ela havia impedido.

– A bebida, naturalmente, era a solução para a qual todos nós apelávamos, uns mais, outros menos. Não me pergunte onde é que achávamos dinheiro para isso. Quando todos os prazeres decentes são proibidos, sempre se dá um jeito de gozar os prazeres que não prestam. Ninguém arromba mercearias à noite nem rouba o colega para comprar discos clássicos nem caniços de pesca, mas, se é para tomar um porre e esquecer, faz-se de tudo. Caniços de pesca? Armas para caçar? Máquinas fotográficas? Hobbies? Não havia "ajuda de custo de entretenimento" para ninguém. O lazer foi a primeira coisa que cortaram. Pois a gente não deve ter vergonha de reclamar quando alguém pede para abrirmos mão de uma coisa que nos dá prazer? Até mesmo a nossa "ajuda de custo de fumo" foi racionada a ponto de só recebermos dois maços de cigarro por mês – e isso, diziam eles, porque o dinheiro estava indo para o fundo do leite dos bebês. Os bebês eram o único produto que havia em quantidades cada vez maiores – porque as pessoas não tinham outra coisa para fazer, imagino, e porque não tinham que se preocupar com os gastos da criação dos bebês, já que eram uma responsabilidade da "família". Aliás, a melhor maneira de conseguir um aumento e poder ficar mais folgado por uns tempos era ganhar uma "ajuda de custo para bebês" – ou isso ou arranjar uma doença séria.

– E como vocês faziam para sobreviver assim? – quis saber Dagny.

– Bom, não demorou muito para a gente entender como a coisa funcionava. Todo aquele que resolvia agir certinho tinha que se abster de tudo. Tinha que perder toda a vontade de gozar qualquer prazer, não gostar de fumar um cigarro nem mascar um chiclete, porque alguém podia ter uma necessidade maior do dinheiro gasto naquele cigarro ou chiclete. Sentia vergonha cada vez que engolia uma garfada de comida, pensando em quem tinha tido que trabalhar de noite para pagar aquela garfada, sabendo que o alimento que comia não era seu por direito, sentindo a vontade infame de ser trapaceado ao invés de trapacear, de ser um pato, não um sanguessuga. Não podia ajudar os pais, para não colocar um fardo mais pesado sobre os ombros da "família". Além disso, se ele tivesse um mínimo de senso de responsabilidade, não podia se casar nem ter filhos, pois não podia planejar nada, prometer nada, contar com nada. Mas os indolentes e irresponsáveis se deram bem. Arranjaram filhos, seduziram moças, trouxeram todos os parentes imprestáveis que tinham, todas as irmãs solteiras grávidas, para receber uma "ajuda de custo de doença", inventaram todas as doenças possíveis, sem que os médicos pudessem provar a fraude, estragaram suas roupas, seus móveis, suas casas – pois não era a "família" que estava pagando? Descobriram muito mais "necessidades" do que os outros, desenvolvendo um talento especial para isso, a única capacidade que demonstraram. Deus me livre!

O fôlego dele para contar um passado não tão distante parecia não terminar, então ele prosseguiu, sem tirar os olhos de Dagny:

– A senhora entende? Compreendemos que nos tinham dado uma lei, uma lei *moral*, segundo eles, que punia quem a observava – pelo fato de a observar. Quanto mais a senhora tentava seguir essa lei, mais sofria; quanto mais a violava, mais lucrava. A sua honestidade era como um instrumento nas mãos da desonestidade do próximo. Os honestos pagavam, e os desonestos lucravam. Os honestos perdiam, os desonestos ganhavam. Com esse tipo de padrão do que é certo e errado, por quanto tempo os homens poderiam permanecer honestos? No começo, éramos pessoas bem honestas, e só havia uns poucos aproveitadores. Éramos competentes, nos orgulhávamos do nosso trabalho e éramos funcionários da melhor fábrica do país, para a qual o velho Starnes só contratava a nata dos trabalhadores. Um ano depois da implantação do plano, não havia mais nenhum homem honesto entre nós. Era *isso* o mal, o horror infernal que os pregadores usavam para assustar os fiéis, mas que a gente nunca imaginava ver em vida. A questão não foi que o plano estimulasse uns poucos corruptos, e sim que ele corrompia pessoas honestas, e o efeito não podia ser outro – e era isso que chamavam de ideia moral! Queriam que trabalhássemos em nome de quê? Do amor por nossos irmãos? Que irmãos? Os parasitas, os sanguessugas que víamos ao redor? E se eles eram desonestos ou se eram incompetentes, se não tinham vontade ou não tinham capacidade de trabalhar – que diferença fazia para nós? Se estávamos presos para o restante da vida àquele nível de incompetência, fosse verdadeiro ou fingido, por quanto tempo nos daríamos ao trabalho de seguir em frente?

Dagny o encarava sem dizer uma palavra enquanto ele falava o que lhe vinha à mente.

– Não tínhamos como saber qual era a verdadeira capacidade deles, não tínhamos como controlar suas necessidades, só sabíamos que éramos burros de carga lutando às cegas num lugar que era meio hospital, meio curral – um lugar onde só se incentivavam a incompetência, as catástrofes, as doenças –, burros de carga que só serviam às necessidades que os outros afirmavam ter. Amor fraternal? Foi então que aprendemos, pela primeira vez na vida, a odiar nossos irmãos. Começamos a odiá-los por cada refeição que faziam, cada pequeno prazer que gozavam, a camisa nova de um, o chapéu da esposa de outro, o passeio que um dava com a família, a reforma que o outro fazia na casa – tudo aquilo era tirado de nós, era pago pelas nossas privações, nossas renúncias, nossa fome. Um começou a espionar o outro, cada um tentando flagrar o outro em alguma mentira sobre suas necessidades, com o intuito de cortar sua "ajuda de custo" na assembleia seguinte. Começaram a surgir delatores, que descobriam que alguém tinha comprado às escondidas um peru para a família num domingo qualquer, provavelmente com dinheiro que ganhara no jogo. Começamos a nos meter um na vida do outro. Provocávamos brigas de família, para conseguir que os parentes de alguém saíssem da lista de beneficiados. Toda vez que víamos algum homem começando a namorar uma moça, tornávamos a vida dele um inferno. Fizemos muitos noivados se romperem. Não queríamos que ninguém se casasse, não queríamos mais dependentes para alimentar. Antes, comemorávamos quando alguém tinha filho, todo mundo contribuía para ajudar a pagar a conta do hospital, quando os pais estavam sem dinheiro. Nessa época, quando nascia uma criança, ficávamos semanas sem falar com os pais. Para nós, os bebês eram o que os gafanhotos são para os fazendeiros: uma praga. Antes, ajudávamos quem tinha doente na família. Depois...

Ele notou a curiosidade no rosto de Dagny e prosseguiu antes que ela perguntasse o que tinha acontecido:

– Bom, vou contar apenas um caso para a senhora. Era a mãe de um homem que trabalhava conosco havia 15 anos, uma senhora simpática, alegre e sábia, conhecia todos nós pelo primeiro nome, todos nós gostávamos dela antes. Um dia ela escorregou na escada do porão, caiu e quebrou a bacia. Nós sabíamos o que isso representava para uma pessoa daquela idade. O médico disse que ela teria que ser internada, para fazer um tratamento caro e demorado. A velha morreu na véspera do dia em que ia ser levada para o hospital. Ninguém nunca explicou a causa da morte dela. Não, não sei se foi assassinato. Ninguém disse isso. Não se comentava nada sobre o assunto. A única coisa que sei – e disso nunca vou me esquecer – é que eu também, quando dei por mim, estava rezando para que ela morresse. Que Deus nos perdoe! Eram essas a fraternidade, a segurança, a abundância que nos haviam prometido com a adoção do plano.

– Havia alguma razão para alguém pregar esse horror? Alguém lucrava com isso? – perguntou Dagny.

– Havia, sim: os herdeiros de Starnes. Espero que a senhora não vá me dizer que eles tinham sacrificado uma fortuna para nos dar a fábrica de presente. Nós também caímos nessa. É, é verdade que eles deram a fábrica. Mas lucro, madame, depende do que a pessoa quer. E o que os herdeiros de Starnes queriam, não havia dinheiro neste mundo que pudesse comprar. O dinheiro é uma coisa limpa e inocente demais para isso. Eric Starnes, o mais moço, era um frouxo que não tinha peito para ser nada. Conseguiu ser eleito diretor do nosso departamento de relações públicas. Não fazia nada e tinha à sua disposição uma equipe que também não fazia nada, por isso ele nem se dava ao trabalho de aparecer no escritório. O salário que ele recebia... não, "salário" não é o nome apropriado, ninguém recebia salário, mas esmolas. As esmolas que lhe cabiam eram bastante modestas, umas 10 vezes o que eu ganhava, mas não chegavam a ser uma fortuna. Eric não ligava para dinheiro, não sabia o que fazer com ele. Vivia andando com a gente, para mostrar como era simpático e democrático. Pelo visto, queria que gostassem dele. Fazia questão de nos lembrar o tempo todo que ele nos tinha dado a fábrica. Gerald Starnes era nosso diretor de produção. Nunca descobrimos que fatia ele levava – a esmola dele. Só mesmo uma equipe de contadores para calcular isso, e uma equipe de engenheiros para entender todas as manobras que levavam o dinheiro até sua sala, fosse de maneira direta ou indireta. Supostamente, nem um tostão era para ele – era tudo para despesas da companhia. Gerald tinha três carros, cinco telefones e dava festas regadas a champanhe e caviar, eventos mais extravagantes do que qualquer contribuinte milionário seria capaz de financiar. Gastou mais dinheiro em um ano do que o que seu pai tinha conseguido lucrar nos seus últimos dois anos de vida. Na sala dele vimos uma pilha de revistas de 50 quilos – 50 quilos mesmo, a gente pesou – só com matérias sobre a fábrica e nosso nobre plano, cheias de fotos dele, dizendo que ele era um grande líder social. Gerald gostava de visitar a fábrica à noite, vestindo smoking, com abotoaduras com brilhantes enormes, espalhando cinza de charuto por toda parte. Já é ruim um sujeito cuja única coisa que tem para exibir é seu dinheiro, só que ele assume que o dinheiro é dele, e a senhora pode ou não achar isso bonito – a maioria não acha, aliás. Mas quando um cachorro como Gerald Starnes vive dizendo que não liga para a riqueza material, que está apenas servindo à "família", que todo aquele luxo não é para ele, mas para o nosso bem e o bem comum, porque é necessário para preservar o prestígio da empresa e do nobre plano perante o público, aí a senhora odeia o sujeito como nunca odiou um ser humano.

Dagny lançou um olhar curioso para ele ao perceber que havia ainda mais coisas por saber.

– No entanto, a irmã dele, Ivy, era ainda pior. Não ligava mesmo para a riqueza material. A esmola que ela recebia não era maior do que a nossa, e ela andava com uns sapatos sem salto surrados e umas blusas simples, só para mostrar como não pensava em si mesma. Era nossa diretora de distribuição. Era ela a encarregada das nossas necessidades, quem nos prendia pela garganta. É claro que a distribuição era oficialmente decidida na base da votação, de acordo com a voz do povo. Mas quando o povo em questão são 6 mil pessoas berrando ao mesmo tempo, sem nenhum princípio, nenhuma lógica, quando o jogo não tem regras e cada um pode pedir qualquer coisa, mas não tem direito a nada, quando todo mundo tem poder sobre a vida de todo mundo, menos sobre a sua própria, então acaba sempre acontecendo que a voz do povo é a voz de um só – no caso, Ivy Starnes. No fim do segundo ano, acabamos com aquele fingimento de "reunião familiar" – em nome da "eficiência de produção" e da "economia de tempo", já que cada assembleia durava 10 dias e todas as petições de necessidade eram simplesmente enviadas à sala da Srta. Starnes. Não, não eram bem enviadas. Tinham que ser recitadas perante ela pessoalmente por *cada um*. Então ela elaborava uma lista de distribuição, que lia para nós para depois receber nosso voto de aprovação, numa assembleia que levava 45 minutos. Sempre aprovávamos a lista. Constava da pauta um período de 10 minutos para discussão e objeções. Não fazíamos nenhuma objeção. Àquela altura, já sabíamos que não valia a pena. Ninguém pode dividir a renda de uma fábrica entre milhares de pessoas sem ter algum critério para avaliar o valor individual de *cada um*. O critério dela era a bajulação. E, apesar de toda a sua imagem de desprendimento, ela falava com nossos colegas mais habilitados e com suas esposas de um jeito que o pai dela, com todo o seu dinheiro, não poderia jamais ter usado para se dirigir ao último dos contínuos impunemente. A Srta. Starnes tinha uns olhos descorados que pareciam olhos de peixe: frios e mortos. E, se a senhora algum dia quiser ver o mal em seu estado mais puro, é só ver o jeito como os olhos dela brilhavam quando olhava para algum homem que uma vez tivesse levantado a voz para ela no momento em que ele ouvia seu nome na lista de quem não ia receber nada além da cota mínima.

– Estou impressionada – comentou Dagny.

– Bem, quando a gente via isso, entendia qual era a motivação verdadeira de todo mundo que já pregou o princípio "de cada um conforme sua capacidade, a cada um conforme sua necessidade". Era esse o segredo da coisa. De início, eu não entendia como é que os homens instruídos, cultos e famosos do mundo podiam cometer um erro como esse e pregar que esse tipo de abominação era direito quando bastavam cinco minutos de reflexão para verem o que aconteceria quando alguém tentasse pôr em prática essa ideia. Agora sei que eles não defendiam isso por erro. Ninguém comete um erro desse tamanho inocentemente. Quando os homens defendem alguma loucura malévola, quando não têm como fazer essa ideia funcionar na prática e não têm um motivo que possa explicar sua escolha, então é porque não querem revelar o verdadeiro motivo. E nós também não éramos tão inocentes assim, quando votamos a favor daquele plano na primeira assembleia. Não fizemos isso só porque acreditávamos naquelas besteiradas que eles vomitavam. Nós tínhamos outro motivo, mas as besteiradas nos ajudavam a escondê-lo dos outros e de nós mesmos, nos ofereciam uma oportunidade de dar a impressão de que era virtude algo que tínhamos vergonha de assumir. Cada um que aprovou o plano achava que, num sistema assim, conseguiria faturar em cima dos lucros dos homens mais capazes. Cada um, por mais rico e inteligente que fosse, achava que havia alguém mais rico e mais inteligente e que esse plano lhe daria acesso a uma fatia da riqueza e da inteligência dos que eram melhores do que ele. Mas, enquanto ele pensava que ia ganhar aquilo que não merecia e que cabia aos que lhe eram superiores, ele esquecia os homens que lhe eram inferiores e que também iam ganhar aquilo que não mereciam. Ele esquecia os inferiores que iam querer roubá-lo tanto quanto ele queria roubar seus superiores. O trabalhador que gostava de pensar que suas necessidades lhe davam o direito de ter uma limusine igual à do patrão se esquecia de que todo vagabundo e mendigo do mundo viria gritando que as necessidades deles lhes davam o direito de ter uma geladeira igual à do trabalhador. Era *esse* o nosso motivo para aprovar o plano, na verdade, mas não gostávamos de pensar nisso. E então, quanto mais a ideia nos desagradava, mais alto gritávamos que éramos a favor do bem comum. Bem, tivemos o que merecíamos. Quando vimos o que tínhamos pedido, era tarde demais. Havíamos caído numa armadilha e não tínhamos para onde ir. Os melhores de nós saíram da fábrica na primeira semana de vigência do plano. Perdemos nossos melhores engenheiros, superintendentes, chefes, os trabalhadores mais qualificados. Quem tem amor-próprio não se deixa transformar em vaca leiteira para ser ordenhada pelos outros. Alguns sujeitos capacitados tentaram seguir em frente, mas não conseguiram aguentar muito tempo. A gente estava sempre perdendo os melhores, que viviam fugindo da fábrica como o diabo da cruz, até que só restavam os homens necessitados, sem mais nenhum dos capacitados.

E os poucos que ainda valiam alguma coisa eram aqueles que já estavam lá havia muito tempo.

– Sim, isso faz sentido – concordou Dagny.

– Antigamente, ninguém pedia demissão da Século XX, e a gente não conseguia se convencer de que a companhia não existia mais. Depois de algum tempo, não podíamos mais pedir demissão porque nenhum outro empregador nos aceitaria – aliás, com razão. Ninguém queria ter qualquer tipo de relacionamento conosco, nenhuma pessoa nem firma respeitável. Todas as pequenas lojas com as quais negociávamos começaram a sair de Starnesville depressa, e no fim só restavam bares, cassinos e salafrários que nos vendiam porcarias a preços exorbitantes. As esmolas que recebíamos eram cada vez menores, mas o custo de vida subia. A lista dos necessitados da fábrica não parava de aumentar, mas a quantidade de fregueses diminuía. Havia cada vez menos renda para dividir entre cada vez mais pessoas. Antes, dizia-se que a marca da Século XX era tão confiável quanto a de quilates num lingote de ouro. Não sei o que pensavam os herdeiros do velho Starnes, se é que pensavam alguma coisa, mas imagino que, como todos os planejadores sociais e selvagens, eles achavam que essa marca era um selo mágico que tinha um poder sobrenatural que os manteria ricos, tal como enriquecera seu pai. Mas quando nossos fregueses começaram a perceber que nunca conseguíamos entregar uma encomenda dentro do prazo, nem produzir um motor que não tivesse algum defeito, o selo mágico passou a ter o valor oposto: as pessoas não queriam um motor, nem se ele fosse dado, se ostentasse o selo da Século XX. E no fim nossos fregueses eram todos do tipo que nunca pagam o que devem e nunca têm nem mesmo intenção de pagar.

Dagny estava cada vez mais surpresa com tudo o que o vagabundo lhe dizia e não tirava os olhos dele.

– No entanto, Gerald Starnes, dopado por sua própria publicidade, ficava todo empertigado, com ar de superioridade moral, exigindo que os empresários comprassem nossos motores, não porque fossem bons, mas porque tínhamos muita *necessidade* de encomendas. Àquela altura, qualquer imbecil já podia ver o que gerações de professores não haviam conseguido enxergar. De que adiantaria nossa necessidade, para uma usina, quando os geradores paravam porque nossos motores não funcionavam direito? De que ela adiantaria para um paciente sendo operado, quando faltasse luz no hospital? De que adiantaria para os passageiros de um avião, quando as turbinas pifassem em pleno voo? E se eles comprassem nossos produtos não por causa de seu valor, mas por causa de nossa necessidade, isso seria correto, bom, moralmente certo para o dono daquela usina, o cirurgião daquele hospital, o fabricante daquele avião? Pois era essa a lei moral que os professores, líderes e pensadores queriam estabelecer no mundo inteiro. Se era esse o resultado quando ela era aplicada numa única cidadezinha onde todos se conheciam, a senhora pode imaginar o que aconteceria em escala mundial? Pode imaginar o que aconteceria se a senhora tivesse de viver e trabalhar afetada por todos os desastres e toda a malandragem do mundo? Trabalhar – e, quando alguém cometesse um erro em algum lugar, a senhora é que teria de pagar. Trabalhar – sem jamais ter perspectivas de melhorar de vida, sendo que suas refeições, suas roupas, sua casa e seu prazer estariam à mercê de qualquer trapaça, de qualquer problema de fome ou de peste em qualquer parte do mundo. Trabalhar, sem nenhuma perspectiva de ganhar uma ração extra enquanto os cambojanos não tivessem sido alimentados e os patagônios não tivessem todos feito faculdade. Trabalhar, tendo cada criatura no mundo um cheque em branco na mão, gente que a senhora nunca vai conhecer, cujas necessidades a senhora jamais vai saber quais são, cuja capacidade, preguiça, desleixo e desonestidade são coisas de que a senhora jamais vai ter ciência nem terá o direito de questionar – enquanto as Ivys e os Geralds da vida resolvem quem vai consumir o esforço, os sonhos e os dias da sua vida. E é *essa* a lei moral que se deve aceitar? *Isso* é um ideal moral?

Diante do semblante atônito de Dagny, ele concluiu:

– Olhe, nós tentamos – e aprendemos. Nossa agonia durou quatro anos, da primeira assembleia à última, e acabou da única maneira que podia acabar: com a falência da companhia. Na nossa última assembleia, foi Ivy Starnes que tentou manter as aparências. Fez um discurso curto, vil e insolente dizendo que o plano havia fracassado porque o restante do país não aceitara que uma única comunidade poderia ter sucesso no meio de um mundo egoísta e ganancioso, e que o plano era um ideal nobre, mas que a natureza humana não era suficientemente boa para que ele desse certo. Um rapaz – o mesmo que fora punido por dar uma boa ideia no primeiro ano – se levantou, enquanto todos os outros permaneciam calados, e se dirigiu até Ivy, que estava no tablado. Sem dizer nada, ele cuspiu na cara dela. Foi assim que acabaram o nobre plano e a Século XX.

O homem falara como se o fardo de seus anos de silêncio de repente houvesse escapado a seu controle. Dagny sabia que era essa a homenagem que ele lhe prestava: ele não demonstrara nenhuma reação à sua bondade, parecera entorpecido para todos os valores e as esperanças humanas, mas algo dentro de si fora tocado, e sua reação era essa confissão, esse longo e desesperado grito de rebelião contra a injustiça, contido há anos, porém libertado na primeira vez que ele encontrara uma pessoa em cuja presença um apelo como esse não seria perda de tempo. Era como se a vida a que ele estivera prestes a renunciar lhe tivesse sido restituída pelas duas coisas essenciais de que necessitava: a comida e a presença de um ser humano racional.

– Mas e John Galt? – perguntou ela.

– Ah... – disse ele, lembrando-se. – Ah, sim...

– Você ia me explicar por que as pessoas começaram a dizer isso.

– É... – Seu olhar estava perdido na distância, como se visse algo que vinha examinando havia anos, porém que jamais mudara, jamais fora explicado: em seu rosto existia uma expressão estranha e indagadora de terror.

– Você ia me dizer quem era o John Galt a quem as pessoas se referem, se é que já houve alguém com esse nome.

– Espero que não, minha senhora. Quer dizer, espero que seja apenas uma coincidência, uma frase sem sentido.

– Você estava pensando em alguma coisa. O que era?

– Foi... foi uma coisa que aconteceu na primeira assembleia da Século XX. Talvez tenha a ver com isso, talvez não, não sei... A deliberação foi numa noite de primavera, há 12 anos. Os 6 mil funcionários, nós todos, estávamos amontoados numa arquibancada que ia até o teto, construída no maior galpão da fábrica. Tínhamos acabado de aprovar o plano e estávamos meio irritadiços, fazendo muito barulho, dando vivas à vitória do povo, ameaçando inimigos invisíveis e nos preparando para a luta, como valentões de consciência pesada. As luzes brancas dos arcos voltaicos nos iluminavam e estávamos desconfiados e agressivos. Éramos uma multidão perigosa naquele momento. Gerald Starnes, que presidia à assembleia, batia seu martelo sem parar, pedindo ordem, e fomos nos acalmando um pouco, mas não muito. Era como se todos nós nos sacudíssemos como água numa panela que alguém está agitando. "Este é um momento crucial na história da humanidade", gritou Gerald no meio da barulhada. "Lembrem-se de que nenhum de nós agora pode sair desta fábrica, pois cada um pertence a todos por força da lei moral que aceitamos!" Foi quando um homem, se levantando, disse: "Eu, não." Era um jovem engenheiro. Ninguém o conhecia bem, era uma pessoa reservada. Quando ele se levantou, fez-se um silêncio mortal de repente. Era pela maneira como ele mantinha a cabeça erguida. Era um homem alto e magro – lembro que pensei que dois homens quaisquer naquela assembleia poderiam quebrar seu pescoço sem muita dificuldade –, mas o que todos nós sentíamos era medo. Ele tinha a postura do homem que sabe que está com a razão. "Vou acabar com isso de uma vez por todas", disse. Sua voz era muito nítida e não exprimia qualquer sentimento. Só disse isso e começou a andar em direção à saída. Atravessou todo o galpão, à luz branca dos arcos, sem olhar para ninguém. Ninguém tentou detê-lo. Gerald de repente lhe perguntou: "Como?" Ele se virou e respondeu: "Vou parar o motor do mundo." E então saiu. Nunca mais voltamos a vê-lo.

Dagny mal piscava ao observá-lo falar sobre o episódio.

– Porém anos depois, quando vimos as luzes se apagarem uma por uma, nas grandes fábricas antes tão sólidas quanto montanhas, há gerações; quando vimos os portões se fecharem e as correias transportadoras pararem; quando vimos as estradas se esvaziarem e os carros desaparecerem; quando começamos a achar que alguma força silenciosa estava parando os geradores do planeta e todo o mundo estava silenciosamente se despedaçando, como um corpo que perde o espírito – então começamos a fazer perguntas sobre ele. Começamos a perguntar um ao outro, a perguntar a quem o ouvira falar. Começamos a achar que ele tinha cumprido a promessa, que ele, que vira a verdade e conhecia a verdade que nós nos recusávamos a admitir, era a retribuição que merecêramos, o vingador, o justiceiro que havíamos desafiado. Começamos a achar que ele nos havia amaldiçoado e que não tínhamos como escapar de seu veredicto, não tínhamos como escapar dele – e o que era mais terrível era que ele não nos estava perseguindo, e sim éramos nós que de repente estávamos procurando por ele, e ele havia simplesmente desaparecido sem deixar vestígio. Não encontramos nenhuma resposta. Ficávamos intrigados com que espécie de poder impossível lhe permitira fazer o que ele tinha prometido fazer. Não havia resposta a essa pergunta. Começamos a pensar nele sempre que víamos mais alguma coisa desmoronar, algo que ninguém explicava, sempre que sofríamos mais uma derrota, sempre que perdíamos mais uma esperança, sempre que nos sentíamos presos nessa neblina morta e cinzenta que está descendo sobre o mundo todo. Talvez as pessoas nos tenham ouvido gritar essa pergunta e, embora não entendessem o que queríamos dizer, compreendessem perfeitamente por que a fizéramos. Elas também achavam que alguma coisa havia desaparecido do mundo. Talvez tenha sido por isso que começaram a fazer essa indagação, sempre que acreditavam não haver mais esperanças. Espero que eu esteja enganado que essas palavras não tenham nenhum sentido, que não haja uma intenção consciente, nenhum vingador, por trás do crepúsculo da espécie humana. Mas, quando ouço as pessoas repetindo essa pergunta, tenho medo. Penso no homem que disse que ia parar o motor do mundo. O nome dele era John Galt.

▲▲▲

Dagny acordou, porque o ruído das rodas do trem havia se modificado. Agora era um ritmo irregular, com rangidos súbitos e estalidos curtos e agudos, como um riso histérico, ao mesmo tempo que o vagão se sacudia como se estivesse estrebuchando. Sem mesmo precisar consultar o relógio, percebeu que estavam agora na linha da Ocidental de Kansas e que o trem havia entrado no longo desvio que começava em Kirby, Nebraska.

O trem estava ocupado apenas pela metade – pouca gente se aventurara a atravessar o continente no Cometa desde o desastre do túnel. Dagny dera uma cabine para o vagabundo e depois ficara pensando no que ele dissera. Tentara pensar em todas as perguntas que queria lhe fazer no dia seguinte, porém constatara que sua mente estava congelada e muda, como um espectador incapaz de funcionar, que só consegue olhar para o que está à sua frente. Tinha a impressão de que ele sabia o que significava aquilo, sem precisar fazer quaisquer perguntas, e que tinha de fugir daquilo. Fugir – era essa a palavra que latejava insistentemente em sua cabeça, como se a fuga fosse um fim em si, crucial, absoluto e fadado ao fracasso.

Durante seu sono frágil, o ruído das rodas disputara, com sua tensão cada vez maior, o controle de sua mente. A toda hora ela acordava, sentindo um pânico inexplicável, levantando-se de repente no escuro, pensando, sem entender: *O que foi?* E depois se tranquilizando com a observação: *Estamos seguindo em frente, fugindo...*

A pista da Ocidental de Kansas se encontra em pior estado do que eu imaginei, pensou Dagny, ouvindo o ruído das rodas. O trem agora a estava levando para um lugar a centenas de quilômetros de Utah. Ela sentiu uma vontade desesperada de saltar na linha principal, abandonar todos os problemas da Taggart Transcontinental, pegar um avião e voar direto para junto de Quentin Daniels. Só com muito esforço pôde permanecer sentada.

Deitada no escuro, ouvindo as rodas do trem, pensava apenas em Daniels com o motor, que ainda restava como uma luz na escuridão à sua frente, impelindo-a para lá. De que lhe adiantaria o motor agora? Ela não sabia responder a essa pergunta. Por que tinha tanta certeza dessa necessidade desesperada de correr? Não tinha resposta. Encontrar Daniels a tempo – era esse o ultimato que a impelia para a frente. Agarrava-se a essa ideia, sem fazer perguntas. Sabia a resposta verdadeira, ainda que não formasse as palavras em sua mente: precisava daquele motor não para mover os trens, mas para manter a si própria em movimento.

Não ouvia mais as quartas batidas no meio daquela barulheira de metal, não ouvia mais os passos do inimigo contra quem disputava uma corrida. Escutava apenas a correria desesperada do pânico... *Vou chegar lá a tempo*, pensou, *vou chegar lá a tempo e vou salvar o motor. Eis um motor que ele não vai conseguir parar... ele não vai parar... não vai parar*, pensou ela, acordando subitamente com um solavanco, levantando a cabeça do travesseiro. As rodas haviam parado.

Por um momento, permaneceu imóvel, tentando apreender a estranha imobilidade ao seu redor. Era como a tentativa impossível de criar uma imagem sensorial da inexistência. Não havia nenhum atributo da realidade a ser percebido, nada além de sua ausência; não existia movimento, como se aquilo não fosse um trem, e sim um quarto num prédio. Não havia luz, como se aquilo não fosse nem um trem nem um quarto, e sim um espaço vazio, sem objetos; não havia nenhum sinal de violência nem de acidentes, como se fosse o estado em que não é mais possível a ocorrência de desastres.

No momento em que Dagny compreendeu a natureza daquela imobilidade, seu corpo se levantou de um salto, em um movimento único, imediato e violento como um grito de revolta. O rangido agudo da persiana da janela foi como uma navalhada cortando o silêncio, quando ela a levantou. Não via nada lá fora, apenas uma extensão vazia de planície. Um vento forte estava desfazendo as nuvens, e um raio de luar passava por entre elas, porém iluminava terras aparentemente tão mortas quanto as paisagens lunares.

Com um único gesto, ela acendeu a luz e chamou o cabineiro. Quando a cabine ficou toda iluminada, ela voltou ao mundo da razão. Olhou para o relógio: passavam alguns minutos da meia-noite. Olhou pela janela dos fundos e viu que a estrada de ferro desaparecia ao longe, e, à distância correta da traseira do último vagão, haviam sido colocadas no chão as luzes vermelhas regulamentares. Aquilo a tranquilizou.

Dagny tocou o botão e chamou o cabineiro outra vez. Esperou. Foi até a entrada do vagão, abriu a porta e se debruçou para fora, para ver o restante da composição. Algumas janelas estavam acesas ao longo do trem, porém não viu ninguém, nenhum sinal de atividade humana. Fechou a porta, voltou à sua cabine e começou a se vestir, com movimentos ao mesmo tempo calmos e rápidos.

O cabineiro não veio. Quando ela foi para o vagão seguinte, não sentia medo, nem incerteza, nem desespero, apenas a necessidade de agir.

Não havia nenhum cabineiro no vagão seguinte, nem no outro. Dagny percorreu os corredores estreitos sem encontrar ninguém. Mas algumas cabines estavam de porta aberta. Lá dentro, os passageiros estavam sentados, vestidos ou em trajes de dormir, silenciosos, como se esperassem. Viam-na passar com olhares estranhamente furtivos, como se soubessem o que ela procurava, como se estivessem esperando que viesse alguém para ver aquilo que eles não tinham se dado ao trabalho de ver. Ela seguia em frente, percorrendo a espinha dorsal de um trem morto, observando a curiosa combinação de cabines iluminadas, portas abertas e corredores desertos: ninguém havia se aventurado a saltar. Ninguém quisera fazer a primeira pergunta.

Atravessou correndo o único vagão de segunda classe da composição, onde alguns passageiros dormiam em posições desconfortáveis que indicavam extremo cansaço, enquanto outros, acordados e imóveis, caídos para a frente, pareciam animais esperando o golpe fatal, sem esboçar nenhum movimento de defesa.

Na plataforma do vagão de segunda classe, Dagny parou. Viu um homem que havia aberto a porta e estava debruçado para fora, tentando enxergar alguma coisa na escuridão, prestes a saltar. Reconheceu seu rosto: era Owen Kellogg, o homem que rejeitara o futuro que ela lhe oferecera uma vez.

– Kellogg! – exclamou ela, com um toque de riso em sua voz que era como um suspiro de alívio que se dá ao se ver um homem no deserto.

– Olá, Srta. Taggart – disse ele com um sorriso surpreso que exprimia uma mistura de prazer, incredulidade e saudade. – Não sabia que a senhora estava no trem.

– Vamos – disse ela, como se lhe desse uma ordem, como se ele ainda fosse funcionário da rede. – Acho que estamos num trem congelado.

– É – disse ele, e a seguiu obediente, disciplinado.

Não era necessário dar nenhuma explicação. Era como se, sem que sua compreensão mútua precisasse de palavras, estivessem atendendo ao imperativo do dever – e lhes parecia natural que, das centenas de pessoas no trem, fossem eles os companheiros de trabalho naquele momento de perigo.

– Faz alguma ideia de há quanto tempo estamos parados? – perguntou Dagny, enquanto atravessavam apressadamente o vagão seguinte.

– Não – disse ele. – Quando acordei, o trem já estava parado.

Foram até o primeiro vagão sem encontrar nenhum cabineiro, nenhum garçom no vagão-restaurante, nem guarda-freios nem chefe de trem. De vez em quando se entreolhavam, mas permaneciam em silêncio. Já conheciam as histórias dos trens abandonados, cujas tripulações desapareciam numa rebelião súbita contra a escravidão.

Saltaram do primeiro vagão. Não havia nada se movendo ao seu redor além do vento que roçava seus rostos, e rapidamente entraram na locomotiva. O farol estava aceso, projetando-se no vazio da noite como um braço acusador. Não havia ninguém na cabine.

O grito triunfal de Dagny foi sua reação ao choque que sentiu:

– E fizeram muito bem! São seres humanos!

Parou, consternada, como se tivesse ouvido outra pessoa gritar. Percebeu que Kellogg a observava com curiosidade, com um esboço de sorriso nos lábios.

Era uma velha locomotiva a vapor, a melhor que a rede pôde encontrar para o Cometa. O fogo ardia lentamente na caldeira. O vapor estava a baixa pressão, e através do grande para-brisa à sua frente viram, à luz do farol, uma estrada de ferro que devia estar sendo tragada pela locomotiva, mas que estava imóvel, com os dormentes contados e numerados, como os degraus de uma escada.

Dagny pegou o diário de bordo e olhou para os nomes dos tripulantes. O maquinista era Pat Logan.

Baixou a cabeça lentamente e fechou os olhos. Pensou na viagem inaugural em uma pista feita de um metal azul-esverdeado, uma viagem que Logan certamente tivera em mente – exatamente como ela a tinha agora – nas horas silenciosas de sua última viagem.

– Srta. Taggart? – chamou Kellogg em voz baixa. Ela levantou a cabeça de repente.

– Sim, sim... Bem – disse, com uma voz sem expressão, salvo a tonalidade metálica que exprime decisão –, temos que arranjar um telefone e chamar outros tripulantes. – Consultou o relógio. – À velocidade que estávamos indo, acho que estamos a uns 130 quilômetros da divisa de Oklahoma. Creio que a estação mais próxima daqui é a de Bradshaw. Devemos estar a uns 50 quilômetros de lá.

– Há algum trem da Taggart vindo atrás de nós?

– O próximo é o número 253, o trem de carga transcontinental, mas só vai chegar aqui por volta das sete da manhã, se não estiver atrasado, o que é o mais provável.

– Só *um* trem de carga daqui a sete horas? – Kellogg disse isso sem querer, com uma indignação que era fruto de sua lealdade para com a grande rede ferroviária em que ele se orgulhara de trabalhar.

Um leve sorriso se esboçou nos lábios de Dagny:

– Nosso tráfego transcontinental não é mais o que era no seu tempo.

Ele concordou com a cabeça, lentamente:

– Imagino que não deve estar vindo nenhum trem da Ocidental de Kansas, não é?

– Não sei, assim de cabeça, mas acho que não.

Kellogg olhou para os postes que margeavam a ferrovia.

– Espero que o pessoal da Ocidental de Kansas tenha mantido os telefones em funcionamento.

– Você quer dizer que, a julgar pelo estado em que está a ferrovia deles, é provável que os telefones não estejam funcionando. Mas temos que tentar.

– É.

Dagny se virou para andar, mas parou. Sabia que o comentário era inútil, porém as palavras lhe escaparam da boca sem querer.

– Sabe – disse ela –, o que mais dói é ver aqueles sinais luminosos que eles colocaram atrás do trem, para nos proteger. Eles... se preocuparam mais com as vidas de todos aqui do que o país se preocupou com eles.

Kellogg lhe dirigiu um olhar rápido, como se para enfatizar o que ela dissera, e respondeu, sério:

– É, Srta. Taggart.

Ao saltar da locomotiva, viram um grupo de passageiros parados ao lado dos trilhos e outros vultos saindo dos vagões para se juntarem a eles. Por algum instinto, os homens que antes estavam sentados nas cabines, esperando, tinham compreendido que alguém assumira a responsabilidade, e que agora não havia mais nenhum perigo em dar sinal de vida.

Todos olharam para ela com um ar questionador de expectativa quando Dagny se aproximou. A palidez exagerada do luar tinha o efeito de apagar as diferenças entre seus rostos e acentuar o que todos tinham em comum: uma expressão de avaliação cuidadosa – misto de medo e súplica – combinada com impertinência contida.

– Alguém gostaria de ser o porta-voz dos passageiros? – perguntou Dagny. Eles se entreolharam, mas ninguém disse nada.

– Muito bem – disse ela. – Vocês não precisam falar. Sou Dagny Taggart, vice-presidente de operações desta rede ferroviária, e... – um murmúrio agitou a multidão, como se de alívio – e quem vai falar sou eu. O trem foi abandonado pelos tripulantes. Não ocorreu nenhum acidente. A locomotiva está funcionando perfeitamente. É o que os jornais chamam de trem congelado. Todos vocês sabem o que isso quer dizer e também sabem por que isso acontece. Talvez vocês já soubessem os motivos muito antes que os homens que os abandonaram hoje os descobrissem. Mas isso agora em nada vai ajudar.

Uma mulher gritou de repente, com a petulância da histeria:

– O que vamos fazer?

Dagny parou e olhou para ela. A mulher estava intrometendo-se na multidão, para interpor alguns corpos humanos entre ela própria e aquele grande vazio, a planície que se estendia e se dissolvia em luar, a fosforescência morta daquela energia impotente, refletida. A mulher vestira um casaco por cima da camisola. O agasalho abria a toda hora, e sua barriga se projetava por baixo da camisola fina, daquele modo obsceno que pressupõe que toda autorrevelação humana é feia e que ao mesmo tempo não há esforço para reprimi-la. Por um momento, Dagny lamentou ter de prosseguir.

– Vou procurar um telefone – disse, com uma voz límpida e fria como o luar. – Há telefones de emergência a cada 10 quilômetros da linha. Vou mandar trazerem outra tripulação para cá. Isso vai levar algum tempo. Queiram permanecer em suas cabines e manter a ordem na medida do possível.

– E as quadrilhas de assaltantes? – perguntou a mulher, nervosa.

– É verdade – disse Dagny. – Preciso de alguém que me acompanhe. Quem gostaria de ir?

Não havia entendido o que a mulher quisera dizer. Ninguém respondeu à sua pergunta. Nenhum olhar se dirigia a ela, nem a outra pessoa qualquer. Não havia olhos ali, apenas ovais úmidas que brilhavam ao luar. *Lá estão eles*, pensou Dagny, *os homens da nova era, que exigem e recebem sacrifícios*. Percebeu que havia um toque de irritação naquele silêncio, como se estivessem lhe dizendo que tinha obrigação de evitar que eles passassem por momentos desagradáveis como aquele – e, com uma crueldade de que jamais fora capaz antes, Dagny permaneceu muda propositadamente.

Percebeu que Kellogg também esperava, só que ele não estava observando os passageiros, mas o rosto dela. Quando ele se certificou de que ninguém se ofereceria, disse, em voz baixa:

– Eu vou, Srta. Taggart, é claro.

– Obrigada.

– E nós? – perguntou a mulher nervosa.

Dagny se virou para ela e disse, com a voz formal e fria de um executivo:

– Não tem havido casos de saques a trens congelados... infelizmente.

– Onde estamos? – perguntou um homem corpulento com um sobretudo caro e um rosto pelancudo. Sua voz tinha o tom de quem se dirige a criados sem ter condições de fazê-lo. – Em que parte de qual estado?

– Não sei – respondeu ela.

– Quanto tempo vamos ficar aqui? – perguntou outro, no tom de um credor que aceita as condições de um devedor.

– Não sei.

– Quando vamos chegar a São Francisco? – perguntou ainda outro homem, como um policial se dirigindo a um suspeito.

– Não sei.

O ressentimento estava vindo à tona aos poucos, em pequenas explosões que pipocavam aqui e ali, como castanhas no fogo, nas mentes de pessoas que já se sentiam seguras porque alguém estava zelando por elas.

– Isso é um absurdo! – berrou uma mulher, avançando em direção a Dagny. – Você não tem o direito de deixar que isso aconteça! Não tenho a intenção de ficar esperando aqui neste fim de mundo! Exijo transporte!

– Cale a boca – disse Dagny –, senão eu tranco as portas do trem e deixo você de fora.

– Não pode fazer isso! Você trabalha numa empresa de transportes! Não tem o direito de me discriminar! Vou denunciá-la ao Conselho de Unificação!

– Só se eu lhe arranjar um trem para que possa chegar até o Conselho de Unificação – disse Dagny, virando-se para se afastar.

Viu que Kellogg olhava para ela com um olhar que enfatizava suas palavras.

– Arranje uma lanterna – disse ela – enquanto pego minha bolsa, e vamos indo.

Quando começaram a caminhada em busca de um telefone de emergência, passando pelos vagões silenciosos, viram outra figura descendo do trem e se aproximando apressadamente.

– Algum problema, madame? – perguntou ela, parando.

– Os tripulantes desertaram.

– Ah. O que se pode fazer?

– Vou procurar um telefone para ligar para a sede da divisão.

– A senhora não pode ir sozinha. Hoje em dia não se pode fazer isso. Melhor eu ir também.

Ela sorriu:

– Obrigada. O Sr. Kellogg vai comigo. Como é seu nome?

– Jeff Allen, minha senhora.

– Escute, Allen, já trabalhou numa ferrovia?

– Não, senhora.

– Pois está trabalhando numa ferrovia agora. Você é assistente de chefe de trem e vice-presidente de operações interino. Sua obrigação é tomar conta do trem na minha ausência, manter a ordem e impedir o estouro da boiada. Diga a eles que fui eu que o nomeei. Não precisa apresentar provas. Eles obedecem a qualquer um que souber impor autoridade.

– Sim, senhora – respondeu ele com firmeza, dirigindo a Dagny um olhar de quem tinha compreendido.

Dagny lembrou que dinheiro no bolso dá confiança, então pegou uma nota de 100 dólares na bolsa e a entregou ao homem.

– É um adiantamento de seu salário.
– Sim, senhora.
Quando ela já se afastava, Allen a chamou:
– Srta. Taggart!
Ela se virou:
– Sim?
– Obrigado – disse o homem.
Ela sorriu, com um gesto de despedida, e seguiu em frente.
– Quem é ele? – perguntou Kellogg.
– Um vagabundo que foi apanhado pegando carona no trem.
– Acho que ele vai dar conta do serviço.
– Vai, sim.

Andando em silêncio, passaram pela locomotiva e depois seguiram na direção apontada pelo farol. De início, pisando nos dormentes, com a luz violenta do farol lhes iluminando os passos, ainda lhes parecia estar em casa, no mundo normal das ferrovias. Depois Dagny se deu conta de que estava observando a luz do farol desaparecer aos poucos, tentando se pegar a ela e continuar a ver aquela luz cada vez mais débil, até se convencer de que o brilho pálido sobre os dormentes era só do luar. Não pôde conter o arrepio que a fez se virar para trás. O farol ainda estava lá, ao longe, como um planeta luminoso, dando a falsa impressão de que estava próximo, porém em outra órbita, outro sistema solar.

Kellogg andava a seu lado em silêncio, e ela sentia-se certa de que um sabia no que o outro estava pensando.

– Ele não conseguiria. Ah, de jeito nenhum! – disse Dagny de repente, sem perceber que havia pensado em voz alta.

– Quem?

– Nathaniel Taggart. Ele não conseguiria trabalhar com gente como aqueles passageiros. Não conseguiria aturá-los como funcionários nem como fregueses.

Kellogg sorriu:

– A senhorita quer dizer que ele não teria conseguido enriquecer explorando-os, Srta. Taggart?

Ela concordou com a cabeça.

– Eles... – começou ela, e Kellogg ouviu o leve tremor em sua voz, de amor, dor e indignação – eles vêm dizendo há anos que Nathaniel subiu tolhendo a capacidade dos outros, não lhes dando oportunidades, e que a competência humana era algo que ele usava em seu próprio interesse... Mas ele... não era obediência que ele exigia das pessoas.

– Srta. Taggart – disse Kellogg, com um estranho toque de severidade na voz –, não esqueça que ele representava um código de existência que, por um breve período da história da humanidade, aboliu do mundo a escravidão. Pense nisso quando sentir-se confusa com a natureza de seus inimigos.

– Já ouviu falar de uma mulher chamada Ivy Starnes?
– Ah, claro.
– Não consigo parar de pensar que ela teria gostado de assistir a essa cena, à cena daqueles passageiros. Era isso que ela queria. Mas nós, eu e você, não podemos conviver com isso, não é? Ninguém consegue. É impossível conviver com isso.

– O que a faz pensar que o objetivo de Ivy Starnes é a vida?

Em algum lugar, na periferia de sua mente, como os fiapos que ela vira ao longe na planície, que não eram raios de sol nem nuvens, Dagny sentiu a presença de uma forma que ela não conseguia assimilar, que era apenas sugerida, porém implorando para ser apreendida.

Dagny não disse nada, e – como elo após elo de uma corrente se desenrolando no silêncio – o ritmo de seus passos prosseguiu, um passo em cada dormente, marcado pelo baque seco dos saltos sobre a madeira.

Ela ainda não tivera tempo para ver na presença de Kellogg nada mais do que um ser competente, que providencialmente lhe aparecera naquela hora difícil. Agora o olhava com mais atenção. No rosto dele havia aquela expressão clara e dura que – ela se lembrava – tanto lhe agradava antigamente. Mas o rosto estava mais calmo, sereno, em paz. Suas roupas estavam muito gastas. Trajava uma velha jaqueta e, mesmo no escuro, ela percebia os pedaços gastos do couro.

– O que você tem feito desde que saiu da Taggart? – perguntou ela.
– Ah, muita coisa.
– Onde está trabalhando agora?
– Em tarefas especiais, mais ou menos.
– De que tipo?
– De todo tipo.
– Não está trabalhando em nenhuma ferrovia?
– Não.

A secura daquela negativa parecia transformá-la numa afirmação eloquente. Dagny sabia que ele entendia por que ela fazia aquelas perguntas.

– Kellogg, se eu lhe dissesse que não tenho mais nenhum funcionário de primeira na rede, se eu lhe oferecesse qualquer cargo, sob quaisquer condições, pelo salário que você quisesse, você aceitaria?

– Não.

– Você ficou chocado quando soube como nosso movimento está fraco. Acho que não faz ideia do efeito que a perda de pessoal teve na rede. Nem sei como lhe dizer a agonia que foi tentar encontrar gente capaz de construir nove quilômetros de pista temporária, três dias atrás. Tenho que construir 90 quilômetros de ferrovia nas montanhas Rochosas. Não vejo como, mas tenho que fazer isso. Vasculhei todo o país atrás de gente para empregar. Não achei ninguém. E, de repente, encontrei você aqui, num vagão de segunda, eu que daria metade da rede em troca de um funcionário como você... Entende por que não posso abrir mão de você? Peça o que quiser. Quer ser administrador-geral de uma região? Vice-presidente assistente de operações?

– Não.

– Você continua trabalhando para ganhar a vida, não é?

– Continuo.

– Não parece estar ganhando bem.

– O bastante para satisfazer minhas necessidades... e só as minhas.

– Por que você trabalha para qualquer firma, menos para a Taggart?

– Porque a senhorita não me daria o tipo de cargo que eu desejo.

– Eu?! – exclamou Dagny, parando. – Meu Deus, Kellogg! Será que você não entendeu? Eu lhe dou qualquer cargo que você quiser!

– Está bem. Guarda-linha.

– *O quê?*

– Turmeiro. Limpador de locomotivas. – Sorriu ao ver a expressão no rosto de Dagny. – Não? Está vendo? Bem que eu disse que a senhora não me dava.

– Quer dizer que aceitaria trabalho braçal?

– Se a senhora me oferecer.

– Mas nada melhor?

– Isso mesmo: nada melhor.

– Você não entende que eu tenho gente até de mais capaz de fazer essas coisas, mas ninguém que faça nada mais importante?

– Entendo, Srta. Taggart. E a senhorita, entende?
– O que eu preciso é da sua...
– ... inteligência, Srta. Taggart? Ela não está mais no mercado.
Dagny o olhava, parada, e seu rosto havia endurecido.
– Então você é um deles, não é? – perguntou, por fim.
– Eles quem?
Ela não respondeu, deu de ombros e seguiu em frente.
– Srta. Taggart – perguntou ele –, por quanto tempo a senhorita vai continuar trabalhando numa *companhia de transportes*?
– Não vou entregar o mundo à criatura que usou essa expressão que você está citando.
– A resposta que a senhorita deu a ela foi bem mais realista.
Caminharam em silêncio por muitos minutos até que ela perguntou:
– Por que você ficou do meu lado hoje? Por que me ajudou?
Ele respondeu com naturalidade, quase alegre:
– Porque nenhum dos passageiros daquele trem tem mais pressa de chegar a seu destino do que eu. Se esse trem seguir viagem, ninguém vai lucrar mais que eu. Mas, quando eu preciso de uma coisa, não fico parado dizendo que exijo transporte, como a tal criatura.
– Não? E se todos os trens pararem?
– Nesse caso, eu não deixaria para fazer de trem uma viagem de importância crucial.
– Aonde você está indo?
– Para o oeste.
– Uma "tarefa especial"?
– Não. Vou passar um mês de férias com uns amigos.
– Férias? E isso é importante para você?
– Mais do que qualquer outra coisa no mundo.
Haviam caminhado mais de três quilômetros quando chegaram a uma pequena caixa cinzenta num poste perto dos trilhos, o telefone de emergência. A caixa estava torta, desgastada pelo vento e pela chuva. Dagny a abriu. Lá dentro estava o telefone, um objeto familiar, que a tranquilizava, reluzente, à luz da lanterna de Kellogg. Mas no momento em que levou o fone ao ouvido ela percebeu – e Kellogg, quando viu o dedo de Dagny batendo com força no gancho, também percebeu – que não funcionava.
Dagny lhe entregou o fone sem dizer nada. Ela segurou a lanterna enquanto ele rapidamente retirava o aparelho da caixa e examinava os fios.

– O fio está bom – disse ele. – Está passando corrente. Só o aparelho é que está pifado. É possível que o próximo esteja funcionando. – E acrescentou: – O próximo fica a quase 10 quilômetros.

– Vamos – disse Dagny.

Ao longe, o farol da locomotiva ainda estava visível. Não era mais um planeta, e sim uma estrelinha piscando na névoa distante. Para a frente, os trilhos desapareciam no espaço azulado e indefinido.

Dagny se deu conta do número de vezes que havia olhado para trás, para ver aquele farol. Enquanto ele estava visível, era como uma corda salva-vidas que lhes garantisse a segurança. *Agora temos que parti-la e mergulhar para fora desse planeta*, pensou ela. Percebeu que também Kellogg estava olhando para o farol.

Entreolharam-se, mas não disseram nada. Dagny pisou num seixo, e o ruído foi como uma pequena bomba explodindo no silêncio. Com um gesto frio e intencional, Kellogg acertou um pontapé no telefone, que foi parar numa vala, e a violência do ruído despedaçou o silêncio.

– Desgraçado – disse ele, numa voz contida, sem gritar, com um ódio que ultrapassava qualquer demonstração de emoção. – Ele provavelmente não estava com vontade de trabalhar, e, como tinha *necessidade* de ganhar seu salário, ninguém tinha o direito de cobrar dele que mantivesse os telefones em funcionamento.

– Vamos – disse ela.

– Podemos descansar, se a senhorita estiver cansada, Srta. Taggart.

– Estou bem. Não temos tempo para ficar cansados.

– Esse é o nosso maior erro, Srta. Taggart. Temos que descansar, algum dia.

Dagny deu uma risadinha e pisou num dormente, enfatizando aquele passo como resposta. Então continuaram a caminhada.

Era difícil caminhar sobre os dormentes, mas, quando tentaram andar ao lado dos trilhos, viram que lá era ainda pior. O chão, uma mistura de areia com terra, afundava sob seus sapatos, como uma substância que não é nem líquida nem sólida, que se espalha para todos os lados. Voltaram a andar sobre os dormentes. Era quase como atravessar um rio pulando sobre troncos flutuantes.

Dagny pensou que distância terrível 10 quilômetros representavam agora e que uma sede de divisão a 50 quilômetros era agora uma meta inatingível – isso depois de uma época de ferrovias construídas por homens que pensavam em termos de milhares de quilômetros. Aquela rede de trilhos e luzes, que ia de oceano a oceano, dependia de um fio partido, de um telefone com defeito – *Não*, pensou ela, *dependia de algo muito mais poderoso e mais delicado: das mentes de homens que sabiam que a existência de um fio, um trem, um emprego, de si próprios e suas ações eram coisas absolutas, inescapáveis. Quando essas mentes se perdiam, um trem de 2 mil toneladas ficava à mercê dos músculos de suas pernas.*

Cansada?, pensou ela. Mesmo o esforço de caminhar era um valor, um pequeno pedaço de realidade naquele nada que os cercava. A sensação de esforço era uma experiência específica, era dor e não podia ser outra coisa – no meio daquele espaço que não era escuridão nem luz, daquele chão que nem cedia nem resistia, daquela névoa que não estava imóvel nem em movimento. Seu esforço era a única coisa que evidenciava seu movimento: nada mudava no vazio ao redor, nada tomava forma de modo a indicar que estavam avançando. Dagny sempre se admirara, com incredulidade e desprezo, das seitas que pregavam o aniquilamento do universo como um ideal a ser atingido. *É este*, pensou ela, *o mundo deles, e o próprio conteúdo de suas mentes concretizado.*

Quando a luz verde de um sinal apareceu ao lado da linha, se tornou um referencial a ser ultrapassado, porém – por estar deslocada no meio daquele cenário irreal – não lhes proporcionou nenhuma sensação de alívio. Parecia-lhes vir de um mundo extinto há muito tempo, como aquelas estrelas cuja luz permanece depois que morrem. O círculo verde luzia no espaço, anunciando que a linha estava livre, incentivando o movimento onde não havia nada que se movesse. *Quem era o tal filósofo*, pensou ela, *que afirmava que o movimento existia sem que houvesse entidades móveis? Pois esse é o mundo dele, também.*

Dagny percebeu que caminhava com um esforço cada vez maior, como se lutasse contra uma resistência que não era uma pressão, e sim uma sucção. Olhando para Kellogg, viu que ele também parecia caminhar contra uma tempestade. *É como se nós dois fôssemos os únicos sobreviventes da realidade*, pensou ela. *Duas figuras solitárias lutando não contra uma tempestade, e sim, pior ainda, contra a inexistência.*

Foi Kellogg quem olhou para trás, depois de algum tempo, e ela imitou o gesto dele. Já não se via mais o farol.

Não pararam. Olhando para a frente, com um gesto distraído, ele pôs a mão no bolso, e ela estava certa de que fora um movimento involuntário. Kellogg tirou do bolso um maço de cigarros e o ofereceu a ela.

Dagny ia pegar um cigarro quando, de repente, agarrou o pulso de Kellogg e lhe arrancou o maço da mão. O maço era totalmente branco, ostentando apenas um cifrão.

– Me dê a lanterna! – ordenou ela, parando.

Obediente, Kellogg parou e iluminou o maço de cigarros na mão de Dagny. Ela olhou de relance para seu rosto: ele estava um pouco surpreso e achando muita graça naquilo.

Não havia mais nada escrito no maço, nenhum nome nem endereço, só o cifrão estampado em ouro. Os cigarros também tinham a mesma marca.

– Onde você arranjou isso? – perguntou ela.

Ele sorria:

– Se a senhorita já sabe o bastante para fazer essa pergunta, devia saber também que não vou responder.

– Eu sei que isto representa algo.

– O cifrão? Representa muita coisa. Aparece na roupa de toda figura gorda e grotesca, em todas as charges, para identificar um ladrão, um vigarista, um canalha. É a marca inconfundível do mal. Ele representa o dólar, a moeda de um país livre, e, por conseguinte, representa realização, o poder criativo do homem, o sucesso, a capacidade e, justamente por isso, é usado como marca de infâmia. Aparece estampado na testa de um homem como Hank Rearden, uma marca de condenação. Aliás, a senhorita sabe de onde vem este símbolo? Vem das iniciais de United States.

Ele desligou a lanterna, mas continuou parado. Na penumbra, Dagny via seu sorriso amargo.

– Sabe que os Estados Unidos são o único país na história do mundo que usou seu próprio monograma como símbolo de depravação? Pergunte a si própria por quê. Pergunte-se por quanto tempo um país que faz algo assim pode continuar a existir, um país cujos padrões morais o destruíram. Foi o único na história cuja riqueza não foi acumulada pelo saque, mas pela produção; não pela força, e sim pelo comércio. O único país cuja moeda simbolizava o direito do indivíduo de gozar de sua própria mente, seu próprio trabalho, sua vida, sua felicidade. Se isso é mau, pelos atuais padrões do mundo, se é esse o motivo pelo qual nos amaldiçoam, a nós, os que corremos atrás dos dólares, então nós, os que fazemos fortunas, aceitamos o fato, aceitamos que o mundo nos condene. Optamos por usar o cifrão, o símbolo do dólar, em nossas testas, com orgulho, como nosso brasão de nobreza: a insígnia pela qual estamos dispostos a viver e, se necessário, a morrer.

Kellogg estendeu a mão. Dagny segurava o maço de cigarros como se seus dedos não quisessem soltá-lo, porém o colocou na mão estendida. Com um gesto deliberadamente vagaroso, como se para ressaltar seu significado, ele ofereceu um cigarro a ela, que o tomou e o levou aos lábios. Ele pegou outro para si, riscou um fósforo e acendeu os dois cigarros. Seguiram em frente.

Caminharam sobre toras de madeira apodrecida que afundavam sem resistência no chão mole, num mundo vazio de luar frio e névoa espessa, com duas brasas de fogo vivo nas mãos, e a luz de dois pequenos círculos para lhes iluminar os rostos.

"O fogo, uma força perigosa, domado, à disposição dos homens..." Dagny se lembrava das palavras do velho que lhe dissera que aqueles cigarros não haviam sido feitos em nenhum lugar na Terra. "Quando um homem pensa, há um ponto de fogo vivo em sua mente, e é apropriado que ele tenha a brasa viva de um cigarro como expressão."

– Quem dera você me dissesse quem faz esses cigarros – disse ela, num tom de desesperança.

Ele deu uma risadinha gostosa:

– O que posso lhe dizer é que são feitos por um amigo meu, para vender, mas, como ele não é dono de uma companhia de transportes, ele só os vende aos amigos.

– Você me vende esse maço?

– Acho que a senhorita não vai poder pagar o preço, mas... se quiser, eu vendo.

– Quanto custa?

– Cinco centavos.

– Cinco centavos? – reagiu ela, confusa.

– Cinco centavos... – e Kellogg acrescentou: – Em ouro.

Ela parou, olhando surpresa para ele.

– Em ouro?

– É, Srta. Taggart.

– Bem, qual é a taxa de câmbio que você usa? Quanto custa isso em dinheiro normal?

– Não há taxa de câmbio, Srta. Taggart. Nenhuma quantidade de moeda física – ou espiritual – cujo único padrão de valor seja o decreto do Sr. Wesley Mouch pode comprar esses cigarros.

– Entendo.

Kellogg pôs a mão no bolso, pegou o maço e o entregou a ela.

– Posso lhe dar os cigarros, porque a senhorita fez jus a eles muitas e muitas vezes e porque precisa deles pelo mesmo motivo que nós.

– Que motivo?

– Para nos lembrar – em nossos momentos de desânimo, na solidão do exílio – de nossa verdadeira pátria, que sempre foi a sua também, Srta. Taggart.

– Obrigada – disse ela.

Dagny pôs o maço no bolso, e ele percebeu que a mão dela tremia.

Quando chegaram ao marco que indicava o 10º quilômetro, estavam calados havia muito tempo, sem forças para fazer outra coisa que não andar. Ao longe, viam um ponto de luz, muito próximo ao horizonte e muito forte para ser uma estrela. Olhavam para ele enquanto caminhavam e não disseram nada até que perceberam que era, sem dúvida, um poderoso farol iluminando a planície vazia.

– O que é aquilo? – perguntou ela.

– Não sei – disse ele. – Parece...

– Não – ela interrompeu logo –, não pode ser. Não aqui.

Dagny não queria que Kellogg explicitasse a esperança que ela vinha sentindo havia tantos minutos. Ela não podia se permitir pensar naquilo, ou se dar conta de que o que sentia era esperança.

Encontraram a caixa do telefone. O farol era como um fogo frio e violento, a menos de um quilômetro ao sul. O aparelho estava funcionando. Ela ouviu o zumbido, como a respiração de um ser vivo, ao levar o fone ao ouvido. Então uma voz preguiçosa e sonolenta disse:

– Jessup, de Bradshaw.

– Aqui é Dagny Taggart, falando de...

– Quem?

– Dagny Taggart, da Taggart Transcontinental, falando...

– Ah... ah, sei... Sei... Sim?

– ... falando do telefone de emergência número 83. O Cometa está parado a 11 quilômetros ao norte daqui. Foi abandonado pela tripulação.

Houve uma pausa.

– Mas o que a senhora quer que eu faça?

Agora Dagny é que teve que fazer uma pausa para acreditar no que tinha ouvido.

– Você é o despachante noturno?

– Sou.
– Então nos mande uma tripulação imediatamente.
– Uma tripulação completa de trem de passageiros?
– Claro.
– Agora?
– É.
Fez-se uma pausa.
– Isso não consta do regulamento.
– Quero falar com o despachante-chefe – disse ela, engasgada.
– Está de férias.
– Então o superintendente da divisão.
– Foi passar dois dias em Laurel.
– Qualquer pessoa que seja responsável pela linha.
– Sou eu mesmo.
– Escute – disse ela devagar, tentando ser paciente –, você compreende que há um trem especial, de passageiros, abandonado no meio do campo?
– Sim, mas como posso saber o que é para eu fazer? O regulamento não fala nada a respeito. Se fosse um acidente, aí a gente mandava um trem-socorro, mas se não houve acidente... vocês não estão precisando de trem-socorro, estão?
– Não. Estamos precisando é de homens. Você entende? Homens para fazer o trem andar.
– O regulamento não diz nada sobre isso de trem sem tripulantes, nem tripulantes sem trem. Também não diz nada sobre a possibilidade de mandar uma tripulação completa no meio da noite para procurar um trem não sei onde. Nunca ouvi falar nisso.
– Pois está ouvindo agora. Você não sabe o que tem que fazer?
– Quem sou eu para saber?
– Você sabe que sua função é manter os trens em movimento?
– Minha função é seguir o regulamento. Se eu mando uma tripulação para aí e não era para mandar, só Deus sabe o que pode acontecer! Agora com essa história de Conselho de Unificação e todos esses decretos, quem sou eu para assumir uma coisa dessas?
– E o que vai acontecer com você se deixar um trem largado no meio da ferrovia?
– Isso não é culpa minha. Não tenho nada a ver com isso. Eles não podem dizer que fui eu. Não pude fazer nada.

– Pode, sim, agora.

– Ninguém me mandou fazer nada.

– *Eu* estou mandando!

– E sei lá se a senhora pode mandar que eu faça alguma coisa ou não? Ninguém me disse que era para a gente mandar tripulação para nenhum trem da Taggart. O combinado era vocês andarem com as tripulações de vocês. Foi o que nos disseram.

– Mas é uma emergência!

– Ninguém me disse nada sobre emergências.

Dagny levou alguns segundos para se controlar. Viu que Kellogg a olhava com um sorriso amargo de ironia.

– Escute – insistiu ela –, você sabe que era para o Cometa ter chegado em Bradshaw há mais de três horas?

– Claro. Mas hoje em dia ninguém cria caso por isso. Os trens estão sempre atrasados.

– Quer dizer que você vai deixar nosso trem bloqueando sua linha para o resto da vida?

– Não vai passar nada por ela até o número 4, o trem de passageiros que sai de Laurel e vai para o norte às 8h37 da manhã. Vocês podem esperar. Aí o despachante diurno vai estar aqui. A senhora fala com ele.

– Seu imbecil! Estamos no *Cometa*!

– E eu com isso? Isso aqui não é a Taggart Transcontinental. Vocês pagam, mas também querem demais. Para nós, funcionários, vocês só deram dor de cabeça, mais trabalho e nem um tostão a mais. – Sua voz se tornava cada vez mais insolente. – A senhora não pode falar comigo desse jeito. Hoje em dia não se pode mais falar assim com as pessoas.

Dagny jamais acreditara que havia homens com quem funcionava certo método que ela jamais utilizara. Tais homens não costumavam ser contratados pela Taggart Transcontinental, e ela jamais tivera que lidar com eles antes.

– Você sabe com quem está falando? – perguntou ela, no tom frio e arrogante de quem faz uma ameaça.

Deu certo.

– Eu... acho que sei – respondeu ele.

– Então vou lhe dizer uma coisa: se você não mandar uma tripulação para cá imediatamente, vai estar desempregado uma hora depois que eu chegar a Bradshaw, o que vai acontecer mais cedo ou mais tarde. Se você gosta do seu emprego, é melhor que seja mais cedo.

– Sim, senhora – disse ele.

– Forme uma tripulação completa de trem de passageiros e lhes dê ordens de nos levar até Laurel, onde há homens da Taggart.

– Sim, senhora. – O homem acrescentou: – A senhora diz depois que foi por ordem sua?

– Digo.

– E que a senhora é responsável?

– Sou.

Houve uma pausa. Depois ele perguntou, impotente:

– Como é que vou chamar os homens? A maioria deles não tem telefone.

– Vocês não têm um garoto de recados?

– Temos, mas ele só chega aqui de manhã.

– Não tem ninguém aí agora?

– Só o limpador de locomotivas.

– Mande o limpador chamar os homens.

– Sim, senhora. Aguarde na linha.

Ela se encostou na caixa do telefone para esperar. Kellogg estava sorrindo.

– E a senhorita pretende fazer uma rede ferroviária transcontinental funcionar com esse tipo de gente? – perguntou ele.

Dagny deu de ombros.

Ela não conseguia deixar de olhar para o farol. Parecia tão perto, tão ao seu alcance. Era como se um pensamento inconfessado estivesse lutando contra ela cheio de fúria, perturbando sua mente: um homem capaz de explorar todas as formas desconhecidas de energia, que estava trabalhando num motor que tornaria todos os outros motores inúteis. Ela poderia estar falando com ele, com um homem de tal inteligência, em algumas horas, em apenas algumas horas. Talvez não houvesse necessidade de se apressar.

Era o que ela queria fazer. Era tudo o que ela queria... Seu trabalho? Qual era o seu trabalho: utilizar seu cérebro até o máximo de seu potencial ou passar o resto da vida fazendo o que um homem incapaz de ser despachante noturno não conseguia fazer? Por que ela optara por trabalhar? Para poder ficar onde havia começado – vigia noturna da estação de Rockdale. Não, menos ainda que isso: ela fora melhor do que aquele despachante, mesmo em Rockdale. Seria este seu fim, algo inferior ao início? Então não havia motivo para ter pressa? *Ela* era o motivo... Eles precisavam de trens, mas não precisavam do motor? *Ela* precisava do motor... Seu dever? Para com quem?

O despachante demorou muito. Quando voltou ao telefone, pela voz parecia contrariado:

– O limpador disse que fala com todos eles, mas não adianta nada, porque como vou mandá-los para aí? Não temos locomotiva.

– Não têm locomotiva?

– Não. O superintendente pegou uma para ir até Laurel e a outra está em reparos, está lá há semanas, e a locomotiva de manobras descarrilou hoje, só vai estar liberada amanhã à tarde.

– E a locomotiva do trem-socorro que você estava oferecendo?

– Ah, essa não está aqui. Houve um desastre lá para o norte ontem. Ela ainda não voltou.

– Vocês não têm nenhuma locomotiva a diesel?

– Aqui nunca teve dessas coisas, não.

– Vocês têm um carro de linha?

– Ah, isso temos, sim.

– Então mande os homens no carro de linha.

– Ah... sim, senhora.

– Diga aos homens que parem aqui, no telefone de emergência número 83, para pegar a mim e o Sr. Kellogg.

Dagny estava olhando para o holofote.

– Sim, senhora.

– Ligue para o chefe da divisão em Laurel, avise que o Cometa está atrasado e explique o que aconteceu. – Pôs a mão no bolso e de repente seus dedos se fecharam sobre o maço de cigarros. – Escute, que farol é esse a mais ou menos um quilômetro daqui?

– Daí onde a senhora está? Ah, deve ser o campo de pouso de emergência das Vias Aéreas Capitânia.

– Sei... Bem, é só. Mande os homens partirem imediatamente. Não se esqueça de dizer a eles que venham pegar o Sr. Kellogg no telefone de emergência número 83.

– Sim, senhora.

Dagny desligou. Kellogg estava sorrindo.

– Um campo de pouso, não é?

– É. – Ela estava olhando para o farol, com a mão ainda no bolso, apertando o maço de cigarros.

— Então eles vêm pegar *o Sr. Kellogg*, não é?

Dagny se virou para ele, dando-se conta de que sua mente havia tomado a decisão sem que ela o percebesse de maneira consciente.

— Não — disse ela. — Não, não quis dizer que ia abandonar você aqui. É só que eu também tenho algo muito importante a fazer, estou com pressa e estava pensando em pegar um avião, mas não posso, e não é necessário.

— Vamos — disse ele, começando a andar em direção ao campo de pouso.

— Mas eu...

— Se a senhorita está com pressa de fazer uma coisa mais importante do que ser ama-seca para esses imbecis, vá logo.

— A coisa mais importante do mundo — sussurrou ela.

— Eu me encarrego de levar o Cometa e entregá-lo ao pessoal da Taggart em Laurel — disse ele.

— Obrigada... Mas se você pensa que... Olhe, não estou desertando do trem.

— Eu sei.

— Então por que você está tão ansioso para me ajudar?

— Porque eu queria vê-la fazer uma coisa que *a senhorita está* com vontade de fazer, ao menos uma vez.

— É pouco provável que haja um avião lá.

— É bem provável que haja.

Havia dois aviões no campo de pouso: um, destroçado, reduzido a sucata; o outro, um monoplano Dwight Sanders, novo em folha, do tipo que as pessoas procuravam em vão por todo o país.

Um homem sonolento estava no campo, um jovem gorducho que, não fosse o vocabulário que indicava que ele tinha formação universitária, poderia muito bem ser irmão gêmeo do despachante noturno de Bradshaw. Não sabia nada sobre os dois aviões: ambos já estavam lá quando ele arranjara aquele emprego um ano antes. Nunca perguntara nada sobre eles, nem ele nem ninguém. Fosse o que fosse o que acontecera na sede distante de uma grande companhia de aviação, que aos poucos caminhava para a falência, o monoplano Sanders havia sido esquecido — coisas tão valiosas quanto ele estavam sendo esquecidas por toda parte... como o modelo do motor tinha sido esquecido numa pilha de trastes inúteis e, embora estivesse à vista de quem entrasse naquela sala, não parecera importante para os herdeiros da fábrica, para ninguém...

O regulamento não explicava para o jovem gorducho se ele podia ou não ceder o monoplano. Quem decidiu tudo foi o jeito despachado e confiante dos dois estranhos – foram as credenciais da Srta. Dagny Taggart, vice-presidente de uma rede ferroviária –, vagas insinuações sobre uma missão secreta, de emergência, que parecia ser coisa do governo – a menção de um suposto entendimento com os executivos da sede da companhia aérea em Nova York, cujos nomes o rapaz gorducho jamais ouvira –, um cheque no valor de 15 mil dólares, assinado pela Srta. Taggart, como depósito a ser devolvido quando da devolução do monoplano – e um outro cheque, no valor de 200 dólares, para ele, uma cortesia pessoal.

O rapaz abasteceu o avião, inspecionou-o da melhor maneira que lhe foi possível e encontrou um mapa dos aeroportos do país. Dagny viu que, segundo o mapa, ainda existia um campo de pouso nos arredores de Afton, Utah. Ela estava ativa e tensa demais para ter sentimentos, mas, no último instante, quando o rapaz iluminou o campo, pouco antes de embarcar, Dagny parou, contemplou o vazio do céu e depois olhou para Kellogg. Ele estava sozinho no meio daquela luz intensa, os pés bem firmes no chão, numa ilha de cimento intensamente iluminada, cercada de noite profunda por todos os lados. Ela não sabia qual dos dois estava se arriscando mais, qual ia enfrentar o vazio mais desolado.

– Se alguma coisa acontecer comigo – disse ela –, você diz a Eddie Willers, lá no meu escritório, para arranjar um emprego para Jeff Allen, que eu prometi?

– Digo... É só o que a senhorita quer que seja feito... se acontecer alguma coisa?

Dagny pensou e sorriu com tristeza, surpresa de constatar o fato:

– É, acho que sim... Só mais uma coisa: diga a Hank Rearden o que aconteceu e que eu lhe pedi que falasse com ele.

– Está bem.

Ela levantou a cabeça e disse, com firmeza:

– Mas não acho que vá acontecer coisa nenhuma. Quando chegar a Laurel, ligue para Winston, Colorado, e avise que vou estar lá amanhã ao meio-dia.

– Sim, senhora...

Ela queria apertar a mão dele na despedida, mas o gesto não pareceu apropriado. Então se lembrou do que ele dissera a respeito dos momentos de solidão. Sem dizer nada, pegou o maço de cigarros e lhe ofereceu um. O sorriso de Kellogg era toda uma afirmativa cheia de compreensão, e a pequena chama do fósforo com que ele acendeu o seu cigarro e o dela foi o aperto de mãos mais duradouro que jamais trocaram.

Então Dagny subiu no avião – e o instante seguinte de sua consciência não era separar momentos e movimentos, mas dispersar, com um gesto único e uma única unidade de tempo, uma progressão que perfazia uma totalidade, como as notas de uma música. Desde o momento em que sua mão tocou o arranque até o ruído do motor crescendo, como uma avalanche nas montanhas, todo o contato com o passado – até a hélice circulando que logo desaparecia no brilho frágil de um redemoinho que cortava o espaço à sua frente, até a corrida pela pista, até a breve pausa e depois até o impulso para a frente, até o longo e perigoso caminho da pista, que não admite ser obstruído, o caminho em linha reta que acumula força, gastando-a num esforço cada vez maior, mais rápido, a linha reta que leva a um objetivo, até o momento, despercebido, em que a terra se afasta e a linha, sem interrupção, adentra o espaço, no ato simples e natural de se elevar.

Viu os fios de telégrafo ao lado da ferrovia passando a seus pés. A Terra caía, e ela sentiu como se o peso da Terra caísse de seus pés, como se o globo terrestre fosse diminuindo até se reduzir ao tamanho de uma bola, uma bola de chumbo que estivera presa a seu pé por uma corrente e que agora havia se desprendido. Seu corpo balançava, embriagado com o choque de uma descoberta, e o avião balançava com seu corpo, e era a própria Terra lá embaixo que balançava ao ritmo do avião: da descoberta de que sua vida agora estava em suas mãos, de que não havia necessidade de discutir, explicar, implorar, lutar – nada a não ser ver, pensar, agir. Então a Terra se imobilizou: virou um amplo lençol negro cada vez maior, à medida que ela ia ganhando altura, rodando em círculos. Quando olhou para baixo pela última vez, as luzes do campo de pouso tinham sido apagadas, apenas o farol restava, e parecia a brasa do cigarro de Kellogg, brilhando na escuridão como uma despedida.

Agora lhe restavam apenas as luzes do painel de controle e as estrelas, além do vidro à sua frente. Nada a sustentava senão o ritmo do motor e os cérebros dos homens que haviam construído aquele avião. *Porém o que mais sustenta as pessoas em qualquer lugar?*, pensou.

Dagny seguia rumo ao noroeste, cortando o Colorado em diagonal. Sabia que tinha escolhido a rota mais perigosa, passando sobre o trecho mais elevado da serra, e portanto era preciso voar bem alto.

No entanto, nenhuma montanha parecia tão perigosa quanto o despachante de Bradshaw.

As estrelas eram como espuma, e o céu parecia repleto de movimento leve, do movimento de bolhas se formando e se acumulando, do flutuar de ondas circulares sem progressão. De vez em quando, um brilho surgia na Terra, e parecia mais forte que o azul estático sobre sua cabeça. Mas permanecia isolado, entre o negro de cinzas e o azul de uma cripta, como se lutasse para sobreviver, saudasse Dagny e desaparecesse.

O risco pálido de um rio foi surgindo lentamente do vazio e por muito tempo permaneceu visível, deslizando a uma velocidade imperceptível na direção de Dagny. Parecia uma veia fosforescente visível por baixo da pele da Terra, uma veia delicada, sem sangue.

Quando Dagny viu as luzes de uma cidade, como um punhado de moedas de ouro jogadas sobre a planície, aquelas luzes violentas alimentadas por uma corrente elétrica lhe pareceram tão distantes e inatingíveis quanto as estrelas. A energia que as alimentara desaparecera, a força que criara usinas nas planícies vazias sumira, e Dagny não sabia de uma viagem que permitisse encontrá-las. *Porém essas haviam sido minhas estrelas*, pensou ela olhando para baixo, *meu objetivo, meu farol, a aspiração que guiara minha ascensão*. Aquilo que os outros diziam sentir quando olhavam para as estrelas – elas, que estavam a milhões de anos-luz de distância e, portanto, não impunham nenhuma obrigação de agir, e eram apenas enfeites fúteis – ela sentira ao ver luzes elétricas iluminando as ruas de uma cidade. Era esta Terra lá embaixo a altitude que ela quisera escalar e não entendia como a havia perdido, quem transformara aquela Terra numa bola de chumbo de prisioneiro a ser arrastada na lama, quem transformara aquela promessa de grandeza numa visão inatingível. A cidade, porém, já ficara para trás, e ela precisava olhar para a frente, para as serras do Colorado que se elevavam em seu caminho.

O pequeno mostrador de vidro em seu painel lhe informava que o avião agora estava subindo. O som do motor, reverberando na casca de metal ao seu redor, tremendo no manche em suas mãos, como as batidas de um coração dedicado a um esforço solene, lhe indicava a força que a levava acima dos picos das montanhas. A Terra, agora, era uma escultura amarrotada que balançava de um lado para outro, a forma de uma explosão que ainda enviava súbitos jorros em direção ao avião. Para Dagny, eram dentes negros que rasgavam a extensão leitosa de estrelas bem na sua frente, cada vez maiores. Com a mente integrada ao corpo e este integrado ao avião, ela lutava contra a sucção invisível que a impelia para baixo, lutava contra as súbitas irrupções que inclinavam a Terra, como se estivesse prestes a sair céu afora, com metade das montanhas a segui-la. Era como lutar contra um oceano congelado, onde o menor contato com uma onda fosse fatal.

Havia longos trechos em que as montanhas desciam sobre vales cheios de névoa. Então a névoa subia, engolia a Terra e Dagny ficava imóvel, suspensa no espaço apenas pelo ruído do motor.

No entanto, ela não precisava ver a Terra. O painel de controle era agora sua visão – era a visão condensada dos melhores cérebros capazes de guiá-la. *Essa visão condensada*, pensou ela, *exige de mim apenas a capacidade de entendê-la. De que modo os criadores dessa visão tinham sido pagos? Do leite condensado à música condensada, à visão condensada dos instrumentos de precisão – que riqueza tais homens haviam proporcionado ao mundo e o que receberam em troca? Onde estariam agora? Onde estaria Dwight Sanders? Onde estaria o homem que inventara o motor?*

A névoa estava se dissipando, e, de repente, Dagny viu uma gota de fogo sobre a cordilheira. Não era luz elétrica, e sim uma chama solitária na escuridão da Terra. Ela sabia onde estava, conhecia aquela chama: era a Tocha de Wyatt.

Estava se aproximando de seu destino. Ao longe, para trás, a nordeste, ficavam os picos perfurados pelo Túnel Taggart. As montanhas agora desciam, uma longa descida que terminava no solo mais liso de Utah. Ela fez o avião perder altura.

As estrelas iam sumindo, o céu escurecia, mas nas nuvens para o leste começavam a surgir pálidas rachaduras – primeiro eram fios, depois pequenas manchas refletidas, depois faixas retas que ainda não eram rosadas porém não eram mais azuis, a cor de uma luz futura, os primeiros indícios da alvorada. Apareciam e sumiam, tornando-se mais fortes pouco a pouco, tornando o céu mais escuro, de repente rasgando o espaço, como uma promessa que vai ser cumprida. Dagny ouviu uma música em sua mente, uma melodia na qual não gostava de pensar: não o Quinto Concerto de Halley, mas o Quarto, o grito que se eleva de um combate mortal, os acordes do tema brotando como uma visão distante a ser alcançada.

Viu o aeroporto de Afton ao longe, primeiro como um quadrado cintilante, depois como uma explosão de luzes brancas. Estava iluminado porque havia um avião prestes a decolar, então ela teria que esperar para pousar. Girando em círculos na escuridão em torno do aeroporto, viu o corpo prateado de um avião subir como uma fênix daquele fogo branco e partir em direção ao leste, em linha reta, quase deixando sua própria luz em seu rastro.

Então Dagny desceu no meio do funil luminoso dos holofotes e viu uma faixa de cimento se aproximar. Sentiu o baque das rodas, depois o movimento do avião ir morrendo aos poucos, e agora a aeronave era como um automóvel que deslizava na pista.

Aquele era um pequeno aeroporto particular, que servia às poucas indústrias que ainda restavam em Afton. Dagny viu um único funcionário correr em sua direção. Saltou do avião no instante em que ele parou e deixou de pensar nas horas de voo, com a impaciência de ter que esperar mais alguns minutos.

– Será que dá para eu arranjar um carro e ir até o Instituto de Tecnologia imediatamente? – perguntou ela.

O funcionário a encarava surpreso.

– Claro, mas... para quê? Lá não tem ninguém.

– O Sr. Quentin Daniels está lá.

O funcionário sacudiu a cabeça lentamente e em seguida apontou para o avião que acabara de decolar e que já desaparecia para os lados do leste.

– O Sr. Daniels está naquele avião.

– *O quê?*

– Ele acaba de partir.

– Partir? Por quê?

– Foi embora com o homem que chegou procurando por ele há umas duas ou três horas.

– Que homem?

– Não sei, nunca o vi antes, mas que beleza de avião ele tem!

Então ela voltou para o avião, percorreu a pista e decolou. A aeronave seguiu como uma bala em direção às luzes vermelha e verde que piscavam para o lado do leste. Ela repetia sem parar:

– Não! Não! Não! Não!

De uma vez por todas, pensou ela, agarrando o manche como se fosse o inimigo, como se seus pensamentos fossem explosões em sua mente, ligados por um rastro de fogo, *de uma vez por todas... encarar o destruidor... saber quem ele é e aonde vai quando desaparece... o motor, não... ele não vai levar o motor para as trevas de seu monstruoso desconhecido... desta vez ele não vai escapar...*

Uma faixa de luz subia no leste, parecia brotar da Terra, como uma respiração presa há muito e finalmente liberada com alívio. No azul-escuro acima dela, o avião do estranho era a única faísca que mudava de cor e reluzia, como a ponta de um pêndulo balançando na escuridão, num ritmo compassado.

A curva da distância fez a faísca se aproximar da Terra, e Dagny deu toda a velocidade no avião, para que aquela faísca não desaparecesse, não encostasse no horizonte e sumisse. A luz fluía para o céu, como se atraída da Terra pelo avião do estranho, que seguia para sudeste, e Dagny ia atrás, à luz do dia que nascia.

Do verde transparente e gélido, o céu passava para um dourado pálido, e o dourado virava um lago sob uma fina camada de vidro rosado, a cor daquela manhã esquecida que era a primeira que ela vira na Terra. As nuvens se desfaziam em longas tiras de azul enfumaçado. Ela não perdia de vista o avião do estranho, como se seu olhar fosse um cabo de reboque que puxasse seu avião. O outro era agora uma cruzinha negra, como um risco no céu iluminado.

Então percebeu que as nuvens não estavam mais caindo, que permaneciam imóveis no horizonte, e entendeu que o avião estava indo para as serras do Colorado, que a luta contra a tempestade invisível seria repetida. Percebeu esse fato sem emoção e não se perguntou se seu corpo ainda tinha forças para lutar mais uma vez. Enquanto fosse capaz de se mexer, ela se moveria em direção àquela manchinha que fugia com a última coisa do mundo que chamava de seu. Dagny sentia apenas o vazio deixado por um incêndio que fora ódio, raiva, o impulso desesperado de um combate mortal. Tudo isso se fundira num único risco de gelo, a decisão de seguir o estranho, fosse quem fosse, aonde quer que ele fosse, segui-lo e... Ela não acrescentava nada, mas no fundo a ideia não expressa era: sacrificar sua vida, se pudesse matá-lo antes.

Como um avião no piloto automático, seu corpo fazia todos os movimentos necessários para pilotar, e as montanhas passavam numa névoa azul, e os picos afiados surgiam à sua frente num azul mais mortífero. A distância entre seu avião e o do estranho diminuíra: ele havia reduzido a velocidade por causa do perigo das montanhas, enquanto ela continuara à toda, sem pensar no risco que corria, lutando com todos os músculos de seus braços e suas pernas para se manter em voo. Um movimento breve e tenso em seus lábios foi o máximo que ela pôde fazer para sorrir: era ele que estava pilotando seu avião por ela, pensou, dando-lhe a força necessária para segui-lo com a precisão absoluta de um sonâmbulo.

Como que em reação ao controle que emanava do estranho, o ponteiro do altímetro subia lentamente. O avião ganhava cada vez mais altura, e Dagny não sabia até onde ela e o avião aguentariam. O estranho seguia rumo ao sudeste, rumo às montanhas mais altas, que obstruíam o caminho do sol.

O avião dele foi atingido pelo primeiro raio de sol e brilhou por um instante, como uma explosão de fogo branco, refletindo raios em suas asas. Depois foram os picos das montanhas: Dagny viu o sol tocar as neves nas gargantas, depois escorrer pelas encostas de granito, projetando sombras violentas nos rochedos, dando à serra uma forma viva e definida.

Estavam sobrevoando o trecho mais deserto do Colorado, desabitado, inabitável, inacessível por via terrestre ou aérea. Não era possível aterrissar num raio de 200 quilômetros. Ela olhou para o indicador do nível de combustível: restava-lhe meia hora de voo. O estranho voava rumo a uma outra serra, ainda mais alta. Dagny não entendia por que ele seguia por aquela rota que nenhuma companhia aérea jamais utilizara. Esperava que aquela serra fosse a última, pois não poderia atravessar outra.

De repente o avião do estranho começou a perder velocidade, justamente quando ela pensara que ele iria subir ainda mais. A barreira de granito se elevava à sua frente, tentando alcançar suas asas, mas agora o avião descia aos poucos. Dagny não via naquele movimento nenhuma descontinuidade, nenhum sinal de erro mecânico: era como o movimento uniforme de uma intenção consciente. Com um súbito brilho em suas asas, a aeronave começou a descrever uma longa curva. Raios de luz brotavam de seu corpo como se fossem água, então começou a descer em espiral, como se fosse pousar naquele lugar onde certamente não haveria pista.

Dagny olhava, sem tentar explicar, sem acreditar no que via, esperando a cada instante que o outro avião começasse a subir novamente. Mas ele continuava a descer em círculos, em direção a um solo que ela não podia ver nem ousava conceber. Como restos de uma mandíbula quebrada, grandes dentes de granito se interpunham entre seu avião e o do estranho: ela não podia imaginar para onde ele seguia. Só sabia que seu movimento não parecia ser, mas tinha que ser, o de um avião suicida.

Viu o sol brilhar nas asas do avião por mais um instante. Então, como o corpo de um homem que mergulha de cabeça, entregando-se serenamente à queda, a aeronave desceu e sumiu por trás dos rochedos.

Ela seguiu em frente, quase esperando que ele voltasse, incapaz de acreditar que havia presenciado uma catástrofe terrível, que acontecera de modo tão simples e discreto. Chegou ao lugar em que o avião havia descido. Parecia um vale cercado por muralhas de granito.

Dagny olhou para baixo. Não era possível aterrissar ali. Não havia nenhum sinal da presença de um avião.

O fundo do vale parecia um trecho da crosta terrestre retorcido desde os dias em que a Terra estava esfriando e que jamais sofrera qualquer alteração. Eram rochedos ladeados por rochedos, com alguns pedregulhos precariamente equilibrados, longas fendas escuras e uns poucos pinheiros retorcidos, quase na horizontal. Não havia lugar para um avião se esconder. Não havia destroços de aeronave em lugar nenhum.

Ela descreveu uma curva fechada, circulando o vale, perdendo um pouco de altitude. Por algum truque de iluminação que não entendia, se via o fundo do vale com maior nitidez do que o restante da Terra. Dava para ver claramente que o avião não estava lá, mas isso era impossível.

Dagny perdeu mais altitude, descendo em círculos. Olhou ao seu redor e, por um momento terrível, pensou que era uma manhã tranquila de verão, que estava sozinha, perdida em algum lugar das montanhas Rochosas onde avião nenhum deveria vir, com o que lhe restava de combustível, procurando outra aeronave que jamais existira, em busca de um destruidor que desaparecera como sempre desaparecia. Talvez fosse apenas a visão dele que a conduzira até ali para ser destruída. No instante seguinte, Dagny sacudiu a cabeça, apertou os lábios e desceu ainda mais.

Pensou que não podia abandonar uma riqueza incalculável como o cérebro de Quentin Daniels numa daquelas rochas lá embaixo, se ele ainda estivesse vivo e ao seu alcance. Agora estava cercada pelas muralhas do vale. Era um voo perigoso, um espaço muito apertado. Sua vida dependia de sua visão, era preciso ao mesmo tempo olhar para o fundo do vale e para as muralhas de granito que pareciam prestes a lhe arrancar as asas do avião.

Dagny agora só concebia o perigo como parte de sua tarefa. Não tinha mais qualquer significado pessoal para ela. A sensação selvagem que experimentava agora era quase prazer. Era a raiva final de quem perde uma batalha. *Não!*, exclamava ela mentalmente, gritando para o destruidor, para o mundo que ela havia deixado, para os anos que vivera, para a longa sucessão de derrotas. *Não!... Não!... Não!...*

Olhou de relance para o painel de controle e de repente não pôde conter um grito de espanto. Antes seu altímetro indicava 4 mil metros, agora indicava 3.700, mas o solo do vale não havia se aproximado. Permanecia tão longe quanto no momento em que ela começara a sobrevoá-lo.

Dagny sabia que, naquele trecho do Colorado, o solo estaria a 2.600 metros de altitude. Não havia percebido a extensão de sua descida. Não notara que o solo, que ao longe parecera nítido e próximo demais, agora estava indefinido e longínquo demais. Estava olhando para as mesmas rochas, do mesmo ângulo: elas não haviam crescido, suas sombras não tinham se mexido, e aquela luz estranha ainda iluminava o fundo do vale.

Imaginou que o altímetro estivesse com defeito e continuou a descer em círculos. Viu a agulha cair, notou as muralhas de granito subirem, percebeu o círculo de montanhas se elevar, os picos se juntarem no alto, mas o fundo do vale permanecia igual, como se ela estivesse caindo num poço cujo fundo fosse inatingível. A agulha indicava 3.200 metros, 3.100, 3.000, 2.900.

A luz que a atingiu não vinha de fonte alguma. Era como se o ar dentro do avião e fora dele se transformasse numa explosão de fogo frio e deslumbrante, súbito e silencioso. O choque a jogou para trás. Suas mãos largaram o manche para proteger os olhos. No instante seguinte, quando ela pegou de novo no manche, a luz desaparecera, porém o avião rodopiava. O silêncio estourava seus ouvidos e a hélice estava parada à sua frente: o motor havia se desligado.

Tentou fazer o avião subir, mas ele estava descendo – e o que ela via à sua frente não era um rochedo áspero, e sim a grama verde de um campo que não vira antes. Não havia tempo para ver mais nada. Não havia tempo para tentar explicar nada. Não havia tempo para parar de rodopiar. A Terra era um teto verde que caía sobre ela, a poucos metros, cada vez mais próximo.

Jogada de um lado para outro como um pêndulo, agarrada ao manche, meio sentada, meio de joelhos, Dagny lutava para fazer o avião manter um curso estável, para tentar aterrissar sem o trem de pouso, e o chão verde rodopiava ao seu redor, acima, depois abaixo dela, em espirais cada vez mais apertadas. Sacudindo o manche, sem saber se ia conseguir, com cada vez menos espaço e menos tempo e numa explosão de pureza violenta, teve aquela sensação de existência que sempre fora sua. Na dedicação de seu amor naquele instante – na negação rebelde do desastre, na dedicação de seu amor à vida e ao valor sem igual que era ela própria –, Dagny sentiu-se orgulhosamente certa de que ia sobreviver.

E, em resposta ao chão que subia cada vez mais, prestes a se chocar com ela, ouviu em sua mente, zombando do destino, um grito de desafio, a frase que ela odiava – a expressão de derrota, desespero e súplica:

Que diabo! Quem é John Galt?

SOBRE A AUTORA

Ayn Rand nasceu em 1905, em São Petersburgo, na antiga Rússia czarista. Precoce e determinada, aos 9 anos decidiu que seria autora de livros de ficção e acabou se tornando uma das escritoras mais influentes dos Estados Unidos.

A fim de escapar da Revolução Russa, em 1917, mudou-se com os pais para a Crimeia. No entanto, após a vitória dos comunistas, o estabelecimento comercial de seu pai foi confiscado, e sua família passou fome.

Na escola, ficou muito impressionada com as aulas de história americana e considerou os Estados Unidos o modelo de nação em que os homens poderiam ser livres, princípio presente em toda a sua obra.

Ao retornar da Crimeia, foi estudar Filosofia e História na Universidade de Petrogrado, onde se formou em 1924.

Em 1925, obteve permissão para visitar parentes nos Estados Unidos. Embora tenha informado às autoridades soviéticas que sua estada em território americano seria breve, nunca mais voltou à Rússia.

We the Living é sua obra mais autobiográfica, baseada nos anos em que viveu sob o regime comunista em sua terra natal. *A nascente* apresenta o herói típico de Ayn Rand: o homem idealista, que tem a felicidade como objetivo moral de sua vida, a realização produtiva como atividade mais nobre e a razão como seu único princípio absoluto.

Porta-voz do individualismo, Ayn acreditava que o homem nasce livre e pode fazer o que desejar. Ateia e opositora ferrenha do socialismo e de outras formas de coletivismo, sempre defendeu o indivíduo contra o Estado e qualquer tipo de divindade ou religião que o obrigue a abrir mão de seus direitos em favor do bem público.

Em 1957, publicou sua última obra de ficção, *A revolta de Atlas* – cujo título original é *Atlas Shrugged*. Neste livro, a grande realização de sua carreira, Ayn Rand foi brilhante ao transformar sua filosofia em uma história de mistério, combinando elementos da ética, da metafísica, da política, da economia e até da ficção científica.

Para saber mais sobre os títulos e autores da Editora Arqueiro,
visite o nosso site e siga as nossas redes sociais.
Além de informações sobre os próximos lançamentos,
você terá acesso a conteúdos exclusivos
e poderá participar de promoções e sorteios.

editoraarqueiro.com.br